Ullstein Kriminalroman

Ullstein Kriminalromane
Lektorat: Georg Schmidt
Ullstein Buch Nr. 10615
im Verlag Ullstein GmbH,
Frankfurt/M – Berlin
Titel der englischen
Originalausgabe:
For the Good of the State

Deutsche Erstausgabe

Umschlaggestaltung:
Horst Kraus
Umschlagbild:
Uwe Arens

Printed in Germany 1989
Gesamtherstellung:
Ebner Ulm
ISBN 3 548 10615 3

Juli 1989

Vom selben Autor
in der Reihe
der Ullstein Bücher:

Ein Spiel für Profis (10258)
Labyrinth (10362)
Hinterhalt (10372)
Colonel Butlers Wolf (10402)
Oktobermänner (10407)
Umwege zum Ruhm (10413)
Geister von morgen (10419)
Aufmarsch der Esel (10425)
Kein Platz für Krieger (10431)
Das Vengeful-Komplott (10444)
Gunner Kelly (10458)
Spione am Kreuzweg (10470)
Unser Mann in Camelot (10486)
Unter Ungeheuern (10524)

CIP-Titelaufnahme
der Deutschen Bibliothek:

Price, Anthony:
Im Namen der Nation: Polit-Thriller /
Anthony Price. – Dt. Erstausg. –
Frankfurt/M; Berlin: Ullstein, 1989
(Ullstein-Buch; Nr. 10615:
Ullstein-Kriminalroman)
ISBN 3-548-10615-3
NE: GT

Anthony Price

Im Namen der Nation

Polit-Thriller

Übersetzt von C. P. Hofmann
Mit einem Nachwort
von Frieder Middelhauve

Ullstein Kriminalroman

Für Fiona Barling

Auf meinen Befehl und für das Wohl des Staates hat der Inhaber dieses Dokuments getan, was er tun mußte.

3. Dezember 1627 *Richelieu*

(Aus *Die drei Musketiere* von Alexandre Dumas)

TEIL EINS

Die sanfte Kunst des Schibbuwitschi

Letzten Endes war es nicht Henry Jaggard selbst, sondern Garrod Harvey, der das Schicksal der Abteilung für nachrichtendienstliche Forschung und Entwicklung mit der geplanten Ausstellung »Das Gold der Skythen« im Britischen Museum verknüpfte. Dennoch hatte das Foreign and Commonwealth Office mit seinem jüngsten Hinweis auf das Ausstellungsthema, bei dem das eigenartige Ersuchen des zu Besuch weilenden dritten stellvertretenden staatlichen Direktors des Kultusministeriums zur Kenntnisnahme an Jaggard weitergereicht worden war, in gewisser Weise schon die Richtung aufgezeigt; und seit diesem Zeitpunkt war Garrod Harvey persönlich der Ansicht, Jaggard habe bereits entschieden, was seiner Meinung nach getan werden sollte, und warte lediglich darauf, daß er es zur Sprache brachte ...

»Also war es dieser Audley, der das Stichwort beim Premierminister fallenließ?« Das war typisch, obwohl er viel besorgter um die Lage der sowjetischen Botschaft war, ließ sich Jaggard zuerst auf die weniger dringliche Angelegenheit ein. »Sind Sie sicher, Garry?«

»Absolut sicher.« In seiner Rolle als »Handlanger des Herzogs« war Garrod an die versteckten Methoden seines Prinzipals gewöhnt. »Aber er hat es natürlich nicht selbst getan. Wir werden es ihm also nie beweisen können.«

»Wieso nicht?«

»Weil er kein Dummkopf ist. Genaugenommen ist er ein interessanter Mann – ich habe sogar sein *curriculum vitae* studiert.« Garrod kannte Jaggards Auffassung von der Abteilung für Forschung und Entwicklung, also war diese Vorwegnahme viel zu sorglos gewesen. »Er selbst ist ein recht bemerkenswerter Wissenschaftler, haben Sie das gewußt? Abgesehen von seinem Geld und seinen Verbindungen –«

»Ich pfeife auf sein Geld und seine Verbindungen! Wollen Sie damit sagen, daß ich Jack Butler nicht ernsthaft vor ihm warnen kann?«

»Ja. Genau das will ich sagen.« Das Gute an Jaggard war, daß er direkte Antworten auf direkte Fragen erwartete. »In dem Fall sind seine Verbindungen von Bedeutung. Er hat eine ganze Menge, und die reichen fast dreißig Jahre zurück, Henry. Auf beiden Seiten des Kanals und des Atlantiks – die Amerikaner halten große Stücke auf ihn.«

»Und die Russen?«

»Und die Israelis.« Also wußte Harvey, daß Jaggard den Hinweis des FCO gelesen hatte. »Doch in diesem Fall war es eine Frau namens Deacon, Henry. Laura Deacon.«

»Laura –« Jaggard sah ihn stirnrunzelnd an. »Die Tochter von Laurie Deacon –?«

»Parlamentsmitglied für North Wessex.« Er wußte auch, daß Jaggard jetzt alle erforderlichen Verbindungen herstellen würde. »Sie erbte den sicheren Sitz ihres Vaters, als er ins Oberhaus berufen wurde. Und Audley war immer gut mit der Familie befreundet: Sie stellt das Parlamentsmitglied seines Heimatwahlkreises ... und einen seiner Kanäle zu den Hinterbänken des Unterhauses, wenn er eine Anfrage durchbringen will.« Bei der giftigen Laune, die Jaggard im Moment hatte, durfte er sich kein Lächeln erlauben, also zuckte er statt dessen mit den Schultern. »Vielleicht sollten wir dankbar sein, daß er es in diesem Fall nicht getan hat.«

»Ach ja?« Die giftige Laune steigerte sich noch. »Sie wollen also sagen, daß Laura Deacon es war, die mit dem Premierminister gesprochen hat?«

»Sie haben sich vergangenen Freitag getroffen. Laura Deacon hat einen Namen fallenlassen und außerdem erzählt, Colonel Butler wisse alles darüber. Und der Premierminister hat Butler augenblicklich zu sich rufen lassen.«

»Und er hat auch augenblicklich alles ausgeplaudert. Warum zum Teufel hat er das getan?«

Harvey widerstand der Verlockung, ihm zuzustimmen. »Es war seine Pflicht, Henry – seien Sie fair!«

»Seine Pflicht?«

»Seine Pflicht.« In bezug auf die Abteilung für Forschung und Entwicklung stimmte Harvey seinem Chef vorbehaltlos zu. Aber er mochte und respektierte Jack Butler auch als aufrichtigen und treuen Offizier. »Der Premierminister hat das Recht, sich direkt an die Spitze von F & E zu wenden, Henry. Und die Spitze von F & E hat ihrerseits wiederum direkten Zugang zu ihm – so hat es der alte Fred Clinton damals eingerichtet.«

»Das weiß ich.« Jaggard winkte ab. »Aber er hat auch *mir* gegenüber eine Pflicht. Und es gab keinen Grund, warum er mich nicht zuerst hätte einweihen sollen –« Als er Garrod Harveys Gesichtsausdruck sah, hielt er plötzlich inne. »Oder gab es einen?«

»Er hatte keine Zeit.« Daß er Jack Butler ebenfalls respektierte, war ein Schlag gegen Jaggard. »Fünf Minuten bevor das Büro des Premierministers anrief, hat Audley seinen Bericht auf Colonel Butlers Schreibtisch gelegt. Daher nehme ich an, er hat all das bis auf die letzte Minute geplant: daß der Premierminister Butler treffen würde und unmittelbar danach den Minister selbst. Er wußte, was *jeder* tun würde – vielleicht wußte er sogar, daß der Premierminister so angetan sein würde – daß er ebenso in der Lage wäre, den Minister zu überrumpeln wie die undichte Stelle zu verschweigen – und daß es nichts gäbe, was wir gegen ihn unternehmen könnten, selbst wenn wir in der Lage wären, alle Spuren zurückzuverfolgen.« Er merkte, wie Jaggard vergeblich nach einem Hintertürchen suchte. »Denn der Premierminister *ist* von der Sache angetan. Folglich steht F & E zur Zeit hoch im Kurs, Henry. Weil sie die Information just zu dem Zeitpunkt aufgetischt haben, als sie gebraucht wurde.«

Henry Jaggard sah ihn finster an. »Aber der Minister ist *nicht* angetan.«

»Ah . . . ja, das kann ich mir lebhaft vorstellen, Henry.« Und das konnte er auch. (Eine weitere undichte Stelle im Ministerium – zwar gleich gestopft, allerdings nicht durch die Sachkenntnis des Ministers, sondern durch die überlegene Intelligenz des Premierministers.) Und er konnte genausogut verstehen, warum auch Henry Jaggard vor Wut glühte. (Der Minister war ein guter Freund und Verbündeter, wenn Etatstreichungen und Sparmaßnahmen auf der Tagesordnung standen.) »Das ist bedauerlich.«

»Es ist mehr als das, Garry. Man hat ihn wie einen Dummkopf hingestellt. Und mich dazu.« Jaggard zeigte seine gute Seite, als er Harvey angrinste. »Ich kann das verschmerzen, aber ihn macht es in Downing Street zum doppelten Verlierer. Und ich muß jetzt in einer Viertelstunde seinem Sonderberater sagen, daß ich ihm den Skalp, den er fordert, nicht präsentieren kann, folglich wird so etwas in Zukunft nicht mehr vorkommen.« Das Grinsen verflog. »Gibt es denn keinen Weg, wie wir ihm einen Skalp präsentieren können, Garry?«

»Audleys?« Harvey wußte, worauf sein Chef aus war. Doch für den Vorschlag, den er machen wollte, brauchte er mehr. »Colonel Butler wird Ihnen Audley niemals überlassen; eher reicht er vorher seinen Abschied ein.« Er schüttelte den Kopf. »Es ist nicht sein Stil, Geiseln anzubieten. Ganz nebenbei ist F & E im Augenblick viel zu sehr mit Gorbatschow beschäftigt. Und Audley ist viel zu wertvoll – er arbeitet unmittelbar am Kern der Sache.«

»Ja.« Jaggard wußte nur zu gut, womit F & E im Moment vornehmlich beschäftigt war. »Aber ... aber das ging Audley, verdammt noch mal, überhaupt nichts an.«

»So würde das David Audley aber nicht sehen.« Klar, er mußte Jaggard etwas vormachen. »Clinton hat ihnen von Anfang an *carte blanche* gegeben – ebenso wie den direkten Zugang zum Premierminister –, vergessen Sie das nicht.« Er wußte, Jaggard würde sich erinnern, obwohl F & E lange vor ihrer Zeit das Licht der Welt erblickt hatte – durch einen Kaiserschnitt. »Er gab ihnen *Quis custodiet ipsos custodes* als Leitspruch. Und er hat immer gesagt, sie seien seine zehnte Legion, Henry – erinnern Sie sich?«

»Hah! Im Augenblick wohl eher eine Fünfte Kolonne!« Jaggards Nasenflügel blähten sich. »Audley ist nicht einmal das eigentliche Problem – das eigentliche Problem ist F & E selbst – egal, wie wichtig ihre Arbeit ist.« Er schüttelte langsam den Kopf. »Jetzt ist sie nicht mehr *Quis custodiet* – sie ist, verdammt noch mal, *Imperium in imperio*! Sie ist zum Staat im Staate geworden – und sie muß in ihre Schranken verwiesen werden, Garry. Zum Wohle des Staates, zu dessen Schutz sie genaugenommen gegründet worden ist.«

Sie waren fast am Ziel. »Ich stimme Ihnen zu.« Nichtsdestoweniger brauchte er eine weitere Versicherung. »Aber mit gewissen Vorbehalten, Henry.«

»Mit Vorbehalten?« Jaggard warf ihm einen finsteren Blick zu. »Worauf wollen Sie hinaus?«

Es war nicht der Augenblick, wie ein Tier seine Unterwürfigkeit zu demonstrieren: Jasager konnte Jaggard fast ebensowenig ertragen wie F & E. »Die Recherchen, die sie machen, sind erstklassig – besonders ihre analytischen Ratschläge. Und sie legen im Moment Spitzenmaterial über Gorbatschow auf den Tisch, Henry – die Amerikaner bieten uns dafür im Austausch alle möglichen Informationen an. Und so können wir F & E nicht kaputtmachen – die sind viel zu wertvoll.«

»Wer hat gesagt, daß ich sie kaputtmachen will?« Seine Verärgerung legte sich von selbst. »Wir müssen nichts weiter tun, als sie *kontrollieren*, damit sie keine Schwierigkeiten an der Flanke verursachen –« Jaggard hob die schlanke Hand. »– und ich bin nicht der Meinung, daß sie nicht in der Lage sind, die Schwierigkeiten zu vertuschen, die sie machen ... und ihre Fehler dazu ... denn sie sind verdammt gut – ich weiß das – Sie wissen das.« Seine Hand ballte sich zur Faust. »Aber sie *verursachen* Schwierigkeiten – und sie *machen* Fehler – jedesmal, wenn sie auf eigene Kappe an die Front gehen.« Die Faust löste sich, und Jaggard trommelte mit den Fingern auf die Akte, die auf seinem Schreibtisch lag. »Nur Gott allein weiß zum Beispiel, welches Chaos der FCO-Hinweis auslösen könnte, wenn ich ihn weitergäbe. Natürlich werde ich das nicht tun – das ist wenigstens etwas, das ich aufhalten kann.«

Endlich waren sie angekommen. Doch Harvey reckte seinen Hals, als versuche er, die Aufschrift zu lesen. »Welche ist das –?«

Jaggard deckte die Aufschrift mit der Hand zu. »Audley ist zu sehr mit der Gorbatschow-Sache beschäftigt. Ganz davon abgesehen wird er in diesem Fall nur noch mehr Schwierigkeiten verursachen, wenn er sich strikt an die Vorschriften hält.«

»Welche war das?« Harvey hörte auf, so zu tun, als läse er durch Jaggards Hand. Denn Jaggard würde es ihm ohnehin sagen.

»Abgesehen davon führt das KGB unzweifelhaft Böses im Schilde.« Jaggard starrte ihn an, ohne zu zwinkern. »Und seit das FCO den Hinweis gegeben hat, werden sie auch wissen wollen, was dabei herauskommt. Aber ich werde nein sagen.«

»Ah!« Harvey ging ein Licht auf. »Es geht um diese merkwürdige Mitteilung über Professor Panin, wenn ich es richtig verstehe –?« Nach dieser Erleuchtung entspannte er sich. »Das ist ein kurioser Zufall, würde ich meinen, oder nicht – hä?«

»Kurios?« Jaggard nahm die Hand von der Akte.

»Nun, es gibt offenbar keinen Zusammenhang zwischen dem, was Audley gerade getan hat und was immer Professor Panin und das KGB zu tun gedenken.« Er ließ es wie eine zweifelhafte Behauptung klingen, denn sie wußten beide, wer Panin war, und dies ging über das hinaus, was die sowjetische Botschaft und das FCO über ihn behaupteten. »Also ist es reiner Zufall, Henry. Darüber besteht überhaupt kein Zweifel.«

Der starre Blick verflog, und Jaggard schlug die Akte auf. »*Professor Nikolaij Andrejewitsch Panin. Dritter stellvertretender staatlicher Direktor im Kultusministerium: Die herausragende Kapazität in der Archäologie der Königsgräber (6. und 7. Jhdt. n. Chr.) im Dnjeprbogen, den Gebieten um Poltawa, Kiew und auf der Krim?*« Er sah zu Garrod Harvey hoch und dann wieder in die Akte. »*Dr. David Longsdon Audley, CBE, Ph.D. MA (Cantab)* –« wieder sah er Harvey an. » *–Hervorragender Kenner des Mittelalters*?« Diesmal sah er nicht mehr nach unten. »Haben Sie diese Mitteilung gesehen?«

Das war keine Fangfrage. »Ja. Mein Name steht auf der Liste, Henry.«

»Wirklich?« Seine Nasenflügel blähten sich beim Ausatmen. »Aber ich habe auch eine Notiz von irgendeinem FCO-Schlaumeier – haben Sie die auch bekommen?«

Das war ebenfalls keine Fangfrage. »Nein.«

»Nein?« Jaggard sah schnell nach unten, um seine Erinnerung aufzufrischen. »Ich habe hier: *1. Gehört Panin nicht zur anderen Seite und Audley zu uns?* und *2. Was haben die Skythen des 6. und 7. Jahrhunderts mit mittelalterlicher Geschichte zu tun?* und *3. Gibt es irgendwelche skythischen Königsgräber in Exmoor?«* Jaggard betrachtete Harvey einen Augenblick lang gequält. »Und dann raten sie mir, Panin jede angemessene Unterstützung und Hochachtung angedeihen zu lassen, weil die Regierung Ihrer Majestät an einer Verbesserung der kulturellen Beziehungen zwischen dem Vereinigten Königreich und der UdSSR interessiert ist; der geplante diplomatische und kulturelle Austausch soll gegen Ende des Jahres auf mögliche Abrüstungsgespräche zwischen Ost und West hinauslaufen.« Er gestattete Harvey noch einige Sekunden. »Gibt es in Exmoor irgendwelche skythischen Königsgräber?«

»Nicht daß ich wüßte.« Das war der Moment – als ihm die ganze Schrecklichkeit des FCO-Ratschlags bewußt wurde –, da sich in Garrod Harvey der Verdacht zu regen begann, daß ihm Henry Jaggard in dieser Angelegenheit voraus gewesen war und die gleichen schlimmen Gedanken hegte. »Vorgeschichtliche vielleicht – oder jungsteinzeitliche. Aber das könnte in Dartmoor sein, nicht in Exmoor ...« Er ließ Jaggard merken, daß er an etwas anderes dachte.

»Ja?« Jaggard zahlte seinen Einsatz vorsichtig.

»Ich dachte gerade nach.« Nach reiflicher Überlegung war es besser, ehrlich zu sein – oder jedenfalls ziemlich ehrlich: Das zahlte sich bei Jaggard meist besser aus. »Vielmehr ... ich *habe* gerade nachgedacht.«

»Worüber?« Jaggard hatte für sein Geld noch nichts bekommen.

»Über Audley. Und Panin.« Er warf Jaggard einen ernsthaften, fragenden Blick zu. »Weiß denn das FCO wirklich nicht, warum Panin hier ist? Daß er General Zarubins Nummer zwei ist, meine ich?«

»Das wissen sie bestimmt nicht.« Jaggards Antwort war von metallischer Kürze: der Klang, wenn der Groschen fällt. »Außer der Viking-Gruppe hat niemand davon Kenntnis. Das wissen Sie doch.«

»Ja. Das sind also nur Sie, ich und de Gruchy.« Garrod Harvey dachte absichtlich laut. »Doch wir sind zu dem Schluß gekommen, daß die Amerikaner auch eine dunkle Ahnung haben könnten.«

»Vielleicht.« Jaggard ließ die Anmerkung stehen. »Die haben selbst jemanden in der sowjetischen Botschaft, das ist so gut wie sicher. Daher ist es durchaus möglich, daß sie Wind von der polnischen Sache bekommen haben – einverstanden.«

»Ja. Aber ihr Mann ist auf einer viel niedrigeren Ebene als unsere Viking.« Harvey merkte, daß die bloße Erwähnung von Viking, dem ranghöchsten Kontakt, den sie je im Londoner KGB-Stützpunkt hatten, Jaggard vorsichtig werden ließ. Trotzdem mußte er die Sache weiter vorantreiben. »Also wollen Sie, daß wir die Finger von der polnischen Operation lassen.«

Jaggard starrte ihn an. »Davon *müssen* wir die Finger lassen, Garry.« Allmählich ging ihm die Geduld aus. »Das haben wir doch alles schon durchgekaut.«

»Selbst wenn wir wissen, daß Zarubin – Zarubin und jetzt Panin ... selbst wenn wir wissen, daß die beiden irgend etwas verdammt Übles im Schilde führen.« Harvey nickte und bemerkte den Wechsel zu »wir«, obwohl die Betonung auf »müssen« gelegen hatte.

»Ja.« Jaggard wußte, es war seine durch Beziehungen gesponnene Entschlossenheit über ihre Unentschlossenheit gewesen, welche die Entscheidung beeinflußt hatte. Aber er hatte sich, das war anzuerkennen, nie vor Verantwortung gedrückt. »Viking ist viel mehr wert als ein Haufen armseliger Polacken. Und sie müssen schon verdammt nah an ihm dran sein – genaugenommen bin ich mir nicht einmal sicher, ob man sich die ganze Polengeschichte nicht nur hat einfallen lassen, um ihr Leck zu stopfen. Denn von unseren Leuten in Polen haben wir über diese sogenannten ›Söhne des Adlers‹ nicht einmal was flüstern gehört – die haben noch nie was von ihnen gehört. Doch wer immer sie auch sind und was immer das KGB tut, Viking ist einfach zu wertvoll, um ein Risiko einzugehen, das war der Beschluß. Also, worauf sind Sie aus?«

Der Augenblick, die Deckung preiszugeben, war gekommen. »Wir brauchen Viking vielleicht gar nicht zu riskieren, Henry. Laut FCO ist es Panin, der Audley treffen will. Und Audley weiß nichts von Viking – es ist lediglich so, daß er und Panin ›hervorragende Wissenschaftler‹ sind –« Er dachte an Audleys Akte. »– und vielleicht alte Freunde?«

»Freunde?« Jaggard wischte die Frage verächtlich beiseite. »Ich dachte, Sie sagten, daß Sie Audleys Akte gelesen hätten? Damals, 1970 – erinnern Sie sich?«

»Ja.« Panin hatte 1970 genau das bekommen, was er wollte. Aber Audley hatte Panin fürchterlich gedemütigt, weil er ihm das gegeben hatte, was er wollte, und das würde ewig in ihm schwären. Doch um bei der Tagesordnung zu bleiben: Jaggard hatte die Akte ebenfalls gelesen. »Daher haßt Panin Audley. Aber andererseites haßt Audley auch Panin, Henry. Er ist ein alter Clinton-Schüler. Und der alte Fred Clinton legte immer Wert darauf, seine Leute nach dem KGB-Prinzip des gesunden Hasses zu rekrutieren – ›kühler Kopf, heißes Herz‹ und all das.« Er beobachtete, wie Henry Jaggard die Erklärung akzeptierte. »Stimmt's?«

»Stimmt.« Henry Jaggard nickte und schaute von der Audley-Akte auf; über die Jahre hatten schon andere vor ihnen die Klingen mit David Audley gekreuzt (und waren aus jeder Konfrontation mit Narben bedeckt und um so klüger herausgekommen); doch nie hatte jemand auch nur im entferntesten angedeutet, sein heißes Herz sei nicht an der rechten Stelle, obwohl er Cambridge-Absolvent war. »Aber Panin ist ein sehr gefährlicher alter Mann, Garry. Und –«

»Und auch Audley ist ein gefährlicher alter Mann, Henry.« Jetzt verhandelten sie nur über das Kleingedruckte der Vereinbarung. Doch für die Aufnahme auf dem Tonband unter Jaggards Schreibtisch mußten sie alles Zeile für Zeile durchgehen. »Es ist völlig offen, wer von beiden der Gefährlichere ist. Aber ich stimme Ihnen zu, daß es Ärger geben wird, wenn sich die beiden treffen.« Der Gedanke an das Tonband half Garrod Harvey bei der Konzentration. »Nur daß ich auf Audley setze – wie beim letzten Mal.« Eine wichtige Sache gab es noch, die auf das Tonband mußte. »Damals, 1970, muß der alte Fred Clinton die gleiche Wette gemacht haben.« Nicht daß das Band wirklich eine Rolle spielte. Bänder konnte man zusammenschneiden; doch das war nicht Henry Jaggards Art, ebensowenig wie es Jack Butlers Stil war, seine untergebenen den Wölfen zum Fraß vorzuwerfen. »Sind Sie, wenn ich es richtig verstehe, einigermaßen sicher, daß Audley nichts über Viking weiß?«

Jaggard schüttelte langsam den Kopf, ohne daß er sich die Mühe machte, auf das zu antworten, was nicht einmal eine Frage gewesen war.

»Ich meine, Henry, daß er es nicht weiß – *und wir können es ihm auch nicht sagen, nicht einmal, wenn wir wollten, oder*?« Harvey machte eine Kunstpause. »Nicht einmal, wenn er sich bei uns nach Panin erkundigt. Was er auf keinen Fall tun wird, weil das nicht seiner Arbeitsweise entspricht, verstehen Sie?«

Jaggard lehnte sich nach vorn. »Aber, was genau schlagen Sie vor, Garry? Audley blind hineinlaufen zu lassen?«

»David Audley ist noch nie in seinem ganzen Leben in eine Sache blind hineingelaufen.« Alles, was Jaggard wollte, war eine kleine Rückversicherung. »Er weiß, verdammt noch mal, zu viel, nicht zu wenig, das war eins unserer Probleme, die wir in der Vergangenheit mit ihm hatten. Also weiß er mit Sicherheit, daß Zarubin in London ist – darauf können Sie Gift nehmen. Und er weiß auch, wer Zarubin ist.«

»Aber Polen ist nicht sein Gebiet.«

»*Alles* ist sein Gebiet. Er ist ein waschechter F & E-Mann aus der Clinton-Ära, Henry.« Harvey überprüfte kurz die Möglichkeit, daß er sich in Jaggards Absichten getäuscht haben könnte, doch er verwarf sie. »Er ist ein interessanter Mann.«

»›Ein hervorragender Wissenschaftler‹ – wie Sie gesagt haben.« Jaggard wußte, es würde noch mehr kommen. »›Ein Kenner des Mittelalters.‹ Aber ich hätte gedacht, das 16. Jahrhundert wäre eher sein Gebiet. Verrat war damals eher dreidimensional, wenn ich mich recht erinnere.«

»Ja.« Klar, das war Henry Jaggards Gebiet. Von dem er als frommer Katholik bekanntermaßen fragwürdige Ansichten hatte. »Aber haben Sie auch gewußt, daß er eine anerkannte Kapazität der Werke Rudyard Kiplings ist?«

Jaggard nickte verhalten. »In seiner Akte steht, Kipling sei eines seiner Steckenpferde.«

»Es ist mehr als ein Steckenpferd.« Harvey pries im stillen den verstaubtesten aller Patenonkel von Garrod Harvey junior, der seine Geburtstagsgeschenke mit so altmodischem Ernst überreicht hatte. »Er hat eben erst eine Reihe Artikel im *Literary Journal* veröffentlicht, die jetzt als Buch herausgegeben werden sollen. Er glaubt, Kipling sei unser am meisten unterschätzter Autor – und unser am meisten mißverstandener.«

»Tatsächlich?« Jaggards wohlwollende Geduld war bis zum Zerreißen gespannt, wie das Fenster der de Havilland *Comet*, das Garrod Harveys Patenonkel vor dreißig Jahren vor Elba vom Meeresboden gefischt hatte. »Na und?«

»Der letzte Artikel betraf Kiplings Kindergeschichten.« Harvey versuchte den Augenblick vorauszusehen, da Jaggard platzen würde, wie das Fenster der *Comet* geplatzt war. »Wissen Sie, meine Frau sagt immer: ›Wir sind, was wir essen.‹ Aber ›Wir sind, was wir lesen‹ scheint mir zutreffender. Oder . . . in der heutigen Generation, was wir *nicht* lesen – ich denke, heutzutage ist das, was wir sehen, im Fernsehen. Und das ist wahrlich eine schreckliche Vorstellung.«

»Garry –« Jaggard mochte sich kaum beherrschen. »In etwa zwei

Minuten habe ich eine Unterredung mit dem Sonderberater des Ministers. Und ich glaube nicht, daß ich in der Position bin, seine Geduld zu strapazieren – oder glauben Sie das?«

Es war an der Zeit, den Druck zu mindern. »Ich glaube, wir haben dem Minister vielleicht etwas anzubieten. Zumindest ... wenn er bereit ist, uns Rückendeckung zu geben, falls wirklich etwas Unerfreuliches dazwischenkommt.« Garrod Harvey konnte sich nicht durchringen, an »das Wohl des Staates« als Verbündeten zu erinnern, selbst wenn dies so, wie er es verstand, ihr einziges wahres Wohl war; denn der Sonderberater würde lediglich um das Wohl seines Ministers besorgt sein. »Audleys jüngster Artikel handelte von Kiplings Kindergeschichten, wie gesagt –«

Es gereichte Jaggard zur Ehre, daß er nur den Mund öffnete und gleich wieder schloß, ohne zu explodieren; so wie einige *Comets* mehr Flüge als andere geschafft hatten.

»Er zitiert da diese Stelle –« erregte Harvey Jaggards Aufmerksamkeit »– die seine Arbeitsweise ungefähr zusammenfaßt. Bei den wenigen Gelegenheiten jedenfalls, bei denen er ins Feld zieht. Denn sobald alles vorbei ist, sagt er immer: ›Ich habe nichts getan – es ist einfach passiert. Es war nicht meine Schuld.‹ Man nennt das offenbar ›Schibbuwitschi‹.«

»Man nennt es wie –?«

»›Schibbuwitschi‹. Kipling hielt das für eine Art japanisches Ringen.« Nicken. »Mein älterer Junge bekam von seinem Patenonkel vergangenes Jahr eine Kipling-Gesamtausgabe geschenkt, daher konnte ich es nachlesen: *Diese Ringer haben eine Art Trick, der dem Gegner die ganze Arbeit überläßt. Dann machen sie eine kleine Bewegung, und er bringt sich selbst zu Fall. Man nennt es Schibbuwitschi oder Tokonoma oder so ähnlich.*« Er pries abermals den alten Hetherington und obendrein sein Gedächtnis. »Und auf diese Weise arbeitet Audley. Deswegen dachte ich, wir könnten das gleiche jetzt mit ihm machen, Henry.«

»Wie?« Jaggard war bereits vor ihm am Ziel.

»Wenn wir ihm erzählen, daß Panin ihn sehen möchte, wird er nicht widerstehen können –«

»Und wenn er es doch tut?«

»Wir werden es unwiderstehlich machen, überlassen Sie das nur mir.« Zu ihrem Übereinkommen gehörte, daß es Dinge gab, die Jaggard nicht zu wissen brauchte. »Ich glaube nicht, daß er sich eine Revanche mit Panin entgehen lassen will. Und das könnte unser polnisches Problem lösen, ohne daß wir Viking zu riskieren brauchen. Denn er wird niemals zulassen, daß Panin ihn reinlegt. Was immer auch Panin wirklich will, Audley wird es herausfinden, da können Sie sicher sein. Er wird Panin nicht ungestraft davonkommen lassen.«

»Wenn es aber anders kommt –?«

»Dann wird es einen Skandal geben.« Garrod Harvey zuckte mit den Schultern. »Aber wenn wir Zarubin und Panin sich selbst überlassen, wird es höchstwahrscheinlich *ohnehin* einen Skandal geben, Henry. Aber *so* herum ... so herum wird es ein Skandal für Forschung und Entwicklung sein. Denn uns wird Audley niemals um Hilfe ersuchen – es liegt nicht in seiner Natur, jemanden um Hilfe zu bitten, nicht einmal Jack Butler, wenn er es vermeiden kann. Und bestimmt nicht, wenn jemand wie Panin in die Sache verwickelt ist. Er wird ihn *schibbutwitschen* wollen, wie das letzte Mal, Henry: David Audleys ganze Psychologie ist auf *Gewinnen* eingestellt und nicht darauf, Spielchen nach den Regeln von Queensberry zu spielen. Nur: Wenn er diesmal verliert, Henry, können Sie ein Riesenloch in F & E reißen.«

»Ja.« Die verlockende Aussicht reizte Jaggard – hatte sie schon von Anfang an getan. »Aber wenn er *verliert*, Garry – Panin ist ein mordgieriges Schwein ... und Zarubin –« Er fixierte Hervey eiskalt. » – Zarubin ist noch schlimmer, Garry, sofern das überhaupt möglich ist.«

Das war die Sprache der guten Katholiken, wie sie Generationen guter katholischer Jaggards seit der Reformation nachbeteten; damals hatten sie für ihren Glauben geblutet und gelitten, und selbst im liberalen England der folgenden drei Jahrhunderte waren sie benachteiligt worden, bis in die Tage von Henry Jaggards Urgroßvater, der sich dessen noch erinnert hatte. »Also?«

»Ich kann Audley nicht aufs Spiel setzen.« Der eiskalte Blick gefror. »F & E gefügig zu machen ist wichtig. Doch ihre momentane Arbeit ist ebenso wichtig. Und Audley hat eine Menge guter Arbeit geleistet, Garry, über Jahre. Also ist es einfach nicht drin, ihn jetzt aufs Spiel zu setzen.«

»Ich stimme Ihnen zu – ich stimme Ihnen wirklich zu, absolut!« Harvey begriff die Komplexität seines Irrtums und Henry Jaggards Dilemma zugleich: Die professionellen und patriotischen neunundneunzig Prozent von Henry Jaggard wollten, was sie beide wollten; doch das verbleibende eine Prozent von Henry Jaggard war altkatholisch und ganz anders, – dieses eine Prozent wollte entweder einen Generalmajor Gennadij Zarubin sehen, der vor dem Hochaltar auf geschundenen Knien um die Absolution durch die heilige katholische Kirche betete, die sie Sündern nie verweigerte . . . oder einen gebrochenen Generalmajor Gennadij Zarubin, der der Obrigkeit überstellt wurde, auf daß er, wie in alten Tagen, seine gerechte Strafe empfing.

»Ich stimme Ihnen wirklich zu, Henry.« Garrod Harvey verzog keine Miene. *Denn Henry Jaggard wollte, daß Audley gleichzeitig Gewinner und Verlierer war, und genau das wollte er gerade Henry Jaggard und dem Sonderberater des Ministers und dem Minister und dem Premierminister und Ihrer Majestät, Königin Elizabeth II., anbieten!* »Aber ich habe mein Geld auf Audley gesetzt – ich glaube, er wird Panin in Grund und Boden hauen und General Zarubin dazu. Aber ich glaube auch, daß wir ihm einen Leibwächter zur Seite stellen müssen, der auf ihn aufpaßt –«

»Einen Leibwächter –«

»Richtig, einen Leibwächter.« Nicken. »Das habe ich als selbstverständlich betrachtet.« Ein weiteres Nicken. »Nicht nur, um auf ihn aufzupassen, sondern auch, um uns über Audleys sämtliche Regelverletzungen auf dem laufenden zu halten. Denn die Regeln bricht er immer – zu Regeln legt er nicht einmal ein Lippenbekenntnis ab, Henry. Wenn er also Zarubin in Grund und Boden haut – Zarubin und Panin . . . dann können wir mit ein bißchen Glück immer noch einen Skandal aus der Sache machen – wenn wir jemanden haben, der ihm zur Seite steht, jemanden, der ihn beobachtet –«

Jaggard legte die Stirn in Falten, als wollten sich längst überholte moralische Skrupel und praktische Erfahrungen ein Gefecht liefern; es war, als kämpften Pfeil und Bogen gegen Maschinengewehre, was keineswegs eine faire Auseinandersetzung wäre.

Und Jaggard sah ihn noch immer mißmutig an (als würden die Bogen- und Armbrustschützen mogeln, nur weil sie aus der Lautlosigkeit ihrer Waffen Kapital schlugen).

»Wir müssen ihm jemanden zur Seite stellen, Henry.« Er mußte seinen technischen Vorteil nutzen. »Sonst wird er sich irgendwie herauswinden wie früher auch.«

»Er wird nie jemanden akzeptieren.« Jaggard ließ seine moralischen Skrupel sausen. »Oder er wird jemanden wollen, dem er vertrauen kann wie Mitchell oder Andrew von F & E, Garry.«

Garrod Harvey schüttelte den Kopf. »Die sind alle zu sehr mit ihrer Gorbatschow-Arbeit beschäftigt. Und sie haben keine Lust, zur besten

Zeit auf Audley aufzupassen.« Er verzog das Gesicht. »Auf Audley aufzupassen ist eine undankbare Aufgabe. Und es war schon immer ziemlich gefährlich. Dafür hat F & E ohnehin keine Männer übrig. Oder Frauen.«

Diesmal hielt sich Henry Jaggard zurück, er wartete einfach auf die Aufklärung.

Garrod Harveys Kopfschütteln verwandelte sich in ein Nicken. »Heute morgen habe ich den Computer rein spekulativ mit ein paar Fakten gefüttert – biographischen Fakten.«

Henry Jaggard schaute ihn an und versuchte so zu tun, als könnte er »spekulative Fakten« und »biographische Fakten« aufgrund der durchgezogenen gelben Doppellinie weit unter ihnen auf Whitehall unterscheiden. »Und –?«

»Ich glaube, wir haben genau den richtigen Mann für den Job. Immerhin . . . ist er so was Ähnliches wie ein Mediävist. Und außerdem spricht er fließend Polnisch.« Garrod Harvey lächelte einladend.

Henry Jaggard war so erleichtert, das Thema Computer hinter sich gebracht zu haben, daß er die Einladung annahm. »Und –?«

Sie waren bereits über den Punkt hinweg, da Jaggard vielleicht gesagt hätte: »Was Sie vorschlagen, ist ungeheuerlich, Garry«, obwohl das, was er jetzt vorschlug, in der Tat ungeheuerlich war. »Er ist zwar nicht Audleys Sohn, Henry. Aber er hätte es sein können. Audley wird der Gelegenheit, sich vor ihm zu produzieren, niemals widerstehen können.«

TEIL ZWEI

Der Mann für den Job

Tom feuchtete die Spitze des Tintenstiftstummels an und schrieb »1025« neben die Linie des Zwingergrabens auf seiner Faustskizze.

Wenn Willys Messungen einen Umfang des *Hügel*grabens von ungefähr 500 Fuß ergaben, dann glich diese ganze *Zwinger- und Turmhügelburg* in ihren Ausmaßen, wenn auch nicht von der Epoche her, haargenau Topcliffe Castle – von der Epoche her einleuchtenderweise nicht, denn Topcliffe Castle wurde nach der normannischen Eroberung errichtet, und dies hier war bis jetzt nichts weiter als ein namenloser »Erdwall« auf einem Meßtischblatt. Folglich hätte es sich eigentlich um die illegitime Burg Ranulfs von Caen handeln können, die mit Sicherheit hier in der Gegend liegen müßte, wenn seine Berechnungen richtig waren.

Andererseits, so überlegte er zweifelnd, war hier nicht viel von einem Hügel zu erkennen; er schaute hinauf in das undurchdringliche Unterholz und versuchte die Höhe des Walls abzuschätzen. Wenn dies um die Mitte des zwölften Jahrhunderts *de jure* das Land des hiesigen Bischofs gewesen war, dann war es *de facto* und zweifellos Ranulfs Land; und beide, Ranulf und der Bischof, hatten im Bürgerkrieg mehrere Male und nicht immer zu gleicher Zeit die Seiten gewechselt. Doch die normannischen Barone – selbst ein betrügerischer, emporgekommener Halunke und bedeutender, gedungener Strauchritter wie Ranulf – hatten unter Zeitdruck und mit dem Feind im Nacken an hundert anderen Orten eindrucksvollere Erdwälle aufgeworfen als diesen hier. Folglich konnte es auch durchaus nur ein befestigtes Gut gewesen sein, über hundert oder mehr Jahre von Ranulf kurzer Blütezeit als dunkler Ehrenmann während der Jahre mittelalterlicher Anarchie getrennt. Berücksichtigte man die Erosion durch Wind und Wetter in den folgenden achthundert Jahren, dann hing jetzt alles von Willys Messungen ab, mit denen er Umfang und Durchmesser seines hypothetischen *Hügels* samt Palisaden und Turm festlegen wollte. Vielleicht konnte er in seinem nächsten Urlaub die Richtigkeit der Messungen nachweisen –

Das Geräusch kam von hinten – von oben und von hinten, aus dem Unterholz, das den Rand des *Zwinger*grabens einsäumte, wo er in den *Hügel*graben überging (falls es sich wirklich um eine echte *Zwinger-*

und Turmhügelburg handelte, dachte er pedantisch) –, und er nahm an, daß es Willy sein mußte, denn der *Hügel*graben war mit Dornen übersät – und Brombeergebüsch, das noch schlimmer war als das Gewirr über ihm, wo Ranulf einst der Macht König Stephens getrotzt haben mochte oder der der Kaiserin Mathilda, je nachdem, zu welcher Seite er seinerzeit gehalten hatte) –

Folglich würde er Willy um Verzeihung bitten müssen (nach jenem letzten, unglücklichen Ausrutscher am Rande des Wallgrabens in Sulhampstead, der *wirklich* nicht sein Fehler gewesen war – aber *arme alte* Willy –, würde sie im Zweifelsfall nie für ihn, den Angeklagten, entscheiden).

Doch es war nicht Willy. Es war – er ließ seinen Stift fallen, als er die Faustskizze in die Gesäßtasche seiner Jeans stopfen wollte; automatisch bückte er sich, um ihn aufzuheben und hielt dann, angesichts einer Uniform, teils einfach überrascht, teils aus einer momentan unverständlichen Angst heraus, ebenso automatisch mitten in der Bewegung inne.

Dann beugte sich die Angst einem selbstverachtenden Ärger darüber, daß er sich angesichts eines gewöhnlichen britischen Polizisten hatte ängstigen lassen – zugegeben, es war kein väterlicher Dorf-Bobby mit dem guten alten Helm, rotem Gesicht, Knopfnase und Fahrradklammern an den Hosen, sondern ein junger Gendarm mit Schirmmütze, der nicht älter als er war; indessen ein junger Gendarm, der ebenso überrascht schien, als er ihn erblickte, und jetzt eher damit beschäftigt war, sich aus den Fängen eines Dornenschößlings der letztjährigen Brombeerblüte zu befreien, der sich in seine Uniform verkrallt hatte.

Das Schlimme ist, rechtfertigte er sich rasch vor sich selbst, *daß ich in den beiden letzten Jahren zu viele Polizisten anderer Art getroffen habe: die von der Erst-mal-Schießen-Sorte und den Wen-juckt's-denn-Typen, und das ist eine Tatsache*! Doch der einmal aktivierte Reflex war trotzdem stark genug, daß er den Bleistiftstummel langsam aufhob und ihn mit einschmeichelndem Lächeln zwischen Daumen und Zeigefinger zur Inspektion hochhielt, während er sich entsprechend dieser Geste in Zeitlupe erhob, als wolle er sagen: *Nicht schießen, Officer! Ich bin's – Tom Arkenshaw . . . Und das ist bloß mein Bleistiftstummel – keine Handgranate oder Pistole!*

Aber der junge Polizist trampelte lediglich die verfänglichen Brombeeräste nieder, ohne die Gesten der Unterwerfung zu beachten, was wiederum Tom Zeit gab, sich seines britischen Verstandes zu besinnen und sich energisch zu fragen: *Warum schleicht sich am Graben des alten Ranulf ein verdammter Bulle an mich ran, und was macht er hier?*

Ein letzter Trampler. Und dann lutschte der junge Polizist an dem Finger, wo ihn ein Dorn gestochen hatte, bevor er wieder zu ihm runterschaute.

»Was suchen Sie da unten?« Der Polizist betrachtete nachdenklich seinen Finger und lutschte ihn dann wieder.

Toms Nackenhaare sträubten sich. Das war der Graben des alten Ranulf, jedenfalls beinahe – dies war weder irgendwo jenseits der grünen Linie in Beirut noch in einem pockenverseuchten Slum in der Dritten Welt in Schußweite eines britischen Konsulats. Schließlich dachte er: *Vielleicht ist hier betreten verboten –?* Aber in diesem Dikkicht, weit südlich von Watford Gap, gibt es doch sicher keine Bauern?

»Was –?« Aus Vorsicht stellte er sich etwas dumm, um der Frage noch weiter auf den Grund zu gehen, bevor er seine Stellung und Privilegien ins Spiel brachte. Doch schließlich lenkte ein Knacken und Krachen, das von rechts aus dem Grund des Grabens kam, die Aufmerksamkeit des Polizisten ab.

Andere Geräusche, die Tom deuten konnte, doch nicht interpretieren wollte, begleiteten das Knacken und Krachen, als er sich bückte, um nach ihrer Quelle zu sehen, und sich auf das Erscheinen ihres Verursachers vorbereitete.

»Was ist dort unten?« Der Polizist unterstellte – unterstellte nur zu Recht –, daß alles, was Tom »machte«, mit den Geräuschen in Verbindung stand.

Nervös spähte Tom in das Gestrüpp. Am niedrigsten Punkt des Grabens, der damals als Ranulf die hiesigen Bauern gezwungen hatte, ihn auszuheben, wahrscheinlich ganze sechs Fuß tiefer gewesen war, befand sich eine Art Tunnel. Doch obwohl er vielleicht der lokalen *Fauna* genügt hätte – den Füchsen bestimmt . . . und vielleicht sogar den Dachsen, falls es hier noch wildlebende Dachse gab –, war er kaum groß genug für Willy, oder –? Denn erstens war er schlammig –

»Haben Sie hier irgendwo einen Gentleman gesehen?« erkundigte sich der Polizist, der offensichtlich die Hoffnung aufgegeben hatte, eine andere Antwort zu erhalten, und ohnehin nicht erwartete, daß sie vom Grund des Grabens käme.

Es war Willy: Toms Gehör, auf das Schlimmste gefaßt, schnappte zwischen anderen Geräuschen, die Willys Weg markierten, übrigens genau seinen Angaben entsprechend und mit der Zwei-Yard-Meßlatte in der Hand, ein Wort auf – zwei Wörter, um genauer zu sein –

Tom wandte sich dem Polizisten zu. Er kam zu dem Schluß, daß es vielleicht gut war, daß ein Polizist anwesend war. Deshalb war es jetzt wichtig, den Mann einsatzbereit zu halten, um sich vor körperlichen Angriffen zu schützen.

Das Krachen wurde lauter, und die Worte – im guten alten angelsächsischen Tonfall, in dem die Gefühle der ursprünglichen Grabenschaufler widerhallten – wurden klarer.

»Hä?« Er ermutigte den Polizisten, die Frage zu wiederholen.

»Haben-Sie-hier –« Der Polizist schaute ihn verzweifelt an. »–irgendwo-einen-Gentleman-gesehen – einen *Gentleman*?«

»Nein«, sagte Tom wahrheitsgemäß. »Warum?«

Die unmittelbare Frage auf die unmittelbare Antwort war in dieser Situation angebracht, dachte Tom. Denn sie hielt den Polizisten einen Augenblick auf; und wenn Willy nicht im nächsten Moment auftauchen sollte, könnte er immer noch versuchen, die nächste Frage zu stellen – eine gute Frage aus dem späten Mittelalter, die schon John Ball gestellt hatte –

Als Adam grub und Eva spann, wo war da der Gentleman?

»Sie haben niemanden gesehen?« Der arme Teufel war jetzt endgültig zwischen dem Verdacht, einen schwierigen Kunden vor sich zu haben, und einem fesselnden Traumbild gefangen, als Willy rückwärts aus dem Brombeergestrüpp auftauchte; und das Adjektiv traf es genau; es war eher buchstäblich als freudianisch, denn Willys in Designer-Jeans gezwängtes Hinterteil gab ohne Zweifel einen Anblick ab, der dazu geeignet war, jeden Mann von seiner eigentlichen Aufgabe abzulenken, fand Tom.

»Nur sie«, antwortete er abermals wahrheitsgetreu, doch diesmal zweifelnder, als er den Zustand der Jeans sah.

»Sechsundsiebzig –« Sie hielt die Meßlatte noch immer in der Hand, als sie aus dem Tunnel herausbrach *»– siebenundsiebzig –«*

Das war aber nicht der gesamte Umfang des Burgwalls, überlegte Tom rasch. Er hatte arglos die längere Linie des *Zwinger*grabens genommen und wußte nichts von dem Gestrüpp auf der gegenüberliegenden Seite des Walls, durch das sie sich hatte kämpfen müssen, was ihm wiederum Zeit ließ, jenen Teil des Wallumfangs zu messen, der in den *Zwinger* paßte. Das hieß also 77 plus 25 multipliziert mit sechs.

Das bedeutete, daß Ranulfs Burg etwas größer als Topcliffe war, wenn auch nicht entscheidend. Das könnte heißen, daß Ranulf während der heißen Phase des Bürgerkrieges dort gebaut hatte, wo achtzig Jahre zuvor Wilhelms Männer in Yorkshire gegen den Widerstand einer weitgehend unerobertenen, aber schlecht organisierten und führerlosen angelsächsischen Bevölkerung hastig ihre Schanzen aufgeworfen hatten. Das glich also die Sache aus. Aber . . . aber gleichzeitig festigte es seine Theorie, dies könne eigentlich nicht Ranulfs Hauptquartier in Sussex sein. Oder . . . wenn es sein Hauptquartier war, hieß das vielleicht –

»Du *Scheißkerl*!« rief Willy, während sie auf den Fersen im Schlamm hockte. »Schau, was du mir angetan hast!« Sie musterte sich selbst: »Himmel!«

Die Designer-Jeans waren sicher nicht mehr wie zuvor, als er Willy losgeschickt hatte, um den Burggraben zu vermessen. Und die Haare waren hinten und vorne aus der Façon geraten.

»Himmel!« Sie nahm eine Hand von der Meßlatte, um die andere zu untersuchen. »*Verdammt noch mal*, ich bin verletzt!«

Das waren sicher die abgestorbenen Brombeerschößlinge vom letzten Jahr gewesen – oder die Dornbüsche im Tunnel. Für Brennesseln war es dieses Jahr sicher noch viel zu früh. Denn weder letzte Woche in Sulhampstead noch innerhalb der alten Römerwälle in Pevensey die Woche zuvor hatte es Brennesseln gegeben.

Willy war damit beschäftigt, an ihren Fingern zu saugen –

Brennesseln waren interessant, dachte Tom. Stets tauchten sie eher in Verbindung mit landwirtschaftlicher Nutzung auf als in der Nähe militärischer oder klösterlicher Bauten – war das richtig oder falsch? In Sulhampstead hatte es Schafe gegeben und in Pevensey Kühe. Oder war es anders herum? Wie auch immer, das war vielleicht die Gelegenheit zu einigen interessanten Nachforschungen dort –

»Tom!«

Tom war einen Moment lang verärgert – er hatte nie zuvor über die Verbreitung von Brennesseln nachgedacht –, doch schließlich merkte er zu spät, daß Bedauern und Schuldgefühle von ihm verlangt wurden, und er versuchte sein Gesicht entsprechend zu verziehen. »Willy, Liebes, tut mir leid –«

»Scheißkerl!« Ihre Stimme schlug von Selbstmitleid in eiskalten Zorn über: Vielleicht erinnerte sie sich an ihre Erlebnisse in Sulhampstead.

»Ich habe gesagt, daß es mir *leid* tut –«

»Ich werde dir *Leid* geben!« Sie nahm die Meßlatte in beide Hände und stach wie mit einem Speer nach ihm. »Ich werde dafür *sorgen*, daß es dir leid tut –«

»Komm, Willy – sei nicht so.« Als sie wieder nach ihm stach, sprang Tom zur Seite. Er war gerade außer Reichweite, doch sie hatte sich auf ein Knie erhoben und zielte gefährlich tief in eine Gegend, wo es ihm sicherlich leid täte, wenn er dort verletzt würde. »Willy!«

»Nenn mich nicht ›Willy‹ –« Im gleichen Moment, da sie sich von ihrem anderen schlammverklebten Knie erhob und sich gleichzeitig drehte, um ihr neues Ziel zu erreichen, sah sie den Polizisten hinter ihm am Rande des Grabens.

Der offenbar ansonsten sprachlose Polizist, eben Zeuge einer beabsichtigten »schweren Körperverletzung« geworden, räusperte sich nervös. Vielleicht war es auch der bloße Anblick von Willy selbst, dachte Tom voller Besitzerstolz.

»Mann!« In dem Moment, in dem sie den Polizisten gewahrte, verwandelte sich das breite Zähnefletschen in staunende Überraschung, doch im nächsten Augenblick hatte sie ihre Miene wieder soweit unter Kontrolle, daß sie jetzt lediglich Interesse zeigte. »Tja, hallo, Officer!«

Toms Bewunderung wuchs, und er spürte jenen merkwürdigen Anflug eines Gefühls, das er erst jüngst mehrere Male erlebt hatte, ohne sich die Mühe, es zu erforschen, gemacht zu haben. Vielleicht aber wagte er es nicht, es zu erforschen – war es das? fragte er sich und scheute wie vor einer imaginären Ampel zurück, die gleichzeitig auf Rot und Grün stand.

»Guten Morgen ... Madame.« Einen Augenblick lang schien der Polizist nicht zu wissen, wie er sie anreden sollte. Doch das lag sicher ebenso am breiten Akzent des amerikanischen Mittelwestens – Fremde waren immer durchtrieben – wie am Widerspruch zwischen dem ungepflegten Erscheinen und ihrem überschwenglichen Selbstvertrauen, schätzte Tom.

»Er sucht einen Gentleman, Willy«, setzte er sie in Kenntnis.

»Ah-hah?« Sie sah ihn nicht einmal an, während sie aufstand, wobei sie ihre eben noch tödliche Waffe als Stütze benutzte. »Nun, nun, ich nehme an, es ist besser, wenn er irgendwo anders sucht –« Sie setzte ihr bestes Lächeln auf. »– denn hier gibt es keinen Gentleman.«

Da wußte Tom, was er bereits gewußt hatte, als der junge Polizist aus dem Nichts erschienen war. Er hatte sich lediglich gesträubt, weil er es nicht hatte wissen wollen. Denn wenn jemand glücklicher und sorgloser war, als er das Recht hatte, dann hatte er auch das Recht, einer neunundneunzigprozentigen Gewißheit zu trotzen, und sei es nur für den Fall, daß das verbleibende Prozent auf seiner Seite stehen könnte. Doch er wandte sich wieder dem Polizisten zu und verabscheute sich zugleich selbst, weil er sich plötzlich sogar noch glücklicher fühlte – nicht mehr sorgenfrei, sondern jetzt erregt und völlig von jener alten, süchtigmachenden Droge verzehrt – weil sie ihn so dringend benötigten. Und während sich ihre Blicke trafen, weidete sich sein Glück daran, daß auch der Polizist wußte – wenn auch noch nicht mit annähernd neunundneunzigprozentiger Gewißheit –, daß dieser ziemlich unmöglich und zigeunerhaft aussehende Nicht-Gentleman dennoch sein *Gentleman* war – sein *Gentleman*, der sich einfach dumm stellte, nicht mehr.

Fünf Sekunden kämpfte der Polizist gegen die noch verbliebenen Zweifel, doch schließlich kapitulierte er angesichts einer geringfügig größeren Unwahrscheinlichkeit. »Sir Thomas Arkenshaw?«

Tom fühlte mit ihm. Die Hälfte seines Rüstzeugs entsprang den stürmischen, zufälligen Ereignissen der Geschichte des zwanzigsten Jahrhunderts, die ungleiche Gene aus verschiedenen Milieus gekreuzt hatte; und er wußte auch, daß es für gute, solide Engländer wie diesen immer schmerzlich war, die 350jährige Würde eines Baronets einem derart fragwürdigen Subjekt zuzuerkennen.

»Ich bin Sir Thomas Arkenshaw.« Seine fremde Hälfte unterwarf sich wie immer verächtlich dem anglo-normannischen Teil seiner Person: Die Dzieliwskis waren in hundert Schlachten gezogen, bevor die Arkenshaws, Kaufleute niederer Herkunft, genügend Geld beisammen hatten, um einen verblasenen englischen Stuart-König zu interessieren. »Jawohl.«

»Ich danke Ihnen, Sir – Sir Thomas.« Der Polizist stolperte leicht über »Debretts korrekte Form der Anrede«, ein Teil von ihm war offensichtlich noch immer nicht willens, sich der Identifizierung zu fügen. Er straffte seine Schultern und entschied zugunsten des Angeklagten. »Tut mir leid, daß ich Sie störe, Sir Thomas –« Er hatte Mühe, nicht zu Willy zu schauen. »– aber da ist . . . da ist ein anderer Gentleman, der Sie sehen möchte . . . dringend. Er wartet auf Sie, unten am Weg, beim Tor.«

Jetzt war es an Tom, ungläubig zu sein. »Hier?«

»Ja, Sir – Sir Thomas. Am Tor.«

Das änderte einiges. Daß nach einem geschickt wurde, war eine Sache: Er lebte mit Willy zusammen, das wußten sie routinemäßig, und die Leute vom Hotel wußten, wo man ihn heute morgen finden konnte. Den nächsten Polizisten loszuschicken, der ihn ausfindig machte, war deshalb der einfachste und schnellste Weg, ihn zurückzupfeifen. Aber diese automatische Annahme war falsch gewesen, denn der Berg war zum Propheten gekommen. Und das war etwas gänzlich anderes.

»Okay. Ich komme sofort –« Er hatte sich bereits in Bewegung gesetzt, bevor er sich seiner Manieren erinnerte und sich zu Willy umdrehte. »– würden Sie mich für einen Moment entschuldigen, Miss Groot –?«

»Bitte sehr, *Sir* Thomas.« Als gute Dienerin einer großen Republik akzeptierte sie diesen Ruf zur Pflicht ohne Widerrede, jedoch mit gehöriger Respektlosigkeit gegenüber dem unverdienten und unrepublikanischen Titel, den er trug.

»Ich danke Ihnen, Miss Groot.« Tom warf ihr die Worte über die Schulter zu, während er den Graben zu dem Polizisten hinaufkletterte.

(Jemanden herzuschicken, der ihn vermutlich an Ort und Stelle instruierte, . . . das könnte Panik bedeuten, mehr oder weniger –)

Er rutschte mit dem Fuß weg und schlitterte einen halben Meter zurück –

(Wie haben sie ihre Gräben *tatsächlich* gebaut? War die Befestigung aus Grassoden oder aus Holz?)

(Im anderen Falle . . . wer immer es war, der seine Beziehung mit der örtlichen Polizei spielen ließ – *ein anderer Gentleman*, das ließ einen gewissen Rang vermuten, also könnte es sogar Phillipson sein –)

Der Polizist erkannte Toms Problem und streckte helfend eine Hand aus.

(Unterschieden sich normannische Gräben von angelsächsischen Bauwerken? Oder von römischen – waren die Kenntnisse weitergegeben worden? Das klang unwahrscheinlich; für England ohnehin, wenn nicht für ganz Europa . . . Doch was war mit den römischen Gräben der großen Hügelfestungen –?)

Der Polizist erfaßte seine Not wie auch seine Hand und zerrte ihn die letzten Meter hoch.

(Es mußte irgendwo Forschungsergebnisse über den Grabenbau geben – wie auch etwas über das Vorkommen von Brennesseln existieren mußte; so war es doch immer, erhellend und frustrierend zur gleichen Zeit: Es gab immer jemanden, der zuvor schon einmal hergekommen oder dagewesen war und die gleichen Fragen gestellt hatte –)

»Danke.« Mittels eines Lächelns schloß er Frieden mit dem Polizisten. Er mußte jetzt aufhören, über die illegitime Burg des alten Ranulf nachzudenken. Vielleicht war es überhaupt keine Panik, sondern nur Phillipson (oder wer immer), der aus irgendeinem läppischen Grund seine Macht spielen ließ, um auf jemandes Kopf herumzuhacken. Oder vielleicht sogar, um Willy abzuklopfen –

Nein, das wohl kaum. Willy war eine bekannte Größe, und er hatte seine Freundschaft mit Willy gemeldet, wie es die Vorschriften wollten. Also konnten sie ihr nicht die Leviten lesen.

Er schritt weiter aus. Nur noch ein paar Meter und er würde den Weg hinunterschauen können, der einst für kurze Zeit eine belebte Straße zu Ranulfs illegitimem Stützpunkt gewesen war, aber unter Henry Plantagenets eiserner Regentschaft rasch wieder zum bloßen Feldweg verkommen sein mußte, um dies danach für immer zu bleiben. Armer alter Ranulf –

Armer alter Tom! Er berichtigte sich sofort, als er zum Tor hinunterschaute und Henry Jaggard sah. *Armer alter Tom!*

Jaggard? Mein Gott! Als er meinte, der Berg komme zum Propheten, hatte er nur an den Snowdon oder den Ben Nevis gedacht, nicht an den Montblanc oder die Nordwand des verdammten Eiger!

»Sir?« Wenigstens brauchte er nicht so zu tun, als sei er erstaunt. Selbst wenn er sich in Willy getäuscht haben sollte – selbst wenn Willy ein KGB-Major in Frauenkleidern wäre –, würde das nicht die Anwesenheit Henry Jaggards hier auf Ranulfs Straße, gleich neben der Öffnung zu Ranulfs *Zwinger*graben, rechtfertigen.

»Tom, lieber Junge!« Henry Jaggard schaute ihn mit kurzem Widerwillen an. »Tut mir leid, daß ich Sie so überfallen muß –« Er sah sich um. » –hier, wo sich die Füchse Gute Nacht sagen.« Mit einem bösen Lächeln wandte er sich wieder an Tom. »Was um alles in der Welt machen Sie hier?«

Wo sich die Füchse Gute Nacht sagen, war genau richtig, dachte Tom mit plötzlicher Einsicht: Jaggard wußte genau, was er tat und warum er hier war – und mit wem er hier war, bis hin zur Zimmernummer im Hotel. Denn es waren sein Recht und seine Aufgabe, es zu wissen. Trotzdem war es noch immer da, wo sich die Füchse Gute Nacht sagen.

»Ich vermesse nur eine weitere *Zwinger- und Turmhügelburg*, Sir.« Tom ließ sich auf diese Fiktion ein und untermauerte sie noch. »Ich denke, es ist eine der illegitimen Burgen, die Ranulf von Caen während der Herrschaft König Stephens gebaut hat – Mitte des zwölften Jahrhunderts. Aber nie hat jemand genaue Messungen vorgenommen.« Zeit für ein entwaffnendes Grinsen. »In Herricks *Mittelalterli-*

che Erdbauten steht sie eigentlich als befestigtes Gut aus dem späten dreizehnten Jahrhundert. Aber ich glaube nicht, daß Herrick sich je die Mühe gemacht hat hierherzukommen.«

»Wirklich?« Als Lohn für das entwaffnende Grinsen erntete er höfliches Desinteresse. Keiner legte den anderen herein. »Das ist ziemlich interessant, würde ich sagen.« Jaggard schaute noch einmal über die Landschaft, wo sich die Füchse Gute Nacht sagten. »Aber ich kann vielleicht verstehen, warum er es nicht getan hat – Herrick hieß er, oder?« Jaggard hatte, schlicht gesagt, nicht mehr von Professor Albert Herrick gehört als von – von, sagen wir mal Ranulf selbst ... oder von Ranulfs Zeitgenossen, König Boleslaw III. von Polen, denen Toms Vorfahren, die Dzieliwkis, gedient hatten. »Es ist ziemlich unzugänglich, oder?«

Ja, dachte Tom. *Und der beste Platz, den sich Henry Jaggard erträumen konnte, um den armen alten Tom Arkenshaw unbeobachtet und inoffiziell zu treffen*!

Jaggard warf ihm einen wissenden Blick zu. »Und Miss Wilhelmina Groot stört es also nicht, mit Ihnen hier den Unbilden der englischen Landschaft zu trotzen?«

»Nein, Sir.« Es war nicht nötig, daß der Kerl Willy so unelegant ins Gespräch brachte. »Ihre Vorfahren haben in den sechziger Jahren des neunzehnten Jahrhunderts in Iowa und Minnesota solche Festungen gegen die Sioux errichtet, wie sie mir erzählt hat –« Tom deutete auf Ranulfs Schutzwall. »– natürlich nicht in der gleichen Bauweise ... aber mehr oder weniger mit den gleichen Gedanken an Verteidigung – nur Erde, Holz und Arbeitszeit – *plus cą change* und all das.«

»Wirklich?« Henry Jaggard öffnete den Mund, um weiterzureden, doch Tom war ihm wegen Willy noch etwas schuldig.

»Wenn Sie Zeit haben, kann ich Ihnen zeigen, wie es funktioniert. *Zwinger und Turmhügel* ist so ziemlich die normannische Standardbauweise, mit geringfügigen Abweichungen. Es ist auf der anderen Seite ein bißchen schlammig und zugewachsen, aber –«

»Danke Tom! Doch ... unter diesen Umständen ... *nicht*, befürchte ich.« Eine winzige Spitze von Henry Jaggards Abneigung durchbrach sein oberflächliches Selbstvertrauen wie eine Haifischflosse die glatte See und warnte Tom: Was immer Jaggard für eine Überraschung für ihn bereithielt, es würde keiner jener ruhigen, diplomatischen Jobs in einem sicheren Land im kommunistischen Osteuropa sein, wo möglicherweise das Essen schlecht, aber das Ausmaß des Terrorismus bis zur Langeweile eingeschränkt war. Außerdem war sich Tom darüber im klaren, daß er mit seiner Vergangenheit mütterlicherseits in den meisten dieser Länder ohnehin *persona non grata* war.

Und außerdem hatte er sein Glück bereits bis an die Sicherheitsgrenze strapaziert. Daher war es jetzt zweckmäßig, etwas Diensteifer an den Tag zu legen. Also ... *obwohl dich gerade dieser Hundesohn nie befördern wird, Thomas Arkenshaw-Dzieliwski ... zeig das passende pflichtbewußte, begeisterte Interesse, verdammt noch mal*!

Obwohl Henry Jaggard, um fair zu sein, immer scharfsinnig vorging, kamen seine Vorurteile im allgemeinen nicht seinen Pflichten in die Quere. Folglich war er möglicherweise nur etwas ungezogen gewesen, dachte Tom teilweise reumütig. »Ja, Sir?«

Jaggard taxierte ihn einen Augenblick. »Wir haben ein bißchen Aufregung, Tom. Und ... es tut mir wirklich leid, daß ich Sie so überfallen muß, glauben Sie mir ... aber Sie haben genau die Persönlichkeitsstruktur dafür, verstehen Sie? Folglich ist ihr Urlaub ab sofort gestrichen.«

»Das macht nichts, Sir.« Tom winkte mit einem imaginären Palmzweig zurück. »Dieser Erdwall wird mir nicht davonlaufen.«

»Und Miss Groot?« Angesichts seines Sieges war Jaggard plötzlich großzügig. »Sie ist doch Senator Groots Tochter? Oder Enkelin?«

»Eigentlich die Nichte.« Nein, überhaupt nicht großzügig. Einfach diplomatisch – diplomatisch gegenüber Miss Groot, nicht gegenüber *Sir* Thomas, dessen wahre Größe genau bekannt war, und der infolgedessen einfach *Tom* war. Trotzdem zuckte er gnädig mit den Schultern. »Aber ich glaube, sie wird auch nicht davonlaufen. Nicht daß es mir etwas ausmacht.« Merkwürdig genug begann es ihm etwas auszumachen, obgleich das kaum der Moment war, es sich einzugestehen geschweige denn Jaggard. »Aufregung sagten Sie?« Und dies war gewiß noch weniger der Moment, so zu tun, als sei er nicht überrascht, den aufgeregten Jaggard hier zu treffen, wo sich die Füchse Gute Nacht sagten. Bei Jaggard hatte er nicht nur keine Veranlassung, den Dummen zu spielen – er konnte sich dies absolut nicht leisten. »Welche Aufregung?«

Jaggard schaute an ihm vorbei; er wollte sichergehen, daß die Nichte von Senator Groot nicht ungelegen am Horizont auftauchte. Dieser eine Blick genügte, denn der junge Polizist schien seiner Pflicht nachzukommen, sie dort aufzuhalten, wo sie war. »Tom ... wann hatten Sie zuletzt mit Forschung und Entwicklung zu tun?«

Tom hatte alle Fragen außer dieser erwartet. Sie konnte sich auf alles beziehen, von Beirut über Managua bis Belfast; vom Schwarzen September über die Roten Brigaden (wie kürzlich wiederbegründet) bis zur IRA. Aber ... es lag, verdammt noch mal, viel näher als all das. »F & E?« Aber Jaggard wußte verdammt gut, wann er das letzte Mal F & E konsultiert hatte: Es war eine verdächtig unnötige Frage. »Schon lange nicht mehr, abgesehen von ihren Routineinstruktionen – denjenigen, die ich erhalten darf –?« Er hatte das Recht, seine Erklärungen mit einer Frage enden zu lassen.

»Ich meine, von Angesicht zu Angesicht. Nicht die Instruktionen.«

»Teufel!« Tom bemühte sein Gedächtnis. »Einer von ihnen hat seinen Senf bei diesem Seminar dazugegeben ... Er war drüben in Dublin – *Feldforschung* hat er es genannt.« Sein Gedächtnis formte Gesicht und Fakten. »Mitchell war sein Name – bei den Instruktionen ›Quelle PLM‹ ... Er hat sich via alter Geschichte mit der IRA und dem KGB befaßt. Wir haben die Auslandsverbindungen der Fenier in Amerika zurückverfolgt, über Napoleon und Ludwig XIV. bis zu Philipp von Spanien. Er ist Historiker – er hat sogar ein Buch herausgebracht –« Soweit er sich erinnerte, hatte der Mann sogar beste irische Whiskysorten empfohlen; doch das konnte er bei einem Abstinenzler wie Jaggard nicht anbringen, bei Gott! »– ein Militärhistoriker –?«

»Wen noch?« Jaggard hakte Mitchell ab. »Bei F & E?«

Tom verlegte sich auf Vorsicht. Doch das durfte er nicht zeigen. »Nun – Colonel Butler schmeißt den ganzen Laden, natürlich –« Doch das war ein Gemeinplatz, beschämend für beide. » – wen noch *was*?«

»Wen kennen Sie bei F & E?«

Die Vorsicht wurde trügerisch. »Wen ich kenne? Eigentlich niemanden.« Nicht daß er irgendeine besondere Loyalität gegenüber Colonel Butlers Bruderschaft hatte, die in ihrer eigenen Welt zu leben schien und ihre eigenen Ziele verfolgte (Ziele, die sich Gottlob bislang von seinen unterschieden). Doch auf jeden Fall gab er vorher besser zu, daß er wissen wollte, warum ihn Jaggard ins Kreuzverhör nahm. »Ich habe Mitchell getroffen. Und ich weiß *von* Colonel Butler – dessen Laufbahn natürlich weit zurückreicht –« Er konnte es nicht zulassen, daß dieses *natürlich* in Zweifel gezogen wurde, denn obwohl Colonel Butlers Laufbahn weit zurückreichen mußte – er war schließlich Direktor von F & E –, wußte keiner etwas über ihn – sie wußten überhaupt nicht viel über irgend jemanden bei F & E; also mußte er ein paar Namen als Köder auslegen, und zwar schnell. »– und Macready, den Wirtschaftler, und sie haben einen Mann von Special Branch, der

Experte für Gewerkschaftsführer ist – oder vielmehr für die jungen Aussteiger, die den Kurs verlassen haben und dort drüben ihr Handwerk lernen, wie –«

»Andrew.« Jaggard nickte und paßte sich rasch Toms verzweifelter Indiskretion an. »Ex-Superintendent Andrew.« Er nickte wieder. »Und ich glaube, Sie müßten Commander Cable kennen – gesellschaftlich vielleicht?«

Jetzt mußte er nahe dran sein, dachte Tom: James Cable nicht nur als zeitweiliges Anhängsel, sondern als eingefleischten F & E-Mann ins Gespräch zu bringen –

»James, natürlich«, gab Tom zu. Also war James tatsächlich der Gesellschaftskontakt von F & E und nicht nur ein Mann der Royal Navy, der auf eine Berufung auf das Atom-U-Boot *Trident* wartete, um das Kommando seines Vaters zu übernehmen.

»Und Audley?« Jaggard entspannte sich soweit, daß er überprüfen konnte, ob Miss Groot ihre Verteidigungslinien noch nicht durchbrochen hatte.

»Natürlich habe ich von ihm gehört.« *Um wen würde es sich handeln*, wunderte sich Tom. Die absolute, die hundertprozentige Wahrheit war, daß Tom überhaupt nicht viel von F & E wußte: Sie waren angeblich ein Haufen Verrückter, die mit fragwürdigen Mitteln, welche nur sie selbst kannten, gutes Material produzierten, aber selten aus ihrem Elfenbeinturm in die wirkliche Welt herauskamen; weil sie nur (wie ein Gerücht besagte, dachte er nervös) Aufgaben annahmen, die sonst niemand wollte und die immer für jemanden mit Tränen endeten.

Aber Jaggard beobachtete ihn jetzt sehr genau, und das beflügelte sein Gedächtnis auf beunruhigende Weise, nachdem er an Willy gedacht hatte, die irgendwo da draußen hinter Ranulfs Erdwällen war: F & E hatten immer gern eine oder zwei obligatorische Frauen in ihren Reihen, hatte man ihm erzählt. Und sie hatten einmal eine kleine Schönheit, die sie unter besonders schmerzlichen und schlimmen Umständen verloren hatten; deswegen hatten sie jetzt eine andere, deren Intelligenz, wie man sagte, nur von ihrer Häßlichkeit übertroffen wurde, was ganz und gar außergewöhnlich war.

»Ja?« Jaggard sah aus wie ein alter Fuchs, der ein junges Kaninchen beobachtet, das in einem Dornengestrüpp hockt, fand Tom.

»Eigentlich kenne ich niemanden weiter.« O nein, Bruder Fuchs! Was immer Jaggard von Willy oder ihren Vorgängerinnen wissen mochte, sie gehörten auf jeden Fall zur Außenwelt. Falls er also irgendeine Ahnung vom Geheimnis von F & E hatte, so hegte er einen anderen Gedanken. »Ich kenne wirklich keinen von ihnen – das habe ich ihnen doch gesagt.«

»Sie *kennen* David Audley nicht?« Jaggard deutete leichte Bestürzung an. »Das . . . überrascht mich aber wirklich.«

Audley? Tom runzelte die Stirn. »Warum überrascht Sie das?«

»Ich dachte, er sei ein alter Freund der Familie. Das heißt, ich bin mir sicher, daß er das ist, Tom.« Jaggards leichte Bestürzung verwandelte sich in mißtrauischen Zweifel. »Ihrer Mutter wie auch Ihres verstorbenen Vaters, – hä?«

»Meiner –?« Tom verhaspelte sich und war nicht in der Lage, sich rasch genug hinter der Wahrheit zu verschanzen. »– meiner Mutter? Nun, wenn das so ist, ist mir das neu –« Der plötzliche Zweifel in seiner Stimme machte alles nur schlimmer. *Audley?*

»Um nicht zu sagen, ein alter Verehrer, in der Tat.« Jaggard pflichtete sich selbstgefällig bei. Dann sah er Toms Gesichtsausdruck. »Natürlich ein erfolgloser Verehrer – *proxime accessit*, aber erfolglos – das heißt, *er rannte auch, konnte sich aber nicht plazieren*, . . . und vor langer, langer Zeit –« Jetzt versuchte er sich tatsächlich herauszuwinden. »– spielten Ihr verstorbener Vater und er in Cambridge zusammen Rugby, Tom.«

Oh – *Scheiße*! dachte Tom und ignorierte seinen Chef einen Augenblick. Mutters Verehrer waren Legion gewesen, lange bevor Vater seinen Titel für ein neues Paar Flügel zu Geld machte, doch sie lagen noch immer im Bereich seiner kindlichen Erinnerungen. Folglich sollte es ihn eigentlich nicht überraschen, daß es andere und jüngere Motten gegeben hatte, die sich zu der Zeit, da sie noch jung und unbekümmert war, die Flügel an Mutters Licht verbrannt hatten – *Scheiße*!

»Das war lange vor Ihrer Zeit.« Jaggards Selbstzustimmung war nicht mehr selbstgefällig, sie war beschämend kleinlaut. »Ich hätte das bemerken müssen.« Dann erinnerte er sich wieder an seine Pflicht. »Aber er ist jedenfalls ein alter Freund.«

Durch eben diese unumgängliche Pflicht wurde Tom gerade noch davor bewahrt, *Wie zum Teufel wissen Sie das?* zurückzuschnauzen. Denn dies war wirklich nur von fachlichem Interesse – weil es Jaggards Geschäft war, es zu wissen, lautete die unmittelbare Antwort; und in dieser Angelegenheit konnte er Mutter später, zu einem anderen Zeitpunkt, Vorhaltungen machen. Jetzt zählte lediglich, daß es mit Sicherheit der Wahrheit entsprach.

»In Cambridge?« Er dämpfte seine Stimme wieder auf berufliches

Interesse. »Das war aber ziemlich vor meiner Zeit.« Doch . . . ausgerechnet *Audley* – der Name schoß ihm wieder durch den Sinn: Audley war jetzt . . . eine *bête noire* oder wenigstens eine *eminence grise*, ebenso ein *elder statesman* und irgendwie eine Legende, anstatt ein *proxime accessit* – also . . . *vertrau auf Mutter!* Aber mittlerweile war Jaggard hier. »Ich fürchte, Ihre Reise war vergebens.«

Jaggard betrachtete noch einmal die Umgebung, wie einer von König Heinrichs II. Mannen, der sichergehen will, daß Ranulf von Caen nicht länger seinen illegal erbauten Stützpunkt besetzt hält. »Nicht vergebens, Tom.«

Nein? »Ich meine, ich kann Ihnen nichts über ihn erzählen . . . was Sie nicht mit Sicherheit schon wissen –«

»Über ihn – Audley?« Unglauben. »Mein lieber Tom, ich weiß bereits alles, was ich über David Audley wissen muß. Er ist ein sehr alter Kollege – um nicht zu sagen ein alter Freund.« Jaggard lächelte beinahe. »David und ich kennen uns schon sehr lange, fast seit der Steinzeit.« Das Beinahelächeln verflog. »Es wäre natürlich von Vorteil gewesen, wenn Sie mit ihm bekannt gewesen wären. Aber nur ein geringer Vorteil – ist nicht so wichtig.«

»Wichtig wofür?« Tom konnte den Argwohn in seiner Stimme nicht unterdrücken.

»Für das, was Sie tun sollen.«

Etwas Aufregung, erinnerte sich Tom. »Ich werde am Freitag in Athen erwartet.«

»Darum brauchen Sie sich nicht mehr zu kümmern. Frobisher hat zugestimmt, Sie mir vorläufig auszuleihen.« Das Beinahelächeln kehrte wieder. »Er meinte, Sie würden sich freuen – und daß Sie nicht gern mit Griechen zu tun haben.«

»Das habe ich nicht.« Frobisher würde sich nicht gefreut haben: Jaggard mußte seine Beziehungen spielen lassen haben, um diese »Zustimmung« zu erreichen. »Aber wir werden dort ein Problem bekommen –«

»Dann wird es das Problem eines anderen sein.« Jählings unterbrach Jaggard seinen halbherzigen Protest. »Denn von diesem Augenblick an ist Audley Ihr Problem.«

So das Wort abgeschnitten zu bekommen ärgerte Tom. »Aber es gibt sonst niemanden, der so damit umgehen kann wie ich. Es ist keine Frage des Schutzes – das nächste Mal wird es kein diplomatischer Schlag mehr sein, dann ist ein britischer Tourist dran. Und es wird eine Bombe sein. Also muß jemand die Griechen veranlassen, sofort etwas präventiv zu unternehmen –« Der Gedanke, daß Bill Bennet mit Hilfe eines Dolmetschers mit Colonel Stamatopoulos debattieren sollte, ärgerte ihn noch mehr. »– und ich kann das tun. Weil . . .« Zu spät hielt er sein großes Mundwerk: Er trat nicht nur das Planmäßige, das Unausweichliche mit Füßen, er wertete auch Bill ab, der in Afrika und Mittelamerika nicht nur besser als er gewesen war, sondern obendrein auch noch ein guter Kerl. Doch das war hier, am Rande von Ranulfs Graben, schwierig zu erklären, zumal ihm nun die ersten Tropfen des täglichen Regenschauers ins Gesicht klatschten.

»Weil Sie der Beste sind?« Jaggard ignorierte den Regen.

»Weil ich Griechisch spreche.« Bills Lösung der britisch-griechischen Beziehungen hieße, die Marmorskulpturen aus dem Parthenon reparieren zu lassen, die jetzt im Britischen Museum standen; als wäre das das gleiche wie General Wolseleys westafrikanischer Benin-Mist.

»Weil Sie der Beste sind, Tom.« Jaggard ignorierte seine Antwort. »Aber wie es sich so ergibt, es ist nicht viel anders als das, was Sie zu tun gewöhnt sind. Der einzige echte Unterschied ist der, daß er leichter sein sollte, der Schutz, den ich möchte.«

Es war an der Zeit, mit dem Debattieren aufzuhören – oder so zu tun, als ob man debattiere, dachte Tom: Es war an der Zeit herauszufinden, was Jaggard wirklich wollte. »Aber Audley ist kein Diplomat –« Doch er merkte, daß es darauf keine Antwort gab. »– nicht hier, in England –?«

»Ich möchte lediglich, daß Sie Audley beschützen –« Jaggard hielt plötzlich inne und sah ihn eine Zeitlang durch seine regennassen Brillengläser an. »Natürlich möchte ich Audley beschützt haben – nicht nur, weil er ein alter Freund ist, sondern . . . weil das, was Audley in seinem Kopf hat, für uns wahrscheinlich mehr Wert hat als alles aus Jack Butlers Computerarchiv.«

Das war der Kern von Forschung und Entwicklung, dachte Tom: der einzige Grund, warum die Abteilung noch existierte, war der, daß sie ihre höchsteigenen Geheimnisse hatte, die sie wie Karten ausspielte und in die sie sich trotz gegenteiliger Befehle nicht schauen ließ.

»Er trifft sich mit einem Russen, Tom.« Pause. »Im Augenblick ist es eine irgendwie vage Situation. Aber sie sind vielleicht in der Lage, sie für uns zu festigen, darauf baue ich.«

Ein Russe, dachte Tom. Und dann . . . *ein Russe im Vereinigten*

Königreich – als Antwort auf Toms Frage nach Audley hatte Jaggard dies in etwa angedeutet, nachdem er zu verstehen gegeben hatte, daß es nicht viel anders sei als das, was zu tun er gewöhnt war. Aber was meinte er mit »festigen«? »Ein russischer Diplomat?«

»Ein Diplomat.« Aber Jaggards Gesichtsausdruck bestätigte seine Worte nicht. »Namens *Panin – Nikolaij Andrejewitsch Panin.*« Er erwiderte Toms fragenden Blick ohne ein Zeichen von Überraschung. »Professor für skythische Studien – oder möglicherweise für skythische Archäologie, ich weiß es nicht ... Doch für unser Vorhaben hat er diplomatischen Status, als soundsovielter Kulturattaché, der die Möglichkeiten einer skythischen Ausstellung im Britischen Museum im übernächsten Jahr erörtert.«

»Ah-hah?« Ungeachtet Jaggards bewegungsloser Miene hatte Tom seine eigenen Erfahrungen mit gewissen russischen Kulturattachés im Nahen Osten, die so aussahen und sich so benahmen, als könnten sie prähistorische Ausstellungen aus eigener Erfahrung organisieren. »Zu welchem Direktorat würde er denn gehören? KGB-Archäologie – gibt es dafür eins?«

Jaggard blickte zu den Regenwolken auf, die sich noch immer nicht entscheiden konnten, ob sie ihre volle Last hier abladen sollten, wo es kein Schutzdach gab, oder weiter östlich, wo mehr Leute waren. »Das wäre gar nicht so unpassend für den Genossen Panin, wissen Sie.« Er nahm ein Taschentuch heraus und begann seine Brille zu trocknen. »Aber er hat auch eine sehr lange Vergangenheit bei der Staatssicherheit – noch vor dem KGB, sogar vor dem MWD ... wahrscheinlich NKWD, in den frühen vierziger Jahren, im Befreiungskrieg – Gott weiß, vielleicht sogar noch davor, trotz allem, was wir wissen.« Er setzte seine Brille wieder auf und sah Tom an. »Das macht ihn noch älter als seinen Freund David Audley – seinen alten Freund David Audley.«

»Alten ... *Freund*?« Da Jaggard auf eine überraschte Reaktion zu warten schien, drängte ihn Tom pflichtbewußt.

»Alter Bekannter.« Nachdem Jaggard seine Bezichtigung kundgetan hatte, nahm er sie vorsichtig wieder zurück. »Alter Widersacher natürlich.« Er lächelte. »David wird Ihnen eine Menge über den Genossen Panin erzählen, wenn Sie ihn nett fragen. Er ist im Begriff, ein Experte auf diesem Gebiet zu werden. Und ...« Er brach bewußt ab.

Alt, dachte Tom. *Alte Widersacher – alte Bekannte ... alte Freunde – alte Freunde der Familie, ... sogar alte Verehrer. Vielleicht nicht ganz so alt wie Ranulf und seine illegitimen Erdwälle, aber alt, alt –*

»Und?« Jaggard war noch nicht zum Thema gekommen, aber er wartete auf das Stichwort.

»Ja. Ich dachte gerade . . .« Jaggard gab vor, weiter nachzudenken. ». . . wenn Sie etwas über Audley wissen wollen, könnten Sie Schlimmeres – viel Schlimmeres – tun, als den Genossen Panin zu fragen. Es ist gut möglich, daß er mehr über David weiß als wir.«

Das konnte nicht das Thema sein. »Werde ich ihn denn treffen?«

»Panin?« Jaggard rümpfte die Nase, als ein großer Regentropfen auf seine frischgeputzte Brille platschte. »O ja . . . Genaugenommen werden Sie beide treffen – und das ziemlich bald.« Er nickte. »Es ist an der Zeit für Zusammenkünfte, Tom: Genosse Panin wird David Audley bald treffen – auf Anfrage und selbstverständlich mit unserer Einwilligung . . . Und so werden Sie auf beide aufpassen müssen, wenn Sie sie treffen. Und dann werden Sie an Audley dranbleiben wie eine Klette. Denn wir glauben nicht, daß Panin der alten Bekanntschaft wegen herübergekommen ist. Wir glauben, daß er mehr will als das.«

Tom war sich darüber im klaren; er hatte mehr Antworten bekommen, als er auf diese einfache Frage erwartet hatte, und er wankte unter dem Druck einer Masse aufrührerischer Fragen, die sich in seinem Kopf zusammenrotteten. Doch lieber erlaubte er sich noch eine weitere einfache Frage, während er sich bezüglich der großen häßlichen Zurückhaltung auferlegte. »Wie lautet meine Befugnis in dieser Sache, falls Audley fragt?«

Jaggard wirkte geknickt. »Mein lieber Tom – sind Sie nicht beim Diplomatenschutz? Panin hat Diplomatenstatus –«

»Aber ich schütze nur unsere eigenen Leute im Ausland.« Tom schüttelte den Kopf, obwohl er wußte, daß es reine Pingeligkeit war. »Das ist verdammt wenig.«

»Aber ihre Sektion berät Special Branch und die Anti-Terror-Einheit.« Jaggard zuckte mit den Achseln. »Gebrauchen Sie ihren Verstand – erzählen Sie ihm, was immer Sie wollen, er wird es glauben, um Gottes willen!«

Eigentlich war es gar keine so dumme Frage, denn jemand wie Audley würde nicht jeden alten Mist glauben. Doch das war jetzt sein Problem. »An wen kann ich mich wegen Unterstützung wenden?«

»Das hängt davon ab, was Audley will.« Jaggard warf Tom einen scharfsinnigen Blick zu, als habe er mehr hinter der Frage gesehen, als beabsichtigt war. »Aber wenn er etwas will, haben Sie mit Colonel Butler zu tun – Sie haben mit ihm zu tun, aber Sie berichten mir. Und ich möchte nicht, daß mein Name erwähnt wird. Sie bleiben einfach bei Audley und halten mich im Hinblick auf das, was er vorhat, auf dem laufenden. Okay?«

Es war nicht okay. »Sie wollen Audley gleichzeitig *überwacht* haben – und geschützt?«

»Mein lieber Tom – nicht *überwacht*!« Jaggard zeigte sich leicht entrüstet. »Ich bitte Sie – nicht *überwacht* . . . wenn Sie das unterstellen wollen?«

Es begann zu regnen: Die Wolken hatten sich schließlich doch entschieden. Doch Jaggard schien es nicht zu beachten.

»Ich unterstelle gar nichts.« Zu seinem Leidwesen ertappte sich Tom dabei, wie er an Willy dachte, die irgendwo da draußen im Regen stand. »Ich will einfach nur wissen, was zum Teufel ich tun soll.«

»Natürlich.« Alles, was Jaggard sah, war sein Verdruß, aber nicht der Grund dafür. »David ist ein schwieriger Mann . . . eigenwillig, arrogant – um nicht zu sagen exzentrisch. Aber seine Loyalität steht ganz außer Frage – denken Sie nicht einmal darüber nach . . . Und auf seinem Gebiet ist er hervorragend, Tom – ganz hervorragend.« Jaggard nickte, um das große Lob zu unterstreichen. »Wir *brauchen* ihn. Und wir brauchen ihn *jetzt*, da Panin vor Ort ist.«

Tom sah den Regen über Jaggards Gesicht laufen, und er spürte ihn auf seinem Gesicht. Und er dachte: *Wenn Jaggard ein Lügner ist, dann ist er ein guter Lügner. Immerhin* –

»Und wir brauchen ihn lebend – *lebend*, verstehen Sie?«

»Ja.« *Immerhin wäre er ein guter Lügner*, Toms Gedankengang erreichte sein Ziel. Doch er glaubte nicht, daß er jetzt log. »Es ist mein Job, Leute am Leben zu erhalten.« Er nickte. »Also was?«

»Also . . . Forschung und Entwicklung arbeitet gelegentlich im Außendienst. Und ich glaube, dies wird eine jener Gelegenheiten sein. Denn was immer Panin Audley übermitteln wird, David wird es nicht weitergeben – er wird es selbst machen.« Noch ein Nicken. »Aber . . . er ist alt, Tom.«

Alt –

»Er hat immer die Kurven geschnitten und Risiken auf sich genommen – sogar damals, in den alten Tagen –«

Die *alten* Tage –

»Ich will ihn weniger *überwacht*, als vielmehr *be*wacht haben. Deshalb will ich wissen, was er tut – und am liebsten, bevor er es tut. Und ich will wissen, warum er es tut und wie er es zu tun gedenkt – ich will das allerletzte verdammte Ding wissen, das passiert. Ist das angekommen?«

Tom hatte unzweifelhafte Befehle selten zweifelhafter erhalten. »Laut und deutlich.« Jaggard blieb jetzt nur noch die Erläuterung der eigentlichen Vorgänge, die eine derartige Präzision erforderten. »Und Panin?«

Doch Jaggard schaute an ihm vorbei auf das, was immer er durch seine verregneten Brillengläser sehen konnte.

Tom drehte sich um, obwohl er bereits wußte, was er sehen würde.

»Verabschieden Sie sich von Miss Groot«, sagte Jaggard. »Unten, am Ende des Weges, steht ein Wagen mit einem Mann, der Ihnen von Panin erzählen wird – oder warum wir glauben, daß er hier ist. Sein Name ist Harvey – Garrod Harvey.«

Bei diesem Platzregen wäre es unsinnig gewesen, von dem jungen Polizisten zu erwarten, daß er Willy in höflicher Konversation festhielt. Ohne körperlichen Zwang hätte er sie kaum zurückhalten können.

»Sie können Mann und Wagen vorübergehend behalten. Er wird Ihnen erklären, wer er ist, doch soll er für Ihren Fahrer gehalten werden. Miss Groot kann Ihren Wagen nehmen. Ich werde Ihnen Zeit geben, damit Sie Ihre Sachen aus dem Hotel holen können.« Jaggards Stimme kam von hinten. »Gehen Sie, und sagen Sie ihr Auf Wiedersehen – *jetzt.*«

Tom hatte bereits seine Hand gehoben. Zu viele Fragen waren noch unbeantwortet, aber Befehl war Befehl. Doch –

»Harvey wird Ihnen im Wagen erzählen, was zu tun ist.« Jaggard füllte die entscheidende Lücke in seinem Wissen. *»Machen Sie weiter, Mann –«*

Tom stürzte den Erdwall hinauf; seine Füße rutschten und schlitterten im Gras. *Zweifelhaft unzweifelhafte Befehle, das stimmt!* dachte Tom.

Es hing alles von Harvey ab, wer immer Harvey war –

»Willy! Tut mir leid, Liebling –« In ihrem Hemd, das ihre Figur betörend umriß, sah sie noch nässer aus, als er sich fühlte. »– tut mir leid!«

»Die Pflicht ruft – hä?« Schief verzog sich ihr Mund.

Ihr Verständnis machte alles noch schlimmer. »So ist es. Aber ich werde dich, sobald ich kann, persönlich anrufen. Es dürfte nicht lange dauern.«

»Und dann mehr *Zwinger- und Turmhügelburgen*?« Sie meisterte ihr Unglück mit einiger Mühe. Ich kann nicht warten –« Mit Mühe erzeugte sie ein Grinsen. »– wenigstens wirst du im Libanon nicht im Regen stehen, nehme ich an.«

Tom zwinkerte gegen den Regen an. »Soviel Glück sollte ich haben!« In Jaggards Beisein konnte er lediglich ihre nasse Schulter berühren. »Nimm den Wagen – ich rufe dich so bald wie möglich an. Vielleicht heute abend, vielleicht nicht. Okay?« Der Gedanke an *heute abend* ohne sie bedeutete Verlust und Verzweiflung. »Auf Wiedersehen, meine Liebe –«

»Auf Wiedersehen, mein Lieber –« sagte sie. »– und paß gut auf dich auf, Tom.«

Er schlitterte und rutschte zurück, an Jaggard vorbei durch das offene Tor. Der Wagen stand ganz unten am Weg, bereits in Richtung Hauptstraße gewandt. Aber sie drehten natürlich immer für einen schnellen Start um, wie Ehebrecher, die auf abgelegenen Zufahrtsstraßen parken. Das war die Regel.

Also hing jetzt alles von *Harvey* ab –

Bevor er hinter der hohen Hecke verschwand, wandte er sich noch einmal zu ihr um: Sie stand noch genauso da, wie er sie verlassen hatte, dort am Rand von Ranulfs Erdwall, wie eine Statue.

Paß gut auf dich auf, Tom, dachte er.

2

Nachdem er Harvey auf einem entsprechenden Bahnhof abgesetzt hatte, kam ihm die letzte Stunde der Fahrt merkwürdig beunruhigend, sogar leicht beängstigend vor.

Wenn es etwas gab, worauf Tom stolz war, dann war es die Fähigkeit, seine Gedanken auf das Wesentliche konzentrieren zu können und dabei alle untergeordneten Dinge auszuschließen, wie angenehm und erfreulich sie auch sein mochten. Aber jetzt, da . . . nach allem, was Henry Jaggard gesagt (und nicht gesagt), und mit dem, was Garrod Harvey hinzugefügt hatte . . . da er sich auf *Panin, Nikolaij Andrejewitsch, Audley, David Longsdon*, und die Verkettung der Umstände konzentrieren sollte, die beide hypothetisch miteinander verband . . . jetzt – *jetzt* – sah er sich mit einer verdammten, verfluchten Meuterei seiner Gedanken konfrontiert, die sich gegen die unmittelbaren und logischen Befehle seines Verstandes richtete.

Es war nicht einmal so, daß sie nur rechts und links von ihm in die Landschaft abirrten, durch Schilder wachgerufen, die den Weg zu normannischen Burgen wiesen, die ihm bekannt waren, oder zu Orten, die mit solchen Burgen in Verbindung standen – *Aldingbourne, Arundel, Bramber, Cadburn . . . Ashley, Barley Pound, Basing, Bishpos'*

Waltham, Castle Redvers – nein, während er westwärts fuhr, kamen ihm die Namen automatisch und in geographischer Reihenfolge in den Sinn, wie jedesmal, wenn er unterwegs war, unabhängig davon, wo er gerade war oder was er gerade tat – *Alton Charley, Eccleshall, Litchfield . . . Ascot Doilly, Ascot Earl, Bampton, Banbury* – in Staffordshire oder Oxfordshire wäre es ebenso gewesen; und er hatte sie ohnehin alle abgeschritten, besser gesagt, fast alle; und wenn ein merkwürdiger Name aufgetaucht war, dann immer nur im Vorbeifahren und von untergeordneter Bedeutung; denn (was er bereits diesen Morgen auf Ranulfs fast vergessenem *Turmhügel* gedacht hatte) was acht oder neun Jahrhunderte überdauert hatte, würde auch an einem anderen Tag zu einer anderen Zeit noch auf ihn warten.

Aber Willy nicht –

Bei einem weiteren heranfliegenden Hinweisschild – *Branding 4* – schüttelte er den Kopf; er wollte nicht nach Branding –

Genauer: *Willy würde vielleicht nicht warten* –

Dann sah er die Ortsnamen auf dem anderen Arm des Wegweisers: *Upper Horley 5 . . . Steeple Horley 6½!*

Und, bei Gott, *Steeple Horley*, das war *Audley, David Longsdon* – und er hatte fast überhaupt nicht an Audley gedacht, seit er den deprimierten Harvey auf dem muffigen Bahnhofsvorplatz abgeladen hatte; und Harvey hatte sich halbherzig beschwert, daß dies nicht *Mr. Jaggards* Absicht entspräche. Aber in diesem Moment hatte er genau *Sir Thomas Arkenshaws* Absicht entsprochen, hatte Tom zu diesem Zeitpunkt mit hartnäckiger Überzeugung gedacht. Denn er wollte nicht mit einem Fahrer in Steeple Horley auftauchen, der ganz offensichtlich kein Fahrer war (weder seinem Reden noch seinem fahrerischen Können nach zu urteilen; denn der Mann fuhr wie ein lahmes Zugpferd, aber er sprach zu salopp von früheren Verrätereien und plauderte dabei alte Namen aus, als wisse er über alles Bescheid und habe sie alle gekannt und getroffen.

Dennoch war von da an alles schiefgegangen, als er auf dem Vorplatz geparkt und Harvey immer noch geredet hatte –

Da hatte er dieses Mädchen gesehen, das gerade über den Bahnhofsplatz ging – ein sehr hübsches Mädchen mit Stupsnase und den entsprechenden Brüsten, wie er sie mochte – *Gott verflucht! Er hatte den Wagen unwillkürlich angehalten, nur um ihr nachzusehen, . . . doch er hatte statt dessen an Willy gedacht!*

Nur noch sechseinhalb Meilen – und er dachte noch immer an *Willy*! Und was schlimmer war – was noch viel, viel schlimmer war –, er dachte nicht an das nächste Mal, falls es ein nächstes Mal gab: Er verwünschte Jaggard – Jaggard und Garrod Harvey und Audley und den verdammten Panin –, und er fragte sich, was Willy jetzt mit dem Rest ihres Wochenendes anfangen würde – jetzt *heute abend*, jetzt *heute nacht* und jetzt *morgen* –

Aber es war albern – albern wie bei einem Schuljungen –, nicht über Audley oder Panin nachzudenken . . . sondern darüber, was Willy *vielleicht* heute nacht machen würde –

Aber sie hatte gesagt: *Auf Wiedersehen, mein Lieber – paß gut auf dich auf!*

Die Straße beschrieb eine schärfere Biegung, als er erwartet hatte, und während er am Lenkrad kurbelte, kurvte ein massiger hoher Hügelkamm aus seinem Blickfeld und tauchte dann wieder auf, um sich kahl und öde gegen den konfusen Himmel abzuheben, der nicht wußte, ob es Frühling oder Winter war.

Wie ernst hatte sie das gemeint? War es nur ein zwangloser Abschied gewesen – eine Warnung, nicht zu schnell zu fahren? Und außerdem, warum sollte es ihr etwas ausmachen? Oder ihm?

Sogar die verdammte Sonne war jetzt herausgekommen und brannte durch die Windschutzscheibe, so daß er die Augen zusammenkneifen mußte – als es schließlich über Ranulfs verfluchten kleinen Burggräben aus dunklen Wolken geschüttet und sie dagestanden und zugesehen hatte, wie er sie im Stich ließ, und –

Oh, *Scheiße*! dachte Tom. *Er hatte vergessen, die verdammte Hotelrechnung zu bezahlen!*

Und da tauchte ein weiterer Wegweiser auf: *Upper Horley* diese Richtung, und *Steeple Horley* –

Er hatte sie im Stich gelassen, pitschnaß und mit der Rechnung. und da gab es diesen Marineattaché, ein geleckter Kerl mit Bürstenschnitt und ein guter angelsächsischer Protestant, der in Annapolis gewesen war, auf einem *Polaris* – oder einem *Trident* –, und dessen Vater irgendein berühmter Professor in Harvard oder Yale war –

Vielleicht für skythische Archäologie –?

Tom biß die Zähne zusammen und stemmte gleichzeitig den Fuß aufs Bremspedal, als er bemerkte, daß er an dem Wegweiser vorbeischoß, den er gesucht hatte und der vom überwachsenden Gestrüpp einer Hecke halb verdeckt war.

Der Wagen bockte und rutschte leicht auf dem losen Splitt der Straße, die nur um weniges breiter war als das Auto. Doch Gott sein Dank war niemand hinter ihm, außer einem Radfahrer, den er schon eine halbe Meile zuvor überholt hatte. Aber ... da hatte doch *The Old House* gestanden, oder –?

Hier, mitten in diesem sonnenbeschienenen Nirgendwo, war es ebenso still wie heute morgen unter jenen Regenwolken, wo er noch so glücklich mit Willy zusammengewesen war. »Anfangs Regen, gefolgt von aufgelockerter Bewölkung aus Richtung Westen«, hatte der Meteorologe heute morgen im Radio gesagt. Aber die Wahrheit war, daß die »aufgelockerte Bewölkung« nur in seinen Gedanken vorkam und nicht am Himmel.

Er legte wildentschlossen den Rückwärtsgang ein und ließ einen Moment lang den Splitt aufwirbeln, bevor er sich an den einsamen Radfahrer erinnerte und abermals in Panik auf die Bremse latschte, während er krampfhaft das Lenkrad festhielt und in den Spiegel schielte.

Aber jetzt war kein Radfahrer zu sehen –

Stirnrunzelnd spähte Tom in den Rückspiegel, zuerst erleichtert, dann verärgert über seine Fahrlässigkeit und schließlich verblüfft. Wo war der Radfahrer geblieben –?

Er kurbelte das Fenster herunter und steckte seinen Kopf aus dem Wagen. Der Hügelkamm war noch immer da und bildete einen scharfen Kontrast zum abscheulich blauen Himmel – die Nachhut der letzten Wolken war jetzt schon weit nach Osten gezogen. Aber ... wenn das *Steeple* Horley war, dann war das scheißwenig – kein einziges Dach in Sicht, von einem Kirchturm ganz zu schweigen.

Dann sah er den Radfahrer, der ihn von der anderen Straßenseite aus, fünfzehn Meter zurück, durch eine Lücke in einem Schlehenbusch und eine große Brille beobachtete.

»Ist das –« Tom holte ein zweites Mal Luft, um lauter zu sprechen, und er konnte dem Radfahrer wirklich keine Vorwürfe machen, daß vor einem derart verrückten Autofahrer Schutz suchte. »– ist das Steeple Horley?« Manieren! »Könntest du mir das bitte sagen?«

Der Kopf verschwand unverzüglich, doch an gleicher Stelle, nur etwas tiefer, tauchte das Hinterrad auf, als bereite sich der Radfahrer – es war ein Junge mit einer amerikanischen Baseballmütze – auf eine schnelle Flucht vor.

»Ist das Steeple Horley?« fragte Tom das Hinterrad.

Der Kopf tauchte teilweise und zögernd wieder auf und nickte dann. »Ja.«

Ungefähr zehn Jahre alt, schätzte Tom. Und er benötigte Mut, da kleine Jungs nicht mit Fremden sprechen sollten. »Wo ist der Kirchturm?«

Der Junge holte Luft. »Sechzehndreißig ist er eingefallen.«

»Sechzehndreißig«, das war während der Herrschaft König Charles I. gewesen, nicht gestern nachmittag um halb fünf: Die Brille verriet Tom eine irgendwie altkluge Belesenheit und ermutigte ihn zur Genauigkeit. »Ich suche ›The Old House‹ – wo Dr. David Audley wohnt –?«

Der Junge starrte ihn kurz an. »Warum?«

Das hatte Tom überhaupt nicht erwartet. Aber gradlinige Fragen verlangten gradlinige Antworten. »Ich habe eine Verabredung mit ihm. Er erwartet mich.«

»Oh!« Der Junge stellte sich auf die Zehenspitze, um seinen anderen Fuß aufs Pedal zu setzen. »Wenn das so ist, ... *folgen Sie mir*!« Dann verschwand er wieder.

Tom setzte den Wagen gehorsam zurück, bis er wieder die Lücke in der Hecke erreichte, und stellte fest, daß er beim ersten Mal recht gehabt hatte: Die überwachsene Aufschrift des Wegweisers zeigte tatsächlich an, daß *The Old House* irgendwo da unten an dem gleichfalls überwachsenen Zufahrtsweg lag, in den der Junge ihn gelotst hatte. Doch von dem Jungen selbst und dem Fahrrad war nichts zu sehen.

Nach zwanzig Metern sah er links von sich in den wuchernden Schlehdornbüschen eine Öffnung, durch die er auf ein sehr kleines Backsteinhäuschen blicken konnte, das von Apfelbäumen und einem tadellos angelegten Gemüsegarten umgeben war. Aber am Gartentürchen warteten weder ein Junge noch ein Fahrrad auf ihn. Und es gab auch keine Garage, und der windschiefe Zaun hatte keinerlei Durchfahrt, doch der Weg setzte sich über die Öffnung hinaus fort. Hatte Audley in seinem *Old House* also wirklich einen Sohn – und eine Frau –? Davon hatte Harvey nichts erzählt – Harvey mußte einfach vorausgesetzt haben, daß er es wußte; oder vielleicht hatte ihn Harvey einfach im eigenen Saft schmoren lassen, weil er ihn weggeschickt hatte. Aber er hatte ohnehin nicht daran gedacht zu fragen.

Er beschleunigte vorsichtig. Wenn das Audleys Junge war ... mal angenommen, er wäre sogar ein schmächtiger zwölfjähriger, gerade auf dem Nachhauseweg von einer teuren Privatschule ... dann würde das auf eine viel jüngere Ehefrau hinweisen oder auf eine ältere Mutter –?

Er war mitten in seiner ärgerlich unbegründeten und unzulänglichen Hypothese, als die Hecke plötzlich abrupt aufhörte und den Blick freigab, was unzweifelhaft *The Old House* war – ein altes Gemäuer mit Stützpfeilern und einem Dach aus dem frühen sechzehnten Jahrhundert: Als Haus sah es etwas eigenartig aus, da ihm ein klares architektonisches Ziel fehlte, mit diesem angrenzenden Gebäude, das wie eine Scheune wirkte – eine Scheune, die ebenfalls auf Stützpfeilern errichtet war und keine Fenster hatte, aber einen wunderschönen Torbogen, groß genug für einen vollbeladenen Wagen. Sie war aus herrlichen Quadersteinen erbaut, viel zu gut für eine Scheune in einem Landstrich, wo behauener Stein hoch im Kurs gestanden haben mußte, da es in der Gegend weder Steinbrüche noch Flüsse gab, woher man dieses Material leicht hätte heranschaffen können.

Als der Weg zu Ende war, mußte er abermals mächtig am Lenkrad kurbeln, um den Wagen auf eine breite, kiesbestreute Fläche zu steuern, während ihm beim Anblick der L-Form des außergewöhnlichen Hauses und der unglaublichen Scheune absurde Gedanken in den Sinn kamen: Stein wie dieser war wie Goldstaub – oder wie Goldquadern –, wie die kostspielige Außenhaut von Burgen, die bei einer Belagerung aus nächster Nähe Rammböcken und auf Distanz großen Steinschleudern und Wurfmaschinen widerstehen oder später, als das Leben in England gesetzter und zivilisierter geworden war, die Nachbarn hatte beeindrucken sollen . . . aber doch nicht für eine verdammte *Scheune* – nicht so schöne Steine, um Gottes willen!

Doch da war ein Graben, direkt in der Mitte einer weiten Fläche grob gemähten Grases –

Tom stieg stirnrunzelnd aus dem Wagen. Wie ein richtiger Verteidigungsgraben sah das nicht aus, denn es gab keinerlei Anzeichen einer Böschung oder eines Schutzwalls. Aber vielleicht war er von einer Palisade umgeben gewesen – es könnte ein unverhältnismäßig stark befestigtes Gutshaus gewesen sein oder sogar eine angelsächsische Anlage . . . die meisten angelsächsischen Bauten waren im Vergleich zu den normannischen ein Witz. Und es war zweifellos ein sehr alter Graben –

»Kann ich Ihnen helfen?«

Die Frage traf Tom wie ein Blattschuß und in einer sehr ungünstigen Lage, als er sich weit in der Vergangenheit, in einer anderen Zeit befand.

»Ja –« Er wandte sich auf dem Kies um. » –Entschuldigung –«

»Sir Thomas Arkenshaw?«

»Ja.« Groß, dünn, blond – ein leicht verblichenes Blond –, in den Vierzigern und nicht gerade hübsch, aber nicht uninteressant, stellte

Tom in schneller Reihenfolge fest: typisch wohlerzogene englische Rasse, vielleicht einen Hauch überzogen.

»Ja.« Sie stimmte unterkühlt mit ihm überein. »Das Büro meines Mannes hat angerufen.«

»Ja?« Irgend etwas paßte nicht mit ihrem arroganten, undefinierbaren Blick. Tom war an Leute gewöhnt, die ihn ungläubig anstarrten – wie der junge Polizist heute morgen, bevor der Groschen fiel; ungeachtet seines unenglischen Gesichts wußten wenige Leute, was der Titel eines Baronets bedeutete, und erwarteten stets einen älteren Adligen, der wegen seiner hervorragenden Verdienste als Staatsbeamter zum Ritter geschlagen worden war, oder jemanden, der Macht und Prestige eines Geschäftsmannes ausstrahlte. Doch obwohl diese Frau nicht der Typ war, einen solchen Fehler zu begehen – und auch *gar nicht* so ungläubig starrte –, war da noch immer irgend etwas, das nicht stimmte. »Ja –« Er lächelte zögernd. »– ich bin doch nicht zu spät, oder?«

»Nein.« Sie ignorierte das Lächeln. »Aber haben Sie irgendeine Art . . .« Sie streckte ihm einen spindeldürren Arm mit einer langen, zartgliedrigen Hand entgegen. ». . . Ausweis?«

»Oh – ja!« Es war außergewöhnlich, daß sie damit irgendwie sexy wirkte – mit ihren Streichholzarmen, dem undefinierbaren Gesichtsausdruck und dem aschblonden Haar, so bleich, daß niemand bemerken würde, wenn es grau wurde, überlegte Tom. Nur die frische Erinnerung an Willy, lebhaft wie ein Kind und herzhaft wie ihr sprichwörtlicher Blaubeerkuchen, verwies die Frau in die zweite Liga.

»Danke.« Sie nahm den Ausweis wie eine Zarin zwischen spitze Finger, die etwas ziemlich Abstoßendes von einem verlausten *moujik* entgegennehmen mußte. »Warum haben Sie sich entschuldigt?«

»Warum ich mich –?« Jetzt benahm er sich wie ein *moujik*, verdammt! »Ich war so von ihrem schönen Haus bezaubert – ich habe mir wie ein Tourist den Hals verrenkt, anstatt an Ihre Tür zu klopfen, Mrs. Audley.«

»Ich verstehe.« Sie wedelte mit seiner Ausweiskarte ganz nah vor ihren Augen herum, doch schließlich lächelte sie ihn an und offenbarte dabei bezaubernde Grübchen. »Es ist recht schön, oder? Wir sind schrecklich glücklich, hier wohnen zu können, David und ich.«

»Aber ich habe es nicht begriffen.« Tom wußte, wann eine Sache erfolgversprechend war. Es gab Frauen, da waren es die Kinder – oder ihr Schmuck oder ihre Hunde oder das Können ihres Schneiders. Doch bei dieser war es ihr Heim.

Nikolaij Andrejewitsch Panin, KGB und noch weit zurück bis zum NKWD der vierziger Jahre, dachte Tom: *Das lag soweit zurück, wie er nur gehen wollte. Doch im Moment würde Panin warten müssen!*

»Das Haus –?« Sie versuchte, noch einmal sein Foto anzusehen, doch es schien ihr nicht gutzutun. »Oder die Scheune?« Sie ließ von dem Foto ab und zog die Scheune vor. »David liebt die Scheune – er sagt, so etwas gibt es in ganz Südengland nicht.« Sie beehrte ihn mit einem weiteren gütigen Lächeln. »Sie kennen sich mit Architektur aus, Sir Thomas? Aber das müssen Sie natürlich, oder nicht – um es nicht zu verstehen, meine ich?«

Um Gottes willen! Jetzt mußte er etwas Intelligentes sagen. »Die herrlichen Quadersteine, ... besser als das Haus selbst!« Das war immerhin eine Tatsache: Der Vorbau, unter dem Mrs. Audley stand, war später hinzugefügt worden, aber daran war nichts Ungewöhnliches. Die Steinmetzarbeiten unter der Glyzinie, die am Haus hochwuchs, waren viel gröber als die an der Scheune. »Aber es ist der Torbogen in der Scheune, mit dem ich wirklich nichts anfangen kann, Mrs. Audley.«

Während er in Richtung der beiden Scheunentorflügel zeigte, bewegte sich einer und öffnete sich nach außen.

»Der Torbogen – natürlich!« Mrs. Audley gestand ihm noch einen Augenblick zu, ohne die Tür zu beachten. »Das haben sämtliche Experten sofort festgestellt – der Mann von *Country Life* war sehr davon eingenommen, letztes Jahr –, vor allem die verunstalteten Steine auf jeder Seite, wo die Wappenschilder abgeschlagen wurden. Er meinte, daß dies lang vor der Schlacht von Bosworth Field, im Jahre 1485, geschehen sein könnte.« Sie schaute mit einem Male sehr verlegen, als sei sie sich zu spät bewußt geworden, daß sie ihn durch die Angabe der Jahreszahl unnötig beschämt hatte. »Nachdem die Stokeseys bei Bosworth ums Leben gekommen waren, hatte Henry Tudor den Wilmots den Titel von Horley übertragen. Und die Wilmots haßten die Stokeseys immer – mindestens seit Barnet und Tewkesbury.« Diesmal lieferte sie keine Jahreszahlen, warf ihm aber mit einem flüchtigen Blick die Namen zweier weiterer Schlachten aus den Rosenkriegen hin, als handele es sich um zwei kürzlich stattgefundene Nachwahlen zum Unterhaus.

»Wirklich?« Tom war zwischen dem Scheunentor, das sich jetzt außerhalb seines Blickfelds befand, und den Schlachten von Barnet und Tewkesbury – in einem Bürgerkrieg, der ihn nie sonderlich interessiert hatte, weil er keine anständigen Belagerungen aufzuweisen hatte – hin und her gerissen. Doch das würde nicht ausreichen, um ihr einen Dämpfer zu versetzen.

Verflucht! Er konnte nicht mehr von diesem Scheunentor ablassen (nicht jünger als mittleres fünfzehntes Jahrhundert und damit noch unbegreiflicher) –

Besagter schmächtiger Junge streckte seinen Kopf durch den Spalt zwischen den beiden mächtigen Torflügeln; doch diesmal konnte er das Gesicht genauer sehen: Er trug eine riesige Hornbrille, eine Zahnspange, und sein Kopf steckte unter der Baseballmütze, die die Aufschrift *Forget – Hell* mit einer kleinen, aufgenähten Südstaatenflagge trug; und während Tom die kleine Gestalt beobachtete, gelang es dieser, sich durch den Spalt zu zwängen, nur um gleich darauf über die eigenen Füße zu stolpern und der Länge nach in den Kies zu fliegen.

Barnet . . . und dieses verdammte *Tewkesbury* –?

»Was ist los, mein Schatz?« fragte Mrs. Audley ihren Sohn, der nach seiner Brille tastete, die von seiner kleinen Nase unmittelbar vor Toms Füße gefallen war.

»Hier –« Tom bückte sich, um die Brille aufzuheben, doch als er den langen, blonden Zopf sah, der unter der Baseballmütze zum Vorschein kam, vergaß er seinen Satz zu beenden. *Mein Gott!* schoß es ihm statt dessen durch den Kopf. *Ich lasse schwer nach. Jetzt kann ich nicht mal mehr kleine Mädchen von kleinen Jungs unterscheiden!*

»Danke.« Schnell schob die kleine Miss Audley ihre Brille wieder auf die Nase und warf Tom noch halb blind einen kurzen, anerkennenden Blick zu, bevor sie ihrer Mutter eine andere Brille hinhielt, die sie mitgebracht hatte. »Deine Brille, Mami.«

»Was, mein Liebling?« Mrs. Audley starrte ihre Tochter einen Augenblick lang geistesabwesend an und nahm dann die angebotene Brille entgegen. »Oh – danke dir, Cathy, mein Schatz!«

Miss Audley wandte sich wieder an Tom. »Danke.«

»Nichts zu danken.« Tom suchte nach etwas, das er sagen konnte. Sie könnte zwischen elf und vierzehn Jahren alt sein; doch jetzt, da sie beide Brillen trugen, glichen sie einander aufs Haar: gerade, flach wie ein Brett und blond, aber zugleich völlig weiblich. *Wie hatte er sich nur so täuschen können*! »Miss Audley –?«

»Meine Tochter, Sir Thomas«, sagte Mrs. Audley. »Cathy.« Sie nickte in Cathys Richtung. »Cathy, Sir Thomas Arkenshaw.«

Cathy Audley bedachte Tom mit einem fürchterlich altklugen

Blick und runzelte verwundert die Stirn, während sie ihm die Hand gab.

Ein kluges Mädchen, dachte Tom. »Miss Audley.« Doch zum Teufel mit ihm. »Ich glaube, Ihr Mann erwartet mich, Mrs. Audley?«

Endlich, nachdem sie seinen Ausweis erneut durch ihre dicken Brillengläser begutachtet hatte, sah sie Tom normal an. »Ja, Sir Thomas . . . Cathy, geh und sag deinem Vater, daß Sir Thomas angekommen ist.«

»Ja, Mutter.« Cathy musterte ihn abermals, doch wieder stellten sich Zweifel ein. »Sir Thomas . . . Ark-Arken-?« Sie begann sich in Richtung Türspalt zurückzuziehen. »Arken-wie?«

»Shaw«, fügte Tom an.

»›George Bernard‹? Oder ›Tripolis‹?« Sie grinste ihn an, während sie durch den Spalt schlüpfte.

Tom runzelte die Stirn. *Tripolis* –? Doch bis dahin war sie wieder verschwunden.

»Tut mir leid, Sir Thomas«, sagte Mrs. Audley kopfschüttelnd. »Manchmal ist sie richtig erwachsen. Aber manchmal sagt sie auch Sachen, die nur ihr Vater versteht – tut mir leid!«

»Lassen Sie nur.« *Tripolis?* fragte sich Tom. »Sie ist entzückend, Mrs. Audley – wie Ihr Haus.« *Tripolis?* dachte er wieder. Genau wie das Haus! »Aber was hat sie mit ›Tripolis‹ gemeint?«

Sie schüttelte wieder den Kopf. »Das weiß nur der Himmel! Ich mit Sicherheit nicht!« Sie lachte halb reumütig, halb stolz. »Aber bitte – sagen Sie ›Faith‹, nicht Mrs. Audley, Sir Thomas.« Sie machte eine einladende Geste. »Kommen Sie doch herein – David wird gleich hier sein.«

»Dann nennen Sie mich bitte Tom.« Der Gedanke an Audley – nicht *David* und meilenweit von *Vater* entfernt – zog ihn in die harte Realität zurück. Und auch nicht *Tripolis* – Tripolis war eine verdammt schlimme libysche Erinnerung: Damals hatte er Todesangst gehabt, das eine Mal, da er in Tripolis gewesen war, da er unter falscher Flagge vor einer gefährlichen Küste gesegelt war – einmal Tripolis, das war genug, und er war froh, daß er nie mehr dorthin zurückkehren konnte. »Bitte gehen Sie voraus . . . Faith.«

Er folgte ihr in etwas, das ihm einen Augenblick lang wie kühle Dunkelheit vorkam, die nach Möbelpolitur und der Feuchtigkeit alter Häuser roch, wie sie oft aus den Tiefen darunterliegender Keller aufstieg. Dann stand er am Fuß einer Eichentreppe und schaute hinauf zu einem bunten Glasfenster, durch das die Sonne funkelte.

Und *Panin*, dachte er – Nikolaij Andrejewitsch Panin –, der hier Welten von David Audley und diesen beiden weiblichen Wesen entfernt war, sich aber gleichzeitig in jener Welt befand, in der er und Audley andererseits lebten.

»Tom –« Faith Audley erachtete diese Abkürzung als rechtmäßig, denn »Sir Thomas« hatte sie ziemlich unbeeindruckt gelassen, noch bevor sie sich ein klares Bild von ihm hatte machen können. »– wir müssen durch die Küche gehen, denn wir haben den Schlüssel zur Terrassentür im Speisezimmer verloren. David sagt, er hat ihn für den Winter aufgehängt, ... aber der Himmel weiß, was er wirklich damit angestellt hat ... Eines Tages wird er natürlich wiederauftauchen ... David ist unten im Obstgarten und schürt eins seiner Feuer – Feuerschüren ist eine Sache, worin er gut ist ... die andere ist Komposthaufen anlegen –« Sie plauderte über die Schulter hinweg mit ihm, während sie ihn einen kurzen Gang entlang zu einer Tür mit steinernem Bogen führte. »– er sagt, Gartenfeuer und Komposthaufen sind eine Wissenschaft, und er läßt mich an keines von beiden ran –« Auf der anderen Seite der Tür befand sich eine riesige Küche, die von einem gleichfalls riesigen, blankgescheuerten Tisch beherrscht wurde. »Was wirklich absurd ist, weil ich der Wissenschaftler in der Familie bin; David weiß nicht einmal richtig, warum man einen Draht an einen Pol anschließen muß –«

Sie öffnete bereits eine weitere Tür, während Tom noch immer die sonderbare Mischung aus Uralt und Modern betrachtete, die sich ihm in der Küche darbot; die verräucherten Deckenbalken und den steingefliesten Boden, die blinkenden Küchengeräte wie Elektroherd, Mikrowelle und Geschirrspüler, den alten Küchenherd mit seiner museumsreifen Phalanx kupferner Kasserollen und den geschwärzten Kamin mit seinem eisernen Drehspieß, an dem man zur Feier der guten Nachrichten von irgendeiner Schlacht der Rosenkriege ein ganzes Schwein hatte braten können, vorausgesetzt, der Haushalt hatte sich auf der Gewinnerseite befunden.

»Tom –?« Faith Audleys Stimme erklang aus dem Dämmerlicht eines weiteren Korridors.

»Ich komme!« *Zum Teufel mit den Rosenkriegen*! Tom schüttelte den Kopf.

Noch ein kurzer Gang mit einem Waschhaus auf der einen und einer Speisekammer auf der anderen Seite und weitere Türen – vielleicht befanden sich dahinter solch krasse Gegensätze wie Heizkessel und Gefriertruhe –?

Tom kniff die Augen zusammen, als ihn der Lichtschein traf, der durch die letzte Tür strömte; er trat hinter Faith Audley aus dem Haus und folgte ihr durch einen weiteren Torbogen, der sicher nicht von Anfang an Teil der Küchengartenmauer gewesen war und dessen grob abgeschlagene Wappenschilder ihn an den größeren Bogen der Scheune erinnerten.

Als er durch den Bogen auf einen kleinen Hof hinaustrat, dessen Mitte eine steinerne Brunneneinfassung zierte, schien ihm die Sonne voll ins Gesicht; und über den widerstandsfähigen Winterrasen im Vordergrund bot sich ihm ein herrlicher Ausblick auf das weite Hügelland.

Doch kein Zeichen von Audley –? Er warf Faith einen fragenden Blick zu.

»Das ist der erste schöne Tag, den wir haben, an dem es nicht viel geregnet hat –« Sie schaute nicht ihn an, sondern das Gras. »– aber beschneidet er die Rosen? *O nein*!« Schließlich drehte sie sich zu ihm um und schnupperte dabei. »*Er* muß ein *Gartenfeuer* machen ... und wenn die Windrichtung so bleibt ... werden *wir* in den Genuß davon kommen –« Sie wandte sich um und schaute in Richtung Haus. »– ich glaube, ich werde lieber sämtliche Fenster schließen, bevor es zu spät ist – entschuldigen Sie mich, Sir Thomas – *Tom* ... Aber wenn ich schon mal dabei bin, sollte ich gleich den Teekessel aufsetzen. David wird gleich hier sein.« Sie deutete auf eine Gruppe schmutzbedeckter weißer Drahtsessel. »Er weiß, daß ich Sie hierher gebracht habe.«

Tom fragte sich, was Forschung und Entwicklung in Vorbereitung dieses Treffens über ihn an Audley weitergegeben hatte. Was immer es war, es mußte etwas über ihn sein und nicht über Panin, denn Jaggard hatte angedeutet, daß der Russe laut Übereinkunft mit dem FCO bereits eingetroffen war. Aber F & E hatte Mittel und Wege, Dinge in Erfahrung zu bringen, hatte Harvey ihn gewarnt und gemeinerweise hinzugefügt, daß sie bestimmt alles über einen Thomas Arkenshaw wüßten: *»Wahrscheinlich weiß er mehr über Sie als wir – und vielleicht mehr, als Ihnen angenehm ist, alter Junge!«*

Na und? dachte Tom und betrachtete die schmierige Sitzfläche des Sessels. Er sah aus, als habe seit dem vergangenen Sommer niemand darauf gesessen, und obwohl er mit seinen Burgforscher-Jeans von heute morgen vielleicht Platz genommen hätte, wollte er sich nicht den guten Anzug verderben, den er für das Essen heute abend mit Willy eingepackt hatte, das niemals stattfinden würde. Statt dessen schlenderte er über den Hof – es war eher eine Terrasse als ein Hof, die durch eine niedrige Steinmauer vom höherliegenden Rasen abgetrennt war –, bis er den Brunnen erreichte, der über eine rostige Winde und einen uralten Eimer an einer rostigen Kette verfügte. Träge nahm er einen losen Steinsplitter vom Rand und ließ ihn hineinfallen.

Eins, zwei – platsch!

»Hallo! Arkenshaw, nehme ich an?«

Tom bekämpfte das ungewollt in ihm aufsteigende Schuldgefühl. Dabei erwischt zu werden, wie man etwas in den Brunnen eines anderen warf, konnte in manchen Gegenden der Welt eine Kugel in den Rücken bedeuten. Außerdem hatte er erwartet, daß Audley über den Rasen kam, statt plötzlich hinter ihm aufzutauchen.

Wie dem auch sei, jetzt mußte er sich langsam und unschuldig umdrehen.

»Guten Tag, Dr. Audley.« *Ein großer, häßlicher alter Teufel* hatte Harvey lässig bemerkt, und all diese Eigenschaften paßten genau auf David Audleys Erscheinung: In seinen Gartenklamotten, die schon lange keine besseren Tage gesehen hatten, ähnelte er einem alternden irischen Kanalarbeiter, der sich auf seinem heimatlichen Rummelplatz um Geld und Guinness geprügelt hatte. *Dann sind wir also zwei*, dachte Tom, *die nicht so ausehen, wie sie sind*! »Tut mir leid, daß ich Sie so überfalle.« Das hatte Jaggard zu ihm gesagt; nur war es diesmal keine Lüge. »Aber man hat Sie angerufen, nehme ich an.«

»Das hat man.« Audley stapfte mit seinen riesigen Kanalarbeitergummistiefeln weiter über die Terrasse, bis er mit seinen Einsdreiundneunzig aus nächster Nähe auf Tom herabschauen konnte. »Aber ich werde Ihnen nicht die Hand geben.«

»Nein?« Es verwirrte Tom, daß der stechende Blick des großen Mannes nicht im mindesten feindselig war – er war eher von harmloser Freundlichkeit, soweit man das nach seinen zerknitterten Gesichtszügen beurteilen konnte. »Nun, Sie müssen mir nicht –« Er hielt inne, als Audley seine Handflächen nach oben drehte.

»Ich habe ein Feuer gemacht.« Audley präsentierte ihm zwei massige, dreckverklebte Pranken. »Daher bin ich einer anständigen Gesellschaft nicht würdig – meine Frau läßt mich so nicht einmal in ihre Küche. Sie sagt, ich sei wie *Pig pen* von den *Peanuts*.« Er grinste übers ganze Gesicht. »Charlie Brown –? Sie ist süchtig nach Charlie Brown, meine Frau.« Er kicherte. »Ich sehe mich eher als Schroeder, den Intellektuellen – und sie als Lucy, weil sie einen gemeinen rechten Haken schlägt. Aber sie sieht mich als Pig pen – wir sehen uns selbst nie wie die anderen, oder?«

Tom kämpfte gegen ein Gefühl der Unwirklichkeit an, das ihn einzuhüllen drohte. Der Gedanke an die gertenschlanke, blaublütige Mrs. Audley, blaß und zerbrechlich, die irgendeine Art von Haken schlug . . . der Gedanke an diese riesigen Hände, die sie umarmten . . . war absolut widersinnig. Und irgendwo in seinem Hinterkopf geisterte auch der ungleiche Sprößling dieser ungleichen Allianz herum, und natürlich *Tripolis.*

Doch für all das gab es auch eine andere Erklärung. Sie fiel ihm ein, bevor er seinen nächsten Zug machte. In einem stimmten Jaggard, Harvey und die Gerüchte überein: Audley war raffiniert. Also mußte auch er raffiniert sein!

»Ihre Tochter schlägt auch einen gemeinen Haken, Dr. Audley.« Er grinste den Mann an.

»Tut sie das?« Diese Antwort hatte Audley nicht erwartet. »Das tut sie – ja.« Er zog die Augenbraue hoch. »Wirklich?«

»Ja. Sie hat mich mit einem Hinweis auf ›Tripolis‹ erwischt – in Verbindung mit George Bernard Shaw und Thomas Arkenshaw. Aber das werde ich auf alle Fälle selbst herausfinden müssen, bevor ich Sie von Ihrem Feuer abhalte.« Eine weitere Möglichkeit eröffnete sich. »Und ich nehme an, daß ich mich glücklich schätzen sollte, daß es ein Gartenfeuer war und kein gutverotteter Komposthaufen –?«

Audley starrte ihn an und war momentan völlig aus dem Konzept. Dann wich die Härte aus seinen Augen, und er lächelte das Lächeln des Häßlichen – dieses legendäre Lächeln, von dem Tom gehört hatte, es habe, laut Willy, über Jahrzehnte, die Frauen weichgemacht.

»Ah! *Jetzt* sehe ich es!« Audley nickte ihm zu. »Zuerst habe ich es nicht gesehen . . . und eigentlich *sehe* ich es jetzt auch nicht so richtig – die Ähnlichkeit. Aber in Gedanken ist sie vorhanden – Danny – und jetzt *Tom Arkenshaw*!«

»Es?« Tom merkte, daß Audley zu schnell für ihn gewesen war. »Welche Ähnlichkeit?« Die zweite Frage entschlüpfte ihm, bevor er sie zurückhalten konnte. »Danny?« Die dritte war zu eng mit der zweiten verbunden, verflucht!

»Danuta – *Danuschia* . . . oder *Danka* –?« Audley schloß einen kurzen Moment die Augen, und als er sie wieder öffnete, schaute er überhaupt nicht mehr Tom an, sondern jemand anderen, der sich mit ihm auf der Terrasse befand, jedoch an einem anderen Ort, in einer anderen Zeit. »Aber *Danny* für uns, Tom Arkenshaw – *Danny Dzieliwski* –« Er sprach den Namen besser als die meisten Engländer aus: *Den-dschew-less-ka*– »Ihre Mama, Tom Arkenshaw – Diana, Lady

Arkenshaw, Baroninwitwe, hieße das wohl jetzt, hä?« Audleys Gesicht war plötzlich wie eine grundlos zerstörte Maske, wie die abgeschlagenen Wappenschilder an den Torbögen seines Hauses. »Jetzt, da sie unter britischer Flagge segelt? Und wessen Flagge vertreten sie heute nachmittag, frage ich mich, Tom Arkenshaw – hä?«

Dieser verfluchte Jaggard hat sich verrechnet! war alles, was Tom im Augenblick denken konnte. *Wenn er gedacht hat, daß Audley das nicht durchschaut, bei Gott!*

»Sie kennen meine Mutter, Sir?« Er fühlte sich jetzt schrecklich jung.

»Ich habe sie gekannt.« Audleys Gesicht war nicht mehr unergründlich – es war jetzt brutal. »Veräppeln Sie mich nicht, mein Junge: Sie wissen es vielleicht nicht so gut wie ich, aber sie wissen es gut genug. Deswegen sind Sie nämlich hier – weil jemand glaubt, daß ich Sie deswegen besser behandle . . . Baynham könnte es sein . . . Jack Butler nicht – der spielt keine solchen Spielchen . . . Oder es könnte Stacey sein – oder Jaggard . . . Oder es könnte Garrod Harvey sein, höchstwahrscheinlich sogar, denn er neigt zu solchen Dingen –« Die ganze Zeit, seit diesem Telefonanruf, hatte er draußen im Obstgarten sein Feuer geschürt, und trotzdem, was ihm Forschung und Entwicklung erzählt haben mußten, hatte er alle Möglichkeiten durchgespielt. Doch obwohl er einige davon haargenau getroffen hat, hatte er noch nicht genügend Informationen erhalten, um sich sicher zu sein.

»Deswegen bin ich nicht hier, Sir.« Das war alles, was Tom herausbrachte, während er dachte: *Ich hätte Mutter anrufen sollen – ich bin ein Idiot.*

»Nein?« Audley packte die Brunnenkurbel und drehte ebenso träge, wie Tom den Stein in den Schacht geworfen hatte. »Aber . . . der Mist ist, daß ich Sie besser behandeln *werde.* Also, wer immer es auch war, er ist kein Dummkopf!« Er ließ den Griff los. »›Tripolis‹, hat sie gesagt, ja? Nun, ich fürchte, da werden Sie selbst draufkommen müssen!« Dann sah er Tom nachdenklich an. »Aber was Ihre langvergessene – langvergessene, aber nicht unvergessene – Mutter betrifft, Tom Arkenshaw, . . . wie geht es dem lieben Mädchen . . . nach einer längeren Zeit, als sich irgendeiner von uns erinnern möchte? Ich hoffe, es geht ihr gut?«

Das war mehr, als Tom denken mochte. »Meiner Mutter geht es sehr gut, Sir.« Er mußte Zeit gewinnen, um darüber nachzudenken; doch sich Mamusia als »liebes Mädchen« vorzustellen, war alles in allem zuviel, um darüber nachzudenken. »Und meine Aufgabe ist es,

Sie in dem gleichen exzellenten Gesundheitszustand zu halten – deswegen bin ich hier, Dr. Audley.«

»Mich?« Plötzlich schnupperte Audley, und Tom war sich bewußt, daß auch er den Geruch des fernen Feuers wahrgenommen hatte. »Was soll das denn bedeuten, wenn ich fragen darf?«

Sie waren auf den Punkt gekommen. Und der war, Gott sei Dank, Welten von Mutter entfernt. »Es bedeutet Panin, Sir – Nikolaij Andrejewitsch Panin.«

»Panin?« Audley schnupperte wieder und entspannte sich dann. »Nun, der stellt keine gesundheitliche Gefahr dar, oder –?« Dann schaute er Tom nachdenklich an. »Aber Sie sind doch beim Diplomatenschutz – im Ausland. Was haben Sie mit Panin zu tun?«

»Er ist hier in England.« Als Tom nickte, roch er das Feuer wieder. »Und er möchte mit Ihnen sprechen.«

»Möchte er das?« Audley war jetzt nicht mehr entspannt. »Dann ist es ihr Problem, Tom Arkenshaw – nicht meines.« Er schnupperte abermals und wandte sich plötzlich dem Haus zu, als habe er bemerkt, was das Feuer im Begriff war zu tun. *»Verdammt!«*

»Nein, Sir –« Irgend etwas krachte scharf innen und außen über Toms Kopf, und gleichzeitig zersprang das Fenster der Terrassentür hinter Audley in tausend Stücke –

Audley machte einen Satz nach hinten, in Richtung Terrassentür, während Toms automatische Reflexe aus seiner Beirut-Erfahrung einsetzten: *Bei einer Autobombe, wenn die Welt in Stücke flog, wäre es bereits zu spät – aber bei einer Kugel, die man hörte, gab es einen kurzen Zeitraum, bis die kam, die man nicht mehr hören würde –*

Er packte den Mann bei allem, was er packen konnte – was sich erst einen verzweifelten Moment lang dehnte, bevor es auf den Zugriff reagierte, während er Audley mit sich hinter die klägliche Deckung der kleinen Mauer auf den Steinboden der Terrasse riß – und bevor die nächste Kugel einschlug.

3

Von seinem Platz hinter einem Stück Mauer aus konnte Tom durch die Lücke, wo drei oder vier Stufen von der Terrasse auf den Rasen führten, unmittelbar zu Audley sehen. Doch obwohl sie sich fast im gleichen Abstand gegenüberlagen wie noch einen Augenblick zuvor, schien sie die ungewöhnliche Stellung einander wesentlich näherzubringen, wobei er zum ersten Mal beiläufig feststellte, daß der große Mann vor dem Frühstück seinen Rasierapparat nur von weitem gesehen haben konnte.

Aber schließlich erregten die Gesichtszüge unter den grauen Stoppeln seine ganze Aufmerksamkeit: Sie verzerrten sich und wirkten, während er sie beobachtete, sogar noch häßlicher. Einen Augenblick lang dachte Tom, es handle sich um eine Mischung aus Angst und Erstaunen – doch dann wußte er, daß es ein unbändiger, flammender Zorn war, der sich im nächsten Moment in einer unvernünftigen Bewegung zu entladen drohte.

»Um Himmels willen – *behalten Sie Ihren Kopf unten, Mann*!« Der unzulängliche Schutz der Mauer verlieh der Anordnung die nötige Dringlichkeit. »Es sei denn, Sie wollen, daß Ihr Hirn hier quer über die Terrasse verspritzt wird?«

Gott sei Dank klappte der alte Trick mit der übertriebenen Warnung, den er schon unter weit ungefährlicheren Umständen bei Leuten mit weit weniger Phantasie angewandt hatte, bei Audley ganz gut: Der wütende Blick in seinen Augen flackerte ein letztes Mal auf und erlosch schließlich, während er seinen Körper wieder sinken ließ und sich hinkauerte wie jeder vernunftbegabte Mensch, der plötzlich begriffen hatte, welche Auswirkungen auf Fleisch, Blut und Knochen auch das kleinste Stückchen vernickelten Stahls bei hoher Geschwindigkeit haben konnte. Und Audley sollte eigentlich ebensoviel Erinnerungsvermögen wie Vorstellungskraft haben. Es mochte ein halbes Leben oder länger her sein, seit man das letzte Mal auf ihn geschossen hatte, aber immerhin war dies einst in einem richtigen Krieg geschehen, erinnerte sich Tom.

»Okay, okay!« Das Gesicht verzog sich wieder, und Audley zeigte wie ein alter Wolf die Zähne. »Glauben Sie, er wird es noch mal versuchen?«

»Ich weiß es nicht.« Tom veränderte seine Lage ein wenig, weil er die Terrasse und das Haus sehen wollte. Die Brunneneinfassung in der Nähe bot sicheren Schutz. Aber wohin konnte er danach gehen?

»Sind nicht angeblich Sie der Experte?« Jetzt hatte Audley wieder Oberwasser.

»Ich weiß nicht, von wo er geschossen hat.« Tom schätzte die Entfernung vom Brunnen bis zur Terrassentür (aber die könnte verschlossen sein) . . . und dann bis zu dem Torbogen, von wo aus der Gang zur Küche führte (aber das war zu weit, das war nicht sicher genug). »Sie haben doch in den Garten geschaut, oder nicht?«

»Eigentlich habe ich Sie angeschaut. Sie erzählten mir gerade, wie Sie mich schützen wollen, wenn ich mich recht erinnere –« Audley hielt abrupt inne. »Tut mir leid! Aber ich bin außer Übung für solche Spielchen – verzeihen Sie mir!«

Tom konzentrierte sich auf die kaputte Terrassentür. Von der Terrasse aus führten zwei Stufen hinauf, und die Kugel war weit oben eingeschlagen – genau dort, wo vier bleigerahmte kleine Scheiben zusammentrafen – und hatte das Blei nach innen getrieben und die darunterliegenden Scheiben zerstört. Also –

»Ein Distanzschuß«, sagte Audley. »Es war ein Distanzschuß.«

»Woher wissen Sie das?« Doch er hatte sicherlich recht, dachte Tom. »Oder versuchen Sie mich zu beruhigen?«

»Ich versuche mich eher selbst zu beruhigen! Ich weiß nicht –« Audley beherrschte sich wieder, aber nur für den Bruchteil einer Sekunde. *»Bleib stehen! Keinen Schritt weiter, Cathy!«*

Toms Augen ließen von den zerbrochenen Scheiben ab und erblickten, eingerahmt vom Torbogen, die Hälfte dessen, was Audley von seinem Blickwinkel aus gesehen hatte.

»Aber Vater –«

»Keinen Schritt weiter – verstanden?« Audleys Stimme wurde fest. »Hörst du mich?«

»Ich höre dich, Vater.« Der sichtbare Teil des Teetabletts zitterte. »Aber ich verstehe dich nicht. Ist da etwas –« Das Tablett neigte sich leicht. »– Vater . . . was um alles in der Welt machst du?«

»Wo ist deine Mutter?« Seine Stimme hatte jetzt fast Plauderton. »Keinen Schritt weiter! Und ich meine es ernst. Wo ist Mami?«

»Sie macht die Fenster zu«, schnauzte Cathy gereizt zurück. »Um *deinen* Rauch draußen zu halten, Vater . . . Und ich glaube, sie hat gerade das Fenster im kleinen Schlafzimmer kaputtgemacht, das eine, das geklemmt hat – Ich habe das Glas splittern gehört . . . Sie wird also nicht sehr gut auf dich zu sprechen sein, weil sie dich schon ewig gebeten hat, es zu reparieren.« Sie hielt nur kurz inne. »Liegt da etwas, was ich nicht sehen kann und wo ich vielleicht drauftrete? Weil – dieses Tablett wiegt Tonnen!«

»Geh –« Audley schluckte bei dem Wort, und während er sich räusperte, hatte er Toms Mitgefühl. »– geh, geh in die Küche zurück . . .« Er unterbrach sich, als ob er wieder nachdächte, und holte tief Luft. »Irgend jemand hat gerade auf uns geschossen, Liebling – irgendwo da oben vom Hügel. Was du gehört hast, war die Kugel, die das Fenster zerschlagen hat – okay?«

Einen Augenblick lang verharrte das Tablett völlig reglos. »Ja, Vater?« Dann zitterte es. »Und jetzt?«

»Warte!«

Tom starrte Audley an und bemerkte ganz nebenbei, daß er jetzt das Feuer riechen konnte, vor dem Faith Audley ihre Fenster schloß.

»Sei ein gutes Mädchen!« sagte Audley ruhig. »Geh und suche deine Mutter. Bleib von den Fenstern weg. Suche sie ... und sag ihr Limejuice – *Limejuice* – hast du verstanden?«

»Ja, Vater.«

»Wiederhole es –« Audleys Stimme war so unnatürlich sicher, daß sie noch eindringlicher klang »– wiederhole es, Liebling, bitte.«

»Limejuice.« Cathy klang leicht gekränkt. »*Limejuice*, Vater.«

»Prima!« Die vorgetäuschte Ermutigung klang ebenso unnatürlich. »Dann ab mit dir, mein Liebling.«

Doch das würde Cathy Audley nicht genügen – Tom wollte den Kopf schütteln, aber er starrte zu angestrengt auf den Torbogen.

Die Ecke des Tabletts blieb weiterhin sichtbar. »Aber ... aber ...«

»Ab mit dir!« Dann schaute Audley zu Tom und begriff nachträglich, warum der Gehorsam Grenzen hatte. »Ich habe Tom Arkenshaw hier, damit er mich beschützt, Cathy, mein Liebes – dazu ist er da.« Er grinste Tom abscheulich an. »Ist es nicht so, Sir Thomas –?«

Tom roch das Feuer wieder und dachte, daß er in Zukunft – wenn es eine Zukunft gab – nie wieder ein Feuer riechen würde, ohne auch seine eigene Unzulänglichkeit zu riechen. »Das ist richtig, Miss Audley«, stimmte er zu.

»Was ist los?« Eine weitere Stimme, irgendwo hinter dem Kind, rüttelte ihn gerade in dem Moment auf, als der sichtbare Teil des Tabletts verschwand. »Hast du etwas zerbrochen, Cathy –?«

»*Limejuice*, Mami –« Das Kind unterbrach die aufgebrachte Frage seiner Mutter. »– Vater sagt *Limejuice!«*

Tom strengte seine Ohren an, um die Reaktion der Frau mitzubekommen, aber zwischen dem Haus und der Mauer entstand nur ein kurzer Augenblick des Schweigens, während irgendwo in der Ferne ein Flugzeug dröhnte. Dann hörte er das Klappern von Teetassen auf dem Tablett und danach die ins Schloß fallende Hintertür. Also ... was immer jenes Codewort bedeutete, es war ein *Machtwort* – und Audley war mit sehr klugen und fügsamen Frauen gesegnet, wenn es hart auf hart ging.

»Wie ich gesagt habe ... ich weiß es nicht.« Audley wandte sich ihm wieder zu. »Aber ... er hat ohnehin danebengeschossen.«

Tom spürte den harten Steinfußboden unter seinem Hüftknochen. »Sie haben auch gesagt, daß er irgendwo vom Hügel aus geschossen hat.«

»Das stimmt.« Audley klang jetzt merkwürdig entspannt. »Denn von unten aus dem Garten hätte er nicht danebenschießen können – auch das habe ich vermutet.«

Tom schaute ihn nachdenklich an und versuchte sich an den unteren Teil des Gartens zu erinnern. War da eine Hecke gewesen –? Verdammt! Er konnte sich nicht erinnern.

»Das sind knappe hundert Meter.« Audley schüttelte den Kopf. »Ich denke, die Kugel ging direkt über meinen Kopf, vielleicht ein bißchen mehr seitlich ... Es ist lange her, seit ich dieses unangenehme Gefühl gehabt habe – das heißt, ich denke, man könnte es, relativ gesehen, auch ›angenehm‹ nennen ... Aber andererseits kann ich mir nicht vorstellen, daß ich sie gehört hätte, wenn sie nicht vorbeigegangen wäre, oder?«

Wie konnte er nur so verdammt kaltblütig sein? dachte Tom gereizt.

»Neununddreißig Jahre, um genau zu sein.« Die Erinnerung ließ Audleys Augen glasig werden. »Ein Jahr davor, in der Normandie, ist auch mehrere Male auf mich geschossen worden – die Jerries haben mit Vorliebe dumme Trottel weggeputzt, die ihre Köpfe aus den Panzern gesteckt haben ... Aber ich habe natürlich nie etwas *gehört* – *nein* – bei *einer* Situation ...« Er musterte Tom und ließ den Rest der belanglosen Anekdote kurzerhand fallen. »Wie dem auch sei, das Ende des Gartens ist ungefähr hundert Meter entfernt. Wenn dies also Waterloo wäre und er ein altes Steinschloßgewehr hätte, dann entspräche das ungefähr meinen Erwartungen. Denn die französischen Plänkler haben rund eine halbe Stunde lang auf den vor seiner Batterie stehenden Mercer geschossen – und das sogar aus beträchtlich geringerer Entfernung – und haben ihn auch nicht getroffen.« Bei dem Gedanken nickte er Tom mit kindlicher Selbstzufriedenheit zu. »›Ich hatte keine Angst, solange sie auf mich zielten‹ – hat er nicht so was Ähnliches gesagt?«

Tom roch wieder das Feuer. Und jetzt war der Geruch von einem Anflug von Qualm begleitet. Aber der Gedanke, daß ein erprobter Scharfschütze, geschweige denn ein *Profi*, aus vielversprechender Entfernung mit einem modernen Gewehr verfehlt haben sollte, war weitaus verwirrender; oder ... hatte sich Audley *bewegt* – oder *hatte er sich selbst bewegt* –, und zwar genau in dem Augenblick, als der Finger sanft den Abzug durchdrückte –?

»Sie haben gesagt ... vom Hügel aus?« Tom spürte Zorn in sich aufwallen. »Und das verfluchte Waterloo!«

»Ja – ganz richtig!« Audley verwechselte Zorn mit Dringlichkeit. »Mein lieber Junge – ich rede nur, weil ich eine Scheißangst habe – tut mir leid! Sie sind solche Dinge vielleicht gewöhnt, aus dem Libanon oder woher auch immer ...« Audley schloß die Augen und verzog das Gesicht. »Ich versuche nur, *mich selbst* zu beruhigen ... daß er nicht durch den Garten kommt, um mir ins Auge zu spucken, verdammt noch mal!« Er hielt die Augen geschlossen. »Aber ... da oben auf dem Hügel gibt es einen Weg – er führt diagonal von links nach rechts und ist auf der einen Seite mit Büschen besäumt, die ausreichend Deckung bieten ... Da hätte er die Möglichkeit zu einer schönen freien Schußbahn auf die Terrasse ... Weiß der Himmel, wie weit das ist, den Hügel hinunter – über eine Viertelmeile, aber weniger als eine halbe, sagen wir mal, fünfhundert Meter.« Er öffnete die Augen wieder. »Leichter Zugang von unten von der Straße her – und eine schnelle Fluchtmöglichkeit. Der Scheißkerl muß sich jetzt selbst in den Arsch treten, daß er auf die Entfernung danebengeschossen hat; ob er wohl noch da ist – hä?« Er schaute Tom an. »Aber wie lange warten wir noch auf ihn? Bis wir kalte Füße bekommen? Bis ich Rheuma kriege?«

»Nein.« Auf die Entfernung *sollte* der Mann eigentlich nicht danebengeschossen haben, dachte Tom. Aber ein zweites Mal würde er sein Ziel sicher nicht verfehlen, wenn er freie Schußbahn hatte.

Freie Schußbahn! ging es ihm plötzlich durch den Kopf, und er starrte nach oben.

»Nein«, murmelte er und wechselte von der Hüftlage auf alle viere.

»Also was –« Audley öffnete den Mund, als Tom seinen Kopf über die Mauer hob. »– um Himmels willen, Mann! *Gehen Sie runter!*«

Tom musterte das Blickfeld und atmete auf. Wenn am Ende des Gartens eine Hecke war, konnte er sie nicht sehen, geschweige denn den dahinterliegenden Hügel. Faith Audleys Einschätzung der Windrichtung hatte ihn getäuscht: Der Wind wehte nicht direkt auf das Haus zu, sondern mehr diagonal, so daß sie sich lediglich am Rand der dicken Rauchschwaden befanden, die jetzt vom Obstgarten her über den Rassen zogen.

Er stand auf. »Ihre Frau sagte, Sie würden prima Gartenfeuer machen.« Er grinste zufrieden zu dem großen Mann hinunter. »Ich sehe, daß sie recht hatte.«

Audley starrte ihn einen Moment lang an und erhob sich dann

schnell. »Autsch!« Er rieb sich verärgert die Hüfte. »Verdammt, ich werde alt!« Dann betrachtete er eingehend sein Werk. »Ja-aa ... das hatte ich ganz vergessen.« Er nickte Tom zu. »Das wird das feuchte Zeug oben drauf sein, das den Rauch macht ... Der Trick dabei ist, das trockenste Material ganz unten hinzulegen und eine Luftzufuhr in Windrichtung offenzulassen – damit ein heißer Kern entsteht, dann können Sie alles verbrennen, vorausgesetzt, Sie schichten es richtig auf. Aber wenn die Asche gut abgekühlt ist, müssen Sie sie gleich auf die Blumenbeete bringen, noch bevor es draufregnen kann – denn dann ist die Asche wertlos, wissen Sie?« Er rappelte sich ungelenk hoch und überragte Tom wieder.

»Wirklich?« sagte Tom höflich.

»Ja. Der Regen wäscht die Pottasche aus.« Dann deutete Audley auf den Torbogen. »Glauben Sie, daß es ratsam wäre, jetzt wie der Teufel zu rennen, solange es möglich ist? Bevor ich Angstzustände bekomme –?« Er ging los, bevor Tom etwas erwidern konnte. »Ich sollte lieber vorausgehen für den Fall, daß Sie den Weg vergessen haben.«

Tom folgte ihm durch den Gang zur Küche und sah ihm zu, wie er die Hintertür verschloß und einen schweren eisernen Riegel vorschob.

»Da wären wir!« Audley wandte sich ihm zu. »Ich sehe, daß Sie unbewaffnet sind. Aber ich nehme an, Sie haben ihre Waffe im Auto?«

»Um die Wahrheit zu sagen ... nein, Dr. Audley.«

»Was?« Audley ging weiter. »Aber ich dachte, ihr Burschen wärt alle bis an die Zähne bewaffnet –« Er warf die Worte über die Schulter. »– ganz davon abgesehen hatte ich den Eindruck, daß *Sie* gesagt haben, Sie wären hier, um für *mich* den Babysitter zu spielen –?«

»Ja –« Als sie die Küche erreichten, mußte Tom traben, um mitzukommen. »Aber wir haben nicht erwartet –«

»Nicht erwartet?« Er schnitt Tom das Wort ab, während er eine Schrotflinte aus dem hölzernen Halter über dem Kamin riß. »Wo zum Teufel sind jetzt wieder die Patronen –?« Er schaute sich suchend in der riesigen Küche um.

»Sie stehen auf dem Tisch«, sagte Tom und zeigte hin.

»Ah!« Audley klappte die Flinte auf und lud sie. »Das kommt davon, wenn man eine gute Frau hat, bei Gott! Nicht daß sie mir deswegen nicht die Hölle heißmachen wird!« Er klappte das Gewehr zu. »Nicht erwartet? Ich dachte, das sagen nur Mädchen, deren Mütter sie nicht mit den Tatsachen des Lebens vertraut gemacht haben, Sir Thomas Arkenshaw.« Er warf die Flinte in Toms Hände. »Hier – die nehmen Sie – Sie sind der verdammte Experte! Und Ihre Reflexe sind offensichtlich besser als meine. Und das sollten sie auch sein.« Er wartete, während Tom die Waffe untersuchte. »Glauben Sie, er wird es noch einmal versuchen?«

Es hatte keinen Sinn zu sagen, er wüßte es nicht, folglich zuckte Tom mit den Schultern. »Ich würde sagen, nein. Aber wenn er so dumm ist und danebenschießt, dann ist er vielleicht auch so dumm und versucht es noch einmal.« Aber das Wichtigste hatte Vorrang. »Ich will jedenfalls nicht hier im Erdgeschoß auf ihn warten.« Er sah sich um. »Und ... wo ist Ihre Frau – und Ihre Tochter?«

»Um die brauchen Sie sich keine Sorgen zu machen.«

»Um was ich mir Sorgen mache, entscheide ich, Dr. Audley. Wo sind sie?«

»Sie sind in Sicherheit. Mehr brauchen Sie nicht zu wissen.« Audley machte ein trotziges Gesicht. »Dies ist ein altes Haus. Und hier gibt es Winkel und Ecken, wo Sie Stunden bräuchten, um sie zu finden. *Ich* mache mir Gedanken über *ihre* Sicherheit, Tom Arkenshaw – Sie brauchen sich lediglich um *mich* zu kümmern. Denn das ist die Person, um die ich mir im Moment Sorgen mache.«

Das war es also, was *Limejuice* zu bedeuten hatte – *Geht in Dekkung!* –, dachte Tom. Und deswegen war Audley auch so entspannt gewesen, nachdem er das Familien-Codewort weitergegeben hatte und seine Familie in Sicherheit war. »Na gut, Dr. Audley. Dann möchte ich, daß Sie ein Stockwerk höher gehen. Und bevor ich Sie von hier wegbringe, brauche ich Unterstützung. Also muß ich ein Telefongespräch führen.«

Audley schüttelte den Kopf. »Auch darum brauchen Sie sich keine Sorgen zu machen. Faith wird diesen Anruf erledigt haben. Das ist die erste Hälfte von Limejuice – sie weiß, was sie zu tun hat.« Er deutete auf die Tür, durch die sie zuerst in die Küche gekommen waren. »Ich werde vorausgehen –«

»Nein.« Tom schob sich an ihm vorbei. »Wo geht es nach oben?«

»Rechts.« Audley nickte fügsam. »Die Tür am Ende des Treppenabsatzes ist die richtige.«

»Machen Sie alle Türen hinter sich zu.«

»Okay – ich kenne die Regeln.« Audleys Stimme hatte plötzlich einen Anflug von Überdruß, der Tom innehalten ließ. Der Mann mochte vielleicht die Regeln kennen, aber offensichtlich war es lange her, seit er sie zum letzten Mal hatte anwenden müssen, also mußte er Nachsicht üben. Tatsächlich hatte er das auch gesagt – *Ich bin nicht in der Übung für solche Spielchen.*

Er grinste den großen Mann an – den großen *alten* Mann, brachte er sich in Erinnerung: Wenn er bedachte, daß das letzte Mal auf Audley geschossen worden war (oder jedenfalls das letzte Mal, daß er es zugab), bevor er, Tom, geboren war, ... und wenn man ebenfalls bedachte, daß der Mann gerade eben im Kreise seiner Familie beschossen worden war, während sein Gartenfeuer friedlich vor sich hin schwelte – wenn man das alles in Betracht zog, hätte er wesentlich unangenehmer sein können. »Es ist nur eine Vorsichtsmaßnahme, Dr. Audley«, beruhigte er ihn. »Bestimmt nicht unbedingt nötig. Denn ich glaube, daß er längst weg ist. Ich hätte meinen Kopf nicht erhoben, wenn ich etwas anderes angenommen hätte.«

»Ach ja.« Er warf Tom einen mißbilligenden Blick zu, als verstünde er genau, was Tom tat. »Und Sie könnten Ihrer verehrten Mutter nie mehr in die Augen sehen, wenn Sie mich verloren hätten, oder?« Dann verhärteten sich seine Gesichtszüge. »Dann lassen Sie uns also mit Ihren unnötigen Vorsichtsmaßnahmen weitermachen, oder nicht?«

Das alte Haus war in Schweigen gehüllt, und jedes Geräusch, das er machte, hallte nur kurz wider, bevor Stille alles verschluckte. Aber das erleichterte zumindest ihren Gang; dies um so mehr, als sich der Mann hinter ihm jetzt wirklich an die Regeln hielt und immer dann stehenblieb, wenn er es auch tat, und nur dann weiterging, wenn er ihm das Zeichen dazu gab, bis sie das Zimmer am Ende des Treppenabsatzes erreicht hatten.

Auf einmal hatten sie einen dicken Teppich unter den Füßen, nach dem Steinfußboden im Erdgeschoß und der Treppe und dem Absatz aus massiver Eiche, auf der eine einzelne Brücke aus Buchara oder Täbris lag, die ihn (mit all den anderen Dingen, die ihn umgaben) daran erinnerte, daß Audley bei der Finanzierung seines Lebensstils nicht auf sein Gehalt angewiesen war.

Dies war das Schlafzimmer des Hausherrn mit dem für Audley maßgezimmerten Bett, das mit einem Plumeau bedeckt war. Aber was viel wichtiger war, es hatte auf drei Seiten Fenster, die es ermöglichten, nach vorne und nach hinten hinauszusehen.

»Warten Sie!« In Audleys Stimme schwang wieder dieser Befehlston mit.

Tom beobachtete ihn, wie er sich neben dem Bett zu schaffen machte, und gleichzeitig betrachtete er mit einem Gefühl von Irrealität Audleys Bettlektüre: Auf einem Eichentisch unten im Flur hatte die gesamte morgendliche Ausbeute an Zeitungen gelegen, angefangen von der *Sun* bis hin zur *Prawda*; aber hier lagen Patrick Wormalds

Festschrift, die von frühmittelalterlichen Ruhmestaten handelte, und *Ideal und Wirklichkeit in der fränkischen und angelsächsischen Gesellschaft*, die ihn irgendwie davon abhielten, an wichtigere Dinge zu denken.

»Was machen Sie da?« Er gab sich einen Ruck und überprüfte zuerst die Terrasse durch ein schießschartenartiges Fenster, das sich neben einem sehr neuzeitlichen Badezimmer in einer Ecke des geräumigen Schlafzimmers befand.

»Ich . . . ich habe nur das verdammte Alarmsystem eingeschaltet –« Audley richtete sich vorsichtig auf, als sei er sich wohlbewußt, wie nahe sein Kopf dem Balken direkt über ihm kam. »– das habe ich gerade gemacht. Also wird jetzt jeder Besucher von außen mit einer Hupe begrüßt, die laut genug ist, um Tote aufzuwecken.«

Tom ging den langen Weg zu dem Gaubenfenster auf der anderen Seite des Schlafzimmers. »Dann sind Sie also doch an solche Spielchen gewöhnt?«

»Nein –« Audley verfolgte ihn mit Blicken. »– nein, das sind wir, verdammt noch mal, *nicht*!«

Der Kiesplatz vor dem Haus, auf dem sein schwarzer Rover stand, war ebenfalls leer. Aber das Buch *Ideal und Wirklichkeit in der fränkischen und angelsächsischen Gesellschaft* hatte Toms Gefühle abgestumpft. »Wozu dann so ein ausgefeiltes Alarmsystem?« Er drehte sich zu Audley um und setzte den Kolben der Flinte auf den Teppich.

Audleys Gesicht bekam brutale Züge. »Es gibt so was wie Einbrecher – sie tragen Masken, gestreifte Trikots und haben Säcke über den Schultern, auf denen ›Beute‹ steht, gibt es die bei Ihnen in London nicht?« Er hielt inne. »Oder in Beirut? Oder Athen? Oder Kairo und Alexandria und Khartum?« Er hielt abermals inne. »Oder ist Ihre Art Sicherheit rein politisch und nicht kapitalistisch?«

Tom bewunderte den Ausblick auf der dritten Seite, quer über offene Felder, auf denen unten am Talrand Schafe weideten, bis hinauf zu einem Zaun neben der Straße, die sich den Hügel hinaufwand. Das mußte die Straße sein, auf die der Feldweg führte . . . aber dort war jetzt natürlich nichts zu sehen.

»Früher hielt ich Gänse, die die gleiche Arbeit viel billiger erledigten. Und die, die ich nicht mit Gewinn verkaufen konnte, habe ich gegessen«, sagte Audley bitter. »Mir sind Gänse lieber. Aber Faith mag sie nicht – weder als Gänse noch als Braten. Und . . . sie ist Wissenschaftlerin, deswegen hält sie viel von elektronischen Geräten.«

Tom dachte an die Perserteppiche, die sich leicht zusammenrollen ließen, und an einige andere Gegenstände, die er gesehen hatte. *Einbrecher* ließ er also gelten – bis auf eine Sache. »Und was ist dann *Limejuice*?« Er riß sich von Audleys ländlicher Stille los. »Und warum überhaupt *Limejuice*?« Mit einem zögernden Lächeln brachte er reine Neugier ins Spiel, um die Schärfe der Frage abzumildern, da er, wie ihm einfiel, Nachsicht üben mußte.

Audley zwinkerte. »Ich hatte einmal die zweifelhafte Ehre, bei einem gepanzerten Regiment zu dienen, das sich selbst nicht richtig schützen konnte, wenn es auf Deutsche traf.« Er zwinkerte wieder. »In großen, monströsen Panzern.«

Tom wartete. Und dann bezähmte er seine Neugier und wartete weiter.

»Die Acht-acht war das Geschick des Krieges – oder eher das Mißgeschick . . . Und die Panzer IV konnten ungefähr mithalten –« Audley schaute glatt durch ihn hindurch. »– das einzige Problem war, daß die Deutschen *besser* waren als wir. An einem guten Tag, wenn uns der Wind günstig gesinnt war und einige von ihnen krank waren, konnten wir sie mit ein bißchen Glück vielleicht aufhalten – wenn wir uns zum Beispiel mit einem guten Infanteriebataillon zusammentaten, das die Lage unter Kontrolle hatte . . . und ein paar 17-Pfündern, um die Begeisterung der Jerries zu bremsen –« Plötzlich schaute er Tom an. »Aber die Tiger – *Panzer VI* – und vor allem die *Königs*tiger . . . das war wie russisches Roulette – wir hatten sie nie im Griff. Man konnte nur hoffen, daß man an dem Tag in der Reservetruppe war, an der Außenlinie, von wo man die Mannschaft anfeuern konnte.« Er nickte. »Denn dann – dann, wenn man Glück hatte und sie zuerst sah . . . dann konnte man zu seinem kleinen Aufklärungsflugzeug hinauffunken, das mit der Geschwindigkeit eines kaputten Dreirads in den Wolken herumhopste und nicht aufzufallen versuchte, und hoffen, daß der Pilot ebenfalls Glück hatte . . . Und dann, wenn es wirklich so ein Glückstag *war*, dann war eine Staffel raketenbestückter Typhoons in Rufweite.« Er atmete tief ein. »An manchen Tagen war das nicht so – oder jedenfalls nicht schnell genug für die Vorhut . . . An manchen Tagen hat es den Aufklärer erwischt . . . Aber *das* war jedenfalls Limejuice: Es war dazu da, uns vor unserer ›gerechten Strafe‹ zu schützen.«

Und echte Geschichte war es auch, dachte Tom – wie bei Mamusia, wenn sie von dem verstorbenen Onkel Henryk erzählte; und zudem noch etwas, bei dem Audley normalerweise vielleicht nicht so gesprächig war. Offenbar hatte er jetzt doch einen leichten Schock von der

Terrasse. Es war ein Phänomen, das Tom bereits kannte und erst kurz zuvor bei einem älteren Palästinenser erlebt hatte, der ihn nach jenem letzten Massaker in Beirut mit blutrünstigen Einzelheiten aus seiner Erinnerung an das Bombenattentat 1946 im King-David-Hotel ergötzt hatte.

»Aber heute heißt Limejuice –« Audley bekam seinen Gesichtsausdruck mit. »– unser Diensthabender wird es an unsere Verbindung bei Special Branch weitergeben: Das heißt, wir werden die nächstgelegene Polizeieinheit in erster Instanz bekommen. Dann eine ›bewaffnete Unterstützungsgruppe‹ – oder wie das jetzt heißt –«

»Die Polizei kommt unbewaffnet?«

»Keine Ahnung!« Audley hatte offensichtlich seine »bloßen Vorsichtsmaßnahmen« unbesehen akzeptiert. »Aber es ist sicherlich eine ›Annäherung mit äußerster Vorsicht‹ . . . Und schließlich, so Gott will, werden ein paar von unseren Leuten auftauchen – es ist alles in den ›Maßnahmen für Notfälle‹ niedergelegt . . . die Jack Butler zufällig vor kurzem überarbeitet hat.« Er schniefte. »Deswegen weiß ich das alles so genau – ich mußte unterschreiben, daß ich es gelesen habe . . . Sie glauben doch nicht, daß dies ein alltägliches Ereignis ist, oder?«

Tom war wieder ans Vorderfenster getreten. »Ich fange an, mich dies zu fragen.«

»Nun – Sie können mit der verdammten Fragerei aufhören. Es ist kein alltägliches Ereignis. Jedenfalls nicht für mich, bei Gott!«

Der Platz vor dem Haus war noch immer leer. »Nie gewesen?« Er wandte sich dem offenen Feld mit den Schafen zu und sah Audley absichtlich nicht an.

Audley antwortete nicht, und Tom erinnerte sich an seinen Palästinenser, während er zu dem Schießschartenfenster hinüberging. »Nie zuvor?«

»In fünfundzwanzig Jahren . . .« Audley sprach wider bessere Einsicht, genau wie der Palästinenser. ». . . hatte ich hier dreimal Ärger.«

Der alte Palästinenser hatte seit den dreißiger Jahren permanenten Ärger gehabt. Folglich hatte Audley verdammt viel Glück, überlegte Tom: Er wohnte noch immer im gleichen Haus. Und die Terrasse war genauso verlassen wie der Kiesplatz, folglich hatte er immer noch Glück.

»Dreimal –?«

»Nur einmal . . .« Audley suchte nach dem Wort, nachdem er sich nun einmal der Unbedachtsamkeit verschrieben hatte. »– ernsthaft.«

Was zum Teufel meint er jetzt damit? fragte sich Tom.

»Die beiden anderen Male war es widerrechtliches Eindringen. Und auf der ›anderen Seite‹ sind deswegen Köpfe gerollt, das kann ich Ihnen sagen!«

»Sind sie das?« Mit einem Mal war Tom von seinem Mann enttäuscht.

»Das sind sie.« Genauso plötzlich verschwand die Leidenschaft aus Audleys Stimme. »Sie glauben, ich verarsche Sie, Tom Arkenshaw – das kann ich sehen. Stimmt's?«

»Nein –«

»Wenn Sie das glauben wollen, so tun Sie es. Und wenn Sie denken, daß ich Sie zu beeindrucken versuche . . . nun, dann glauben Sie das von mir aus auch.« Audley hielt inne. »Das letzte Mal, das war vor zehn Jahren. Und damals war ich gerade in Italien. Es war ungefähr zu der Zeit, als Ihre Abteilung gegründet wurde.« Noch eine Pause. »Und wenn Sie sich die Mühe machen, einmal im Archiv nachzusehen, werden Sie herausfinden, daß sie auf meine Empfehlung hin gegründet worden ist. Zu der Zeit waren Sie gerade das zweite Jahr auf der Universität. Sie waren Sekretär des anglo-polnischen Clubs und Schatzmeister der Wein- und Feinschmeckergesellschaft, was wesentlich angenehmer gewesen sein muß.« Eine weitere Pause. »Und möchten Sie, daß ich Ihnen den Namen der Frau nenne, die Sie rekrutiert hat?«

Harvey hatte recht gehabt – *zum Teufel mit dem Schweinehund!* »Nicht unbedingt, Dr. Audley. Aber ich möchte gerne wissen, warum Sie annehmen, dies seien die Russen.«

»Ich nehme nichts dergleichen an. Und nennen Sie mich um Gottes willen David – sonst werde ich sie Sir Thomas nennen müssen. Es ist schlimm genug, daß ich meiner Tochter erklären mußte, was ein Baronet ist.«

»Ja?« Tom nahm die Ablenkung dankbar an. »Und was hat sie gesagt?«

»Sie war ziemlich erleichtert.« Wie jeder Vater, der seine Tochter liebt, fiel Audley auf die Ablenkung herein. »Ich glaube, Sie haben sie ganz schön durcheinandergebracht.«

»Sie hat mich auch durcheinandergebracht, das können Sie ihr sagen, wenn ihr das ein Trost ist – David.«

»Wirklich?« Dann durchschaute ihn Audley. »Ich nehme nichts dergleichen an.«

Er sollte Mamusias alten Verehrer nicht weiter unterschätzen. »Nein?« Davon abgesehen mußte er an den Fenstern weiter Ausschau halten – nicht so sehr nach einem verrückten Kerl mit einem Gewehr, sondern nach einem armen, bedauernswerten Polizisten, der mit einer Aufgabe von »äußerster Vorsicht« betraut war. Und das hieß, er mußte wieder auf den Vorplatz hinuntersehen. »Wer könnte es denn sonst noch sein? Wem sind Sie zu nahe getreten?«

»Niemandem – das ist das Problem, Tom.« Audleys nachdenkliche Miene zeigte, daß er sich bereits mit dem Problem beschäftigt hatte, allerdings erfolglos. »Mit irischen Angelegenheiten haben ich jetzt nichts zu tun – da bin ich nicht vertrauenswürdig genug ... Und das gleiche gilt für das arabisch-israelische Geschäft – dabei traut mir auch keiner ... das heißt, außer den Arabern und den Juden selbst – und die spielen keine Rolle ...« Er biß sich auf die Lippen.

»Aber Sie sind doch ein Sowjetspezialist – oder nicht?«

»Angeblich ... manchmal.« Audley sträubte sich etwas.

»So wie jetzt?«

Audley kaute auf den Lippen herum, als könne er ihnen keinen Geschmack abgewinnen. »Soweit es Ihre Aufgabe betrifft – ja ... Aber es ist nicht strittig ... Interessant vielleicht – *verflucht faszinierend*, wenn Sie so wollen –« Aber schließlich schüttelte er entschieden den Kopf. »– nur verstehe ich nicht, wie sie es sein könnten – diesmal nicht ... wenn überhaupt.«

Tom spürte, wie ihm die Wirklichkeit wieder entglitt. »Sind sie unantastbar, oder?«

»Wie?« Audley starrte ihn an, als habe er nichts gehört.

»Wo ich herkomme, ist man sich nicht zu schade, Leute umzulegen, David.«

Audley starrte ihn einen Augenblick lang an. »Aber Sie sind nicht das, wo Sie herkommen. Und ich bin nicht ›Leute‹, Tom.« Jetzt musterte ihn Audley ganz genau. »Nein, verstehen Sie mich nicht falsch, alter Junge: Niemand ist unantastbar, da stimme ich Ihnen zu ... Aber auf meiner Ebene, hier wie auf der anderen Seite, gibt es ein paar ungeschriebene Regeln, Tom.«

»Welche Regeln?«

»Welche Regeln?« Der brutale Blick kehrte wieder. »In der Theorie gibt es Regeln auf zwei Ebenen – zumindest wenn es nach Jack Butler geht, der in Regeln ganz groß ist –, Gefechtsregeln, wie er es nennt, okay?« Aber schließlich verstand er Toms Gesichtsausdruck. »Sie sind an Terroristen gewöhnt, Junge – an ungesteuerte und an solche, die von den Sowjets gesteuert sind – *ich weiß*! Aber davon spreche ich jetzt nicht.«

»Und wovon sprechen Sie dann?« Die Tatsache, daß Audley das Spiel kannte, machte die Sache nur verwirrender. »Welche zwei Ebenen?«

»Okay!« Audley nickte. »Da gibt es die Gentleman-Ebene – die Jack in der Tat versteht. Das ist wie Wellington bei Waterloo, wenn sein Artillerieoffizier zu ihm kommt und ihm erzählt, daß er jetzt freie Sicht auf Napoleon und seinen Stab hat, eine Batterie in diese Richtung weist und er feuerbereit ist. Aber der Herzog sagt: ›Nein! Nein! Das lasse ich nicht zu. Es ist nicht die Aufgabe von Kommandeuren, aufeinander zu schießen.‹ *Okay!*«

Tom merkte, daß er widersprechen mußte. »Aber was war, als wir in Nordafrika versuchten, Rommel umzulegen – mit dem Keyes-Kommandounternehmen? Und mit den Amerikanern, die Yamamoto mit ihren Fliegern in einem Hinterhalt töteten, nachem sie den japanischen Marine-Code geknackt hatten?«

»Das war etwas anderes.« Audley machte eine unbestimmte Handbewegung, während er über die friedlichen Schafe hinweg aus einem seiner Fenster spähte. »Das war der heiße, nicht der kalte Krieg.«

»War Waterloo nicht auch heißer Krieg?« Dies war das zweite Mal, daß Audley die Schlacht von Waterloo erwähnt hatte, was weder zu Harveys Auskünften noch zu *Ideal und Wirklichkeit in der fränkischen und angelsächsischen Gesellschaft* paßte.

Er winkte wieder mit der Hand. »Das war kein ekelhafter Krieg im zwanzigsten Jahrhundert – das war *ritterlich* . . .« Audley sah ihn vorsichtig von der Seite an. ». . . wenigstens auf Wellingtons Seite – falls Sie mir *Sous-Officier* Cantillon entgegenhalten wollen, hä? Aber andererseits war Bonaparte kein Gentleman – er war lediglich ein Nationalsozialist, der ein Jahrhundert zu spät geboren ist –« Der Seitenblick wurde plötzlich hämisch. »– obwohl ich glaube, daß gerade Sie das nicht zugeben werden, hä?«

Zum Teufel noch mal! dachte Tom: Was sollte dieses *gerade Sie* denn heißen? »Wer?« Und dies war weder der Zeitpunkt noch der Ort für derartige Spielchen. »Wieso – *wer*?«

»Hat Bonaparte nicht so getan, als sei er nett zu den Polen? Davon abgesehen, daß er Marie Walewska ein Kind machte?« Audley lief an ihm vorbei, um selbst einen Blick auf die Terrasse zu werfen. »Graf Walewski – Botschafter Napoleons in London bei Königin Victoria, das war er doch, oder?« Er konzentrierte sich kurz auf die Terrasse. »Auf dieser Seite ist alles in Ordnung.«

Das Gespräch wurde unwirklich, abschweifend und erinnerte Tom an den Wortwechsel mit dem schelmischen Kind auf dem Vorplatz. Aber andererseits hatte Faith ihn darauf hingewiesen, daß das Kind wie der Vater sei; und alles, was hier geschehen war, war unwirklich gewesen – sogar das Haus selbst war unwirklich, und dieser plötzliche, nicht der Jahreszeit entsprechende Sonnenschein samt blauem Himmel, als ob er die grauen Wolken und den Regen in der Wirklichkeit zurückgelassen hätte.

»Sollten Sie nicht lieber ein Auge auf den Vorplatz werfen?« wies ihn Audley rücksichtsvoll zurecht. »Die Polizei wird die Einfahrt heraufkommen wie ehrliche Christenmenschen. Aber sie werden Angst haben, deswegen möchte ich nicht versäumen, sie zu begrüßen – verstehen Sie mich?«

Audley war völlig sachlich, aber das machte alles irgendwie nur noch schlimmer und erinnerte Tom an seine eigene Kindheit, als ihm die schöne und lieblich duftende *Mamusia* vor dem Einschlafen irgendeine alberne Geschichte vom *Elfenkönig und seiner Tochter* vorgelesen hatte, *die halb in ihrer eigenen und halb in unserer Welt unter dem Berge wohnten, wo die Blumen leuchtender, aber die Gefahren gefährlicher waren*... und dies hier war unter einem Berg, jedenfalls beinahe, und es gab eine zweifelhafte Tochter – und es gab einen noch zweifelhafteren Vater, der zudem *Mamusia* persönlich gekannt hatte... und es gab eine Gefahr, die unzweifelhaft gefährlicher war, als es an einem ruhigen Nachmittag in England der Fall sein sollte!

»Ja.« Er tat wieder so, als suche er den Vorhof ab. Der Trick bei Mamusias Geschichte war, sich an etwas aus der eigenen Welt festzuhalten. Der Junge in der Geschichte hatte sich an seinem Taschenmesser festgehalten; alles, was er hatte, war seine kleine Brieftasche mit den Kreditkarten in seiner Jackentasche; aber andererseits konnte nichts mehr aus der *wirklichen Welt* stammen als Kreditkarten. »Wer, zum Teufel, ist – oder war – ›Sous-Officier... Cantillon‹ –?«

»Cantillon?« Audley schien zu erwarten, daß er wußte, wer der Mann war. »Wieso – er war der napoleonische Veteran, der 1814 in Paris Wellington zu ermorden versuchte, mein lieber Junge.« Er hielt fragend inne. »Und der unsägliche Bonaparte hat dem Burschen in seinem Testament 10000 Francs hinterlassen – *nicht* gerade die Art, wie sich ein Gentleman verhalten würde, wie bereits gesagt – hat Ihnen Ihre geschätzte Mutter nie diese Geschichte erzählt, Tom?«

»Meine Mutter?«

Audley starrte ihn einen Augenblick lang nachdenklich an. »Nein, ich kann verstehen, daß sie es nicht getan hat – vielleicht verständlich, unter den Umständen.«

Tom kam sich allmählich albern vor. »Welche Umstände?«

»Welche Umstände?« Jetzt schien Audley überrascht. »Mein lieber Junge, Ihre Mutter – *meine* Danny Dzieliwski –, *Ihre* geschätzte Mutter war – und ist es wahrscheinlich noch – ziemlich von Napoleon Bonaparte begeistert. Und von allem Französischen ... ziemlich unkritisch, wenn ich das so sagen darf. Der schreckliche Korse war einer ihrer großen Helden – nach Marschall Poniatowski natürlich. ›Das Epos des napoleonischen Polen‹ war eines ihrer Lieblingsthemen ... Ich will nicht sagen, daß ich meine ganze polnische Geschichte *von ihr* gelernt habe – ich habe sie eher so gelernt, daß ich mich nicht hinsetzen mußte und ihr zuhören, ohne mitreden zu können, wenn sie mit ihren Verallgemeinerungen über halb Europa hinwegfegte. Genaugenommen –« Audley hob einen schmutzigen Finger. »– genaugenommen wurde ich dank ihrer zu einer ziemlichen Kapazität bezüglich Kasimirs des Großen und Jadwigas von Anjou. Aber im Detail bin ich nie weiter als bis zum Mittelalter gekommen, um ehrlich zu sein – die neuere Geschichte ist meist viel zu kompliziert für mich.«

Es geschah schon wieder –

»Glauben Sie also nicht, ich sei ein Experte für Bonaparte –«

»Nein –« Das mußte aufhören, dachte Tom verzweifelt.

»Nein, wirklich nicht! Ich lese nur zufällig gerade dieses Buch, das mir meine Frau geschenkt hat, über Colquhoun Grant, den Chef von Wellingtons Nachrichtendienst in Spanien – ein brillanter Mann im Feld, ziemlich brillant ... Und ich hatte einen Vorfahren, der dort gefallen ist, wissen Sie – mütterlicherseits –, er hat dort 1812 mit Le Marchant bei Salamanca gekämpft. Deswegen sucht sie für mich immer nach Büchern über den Spanienfeldzug – Faith meine ich, nicht meine Mutter –«

»David!«, brach es aus Tom heraus. »Um Gottes willen – ich will nichts über Ihre Mutter wissen – oder über meine Mutter ... Oder über Kasimir den Großen oder Napoleon, um Gottes willen!« Und was zum *Teufel* hatte das Kind mit *Tripolis* gemeint? »Jemand hat gerade auf uns geschossen, David – erinnern Sie sich?«

»Auf mich, mein lieber Junge – nicht auf Sie. Wie könnte ich das vergessen?« Audley verzog sein häßliches Gesicht. »Ich rede nur, weil ich Angst habe – das habe ich Ihnen doch erzählt. Manche Leute reagieren so. Aber das ist zumindest anderen physischen Reaktionen vorzuziehen, die mir untergekommen sind –« Er hielt mit einem Mal inne. »Sie glauben doch nicht, daß er auf *Sie* geschossen hat, oder?« Wieder hielt er inne und sah Tom nachdenklich an. »Dennoch *war* er ein sehr schlechter Schütze – oder nicht?«

Endlich, egal, wie spät, hatte Audley begriffen. »Ja.«

»Ja ...« Audleys nachdenkliche Miene vertiefte sich. »Ein sitzendes Ziel – oder ein stehendes jedenfalls ... Und er hätte ausreichend Zeit zum Zielen gehabt, und um die erforderlichen Abweichungen zu kalkulieren ...« Er starrte durch Tom hindurch.

Doch das war nur eines der Probleme. »Hätte er das?«

»O ja.« Audley nickte wie durch ihn hindurch. »Er hätte mich im Obstgarten gesehen. Aber ich bin herumgelaufen, und bei den Bäumen hätte er kein freies Schußfeld gehabt.« Er holte Luft. »Erst nachdem wir über Ihre bevorstehende Ankunft gesprochen hatten und die Sonne herauskam ... nachdem Faith die Stühle auf die Terrasse geholt hatte. Erst dann wußte er, daß er freie Schußbahn haben würde.« Er musterte Tom wieder. »Aber dann hat er danebengeschossen, hä?«

»Ja.« Damit war ein Problem gelöst – was nur ein weiteres zurückließ. »Ja?«

»Dann kann es also nicht die ›andere Seite‹ gewesen sein?« Audley hob herausfordernd den Kopf. »Aber ... die haben auch schon danebengeschossen, Tom.«

»Nicht oft.« Es war an der Zeit, dem alten Mann etwas Dampf zu machen. »Und schon gar nicht, wenn Panins ranghöchste Leute mit von der Partie sind, David. Er würde keinen Sous-Officier Cantillon mit der Aufgabe betrauen.«

»Nein ... nein, das ist wahr.« Audley holte wieder Luft. »Aber es ist ohnehin nicht Nikolaij Penin.« Er schüttelte den Kopf. »Nein.«

Sie waren wieder bei Jack Butlers »Gefechtsregeln« angelangt. Aber was immer Jack Butler und der Herzog von Wellington auch glauben mochten, es gab außerhalb des Spielfelds von Eton keine Regel, die man nicht auslegen und brechen konnte – das Kleingedruckte militärischer und politischer Notwendigkeiten rechtfertigte im nachhinein jede erfolgreich abgeschlossene Aktion –, deshalb lag die *Belgrano* auch auf dem Grund des Atlantiks.

»Und er ist ein Gentleman, ja?« Aber Audley hatte von *zwei* Ebenen gesprochen, erinnerte er sich. »Oder ist es deshalb, weil sie alte Freunde sind und er sentimental ist?«

»Ha!« Audley machte es nichts aus, wenn man ihn anspitzte, stellte Tom in diesem Moment fest; oder war es vielleicht doch kein Vorteil,

Danny Dzieliwskis Junge zu sein, wie Jaggard sich ausgerechnet hatte? »Der alte Nikolaij ist mit Sicherheit kein Gentleman! Er ist ein treues Kind der ›roten Revolution‹ – *Homo Sowjeticus Stalinus* –, er war vielleicht während des Krieges, des Großen Vaterländischen Krieges, ein patriotischer Riese mit kühlem Kopf und heißem Herzen, und auch noch eine Zeitlang danach ... Aber der Überlebenskampf der vergangenen fünfunddreißig Jahre hat ihn bestimmt zu einem kaltherzigen Schweinehund gemacht, der ganz genau weiß, auf welcher Seite seines Brotes die Butter ist, bei Gott!« Er schüttelte fast traurig den Kopf. »Das ist der Mist an ihrem System, mein lieber Junge – es verdirbt gewöhnliche, anständige Männer wirkungsvoller, umfassender und schneller als unseres ... abgesehen davon, daß es den absoluten Mist noch schneller an die Oberfläche bringt, als wir es schaffen – hä?«

Interessant, dachte Tom gerade, als ein leichtes Geräusch von draußen den Gedanken jäh unterbrach. »Also war Panin einmal ein gewöhnlicher, anständiger Mann –?« Er wandte sich zwanglos dem Fenster zu. »War er das?«

»Ich glaube, er hätte es sein können. Er war jedenfalls sicherlich einmal ein verdammt guter Archäologe. Und er ist ohne Zweifel einer ihrer besten Desinformationsleute.«

»Und Sie kennen ihn seit langer Zeit?« Er war zwischen dem, was Audley sagte, und dem, was gerade unten am Weg in Sicht gekommen war, hin und her gerissen.

»Nicht seit langer Zeit. Ich habe ihn vor fünfzehn Jahren zum ersten Mal getroffen.«

Toms Gesicht blieb unbewegt. Gemessen an Audleys nachrichtendienstlicher Tätigkeit waren *fünfzehn Jahre* für ihn keine *lange Zeit*. Und was er, Tom, jetzt draußen beobachtete, war das ganze Ausmaß des Unterschieds zwischen Nikolaij Panins Welt und ihrer.

»Ich habe ihm einmal einen guten Dienst erwiesen ... so schlecht und recht –« Audley war leicht aus dem Konzept, weil Tom sich diesmal nicht zu ihm umdrehte. Aber er konnte sich um alles in der Welt nicht von dem losreißen, was er sah. »– und er hat sich ein paar Jahre später dafür revanchiert ... so schlecht und recht.«

»Wirklich?« Das bedeutete lediglich, daß sich für David Audley und Nikolaij Panin Eigeninteresse und Zusammenarbeit für kurze Zeit deckten, nicht mehr. Aber es hieß auch, daß damit eine Art Verhältnis zwischen den beiden begonnen hatte, das nun schon fünfzehn Jahre andauerte.

Doch er konnte nicht weiter hinunterschauen. »Ja? Und was war das für ein Gefallen, den er Ihnen getan hat?«

»Das geht Sie nichts an –« Audley las in Toms Gesicht. »Was ist los?«

»Jetzt will er Sie wiedersehen, das ist los, David.«

»Und jetzt will *ich ihn* treffen.« Unzufrieden mit der Erklärung, runzelte Audley die Stirn. »Worauf haben Sie geschaut, Tom?«

»Die Polizei ist gekommen, David«, gab er zu.

Der alte Mann entspannte sich leicht. »Sie sind da?«

»Nicht ›sie‹, David – es ist nur ein Polizist.« Tom wandte sich wieder dem Fenster zu; plötzlich war ihm nach Grausamkeit zumute. »Er nimmt gerade die Fahrradklammern von der Hose. Und er scheint auch nicht sonderlich verängstigt – jetzt stellt er sein Fahrrad neben meinem Wagen ab . . . und er schaut sich um, als ob er hier wohnen würde – über eins achtzig, schlank gebaut . . . ungefähr vierzig, fünfundvierzig . . . helle Gesichtsfarbe – rot, vom Wetter mitgenommen, oder von einem Winterurlaub an der Costa del Sol, oder von regelmäßigen Besuchen im hiesigen Pub – das kann ich aus der Entfernung nicht sagen.«

»Ja.« Audley trat einen Schritt nach vorn, blieb dann aber wieder stehen. »Das wird Alan sein – Constable Grant . . . Hat er einen Korb hinten auf dem Fahrrad?«

»Ja –« Tom starrte auf das Fahrrad. »–er hat irgendwelches Gemüse drin – oder etwas Grünes –?«

»Sehr wahrscheinlich Freilandpflanzen«, stimmte Audley zu. »Alan weiß einfach, wo er im Dorf hingehen muß, um im Frühling seinen Garten zu füllen, Das wird er wohl sein. Also . . . wird Faith ihm ein paar von ihren Pflanzen geben müssen, aus dem Treibhaus –«

»*David* – um Gottes willen!«

Audley stand noch immer an der gleichen Stelle. »Das geht schon in Ordnung. Sie hat weit mehr gezogen, als wir zum Auspflanzen brauchen . . . Und kein Schwein wird auf einen Dorfpolizisten schießen, Tom – nicht auf 500 Meter, nur weil ich nicht da bin – oder Sie.« Er schüttelte den Kopf. »Nicht einmal Bonaparte würde ihm dafür 10 000 Francs zahlen.«

Harvey hatte gesagt, Audley sei bei manchen Leuten nicht beliebt, und Tom konnte verstehen, warum da etwas Wahres dran sein könnte. »Sie haben also keine Angst mehr?«

Audley schwankte und gewann dann wieder Halt. »Oh . . . ich habe noch immer Angst –«

Ein schwerer Türklopfer, der gegen die Vordertür pochte, hallte irgendwo in der Tiefe des Hauses wider.

»Das ist Alan.« Audley nickte. »Wir haben eine elektrische Klingel und eine Zugglocke. Aber Alan benützt immer den Türklopfer. Er hält nichts von technischen Spielereien.«

Das Echo erstarb, doch jetzt war ein anderes Geräusch zu hören – Reifen, die Kies aufwirbelten, und dann ein Wagen, der die Einfahrt von der Straße heraufkam.

»Ich habe ungefähr genausoviel Angst wie Nikolaij Panin haben sollte«, sagte Audley. »Denn Fred Clinton hat eine Verfügung erlassen – vor ungefähr zwanzig Jahren, nachdem irgendein ostdeutscher Schurke bei ihm das gleiche versucht hat wie Sous-Officier Cantillon bei Wellington, ohne Genehmigung des KGB ... Und Fred Clinton wollte nicht zulassen, daß alle und jeder *dieses* Spiel bei nachträglicher Rechtfertigung ungestraft spielen können.« Er warf Tom einen seiner brutalen Blicke zu. »Fred Clinton war nicht mehr Gentleman als Bonaparte – oder Nikolaij Panin, sehen Sie, Tom.«

Tom hörte, wie das Polizeiauto abermals Kies aufwirbelte, als es den Vorplatz erreichte. Aber das war nicht mehr wichtig.

»Also rief er lange vor dem Pentagon die GzV ins Leben – das heißt seine Version davon ... *Gegenseitig zugesicherte Vernichtung*, hä?« Ein weiteres Nicken. »Nur daß seine Version keine allgemeine Massenvernichtung darstellte – sie war wesentlich präziser ... Aber nicht *exakt* präzise, falls ein bestimmter KGB-Boss wollte, daß wir einen seiner Rivalen erledigten – verstehen Sie, Tom?«

Er wußte davon, doch was er gehört hatte, war eher eine Legende als die Wahrheit: die *Ein-Leben-für-ein-Leben*-Übereinkunft der Geheimdienstgemeinde, die sich daran band und hinderte, sich auf höherer Ebene gegenseitig umzubringen.

»Sie wissen, wovon ich spreche?« Audley hatte die Türen des Polizeiautos zuschlagen hören, doch er ignorierte die Geräusche.

»Ja.« Man sagte, daß die Abschußliste auf höchster Ebene erstellt worden war. Und Forschung und Entwicklung war die höchste Ebene.

Diesmal erschallten gleichzeitig die elektrische Klingel von unten und die Alarmanlage von oben.

»Wenn ich also ausgeschaltet werden soll, so kann auch Panin nicht erwarten, dieses Weihnachten zu feiern. Denn er ist mein direktes Gegenüber.« Es läutete wieder, und Audley wartete, bis der Ton verhallte. »Je früher wir uns jetzt also treffen, desto besser ist es für uns beide.«

4

Als sich die Tür zum Studierzimmer öffnete, sprach Tom gerade in Audleys mit einem Zerhacker ausgerüstetes Telefon: *»Würden Sie bitte einen Moment warten, Sir.«* Dann fragte er den Special-Branch-Mann: *»Was ist los?«* während er mühsam seinen Unmut im Zaum hielt, als er durch die offene Tür Audleys Stimme nahen hörte, gleich darauf vernahm er die aufgebrachte Stimme von Faith Audley – folglich war sie endlich wieder aus ihrem Schlupfwinkel herausgeholt worden, wo immer der war –

»Sir –« Der Special-Branch-Mann nahm die sich nähernden Stimmen ebenfalls wahr und hielt verständnisvoll inne – schließlich vollführte er ein eigenartiges Ausweichmanöver, als habe ihn etwas Unerwartetes von hinten berührt, und hob den linken Arm, während er gleichzeitig hinunterschaute.

»Entschuldigung!« Neben ihm tauchte Cathy Audleys kleines Gesicht mit den durch die Brille vergrößerten Augen und der Zahnklammer im Mund auf. »Hallo, Sir Thomas!«

»Was geht da vor?« sagte Jaggard in Toms Ohr. »Sind Sie noch da?«

»Ich weiß, was ein Baronet ist«, sagte die Kleine ernsthaft. »Vater hat gesagt, ich soll es nachschlagen. Das habe ich gemacht – in meinem *Lexikon für jedermann* ... Das sagt er *immer*: ›Schau doch nach‹, sagt er. Also habe ich BAR bis CAM mit ins Versteck genommen. Und –«

»Cathy!« Faith Audley schob den Special-Branch-Mann beiseite. »Das reicht!«

»Sind Sie noch da?« wiederholte Jaggard.

»Aber ich habe ihm doch gar nicht gesagt, wo das Versteck war, Mami«, protestierte das Kind. »Ich habe nur von *Baronets* gesprochen –«

»Sei ruhig!« Mrs. Audley konzentrierte sich auf Tom und ignorierte ihre Tochter. »Sir Thomas, würden Sie mir bitte sagen, was in meinem Haus vorgeht?«

»Ja«, sagte Tom in den Hörer. *Wieder in Beirut, wieder in Tripolis!* »Würden Sie bitte einen Moment warten, Sir.« Er sah das Kind nachdenklich an, als es sich an dem Special-Branch-Mann vorbeizwängte: *Tripolis?*

Audley tauchte hinter seiner Tochter auf. »Faith, Liebes – um Gottes willen!« Er lenkte Toms Aufmerksamkeit auf sich. »Tut mir leid, Tom –«

»Sir!« Der Special-Branch-Mann versuchte ebenfalls, Toms Aufmerksamkeit auf sich zu lenken, während er gegen Audley und seine Frau an Boden verlor und einem ziemlich wackligen, mit Büchern überladenen Tisch auswich. »Sir –?«

Wieder in Athen, wieder in Nikosia, wieder in Tel Aviv! Aber wenigstens war Jaggard am anderen Ende der Leitung jetzt ruhig –

»Sir Thomas –« hob Mrs. Audley wieder an.

Tom hielt seine freie Hand in die Höhe. »Einen Moment noch, Mrs. Audley –« Er nickte dem Special-Branch-Mann zu. »– ja?«

»Auf dem Hügel ist alles klar, Sir.« Er holte tief Luft. »Im Augenblick ist niemand oben –« Er verdrehte die Augen. »– aber ...«

»Ja?«

Diesmal schluckte er. »Es war ein Stahlmantelgeschoß. Es schlug durchs Fenster, dann durch einen Lampenschirm auf einem Tisch und schließlich in die gegenüberliegende Wandverkleidung. Aber wir werden auf die Spurensicherung warten müssen, um es herauszuholen. Die sollten uns wesentlich mehr darüber sagen können.«

»Ich danke Ihnen.« Strenggenommen gab es nichts weiter, das Mrs. Audley wissen mußte – strenggenommen hatte sie schon mehr gehört, als ihr zustand. Aber in ihrem eigenen Haus und weil sie David Audleys Frau war, wäre es vielleicht vernünftig, daß sie noch mehr zu hören bekam. »Und was unternehmen Sie weiter?«

»Tom –« Audleys Mund öffnete sich. »Wer ist am Telefon?«

»Es ist in Ordnung, David.« Audley würde sich niemals damit zufriedengeben, wenn er wüßte, daß Jaggard am anderen Ende war; es war schlimm genug, wenn er selbst wußte, daß Jaggard erstaunlich lokker auf diese schreckliche Wendung der Ereignisse reagierte, fast so, als ob er sie erwartet hätte; oder wenigstens so, als ob sie ihn nicht überraschte. »Es ist nur der Bereitschaftsdienst –« Er wandte sich schnell wieder an den Special-Branch-Mann. »– nun?«

»In Kürze wird weitere Verstärkung eintreffen.« Der Mann wußte nicht recht, was er sagen sollte. »Für Straßensperren ist es fast zu spät – wir sind hier ziemlich nahe an der Autobahn. Und wir sind ohnehin fast Einzugsgebiet von Gatwick ...« Er hob die Schultern. »... und dort dürfen wir ohne die Erlaubnis des Innenministers nicht den Verkehr anhalten, Sir.«

So viel wäre also zu *Limejuice* zu sagen, dachte Tom: Wenn in Athen jemand auf Colonel Stamatopoulos oder einen seiner Freunde geschossen hätte, wäre das ein Grund, halb Griechenland anzuhalten. Aber hier, in den an London angrenzenden Grafschaften, hatte der Verkehr trotzdem weiterzufließen, solange kein Blut vergossen wurde.

»David –« sprach Mrs. Audley ihren Mann an und ließ von Tom ab.

»Ich habe dir erzählt, Liebes – irgendein Dummkopf hat seine Grenzen überschritten, das ist alles.«

»Nach dem letzten Mal hast du mir auch erzählt, daß *Limejuice* lediglich eine Vorsichtsmaßnahme war –«

»Das war . . . das ist zehn Jahre her, Liebling.«

»Das ist mir egal, und wenn es hundert Jahre her wäre –«

»Mrs. Audley – Faith –« Pflicht und Eigeninteresse deckten sich plötzlich: Er benötigte Audley für sich, und er mußte den Mann so schnell wie möglich von ihr und von hier wegbringen. Aber jetzt hatte er eine Gelegenheit, ein Verhältnis zu festigen, das Mamusia bereits angefangen hatte, bevor man überhaupt an ihn gedacht hatte. »– Ihr Mann hat tatsächlich recht.« Er erinnerte sich an den Special-Branch-Mann. »Ich danke Ihnen, Sergeant. Ich werde auf Sie zurückkommen. aber wir werden ein Begleitfahrzeug benötigen –«

»Und einen Wagen für meine Frau«, sagte Audley. »Ich will nicht, daß sie heute nacht hierbleibt.«

»Richtig – das auch.« Mit einer Kopfbewegung schickte Tom den Special-Branch-Mann aus dem Zimmer, bevor er sich wieder Faith Audley zuwandte. Doch schließlich erinnerte er sich auch an Jaggard. »Hallo?« Es gab wirklich nichts weiter, was er Jaggard erzählen wollte; der Schweinehund schien so erstaunlich locker, trotz der Tatsache mit dem Stahlmantelgeschoß. »Ich werde Sie wieder anrufen, wenn die Zeit es erlaubt.«

»Bemühen Sie sich nicht, Tom. Ich habe mir ein ganz gutes Gesamtbild gemacht. Sie passen nur auf Audley und seinen alten Freund auf, das ist alles. Bringen Sie nur Audley zuerst zu dem Treffen – dann will ich wissen, was er vorhat – wo er hingeht und mit wem er spricht. Und das möglichst im voraus – haben Sie das kapiert?«

»Ja.« Es bedurfte keiner Anstrengung, den Hörer auf die Gabel zu knallen. *Wieder in Beirut* . . . aber am meisten: *Wo bist du jetzt, Willy?* »Tut mir leid, Faith –«

»Nein.« Ein Teil des Feuers schien von ihr gewichen zu sein, erstickt durch die feine, sprühende Gischt der grausamen Wirklichkeit. »Ich kann sehen, daß ich dringlicheren Angelegenheiten im Wege stehe.« Sie schenkte ihrem Mann ein leicht gequältes Lächeln. »Es ist jetzt nicht die rechte Zeit, Schwierigkeiten zu machen.« Sie biß sich auf die Lippe. »Ich werde ganz ruhig gehen, Sir Thomas – ich werde einfach gehen und meine Zahnbürste einpacken. Okay?«

»Nein.« Es klappte alles so gut, daß Tom sich beinahe schämte. »Was ich meinte, war, daß ein Dummkopf seine Grenzen überschritten *hat* – und der Dummkopf bin ich. Folglich hat ihr Mann in Wahrheit nur mich geschützt.« Er wußte, daß er Audley nicht anschauen durfte, weil er Angst hatte, sie könnte es vielleicht auch tun. »Die Kugel war für mich bestimmt, Mrs. Audley, verstehen Sie. Nicht für ihn.«

»Was –?« Die Lüge traf sie, während sie sich gerade wegdrehte. Zu ihrem Ärger war sie halb ihrem Mann zugewandt. »David –?«

»Ähh . . .« Ein ganzes Leben voller Heimlichkeiten hatte die geistige Beweglichkeit des großen Mannes gefördert. »Nun . . . um fair zu sein, sollten wir das den Experten überlassen, Tom.«

»Sie galt mir, David.« Er konnte die geschickte Art, wie Audley dieser Lüge praktisch ohne Vorwarnung begegnete, nur bewundern. »Aber . . . Sie werden verstehen Mrs. Audley . . . daß ich Ihnen nicht sagen kann, was ich normalerweise tue. Aber ich werde es auf jeden Fall jetzt nicht tun –« *Stimmt. Tom Arkenshaw, du verlogener Schweinehund!* Aber was könnte er als nächstes sagen? »– also vertraue ich darauf, daß es nicht wieder geschehen wird –« *Nicht gut genug!* Er konnte es an ihrem Gesicht ablesen. »– aber ich werde jedenfalls jetzt ein wachsames Auge auf ihn haben, das verspreche ich Ihnen.« *Stimmt wieder!* dachte er. *Doch was für ein furchtbares Versprechen!* Aber um alles in der Welt, jetzt war es gegeben. Und was das Schlimmste war, dieses Versprechen konnte man nicht zurücknehmen.

»Ha!« Audley kicherte hämisch. »Bleiben Sie einfach weg von mir – das ist alles!«

»David!« Sie warf ihm einen verzweifelten Blick zu. »Passen Sie auch auf sich auf, Sir Thomas.« Sie holte Luft. »Ich muß daran glauben, daß mein Mann unverletzbar ist.« Sie holte wieder Luft. »Wie dem auch sei, ich werde gehen und meine Zahnbürste suchen.«

Tom beobachtete sie, während sie mit erhobenem Kopf den Raum verließ.

»Zu gegebener Zeit werde ich eine aufs Dach kriegen«, murmelte Audley. »Aber in der Zwischenzeit –«

»Nein!« Tom wollte nichts weiter als einen Moment in Ruhe nachdenken, bevor wieder alles auf ihn eindrang. Er wollte über das nachdenken, was Jaggard gesagt und nicht gesagt hatte; und über das, was Harvey gesagt und angedeutet hatte; und auch über Audley; und vielleicht sogar über Mamusia. »Gehen Sie einfach und packen Sie Ihre Zahnbürste ebenfalls ein, David. Wir können uns im Wagen unterhalten – okay?«

Zuerst erwiderte Audley nichts. Doch als er dann antwortete, klang er, als ginge seine Dankbarkeit ein wenig zu weit: »Ich wollte Ihnen lediglich für die kleine Notlüge danken. Aber ...« Er zuckte mit den Schultern. »... wenn Sie es so wollen, Sie sind der Boss.« Er wandte sich der Tür zu. »Im Augenblick jedenfalls.«

Tom wartete einen Moment lang, wandte sich dann wieder dem riesigen, überladenen Schreibtisch zu und starrte kurz auf das rote Telefon zwischen den Türmen von Büchern, Magazinen, ledernen Aktendeckeln, den verstreuten Zetteln, Notizbüchern und fotokopierten Zeitungsausschnitten, die keinen Quadratzentimeter Oberfläche freiließen.

Jaggard war nicht wirklich überrascht gewesen, stellte er fest –

In die Bücher – und die Magazine – waren zahllose verschiedenfarbige Papierstreifen eingelegt, alle pastellfarben, rosa, grün und blau; und auf den Zeitungsausschnitten waren mit breiten Filzschreiberstrichen in ähnlichen Farben ganze Passagen angestrichen, wie Querverweise, die Audley interessiert hatten.

Am Telefon war das nur schwer festzustellen; ein geübter Lügner hatte immer einen Vorteil am Telefon – außer Mamusia konnte er am Telefon jeden täuschen –

Der ganze Raum war voller Bücher: Bücher auf Regalen, die an jeder Wand vom Boden bis zur Decke reichten, Bücher, die dort, wo Platz war, seitlich zwischen die Regale gestopft waren, Bücher in Reihen und Stapeln auf dem Fußboden; außer den bleiverglasten Fenstern mit den herunterhängenden Glyzinien gab es rechts neben der Tür, hinter dem hochlehnigen Eichenstuhl, nur eine schmale Lücke, wo keine Bücher waren. Dort tickte seelenruhig eine riesige Standuhr, die aussah wie ein monströser Totenuhrkäfer, vor sich hin.

Also ... weil er sich bereits festgelegt hatte, daß Jaggard ihm nicht alles erzählt hatte, nicht einmal die Hälfte ... war das eine subjektive Folgerung –

Er wandte sich wieder dem Schreibtisch zu. Da lagen Bücher, die nicht zu den anderen paßten – besser gesagt, nicht zu den rosa angestrichenen Namen in den obersten Zeitungsausschnitten, die aus einer breiten Palette sowjetischer und amerikanischer Fachzeitschriften stammten: Da war *Tschebrikow* vom Politbüro, *Aliew* vom KGB ... und der greise *Lomako*, ein Überlebender aus den vorgeschichtlichen vierziger Jahren (oder war er es nicht?) ... und ... *Schewardnadse* – wer zum Teufel war das? Wie dem auch sei, da war der Schweinehund *Schkiriatow*, den er kürzlich selbst in Syrien kennengelernt hatte –

Das war es also, womit Audley sich im Augenblick beschäftigte: Er versuchte, die diesjährigen Gewinner des Kreml-Grand-National herauszufinden – oder wenigstens ihre Chancen!

Aber andererseits ... wie paßten Kennedys *Verbessertes lateinisches Handbuch* und Cassels *Kleiner lateinischer Wortschatz* (ersteres alt und tintenbefleckt, letzteres nagelneu) dazu? Oder, direkt vor ihm, auf einer ungelesenen Ausgabe der gestrigen *Iswestija*, dieser alte, kleine blaue Band IV von Cäsars *Gallischem Krieg*, an folgender Stelle aufgeschlagen: *Cäsars Ankunft ermutigt seine Männer – nach Angriff auf Verteidigungsstellung zieht er sich zurück – stürmisches Wetter verhindert weitere Angriffe – riesige Kräfte brechen in feindliches Lager ein, Zuversicht auf Sieg ...*

Aus jener schmalen Lücke, wo keine Bücher standen oder lagen, und dem darunterliegenden Halbdunkel hinter dem Stuhl, wo neben der Standuhr vier gerahmte Sets mit Kriegsauszeichnungen an der Wand hingen, war noch immer kein Laut zu hören.

Quibus rebus perturbatis nostris novitate pugnae tempore opportunissimo Caesar auxilium tulit – Gott! Darauf konnte er sich keinen Reim machen! Statt dessen wandte er sich an den Schatten hinter dem Stuhl. »Also was wissen Sie denn über Baronets, Miss Audley?«

Stille. *Aber Jaggard war nicht überrascht gewesen*, und Tom war endgültig von seinem Instinkt überzeugt. »König James I. – 1611?«

Ein winziges Geräusch, leiser als das Scharren einer Feldmaus, die im Oktober Zuflucht im Haus sucht. »Für die Verteidigung von Ulster –?«

»Genau.« Tom war zwischen seiner Erinnerung an Cäsar, der jüngeren Erinnerung an Arkadij Schkiriatow und der Gegenwart von Mrs. Audley hin und her gerissen, von Jaggard und König James I. ganz zu schweigen. »Um 1611 Geld für die Verteidigung von Ulster zu beschaffen – und weiter!«

»Leute, die genügend Geld hatten, mußten Baronets werden. Und sie mußten drei Jahre lang für dreißig Soldaten acht Pence pro Tag bezahlen.« Die Stimme festigte sich. »Aber die schottischen Baronets waren anders. Sie gaben ihr Geld für die Kolonialisierung von Neuschottland. Allerdings sind Sie kein Schotte.«

»Nein.« Jaggard mußte also eine verdammt große Ahnung von Panins Absichten haben, selbst wenn er sich nicht sicher war. »Erzähl mir mehr.«

»Schießt oft jemand auf Sie?«

Das war der Punkt: Wenn es nicht Panin war (und selbst wenn man von Audleys GzV-Erlaß absah, würde Panin kaum vor der Begegnung auf den Mann, mit dem er zusammentreffen wollte, schießen lassen), dann hatte es jemand anderer getan, der davon wußte. »Macht dein Vater oft deine Lateinaufgaben für dich?« Er wandte sich dem Stuhl zu.

»Nein.« Das blasse kleine Gesicht konnte kaum über die Stuhllehne hinwegsehen. »Nur wenn ich wirklich nicht mehr weiterkomme.« Sie zwinkerte hinter ihrer Brille. »Erschießen Sie Leute?«

Das war ebenfalls ein Aspekt, überlegte Tom. Terroristengruppen in der ganzen Welt, von seinem Mittelmeerraum bis zu dem erwähnten Ulster, das dem ursprünglichen Sir Thomas Arkenshaw den Titel aufgedrängt hatte ... Terroristengruppen erschossen Leute, ohne lange zu überlegen. Aber die Agenturen der Erstligaspieler, der souveränen Staaten, gebrauchten Gewalt nur, wenn sie nicht mehr weiter wußten – das war ebenfalls ein sehr wichtiger Aspekt.

»Nein.« Es war komisch, aber er mußte lächeln. »Jedenfalls nur, wenn ich wirklich nicht mehr weiter weiß.« Doch Audley wäre viel schneller darauf gekommen. »Ich meine, auch du solltest jetzt gehen und deine Zahnbürste holen, oder nicht?«

»Das macht meine Mutter. Was mich interessiert, ist –« Sie hielt inne, als er die Hand hob. »– was –?«

»Außerdem glaube ich, daß sie Sie sucht, Miss Audley.« *Mich interessiert*, dachte Tom, *was du mit »Tripolis« gemeint hast. Aber ich glaube, das ist nicht der richtige Augenblick dafür!«* »Und dann fällt ihr vielleicht ein, wo sie dich zuletzt gesehen hat –?«

Die kleine Hand mit den langen schlanken Fingern legte sich plötzlich bestürzt über die Zahnklammer. In diesem Stadium, dachte Tom professionell, war es schwer zu sagen, ob sie eine grazile Schönheit wie ihre Mutter oder einfach dünn und mittelmäßig werden würde. Aber eines Tages würde sie für den Mann, der zu ihr paßte, eine interessante junge Frau sein.

»Donnerwetter – Sie haben recht!« Sie krabbelte hinter dem Stuhl hervor, blieb aber dann, wie ihr Vater, in der Tür stehen, doch mit erhobenem Kopf, genau wie ihre Mutter. »Sie werden doch auf Vater aufpassen, oder?«

Um die Mutter dieses Kindes loszuwerden, erinnerte er sich wieder an Jaggards Befehl, dem zu folgen er sich fast gedankenlos bereiterklärt hatte. »Ich werde mein Bestes tun. Aber weißt du, ich glaube, er kann recht gut selbst auf sich aufpassen.« Er grinste beruhigend.

Aber sie war alles andere als beruhigt. »Nein, das kann er nicht.«

Fast zornig schüttelte sie den Kopf. »Das denkt jeder – jeder denkt, daß er *so* klug ist, und er selber denkt es auch. Aber das ist er überhaupt nicht – das ist er wirklich nicht.«

»Das ist er nicht –?« Tom war vollkommen verblüfft.

»Oh – er *weiß* eine Menge –« Sie griff seinen Gedanken mitten in der Schwebe auf. »– er weiß über alles mögliche Bescheid –« Sie mußte jemanden zitieren, dachte Tom, und höchstwahrscheinlich war es ihre Mutter. »– aber wenn er einen Stecker anbringt, dann haut es sämtliche Sicherungen raus, und wenn er irgendwas schneidet, schneidet er sich meistens – ehrlich, das macht er.«

Das hatte sie zweifellos von Faith Audley aufgeschnappt, und dieses Kind hatte schon bewiesen, daß es gut im Aufschnappen war. Und doch . . . ließ dies auch auf eigenartige Weise alles das widerhallen, was Harvey über Forschung und Entwicklung erzählt hatte: Deren unerreichte intellektuelle Leistung wurde, wenn sie sich einmal aus ihrem Hinterzimmer verirrten, selten von ihrer praktischen Leistung im Feld erreicht.

»Man muß auf ihn aufpassen, Sir Thomas.« Das ernste kleine Gesicht spiegelte ihre Ernsthaftigkeit. »Also *werden* Sie auf ihn aufpassen, oder? *Das werden Sie doch?«*

Er mußte sie loswerden, schon um seines lieben Friedens willen. Doch da half nur eine Antwort. »Ja. Ich werde auf ihn aufpassen.«

Sie nickte ihm nur ein einziges Mal erhaben zu, als sei damit alles unterschrieben und besiegelt, und verschwand. Doch als er gerade erleichtert aufatmen wollte, tauchte ihr Gesicht wieder auf, schwebte in halber Höhe am Rand des Türrahmens.

»Ich wette, Sie schießen nicht vorbei!«

»Miss Audley –?«

»Wenn *Sie* auf jemanden schießen – schießen Sie nicht vorbei!«

Wieder war nicht weniger als eine kategorische Antwort gefordert. Also formte er seine Hand zu einer Pistole. »Niemals, Miss Audley.« Er richtete den Pistolenfinger auf sie, sich bewußt, daß er nicht lächeln durfte. Aber das war nicht sonderlich schwierig, weil es nichts zu lachen gab – das gab es tatsächlich nicht, dachte er bitter, denn jetzt würde er eine echte Waffe tragen müssen, genau wie in Beirut. Und da war überhaupt nichts Lustiges dabeigewesen. »Niemals. Und jetzt ab mit dir.« Diesmal wollte er lächeln, aber er konnte es nicht. Die Special-Branch-Einheit würde einige Revolver mitbringen, höchstwahrscheinlich ihre bevorzugten »sicheren« Smith & Wessons, die er aber nicht mochte: Gewiß könnte er seine Beziehungen insofern spielen lassen, daß er einen davon bekam. Doch währenddessen starrte sie ihn noch immer fest durch ihre große Brille an. »Sonst *wird* Ihre Mutter Sie vermissen, Miss Audley. Und ich glaube, das wäre für uns beide nicht sehr gesund.«

Sie verschwand, während er seinen Finger auf sie richtete, und einen Augenblick später hörte er sie im Gang unschuldig wie ein durchtriebener alter Knastbruder pfeifen, der schon im voraus wußte, mit welcher Halbwahrheit er die Frage »Wo bist du gewesen?« beantworten sollte.

Doch er durfte keinen Gedanken an Frauen und Kinder verschwenden – nicht einmal an Audleys Frau und Kind (die beide darin übereinstimmten, daß der Mann nicht auf sich aufpassen konnte!) –

Er schaute auf seine Pistolenhand, die noch immer auf die halboffene Tür wies, durch die er, jetzt von fern, noch immer dieses schrille, unmelodiöse Pfeifen hörte –

Er wandte sich wieder dem Schreibtisch und dem roten Telefon zu, das zwischen den Ausschnitten aus *Soviet Review*, der *Iswestija*, den *Etudes Russes* und Cäsars *Gallischem Krieg* stand.

Was war das für eine Melodie? Sie konnte aus *Anna und der König von Siam* stammen –

Er brauchte eine Handfeuerwaffe. Und angesichts der Aufregung, die diese Bitte verursachen würde, sollte er jetzt gehen und darum bitten. Aber –

Eigentlich sollte es *Immer wenn ich Angst hab'/Dann heb ich mein Haupt – und pfeif' ein kleines Liedchen/So daß niemand glaubt/ Daß ich Angst hab'* sein – doch das war es nicht –

Er wollte Jaggard noch einmal anrufen und ihn fragen, was zum Teufel eigentlich vorginge.

Aber es klang merkwürdigerweise wie das stolze Kampflied der US-Marineinfanterie –

Doch Jaggard hatte bereits gesagt, er habe keine Ahnung, was Panin plane; also war es unwahrscheinlich, daß er jetzt mehr sagen würde. Und schließlich hatte sich nicht einmal Audley bemüht, diese offensichtliche Frage zu stellen. Daher ... hatte er entweder zu Recht angenommen, Sir Thomas Arkenshaw wüßte die Antwort nicht ... oder er wüßte bereits die Antwort und bräuchte deshalb die Frage nicht zu stellen –?

Das Geräusch verlor sich in dem ansonsten schweigenden, verrückten alten Haus mit seinem frisch zerbrochenen Fenster. Aber es war mit Sicherheit die alte Drohung der US-Marines gewesen: *Von den*

Hallen Montezumas/Bis nach Tripolis zum Strand/Kämpfen wir für unsre Heimat/Auf dem Meer und auf dem Land –

Die Familie Audley holte ihre Zahnbürsten, und Tom Akrenshaw brauchte eine Waffe – einzig und allein darum ging es, überlegte er.

Aber ... schon wieder *Tripolis*?

Er mochte keine Waffen. Theoretisch legten Waffen letztendlich alle Streitigkeiten bei, bei Königen und Cowboys genauso wie bei Terroristen. Doch das war ebenso oberflächlich wie »das Beste im Leben gibt es umsonst«, wo doch Willy (und sein bester Anzug, der nicht für einen fünfschüssigen Smith & Wesson mit verdecktem Hammer zugeschnitten war) mit Sicherheit ohne Scheckbuch oder Kreditkarte zu haben war – *Waffen*, so hatte ihn die Erfahrung gelehrt, waren nie das Ende einer Sache, sondern lediglich der Anfang einer anderen, schwieriger, unangenehmer zunächst und später um so endloser.

Aber trotz allem brauchte er immer noch eine Waffe –

Schließlich hatte er seine Menagerie marschbereit – mehr oder weniger.

In der Diele standen die Koffer, daneben Mrs. Audley und Miss Audley und neben denen wiederum ein Beamter in Zivil.

Die Vordertür war offen, und er konnte Audley sehen, wie er mit einem der Fahrer sprach, der eine Generalkarte in der Hand hielt.

»Nicht nach draußen, Sir – wenn es Ihnen nichts ausmacht«, sagte der Zivilbeamte, als Tom Mrs. Audley zuwinkte, nachdem er gerade erfolglos versucht hatte, ihren Mann aufzuhalten.

Tom wollte unbedingt hören, was Audley sagte, doch seine Möglichkeiten waren begrenzt, da jetzt ein weiterer Special-Branch-Mann – kein Geringerer als der Sergeant – auf ihn zuschritt.

»Mrs. Audley –« Er hatte ihr versprochen, ein wachsames Auge auf ihren Mann zu haben, und jetzt konnte er ihr nicht entrinnen.

»Sir Thomas.« Im Gegensatz zu ihrer Tochter pfiff sie nicht. Doch sie trug den Kopf noch immer oben. »Ich danke Ihnen für all Ihre Hilfe.«

Der Sergeant hüstelte höflich und überreichte ihm einen Smith & Wesson samt Schulterhalfter – voller Genugtuung, daß er, Tom, sich vor Audleys Familie blamierte.

»Danke, Sergeant.« Daß er das verfluchte Ding hier und jetzt anlegen mußte, machte alles noch schlimmer – *was zum Teufel tat Audley, der auf die Karte zeigte, wo er doch nicht einmal wußte, wo er hinfuhr?* –, denn der andere Special-Branch-Mann würde bestimmt nicht zulassen, daß er es wie ein Pfund Wurst offen trug.

»Lassen Sie mich Ihre Jacke halten, Sir Thomas«, sagte Faith Audley.

»Und ich halte das andere –« Cathy Audley ergriff die Waffe samt Halfter, bevor sie jemand davon abhalten konnte, während Tom mitzuhören versuchte, was Audley sagte. Er konnte also nichts weiter tun, als der Frau seine Jacke zu geben, und »das andere« so schnell wie möglich wieder an sich zu nehmen, für seinen Seelenfrieden viel zu spät.

»Ah!« Audley kam zurück und musterte ihn kritisch, während er seine Jacke wieder anzog. »›Arma virumque cano‹ – ›durch das Schicksal und der edlen Juno unbarmherzgen Haß gezwungen‹ . . . Doch ich fürchte, es würde Ihrem Schneider das Herz brechen – sie paßt überhaupt nicht gut unter dieses edle Kammgarn, Tom. Läßt sie eher wie ein Soldat aus Chicago aussehen denn wie ein Soldat der Königin – was meist du, Liebling?«

»Ich glaube, es sieht aus wie immer, David.«

»Da haben Sie es!« Audley merkte nicht, daß sein Versuch, die Situation zu entkrampfen, sie lediglich verschlimmerte. »Sie bringt Ihnen alle Sympathie entgegen, derer sie fähig ist, Tom. Was wahrscheinlich nicht sehr viel ist.«

Der Sergeant hüstelte wieder. »Wenn Sie hier bitte für die . . . Ausrüstung unterzeichnen wollen, Sir Thomas. Und wir würden sie gerne wiederhaben, wenn Sie sie nicht mehr brauchen, falls es Ihnen nichts ausmacht.«

»Nun, Liebling . . .« Audley holte tief Luft. ». . . sobald wir beide uns aus dem Staub gemacht haben, wird euch der Sergeant hier zu deiner Mutter bringen. Und er wird einen Mann bei euch lassen, nur der Form halber . . . Und er wird auch jemanden hierlassen, um auf das Silber aufzupassen – Sie wissen doch, wie die Alarmanlage funktioniert, Sergeant, oder?«

»Ja, Dr. Audley.« Der Sergeant fand wieder zu seiner Einsatzbereitschaft.

»Danke.« Das Gewicht ›des Dings‹ erinnerte Tom daran, wie sehr er Waffen haßte. Doch zuzugeben, daß er nichts damit anfangen wollte, würde nichts bewirken, geschweige denn beilegen. Am dringendsten aber wollte er etwas aus dem Polizeifahrer herausbekommen, den Audley instruiert hatte. »Mrs. Audley –«

»Sir Thomas –« Sie wollte mehr sagen. Aber wenigstens wußten beide, was nicht gesagt werden konnte. »– Vielleicht sehen wir uns irgendwann einmal wieder? Soweit ich weiß, war mein Mann mit Ihrer Mutter in Cambridge –?« Mehr konnte sie nicht sagen.

»Ja – ja, das werden wir bestimmt . . . unter wesentlich angenehmeren Umständen.« Das war alles, was er antworten konnte. »Miss Audley.« Doch in diesem Fall mußte er mehr vorweisen, also tätschelte er seine Chicago-Beule, bevor er ihr die Hand zum Abschied reichte. »– auf Wiedersehen, Miss Audley.«

Miss Audley öffnete den Mund, sah dann aber den Blick ihrer Mutter, und all das, was sie sagen wollte, blieb dankbarerweise ungesagt, also sagte sie zum Abschied überhaupt nichts.

»Wir treffen uns im Wagen, David.« Ohne Audley anzusehen, bedachte er nach der Tochter wieder die Mutter mit einem ernsten Lächeln, und er haßte sich, weil er den Lohn für sein Zartgefühl einheimste, wo er doch in Wirklichkeit nur mit dem Fahrer draußen sprechen wollte.

Draußen standen die sichtbaren Belege von *Limejuice* – in Form seines Wagens, der jetzt, eingekeilt von Polizeiautos, nahe der Tür stand, und in Form von bewaffneten Männern auf dem Kies dahinter, die nicht im mindesten an ihm interessiert waren.

Der Mann, den er sprechen wollte, mußte im Führungswagen sein – »Was haben Sie eben mit Dr. Audley besprochen?«

»Sir?« Der Mann zwinkerte ihm zu und fand dann seine Fassung wieder. »Dr. Audley hat mir einen Weg zur Hauptstraße gezeigt, Sir.«

»Ja?« Das war logisch, da Audley die Landstraßen in dieser Gegend kannte. Andererseits galt das aber auch für den Polizeifahrer. »Zeigen Sie ihn mir.«

»Zeigen –?« Die Dringlichkeit des Befehls befreite den Mann von seiner Überraschung, und er griff nach der gleichen Karte, die er bereits im Windfang zu Rate gezogen hatte. »Wir sind hier, Sir –« Er bog die Karte in Toms Richtung und stach mit stumpfem Finger darauf. »– und wir fahren bis . . . *dort*, Sir. Okay?«

Dort war entlang einer Hauptstraße außerhalb des Spinnennetzes kleinerer Straßen um Steeple Horley. Doch das lag weit im Westen der direkten Strecke nach London, die sie vermutlich nach Audleys Meinung nehmen würden – es sei denn, er wußte es besser . . . Aber er *konnte* es, verdammt noch mal, nicht besser wissen – oder?

Und da war noch etwas anderes, bei Gott! »Sie fahren so weit?«

Der Mann schaute ihn fragend an. »So weit, wie sie wollen, Sir . . .

meinte ich ... Sir?« Momentan wußte er nicht, ob er ihn richtig verstanden hatte.

»Ah ... ja.« Tom nickte und richtete sich auf. Wenn Audley dort hinwollte, kam ihm das gut zupaß, denn das bot ihnen die Gelegenheit, zu der nach Westen führenden Autobahn zu fahren. Folglich gab es keine Veranlassung zu einer Kurskorrektur. Und waren sie erst auf der Hauptstraße, war ihre Eskorte ohnehin überflüssig.

Doch jetzt hörte er hinter sich die Haustür zufallen. Also hatte der alte Mann – einst Mamusias *junger* Mann, doch jetzt sein *alter* Mann, *der alte Mann, der wußte, wo er hinwollte* – anständig, ohne Tränen und mit fester Haltung Abschied genommen, und endlich konnten sie losfahren. Doch wie es schien, wollten sie in unterschiedliche Richtungen fahren.

»Tja, Gott sein Dank!« Erleichtert zog Audley den Sicherheitsgurt locker und fummelte dann ungeschickt, aber recht zufrieden, damit herum, bis er die Verankerung fand.

»Macht es Ihnen nichts aus, Ihre Familie zurückzulassen?« Bewußt ließ Tom ihn in den Sitz knallen, als der Wagen vor ihnen durchstartete. Die Vorschrift lautete, schnell zu fahren, dicht am Vordermann zu bleiben und lieber eine Kollision zu riskieren, als einem potentiellen Scharfschützen drei Sekunden freie Schußbahn zu gewähren. Aber es war ohnehin Audley, der ihn auf einen Ausflug mitnahm – nicht umgekehrt.

»Nicht im geringsten – ganz im Gegenteil!« Audley ließ den Gurt sich aufrollen. »Je weiter sie von mir weg sind, desto sicherer sind sie – ha!«

»Ha?«

»Ha!« Audley lehnte sich bequem zurück. »Einen großen Polizisten im Haus zu haben – im Haus seiner geschätzten Schwiegermutter ... das wird den alten Heusack ganz schön aufwühlen, bei Gott!« Er drehte sich unvermittelt zu Tom. »Eigentlich tue ich ihr unrecht: Sie ist ein liebes altes Mädchen – und dazu noch zäh ... Doch einen Polizisten im Haus zu haben, das wird ihr schmeicheln, so wird sie nicht mit ihrer Tochter streiten; sie wird viel zu sehr damit beschäftigt sein, ihm ständig Tee zu servieren und das Leben schwerzumachen –« Er schaute Tom konzentriert an. »– oder ... was würde Ihre liebe Mutter tun, wenn sie plötzlich Ihretwegen einen großen Polizisten in ihrem Wohnzimmer vorfände –?«

Viel zu schnell bog der vordere Wagen aus der Einfahrt auf die

Straße; Tom war sprachlos, bis er den Uniformierten sah, der sie weiterwinkte. »Derartige Unannehmlichkeiten habe ich ihr nie bereitet, David.«

»Nein? Mmm . . .« Audleys Stimme verlor sich; wahrscheinlich hatten ihn wieder rosarote Erinnerungen an seine studentische Vergangenheit eingeholt. »Mmmm . . .«

Schön und gut – pfeife auf seine Vergangenheit! »Wohin fahren wir?«

»Wohin –?« Ein besonders tiefes Schlagloch in der unebenen Straße trug dazu bei, den alten Mann aus seiner *temps perdu* zu rütteln. »Äh . . . nun, ich wollte es Ihnen sagen. Ein kleiner Umweg, weiter nichts.«

Es gab keinen Grund zu protestieren. »Ja?«

»Ich hätte es Ihnen sagen sollen.« Audley klang plötzlich reumütig. »Das war nicht richtig – tut mir leid, Tom.«

»Ist schon gut.« Reue stand dem Mann nicht, das war der Haken, es war einfach nicht sein Stil; wenn es der alten Erinnerung wegen war, mußten diese sofort im Keim erstickt werden, sonst würde es bald Ärger geben.

»Es ist kein großer Umweg. Und von dort aus können wir nach ein oder zwei Meilen . . . noch die Straße nach London nehmen.« Audley lenkte ein, bevor Tom mit dem Ersticken beginnen konnte. »Am Ende könnten wir sogar Zeit gespart haben.«

In Wirklichkeit fuhren sie beinahe in die Gegenrichtung, es sei denn, der alte Lügner hatte eine kürzere Verbindung zwischen zwei Punkten gefunden als eine Gerade. »Sagen Sie mir, was zum Teufel wir tun, David.«

»Ja.« Audleys Unterwürfigkeit war ebenso schlimm wie seine Reue: »Nun . . . wir werden mit jemandem sprechen – jemandem, mit dem ich sprechen muß. Wenn wir also auf die Hauptstraße kommen, halten wir uns links, bis wir zum *Three Pigeons* kommen – das ist ein großer Pub mit farbiger Beleuchtung . . .«

Links, das wäre sogar noch weiter westlich oder wenigstens nordwestlich. »Ja?«

»Und dann, ungefähr fünf Meilen weiter . . . gibt es einen weiteren Pub – gleich neben der Kirche . . . den *Bear and Ragged Staff.* Dort biegen Sie scharf links ab.«

Das wäre, verdammt noch mal, genau nach Westen. Was ideal für Nikolaij Andrejewitsch Panin wäre, der sich wahrscheinlich schon auf der M5 in Sichtweite des Bristol-Kanals befand. Aber für einen Mann, der eigentlich annehmen sollte, er fahre nach London, war es ein schlechter Witz.

»Ja?« Tom unterdrückte die Versuchung, Audley zu fragen, ob er immer von Pub zu Pub durch England reiste.

»Ja.« Audley nickte. »Es wird uns wirklich Zeit sparen. Und vielleicht nicht nur Zeit, Tom.«

»Ja?« Pubs spielten keine Rolle ... *Wen zum Teufel wollte Audley sehen, der eine größere Rolle als Panin spielte, der ihn so dringend in Exmoor treffen wollte?* Das war es, was zählte.

Und, was das betraf – *Exmoor*! Denn die Russen benötigten eine Sondergenehmigung des Foreign Office, um so weit zu fahren. Doch – wen juckte schon das Foreign Office! Er hätte überdies eine Genehmigung der Moskauer Zentrale gebraucht, um so weit in den unerforschten Westen Englands zu gondeln und seinen und Mamusias alten Freund zu treffen –

»Ich werde Ihnen sagen, wo Sie dann hinfahren sollen. Aber von dort ist es nur ein Katzensprung.«

Ein Katzensprung nach Westen, zu einem anderen Pub? Dem *Red Lion* oder den *Eight Bells.* Oder dem *Vine* oder dem *George and Dragon* – oder dem *Old Castle*, wo eben jetzt, in einer besseren Welt, Tom Arkenshaw und Miss Wilhelmina Groot in der Hochzeitssuite Champagnercocktails trinken sollten? *Verfluchte Hölle!*

»Wen werden wir denn treffen, David?« Er verdrängte Willy aus seinen Gedanken.

»Ah ...« Audley flog mit einem Ruck nach vorne, als das Polizeiauto vor ihnen die Warnblinkanlage einschaltete und abbremste; dann blinkte es links und zog auf den Grünstreifen neben der Straße. »Sie fahren weiter geradeaus, Tom.«

Tom fuhr in den langsam hereinbrechenden Abend hinein und war sich nicht sicher, ob er froh oder unglücklich sein sollte, als sich die blinkenden Lichter hinter ihm verloren. Er wußte nicht, wo er sich befand, denn in Hampshire war er nie ernstlich auf Burgenjagd gewesen. Irgendwo nördlich von hier, oder mehr nordöstlich, das war sicher, hatte Henry von Blois bei Farnham einen seiner Stützpunkte von 1138 aufgeschüttet. Und bei Waltham und Wolvesey gab es noch weitere »Illegale« von 1138. Aber keinen dieser Orte vermochte er auf der Landkarte in seinem Kopf zu plazieren. Doch – was viel wichtiger war – die A34 von Winchester nach Oxford konnte nicht weit vor ihnen liegen, und die würde ihn schnell zur M4 und zur M5 bringen, die nach Westen führten.

Aber es hatte keinen Sinn, sich zu ärgern (Farnham war eine interessante Anlage, die er schon immer hatte vermessen wollen: Der Turm dort war mit einer pfeilergestützten Außenmauer verkleidet gewesen und angeblich mit dem Bergfried der Kreuzfahrer in Akra in Israel vergleichbar; obwohl das den guten alten Henry Plantagenet nicht davon abgehalten hatte, ihn 1155 zu zerstören). Er würde die beiden nicht rechtzeitig zusammenbringen, doch das war nicht seine Schuld – daher war es nicht gut, sich zu ärgern.

»Was meinten Sie eben, David –?« Die kurze Ablenkung durch Henry von Blois und Henry Plantagenet, dem späteren Herrscher von England, Wales, Irland und zwei Drittel von Frankreich, und deren großartigen Bauten gab ihm wie immer den Sinn für die richtigen Verhältnisse: die beiden Henrys und David Audley und Nikolaij Panin und Tom Arkenshaw, und alle Ameisen in allen Ameisenhügeln waren mit großartigen Bauten beschäftigt. Doch am Ende würde alles auf das gleiche hinauslaufen – stets lautete die einzige Frage, *früher* oder *später*?

»Ja.« Seiner Ansicht nach war Audley recht zufrieden damit, daß er, auf der Suche nach den hellen Lichtern des Gasthauses *Three Pigeons*, einfach weiterfuhr. »Haben Sie jemals Basil Cole getroffen? Oder war das vor Ihrer Zeit?« Kaum hatte sich Audley festgelegt, wurde er wieder hochnäsig. »Wahrscheinlich nicht, selbst wenn er zu Ihrer Zeit noch tätig war. Denn er hat für Fawcett gearbeitet – Victor Fawcett –? Der für ›Digger‹ Wolmot gearbeitet hat ... Ich glaube, er war nicht mehr *im Amt*, als Jaggard, dieses clevere Kerlchen, sein Erbe antrat.«

Tom spürte Audleys Blick auf sich, während er vergeblich nach hellen Lichtern Ausschau hielt. »Nein.« Aber wenn sie schon dabei waren, Namen ins Spiel zu bringen, sollte er lieber auch einen oder zwei beisteuern. »›Digger‹ Wilmot hat mich eingestellt – er ging mit meinem Vater zur Schule. Und natürlich habe ich inzwischen Henry Jaggard getroffen.« Das war die Wahrheit – auch wenn es die nackte und beschämende Wahrheit war. »Doch ich arbeite für Frobisher, David.«

»Ja. Und er schätzt Sie auch.« Audleys Ton klang zynisch. Aber – um im Zweifelsfall zu seinen Gunsten zu entscheiden – vielleicht sprach er nur so, weil er Danny Dzieliwskis Sohn nicht zu offensichtlich schmeicheln wollte. »Zumindest hat das Jack Butler zu verstehen gegeben. Er sagt, Sie seien ein zuverlässiger Schütze – ist das wahr?«

Vor ihnen waren Lichter. Und da Jaggard offenbar vorausgesehen hatte, daß Audley Befehle nie genau befolgen würde, war es das genaue Gegenteil von wahr, so daß er sich zu keiner glatten Lüge durchringen konnte. »Nicht mit diesem verdammten Ding, das man mir gegeben hat, David.« Er fühlte sich unbehaglich mit dem Smith & Wasson unter dem Arm, und er mußte daran denken, daß er Cathy Audley belogen hatte. »Wenn wir Ihren Heckenschützen wieder treffen, verlassen Sie sich um Gottes willen nicht auf mich – ich werde mir höchstwahrscheinlich selber in den Fuß schießen.«

»Hah!« Audley lachte in sich hinein, streckte dann aber plötzlich den Finger aus. »Biegen Sie beim Pub links ab – sehen Sie das Schild?«

Tom hatte keine Zeit, den Wegweiser zu lesen; er sah nur, daß die Straße hinter ihnen leer war, als sie in eine enge Seitenstraße einbogen. Und selbst wenn hinter ihnen ein ziviles Polizeifahrzeug gewesen wäre, würde es letztlich unverrichteter Dinge in Winchester landen.

»Ich hatte in der Normandie einen Fahrer – er war ein verdammt guter Fahrer ... *Er* versuchte sich in den Fuß zu schießen ... rein zufällig, verstehen Sie ...«

Jetzt hatten sie sich wirklich verfahren, dachte Tom. Wenn man davon absah, daß irgendwo vor ihnen eine Kirche und ein weiterer Pub war.

»Nicht daß ich ihm Vorwürfe mache. Wir waren im *bocage*, verstehen Sie –« Audley lehnte sich zurück, ohne zu beachten, was um ihn herum geschah, während Tom angestrengt in das Halbdunkel starrte, um zu sehen, wo er hinfuhr. »– denn jetzt im Alter habe ich drei Alpträume ... Der eine ist, daß ich Themen untersuche, über die ich, verdammt noch mal, schon alles weiß ... Doch der andere dreht sich um das *bocage* – alle zwei oder drei Jahre will irgend so ein verfluchter Idiot, daß ich zurück in die Normandie fahre und die alten Leute wieder treffe, deren Häuser zerstört wurden, und die Pfarrer – ich habe in der Normandie eine Kirche zerstört. Wahrscheinlich war das mein gewichtigster Beitrag zum Sieg – eine Kirche aus nächster Entfernung mit einer 75-Millimeter-Kanone zusammenzuschießen.« Audley nickte. »Es ist ziemlich einfach: Man ballert einfach die vier Ecken heraus, und mit etwas Glück fällt der Turm dann in den Altarraum –« Ein weiteres Nicken. »– und meine war eine schöne, alte normannische Kirche, glaube ich.« Schniefen. »Im Turm war ein Scharfschütze, der gerade einen Freund von mir erschossen hatte. Der Schweinehund muß ziemlich tapfer gewesen sein!« Pause. »Dort ist unsere Kirche – sehen Sie?«

»Ja.« Tom erblickte einen gedrungenen Turm.

»Mich hat er verfehlt.« Audley ließ sämtliche Kirchen sausen. »In dieser Nacht waren wir die einzige überlebende Panzerbesatzung des ganzen Trupps. Und mein Fahrer verfehlte seinen Fuß.«

Die Kirche kam in Sicht. Sicher, und dort war ein weiterer Pub. Also: *Biegen Sie scharf links ab –*

»Er hat sich statt dessen in den Stiefel geschossen – hat seinen Zeh nur um Haaresbreite verfehlt.« Noch ein Nicken. »Deshalb mußten wir ihn nicht vors Kriegsgericht bringen, Gott sei Dank!«

Sie fuhren an dem Pub vorbei, der jetzt, da das Licht im Inneren heller war als das abendliche Blau draußen, auf Tom ungewöhnlich einladend wirkte.

»Er wurde später getötet, nachdem ich das Regiment verlassen hatte.« Audley schüttelte den Kopf. »Doch ... ich habe nach Basil Cole gefragt –«

Der dritte von Audleys Altersalpträumen stand noch aus. Doch *Basil Cole*, der in einer Art alttestamentarischer Abfolge – *jemand* zeugte *jemanden* und *jemand anderer* zeugte *jemand anderen* – für *Victor Fawcett* gearbeitet hatte, war wichtiger als Audleys Alpträume von dem normannischen *bocage* von vor vierzig Jahren. Jetzt, auf der dunkler werdenden Straße, zählte lediglich, daß sie nur einen »Katzensprung« von Audleys Ziel entfernt waren. »Basil Cole –?«

»Ja.« Audley fing sich wieder. »›Old King Cole‹ – Sie werden ihn mögen, Tom.« Er lachte in sich hinein. »Den alten Suffkopp!«

Alter Suffkopp? überlegte Tom. »Basil Cole?«

»Hmm.« Audley klang jetzt selbstsicher. »Es war Old King Cole, der die ersten Warnungen von Burgess und Maclean anklingen ließ, bevor Sie geboren wurden – beinahe bevor ich geboren wurde, professionell gesehen ... Warum fahren Sie langsamer?«

»Ich dachte, ich hätte eine Kirche gesehen. Da vorne.«

»Haben Sie das?« Audley setzte sich auf und gestikulierte verärgert. »Fahren Sie weiter, weiter!«

Die Kirche kam in Sicht. Wenn Basil Cole aus den frühen Tagen von Burgess und Maclean stammte, dann traf *»Old* King Cole« zu, fand Tom. »Da ist die Kirche, David.«

»Ich sagte, eine Kirche *und* ein Pub. Ich sehe keinen Pub. Fahren Sie einfach – ich werde Ihnen sagen, wenn es soweit ist. Okay?«

Tom beschleunigte. Er mußte sich daran gewöhnen, von Pub zu Pub durch England zu reisen. »Okay.«

»Okay. Also ... wo war ich? Fahren Sie weiter Mann – trödeln Sie nicht herum ...«

»Sie sagten, Basil Cole war ein alter Suffkopp.«

»*Ist* – nicht *war*«, verbesserte ihn Audley. »Also haben sie ihn schließlich in Rente geschickt – Fawcett war das. Gaben ihm Brief und Siegel und eine kümmerliche Pension. Glücklicherweise hatte seine Frau etwas Geld – eine sehr nette Frau. Doch es war kaum genug, damit er sich seinen Lieblingsstoff leisten konnte, verstehen Sie?«

Tom verstand nicht. Aber er mußte seine Augen nach dem nächsten Pub offenhalten, also beschloß er, es nicht zuzugeben.

»Und in dem Augenblick trat mein alter Chef auf den Plan – ich nehme an, *er* wird Ihnen nicht unbekannt sein, Tom?«

»Sir Frederick Clinton.« Clinton war der fast schon legendäre Architekt von Forschung und Entwicklung. »Colonel Butlers Vorgänger?«

»Korrekt – kein Geringerer als Fred. Und er war ein weiteres Geschöpf aus jener Zeit, da sich die Arche auf dem Berg Ararat niederließ. Also, er und Basil Cole waren sozusagen alte Schiffskameraden. Und er wußte, daß Old King Coles Verstand trotz der schweren Dosis an Jahren und Whiskyflaschen in Ordnung war – er war eher konserviert als verwirrt. Was eine Menge über seine Konstitution besagt.«

Tom konzentrierte sich auf die Straße vor ihm.

»Außerdem . . .« Audley drehte sich zur Seite. ». . . wissen Sie, F & E hatte schon immer einen lächerlichen Etat. Der alte Fred hat immer gern Leute wie mich rekrutiert, mit privaten Einkommen – er sagte immer, das sei einerseits deswegen, um Geld zu sparen, und andererseits, damit sie ihren eher esoterischen Neigungen frönen könnten, ohne auf Dritte zurückgreifen zu müssen. Doch soweit ich weiß, hat er es getan, damit er unsere rechtmäßigen Spesen in einen Reptilienfonds umzuleiten –« Er schüttelte den Kopf. »– was ich nur weiß, weil Jack Butler, der den Fonds übernommen hat, ein Freund von mir ist . . . eine Art Freund jedenfalls.« Pause. »Ha!« Noch eine Pause. »Er war ein gerissener alter Hund – besser gesagt, halb gerissen, halb verschlagen – dieser Fred! Wir waren immer völlig verblüfft darüber, was er alles wußte . . . Die Wahrheit indessen war, daß er seine private ›schwarze Buchführung‹ hatte – er bezahlte ausgesuchte Pensionäre mit gebrauchten Banknoten in kleinen braunen Umschlägen, um seine persönlichen Bücher in Ordnung zu halten, und fütterte die amtlichen Bücher dann mit dem, was wir zu Gesicht bekommen sollten. Ha!« Eine weitere Pause. »Das ist nicht die Art, wie es Jack jetzt macht – *heutzutage* müssen sie ein- oder zweimal die Woche antanzen und den Computer füttern – dieses verfluchte Scheißding . . . Aber wenigstens haben wir Zugang dazu, selbst wenn Jack jetzt leider weiß, wer was im Moment macht!« Halb lachte er in sich hinein, halb grunzte er. »Obwohl er ihnen immer noch ihre braunen Umschläge zusteckt, genau wie Fred. Und wissen Sie, warum –?«

Tom wußte nicht, warum. Er wußte lediglich, daß sie sich im Dämmerlicht einer weiteren Gruppe vereinzelt stehender Häuser näherten. »Warum?«

»Brauchtum und Gewohnheit, Tom – Brauchtum und Gewohnheit.« Er wiederholte es einmal. »Sein Vater war Drucker – Vorsitzender der Gewerkschaft, bevor er Aufseher in der Setzerei wurde und schließlich Chefdrucker. Also ist Jack im Grunde seines Herzens ein Gewerkschaftler. Und er weiß einiges über die ›alten spanischen Bräuche‹ – etwa kleine braune Umschläge ohne Namen. Ha!«

Sie näherten sich einer Kirche – und einem Gasthaus. Tom strengte sich an, um das schlechtbeleuchtete Aushängeschild zu entziffern. »Ist es das, wo wir links abbiegen müssen, David?«

»Was?« Audley setzte sich auf. »Ja, natürlich ist es das – habe ich Ihnen das nicht gesagt?«

Die Kurve war scharf und schwer, und die Mauern auf beiden Seiten zeugten von den fehlgeschlagenen Versuchen jener, die sie für zu scharf und zu schwer befunden hatten. »Also arbeitet Basil Cole zeitweise für Forschung und Entwicklung – meinen Sie das?«

»Das ist richtig. M bis R, um genau zu sein.«

Er schaffte es nicht – nicht etwa, weil kein Platz war, sondern weil ein schwarz-weißer Mischlingshund mitten auf der Straße saß.

»M bis R?«

»Hmm. Fred hatte vier alte Moskau-Beobachter. Dorothy Marshall bearbeitet A bis F, Frank Hudgson G bis L, und meine geliebte Sheila Ellis hat S bis Z – Sheila unterrichtet mich jetzt direkt, jeden Mittwoch –« Audley setzte sich wieder aufrecht. »– was hält Sie auf?«

»Da ist ein Hund auf der Straße – M bis R?«

Jawohl. Das beinhaltet also P . . . Dann überfahren Sie doch den Scheißköter . . . Also ist Old King Cole der Experte für Panin – *fahren Sie weiter, Mann*!«

Himmel Herrgott! Verärgert ließ er den Motor aufheulen. »Aber ich dachte, Sie wären Experte für Panin –« Er beherrschte sich zu spät.

»Haben Sie das, soeben?« Die seidenweiche Zufriedenheit in Audleys Stimme unterstrich sein Versagen. »Dann sind Sie also nicht nur ein erstklassiger Aufpasser? Klar, das habe ich natürlich nicht einen Moment lang geglaubt – *überfahren Sie das Scheißvieh – machen Sie weiter*!« Audley drehte sich um. »Nun, jedenfalls ist niemand hinter uns her, wenigstens nicht von der anderen Seite, welche das auch immer sein mag – Sie sind auf alle Fälle hier, um jemandem zu berichten, wer immer das auch sein mag – ›Was zum Teufel hat dieses Schwein Audley vor?‹ –, aber Frobisher kann es kaum sein . . . denn der kann an keiner meiner Tätigkeiten Interesse haben . . . oder?«

Tom ließ den Wagen rollen. Alles, was Harvey gesagt hatte, stimmte, und er hatte sich verraten. »Ich bin nur hier, um Sie zu Panin zu bringen, David . . . Was ich im Augenblick nicht sehr gut mache. Denn wir sind im Zeitplan bereits neunzig Minuten zurück –« Die Scheinwerfer erfaßten Bäume und weiteres Mauerwerk vor ihnen. »– wie weit ist es noch zu Basil Cole?«

»Nicht weit. Müssen sie eigentlich dabeisein, wenn ich mit Nikolaij Panin vertrauliche Mitteilungen austausche? Oder liefern Sie mich lediglich zu einem vereinbarten Rendezvous ab?« Audley winkte nach vorne. »Was denn nun?«

Tom gab Gas. »Die haben jemanden, der ihn begleitet. Wir haben jemanden, der Sie begleitet. Das sind die ausgehandelten Bedingungen.«

»Ah! Das ist das, was Fred Clinton ›Mutual Agreed Internal Distrust‹ – auf Gegenseitigkeit beruhendes Mißtrauen – getauft hat. Und er verwendete den Codenamen ›Orleans‹, denn Jeanne d'Arc war Jungfrau, also die ›Maid von Orleans‹ - M-A-I-D, verstehen Sie –?« Wieder winkte er. »Fahren Sie weiter.«

Die Häuser blieben hinter ihnen zurück, und die Autoscheinwerfer erfaßten lediglich die Äste der Bäume. »Aber man sagte mir, sie seien der Experte für Panin –«

»*Ein* Experte – aber nicht *der* Experte. Fahren Sie weiter.«

»Aber Sie sind doch alte Bekannte?« Tom mußte an das Material auf dem Schreibtisch im Arbeitszimmer denken und fügte es dem hinzu, was Audley eben gesagt hatte – *Meine geliebte Sheila Ellis hat S bis Z – sie unterrichtet mich jetzt direkt, jeden Mittwoch.* »Dann stellen Sie also keine Nachforschungen über ihn an?«

»Nein«, pflichtete ihm Audley bei. »Und, um genau zu sein, Tom, über meinen . . . ›alten Bekannten‹, wie Sie so diplomatisch bemerkt haben, schon zweimal nicht.«

»Nicht weit« zog sich ganz schön in die Länge. Andererseits hatte er diesen Nachmittag und Abend erfahren, daß Audley selten genau das meinte, was er sagte. »›Zweimal nicht‹? Ist das eine Art algebraische Lüge, David? ›Minus mal minus ergibt plus?‹«

»Nein.« Audley hing einen Moment lang seinen Gedanken nach. »Eigentlich ... bedeutet es nur, daß wir die möglichen neuen Leute im Kreml ... und im KGB studieren, was auf dasselbe hinausläuft ...« Unvermittelt richtete er sich wieder auf. »Nach ungefähr dreihundert Metern – sehen Sie auf der linken Seite eine Rotbuche ... an der ein ziemlich zickig geschnitztes Schild mit dem Hausnamen befestigt ist ... Nein, wir beschäftigen uns mit den *neuen* Leuten, nicht mit den verknöcherten – den *Ausrangierten*, die der Genosse Gorbatschow gern durch Beförderung kaltstellt ... oder die Treppe hinunterstößt, je nachdem.«

Jetzt konnte er mit Recht etwas kürzer treten. Doch dann erinnerte er sich an die rosa angestrichenen Namen in Audleys Zeitungsausschnitten, die *Tschebrikow, Aliew* und *Lomako* ebenso beinhalteten wie *Schewardnadse* und seinen geliebten *Schkiriatow.*

»Und Sie studieren jedenfalls nur S bis Z ... nicht Panin?«

»Nun ... ja, man könnte sagen –« Audley setzte sich aufrecht. »– genau dort! Sehen Sie?«

Tom trat auf die Bremse. »Panin nicht?« Jene Zeitungsausschnitte verrieten ihm, daß Audley nie gelernt hatte, Befehlen exakt zu gehorchen; das hatten sowohl Jaggard als auch Harvey gemeint. Und nun glaubte er, was Harvey gesagt hatte.

Audley drehte sich um und schaute nach hinten. »Fahren Sie denn nicht hinein? Nur zu – soweit ich sehen kann, ist niemand hinter uns.«

Zu fahren oder nicht zu fahren lag im Ermessen des Fahrers. »Panin nicht?«

»Panin nicht?« äffte Audley die Frage nach, während er sich wieder umdrehte. »Sehen Sie, wo ich meine?« Er zeigte auf die große Buche, die jetzt voll im Scheinwerferlicht stand. Dann blickte er Tom an. »Nein, Panin zufällig nicht.«

Tom erwiderte den Blick. »Weil er verknöchert ist? Ein Ausrangierter?« Er verschränkte gemächlich die Arme. »Er muß ebensoalt sein wie Ihr Basil Cole.«

»Ja. Allerdings.« Ein roter Lichtfleck vom Armaturenbrett spiegelte sich in Audleys Brillengläsern, und es sah aus, als deute sich dahinter Leidenschaft an. »Aber ich habe mich nicht auf ihn bezogen. Er ist etwas ganz anderes, dieser Nikolaij Panin.« Er bewegt sich leicht, und der rote Fleck verschwand. »Basil Cole wird es Ihnen erzählen.«

Dies war der Augenblick, Audleys möglicherweise falsche Vermutung zu bekräftigen, daß er mehr als nur ein erstklassiger Leibwächter war. »Aber ich möchte, daß Sie es mir erzählen, David.«

»Jetzt werden Sie aber anstrengend.«

»Ich bin nicht anstrengend –«

»Dann eben hartnäckig –«

»Auch nicht hartnäckig.« Tom schaltete das Licht aus. »Sagen wir ... ich möchte zuerst von Ihnen hören, was Sie über ihn zu sagen haben –« Er hob die Hand, um Audleys Antwort abzuschneiden. »– weil jemand auf Sie geschossen hat, David. Nicht auf Basil Cole. Okay?«

»Nun ... wenn Sie das unbedingt wollen ...« Es herrschte gerade so viel Licht, daß er das resignierende Achselzucken mitbekam. »Panin ist nicht dabei überzulaufen, wenn Sie das meinen, alter Junge – nicht zu dieser Zeit!«

Es hätte ihm Sorgen bereitet, wenn er daran gedacht hätte, begriff Tom im nachhinein. Denn ein Überlaufen war für die »andere Seite« immer ein Grund zum Töten. Doch weder Jaggard noch Harvey hatten auch nur im mindesten derartiges angedeutet; und daß ihn Moskau sich so weit aus dem Großraum London entfernen ließ, führte diesen Verdacht ohnehin ad absurdum.

»Er ist ein *alter* Kommunist – ein alter *Roter* ... aus der Zeit, als ›rot‹ noch etwas mehr bedeutete, als in den zollfreien Läden der Partei einkaufen zu können.« Audleys Stimme klang verächtlich. »Davon gibt es heutzutage nicht mehr viele – Gott sei Dank!« Wieder drang dieses grunzende Lachen tief aus seinem Inneren. »Wissen Sie, was ein ›Ironside‹ ist – oder jedenfalls *war* –?«

In der zunehmenden Dunkelheit begriff Tom mit einem Mal, daß er etwas aus erster Hand über die Vergangenheit lernte, das über seine eigenen, jüngeren Erfahrungen hinausging. »Ein Ironside?«

»Cromwells Ironsides. Sie kämpften für das, was sie liebten, und sie liebten, wofür sie kämpften. Vielleicht war es auch umgekehrt.« Der dunkle Umriß des Kopfes mit dem schütteren Haar nickte. »Kann sein, daß der alte Nikolaij nicht das liebte, was er kannte – ich weiß es nicht ... Aber er hat jedenfalls dafür gekämpft, schon seit Stalingrad, oder wie sie es jetzt nennen – ›Wolgograd‹ oder so ähnlich? Doch es wird irgendwann wieder *Stalingrad* heißen, da würde ich sogar Geld drauf setzen ... Aber von *dort* jedenfalls den ganzen verdammten Weg bis nach Berlin, 1945 – und *verdammt* ist der richtige Ausdruck, denn er führte über fünfundzwanzig Millionen tote Russen. Und nach alledem würde ich auch nicht überlaufen – nicht einmal, wenn ich die Armeen des Teufels befehligte und bereit wäre, die Höllenhunde loszulassen!« Der dunkle Kopf schüttelte sich wieder. »Ich erinnere mich noch, wie wir ihn 1969 das erste Mal überprüft haben – als Stabsoffizier in Chalturins Division und in Tschuikows Armee, bis hin zu Chruschtschows 20. Kongreß und darüber hinaus ... Hat verflucht viel Zeit gekostet, uns ein richtiges Bild von ihm zu machen – genaugenommen weiß ich nicht einmal, ob es uns je gelungen ist ... Ich habe mich jedenfalls nur mit ihm beschäftigt, weil er mir zufällig in die Quere gekommen ist. Es passierte rein zufällig – oder beiläufig, wenn Sie so wollen. Er war eigentlich niemals unser Fall. Und soweit ich unterrichtet bin, waren wir auch nicht der seine.«

»Nicht Ihr ... Fall?«

»Er ist, verdammt noch mal, kein Mann der Ersten Hauptverwaltung, habe ich gemeint. Er leitet keine Spionagenetze – überwacht keine Illegalen oder rekrutiert Verräter oder irgend so etwas ...« Audleys Stimme verlor sich. Schließlich wandte er sich ihm wieder zu. »Was ist die wichtigste Aufgabe des KGB – sagen Sie's mir, Tom? Was ist es?«

Fangfragen zu beantworten brachte nichts ein. »Sagen Sie's mir, David. Ich bin lediglich ein besserer Aufpasser.«

»Es ist vor allem die Innere Sicherheit.« Audley hatte nicht einmal antworten wollen. »Dann kommt die Desinformation – uns die Außenpolitik versauen, so wir eine haben ... Und heutzutage gehört möglicherweise noch dazu, unsere Hochtechnologie zu klauen.« Der alte Mann schniefte in der Dunkelheit. »Verflucht, ich bekomme eine Erkältung!« Er schniefte wieder. »Panin war immer bei der Desinformation oder der Inneren Sicherheit – mit gewöhnlicher Spionagetätigkeit hatte er nichts zu tun!« Ein weiteres Schniefen. »Als ich ihn das erste Mal traf, versuchte er *uns* nicht hereinzulegen – er war damit beschäftigt sicherzustellen, daß die ruhmreiche Rote Armee nicht aus der Reihe tanzte. Wir waren nicht das Schwarze unterm Fingernagel wert – wir waren lediglich dazu da, getäuscht oder ausgenutzt zu werden ... Oder *bestochen* und ausgenutzt – hä!« Grunzen, Lachen. »Ich habe ihm einen Gefallen getan. Also hat er mir ein paar Jahre später ebenfalls einen Gefallen getan. Damit sind wir quitt – auf seinem Konto.«

Und auf deinem, dachte Tom. »Aber jetzt möchte er mit Ihnen sprechen.«

Keine Antwort. Was Tom veranlaßte, einen Blick auf das Armaturenbrett zu werfen. Doch da er das Licht ausgeschaltet hatte, konnte er nur raten, wie weit sie bereits im Zeitplan zurücklagen.

»Und er ist Experte für Sie, David.«

Wieder keine Antwort – für einen Moment. »Ja. Und da ist noch etwas, was mir Sorgen bereitet.« Wieder ein grunzendes Lachen – doch diesmal war es eher ein Grunzen als ein Lachen. »Das erste Mal war ich ihm gegenüber sehr rücksichtsvoll, und er hat sich für die Höflichkeit erkenntlich gezeigt. Was nur recht und billig ist.« Er holte abermals tief Luft. »Und wir haben auch Grund zu der Annahme, daß er von diesem Zeitpunkt an neben seiner eigentlichen Aufgabe gewissermaßen eine Art Laienstudium über Forschung und Entwicklung betrieben hat. Was ihn ja wirklich nichts angeht.«

»Ja?« Tom spürte, daß Audley noch nicht fertig war.

»Oh . . . eigentlich dachte ich, daß er mir vergangenes Jahr Schaden zufügen wollte.« Audley zuckte mit den Schultern.

Tom wartete. »Ja?«

»Oh . . . wir haben einen Mann verloren . . .« Audley warf verächtlich den Kopf zurück. ». . . ebenfalls hier in England.«

»Ja?« Tom erinnerte sich an Jaggards Hinweis.

»Eigentlich war es nicht meine Schuld.«

Er hätte gutes Geld dafür gegeben, wenn er das Gesicht des alten Mannes hätte sehen können. »Nein?«

»Nein. Es spielt ohnehin keine Rolle, wessen Schuld es war.« Audley schwieg einen kurzen Augenblick. »Doch danach haben wir ein bißchen herumgeforscht, weil wir herausfinden wollten, wem wir in Zukunft einen Mann schuldig sind.«

»Es war also kein geeigneter Fall für . . . eine Gegenaktion?«

»Nein.« Audley schwieg einen weiteren Augenblick lang. »Er hatte keine roten Kragenspiegel auf seinen Revers. Er war lediglich ein armer, verdammter Stabsoffizier.« Wieder sah er Tom in der Dunkelheit an. »Wenn Sie in Erfüllung Ihrer Pflicht die Kugel bekommen, wird man Sie nicht rächen. Wenn es mir passiert . . . wird man es tun. Das sollten Sie sich für die kommenden Stunden lieber merken, Tom.«

»Es gibt keine Gerechtigkeit auf dieser Welt.« Aber es ergab in der Tat einen schrecklichen Sinn, überlegte Tom betrübt: Im Libanon hatte sich das biblische Auge-um-Auge auf ein mörderisches Jeder-gegen-Jeden reduziert.

»Hat es nie gegeben und wird es nie geben«, stimmte Audley zu. »Aber wir bei Forschung und Entwicklung haben ein langes Gedächtnis – besser gesagt, ›der Braten der Rache schmeckt kalt am besten‹, wie der alte Fred Clinton zu sagen pflegte. Folglich . . . haben wir jetzt jedenfalls ein oder zwei Namen auf der roten Seite unseres Notizblocks. Und eines Tages werden wir uns die Schweinehunde schnappen, darauf können Sie sich verlassen.« Er schniefte. »Töten ist nicht unsere Art, dazu haben wir nicht das Talent geschweige denn die Erlaubnis. Doch wir können andere dazu benutzen, die ganz anders denken – die Franzosen zum Beispiel –« Er hielt abrupt inne. »Aber ich schweife ab. Es geht doch darum, daß ich Old King Cole habe, der Panin überwacht, weil er nämlich der zuständige Panin-Beobachter ist – okay?«

»›M bis R‹ meinen Sie?«

»Stimmt ganz genau – M bis R!« Audley nickte im Dunkeln. Und er hat gesagt, der alte Nikolaij sei bisher noch immer damit beschäftigt, ein Auge auf seine eigene Seite zu werfen ... Er habe der Ersten Hauptverwaltung vielleicht ein bißchen als Berater gedient, mehr nicht.« Er schniefte. »Genaugenommen, um wirklich ehrlich zu sein, hat er mich ganz schön in die Schranken verwiesen, dieser Basil Cole. Ha!«

»Oh!« Es war nicht leicht, sich das vorzustellen. Doch dieses etwas selbstironische Eingeständnis zeigte einerseits, daß Cole ein Mann war, mit dem man rechnen konnte, und erklärte andererseits hinreichend Audleys momentanes Handeln. »Wie?«

»Er sagte, Panin habe in seiner Küche größere Fische als mich zu braten. Und er meinte außerdem, daß ich nicht zu Panins Aufgabenbereich zähle – ich sei lediglich ein Hobby.« Er schniefte wieder. »Irgendwie finde ich das weder schmeichelnd noch beruhigend, wissen Sie.« Dann setzte er sich plötzlich auf. »Doch jetzt laß ich das alte Schwein seine eigenen Worte fressen. Er kann uns nämlich erzählen, warum Nikolaij Andrejewitsch nach all den Jahren wieder in meinem Revier wildert. Okay?« Er schlug heftig auf das Armaturenbrett. »Also kein Wort mehr, keine weiteren Fragen – *rein mit Ihnen.*«

Tom legte den Gang ein und lenkte den großen Wagen vorsichtig um die mächtige Buche in eine rhododendronüberwachsene Einfahrt, in der noch dick das Winterlaub lag.

Sie waren noch immer weit von Panin entfernt, aber er fühlte sich jetzt besser. Das hieß, er verstand jetzt jedenfalls, warum Audley das tat, was er tat, selbst wenn es ihm gleichzeitig verriet, daß Jaggard von dem wirklichen Panin-Experten in ihrer Mitte, der mehr über den Russen wußte als Audley, keine Ahnung hatte. Andererseits (um fair zu Jaggard zu sein) hatte Cole seine Sachkenntis zum Nutzen von Forschung und Entwicklung möglicherweise erst im Ruhestand erworben.

Die Scheinwerfer erfaßten die roten Rückstrahler eines Autos und dann das schwarz-weiße Fachwerk eines Tudor-Hauses.

»Fahren Sie links rüber«, sagte Audley.

Weitere Haufen verrottenden Laubs. Und das Haus war auch kein echtes Tudor, sondern ein kleineres Pseudo-Tudor-Gebäude, das ihm gerade genug Platz bot, daß er den Ministeriums-Rover an dem älteren Ford vorbeizwängen konnte, der vor dem Garagentor des abgedunkelten Hauses stand. (Und er hatte auch etwas über die verborgene Arbeitsweise von F & E gelernt, die Harvey irgendwie verachtet hatte und auf die er doch auf seltsame Weise neidisch war: daß Töten nicht ihre Art war, aber daß sie ein langes Gedächtnis hatten, wenn es einen Namen gab, der Eingang in die Liste der unbezahlten Rechnungen finden sollte.«

»Sieht nicht so aus, als sei jemand zu Hause, David.« Er ließ seinen Blick wieder über das eindruckslose Haus schweifen: Das bemerkenswerteste war der Ring mächtiger Buchen, der es umgab, Bäume, die das Gebäude mit ihren riesigen Armen umschlossen und den Blick auf den letzten matten Rest Tageslicht über ihnen versperrten.

»Das tut es nie – das Wohnzimmer liegt auf der Rückseite.« Audley öffnete die Beifahrertür. »Keine Angst, er wird da sein – er geht nie aus.« Er wollte gerade aussteigen, hielt aber inne. »Man hat ihm den Führerschein fünf Jahre wegen Trunkenheit entzogen . . . nicht daß ich bei ihm je einen Unterschied bemerkt hätte, ob er betrunken oder nüchtern war.« Er bewegte sich abermals und hielt schließlich wieder inne. »Machen Sie sich doch nichts vor, Tom – betrunken oder nüchtern, er ist *gut*, das können sie mir glauben. Es war dumm von Fawcett, ihn in den Ruhestand zu schicken, und der alte Fred Clinton ließ sich nichts vormachen – genaugenommen wünsche ich mir, daß ich das Spiel verstanden hätte, das er vor langer Zeit gespielt hat –« Er grunzte und stemmte sich schließlich doch aus dem Wagen.

Tom schaltete das Licht aus, und einen Moment lang war es vorzeitig Nacht. Dann drang das Halblicht wieder durch die Buchen und beruhigte ihn etwas, während Beirut und der Nachmittag an seinem geistigen Auge vorbeizogen: Dies war ein abgeschiedener Landstrich ohne Hochhäuser oder ferne Hügel, die Distanzschüsse gestatteten, und unter diesen Bedingungen waren weder die russischen noch die amerikanisch-israelischen Nachtsichtgeräte von großem Nutzen, falls er, entgegen seiner Annahme, nicht clever oder vorsichtig genug gewesen war, um eventuelle Verfolger abzuschütteln.

Trotzdem war er nervös: Bei vollem Tageslicht konnte man das Schlimmste erwarten und dementsprechend planen. Aber danach war es ein Fall von *negotium perambulans in tenebris.* »Dann lassen Sie uns gehen und Ihren Basil Cole treffen, David.«

»Okay.« Audley streckte sich, jedwede Gefahr mißachtend, ging die drei Stufen zu der Pseudo-Tudor-Tür hinauf und hämmerte mit der Faust dagegen. »Aufmachen da drin!«

Tom schreckte vor dem Rammbockangriff zurück: Stephen von Blois hatte in Theckham auch nicht lauter an die Tore von Ranulf von Caens Festung gehämmert, doch halb England hatte ihn gehört. Aber auf jeden Fall Baldwin de Redvers – und der Bischof von Salisbury ebenfalls ... und wahrscheinlich Robert fitz Herbert und Henry fitz Tracy und William fitz Odo ... und vermutlich auch der unsägliche Earl of Chester –

»Aufmachen da drin!« Audley hämmerte wieder gegen die Tür. »Basil Cole, Sie betrunkener alter Schweinehund!«

Die Lampe im Windfang ging an und tauchte beide plötzlich in helles Licht, was Tom instinktiv zurückspringen ließ. (Im Libanon schaltete niemand das Licht ein: Wenn es irgendwelche Lichter gab, schaltete man sie eher aus, drinnen wie draußen; und man öffnete auch keine Tür, ohne daß ganz andere, weniger aggressive Parolen ausgesprochen wurden.)

Doch diese Tür öffnete sich plötzlich ungeachtet jeder Drohung und Gefahr ganz weit. »Ja?«

Bar jeglicher Vorsichtsmaßnahmen brannte Licht im Inneren des Hauses. Und wer auch immer unter der Tür stand, es war nicht Basil Cole, betrunken oder nüchtern – es war eine Frau. »Was wollen Sie?«

Offensichtlich von der Frau, der Kälte und der unerwarteten Frage aus dem Konzept gebracht, richtete sich Audley auf.

»Ah ... guten Abend, Madam –« Dann schien er ins Schwimmen zu geraten.

Das falsche Haus? dachte Tom. Doch das war unmöglich!

»Mr. Cole –?« Angegriffen, aber nicht geschlagen, strafften sich die breiten Schultern. »Mr. Basil Cole –?« Audleys Stimme wechselte von Zweifel zu größerer Sicherheit. »Sie sind nicht zufällig Mr. Coles Schwiegertochter –?«

Keine Antwort. Doch aus dem Inneren des Hauses drang ein anderes Geräusch, als öffne sich eine quietschende Pseudo-Tudor-Tür.

»Was ist los. Liebes?« Weniger zitternd als unsicher, entsprach die neue Stimme dem Pseudo-Tudor-Geräusch. »Wer ist da, Liebes?«

»Ist schon gut – es ist nichts.« Die junge Frau unter der Tür antwortete barsch, fast abweisend.

»Mein Name ist Audley.« Jetzt war Audleys Stimme nicht mehr gedämpft: Als »nichts« abgetan zu werden entsprach einfach nicht seinem Geschmack. »David Audley –«

Es entstand eine kurze Pause. »David –?«

»Margaret!« Audley rief an der jüngeren Frau vorbei.

»Mutter –« Die Frau versuchte Audleys Erwiderung zu parieren, doch es war bereits zu spät.

»David Audley!« Jetzt stand noch jemand in der Tür. »Warum, David – wie lieb von Ihnen!« Der Jemand bewegte sich hinter dem Perlen-und-Twin-set-Hindernis zwischen ihnen auf und ab.

»Mutter –«

»Christine, Liebes – du erinnerst dich doch an David Audley?« Die Frau dahinter ließ sich nicht abweisen. »Kommen Sie herein, David – du kennst doch David Audley, Liebes!«

»Mrs. Cole –« Audley streckte dem Hindernis die Hand hin. »– ich glaube nicht, daß wir uns je getroffen haben. Aber Basil hat mir natürlich von Ihnen erzählt.«

Das Hindernis zuckte zusammen, aber behauptete immer noch hartnäckig seinen Standpunkt, ohne Audleys Hand zu nehmen. »Mutter, ich glaube, es wäre vielleicht besser, wenn –«

»Und das ist mein Kollege, Sir Thomas Arkenshaw vom Foreign and Commonwealth Office, Mrs. Cole.« Audley schwenkte die verschmähte Hand herum wie ein General, der eine bislang getarnte Batterie schwerer Geschütze enthüllte, und zeigte auf Tom. »Der den ganzen Weg von London hierhergekommen ist, um –«

»Sir Thomas –« Das Hindernis hatte gerade damit begonnen, Tom ungläubig anzusehen, und schnitt jetzt Audley das Wort ab. »– Dr. Audley, *natürlich*, meine Schwiegermutter hat von Ihnen gesprochen, sie waren einer der *ältesten* Freunde meines verstorbenen Schwiegervaters – *bitte* verzeihen Sie meine schlechten Manieren, Dr. Audley – ich habe Sie *einfach* nicht erkannt – aber das werden Sie sicher verstehen, unter den Umständen, *unter den Umständen* –« Die jüngere Mrs. Cole mußte an dieser Stelle tief Luft holen, doch das tat sie so schnell, daß Audley lediglich Zeit hatte, den Mund zu öffnen, bevor sie weiterredete. »– *unter den Umständen* – der Tod meines Schwiegervaters kam so *plötzlich*, ich bin *sicher*, Sie werden uns das nachsehen – Sie haben doch Verständnis, oder?«

»Äh . . .« Audley öffnete abermals den Mund, schloß ihn dann aber wieder. Und dann nickte er. »Ja, Mrs. Cole. Glauben Sie mir, *das* verstehe ich.«

»Danke, Dr. Audley.« Die jüngere Mrs. Cole trat schließlich zur Seite, um ihrer Schwiegermutter freie Sicht auf die Besucher zu gewähren.

»David! Und Sir Thomas –« Die ältere Mrs. Cole starrte Tom durch ihre verschmierten Brillengläser an. »– es ist so nett von Ihnen beiden, so kurz nach dem schrecklichen Unfall des armen Basil hierherzukommen.« Sie schüttelte den Kopf. »Ich kann immer noch nicht glauben, daß es wahr ist – daß es nicht nur ein furchtbarer Alptraum ist.«

»Mutter –«

»Es ist schon in Ordnung, Liebes. Ich werde dich nicht in Verlegenheit bringen.«

»Das habe ich nicht gemeint, Mutter. Ich bin doch da, wollte ich sagen.«

»Ja, das bist du, Liebes – und ich bin dir sehr dankbar dafür.« Die alte Dame lächelte Tom an, während sie ihm zublinzelte. »Eine Familie zu haben ist ein großer Trost, Sir Thomas. Und jetzt weiß ich auch, daß seine alten Freunde und Kollegen Anteil nehmen – wenn sie so schnell den langen Weg von London hierherkommen . . . wo ich doch weiß, wie beschäftigt sie alle sind –« Sie übertrug das Lächeln auf Audley. »– obwohl es wirklich nichts gibt, was Sie tun können. Meine liebe Schwiegertochter – die eher wie eine Tochter ist – war so gut zu mir. Sie sehen also, Sie haben die Reise umsonst gemacht, David. Ich bin ganz in Ordnung.«

»Das sind Sie sicher, Margaret«, stimmte Audley sanft zu. »Und es ist nicht nötig, daß Sie sich um uns Sorgen machen. Colonel Butler und ich werden schon mit allem zurechtkommen. Aber . . . wenn es irgend etwas gibt –?« Audley verdrehte die Augen zu Tom. »Ich nehme an, es gibt Formalitäten hier . . .«

»Nein, es gibt nichts –« Die jüngere Mrs. Cole hielt plötzlich inne. »Aber wenn du Dr. Audley ins Wohnzimmer begleiten möchtest – der Kaffee ist eben durchgelaufen – vielleicht würden Sie das Tablett für mich tragen, Sir Thomas?«

In ihrer Stimme lag ein Anflug von Befehlston. Und überdies trennte sie sie mit Bedacht. »Aber gern, Mrs. Cole.«

»Ja . . .« Die alte Dame zwinkerte Audley zu. »Oder vielleicht möchten Sie etwas Stärkeres, David.«

»Kaffee ist schon gut, Mutter.« Wieder der Befehlston. »Dr. Audley muß doch fahren, weißt du.«

»Ja, Liebes ... natürlich. Bleiben Sie doch, David. Und ich werde Ihnen alles darüber erzählen – nein, es ist schon gut ... Es ist gut, mit jemandem darüber zu sprechen –« Sie winkte Audley weiter. »– es war alles so dumm – so *unnötig* –«

»Ja.« Die jüngere Mrs. Cole sah zu, wie Audley und ihre Schwiegermutter die Diele entlangliefen und in einer Pseudo-Tudor-Tür verschwanden. »So unnötig – das kannst du laut sagen!« Sie musterte die sich schließende Tür mit kalter Gehässigkeit, bevor sie sich wieder Tom zuwandte. »Hier lang, Sir Thomas.«

Tom folgte ihr gehorsam in die entgegengesetzte Richtung. Audley würde schon alles mitbekommen. Doch auch er war dabei, etwas zu erfahren. Nur befürchtete er, daß sein Teil vielleicht nicht so schmackhaft war. Die Frau griff zum Lichtschalter, als sie den Raum betrat. Einen Moment lang geschah überhaupt nichts, dann blitzte eine Leuchtstoffröhre an der Decke erst zweimal auf, bevor sie endgültig brannte, was ihn unangenehm an das Aufblitzen des Geschützfeuers in den Hügeln über Beirut erinnerte.

Es war nur eine Küche, eine recht schmuddelige Küche, nach dem letzten Schrei von 1935 eingerichtet, mit all dem Durcheinander, das ein plötzlicher und unerwarteter Trauerfall mit sich brachte: nicht abgewaschenes Frühstücksgeschirr und unzählige Kaffeetassen auf dem Abtropfbrett.

Die Frau wandte sich ihm im grellen Lichtschein zu, eine gutaussehende, doch ganz und gar unweibliche Frau, alles in allem völlig anders als seine geliebte Willy – *im Moment Willy-in-der-Stadt, wahrscheinlich mit diesem verdammten Marineattaché* –

Er durfte nicht an Willy denken. Er mußte arglos wirken. »Kaffeetassen –?« Wenigstens konnte er den Kaffee riechen.

»Zum Teufel mit den Kaffeetassen!« fuhr sie ihn an. »Sie sind nicht die ›sehr netten‹ Kollegen des alten Schweins, oder? Sie haben keine Ahnung, was passiert ist – oder?«

»Nein. Haben wir nicht.« Bei dieser Frau hatte es – genau wie bei Willy – keinen Sinn zu lügen. Vor allem deswegen nicht, weil sie offensichtlich Audleys *betrunkenen alten Schweinehund* durch die dünne Pseudo-Tudor-Haustür gehört hatte.

»Wer sind Sie?«

Weil er nicht aussah wie der »Sir Thomas Arkenshaw«, den die Leute erwarteten, war er an derartige Zweifel gewöhnt. Aber es ging ihm allmählich auf die Nerven. »Sie sind Mrs. Cole, oder? Basil Coles Schwiegertochter?«

»Ja –«

»Dann bin ich Sir Thomas Arkenshaw vom Foreign and Commonwealth Office, Mrs. Cole.« Er griff in seine Jacke. »Und hier ist mein Ausweis.«

Sie prüfte seinen Ausweis eingehend, bevor sie ihn zurückgab. Also hatte sie Schneid. Doch das wußte er bereits.

»Danke ... *Sir* Thomas Arkenshaw.« Sie sah zu, wie er ihn wieder an seinen Platz steckte. Dann wartete sie.

Und Angst hat sie auch keine, dachte Tom. Also mußte er brutal sein. »Wie ist er gestorben, Mrs. Cole?«

»Er fiel von einem Baum.«

Sie hatte keine Angst. Doch da war noch etwas anderes. »Er ist *was* –?«

»Er ist von einem Baum gefallen.« Sie wiederholte die Aussage so hartnäckig, daß er sich deren Unzulänglichkeit nur um so sicherer war.

»Was zum Teufel hat er auf einem Baum gemacht, Mrs. Cole?«

»Er hat einen Ast abgesägt.« Sie verzog das Gesicht. »All diese alten Bäume um das Haus wurden in den dreißiger Jahren gepflanzt, Sir Thomas. Und der Idiot, der sie eingesetzt hat, hat sie zu nahe am Haus gepflanzt.« Sie schaltete den Perkolator auf der Arbeitsfläche neben ihr aus. »Da war also dieser große Baum, hinter dem Haus ... Er mußte eine Leiter aufstellen, um heranzukommen. Er hätte sich einen gelernten Holzfäller bestellen sollen.«

Tom wurde unweigerlich an einen Irenwitz mit »Holzfällern« erinnert, dessen Pointe ihm aber nicht mehr einfiel, außer daß es um eine Verballhornung von »Bäumefäller« und »baufällig« ging. Aber das hatte nichts mit ihrem verkrampften Gesichtsausdruck zu tun. »Als er den Hauptast abgesägt, hat dieser ihn von der Leiter geschleudert ... wie es scheint.« Sie zog den Stecker aus dem Perkolator. »Das hat wenigstens der Polizist angenommen ... Anscheinend bringen sich Leute, die mit Bäumen herumpfuschen, immer irgendwie um.«

Nicht gut genug! Sie war eine elegante Erscheinung mit hohen Brüsten und einem hohen IQ, der zu den Auswölbungen des Twinsets unter den Perlen paßte; und sie hatte ihre Schwiegermutter wirklich vor der rüpelhaften Ignoranz, die Audley und er unter der Haustür an den Tag gelegt hatten, in Schutz genommen, als sie beide nicht gewußt hatten, was vor sich ging.

»Es gibt aber etwas, das Sie tun können, Sir Thomas.« Sie erkannte seinen Zweifel und trat ihm wacker entgegen, indem sich Brüste und IQ hoben. »Ich habe nie geglaubt, daß ich um so etwas bitten könnte. Aber scheinbar kann ich es.«

Tom sah, wie sie die Tassen von den Haken unter dem altmodischen Küchenbüffet nahm und dann nach den passenden Untertassen suchte. »Um was bitten, Mrs. Cole?«

Sie schaute ihn an. »Natürlich wird es eine gerichtliche Untersuchung geben.«

Er fragte sich, wieviel sie von der Arbeit ihres Schwiegervaters wußte. Besser gesagt, ob sie etwas ahnte, wenn sie schon nichts wußte. »Ja. Aber bei einem derartigen Unfall wird es eher eine Formalität sein.«

Sie feuchtete die Oberlippe an. »Wahrscheinlich nicht, befürchte ich.«

Jetzt konnte er guten Gewissens die Stirn runzeln. »Wollen Sie unterstellen, daß es kein Unfall war, Mrs. Cole?« Sie sagten doch ... der Polizist habe gesagt –?«

»Ich unterstelle gar nichts. Aber ... mein Schwiegervater hat, glaube ich, fürs Verteidigungsministerium gearbeitet – selbst noch nach seiner Pensionierung. Ich nehme an, daß Sie Einfluß haben. Oder funktioniert die Welt nicht so?«

Tom runzelte wieder die Stirn. »Was wollen Sie, Mrs. Cole?«

Sie starrte ihn mit fest zusammengepreßten Lippen an. »Es wäre besser ... um meiner Schwiegermutter willen wäre es besser, wenn bei der gerichtlichen Untersuchung bestimmte Fragen nicht gestellt würden. Das wird niemandem weh tun – dabei wird keinem ein Schaden zugefügt oder ein Unrecht getan.« Sie holte tief Luft. »Sehen Sie, Sir Thomas, ich weiß nämlich genau, wie er vom Baum gefallen ist – und warum.«

Nun, das war doch was! dachte Tom dankbar. Aber dann verflog seine Dankbarkeit, als er merkte, daß das, was er gedacht hatte, und das, was sie offensichtlich dachte, nicht mehr zusammenpaßten. Und einer von ihnen mußte unrecht haben.

5

»Nun?« sagte Audley.

Im Rückspiegel erhaschte Tom einen letzten Blick auf die beiden Mrs. Coles: Sie standen nebeneinander in einem gelben Lichtkegel in der Haustür. Dann wurden sie von der dunklen Masse der Rhododendronbüsche verschluckt.

»Nun?« löcherte Audley ihn abermals. »Was wollte sie Ihnen erzählen, das sie vor der Witwe nicht sagen konnte?«

Die Digitaluhr zeigte 19 Uhr 30, und Toms Magen bestätigte, daß sie genauging. Doch es gab jetzt wichtigere Dinge als Hunger. »Sie wollte, daß ich den Coroner vor der richterlichen Untersuchung rumkriege.«

»Wirklich?« Audley hob den Finger. »Fahren Sie zurück ins Dorf, und halten Sie beim Pub. Ich möchte ein, zwei Anrufe erledigen. Genau gegenüber ist eine Telefonzelle.«

Das war günstig. »Okay.« Doch ein bißchen ehrliche Neugier würde ungekünstelt wirken. »Darf man fragen, wen Sie anrufen?«

»Man darf. Wenn man meine erste Frage angemessen beantwortet hat.«

»Dann hat es Ihnen die alte Dame also nicht erzählt?«

»Daß er von einer Leiter gefallen ist, meinen Sie?«

»Nein. Daß er betrunken war, als er fiel.«

»Ah ... Nein, diese Ausschmückung hat sie nicht beigefügt.« Audley rutschte etwas herum. »Aber da es erst heute morgen passiert ist, wie hat man das so schnell einwandfrei nachweisen können?« Audley schniefte. »Obwohl ich jetzt ganz gut verstehen kann, warum Mrs. Cole *junior* solche weitreichenden Beweise nicht in der lokalen Presse breitgetreten haben will.« Er schniefte wieder. »Aber erzählen Sie mir nichts! Er roch wie eine Schnapsbrennerei und hatte eine leere Johnnie-Walker-Flasche in der Tasche – stimmt's?«

»Im wesentlichen. Nur daß es zwölf Jahre alter Bunnahabhain-Malzwhisky war, und die Flasche war nur halb leer. Und sie stand in seiner Gartenhütte, mit einem halbvollen Glas daneben.« Tom sah die Lichter des Dorfes vor ihm. Niemand war hinter ihnen. »Christine Cole sagt, es würde ihre Schwiegermutter sehr unglücklich machen, wenn das herauskäme.«

»Quatsch! Das alte Mädchen ist sich der Wahrheit wohlbewußt – es würde Mrs. Christine Cole unglücklich machen, die Abstinenzlerin ist, und ihren Mann, den Reverend Brian Cole ... Obwohl sie vielleicht die Absicht haben, den armen alten Teufel gleichermaßen im Tod wie schon im Leben als schreckliches Beispiel der Trunksucht hinzustellen. Das hätte ich eigentlich erwartet – hmmm ... Genaugenommen hätte ich sogar darauf gewettet, wenn ich jetzt so drüber nachdenke. *Verflucht!«* Audley schlug auf das Armaturenbrett. *»Verdammt!«*

»Was?« Die plötzliche Heftigkeit des Mannes überraschte Tom.

»Ich habe mich gerade etwas geschämt, weil ich respektlos war. Er war ein betrunkener, schwieriger alter Teufel. Aber –« Wieder hob er den Finger. »– der Pub ist gleich da vorn an der Ecke, wohlgemerkt –?«

»Aber was?« Sie gelangten wieder an die scharfe Kurve, und noch immer war nichts hinter ihnen. »Aber was?«

Audley ignorierte ihn.

Er nahm die Kurve und parkte den Wagen auf dem Vorplatz des Pubs.

Audley gab weder eine Antwort, noch machte er Anstalten, sich zu bewegen. *»Verdammt!«*

Sehr gut! beschloß Tom. »Aber das gab niemandem das Recht, ihn umzubringen, wollten Sie das sagen?«

Audley wandte sich ihm langsam zu. »Beweise?«

»Ich glaube kaum, daß es welche geben wird. Nicht, wenn es professionell gemacht wurde. Und das glauben Sie doch, David?«

Audley öffnete die Beifahrertür. »Ich glaube, daß ich ein paar Telefongespräche führen will. Haben Sie Kleingeld?«

»Nein.« Tom wußte, daß seine Tasche voller Münzen war. »Nehmen Sie nicht die Telefonzelle. Telefonieren Sie vom Pub aus. Die werden Ihnen wechseln.«

Audley starrte ihn an. »Ist das eine Aufpasserregel?«

»Nur eine Vorsichtsmaßnahme, nichts weiter.«

»Okay. Kommen Sie auf einen Dring mit rein. Ich brauche einen.«

Tom schüttelte den Kopf. »Ich werde auf den Wagen aufpassen. Nur eine weitere Vorsichtsmaßnahme – okay?«

Er wartete zwei quälende lange Minuten, nachdem Audley im Pub verschwunden war, bevor er selbst zur Telefonzelle ging. Nur zwei Minuten waren ein Risiko, das wußte er. Aber wenn er länger wartete, ging er später ein weiteres Risiko ein. Es hing davon ab, wie lange der alte Mann brauchte, um seine Anrufe zu erledigen. Aber beide Risiken wurden jetzt von einem größeren überragt.

Er wählte und warf ausreichend Münzen in den Apparat.

»Consolidated Slide-Dimmers. Sie wünschen bitte?«

»Hier ist Thomas Arkenshaw für Henry Jaggard. Ich bin in einer öffentlichen Telefonzelle, und ich bin in Eile.« Er mußte auf Garrod Harveys Versprechen vertrauen. »Stellen Sie mich durch.«

»Ich stelle Sie sofort durch, Sir Thomas.«

Das einzige Problem war, daß Jaggard vielleicht nicht so recht erwartete, daß er auf halbem Weg nach Südwestengland anrufen würde, überlegte Tom. Aber wenn Jaggard nicht fragte, würde er auch nichts sagen.

»Hallo, Tom!« Jaggard klang fast freundlich. »Alles in Ordnung?«

Tom überlegte es sich anders. »Ich bin in einer Telefonzelle in Hampshire, gleich in der Nähe der A34. Und ich habe höchstens drei Minuten.«

»Was zum Teufel –« Jaggard hielt inne. »Ja?«

»Kennen Sie einen Mann namens Cole? Basil Cole? Er hat für einen Ihrer Vorgänger gearbeitet.«

»Was ist –« Jaggard hielt wieder inne. »Erzählen Sie weiter.«

»Audley wollte mit ihm über seinen alten Genossen sprechen. Er sagte, Cole sei jetzt der Experte, nicht er. Nur daß Cole seit heute morgen mit niemandem mehr sprechen kann.«

»Wie das?«

Nun, wenigstens kapierte Jaggard. »Er ist von einer Leiter gefallen und hat sich das Genick gebrochen. Anscheinend war er betrunken.«

»So –?« Jaggard zeigte weder Überraschung noch Bedauern. »Ist das wahr?«

»Niemand hat gesehen, wie es passiert ist. Audley glaubt es nicht. Und ich auch nicht.«

»Wieso nicht? Er war schon immer ein Trinker.« Jaggard drängte ihn weiter. »Haben Sie mit der Polizei gesprochen? Was sagen die?«

»Alle glauben, daß es ein Unfall war.« Leicht würde es nicht werden, dachte Tom. »Mein Gott! Auf uns wurde doch schon geschossen! Was wollen Sie denn noch?«

»Warten Sie, Tom! Wir werden das mit Cole überprüfen –«

»Den Teufel werden Sie! Audley ist in einem Pub auf der anderen Straßenseite und tut wahrscheinlich gerade das gleiche. Wenn Ihre Leute auf seine Leute treffen, dann weiß er, daß ich geplaudert habe.« Nervös starrte Tom über die Straße auf die Lichter des Pubs. »Ich brauche Verstärkung in Exmoor. Denn allein kann ich für nichts garantieren, nicht im Moment.«

Einen Augenblick lang war es ruhig. »Will Audley denn Unterstützung? Hat er darum gebeten?«

Die einladenden Lichter des Pubs spotteten seiner. Audley bat vielleicht gerade darum. Aber nachdem er miterlebt hatte, wie der alte Mann die Polizeieskorte weggeschickt hatte, zweifelte er daran – nachdem er so erbost darüber gewesen war, daß jemand gewagt hatte, auf ihn zu schießen. »Ich weiß nicht, was Audley will. Aber ich kann Ihnen versichern, daß *ich* Unterstützung will. Geben Sie mir wenigstens Harvey wieder.«

»Nein. Harvey sollte Sie nur zu Audley bringen – und er ist jetzt beschäftigt. Aber das ist jedenfalls jetzt einzig und allein die Angelegenheit von Forschung und Entwicklung.«

»Ist es das?« *Warten Sie, Arkenshaw!* warnte sich Tom selbst. »Und was hab ich dann mit der ganzen Sache zu tun?«

Jaggard gab ein näselndes Geräusch von sich. Oder vielleicht war es die Leitung. »Sie sind abkommandiert worden, Tom. Habe ich Ihnen das nicht erzählt? Nur vorübergehend, ohnehin – ist mit Frobisher abgesprochen. Und mit Colonel Butler . . . Wenn also Audley Hilfe will oder Sie Verstärkung brauchen, dann muß das Gesuch über Audley an Butler gerichtet werden. Tut mir leid, aber so schreibt es das Protokoll vor. Habe ich mich klar genug ausgedrückt?«

Tom glaubte nicht, daß es die Leitung gewesen war. »Also muß ich Ihnen jetzt keinen Bericht mehr erstatten?« *Klar ausgedrückt.* »Ja.« Oder vielleicht, nach reiflicher Überlegung, *nicht so klar ausgedrückt*! »Geben Sie mir nur die Anweisung, wen ich zu schützen habe: Audley oder seinen alten Genossen – wenn es hart auf hart geht und sie anfangen, mit Fäusten aufeinander loszugehen? Geben Sie mir nur diese eine Anweisung.«

»Panin ist nicht hinter ihm her. Er will mit ihm sprechen.« Jaggards Tonfall wurde weicher. »Sehen Sie –«

»Irgend jemand *ist* hinter ihm her.« Dann überkam Tom noch eine wesentlich größere Angst. »Und jemand weiß bereits zu viel über das, was wir tun.«

Die dritte Pause ließ ihn wieder zum Pub blicken: Seine Zeit mußte jetzt abgelaufen sein.

»Wer wußte, daß Sie Basil Cole besuchen wollten?«

Endlich nahm Jaggard ihn ernst. »Niemand, das heißt . . . niemand außer Audley.«

»Okay. Dann hatte Cole vielleicht tatsächlich einen Unfall. Betrunkene haben oft Unfälle. Aber wir werden das überprüfen – und machen Sie sich keine Sorgen, wir werden sehr behutsam vorgehen. Okay?« Doch abermals wartete Jaggard nicht auf eine Antwort. »Und was Audleys Kugel betrifft . . . machen Sie sich darüber keine Gedanken.«

Oh, wunderbar! Tom öffnete den Mund, um zu fluchen. Aber da wußte er bereits, daß es zu spät war.

»Hören Sie, Tom: Audley hat sich in seiner Laufbahn einige Feinde gemacht. Daher glauben wir nicht, daß sie von der anderen Seite gekommen ist. Es gibt noch eine Menge weiterer Kandidaten –«

Es war eine Million Jahre zu spät: Audley war vor dem Pub und spähte in den Wagen. Und in einer weiteren halben Sekunde würde er über die Straße schauen.

»Hören Sie mir zu, Tom?«

Er wandte Audley den Rücken zu. »Ich lege jetzt auf – ich werde Sie wieder anrufen, wenn es sich ergibt.« Er unterbrach die Verbindung, während er weiter den Hörer ans Ohr hielt, und starrte auf die Benutzerhinweise. Dann sah er den Stapel mit Münzen, der vor ihm stand, Münzen, die er für Audley angeblich nicht gehabt hatte. Doch verglichen mit dem Anruf selbst, war das eine geringfügige Lüge: Er konnte immer noch sagen, er habe ein R-Gespräch geführt –

R-Gespräch –

Während ihm die Erinnerung kam, wußte er, daß er keine Zeit für Argumente hatte. Während er die Münzen nacheinander in den Apparat warf, fielen ihm lediglich die R-Gespräche ein, die er in seiner Studentenzeit geführt hatte.

Das Freizeichen ertönte. Es war eine riskante Angelegenheit, aber er hatte heute noch kein Glück gehabt, also hatte er jetzt vielleicht mehr Glück. Und wenigstens hatte Audley nicht gesehen, wie er die Verbindung unterbrochen und neu gewählt hat.

Das Freizeichen verstummte, als am anderen Ende abgehoben wurde: Er hatte jetzt nur Zeit für zwei schnelle Fragen und zwei schnelle Antworten und dann für einen schnellen Lügenteppich, der, wie er hoffte, geglaubt werden würde –

Er öffnete die Tür der Telefonzelle und rief über die Straße. »David, kommen Sie rüber!«

Audley überblickte die dunkle Dorfstraße, deren einzige Beleuchtung vom Pub her kam. Was durchaus berechtigt war, da er bereits einmal vor der Telefonzelle gewarnt worden war.

»Hierher, David!« Audleys Vorsicht ließ ihm Zeit für ein paar weitere Worte. Und schließlich – »Bleib dran, – er ist jetzt hier –« Der Ausdruck unverhohlenen und schamlosen Mißtrauens auf dem Gesicht des alten Mannes ermutigte ihn, für zwei zu brüllen. »– meine Mutter möchte kurz mit Ihnen sprechen, David –« Er streckte Audley den Hörer entgegen. »– da ist sie –«

Wie aus Taktgefühl trat er einige Meter von der Telefonzelle zurück, doch der wahre Grund bestand darin, daß er jetzt nichts anderes tun konnte. Alles hing von ihrem Esprit ab –

(»Ja?« Wie immer hatte sie sehr gebieterisch ins Telefon gesprochen, als habe sie ein schlechterzogener Diener in ihrer Ruhe gestört.)

(»Mamusia?« Das war nicht die erste Frage, sondern kam automatisch und aufgrund der Erleichterung darüber, daß er nun eine Chance erhielt. *»Erinnerst du dich an einen deiner alten Freunde namens David Audley? Ein großer Bursche –?«)*

(»Darling Boy –! Wie schön! Wer, sagtest du?«)

(Wenn er etwas haßte, ohne daß er etwas dagegen tun konnte, dann wer es, mit »Darling Boy!« angeredet zu werden; wie eine Figur aus einem Stück, das vor ihrer Zeit geschrieben worden war. Doch dies war nicht der Augenblick für gegenseitige Beschuldigungen: Es war der neuerliche Augenblick für *Frage Nummer eins.*)

(»Mamusia, erinnerst du dich an David Audley? Sag schnell!«)

(»David – David!« Beim ersten »David« hing Tom am sprichwörtlichen seidenen Faden. Aber beim zweiten war es ein Schiffstau. *»Darling, natürlich erinnere ich mich! Das war lang bevor du geboren bist. Darling Boy! In Cambridge – bevor ich deinen Vater getroffen habe . . . Oder . . . vielleicht doch nicht davor –«)*

(Audley bewegte sich jetzt –)

(»Ich bin einmal mit ihm auf einen Ball gegangen – David Audley . . .« Frage Nummer zwei war bereits überflüssig, bevor sie gestellt wurde. *»Darling – ich ging als ›Schöne‹, und er war die ›Bestie‹ – wie könnte ich ihn vergessen! Wo hast du ihn getroffen?«)*

(Kratzen, Frage zwei!)

(»Mamusia, er ist im Moment hier und wartet darauf, daß er mit dir sprechen kann. Und er ist mein Chef. Also erzähl ihm einfach, daß ich die letzten fünf Minuten mit dir gesprochen habe – keine Fragen, du brauchst ihm das nur zu erzählen – okay?« Keine Zeit mehr. »Bleib dran, er ist jetzt hier –«)

Von der gleichen alten Mischung aus Liebe und Wut, Bewunderung und Zweifel geplagt, die er immer – respektive nicht immer, aber doch in letzter Zeit – mit Dad geteilt hatte, schlenderte er schließlich zum Wagen zurück. Sie war zweifellos großartig (und wie sie erst in Audleys Jugend gewesen sein mußte und in der Blüte ihrer jungen Jahre, beanspruchte seine Vorstellungskraft über die Maßen), aber sie war ihm immer – nein, nicht immer, aber machmal – als die beste und die schlechteste aller Mütter erschienen, abwechselnd liebevoll und lieblos, taktvoll und taktlos, intellektuell brillant und beschämend hilflos. Er wußte lediglich, daß er sich nie sicher sein konnte, was er von ihr wußte – daß er sich niemals einer Sache sicher sein konnte. Und das hatte oft Spaß gemacht, aber nicht immer. Und jetzt war ein solcher Nicht-immer-Moment eingetreten, obwohl er sich diesmal ganz allein die Schuld zu geben hatte –

Doch Audley kam jetzt zurück –

Audley stieg heftig atmend in den Wagen. »Das war eine außergewöhnlich niederträchtige Tat.« Der alte Mann fummelte nach seinem Sicherheitsgurt, und er fummelte noch mehr, bevor er ihn einrasten ließ. »›Darling Boy‹ – ›Darling Boy‹?« Er sah Tom in der Dunkelheit an. »Ich dachte, die Telefonzelle sei Sperrbezirk –?«

Aber er klang nicht ungehalten, fand Tom. In Wirklichkeit klang er lächerlich gelöst, sogar beglückt nach dieser »niederträchtigen Tat«. Folglich war sie vielleicht nur dieses eine, wichtige Mal nicht nur äußerst liebevoll, sondern auch taktvoll und brillant gewesen – nicht (wie stets bei Willys Vorgängerinnen) umgekehrt.

»Ja – tut mir leid, David.«

»Leid?« Audley war im Moment nicht so beglückt. »Ich dachte, Ihr Leute vom Diplomatenschutz wißt, daß Vorsicht die Mutter der Weisheit ist?«

»Ja.« Jetzt, da er merkte, daß er bei Audley vorsichtiger sein muß, tat es ihm wirklich leid. »Aber ich habe sie erst angerufen, nachdem ich mich versichert hatte, daß die Straße frei war. Und ich glaube auch nicht, daß der Londoner Anschluß meiner Mutter riskant ist – es sei denn, Ihr alter Genosse ist wesentlich besser informiert, als ihm zusteht, David.«

»Mein?« Audley klang jetzt sauer. Aber wenigstens war er von der eigentlichen Wahrheit abgelenkt worden. »Nein, das gestehe ich Ihnen vielleicht zu, Darling Boy. Vielleicht, wenn Sie mir sagen können, *wer* besser informiert ist – hä?«

Sie befanden sich in sicherer Entfernung von der Wahrheit. Aber sie befanden sich auch inmitten einer weit besorgniserregenderen Wahrheit.

Tom setzte den Wagen zurück und fuhr los. »Ja.« Er brauchte jetzt die schnellste Verbindung zur M4 nach Südwestengland, obwohl Audley die M3 nach London ansteuern würde. Doch bevor die Kursabweichung offensichtlich wurde, wollte er viel mehr aus dem Mann herausbekommen. Folglich mußte er vorläufig Audleys Aufmerksamkeit von Straßen- und Hinweisschildern ablenken.

»Ja.« Das Schlimme war, daß Audley ungeachtet der Möglichkeiten, die Jaggard auch immer in Betracht ziehen mochte, recht hatte: *Jemand* war zu Basil Cole gekommen, und das überaus erfolgreich, noch bevor *jemand* zu David Audley gekommen war, obwohl dieser Auftrag mißglückt war. »Vielleicht sollten Sie mit Colonel Butler sprechen.« Die Straße vor und hinter ihnen war dunkel: Es war die Zeit, in der die Frühabend-Trinker tranken und der Rest der Welt es sich vor dem abendlichen Fernseher bequem machte oder die Kinder ins Bett brachte oder zu Abend aß. »Wenn Sie schon mal dabei sind, könnten Sie ihn vielleicht um mehr Schutz bitten. Dazu würde ich im Augenblick eigentlich raten.«

»Obwohl wir nicht verfolgt werden?« Wieder entspannter, lehnte sich Audley bequem zurück. »Darling Boy?«

»Ja.« Wenn Audley annahm, daß er auf Mamusias schrecklichen Kosenamen hin hochginge, hatte er sich schwer getäuscht. »Aber wenn die bereits genau wissen, wie Sie denken, dann brauchen sie uns ja kaum noch zu verfolgen, oder?«

»Nur zu wahr. Und *ziemlich* beunruhigend, das gebe ich zu.« Audley fummelte unten an der Seite seines Sitzes herum. »Wo ist der Hebel für den Liegesitz, Darling Boy?«

»Sie werden doch jetzt nicht neben mir schlafen, oder?« Der Gedanke daran, daß Audley die ganze lange Fahrt nach Südwestengland neben ihm schnarchen würde, war abstoßend.

»Ich dachte, ich mache vielleicht für ein Stündchen die Augen zu.« Audley fand den Sitzhebel und tauchte ab. »Wir älteren Leute ... wir brauchen nicht soviel Schlaf, aber ein kleines Nickerchen hin und wieder wirkt Wunder ... Wecken Sie mich einfach am Stadtrand von London auf. Dann werde ich telefonieren.«

»Mit Colonel Butler?« Als Gegenleistung dafür, daß er seinen eigenen Weg nehmen konnte, war Tom bereit, das Schnarchen des alten Mannes hinzunehmen. »Wegen Unterstützung?«

»Nein. Er kann niemanden erübrigen ... Auf der Gehaltsliste von Forschung und Entwicklung stehen keine ausgesuchten Aufpasser, wir arbeiten alle für unser Geld ... Und ich will auch niemanden. Besonders keinen dieser arbeitslosen Schurken, die Jack anheuern müßte.« Audley nieste explosionsartig. »In Wirklichkeit werden Sie anrufen, Tom – um Nikolaij Panin zu informieren, daß wir unser Rendezvous verlegen, wo immer es jetzt stattfinden soll. Okay?«

»Was?« Das Hinweisschild auf die A34 blinkte vor ihnen auf.

»Sie haben völlig recht ... irgend jemand ist, verdammt noch mal, besser informiert.« Audleys Stimme wurde schläfrig. »Wir werden uns auf den Weg machen, um ihn an einem Ort zu treffen, den *ich* ausgesucht habe, wo man keine Augen im Hinterkopf haben muß ... Dann brauchen wir auch Ihre ›Unterstützung‹ nicht ... Und eins weiß ich bestimmt, es scheinen schon zu viele Leute zu viel zu wissen. Dem können wir aber einen Riegel vorschieben. Also ... wecken Sie mich einfach zwischen Chertsey und Sunbury auf, seien Sie ein guter Junge, hä?«

Audley glaubte, er fahre östlich zur M3 nach London und nicht westliche Richtung zur M4 nach Bristol und dann auf die M5 und danach ins ferne Exmoor. Und darüber hinaus gab es noch eine Menge anderer Dinge, die der arme alte Teufel glaubte und die ebenso in der entgegengesetzten Richtung lagen, besonders was den Darling Boy seiner Danny betraf, der nun einer von Jaggards Schurken geworden war –

»Unsere Aufgabe bei Forschung und Entwicklung ist es zu *denken*, nicht unsere wahrscheinlich überbewerteten Hälse zu riskieren, um in fremden Höllenlöchern weniger wertvolle Hälse zu beschützen ... wie Sie, Tom ... ›armer Tom‹ ...«, murmelte Audley. »*Denken* ist wesentlich angenehmer, als sich *Sorgen zu machen* ... Da neigt man dazu, eine bessere Lebensqualität zu genießen ...« Seine Stimme verlor sich eher in Vergessenheit als in Gedanken.

Tom begriff, daß er in dem Augenblick damit begonnen hatte, einen Irrtum zu begehen und Audley ein bißchen zu bedauern, als er den Gedanken an Audleys Gesicht auskostete, wenn der alte Mann am anderen Ende von England, weitab von den Londoner Vororten und seinem erkorenen Treffpunkt mit dem Russen, aufwachen würde. Doch mit einem Mal wurde er sich eines noch größeren Irrtums bewußt – vielmehr eines gefährlichen Fehlers: Er durfte sich seiner Aufgabe in bezug auf Audley und Jaggard nicht mehr sicher sein, doch die nagende Reue und geringfügige Genugtuung verblaßten neben der Notwendigkeit, diesen Mann am Leben zu erhalten. Und nach dieser Kugel und Basil Coles vorzeitigem Tod konnte er der Pflicht nicht mehr entrinnen.

»Wir fahren nicht nach London, David. Wir fahren nach Exmoor.«

»Was?« Audley verschluckte das Wort.

»Ich sagte, ›Wir fahren nicht nach London‹ –«

Tom trat auf die Bremse, um Audley wachzurütteln.

»*Was?*« Der alte Mann versuchte sich aufzusetzen, aber er konnte es nicht. »Nach ... *wohin*?«

»Nach Exmoor, David. Panin trifft uns in Holcombe Bridge – im *Green-Man-Hotel* in Holcombe Bridge in Exmoor.« Er warf einen Blick auf die Digitaluhr. »Eigentlich sollten wir ihn jetzt treffen. Also werde ich bald anhalten müssen, denn es wird ganze drei Stunden dauern, bis wir dort sind. Abgesehen davon, daß ich Panin wissen lassen muß, daß wir uns verspäten, muß ich mich vergewissern, daß man unsere Zimmer nicht an jemand anderen vermietet.«

Fummelnd und murmelnd zugleich kämpfte Audley mit dem Rückstellhebel seines Sitzes.

»Es ist jedenfalls ein gutes Hotel«, fuhr Tom mit gespielter Fröhlichkeit fort, während das Murmeln des alten Mannes zu einem donnernden Grollen geriet. »Es steht in allen guten Führern und Restauranttips.« Harvey war tatsächlich neidisch gewesen. »Also werden wir es wenigstens bequem haben, David.«

»Scheiße!« Als er gerade dabei zu sein schien, rohe Gewalt anzuwenden, wurde Audley mit einem Ruck emporgeschnellt. Aber schließlich erstarb der Donner zu einem Schweigen, was Tom ziemlich überraschte und noch nervöser machte. Denn jetzt hatte er endlich den entscheidenden Knopf erwischt, und er spürte, daß die Gedanken des Mannes wie eine Rakete hochgingen, schweigend, denn sie hatten jedes Geräusch hinter sich gelassen. Und wenn diese Rakete einmal unterwegs war, wußte keiner, wo sie herunterkam – da waren sich Jaggard und Harvey einig gewesen. Und deswegen war er natürlich hier.

»Tut mir leid, David –«

»Das ist nicht nötig.« Audleys Stimme war jetzt neutral, weder aufgebracht noch freundlich. »Wenn ich Sie also richtig verstehe, ist es Ihre Aufgabe, auf sich aufzupassen und mich zu Nikolaij Andrejewitsch zu bringen ... und alles zu erfahren, zu notieren und in sich aufzunehmen, was vielleicht zwischen uns gesagt wird – stimmt das?«

Die Rakete war in ihrer Umlaufbahn. »Nun ... nicht ganz. Ich muß lediglich anwesend sein, weil sie jemanden mit Panin schicken – denn das war so abgemacht.« In der Dunkelheit war ein Achselzucken sinnlos. »Die vertrauen seiner Loyalität nicht so sehr wie Sie ... natürlich.«

»Natürlich. Wohingegen *meine* Loyalität über jeden Verdacht erhaben ist ... natürlich. So wie Ihre?«

»Was?« So wie er eben mit den Schultern gezuckt hatte, ohne daß es zu sehen war, mußte Audley voller Ironie zustimmend genickt haben, ohne daß er ihn hätte sehen können.

»Also, für wen arbeiten Sie in diesem nebulösen Moment, Tom Arkenshaw? Wem erstatten Sie in regelmäßigen Abständen Bericht?«

Wenigstens hatte er jetzt darauf eine Antwort. »Ich bin zu Forschung und Entwicklung abkommandiert – sowohl Mr. Frobisher als auch Colonel Butler haben zugestimmt.« Die Halbwahrheit dieser Aussage legte ihm Ketten an. »Ich habe keine Anweisungen von Colonel Butler. Aber vielleicht sollte ich welche haben. Wenn Sie ihn das nächste Mal anrufen, könnten Sie ihn vielleicht fragen, ob ich – wie war das? – ›erfahren, notieren und in mich aufnehmen‹ soll? Aber ist das nicht falsch zitiert? Muß es nicht ›verstehen‹ statt ›erfahren‹ heißen –?« Doch vielleicht war es ein Fehler, klug erscheinen zu wollen. »Aber es tut mir leid, David. Ich hätte Ihnen vorher von Exmoor erzählen sollen. Es sind einfach ... Sachen dazwischengekommen, das ist alles.«

»Ja.« Die darauf folgende Stille deutete darauf hin, daß Audley das Gesagte mitbekommen hatte, es aber weder guthieß noch akzeptierte. »Also ... haben sie ihn laufenlassen. Und wir auch.« Audley sprach mit sich selbst.

»Panin?« Tom entschloß sich, die Frage zu wagen. »Ich vermute, er hat eine Art Diplomatenstatus. *Kultur*diplomatenstatus jedenfalls.«

»Oh, ja?« Audley wurde wieder munter, als habe sein hirnloser Aufpasser einen unvorhergesehenen Anflug von Intelligenz gezeigt. »Kulturell – natürlich!«

Das war ein weiteres Nicken im Dunkeln gewesen. »Hat was mit einer Ausstellung zu tun, die nächstes Jahr im Britischen Museum stattfinden soll, glaube ich.« Tom nickte entsprechend. »Über die alten Skythen, oder? Ich glaube, er ist ein echter Gelehrter. Oder er war es in grauer und ferner Vergangenheit, oder nicht?«

»Jawohl. Waren wir das nicht alle?« Audley schniefte. »In grauer und ferner Vergangenheit ...« Er verlor sich wieder in Schweigen.

»Ich nie.« Tom mußte das Schweigen brechen.

»Nein?« entgegnete ihm der alte Mann blitzschnell. »Zählen Sprachen nicht zur Gelehrtheit? Universität Manchester war es doch, oder? Russisch und Französisch? Und vorher Englisch und Polnisch? Und wie viele mehr sind es jetzt? Plus Latein an der Waltham School, natürlich – ohne eine tote Sprache im Tornister lassen die doch keinen Linguisten gehen, oder! Also wieviel sind es jetzt – sieben? Acht?«

Neben der ungelösten Frage nach seiner gegenwärtigen Loyalität wurde er daran erinnert, daß der alte Mann seine Hausaufgaben in puncto *Arkenshaw, Thomas Wladislaw Archibald* gemacht hatte.

»Eine mehr oder weniger.« Ihm fiel der *Cäsar* auf Audleys Schreibtisch ein. »Aber mein Latein ist im Augenblick etwas eingerostet, so wie Ihres, David. Wenn wir also einen der *arcani* oder der *frumentarii* treffen, die in Exmoor herumschnüffeln, dann verlassen Sie sich nicht auf meine Übersetzungskünste.«

»Stellen Sie Ihr Licht nicht unter den Scheffel, Darling Boy. ›Sprachtalent‹ läßt sich besser verwerten als eine flüchtige Bekanntschaft mit mittelalterlicher Geschichte – oder den alten Skythen. Auch wenn Sie Ihrem Ruf bei Frobisher schaden, wird Ihnen immer jemand einen Job geben.« Schniefen. »Jack Butler würde es auf jeden Fall tun, was das betrifft! Er hält immer Ausschau nach Leuten, die nicht nur übersetzen, sondern auch zwischen fremden Zeilen zu lesen verstehen. Besonders dann, wenn ich ein gutes Wort für sie einlege.«

Irgend etwas war hier merkwürdig. »Bieten Sie mir einen Job an? Oder bestechen Sie mich nur, David?«

»Müssen Sie denn bestochen werden? Hat Ihr verstorbener Vater mit seinen Bankgeschäften nicht recht gut verdient? War er nicht beim ›Wunder von Singapur‹ dabei – und ein guter Freund von Lee Kwan Yu?« Hämisch bot der alte Mann seine Insider-Information dar. »Oder hat Ihre geschätzte Mutter den ganzen Zaster? Andererseits ... klang sie äußerst liebevoll. Und Sie sind der einzige Sohn in Ihrer Familie –?«

Jetzt trug der alte Teufel aber etwas dick auf. »Geld ist nicht alles.«

»Nein?« Nun, das ist eine große und beliebte Unwahrheit derer, denen es nie am nötigen Kleingeld mangelt. Weil es immer eine lange Liste der Sachen gibt, die man sich wünscht ... immer vorausgesetzt, man ist weise genug – oder man hat genügend Glück, um zu wissen, was gut für einen ist, von dem, was man will, einmal abgesehen ... Aber Ansprüche gibt es immer – Selbstachtung oder Ehre oder Seelenfrieden oder etwas von diesen netten, kleinen Dingen ... oder selbst vergeudetes Talent ... Ich weiß es, Tom, glauben Sie mir. Denn ich war arm – oder jedenfalls kurzzeitig in Geldschwierigkeiten. Und ich hätte eine ganze Menge verlieren können, während ich damit beschäftigt war, mich aus dieser Verlegenheit zu befreien ... bevor das Glück wieder auf meiner Seite war –« Audley hielt plötzlich inne. »Doch das sind alles alte Geschichten, vor Ihrer Zeit. Deswegen ... *nein*, ich besteche Sie nicht. Denn bei Jack Butler können Sie nicht reich werden. Es sei denn, Sie würden Ihre üppige Freizeit mitrechnen, in der Sie Ihre überaus esoterischen *Turmhügel* und *Zwingerburgen* studieren – ha?« Audley lachte kehlig. »Na, wenn das keine Gelehrtheit ist ...

Aber haben Sie schon etwas veröffentlicht, Tom? War da nicht vor kurzem etwas?«

Himmel! Das war keine taktische Verteidigung! dachte Tom. *Irgendwie hatte Audley ihre Rollen ins Gegenteil verkehrt, so daß er jetzt der Belagerer war und ihn mit Rammböcken und Wurfmaschinen und Sturmleitern und Belagerungstürmen zermürbte –*

»Vor nicht allzu langer Zeit hatte ich einen Artikel in *History Today* –« Da ihm auf Anhieb keine geistreiche Erwiderung einfiel, konnte er sich nur schablonenhaft und unzureichend verteidigen. »– über den Bau illegitimer Burgen durch Ranulf von Caen.« Er merkte, wie seine Verteidigung unter Audleys gutinformiertem Eindringen wankte, etwa so, wie Ranulfs Verteidigung in Thackham unter König Stephens Blitzangriff rasch zusammengebrochen war.

»Ranulf von *Caen*?« Audley dachte einen Moment über den Namen nach. »Nun, ich kenne Ranulf von *Chester* ... Ist ein sehr interessanter Mann. Doch das war wirklich lange bevor meine Zeit anfängt ... Aber Ranulf von *Caen* ... War das nicht der Doppelagent in Stephens Heer, '42 in Oxford? Derjenige, der alles so hingedreht hat, daß Kaiserin Matilda fliehen konnte – als der alte Blutsauger '42 in ein weißes Tuch gehüllt die Burgmauern hinunter in den Schnee geklettert ist?«

Audley wußte verdammt zu viel. »Ja, das könnte er gewesen sein.«

»Hmm?« Audley tat so, als fände er Gefallen an der Sache. »Wissen Sie, ich hatte immer eine Schwäche für König Stephen. Ein labiler und unkluger Mann, ich weiß – traf immer die falsche Entscheidung, wenn es die leichtere war. Er hat immer alles gut begonnen, aber nie anständig zu Ende gebracht. *Und* er hatte eine unstete Art, ich weiß ... Aber er war nicht *wirklich* ein schlechter Bursche – wahrscheinlich wäre er auswärts ein guter und schneller Mittelfeldspieler im Rugbyclub gewesen. Und auch danach im Pub sein Geld wert – obwohl ich ihn die Tour sicher nicht hätte organisieren lassen, das gebe ich zu.« Schniefen. »Aber wenn das Ihre Zeit ist, Tom, dann ist John Marshall der Mann, den Sie studieren sollten; er ist der Vater meines großen Helden William Marshall – John Marshall zieht sich durch die ganze anarchische Periode von Stephen und Matilda. Eigentlich bis in *meine* Zeit. Weil er im hohen Alter im Rat von Northampton auftaucht – als geheimer Manipulator in Henrys II. entscheidender Kraftprobe mit Thomas Becket. Es war ein verdammtes Wunder, daß ihm bis dahin noch keiner eins über den Schädel gehauen hatte – er war ein übler Schweinehund – ein *echter* Normanne ... Wohingegen mein William der beste Ritter auf Gottes Erden war.« Schniefen. »Es ist eine interessante Sache, daß unser geliebter Jack Butler die lebende und eigentliche Reinkarnation meines alten William ist. Natürlich habe ich deswegen unserem Jack ein kleines Buch über William gewidmet.«

Das war kurios – und zwar auf eine wesentlich wirklichere Art. Denn laut Harvey hatte Colonel Butler vor ein paar Jahren die Stellung als Direktor von Forschung und Entwicklung bekommen, als Audley selbst Aussichten darauf gehabt hatte. Doch Audleys Zuneigung für seinen Rivalen war augenscheinlich.

»Ja.« Audley hielt inne, als vor ihnen im Scheinwerferlicht die Autobahnschilder aufleuchteten und ihnen, neben näheren und vertrauteren Hinweisen, *London* und den *Westen* anboten sowie die Information, daß Bristol und Exeter, und somit *Nikolaij Andrejewitsch Panin*, noch immer weit entfernt waren. »Ja, der große Trost des William Marshall – ›des besten Ritters, der je gelebt hat‹, war das, was Erzbischof Langton nach dessen Tod über ihn gesagt hat, Tom. Und Langton hat ihn auch verdamt gut gekannt – der große Trost ist, daß entgegen der gängigen Praxis des Zeitalters ... des normannischen Zeitalters und auch unseres Zeitalters ... William immer ein ehrliches Spiel gespielt hat – er hat sein Wort gehalten und war seinem König und seinem Gott treu ergeben – und dennoch hatte er Erfolg.«

Tom dachte immer noch an Colonel Butler: Er mußte schon etwas Besonderes sein, wenn er bei einem derart verschlagenen alten Teufel wie Audley eine derartige Zuneigung wecken konnte.

»Doch insgeheim hege ich noch immer Bewunderung für Williams Vater, den man im allgemeinen für einen rechten Schuft gehalten hat: ›Ein Arm der Hölle und die Wurzel allen Übels‹, so beschreibt ihn die *Gesta Stephani.* Erinnern Sie sich daran, Tom?«

Das Problem, von der fast leeren A34 in den westwärts brausenden Autobahnverkehr einzufädeln, der sich jetzt um so schneller aus London herausbewegte, da die Autofahrer, die ins Wochenende wollten, zu dieser Abendstunde ohnehin spät dran waren, ersparte Tom die Antwort.

»Er war ein guter Soldat – und ein tapferer ... Dem Tod geweiht, ein Auge verloren durch geschmolzenes Blei, als er Matildas Flucht nach Ludgershall deckte ... Vielleicht hat er ein-, zweimal die Seiten gewechselt, wie Ihr Freund Ranulf von Caen ... Und sicherlich war er bei der Belagerung von Newbury nicht sehr väterlich zu dem kleinen William – es war doch Newbury, oder?« Gott sei Dank erwartete Audley jetzt keine Antwort, sondern schniefte nur sein typisches Schniefen.

»Ich schätze, er wußte, daß Stephen viel zu gutherzig war, um seine Geiseln hinzurichten ... Andererseits ist Stephen ein gutes Beispiel für Ihren im Grunde *anständigen* Burschen, der *im Grunde* auch ein Idiot ist, wenn es um Politik geht ... Also war John Marshall in Newbury vielleicht gar nicht so fürchterlich, als Stephen drohte, den kleinen William an der Burgmauer aufzuhängen – erinnern Sie sich? Und John sagte, er hätte Hammer und Amboß, um einen besseren Sohn als William zu schmieden –? Wirklich ›Hammer und Amboß‹! Gemeiner Teufel!«

Stand das in der *Gesta Stephani*? Verärgert über seine Unzulänglichkeit, trat Tom aufs Gas. »Eigentlich ... beschäftige ich mich mehr mit Befestigungen als mit Politik, David.«

»Ah ... ja ...« Audley beruhigte sich. »Nun ... das ist ein recht eindrucksvoller *Turmhügel* in Oxford, oder? Gleich gegenüber diesem architektonischen Monstrum des Nuffield College – sagt man nicht ›der Geist ist willig, aber das Fleisch ist schwach‹? Mit dem Gefängnis von Oxford im *Zwinger* – und dem St. George Tower dahinter? Ist das nicht Matildas Burg?«

Wurde er einer Prüfung unterzogen? »Die Turmhügelburg in Oxford hatte verstärkte Außenmauern. Und die *Gesta Stephani* sagt, daß rundum Wasser war und Sumpfland – in der *Gesta* steht, daß Stephen unter Beschuß den Fluß durchschwamm, um die Stadt einzunehmen ... oder nicht, David?«

»Wirklich? Die Burg hat er aber nicht eingenommen ... Standen seine Belagerungsbauten ungefähr da, wo jetzt das Nuffield College ist?« Für einen Moment klang Audley wirklich interessiert. »Andererseits muß der Grundwasserspiegel damals ganz anders gewesen sein – bestimmt, um einen Wassergraben um den Burgwall zu ziehen? Muß man nicht bergauf gehen, zu diesem schrecklichen Westgate-Einkaufszentrum?« Dann verlor sich seine Stimme. »Nicht, daß es eine Rolle spielt ... da Matilda ja entkommen konnte, über ihr Seil im Schnee nach Wallingford Castle – oder nicht –?«

Wallingford war der Schlüsselstützpunkt an der oberen Themse gewesen, die große mittelalterliche Zierde der Region –

Verdammt! Worauf zum Teufel wollte Audley hinaus?

»Im Schnee ...« Audley murmelte sich selbst die Worte zu, jedoch mit einer anderen Betonung, so als ob sie ihn an eine andere weiße Weihnacht in Oxford erinnert hätte, lange nachdem Kaiserin Matilda mit Stephen von Blois um Oxford und England gekämpft hatte. »... im Schnee in Oxford? Aber jetzt haben wir Russen mit

Schnee an ihren Stiefeln in Exmoor... Aber warum Exmoor, Tom?«

Audley war zur gleichen Zeit dahintergekommen, wenn auch auf anderem Weg. »Ich weiß es nicht, David. Aber er will Sie dort treffen.«

»Ich glaube Ihnen. Denn unter den gegenwärtigen Umständen... und vielleicht um Ihrer geschätzten Mutter willen... habe ich vorgezogen, Ihnen zu glauben. Aber auch, weil ich in diesem Augenblick keine allzu große Wahl habe – oder?«

Sie hatten sich nunmehr auf der Überholspur festgesetzt; vor ihnen erstreckte sich eine ungleichmäßige Reihe roter Rücklichter, die überholt werden wollten, während rechts auf der Gegenfahrbahn eine entsprechende Reihe gelbweißer Scheinwerfer rasch an ihnen vorüberflog. So gab es denn das zwanzigste Jahrhundert und den plötzlichen Tod, der nur ein paar Meter entfernt war, aber es gab auch das zwölfte Jahrhundert mit seinen ganz anderen, nichtsdestoweniger menschlichen Zielvorstellungen, das sich den Mittelwegen, Loyalitäten und Zuneigungen widersetzte, die ihnen noch immer im Hinterkopf herumspukten. Und dazu hatte er nichts anzumerken.

»Was mir vier Fragen offenläßt, Tom.« Im Gegensatz zu Kaiserin Matilda und König Stephen, und selbst im Gegensatz zu den Marshalls, John und William, und auch zu Ranulf von Caen, hatte der arme alte David Audley keine feste *Zwinger- und Turmhügelburg*, in die er sich vorsichtig zurückziehen konnte. Er befand sich im freien Feld und war zu einer Unterredung mit dem Feind auf unbekanntem Territorium verurteilt. Aber zumindest wußte er das jetzt.

»Nur vier?« Doch so dumm würde der alte Mann als guter Kenner des Mittelalters nicht sein, um auf Stein und Mörtel, geschweige denn Erdwälle und hölzerne Palisaden zu vertrauen. Es gab keine Festung, die nicht eingenommen werden konnte, sei es durch Gewalt oder List oder Verrat. *Je stabiler der Turm, um so stabiler das Gefängnis*, hatte Stephen von Blois einst Ranulf von Caen gewarnt.

»Jedenfalls vier für den Anfang.« Schniefen. »Zum Beispiel... *warum* Sie, Tom Arkenshaw – hä?«

»Ich?« Tom drängte den Wagen vor ihm per Lichthupe von der Überholspur. In der mittelalterlichen Analyse stellt er eher Jaggards List als den Verrat des Feindes dar. Aber es könnte fast auf das gleiche hinauslaufen. »Ich dachte, das hätten wir abgehakt. Ich bin lediglich ein etwas besserer Aufpasser, oder nicht?«

»Sind Sie das?« Audley wartete, bis der Wagen vor ihnen seine unerlaubten 90 Meilen pro Stunde wegen ihrer gefährlichen 100 aufgegeben hatte. »Nun ... die Zeit wird es mit sich bringen – hä?« Endlich fand er sein Taschentuch und schneuzte sich ausgiebig. »›*Die Zeit macht alles gleich und bringt des Menschen abscheuliche Missetaten ans Licht*‹ – Euripides?«

Fies! dachte Tom. »Sehr wahr, David. Und – ›*Irgendwo hinter Raum und Zeit ... ist wäßrigeres Wasser und neidischerer Neid*‹ – Rupert Brooke?« Aber da das nicht wirklich etwas bedeutete, war es besser weiterzudrängen, bevor Audley zu dem gleichen Schluß kam. »Und Frage zwei, David?«

Doch Rupert Brooke ließ Audley auf der Stelle treten. Und jetzt spielte ein erschreckender Pulk schwerer Fahrzeuge Grand Prix mit einem Expreßbus, der verlorene Zeit nach Bristol wettmachte, und der Wagen erbebte im Fahrtwind, als Tom die relative Sicherheit der freien Autobahn vor den Lastern zu erreichen versuchte. »Frage zwei, David?«

»Ja ...« Audley wartete, bis sie durchgebrochen waren. »*Warum ich?* kommt als nächstes. Ich nehme an, da kann ich keine Antwort von Ihnen erwarten, wenn Sie die Antwort auf Frage eins wirklich nicht wissen – oder selbst wenn Sie sie wissen ... oder sie zu wissen glauben.« Er schniefte wieder. Doch dann fand er sein Taschentuch und schneuzte sich schließlich. »Aber vielleicht lautet eine Antwort auf ›*Warum Audley?*‹ ganz einfach ›Panin‹. Nur beschwört das gleich die Antwort auf die dritte und wichtigste Frage herauf. Die heißt: *Warum Panin?*« Einen Augenblick lang versuchte er, sein Taschentuch wieder in die Hose zu stecken, doch schließlich gab er den Kampf mit dem Sicherheitsgurt auf. »Aber immerhin gibt er uns einen Fingerzeig, der alte Nikolaij. Bei ihm wissen wir wenigstens, mit wem wir es zu tun haben.«

Es war besser, nur zu fahren (und zu hoffen, daß es keine unvorhersehbaren Radarfallen gab) und zuzuhören (und nur zuzuhören). »Aber ich dachte, Sie bräuchten Basil Cole, damit er Ihnen etwas über Panin erzählt?«

»Das tue ich – oder das tat ich ... Aber ich habe jetzt jemand anderen, der sich damit beschäftigt ... Wie lange haben wir noch, bevor wir dort sind, wo immer das ist?«

Tom spähte auf die kleinen grünen Ziffern auf dem Armaturenbrett. »Nicht mehr lange – es sei denn, wir werden wegen überhöhter Geschwindigkeit angehalten.« Der Gedanke, daß sich eine Stümpertruppe wie Forschung und Entwicklung über das Wochenende völlig verausgabte, war alles andere als tröstend. »Sie haben doch einen guten Mann auf ihn angesetzt, oder?«

»Ja. Das habe ich.« Der alte Mann wurde hochmütig. »Wie lange noch?«

Tom schaute wieder auf die Uhrzeit und schätzte danach die Entfernung, was für neun Zehntel der Strecke nicht schwierig war, da sich nachts alle großen Straßen glichen, egal ob *Motorway* – oder *Autobahn, autoroute* oder *autostrada.* Lediglich das letzte Zehntel in der Wildnis von Exmor, irgendwo jenseits von Tiverton, war nicht abzuschätzen. »Etwa drei Stunden.« Die Dunkelheit und die verlorene Zeit waren eine traurige Tatsache, denn jetzt bestand keine Gelegenheit, sich die große *Turmhügelburg* von Robert de Bampton genau anzusehen, die König Stephen '35 gleich nördlich von Tiverton belagert hatte. »Wen, David?«

»Wen – was, Tom?«

»Wen haben Sie jetzt auf Panin angesetzt?«

»Ah ... sagen Sie mir, warum Sie das wissen müssen. Und dann werde ich es Ihnen erzählen ... vielleicht.«

»Zu viele Leute scheinen bereits zu viel zu wissen. Ich habe es gesagt – und Sie haben mir zugestimmt. Aber Sie haben es schon jemandem erzählt. Also würde ich gerne wissen, wem.«

»Guter Versuch. Aber nicht gut genug.« Audley begann wieder an der Sitzverstellung herumzufummeln. »Wenigstens kann ich drei Stunden schön schlafen.«

»Sie trauen mir wirklich nicht, oder?«

»Machen Sie sich keine Sorgen. Ich traue niemandem. Außer vielleicht dem alten Nikolaij Andrejewitsch – *ihm* kann ich trauen.«

»Ich verstehe. Sie können Panin trauen ...« Er bemerkte, daß sich Audley noch nicht zurückgelehnt hatte; also wartete der alte Mann auf seine Reaktion. »... aber mir nicht?«

»Genau. Aber ich habe es Ihnen vorher gesagt: Panin gibt uns einen Fingerzeig, vielleicht – erinnern Sie sich?«

Gibt – nicht *wird geben*, erinnerte sich Tom; er hatte sich zu leichtfertig über die falsche Zeitform hinweggesetzt. Folglich konnte er jetzt nur im Schneckentempo fortfahren. »Welchen Fingerzeig gibt er uns denn, David?«

»Eigentlich Fingerzeige ... jedenfalls wahrscheinlich.« Oberflächlich war Audleys Stimme träge. Aber Tom spürte ein Prickeln in der Wirbelsäule, das er plötzlich als ein Gefühl erkannte, welches er bereits vorher immer gehabt hatte, wenn Nikolaij Andrejewitsch Panin erwähnt worden war, obwohl er es nie bewußt akzeptiert hatte. Die ruhige Oberfläche – selbst die absichtliche Reduzierung des Namens des KGB-Veteranen auf »Nikolaij Andrejewitsch« oder »alter Nikolaij«, damit jeder dachte, er wäre ein alter und vertrauenswürdiger Freund – diese ruhige Oberfläche war eine Täuschung. In Wahrheit hatte der alte Mann Angst.

»Dann eben Fingerzeige?« Jetzt, da er es gemerkt hatte, begriff er es: Die See über dem Großen Weißen Hai war vielleicht ruhig, aber der unsichtbare Horror darunter mußte verharmlost werden, sonst wäre er zu angsteinflößend. Und nach ihrer Kugel und nach Basil Cole war das nur recht und billig.

»Wahrscheinlich.« Audley wippte leicht von einer Seite auf die andere. »Sie sind noch immer ein ziemlich fragwürdiger Mensch, Tom – für mich jedenfalls. Weil ich weiß, daß Sie auf *unserer* Seite sind ... aber sind Sie auf *meiner*? *Nein* ... nein, sagen Sie nichts!« Er vollführte mit der Hand eine Geste durch den halben Wagen. »Verglichen mit Nikolaij Andrejewitsch sind Sie eine kleine, fragwürdige Erwägung, denn er ist eine große, *un*fragwürdige – verstehen Sie?«

Er hatte dem alten Mann Unrecht getan. Denn Angst zu haben war vielleicht ein Teil davon, aber es war nicht alles. Bei der Aussicht, nach all den Jahren diesen Russen wiederzutreffen, kaute das alte Schlachtroß auch auf seinem Gebiß herum. »Sie meinen ... auf welcher Seite ich auch immer bin ... Sie sind sich wenigstens sicher, auf welcher Seite Panin ist, David?«

»Ah ...« Ob echt oder nur vorgetäuscht, Audley atmete in der einschläfernden Luft der Wagenheizung zufrieden durch. »Vielleicht meine ich das wirklich. Oder ... wenigstens meine ich, daß Nikolaij Andrejewitsch ein einfacher Russe ist – KGB zwar, doch immer *Russe* ... ›KGB‹, das sind lediglich ein paar Initialen; heiliges Mütterchen Rußland, der ganze Weg von Stalingrad nach Berlin vor langer Zeit, das war seine Erziehung. Nach alledem ist kein Verbrechen ein Problem für ihn. Wohingegen ich ein einfacher Engländer bin – ein guter, solider Angelsachse mit einer kleinen Spur normannischen Blutes. Folglich habe ich Schwierigkeiten damit, Leute umzubringen; er würde sich nicht einmal die Mühe machen, das zu verstehen. Selbst während des Krieges Deutsche zu töten ... die meisten, die ich tatsächlich getroffen habe, schienen völlig anständige Burschen zu sein – natürlich gab es eine oder zwei Ausnahmen ... Aber auch auf unserer Seite gab es Ausnahmen. Sogar *bemerkenswerte Ausnahmen*, die man bestimmt lieber tot als lebendig gesehen hat. Nur das hat mich gestört,

denn wir Engländer haben nicht so gelitten wie andere – wie Panin. Also sind wir nicht gut im Hassen. Außer vielleicht die Franzosen ... aber das ist wirklich eine Art Haßliebe, die mit Bewunderung gewürzt ist ... Und es gibt ein paar törichte Kinder der Mittelklasse, die aus Ignoranz und frustriertem Neid die Amerikaner hassen wollen ... Nicht daß ich ihnen das vorwerfe, wohlgemerkt: Es muß schwer sein, zur Post-Empire-Generation zu gehören – die armen kleinen Dinger!«

Gott! Der alte Mann kam vom Thema ab! »Und Sie sind nicht Post-Empire. David?«

»Gott, nein! Auf meinem achten Geburtstagskuchen stand ein Modell des HMS *Hood*, dem mächtigsten Kriegsschiff auf See, das der mächtigsten Marine des größten Weltreichs gehörte, das die Welt je gesehen hatte – die ganze Weltkarte war scharlachrot. Und '44 habe ich Portsmouth gesehen, bevor wir über den Ärmelkanal sind – den *englischen* Kanal – bei diesem letzten Mal, ignorant wie ich war –

›Unser König zog gen Normandie
Mit Würde, Macht und Kavallerie.
Und Gott richtet's dort wundersam für sie –‹

»Ignorant wie ich war ... Aber ich habe sie alle gesehen, die ganze D-Day-Armada, oben vom Portsdown Hill aus, ich stand auf einem der Forts des alten Palmerston – den ganzen Apparat, Tom: von Portsmouth bis Gosport, mit den Sperrballons darüber, auf dem gleichen Ankerplatz, wo die römische *Classis Britannica* vor Portchester trieb, und die Flotte Heinrich V. bevor er *gen* Agincourt *zog* – und auch die von Nelson, vor Trafalgar. Obwohl ich wirklich nicht sagen kann, daß Gott später für die West Sussex Dragoons in dem normannischen *bocage wundersam richtete*, denn die Jerries haben uns verdammt massakriert ... Wie auch immer, das ist eine andere Geschichte.« Er hielt plötzlich inne. »Und *Sie* sind auch eine andere Geschichte. Oder jedenfalls Ihre polnische Hälfte.«

Tom war verblüfft. »Die polnische Hälfte?«

»Ja.« Audley schüttelte sich. »Bei uns in der Nähe hatten wir in der Normandie eine polnische gepanzerte Einheit ... die 1. Polnische Panzerdivision, sie waren der 1. Kanadischen Armee angeschlossen – verrückte Kerle waren das! Wir waren hinreichend aufgeputscht, um die Jerries bis zurück nach Berlin zu schlagen, aber die haben dort nicht haltgemacht ... Einer von ihnen sagte zu mir – und er sagte es im breitesten Yorkshire-Dialekt, oder vielleicht war es Lancashire ...

Denn dort war er stationiert gewesen, und er hatte ein Mädchen aus Lancashire geheiratet – oder vielleicht war sie aus Yorkshire, ich weiß es nicht ... Aber auf jeden Fall hatte er einen Yorkshire-Lancashire-Akzent. Und er sagte zu mir: ›Erscht fickma die Scheiß*deitschen.* Und dann fickma die Scheiß*russen* – okay, Engländer?‹« Audley seufzte. »Armer Kerl!«

»Armer Kerl?« Aber es klang dennoch wahr; genau das hatte Vater Mamusias Landsleuten nachgesagt, sie waren alle verrückte Kerle, die Polen.

»Jawohl – ›armer Kerl‹«, sagte Audley. »Die meisten von ihnen wurden hinter Caen getötet, als sie die Bresche bei Falaise schlossen ... Wahrscheinlich haben sie auch eine Menge *Deitsche* getötet. Aber deswegen sind sie zu ihrem größten Bedauern auch nie dazu gekommen, einen *Scheiß*russen zu töten.« Pause. »Aber ... aber, wie dem auch sei, das hat Ihre geschätzte Mutter davon gehalten, um wieder zum Thema zu kommen: ›Nur ein toter Russe ist ein guter Russe‹. Genau das hat General Sheridan von den Indianern gehalten.« Pause. »Denken Sie das denn auch, Tom? Über Nikolaij Andrejewitsch?«

Einmal mehr ordnete Tom seine Gedanken. Audley redete wieder leicht daher, aber die Erkundigungen, die sich dahinter verbargen, waren schwerwiegend. Und aus dem gleichen Grund war er, wie jeder alte Soldat, gar nicht so weit vom Thema abgewichten; Panin war jetzt auch für ihn. Aber wie sollte er denn antworten?

Nun –

Jemand blinkte plötzlich hinter ihm auf – Gott sei Dank ohne das begleitende Polizeiblaulicht, sondern nur, um ihn zu überholen, obwohl er selbst noch im Windschatten eines riesigen Eurolasters hin und her gerissen wurde, der auf der Überholspur fuhr. Folglich konnte er einen Augenblick lang so tun, als widme er sich den weltlichen Angelegenheiten von Leben und Tod im Straßenverkehr.

»Lassen Sie mich nur diesem verrückten Kerl hinter uns den Weg freimachen, David –«

Nun ... es war sicherlich wahr, daß Mamusia von Geburt an alle Russen und alles Russische haßte und verachtete; genaugenommen hätte sie, wäre sie ein Mann gewesen, sicher zu Audleys »verrückten Kerlen« gehört; und es war ein kleines Wunder, daß sich der alte Mann noch immer an diese glühende Leidenschaft erinnerte, die wahrscheinlich in ihrer Jugend noch heißer gebrannt hatte, als Katyn und der große Verrat des Warschauer Aufstands noch blutende, klaffende Wunden gewesen waren und keine gräßlichen alten Narben.

Er zog hinüber, um den verrückten Kerl vorbeizulassen – kein verrückter Engländer, sondern ein verrückter Amerikaner, der sich in seinem Cadillac samt Diplomatenschild sicher fühlte –

Nun . . . hinsichtlich der Art, wie seine Mutter empfand, hatte er immer seine eigene Unzulänglichkeit verbergen müssen, was wohl (wenn Audleys Theorie richtig war) sein väterliches Erbe sein mußte: Vaters stillvergnügte Duldung beinahe aller Dinge war für Mamusia stets eine große Belastung gewesen, obwohl diese Toleranz auch ihre Extravaganz, ihre Verehrer und ihre nie erklärten Abwesenheiten einschloß.

Vater –

»Nun, Tom?« Audley war ein guter Beifahrer; er beachtete nichts von dem, was um ihn herum geschah, und beschäftigte sich nur mit dem, was in seinem Kopf vorging. Doch jetzt war der Moment gekommen, da seine Geduld zu Ende war. »Nun, Sir Thomas Arkenshaw?«

Doch Tom hing im Augenblick seinen eigenen Gedanken nach, befand sich in dem verwüsteten, grauen Land der verpaßten Gelegenheiten und dem verlorenen Etwas, das hätte sein können, mitten unter den Geistern all der Dinge, die er nie mit der Person, die er am meisten auf der Welt bewunderte und liebte, geteilt hatte und deren Gedenken ihn immer mehr zu einem Heuchler denn zu einem Erben des Namens Arkenshaw machten.

»Ja.« Weit vor ihnen sah er die Bremslichter des Cadillac aufleuchten, von jemand anderem aufgehalten, der das Tempolimit nicht ausreichend mißachtete. Mamusia sagte immer, Vater habe keinen einzigen Feind auf der Welt; es gäbe nur seine Freunde und die Leute, die ihn nie getroffen hätten. Aber jetzt war er weder der Sohn seines Vaters noch der seiner Mutter, jetzt war er nur er selbst. »Es ist mir scheißegal, was Sie mit Panin machen. Meinetwegen können Sie ihn in den Arsch treten oder ihm die Hand schütteln. Mein Job ist es, Sie heil nach Hause zu bringen, das ist alles.« Das Schlimme war, daß *nur er selbst* ein Lügner war. »Das ist alles, David.«

Audley verdaute die Lüge einen Augenblick lang. »Okay. Dann sollten Sie sich erst mal überlegen, wann Sie mich in die Schranken weisen, und mir nicht all den Quatsch abnehmen.«

Tom hielt das Lenkrad fest. »Zum Beispiel?«

»Panin ist mein Problem, nicht Ihres. Aber das heißt nicht, daß Sie sich von mir deswegen herablassend behandeln lassen müssen. Also . . . wenn Ihnen danach ist, dann sagen Sie einfach, ich soll zum Teufel gehen – okay?«

»Okay.« Tom hielt den Wagen und sich ruhig. Der alte Mann war voller Überraschungen, mal arrogant, mal demütig. Andererseits ... andererseits hatte ihr Verhältnis wegen Mamusia ... und, verdammt noch mal, auch wegen Jaggard ... eine ganz eigene Dimension, die sie vielleicht beide verwirren könnte. »Dann gehen Sie zum Teufel!«

»Oder ich gehe schlafen und lasse Sie ihre Pflicht tun.« Audley fing wieder an, an seinem Sitzversteller herumfzufummeln. »Okay!«

»Nein!« Tom rief sich zur Pflicht zurück und schloß alle anderen Ablenkungen aus. Jaggard erwartete mehr von ihm. Und selbst daß er seine Pflicht tat, was Audley endlich ernsthaft zu akzeptieren schien, genügte noch nicht. »Erzählen Sie mir mehr über Panin. Sie sagten ›Fingerzeige‹ – wohlgemerkt!«

»Ich sagte auch, ›warum Sie das wissen müssen‹ – wohlgemerkt!«

»Ja.« Er zog den scharfsinnigen und niederträchtigen Audley dem freundlichen und herumfummelnden vor. »Wenn ich auf Ihren Hals aufpassen soll, muß ich wissen, womit ich konfrontiert werde – und mit wem. Ich muß jedes verdammte kleine Ding erfahren, das Sie über diesen Panin wissen, David.«

Schweigen. Und obwohl das die Wahrheit war, war es nicht gut genug. Also würde er schmutzige Tricks anwenden müssen.

»Und es gibt noch drei weitere Gründe, die es besser nicht gäbe, wenn's nach mir ginge.« Das war ebenfalls die Wahrheit, obwohl es eine Wahrheit war, die ihn selbst beschmutzte – die ihn nicht befreite, sondern auf ewig in einen Kerker kettete. »Aber es gibt sie.«

»Drei ...« Audley starrte ihn in der Dunkelheit völlig perplex an, das Gesicht von den Lichtern des entgegenkommenden Verkehrs schwach beleuchtet. »... drei Gründe? Mir fällt nicht einmal einer ein, Tom – *drei«*

Die Riegel der Kerkertür krachten zu, und der eiserne Schlüssel drehte sich im Schloß, und die Ketten rasselten und hallten *für immer* nach.

»Jemand hat heute auf Sie geschossen, David – und verfehlt.« Jetzt konnte er nicht mehr zurück, selbst wenn er wollte, denn es wäre noch immer die Wahrheit gewesen. »Ich wäre niemals in der Lage, Ihre Frau ... *und* Cathy ... *und* meine Mutter unter die Augen zu treten ... wenn der nächste Schuß ein Treffer ist, David. Was soll ich dann sagen? Ich glaube nicht, daß ›tut mir leid‹ genügen würde.«

Wieder Schweigen. Doch diesmal war es ein anderes Schweigen.

Die Straße vor ihnen war plötzlich dunkel, als sie den letzten Hügel erklommen, bevor es hinunterging nach Bristol und dem Autobahnkreuz, das nach Westen, Südwesten und Nordwesten führte. Aber auch dort würde er keine Wahl haben – er konnte nicht zurück. Und selbst wenn er es könnte: Willy war wahrscheinlich schon mitten in ihrem *steak au poivre, sehr blutig* mit einem guten Burgunder und einem Korvettenkapitän der US-Marine. Also gab es ohnehin nichts, wohin er zurückkehren konnte.

»Nikolaij Panin ist ein interessanter Mann. In mancher Beziehung ... sogar ein attraktiver. Obwohl er ein bißchen wie ein trauriges Schaf aussieht.« Schniefen. »Aber er macht seine Hausaufgaben. Ergo wird er *Sie* kennen, Tom, das sollte mich nicht wundern – also lassen Sie sich von ihm nicht überrumpeln, hä?«

Das war fast so wenig beruhigend, wie er erwartet hatte.

»Aber er ist nichtsdestoweniger ein übler Kerl – machen Sie keinen Fehler.« Pause. »Wenn er also mit mir sprechen will, dann dient das nicht meinem Wohl oder dem Wohle des Vereinigten Königreichs von Großbritannien und Nordirland oder dem Interesse der Europäischen Gemeinschaft oder des Nordatlantischen Verteidigungspakts ... oder weil er vielleicht die Prinzessin von Wales mehr bewundert als Madame Gorbatschow.«

Ein Hinweisschild tauchte auf, das ihnen zeigte, daß sie zwar in der Nähe von Bristol, nicht aber in der Nähe der nächsten Autobahnraststätte waren.

»Entweder will er *etwas so dringend*, daß er auf einen Handel vorbereitet ist. Nur ich bezweifle, daß der Handel in unserem Interesse sein wird, selbst wenn es so aussieht ... Oder er haut uns irgendwie übers Ohr – als wäre er der Käse in der Falle.« Pause. »Und wahrscheinlich in einer Falle, die für mich gebaut ist. Denn er kennt mich. Wie seine Hosentasche.«

»Aber es gibt noch eine weitere Möglichkeit. Auf die die schockierenden Ereignisse von heute eigentlich hinweisen. Obwohl wir vorsichtig sein müssen, damit wir uns keine ›Bilder machen‹ ...«

Jetzt kamen sie endlich darauf zu sprechen. Denn vielleicht war Audley bis hierher jemand gefolgt – war ihm vielleicht sogar vorausgegangen. Aber das wäre typisch Audley.

»Dieser hinterhältige Schuß auf mich ... war ziemlich unerhört – ganz und gar ungeheuer.« Zu Toms Enttäuschung schien der alte Mann unvermittelt abzuschweifen und fast mit sich selbst zu sprechen. »Dennoch – ich kann nicht sagen, daß ich sehr überrascht bin.«

»Nein?« Das stimmte, denn Tom erinnerte sich mehr an rasende Wut als an Überraschung. Was ihn im Moment überraschte, war, daß Audley niemandem so sehr ähnelte wie einem ältlichen Vikar, der, zur

Freude seines einfältigen Hilfspfarrers, traurig über den Ausbruch des Rowdytums in seinem bislang friedlichen Sprengel nachgrübelte.

Pater David Audley seufzte. »Dieser Tage sind einige sehr gewalttätige Typen unterwegs. Aber schließlich war das immer so, denke ich.«

Tom erinnerte sich, was Jaggard am Telefon gesagt hatte. »Und Sie müssen sich in Ihrer Laufbahn einige Feinde gemacht haben, David.«

»Ja. Haben wir das nicht alle?« Pater David klang regelrecht philosophisch. »Ich war *überrascht*, daß mich der Kerl verfehlt hat.«

»Um nicht zu sagen, dankbar.« Tom konnte dem Gemurmel nicht widerstehen.

»Hä? Ja – natürlich.« Der alte Mann hatte ihn nur halb gehört. »Also war das entweder absolutes Unvermögen ... Doch Menschen *sind* oft unfähig, das muß man einräumen. Doch es könnte auch Absicht gewesen sein, nur um mir Angst einzujagen, oder mich zu warnen ... oder sogar, um mich zu ermutigen, endlich loszulegen.«

Der Nachthimmel vor ihnen zeigte einen leichten Stich ins Orange, was entweder das westlich gelegene Autobahnkreuz sein konnte oder die Stadt Bristol selbst. »Aber Sie glauben nicht, daß es Panin war, David.«

»Nein. Das heißt, wenn er es war ... muß er absichtlich danebengeschossen haben. Denn *sein* Mann wäre nicht unfähig gewesen. Doch das bedeutet wiederum, daß er in Panik ist, und daß er mich – ausgerechnet *mich*! – sehr dringend braucht, aus irgendeinem Grund.«

»Irgendeinem Grund?« In der Stimme des alten Mannes schwang jetzt keine Angst mit; es war eher eine Art Befriedigung. »Welchem Grund?«

»Keine Ahnung!« Es *war* Befriedigung. »Trotzdem interessant, oder?« Er wurde ruhig, und Tom beschloß, die Ruhe einwirken zu lassen, ohne dumme Fragen zu stellen.

»Ja ...« Audley nickte schließlich. »Es war vor langer Zeit ...«

Tom wartete zwei Meilen lang und beobachtete den orangeroten Schein in der Ferne. So könnte es sein, wenn man in die Hölle fährt, dachte er. Und dann wünschte er sich, er hätte keinen so unglückseligen Gedanken gehabt. »Was war?«

»Hä?« Wieder Schweigen. »Als ich Panin zum ersten Mal getroffen habe, Tom. Wußten wir so wenig über ihn ... Aber andererseits war er natürlich ein Mann der *Inneren* Sicherheit; er hat sich eigentlich nie richtig mit uns eingelassen. Zu dem Zeitpunkt war er nicht einmal besonders an uns interessiert. ... Obwohl er sich danach ziemlich für *mich* interessierte ...«

Wieder Schweigen.

»Unsere ganze Arbeit dreht sich heutzutage nur darum, Leute zu kennen – ›wer ist wer‹ führt zu ›was ist was‹. Die meiste Dreckarbeit können heute Maschinen erledigen; Himmelsspione können das verdammte Spionieren übernehmen . . . Es spielt lediglich eine Rolle, wer sie sind und was in ihren Köpfen vorgeht.« Audley schniefte. »Ich erinnere mich . . .« Aber dann verloren sich seine Worte.

Tom war gleichfalls dankbar, daß er den »Darling Boy« und sein ärgerlich-freundliches »Nikolaij Andrejewitsch« aufgegeben hatte, als die Erinnerung an jenes erste Treffen wiederkehrte. »Sie erinnern sich?«

»Ja.« die Stimme des alten Mannes klang mit einem Mal vorsichtig. »Es war ungefähr zu der Zeit, als ich meine Frau kennenlernte . . . Aber sagen Sie, Tom: Hat Ihre geschätzte Mutter sich an mich erinnert?«

»Was –?« Der plötzliche Richtungswechsel traf Tom unvorbereitet. »Sie hat sich sehr gut an Sie erinnert, David.« Augenscheinlich hatte ihn die Erinnerung an die Frau, die ihm das Jawort gegeben hat, auf die weiter zurückliegende Erinnerung an die Frau gebracht, die »Nein« zu ihm gesagt hatte.

»Wirklich?« Oberflächlich war Audleys Tonfall genau richtig. Doch unter dieser lässigen Selbstzufriedenheit schwelte irgend etwas.

»Ja.« Oder . . . vielleicht hatte er gesehen, wie Tom die Verbindung unterbrochen hatte. »Ja.« Doch das hatte er nicht sehen können. Aber er könnte es nachprüfen. »Sie hat sich besonders an einen Kostümball erinnert. Sie ging als die Schöne. Und sie als . . . die Bestie, David –?«

Schweigen. Vor ihnen tauchte der Hinweis auf die M32 auf, die nach Bristol führte, und gleich dahinter der auf die größere M5, die nach Westen, nach Wales, und gen Norden führte.

Er wollte nichts über Mamusias jugendliches Liebesleben wissen. Jedenfalls nicht in diesem Moment – in diesem Moment wollte er mehr über Panin erfahren.

»Es schien damals eine gute Idee zu sein«, sagte Audley. »Wir hatten Cocteaus *La Belle et le Bête* gesehen – den Film. Da sind wir auf die Idee gekommen.«

Er wollte auch nichts über alte Filme wissen –

»Jean Marais spielte die Bestie. Ich kann mich nicht an den Namen des Mädchens erinnern, das die Schöne gespielt hat. Aber Danny – Ihre geschätzte Mutter – war viel, viel schöner.«

Audley schien Panin ganz und gar vergessen zu haben, von seiner Kugel ganz zu schweigen. Und selbstverständlich auch von Basil Cole.

»Sie trug ein großartiges Kleid. Ganz zarte Spitze und Perlen und duftigen Tüll.« Audley klang verträumt. »Und ich hatte ein großartiges Bestienkostüm –«

Doch er wollte nichts von Feengeschichten und Kostümbällen wissen –

»Aber ich bin nie dazu gekommen, es zu tragen –«

Es ist alles in der falschen Reihenfolge geschehen – der Gedanke kam Tom unverhofft – *Basil Coles Unfall und dann Audleys Kugel.*

»Ich hatte an diesem Nachmittag beim Rugby einen Fußtritt ins Gesicht bekommen. Gebrochene Nase, zwei blaue Augen und Lippen wie ein Stammeskrieger der Ubangi. Es war so schmerzhaft, daß ich die Maske nicht anlegen konnte.«

»David –«

»Also mußte ich ohne gehen, so wie ich war –«

»David – warum haben sie Basil Cole morgens umgebracht, wenn sie geplant haben, Sie nachmittags zu töten?«

»Aber wir haben trotzdem die Maskenprämiierung gewonnen. Offensichtlich – viel zu offensichtlich – war ich die bestialischste Bestie, die man je gesehen hatte«, schloß Audley. »Sie haben absolut recht, Tom.«

Das Autobahnkreuz M4/M5 tauchte schemenhaft vor ihnen auf. »Wirklich?«

»Ja. Das ist die widersprüchliche Tatsache. Aber nur, wenn man es vom falschen Standpunkt aus betrachtet. Plus der Tatsache, daß Panin *Innere* Sicherheit ist. Und daß sich die Geschichte immer wiederholt, selbst wenn es keine Chance gibt.« Schniefen. »Andererseits geschehen da drüben ein paar eigenartige Dinge, seit der junge Gorbatschow auf dem Thron sitzt. Also ist es vielleicht gar nicht so unwahrscheinlich.«

Der Verkehr auf dem Autobahnkreuz war dicht und schnell; und selbst als Audleys Worte in sein Hirn eindrangen, war Tom gezwungen, sich für einen Moment zu konzentrieren, um eine Lücke zu finden.

Verdammter Verkehr –

Und diese anderen, früheren Worte –

Verdammter Verkehr! So ging das den ganzen Weg bis nach Exeter –

Frühere Worte –

Endlich fand er eine Lücke auf der Überholspur. »Sie glauben, daß Panin auf jemanden von seiner eigenen Seite zielt?« Er runzelte nachdenklich die Stirn, während er sprach. »Aber hier bei uns? Und Sie sind irgendwie dazwischengekommen?«

»Ich glaube, er will vielleicht, daß ich das Zielen übernehme. Wie schon einmal. Und vielleicht mag jemand anders diesen Gedanken nicht. Ebenfalls wie schon einmal. Das wäre zumindest mal eine Hypothese.«

»Und Basil Cole?«

»Er ist ein Teil der Hypothese.« Audley richtete sich auf. »Seien Sie ein guter Junge, fahren Sie ein bißchen langsamer – Sie machen mir allmählich angst.«

»Wir werden sehr spät dran sein, wenn ich mich nicht ranhalte.«

»Lassen Sie den Schweinehund warten. Oder gehen Sie meinetwegen ins Bett. Ich bin lieber sehr spät dran als *zu* spät. Lassen Sie sich einfach Zeit.«

Tom wechselte die Spur. »Basil Cole?«

»Oh ... *das*, glaube ich, war Panin.« Schniefen. »Der Dreckskerl.«

»Trotzdem er will, daß Sie ihm helfen?«

»Trotzdem – ja. Nur weil er Hilfe braucht, heißt das nicht, daß er will, daß ich weiß, was ich wirklich tue ... wovon der arme alte Basil vielleicht etwas gewußt hat. Also wird mir Panin gerade genug erzählen, aber lauter Lügen.«

Zwei Feinde, dachte Tom. Normalerweise reichte einer. Plus Henry Jaggard in seinem Rücken. »Während jemand anders auf Sie zielt?«

»Jaja ... Schlimme Aussichten, nicht wahr?« Audley lehnte sich wieder zurück. »Dennoch, nach dem Libanon müssen Sie doch an derartige Dinge gewöhnt sein. Jedenfalls werden wir den alten Nikolaij Andrejewitsch zu meinem Möchtegern-Henker treiben ... als Gegenleistung für unsere Dienste.«

»Werden Sie ihm helfen?«

»Genaugenommen werde ich schlafen ... Wecken Sie mich in Exmoor, Tom.«

Noch nicht, du wirst noch nicht schlafen! »Werden Sie ihm helfen?«

»Ja, ich werde ihm helfen.« Audley holte tief Luft und kuschelte sich in seinen Sitz. »Und ich werde ihm auch die Sache mit Basil Cole heimzahlen, Tom. In voller Höhe.«

6

Ungläubig starrte Tom auf den schmalen Lichtstreifen, der durch einen Spalt zwischen den Vorhängen des Hauptfensters seines Schlafzimmers im *Green-Man-Hotel* zu Holcombe Bridge nach außen drang.

Nicht mein Zimmer? Der Nachtwind blies ihm kalt in den Nacken, als er sich aufraffte, sein Urteil in Zweifel zu ziehen. Man hatte ihm die besten Räume des Hotels gegeben, und das waren keine geringeren als die Hochzeitssuite – die *Prinzessin-Diana-Suite*, die nicht nur mit einem Schlafzimmer mit Eichenbalkendecke und einem Bett von der Größe eines Rugbyfelds ausgestattet war, sondern auch mit einem Ankleideraum und einem Wohnzimmer und einem Luxusbad; und das war gar nicht so überraschend, denn aus früheren Erfahrungen wußte er, daß Hoteliers immer annahmen, *Sir Thomas* erwarte, falls zu haben, was ihm vom Titel her gebührte, und könne es auch bezahlen. Und es war in diesem Fall keineswegs überraschend, daß der bloße *Dr. Audley* (man hatte wahrscheinlich geglaubt, *Sir Thomas'* begleitender Arzt) ein kleines Mansardenzimmer in der Nähe hatte.

Der Gedanke an Audley ließ seinen Blick an dem niedrigen Hotelkomplex entlangschweifen, der jetzt dunkel in der stillen und sternenlosen Nacht lag, die das *Green-Man-Hotel* in die Senke des umliegenden unsichtbaren Moorlands drückte. Doch Audleys kleines Fenster war nicht erleuchtet. Folglich war zu hoffen, daß Audley – wie Panin im Anbau – sich jetzt, da er die Gelegenheit dazu hatte, ausruhte.

Sein Blick wanderte zurück zu seinem eigenen Fenster *(kein Zweifel: diese ganze Seite des Green Man, über dem stillen Bach bei der Brücke, gehörte diese Nacht Prinzessin Diana und Sir Thomas!).* Und während er hinaufschaute, bewegten sich plötzlich die Vorhänge und bestätigten seine Angst und seine Gewißheit über weitere Fragen hinaus, und er wich zurück in den Schutz der Mauer, so daß man ihn nicht sehen konnte, falls sie aufgerissen wurden.

Aber das wurden sie nicht. Statt dessen erlosch der Lichtstreifen, und die Nacht vor dem *Green Man* war wieder vollkommen. Doch jetzt war jemand in seinem Zimmer.

Es ergab keinen Sinn –

Allein die solide Mauer in seinem Rücken hatte etwas Beruhigendes an sich. Denn alles andere war im Moment unbegreiflich.

Es war sein Zimmer, in dem sich jetzt jemand befand. Doch der Schlüssel war in seiner Tasche, und es konnte kein Zimmermädchen oder Hilfsportier sein, die sich zu dieser Stunde, kurz vor Mitternacht, um sein leibliches Wohl kümmerten –

Es war ihm sogar wie ein dummer Einfall erschienen, diese nächtliche Runde zu machen, als er gesehen hatte, wie Audley sich sicher in sein kleines Zimmer einschloß, nachdem er den alten Mann mit allen denkbaren Vorsichtsmaßnahmen bedacht hatte, die der wiederum verachtete, vollgestopft, wie er war, mit den spätabendlichen Räucherlachssandwiches und den Cremerollen – das war alles, was das Hotel angeboten hatte –, zusammen mit den ungemein teuren Weinen, die Audley dazu ausgesucht hatte (was die Hotelleitung auf beinahe komische Art wieder munter werden ließ, aber zumindest bei der Bestellung ihre Wertschätzung von »Sir Thomas« festigte, die beim ersten Anblick, so wie er war, einen Schlag hatte einstecken müssen –

»Sie bieten offenen Beaumes de Venise an, Tom. Aber wenn sie den bei Sainsbury's oder bei M & S oder irgendwo gekauft haben . . . dann ist das ein verdammter Nepp, oder? Also . . . nehmen wir vielleicht statt dessen einen schönen Château Climens, ja?«

Tom hatte sich kurz die Frage gestellt, was Henry Jaggard wohl von der Rechnung des *Green Man* als öffentliche Ausgabe halten würde, mit Thomas Arkenshaw in der *Prinzessin-Diana-Suite* und David Audley beim Château Climens; schließlich hatte er sich gedacht, *zum Teufel mit Henry Jaggard!*

Und später hatte er sich gedacht: *Nachdem ich Audley ins Bett gebracht habe, mache ich lieber eine Art Nachtrunde, um die Lage zu prüfen, obwohl sie, trotz aller Vorteile, bei völliger Dunkelheit und ohne Rückendeckung nicht mehr als etwas frische Luft bringen wird, bevor ich mich hinhaue –*

Und zu dem Barmann/Vizechef, der in der Nähe stand, hatte er gesagt: »Ich werde für ein paar Minuten *einen kleinen Spaziergang draußen machen . . . um wieder einen klaren Kopf zu bekommen, bevor ich zu Bett gehe.*« Und der Barmann/Vizechef hatte gesagt: *»Nun, dann sollten Sie lieber eine Taschenlampe mitnehmen, Sir Thomas. Es ist sehr dunkel draußen – das heißt, es wird sehr dunkel werden, wenn ich die Außenbeleuchtung abschalte . . . und ich gebe Ihnen lieber einen Schlüssel für die Außentür mit.«*

Und jetzt spürte er die Festigkeit der Mauer hinter sich, die vor langer Zeit, tief in einem märchenhaften Exmoor, noch bevor Lorna Doone John Ridd getroffen hatte, aus Stein und Mörtel und grobem Putz errichtet worden war. Und ohne Verstärkung da draußen in der Nacht – ohne Verstärkung deshalb, weil weder der verdammte Henry Jaggard noch der verdammte David Audley irgendein Interesse an professionellem Schutz zu haben schienen – war diese verdammte Wand in seinem Rücken im Augenblick alles, was er in puncto Sicherheit hatte.

Aber wieder zum Thema: *Es ergab einfach keinen Sinn –*

Denn dies war nicht der Zeitpunkt, sein Zimmer zu durchsuchen, jetzt mitten in der Nacht, da jemand im Zimmer sein würde (und da sich ohnehin nichts darin befand, das es wert wäre, untersucht zu werden) – *das ergab keinen Sinn –*

Und ... *vielleicht war dort draußen in der Nacht eine Rückendeckung, von der ihm Henry Jaggard nichts erzählt hatte: Die ewige Wacht der alten königlichen Marine, die Wacht jener sturmumtosten Schiffe, die die wohlbehüteten Engländer nie zu Gesicht bekamen, sondern einfach als gegeben hinnahmen – denn sonst ergäbe Jaggards Einstellung keinen Sinn, bei Gott!*

Verärgert über seine Unentschlossenheit, stieß er sich von der Mauer ab und starrte abermals auf die dunkle Fassade des Hotels. Daß er ein gerissener Hund war, war das einzige, was er mit Sicherheit von Henry Jaggard wußte – fast ebenso gerissen wie Audley. Doch das einzige, das er mit Sicherheit über seine gegenwärtige Lage wußte, war, daß *jemand in seinem Zimmer war, und daß es nicht an der Zeit war, sich weiteren sinnlosen Vorstellungen hinzugeben –*

Gott sei Dank drehte sich der Nachtschlüssel mit einem fast unhörbaren Klicken ganz leicht in seinem gutgeölten Schloß.

Vorsichtig schloß er die Tür hinter sich, blieb ruhig stehen und lauschte in die Stille. Nach der stockfinsteren Nacht war ihm das Foyer hell vorgekommen, doch jetzt zeigte sich wieder die Tücke der minimalen Beleuchtung. Da waren die schalen, nächtlichen Gerüche des Hotels nach der klaren Moorluft schon ausgeprägter, allen voran Tabak und Alkohol aus der Bar zu seiner Rechten und der erträglichere Duft nach brennendem Holz in dem riesigen Kamin in der Lounge zu seiner Linken, wo des Tages letztes großes Scheit auf einem riesigen Aschenhaufen thronte.

Tom atmete die Gerüche aus und war sich bewußt, daß er sie mit einem selbstmitleidigen Seufzer vermischte.

Er wußte, daß er jetzt müde war und ihm das nach einem langen Tag auch zustand, der so strahlend begonnen, sich so widrig entwickelt hatte und seinen letzten, gefährlichsten Moment bis zum Schluß aufhob, als er sich am wenigsten in der Lage fühlte, ihm gewachsen zu sein.

Um das Selbstmitleid zu vertreiben, mobilisierte er sämtliche Selbstverachtung aus einer verborgenen Reserve. Wenn man es von der anderen Seite betrachtete (und Willy nur für diesen einen, abschließenden Augenblick der Erwägung außer acht ließ), war dies ein verdammt guter Tag gewesen – sogar ein glücklicher: Denn Henry Jaggard, der sich mit einem Notfall konfrontiert sah, hatte Tom Arkenshaw mit der Handhabung desselben betraut; und Audleys Möchtegern-Mörder hatte *vorbeigeschossen*; und jemand oben in seinem Zimmer war *unvorsichtig* gewesen –

Er griff in sein Jackett, um den 38er im Halfter zu richten und sich durch sein Gewicht ermutigen zu lassen; *jetzt war jemand unvorsichtig gewesen – doch diesmal war der »arme Tom« nicht schutzlos!*

Zwei Schritte auf den Zehenspitzen nach links, und er war nicht mehr auf dem Steinboden, sondern auf einem dicken Teppich und seinem geräuschlosen Weg –

Sein Gedächtnis arbeitete reibungslos. Der Hilfsportier hatte ihm den Weg gewiesen, durch jene Tür in der Ecke – *diese Tür* – und die schmale (doch immer noch mit Teppich belegte) Treppe hinauf zur Prinzessin-Diana-Suite – *diese Treppe, diese Stufen, jetzt jeweils zwei auf einmal und ohne Geräusche* –

Der kurze Gang darüber war leer, und fünf leise Schritte brachten ihn bis zur Tür, den Rücken sicher an der Wand und den 38er in der Hand, an seine Brust gepreßt.

Drinnen würde es kein Geräusch geben, aber er würde ohnehin vorher lauschen –

Geräusch?

Mit dem Rücken gegen die Wand richtete er sich wieder auf und runzelte die Stirn.

Um Himmels willen! Das war doch . . .? Radio One – Radio Three – wie auch immer dieser Popmusiksender hieß, der die ganze Nacht lief –?

Das Ohr wieder an der Tür, um die unmögliche Wahrheit zu bestätigen, daß jemand in seinem Zimmer war und Popmusik hörte, im *Green Man* zu Holcombe Bridge – *um Himmels willen!*

In diesem Augenblick endete jeder Wunsch zu warten, und als seine Hand eine Sekunde lang über dem Zimmerschlüssel in seiner Tasche schwebte, verflog auch dieser Drang. Statt dessen drehte seine Hand am Türgriff, und er spürte, wie die Tür nachgab und ihn einlud, der Musik und dem uneingeladenen Musikliebhaber gegenüberzutreten –

Zuallererst, in den ersten Millisekunden nach dem Eintreten, arbeitete der Geruchssinn, der altehrwürdigste aller menschlichen Sinne, der einst allein den Unterschied zwischen Jäger und Gejagtem ausgemacht haben muß, der aber schon unten durch den Geruch schalen Biers, Tabaks, brennenden Holzes und einer ganzen Speisekarte kraftloser Küchengerüche, garniert mit einem Anflug von Bodenpolitur, aktiviert worden war –

Aber – es war weniger ein *Geruch* als vielmehr ein *Duft* – ein nicht zu vergessender, unvergessener Duft – Chanel, Lancombe, was auch immer –

»Liebling, Schatz – wo zum Teufel bist du gewesen?« Ganz und gar honiggolden und sommersprossig und in blumige weiße Seide gehüllt, lag Willy auf dem brokatgeschmückten Rugbyfeld von einem Bett und stützte sich auf einen Ellenbogen.

Tom spürte die Wärme des Zimmers auf seinem Gesicht, und dann meldete sich ein weiterer Sinn, nach dem Hören und Riechen und dem unglaublichen Anblick, als sie ein schlankes Bein am Knie abwinkelte und die hauchdünne Seide mit einer so typischen – von letzter Nacht und anderen Nächten noch gut erinnerlichen – Bewegung in Falten legte, daß es ihm das Herz zerriß.

»Willy –?« Er hörte, wie seine Stimme versuchte, Willy in Frage zu stellen, obwohl er wußte, daß sie außer Frage stand – und obwohl er zudem wußte, daß sie zumindest wirklich und alles, was er vorher gehabt hatte, Illusion gewesen war. »Hallo, Willy.« Er wollte, daß seine Stimme sicher klang, aber er schaffte es nicht. »Nun . . . das ist eine . . . eine sehr angenehme Überraschung, muß ich sagen.«

»Ja-hah?« Sie bewegte sich leicht und ließ die dicke Hochglanzseite ihrer Zeitschrift zurückschnellen, die dabei eine perfekte Brust streifte, womit Willy gleichzeitig das Magazin und ihre Freundschaft beendete. »Ist es das, Tom? Wirklich?«

Er griff nach einem rettenden Strohhalm und begann Anzeichen von Trauer und Bedauern in ihren Blick hineinzudeuten. Aber das war ein Luxus, den er sich nicht länger leisten konnte: Er mußte die Vergangenheit ebenso entschlossen zurückweisen, wie jenes letzte Holzscheit unten im Kamin dem Feuer getrotzt hatte. Von nun an mußte er, versengt und angekohlt, aber noch immer weitgehend unverbrannt, auf der Asche ihrer Beziehung ruhen. »Nun, vielleicht nicht angenehm, Miss Groot.« Bestimmt nicht angenehm, denn es gab immer noch Dinge in dieser Beziehung, aus denen er nicht schlau wurde, da Willy nun die Tarnung abgelegt hatte. Aber diese Dinge würden warten müssen, bis er bessere und schärfere Waffen zur Verfügung hatte. »Aber eine Überraschung – das muß ich zugeben –« Er spürte das Gewicht des Revolvers in seiner Hand und sah gleichzeitig, wie sie darauf starrte. »Ich habe jemand anderen erwartet . . . Ich weiß nicht genau wen, um ehrlich zu sein . . . Aber nicht *Sie*, Miss Groot.« Er steckte den 38er wieder ins Halfter und rückte es mit wohldurchdachter Gleichgültigkeit unter der Achsel zurecht, als wolle er nachdrücklich darauf hinweisen, daß er sehr wohl sehen konnte, daß sie keine Waffe trug. »Nicht *Sie*, Miss Groot.«

Dann blickte er sich im Zimmer um. Die drei anderen Türen waren angelehnt, doch irgendwie spürte er, daß sich dahinter keine Verstärkung verbarg, weder CIA noch KGB. Und es gab wenig Grund, diese Ahnung auch noch zu bestätigen.

Daher wandte er sich mit dem besten Lächeln, das er zustande brachte, wieder ihr zu. »Oder wie Sie sagen würde, Miss Groot . . . ›Na, den hab ich vielleicht überrascht – Sie hätten sein Gesicht sehen sollen, als er reingekommen ist‹.« Als er sie anschaute und ein nervöses Zucken auf ihrer Wange bemerkte, mußte er sich zwingen zu glauben, daß sein Lächeln sie nicht verletzte. Denn was immer sie sonst war, er mußte glauben, daß sie in ihrem Job verdammt gut war. »Okay. Sie haben mich also überrascht, Miss Groot. Und was kommt jetzt?«

Sie richtete ihre zu offenherzige Spitze. »Ich nehme an, es ist nicht gut, wenn ich dir sage, daß du hundertprozentig falsch liegst –?«

»Nein!

»Überhaupt nicht gut, meine Liebe.« Was es schlimmer – oder *am schlimmsten* – machte, war, daß er noch nie zuvor derartig überrascht worden war. »Sie überraschen mich einmal, weil Sie gut in Ihrem Job sind. Aber wenn Sie mich *zweimal* überraschen . . . dann, weil ich dumm bin. Also beleidigen Sie mich nicht, indem Sie ebenfalls ziehen – okay?«

Sie ließ sich all das eine lange halbe Minute durch den Kopf gehen, bevor sie antwortete. Dann griff sie unter ihr Kopfkissen und warf eine kleine automatische Pistole auf den grünen Brokat. »Okay, Tom. Dann nimm die irgendwo an dich und komm ins Bett – okay?«

Es war eine der neuen kurzen 22er, von denen er gehört hatte, ohne je eine gesehen zu haben. »Ich bekomme eine Freinummer, wirklich? Um der alten Zeiten willen?«

Jetzt begann sie ihn zu hassen. Und er mochte das mehr als irgend etwas sonst, seit ihn dieser verräterische Duft umfangen hatte. »Okay, du bekommst eine Freinummer. Nur dieses eine Mal.«

Ihm wurde klar, daß er ihren Haß auf sich ziehen wollte. »Ich bin mir nicht sicher, ob ich in der Stimmung dazu bin. Nachdem ich in Ranulfs Gräben herumgekrochen bin ... und versucht habe, auf Audley aufzupassen ... und die ganze Strecke hierher gefahren bin.« Plötzlich überkam ihn ein verrückter Gedanke. »Sie sind nicht zufällig in einem großen schwarzen Cadillac hierhergekommen –? Mit CD-Schild?«

Der leere Blick flackerte einen kurzen Moment fragend auf und gab ihm die Gelegenheit, sich siegesgewiß in Richtung Kleiderschrank zu wenden. Mit dem Rücken zu ihr zog er seine Jacke aus, nahm sein Schulterhalfter und die Krawatte ab und hängte eins nach dem anderen auf. Dann begann er sein Hemd aufzuknöpfen.

»Oder?« Es war eine ziemlich erschreckende Wahrheit, daß er trotz allem in der Stimmung war: Er wollte sie mit einer Wut und Selbstverachtung, die ihn eigentlich mit Abscheu hätte erfüllen sollen. »Ein schwarzer Cadillac?« Er bewegte sich leicht, so daß er sie in einem der Ankleidespiegel sehen konnte. Sie stützte sich noch immer auf den gleichen Ellenbogen, richtete aber einen ihrer Träger, als wolle sie sich halbwegs anständig zurechtmachen, was ihr früher nie eingefallen wäre. »War das Ihrer?«

Plötzlich schaute sie nach oben, genau in den Spiegel. »Ja-hah.«

Fremde im Spiegel, dachte Tom. *Letzte Nacht haben wir uns geliebt, aber jetzt sind wir schlimmer als Feinde, wir sind Fremde.* Er bewegte sich wieder und starrte sich an. *Und hier ist noch ein Fremder!*

Er setzte sich auf den Hocker vor dem Ankleidetisch und begann seine Schuhe auszuziehen; irgendwie befürchtete er, daß er vielleicht einen Pferdefuß darin finden könnte und die Schuhkappen mit Teufelswerg gefüllt sein könnten, wie in dem alten polnischen Märchen, das ihm Mamusia vor vielen Jahren erzählt hatte. »Aber er steht nicht auf dem Hotelparkplatz, oder?«

»Sie haben mir einen Metro gegeben, Tom.«

Sie? »Ja. Dabei wäre ein Caddy wohl ein bißchen auffällig gewesen, nehme ich an.« Jetzt war er bei seinen Hosen angelangt. Aber merkwürdig, der unmenschliche Fremde in ihm war so verlegen, wie es der alte Tom niemals gewesen war – wie sich auch die Fremde auf dem Bett ihres heruntergerutschten Trägers geschämt hatte.

»Dann hast du also alles hier ausgecheckt?«

Es war eine seltsam naive Frage, und die Stimme, von der sie gestellt wurde, war plötzlich seltsam zittrig geworden. »Offensichtlich nicht gut genug.« Auf dem Parkplatz war ein Metro gewesen: ein silberner MG-Metro mit einer B-Zulassung. Aber im Gästebuch hatte natürlich keine dazugehörige *Wilhelmina Groot* gestanden.

»W-warum hast du so lange ... gebraucht?«

Er erinnerte sich an seinen Pyjama – den Pyjama, den er vergangene Nacht nicht getragen hatte. Mamusias Weihachtsgeschenk vom letzten Jahr, noch immer in seiner festlichen Verpackung: Christian Dior, mitternachtsblau, feinste Seide. Der Pyjama war der naturgemäße Partner des Dings, das die blonde Fremde auf dem Rugbyfeld anhatte. »Ich habe alles ausgecheckt – nicht gut genug –« sagte er über die Schulter, als er Mamusias ungeöffnetes Geschenk fand. »– das habe ich Ihnen eben erzählt.«

Sie? dachte er wieder. Alles sprach für die CIA, aber das konnte er nicht als gegeben hinnehmen. Er wußte lediglich, was Audley bereits festgestellt hatte; daß bereits zu viele Leute zu viel wußten.

»Ich meine –« warf sie ihm die Worte aus dem Schlafzimmer zu, »– warum hast du so lange zum Hotel gebraucht, Tom, Liebling?«

Wütend riß er die Verpackung auf – lächerliches Ding –

(»Er ist wunderschön, Mamusia. Aber du weißt doch, daß ich keinen Pyjama trage.«)

(»Aber trotzdem solltest du einen besitzen, mein Liebling. Jedesmal wenn du wegfährst ... wenn es einmal brennt. Oder wenn ein Ehemann an deine Tür klopft. Oder ... in deiner Hochzeitsnacht ... da gibt es doch einen Augenblick des Taktgefühls –«)

»Es gab eine Massenkarambolage auf der Autobahn, unmittelbar vor dem Kreuz bei Taunton, Miss Groot.« Mamusia klammerte sich seit langem mit einer Art Haßliebe an den Gedanken von einer hypothetischen Ehe ihres einzigen Sohnes: Sie wollte keine Schwiegermutter sein, aber sie wollte eine Schwiegertochter, um sie fein herauszuputzen und herumzukommandieren; und sie wollte keine Großmutter sein, aber sie wollte, nachdem sie bei Tom versagt hatte, unbedingt ein Enkelkind, das sie formen konnte. »Wir wurden eine Stunde oder länger aufgehalten.« Was ihm jetzt, da die Seide seine Beine hinaufglitt, in der Seele weh tat, war, daß Willy Groot (die frühere Bewohnerin der Fremden auf dem Rugbyfeld) von allen in Frage kommenden Kandidatinnen Mamusia am besten widerstanden hätte, als Ehefrau ebenso wie als Mutter. Doch das war für jetzt und alle Ewigkeit Schnee von gestern. »Um die Wahrheit zu sagen, ich habe mich gefragt, ob es Ihr Cadillac war, der aufgefahren ist.« Die Erinnerung an Mamusias und seine eigenen Ambitionen wurde von dem jüngeren und weitaus abscheulicheren Bild scheußlich zerquetschten Metalls und dem trügerischen Märchenland aus blauen und roten Blinklichtern verschlungen, als ihn der Polizist im floureszierenden Mantel schließlich mit finsterer Dringlichkeit von einer blockierten Spur auf die andere gewinkt hatte. »Denn Sie sind mit einem Höllenzahn an mir vorbeigerauscht.« Während er darüber nachdachte, erübrigte sich plötzlich die Frage mit dem Cadillac. Nach Westen gab es nur eine Straße, die sie also beide genommen hatten, ganz logisch; die einzige unbeantwortete Frage betraf Willy Groots Verhältnis zu Tom Arkenshaw, und die mußte jetzt beantwortet werden. »Wenn das Ihr Cadillac war, Miss Groot.«

Keine Antwort. Daher betrachtete er sich in der Leere ihres Schweigens im mannshohen Brautspiegel der Prinzessin Diana –

Tja . . . nun, in Mamusias maßgeschneidertem Pyjama sah er wenigstens so aus, als übernähme er die Rolle des Bräutigams, wenn nicht die von Hamlets Vater –

Geharnischt, ganz in Wehr, von Kopf zu Fuß –

Es war so, wie Peter Beckett beim letzten Mal im Libanon gesagt hatte: Jeder kannte die großen Monologe von Hamlet, aber die Zeilen, die die meisten Leute kannten, waren jene von Horatio –

So dräut' er einst, als er in hartem Zweisprach
Aufs Eis warf den beschlitteten Polacken.

»Vermutlich war er es.« Ihre Stimme drang fast wie ein Flüstern aus dem Schlafzimmer. »Ein Captain der Marines, einer von der Botschaftswache, hat uns gefahren; er sagte, er habe am Rennen in Indianapolis teilgenommen.«

Wenigstens war es keiner von diesen verdammten Navy-Kerlen gewesen, dachte Tom. Doch darüber brauchte sich dieser arme, stirnrunzelnde Anglo-Polacke jetzt keine Gedanken machen.

»Er ist tatsächlich sehr schnell gefahren«, sagte die dünne Stimme abschließend.

Tom hieß sich selbst vom Spiegel wegtreten. Es spielte keine Rolle, was für ein Selbst das war – es spielte keine Rolle, ob sie ein Mann von der Navy oder von den Marines hierhergebracht hatte. Was zählte, war lediglich, warum sie hier war und was die CIA damit bezweckte. Und dies war auch keiner von Mamusias Augenblicken des Zartgefühls.

Er löschte das Licht im Ankleideraum, ging zurück ins Schlafzimmer und straffte im Hinblick auf das, was getan werden mußte, die Schultern.

Sie hatte ihre Sitzposition in den Kissen leicht verändert, um ihn ansehen zu können. Das Hochglanzmagazin war verschwunden, doch die ekelhafte kleine Pistole lag noch immer da, wo sie sie hingeworfen hatte. Und jetzt biß sie sich auf die Lippen, als bereite sie sich geistig auf jene *Freinummer* vor, mit der sie einander beleidigt hatten. Und sie sah auch wesentlich kleiner und herzzerreißend weniger selbstbewußt als die zähe Wilhelmina Groot aus, die er in Ranulfs Wehranlagen zurückgelassen hatte.

»Also gut.« Der alte Tom wäre schneller als der Blitz in jenem einladenden Bett gewesen. Aber Tom der Fremde hatte zunächst Wichtigeres zu tun und setzte sich nur auf die Bettkante. »Wieso habe ich denn hundertprozentig falsch gelegen, Willy?« Beinahe überrascht stellte er fest, daß Tom der Fremde nicht dumm war.

Sie biß nicht mehr auf ihre Lippen, doch er bemerkte, daß sie nicht damit gerechnet hatte, daß er auf eine Antwort zurückkäme, die er bereits verächtlich abgetan hatte: Sie sah aus, als erwarte sie eine Vergewaltigung, bei der sie an Amerika und George Washington und die Freiheitsstatue denken würde, oder woran gute kleine patriotische Amerikanerinnen sonst noch dachten, wenn sie sich in derselben Missionarstellung befanden, in der Königin Victoria an England gedacht hatte. Folglich bedurfte es jetzt einer verdammt großen Anstrengung, ihre Gedanken auf eine schwierige intellektuelle Herausforderung einzustellen, im Gegensatz zu der weniger schwierigen körperlichen, auf die sie sich bereits eingerichtet hatte.

Oder – auch eine Möglichkeit – sie war verdammt gut, rief er sich rasch ins Gedächtnis.

Sie schien schließlich (oder listigerweise) zu einer Entscheidung zu kommen. »David Audley, Tom –«

»David Audley – ja?« Er nahm wohl besser an, daß sie verdammt gut war. »David Longsdon Audley, CBE, Ph.D, MA –« Er plapperte Harveys hämische Zusammenfassung der offiziellen Laufbahn des alten Mannes nach. »– ehemaliger Second Lieutenant, zeitweilig Captain bei den West Sussex Dragoons, schloß sich dann dem Geheimdienst an ... Rylands College, Cambridge ... King's College, Oxford ... Beamter bei der Abteilung für nachrichtendienstliche Forschung und Entwicklung von 1957 bis heute.« Der Rest war aus *Who's Who*, das hatte Harvey zugegeben, einschließlich Abstammung, Veröffentlichungen und Hobbys; doch jetzt fiel ihm nicht mehr alles ein. »David Audley – okay?«

»Er ist mit dir hier, Tom –«

»Da haben Sie verdammt recht, daß er hier ist!« Erfordernisse und Begierde deckten sich. Er hatte zurückgeschlagen, und das wollte er auch. »Aber jetzt mal aus rein wissenschaftlichem Interesse, wie sind *Sie* hierhergekommen – in mein Bett?«

Sie wand sich leicht in den Kissen, und Ihr Träger rutschte wieder. »Ich hatte Hilfe, Tom –«

»Hatte –?« Er konnte seine Gedanken nur schwer bei der Sache halten. Die frühere Willy war eine wundervolle Gefährtin gewesen, nackt und überhaupt nicht verschämt; aber diese hier war etwas anderes, so verschämt und in Spitze gehüllt wie eine Kurtisane. »Oder *habe*?«

Sie schluckte. »Er ist in großen Schwierigkeiten, Tom.«

»*Er* ist in großen Schwierigkeiten?« Er riß sich von ihren alabasternen Rundungen los. »Um Gottes willen, *Miss* Groot – ich glaube, wir sind *alle* in großen Schwierigkeiten, oder?« Die ganze unliebsame Wahrheit tat sich vor ihm auf. »Heute nachmittag – oder gestern nachmittag, wie man jetzt wohl sagen muß – hat jemand auf David geschossen ... Und außerdem gibt es bereits einen Toten – haben Sie davon gehört, Miss Groot, hä?«

»Tom –« Sie versuchte sich aufzusetzen, was in einer anderen Welt genüßliche Folgen gehabt hätte, aber nicht im Augenblick.

»Folglich bin *ich* ebenfalls in Schwierigkeiten, Miss Groot.« Er verabscheute sie und sich gleichermaßen. »Und *Sie* sind im Moment ebenfalls in Schwierigkeiten ... Und es würde mich nicht wundern, wenn der Genosse Professor Nikolaij Andrejewitsch Panin aus Zimmer 5 hinten im Anbau – wenn *er* ebenfalls in Schwierigkeiten wäre, hä?« Alles in allem fühlte er, wie er schwächer wurde, obwohl er sich einzureden versuchte, daß sie ein heuchlerisches Miststück war. Deshalb kämpfte er gegen diese Schwäche an. »Aber das wissen Sie sicher schon alles. Also, was gibt es denn für Neuigkeiten?«

Sie fuhr nervös mit der Hand über das geblümte Bettuch. Und er hatte diese Hand eben erst an diesem Morgen gesehen, wie sie schlammverklebt die Meßlatte gehalten hatte. Aber jetzt war sie sauber und verräterisch, mit perlmuttfarbenen Nägeln an den schlanken Fingern. Und seine Freinummer stand ihm immer noch bevor.

Der Gedanke daran ließ ihn brutal werden. »Sagen Sie mir nur eins – für wen zum Teufel arbeiten Sie?«

Die Hand krallte sich in das Bettuch. »Für wen, verdammt noch mal, glaubst du, daß ich arbeite – hol's der Teufel! Und *dich* dazu, Tom Arkenshaw!«

Das sah ihr schon ähnlicher! »Als ich Sie zuletzt kannte, waren Sie Botschaftssekretärin am Grosvenor Square, Miss Groot.«

Sie atmete tief durch und richtete sich ohne Rücksicht auf das, was zu sehen war, auf. »Tom ... wenn du mich noch einmal *Miss Groot* nennst – nur noch einmal ... dann könnt ihr euch alle zum Teufel scheren – du und Dr. Audley und Professor Panin – *und Colonel Sheldon dazu*!«

Nun, das war zweifellos ein weiteres Steinchen in einem Mosaik, überlegte Tom. Erst vor wenigen Wochen war routinemäßig eine Kopie bezüglich jenes gewissen Colonel Sheldon – *Sheldon, Mosby Robert, Colonel USAF i. R.* – über seinen Schreibtisch gegangen. Demnach begann Miss Wilhelmina Groot mit der Erwähnung von Namen ganz oben, so wie es sich für ein blaublütiges, typisch amerikanisches CIA-Mädchen gehörte.

Doch jetzt, da der Name gefallen war, starrte sie ihn trotzig an, und vielleicht war es an der Zeit, die Probleme auf andere Weise anzugehen.

»Tut mir leid, Willy, Liebling.« Vielleicht hätte er von vorneherein so beginnen sollen. »Um ehrlich zu sein ... seit heute morgen hatte ich einen höllischen Tag.« Diese Untertreibung der Wahrheit war so ungekünstelt, daß er traurig lächeln mußte. »Und du hast mich ganz schön überrascht.«

Sie starrte ihn weiter an, doch es schien, als sei der Trotz vor seiner Rechtfertigung gewichen. »Mir tut es auch leid, Tom. Und ich habe auch keinen sehr guten Tag gehabt – und das ist ebenfalls die Wahrheit.« Sie seufzte. »Du wirst es wahrscheinlich nicht glauben ... oh – *Scheiße*!«

Er wünschte, ihm fiele mehr von dem ein, was die Kopie über *Sheldon, Mosby Robert* ausgesagt hatte. Aber der Gedanke, daß Belegschaft und Hierarchie der Londoner CIA-Niederlassung zu dem Zeitpunkt nur wenig mit seiner Arbeit zu tun hatten, war das einzige, an das er sich erinnern konnte. Doch wie dem auch sei, Audley würde es wissen: Harvey hatte gesagt, daß Audley immer dick mit den Amerikanern befreundet gewesen war. Und ... und vielleicht erklärte gerade das die Präsenz von *Groot, Wilhelmina Maryanne* in Holcombe Bridge, wenn nicht sogar in seinem Bett.

»Tom ...« Sie hielt unsicher inne.

Er bemerkte seinen fragenden Blick zu spät, während er an Sheldon und Audley dachte. Aber sie hatte seinen Gesichtsausdruck auf ihre letzte Aussage bezogen.

»Ja, Willy?«

Einen Augenblick lang zupfte sie erfolglos an ihrem offenherzigen Ausschnitt herum und ließ dann davon ab. »Ich war in den vergangenen Wochen nicht auf deine Fährte gesetzt – glaubst du mir das, Tom?«

Es wäre angenehm, das zu glauben, stellte sich Tom vor. Es würde ihm zunächst den metallischen Geschmack des Verrats im Mund nehmen. Und er käme sich dann weniger stark wie ein Einfaltspinsel vor. Doch angenehme Ansichten waren immer unklug und häufig gefährlich. »Spielt das eine Rolle – im Augenblick?«

Sie nickte. »Für mich schon.« Noch ein Seufzen. »Aber ich mache dir keinen Vorwurf.«

Entweder war sie sehr traurig oder sehr gut. Doch es war höchst unwahrscheinlich, daß sie beides war. Und wie dem auch sei, er schuldete diesen letzten Wochen eine Geste. »Es spielt auch für mich eine Rolle, Willy.« Er schreckte vor der Wahrheit seiner Geste zurück. »Wo werde ich je ein anderes Mädchen finden, das mit mir durch morastige Gräben zieht?«

Sie sah aus, als bräche sie jeden Moment in Tränen aus. »Mit Brennesseln und Brombeergebüsch? Du darfst Brennesseln und Brombeergebüsch nicht vergessen.«

Oder ... nicht nur sehr gut. Sogar noch besser? »Brennesseln und Brombeergebüsch – okay?« Eigentlich war es unwichtig, was er glaubte oder nicht. Doch so konnte er wenigstens das gegenseitige Bedauern wie eine Heilsalbe auf seine verletzte Selbstachtung auftragen und halbwegs an die Wirkung glauben. »Aber jetzt bist du genauso hinter mir her wie hinter dir selbst – ist das auch okay?«

»Ich bin nicht hinter dir her, Tom.« Sie schüttelte den Kopf. »Sie machen sich Sorgen um deinen Dr. David Audley – deswegen bin ich hier.«

Schon wieder *sie*? »Du meinst Colonel Sheldon?« Er ließ ihr Nikken gelten. »Nun, dann sind wir ja zwei, meine Liebe. Und ich wette, daß ich mir mehr Sorgen mache als er!«

»Mach keine Witze, Tom, Liebling –«

»Ich mache, verdammt noch mal, keine Witze. Jemand hat heute nachmittag auf ihn geschossen. Und von mir erwartet man, daß ich auf ihn aufpasse. Und das ist *kein* Witz, bei Gott!« Er starrte sie an. »Du weißt von dem Attentat?«

Sie zupfte wieder an dem Bettuch herum. »Halb London weiß davon. Die Russen haben sämtliche Botschaften der Warschauer-Pakt-Staaten ins Kreuzverhör genommen wie der Zorn Gottes –«

»Die Russen –?« Daß die Amerikaner derartige Alarmzeichen aufgefangen hatten, überraschte ihn nicht. Es war allgemein bekannt, daß sie auch Kontakte zu Stellen verbündeter Dienste hatten, die nur ungern mit nachrichtendienstlichen Informationen herausrückten. Aber . . . wenn diese Überraschung keine beabsichtigte Desinformation war . . . dann war alles schrecklich kompliziert.

»Und sie haben ihre IRA-Verbindungsgruppe ernsthaft vor Aufruhr gewarnt – die provisorische irisch-republikanische Armee und die INLA –« Willy hielt plötzlich inne. »Was ist eigentlich die ›Aufruhrakte‹, Tom? Denn davon hat Mosby Sheldon gesprochen, von der ›Aufruhrakte‹ –?«

Demnach kannte Sheldon die englische Geschichte des neunzehnten Jahrhunderts. »Das heißt, sie müssen mit dem aufhören, was sie gerade tun, ihre Koffer packen und nach Hause gehen. Das war . . . das war früher, in der guten alten Zeit, als es noch keine Gummigeschosse und Benzinbomben und Polizisten mit Schutzschildern und -masken gegeben hat. Nachdem die ›Aufruhrakte‹ verlesen worden war, hat das Militär mit blankem Säbel und aufgepflanztem Bajonett die Macht übernommen.« Er sah sie nachdenklich an. Denn wenn Sheldon recht hatte, bedeutete das, daß die Russen tatsächlich auf Audleys Seite waren – selbst wenn es sonst niemand war. Doch an welcher Stelle kam dann Basil Cole ins Spiel?

»Ah-ha?« Sein nachdenklicher Blick ließ sie noch einen Moment lang innehalten. »Nun, wie man hört, sagen alle, daß sie nichts damit zu tun hatten. Und das sind die letzten Informationen, die mich ungefähr vor einer Stunde erreicht haben – kurz nachdem du hier angekommen bist, Tom.« Sie sah ihn einen Augenblick fragend an. »Aber du hast gesagt ... daß es einen Toten gegeben hat – *einen Toten*?«

Also wußten die Amerikaner nichts von Basil Cole. Und die Russen möglicherweise auch nicht ... Oder vielleicht wußte eine Seite *doch* davon ... oder *beide*? Doch es gab unendlich viele Möglichkeiten, also zum Teufel damit! »Deshalb ist David Audley auch in Schwierigkeiten.« Er ließ sich auf das Fußende des Bettes sinken. »Wenn das alles ist, was du mir zu sagen hast, Willy, Liebling, dann ist es sehr freundlich von Colonel Sheldon, daß er ihm das mitteilen will – ›sehr freundlich‹?« Das verdammte Bett war zwar so weich, wie ein Hochzeitsbett es sein sollte, doch es erinnerte ihn nur daran, daß er sehr müde war und der Rest der Nacht langsam dahinschwand. »Aber das wissen wir alles schon – genaugenommen wissen wir alles schon viel zu gut.«

Sie richtete sich auf. »Wer ist tot, Tom?«

Er schüttelte den Kopf. »Da mußt du Colonel Sheldon fragen, meine Liebe – nicht mich. Ich bin nur der Leibwächter –« Dieses verdammte Bett war sogar schrecklich weich. »– ›ein erstklassiger Aufpasser‹, woran ich heute mehr als einmal erinnert worden bin; es obliegt tatsächlich nicht mir, *alles zu ergründen* ... Frag Colonel Sheldon, Willy.« Das Bett lud ihn zum Zurücklegen ein, und mit einem Mal ertappte er sich dabei, wie er an die Decke starrte und wartete, daß sie auf seine Weigerung, alles zu erzählen, reagierte.

Es war eine wunderschöne Balkendecke mit acht Balken, die in der Mitte zu einem geschnitzten Relief zusammenliefen, das ein Gesicht darstellte.

Gott! Das war *The Green Man*! Das hätte er selbst ohne seine dunkle Erinnerung gewußt: die Bärenklaublätter, die aus dem Gesicht herauswuchsen – aus Stirn und Nase und Augenbrauen und Oberlippe und Kinn –, sahen äußerst naturalistisch aus – es waren Bärenklaublätter und nicht Weinlaub, wie er erwartet hatte.

Er spürte, wie sie sich neben ihm unter der Bettdecke bewegte.

In der Tat: *The Green Man*! Und obwohl sich das Gesicht nicht direkt über ihm befand, schauten die schwarzen Augenhöhlen des grünen Mannes nicht senkrecht nach unten ins Leere, sondern sie blickten ihm mit uralter Weisheit leicht schräg in die Augen, vielleicht sogar in die Seele.

»Wieviel weiß Audley von Professor Panin, Tom?«

Ihre Stimme kam aus dem Nichts über ihm. Es war zwar ihre Stimme, doch sie hätte auch aus dem blätterumrankten Mund kommen können, der in seiner heidnisch-nordischen Darstellung keinen grausamen oder feindseligen, sondern eher einen wissenden Ausdruck vermittelte.

»Wieviel sollte er denn wissen?« *Grüner Mann* oder *Jack o' the Green* oder *Green Knight* aus *Sir Gawaine* oder *Wodwo, der wilde Mann – wenn ich wüßte, was du weißt, bräuchte ich nicht fragen! Denn du weißt alles!*

»Du hast recht, Tom – er ist in größeren Schwierigkeiten als Audley.« Sie hielt nur eine halbe Sekunde inne, als erwarte sie keine Reaktion. »Weißt du es? Oder hast du es nur geraten?«

Deswegen mußte Basil Cole sterben, sagte ihm der grüne Mann. »Ich habe es geraten.« *Aber andererseits wieder nicht geraten. Denn Basil Coles Tod war wirklich nicht leise vonstatten gegangen.* »Nur geraten, Willy.«

Sie antwortete nicht, und jetzt riet er, daß es sie ärgerte, daß er auf dem Rücken lag und zum grünen Mann hinaufstarrte. Schließlich war der grüne Mann weder vor noch nach der Ankunft des »weißen Christus« in irgendeiner seiner Inkarnationen ein Gott der Frauen gewesen.

Er rollte sich auf den Ellbogen zur Seite, hob den Kopf und sah sie an. »Ich habe nur geraten, Willy, Liebling. Aber ich glaube, wenn er nicht müßte, würde er sich nicht so weit von seinem vertrauten Terrain entfernen – hä?«

Sie sagte immer noch nichts, und er bemerkte zu spät – viel zu spät –, daß ihn der grüne Mann im Stich gelassen hatte, weil er erst nach seiner Weigerung, von Basil Cole zu berichten, aufgetaucht war. Also mußte er sich jetzt anstrengen.

»Warum erzählst du mir das alles?« (Bislang hatte sie ihm noch gar nichts erzählt, doch das spielte keine Rolle!) »Warum erzählst du es nicht Audley?« Er deutete mit dem Kopf an ihrer nackten, blaßrosa, weiß und golden schimmernden Schulter vorbei in Richtung des brokatverzierten Kopfteils des großen Hochzeitsbetts. »Er ist in Zimmer zwei, nur einen Meter von hier entfernt.« (Er konnte sich nicht vorstellen, daß Audley jetzt schnarchend seine esoterischen Träume träumte.)

Das war immer noch nicht gut genug. »Oder anders gefragt: Warum erzählt Sheldon das nicht mir?« Sollte er noch gehässiger sein? »Oder bist du im Notfall zu opfern – so wie ich?« (Darauf mußte sie zumindest aus Loyalitätsgründen antworten!)

Ihre Miene verfinsterte sich, doch er konnte sie nicht deuten: Entweder hatte sie ihn wiedersehen wollen oder nicht – eins dieser beiden Extreme traf zu. »Dr. Audley kennt mich nicht. Aber du.«

Nur zu wahr! dachte Tom. *›Ich kenne dich von jenem ersten englischsprachigen Verbandstreffen – von jenem ersten üblichen Augenkontakt Gleichgesinnter, quer durch einen überfüllten Raum, genau wie in »South Pacific«; und später im Bett und danach in so mancher Turmhügel- und Zwingerburg. Ich kenne dich gesellschaftlich, Willy – biblisch und auf jede andere erdenkliche Art, außer einer . . . die in unserem Geschäft die einzige ist, die zählt, hä?*

»Stimmt.« *Willst du diese Frau zu deinem Weibe machen –?‹*

»Ja.«

»Und ich habe keine amtliche Befugnis –« Sie schüttelte den Kopf. »– Tom, mein Liebling . . . wenn etwas schiefgeht . . . und ich denke, *sie* glauben, daß etwas schiefgehen wird . . . dann bin ich nur eine untergeordnete Angestellte der Chiffrierabteilung, die auf unterster Ebene arbeitet und privat mit einem etwas höher gestellten FCO-Mann zusammenlebt –« Sie schloß einen Moment lang die Augen, und als sie sie wieder öffnete, hatten sie ihren Glanz verloren. »– einem Engländer, der zufällig einen Titel hat. Was mich in ihren Augen einer guten alten amerikanischen Tradition folgen läßt, die mit Consuelo Vanderbilt begonnen hat.« Sie hielt kurz inne und sah ihn an. »Sie wissen natürlich alles über dich. Jedenfalls mehr, als ich ihnen gesagt habe.«

»Natürlich.« Als Botschaftsangestellte – selbst als Sekretärin, ganz zu schweigen von einer Angestellten der Chiffrierabteilung – hatte sie ihr Privatleben natürlich offenlegen müssen. Aber das wußte er, weil es bei ihm ebenso war.

»Natürlich.« Sie verzog den Mund. »Also . . . habe ich rechtmäßig die Befugnis zu Überwachungsaufträgen. Doch ich bin nicht mehr das ›Firmentalent‹, wenn etwas schiefläuft – dann bin ich nur noch deine ›Mieze‹ . . . deine ›Mieze‹ – okay?« Sie verzog den Mund noch deutlicher. »So sagt ihr doch hier dazu, oder?«

Es war warm im Zimmer, und er konnte die Wärme auf seinem Gesicht spüren. Doch er spürte auch eine gewisse Kälte auf seinem Rükken, die von innen kam. Denn wenn Audleys Freunde vom Grosvenor Square so sehr darauf bedacht waren, sich von Holcombe Bridge fernzuhalten, dann war das sicher kein Ort, an dem man sein sollte.

»Und was sind das für große Schwierigkeiten, in denen sich Audley befindet, Willy?«

Sie entspannte sich leicht. Die Rückkehr zum Geschäftlichen ließ es nicht zu, daß sie mitten in den Trümmern ihrer Beziehung an ihr eigenes Elend dachte. »Seine eigene Seite hat es auf ihn abgesehen, Tom.«

»Warum?«

»Er hat Ränke geschmiedet. Auf politischer Ebene – gegen Politiker.«

»Audley?« Audley war nie politisch gewesen – selbst Harvey hatte gesagt, der alte Mann habe eine Abneigung gegen alle Politiker. »Niemals!«

»Du irrst dich, Liebling. Es gibt da einen Typen, den er nicht mag – es ist ein Spitzenpolitiker.«

»Er mag überhaupt keine Politiker, Willy.«

»Nein? Gut, davon weiß ich nichts ... aber er scheint diesen Typen reingelegt zu haben, indem er etwas von einem Sicherheitsrisiko in dessen Ministerium hat durchsickern lassen. Und das scheint ein großer Fehler gewesen zu sein.«

Wieder wollte er *warum* fragen, entschloß sich aber, sie nicht mehr so oft zu unterbrechen. Denn wenn sie Sheldons Aussage nur weitergab, ohne sie zu begreifen, würde sie die Fragerei nur verwirren.

»Dieser Typ hat engen Kontakt mit hohen Tieren vom Geheimdienst – *eurem* Geheimdienst, meine ich. Tom ... Es gibt da einen sehr raffinierten Mann namens Jaggard – und der ist so ziemlich auf unserer Seite – *unserer* Seite, einschließlich den Vereinigten Staaten ... Aber er schuldet diesem Politiker einen Gefallen. Und er möchte ihm noch mehr Gefallen schulden –«

Ach du lieber Himmel! dachte Tom. *Jetzt steckte er wirklich mitten drin!*

»Also ist er bereit, Audley den Wölfen zum Fraß vorzuwerfen – möglicherweise sogar den russischen Wölfen.« Sie blinzelte ihn an. »Kannst du mir folgen, Tom, Liebling?«

Nicken. Er konnte ihr nur zu gut folgen. Wieder Nicken.

»Ah-ha?« Sie schaute ihn an, als überrasche sie sein promptes Nikken. »Nun ... Colonel Sheldon mag diesen Kerl, diesen Jaggard, aber er traut ihm nicht – Commodore Jaggard, oder?«

»Air Commodore.« Es war nur schwer vorstellbar, daß ein perfekter Nadelstreifenzivilist wie Jaggard vor mehr als zwanzig Jahren der Wegbereiter der P1127 gewesen war, die später zum Harrier umgemodelt wurde. Doch das deutete zumindest an, warum Colonel Sheldon, USAF, vom Gefühl her vielleicht auf seiner Seite war. »Royal Air Force, Willy. Da war er auf jeden Fall mal.«

»Du hast Commodore – *Air* Commodore Jaggard kennengelernt?«

»Flüchtig.« Das traf absolut zu; selbst beim letzten Mal, als sich Henry Jaggard auf Ranulfs Wall den Regen aus den blaßblauen Augen gewischt hatte, war es nur eine kurze Begegnung gewesen. »Aber Colonel Sheldon mag auch David Audley? Immerhin so sehr, daß er ihn warnen möchte?«

»O ja – das tut er mit Sicherheit.« Sie nickte ihm rasch zu. »Er kennt Audley von früher – er nennt ihn sogar David . . . Und er hat hier in England mal mit ihm zusammengearbeitet. Er hat große Hochachtung vor ihm, Tom. Und er sagt, daß die Arbeit, die Audley leistet, viel zu wertvoll ist, um vermasselt zu werden.«

Ein ganz schönes Gewirr anglo-amerikanischer Loyalitäten! dachte Tom. Denn wenn Jaggard seine politischen Verbündeten brauchte, dann brauchte Sheldon auch seine britischen Verbündeten – und auch Audley! Demnach steckte Sheldon jetzt ebenfalls in Schwierigkeiten.

»Aber nicht wertvoll genug, um hierherzukommen und mit ihm zu sprechen?« An ihrem Gesichtsausdruck sah er, daß sie an die gleiche Frage gedacht hatte, auch wenn sie sie nicht gestellt hatte. »Und was empfiehlt er?«

Sie fuhr sich mit der Zunge über die Oberlippe. »Er sagt, ihr sollt beide abhauen, Tom.«

Auch wenn es sinnlos war, klang es in der Tat wie eine gutgemeinte, freundliche Empfehlung, die einem besonderen Verhältnis entsprang. »Das wird Audley nicht tun, Willy.« Er zuckte hilflos mit den Schultern. »Also kann ich es auch nicht – obwohl ich es gern täte.«

»Nein.« Sie nickte wieder. »Er hat gesagt, daß Audley nicht weglaufen würde.« Nicken. »Nicht nach dem, was gestern passiert ist.« Diesmal kein Nicken – nur Neugier. »Er hat gesagt, daß Audley nicht weglaufen – und außer sich selbst niemandem trauen würde.«

Vielleicht sollte er ihr auch etwas verraten, das sie ihrem Chef übermitteln konnte. Dann erführe die CIA immer noch früh genug von Basil Coles Unfall. »Er hat gestern morgen einen alten Kollegen verloren.« Er erinnerte sich wieder an Audleys Wut. »Also ist es sowohl persönlich als auch beruflich. Ich denke, daß er jetzt auf Rache sinnt.«

Die Worte schienen sie zurück in die großen Kissen auf dem großen Bett zu drücken und sie kleiner und zum ersten Mal auch etwas verängstigt aussehen lassen. Unwillkürlich glaubte er für einen kurzen Augenblick, was er glauben wollte, obwohl er wußte, daß sie ebenfalls wollte, daß er es glaubte: Und zwar, daß sie nicht das »Firmentalent« war, sondern nur eine kleine Angestellte der Chiffrierabteilung, deren Privatleben für ihre Chefs nützlich geworden war.

Doch dann ließ seine Leichtgläubigkeit nach, und er grinste sie an. »Wie du siehst, habe ich ganz und gar nicht geraten, als ich gesagt habe, daß Professor Nikolaij Andrejewitsch Panin in Schwierigkeiten sei, Willy. Denn dein Chef, Colonel Sheldon – er hat verdammt recht, was David Audley betrifft: Er ist vielleicht ein *alter* Mann, aber er ist auch ein alter, zäher Hund. Und er ist im Augenblick in übler Stimmung, oder besser, in übler und *rachsüchtiger* Stimmung. Und das nicht nur, weil irgendein dummer Kerl sich auf seinem Grund und Boden erlaubt hat, auf ihn zu schießen. Und er sieht das wirklich nicht als Krickettspiel . . . Sondern weil ein anderer dummer Kerl jemanden erledigt hat, den er sehr schätzte.« Er konnte sich ein Grinsen nicht verkneifen. »Wenn also hier dein Heimatstaat wäre, in den alten Zeiten, dann würdest du die Rauchsignale über den Hügeln sehen und aus der Ferne die Kriegstrommeln hören. Denn hier sind *seine* angestammten Jagdgründe, Willy. Deswegen solltest du Colonel Sheldons Rat vielleicht an den Genossen Professor Panin weitergeben und nicht an mich.«

»Ah-ha?« Sie hatte ihre Selbstbeherrschung wiedergefunden und war nun fast seine alte Willy, die er schon verloren geglaubt hatte. »Aber ihr habt bis jetzt noch nicht mit ihm gesprochen –?« Sie begann plötzlich die Kissen neben ihr aufzuschütteln und rückte aus ihrer fast zentralen Position.

»Mit dem Genossen Professor?« Gleich würde sie ihn neben sich ins Bett bitten. Doch dazu war er noch nicht bereit. Denn wenn er neben ihr läge, könnte er nicht ihr ganzes Gesicht sehen – ihr schönes, sommersprossiges, verräterisches Gesicht. Und auch der Rest von ihr würde Schindluder mit seiner Konzentration treiben. »Zum Teufel – du weißt doch, daß wir nicht mit ihm gesprochen haben!« (Zum unpassenden Zeitpunkt überkam ihn wieder die Erinnerung an die Unfallszene auf der Autobahn, als er bei der Polizei seinen Rang spielen lassen wollte, um weiterzukommen, und Audley den Gedanken kurzerhand abgelehnt hatte: *Aber wir werden eine Stunde hier stehen, David! – Dann kann ich ja noch eine Stunde schlafen. Lassen Sie den Scheißkerl doch schwitzen und sich wundern, was wir vorhaben. Ich tanze doch nicht nach seiner Pfeife und halte einseitige Verabredungen ein, verdammt noch mal!*) »Ich werde telefonieren und mitteilen, daß wir später kommen.« *(Das war gewesen, als Audley sich einen Moment lang lebhaft gezeigt hatte: Sagen Sie, daß ich Räucherlachssandwiches möchte, mit zwei Scheiben Brot, dünn geschnitten, aber mit Kruste . . . und eine Flasche guten weißen Burgunder (einen anständigen Graves werden sie nicht haben, das haben sie nie) . . . Und ich möchte einen Pudding – irgendwas mit Schokolade – Milchschokolade . . . und ihren besten Sauternes oder Barsac, auf Eis – auf Eis, wohlgemerkt nicht aus dem verdammten Kühlschrank: Sagen Sie ihnen das, Tom.)*

»Aber er hat eine Nachricht hinterlassen –?«

Und ich wette, daß du sie gelesen hast! »Ja.« *(Diese saubere, peinlich genaue und grammatikalisch richtige Notiz, hatte er gedacht, von einer Hand geschrieben, die Kyrillisch, wenn nicht sogar Altgriechisch gewohnt war.)* »Er sagte, daß er einen langen Tag gehabt habe, mit dem Flug und all den ermüdenden Formalitäten und der langen Fahrt.« *(Und außerdem beinahe akribisch formell: »Sehr geehrter Doktor Audley . . .« und »diese lange Reise, die wir zusammen machen . . .« bis hin zu »Mit vorzüglicher Hochachtung« –ha! – vor dieser vollendeten Unterschrift.)* »Er will uns morgen treffen, irgendwo unter freiem Himmel, aber wo es sicher ist, Willy.«

Sie tat, als dächte sie darüber nach, als sei es etwas Neues für sie.

Schamloses Weib! Sie wollte ihn fragen, doch das war selbst für sie zu offensichtlich.

Aber anstatt gleich etwas zu entgegnen, griff sie hinüber und schlug an der Stelle die Bettdecke zurück, wo seine Seite des Rugbyfeldes sein mußte. »Komm rein, Tom.«

So nachgiebig durfte er nicht sein. »Du hast gesagt, er sei in Schwierigkeiten – ›großen Schwierigkeiten‹. Was für Schwierigkeiten?« Er ignorierte das verlockende Angebot und tat so, als habe er nichts gehört. »In größeren Schwierigkeiten als Audley –?«

»Ja.« Jetzt tat sie so, als erinnere sie sich an das, was ihr gesagt worden war – eine einfache Angestellte aus dem Chiffrierraum, die plötzlich über ihre Kompetenz hinaus von Angelegenheiten unterrichtet wurde, die sie niemals chiffriert oder dechiffriert hatte. »Sie sagen, daß er in Moskau in Ungnade gefallen sei. Sie haben gesagt, er war fast reif für den Schrotthaufen, Tom. Sie waren sogar überrascht, daß man ihn hat ausreisen lassen, um mit deinem Doktor Audley zu sprechen.«

War es das, was »sein« Dr. Audley angedeutet hatte? Doch er hatte mehr als das gesagt. Und jetzt war sie auf Informationen aus – und darin war sie verdammt gut.

Demnach könnte er den Spieß – ebenso unschuldig – umdrehen. »Glauben sie denn, daß er für Angebote offen ist?«

»Nein.« Sie schüttelte so schnell den Kopf, daß eine goldene Locke quer über ihre Brust fiel. »Colonel Sheldon hat gesagt, daß sie ihn deswegen rausgelassen haben – weil er niemals überlaufen würde, sagt er.«

Also stimmte Colonel Sheldon seinem alten Freund Audley zu. »Was genau hat er denn mit David Audley vor, Willy?«

»Das wissen wir nicht genau.« Sie glitt hinüber in seine Hälfte des Spielfelds. »Doch sie haben mir drei Namen gegeben, die ich dir nennen soll – du sollst sie an Dr. Audley weitergeben.«

Das war vielleicht nicht so gut. Wenn sie in ihrem Beisein erörtert hatten, daß Panin überlaufen könnte, dann hatten sie bestimmt noch über eine ganze Menge mehr gesprochen. Doch das mußte er im Augenblick übergehen. »Was für Namen, Willy?«

Sie holte nachdenklich Luft. »Zarubin, Gennadij Iwanowitsch –« Ebensogut hätte sie Smith, Peter John, sagen können – auch da gab es ein paar Millionen Möglichkeiten zur Auswahl. Aber vielleicht wußte Audley Bescheid. »Ja?«

»Martschuk, Leonid – Leonid –« Sie suchte einen Moment lang nach dem Rest von *Martschuk, Leonid* »–Leonid *Nikititsch* Martschuk.«

Noch so ein verdammter *Peter John Smith.* »Martschuk. Ja –?«

»Pietruszka, Adam Pietruszka –« Sie atmete erleichtert auf, nachdem sie sich an die fremdklingenden Namen erinnert hatte. »Adam Pietruszka.«

Er stand auf und ging um das Bett herum. Die Vorhänge des großen Fensters, das auf die Straße hinausging, waren jetzt richtig zugezogen, stellte er fest; durch sie hatte er den verräterischen Lichtschein gesehen.

»Martschuk?« *Pietruszka!* »Pietruszka? Zarubin?«

»Colonel Sheldon sagt, daß er die Namen kennt.« Sie sprach nur sehr leise und ohne Selbstvertrauen, als ob sie wüßte, daß ihr angloamerikanischer Akzent zu wünschen übrigließ, wenn sie damit slawische Namen zu formen versuchte.

Schließlich drehte er sich wieder zu ihr um. *Pietruszka!* Er strahlte übers ganze Gesicht. »Dann wird er das bestimmt auch tun.«

Pietruszka, um Gottes willen! Pietruszka – Piotrowski – Wolski – Schmielewski – Pekala!

Doch wenn sie erwartete, daß er auf jenen letzten Namen reagierte, dann mußte er sie enttäuschen. Denn er sank statt dessen aufs Bett, nahm sie in die Arme und enthüllte in dem Moment ihre ganze Weichheit, in dem ihn jener verräterische Duft umfing, der sich mit dem einzigartigen Willy-Geruch vermengte – unvergeßlich und unvergessen –

warm und weiblich; und bei diesem gegenseitigen Verrat haßte er sie und sich gleichermaßen.

Pietruszka – dieses verdammte – feige – mörderische – rote – scheiß – verräterische – Schwein!

Aber sie rückte von ihm ab – versuchte ihn fast konvulsivisch wegzuschieben und wandte ihr Gesicht von ihm ab.

»Mein Gott! – du bist so kalt.« Wieder schob sie ihn weg und drehte den Kopf schnell von rechts nach links. »Mein Gott! Ich bin jetzt bloß deine Mieze, oder? Ich bin jetzt nur deine blöde Freinummer!« Sie hörte auf, unter ihm zu beben, und wurde wehrlos. Vorwurfsvoll starrte sie in sein Gesicht. »Nur eine Freinummer!«

Pietruszka! dachte er, während er sich zurückstoßen ließ.

Sie starrte ihn an, als würde sie ihn nicht kennen. *Ihn* hatten sie auch nicht gekannt, als sie ihn aus dem Wloclawek-Stausee zogen: Sein eigener Bruder hatte ihn lediglich anhand eines Muttermals auf der linken Brustseite identifiziert, so übel hatten sie ihn zugerichtet –

Audley hatte recht. Auge um Auge!

In jenem kurzen Augenblick fügte sich alles zusammen, und er wußte genau, wo er stand. Und noch besser: Er war endlich da, wo er sein wollte – das traf die Sache noch genauer!

Er ließ von ihr ab. »Tut mir leid. Du hast ganz recht –« Weiche noch weiter zurück, geh zur Seite, weg von ihr. »– ich glaube, ich will dich mehr als je zuvor ... Denn ich *brauche* dich ... Aber wenn ich kalt bin, dann nur, weil auch ich Angst habe, Willy.«

»Tom ...« Diese große Lüge, die zugleich auch keine Lüge war, schwächte und verwirrte sie. »... mir tut es auch leid.«

Er hockte sich auf Fersen mitten in das große, zerwühlte Bett. In einer Sache stimmten sie wenigstens überein. Doch sie durfte nicht wissen, warum er ihr beipflichtete. Und wie dem auch sei, eigentlich war es gar keine große Lüge: Er brauchte sie, und er hatte Angst ... und nur ein blinder Idiot hätte sie nicht gewollt, so wie sie jetzt war.

Aber neben David Audley und Nikolaij Panin gab es jetzt noch *Adam Pietruszka.* Und das setzte andere Prioritäten –

Auge um Auge! Doch er mußte sich beherrschen.

»Es braucht dir nicht leid zu tun.« Er sank zurück aufs Bett. Es war komisch, daß ihm jetzt warm war, da er sich wieder unter Kontrolle hatte. »Es braucht dir nicht leid zu tun, Willy.« Er streckte den Arm nach ihr aus. Dann hielt er inne und griff statt dessen nach oben zum Lichtschalter.

Dunkelheit –

Wieder streckte er die Arme nach ihr aus, und diesmal stieß sie ihn nicht zurück. Sie verschmolz vielmehr mit ihm.

Dunkelheit und Stille. Und er konnte beinahe die tiefen Senken des Moorlands spüren, das sie schützend umgab.

Doch dann bewegte sie den Kopf unruhig in seiner Armbeuge. »Solltest du Audley nicht diese Namen sagen, Tom?«

Zarubin – Martschuk . . . Pietruszka?

Er schaute nach oben ins Nichts, während sie sich an ihn kuschelte, und wußte, daß der grüne Mann über ihnen war.

Pietruszka – Piotrowski – Wolski – Schmielewski: Es gab keine Zweifel über diese Namen! *Und Pekala dazu!*

Der grüne Mann schaute mit seiner altertümlichen und unergründlichen Weisheit noch immer auf ihn herab, dunkel und klar: Einst waren die grünen Blätter ein Symbol für die Lust des Fleisches gewesen, doch er begriff auch die Notwendigkeit des Opferns als Teil der Erneuerung. Folglich war sein Verständnis ein Teil von Pater Jerzys Verständnis – heidnisch und gottgleich und vollkommen.

»Morgen früh genügt auch –« Er hatte sich der Müdigkeit ergeben, und jetzt gab es kein Zurück mit einer weißen Flagge in Händen. *Denn es ist genug, daß ein jeglicher Tag seine eigene Plage habe* . . . und *Auge um Auge* galt für morgen. »– laß Audley seinen Schlaf – okay?«

Sie seufzte und kuschelte sich schließlich wieder an ihn, ohne zu wissen, was sie da akzeptiert hatte . . . was Jaggard vielleicht nicht wußte . . . und vielleicht auch Panin nicht . . . Aber was Audley wissen würde, wie Tom nun wußte –

Pietruszka – *seine verdammte schwarze Seele soll in die Hölle fahren!*

Während er die Frau, die er immer noch liebte, in den Armen hielt und hinterging, spürte Tom, wie er in seine englische und seine polnische Hälfte zerfiel.

Das war trotz allem keine perfekte Beschreibung: Die sanftere englische Hälfte von Vater hatte einst ein Auge für ein Auge gefordert, das alte angelsächsische *Wergeld* – doch das war lange her . . . deswegen konnte diese Hälfte jetzt Willy zugetan sein. Es war Mamusias Seite, die Rache forderte –

Irgendwie mußte er David Audley morgen schützen, und dennoch mußte er auch *Wergeld* für Pater Jerzy fordern –

»Tom, Liebling . . . halt mich fest, Tom –«

Auch Vater hatte normannisches Blut in den Adern, genau wie Audley. Und normannisches Blut besaß eine pragmatische Tugend: Es befaßte sich immer mit den wichtigsten Dingen zuerst.

Und das war genau das, was er jetzt tun würde.

7

Audley schneuzte sich geräuschvoll und mit offenkundigem Selbstmitleid, musterte widerwillig den älteren Ford Cortina und brummte wieder irgend etwas vor sich hin.

Aus dem Augenwinkel beobachtete Tom den Werkstattbesitzer, der die nagelneuen, knisternden Banknoten in seiner Gesäßtasche verstaute, und der Werkstattbesitzer bemerkte Toms Blick und nickte einschmeichelnd. »Der läuft wie geschmiert – darauf kann ich Ihnen mein Wort geben, Sir«, fügte er schnell hinzu, um das Nicken zu bekräftigen. »Un' ich stell' Ihren Wagen unter.«

»Wenn Sie eben einsteigen würden, David.« Tom nützte die Unterbrechung, bevor Audley vor Unglauben explodieren konnte. »Dann können wir reden.«

Audley machte den Mund auf, doch ehe er zu den Worten des Werkstattbesitzers Stellung nehmen konnte, mußte er wieder niesen; und bevor er sich wieder erholen konnte, war Tom auf der anderen Seite des Cortina und saß auf dem Fahrersitz. Der Werkstattbesitzer folgte ihm mit lobenswerter Besonnenheit soweit wie möglich, klopfte an die Seitenscheibe und ließ Audley allein stehen.

Tom kurbelte das Fenster herunter.

»Ich weiß, daß er nicht besonders aussieht –« Der Mann massierte seine Tasche, als könne er sein Glück noch gar nicht fassen. »– aber die Maschine da . . . die schnurrt wie ein junges Kätzchen! Lassen Se se mal an, un' hör'n Se mal.«

Der Meilenzähler stand auf 95 000, und der Zustand der Karosserie ließ darauf schließen, daß er bereits zum zweiten Mal bei dieser Zahl angelangt war. Doch Audley hatte sich dem Unausweichlichen ergeben und kletterte auf der anderen Seite in den Wagen, also drehte Tom schnell den Zündschlüssel herum.

Der Motor röhrte – und als er ihn auf Touren brachte, ließ er ihn noch weiter aufröhren, um das zu übertönen, was Audley gerade sagte.

»Na, was hab' ich Ihnen gesagt?« Der Werkstattbesitzer überspielte sein erleichtertes Erstaunen meisterhaft mit befriedigter Dreistigkeit.

»Is' doch eine gute Maschine – schnurrt wie 'n Kätzchen ... Un hinten zwei neue Reifen ... Se müssen bloß auf die Handbremse aufpassen – legen Se am besten 'nen Gang ein, wenn Se 'n am Berg abstellen ... Ich muß immer noch 'n bißchen was dran machen – wie ich Ihnen gesagt hab', oder?

»Jaja – danke.« Nicht Anhalten, sondern Wegkommen war jetzt die Devise. Die Straße war leer, und der Weg frei. »Dann werde ich mal fahren.« Er legte den Gang ein und löste die defekte Handbremse, um seinen Worten Taten folgen zu lassen. »Wiedersehen – Wiedersehen –«

»Auf Wiedersehen, Sir –« Der anrollende Cortina ließ seinen stolzen Besitzer zurück. »– vergessen se nich' das mit der Handbremse – *die Handbremse, Sir* –«

Sie fuhren. Und Tom hatte jetzt die Kraft einer Zwei-Liter-Maschine unterm Fuß und fürs erste vor und hinter sich eine freie Straße.

Audley brummte etwas vor sich hin. Und dann nieste er wieder, putzte sich die Nase und verdeutlichte so, daß sowohl seine Erklärung als auch seine Laune an diesem Morgen viel schlimmer waren.

Tom trat aufs Gaspedal und hörte auf den Klang des Motors, der all die verschiedenartigen Geräusche übertönte, die von allen möglichen Stellen innerhalb und außerhalb und unterhalb des »geschmierten Läufers« kamen.

»Wenn es eine Sache gibt, die ich hasse –« Endlich gelang es Audley zu sprechen, und er tat es sachlich und konzentriert. »– oder zwei Sachen ... oder vielleicht sogar *drei* Sachen –« Ein Niesanfall verschlang alle Sachen, die er haßte.

Noch immer nichts hinter ihnen. Das war beruhigend, auch wenn sich Tom ein bißchen der speziellen Vorsichtsmaßnahmen schämte, die er dem armen alten Kerl vor sich nach dem hastigen Frühstück aufgehalst hatte.

»Was hassen Sie, David?« Noch immer nichts. Und er fühlte sich irgendwie schlechter, weil er sich persönlich besser fühlte: besser – nach der letzten Nacht (die besser als besser gewesen war); und besser, weil hinter ihnen noch immer nichts war, als sie den hohen Hügelkamm von Cerwell Down zum offenen Moorland hinaufkletterten, wo kein Verfolger irgendwelche Deckung haben würde; und das beste Gefühl hatte er (obwohl das, gelinde gesagt, Verrat an Willy war), weil er Mountsorell schon immer hatte sehen wollen – (zum Teufel mit allen – mit Jaggard und Audley und Panin und seinem Aufpasser mit dem verkniffenen Gesicht ... Ja, fast sogar mit Willy!) – *er hatte Mountsorell schon immer sehen wollen!* »Was hassen Sie, David?«

Audley gab ein knurrendes Geräusch von sich, das sich halb wie Haß und halb wie gewöhnliche Kopfgrippe anhörte. »Ich hasse Ford Cortinas – und zweifarbige braune Cortinas ganz besonders!«

Nun, *das* war unter den Umständen aber *irrational*, dachte Tom erleichtert. »Zweifarbige Cortinas, David?« Mindestens auf eine Meile war nichts hinter ihnen.

»Meine Frau hat einmal einen gekauft, aus vierter Hand –« Audley hielt plötzlich inne, als fiele ihm plötzlich auf, wie lächerlich er sich machte. »Verdammt noch mal, Tom! Was zum Teufel tun wir eigentlich im Augenblick?«

Das war eine berechtigte Frage. »Wir treffen lediglich Vorsichtsmaßnahmen, David. Das ist alles.« Doch er durfte Audley nicht zuviel Wohlwollen zeigen. »Und was hassen Sie noch?«

»Ha!« Trotz seiner Erkältung fand Audley seine Beherrschung wieder. »Ich bin zu alt, um an Ihren Vorsichtsmaßnamen Gefallen zu finden – wenn Sie dieses ganze Mantel-und-Degen-Zeug meinen.«

Sollte er »Mantel und Degen« als Sachen zwei und drei verstehen? »Aber ich bin Ihr ›Aufpasser‹ – vergessen Sie das nicht, David.«

»Vergessen?« Der alte Mann sank resigniert in sich zusammen. »Wie könnte ich das vergessen?« Er schniefte. »Obwohl es verdammt lang her ist, seit ich das letzte Mal professionell beschützt worden bin . . . Aber nein – ich habe es nicht vergessen . . .« Dann zeigte er auf das klaffende Loch in dem abgenutzten Armaturenbrett, wo einmal das Radio gewesen war. »Das ist sicher auch eine Vorsichtsmaßnahme, oder?«

Sie erreichten die Kreuzung oben auf dem Hügel. »Das ist ein anderer Wagen. Der, den wir gestern hatten, stand die ganze Nacht auf dem Hotelparkplatz. Deswegen konnte ich ihn nicht dauernd im Auge behalten.« *Denn ich war letzte Nacht beschäftigt – okay?* Also haben wir jetzt einen anderen sauberen Wagen.«

Stöhnen. »Bildlich gesprochen.« Stöhnen – *Niesen* –

Armer alter Kerl! »Es war der erste Laden, bei dem man Autos mieten konnte, David.«

Ende des Niesens. »Dann sind Sie also schon dabei, niemandem mehr zu trauen? Nicht mal hier?« Audley betrachtete sein Taschentuch ebenso widerwillig, wie er den Cortina gemustert hatte. »Oder wissen Sie etwas, das ich nicht weiß?«

Er durfte nicht wieder *armer alter Kerl* denken. »Wir treffen Panin heute morgen – ›im Freien‹, wie er es will . . . Und gestern hat jemand auf Sie geschossen, David – und ich weiß, Sie glauben nicht, daß es *seine* Schuld war. Doch das spielt keine Rolle, denn wenn er es nicht war, dann war es jemand anders ... Genaugenommen wäre es mir verdammt noch mal lieber, wenn er es gewesen *wäre* – dann wüßten wir es wenigstens, oder!« Er trat wieder aufs Gaspedal und begann trotz klappernder Karosserie besser über den Werkstattbesitzer zu denken. »Doch wir dürfen auf keinen Fall den armen Basil Cole vergessen: *Jemand* weiß, verdammt noch mal, zu viel – das haben Sie selbst gesagt. Also ist ein bißchen Mantel-und-Degen schon angebracht. Okay?«

Audley sagte einige Sekunden nichts. Dann räusperte er sich gewichtig, kramte wieder nach seinem Taschentuch und schneuzte sich schließlich wieder. »Sie meinen, daß einer – *jemand* – letzte Nacht vielleicht eine Wanze in Ihrem großen, schwarzen Monster angebracht haben könnte? Um uns heute verfolgen zu können? Einer – *jemand* –, der es gestern geschafft hat, uns den ganzen Weg bis zum *Green Man* zu folgen?« Er hielt inne, um die Erinnerung an die Fahrt auf der M4 und der M5 für sich sprechen zu lassen. »So wie Superman vielleicht?«

Es war an der Zeit, Audley in die Schranken zu verweisen. Doch dies sollte er vielleicht sehr behutsam tun. »Die Wanze könnte am Wagen angebracht worden sein, als ich ihn gestern abend vor Basil Coles Haus stehen ließ, David – man hätte uns beobachten und auf uns warten können ... Da war ich unvorsichtig; wir hätten die Pferde schon gestern irgendwo auf der Strecke wechseln sollen ... nur für alle Fälle.« Und jetzt war es an der Zeit, ihn zu ängstigen. »Oder ... im anderen Falle ...«

Er mußte nicht weit fahren, bis Audley darauf ansprang. »Im anderen Falle –?«

Sie verließen das Hochmoor bereits und fuhren in eines der alten Täler hinab, in denen die Menschen in vorgeschichtlicher Zeit irgendwie ihr Leben gefristet hatten, und wo, was dieses spezielle Tal anging, Gilbert of Mountsorell während König Stephens kurzer Regierungszeit vorübergehend König auf seiner eigenen Burg war.

»Lassen Sie die Katze aus dem Sack, Tom, verdammt noch mal!« fuhr ihn Audley an.

Tom schaute nachdenklich auf die lange, abschüssige Straße vor ihnen. Eigentlich hatte er gedacht, er hätte den alten Mann von der Frage abgelenkt, doch sie waren viel zu schnell auf Audleys *Wissen Sie etwas, das ich nicht weiß* zurückgekommen. »Lassen Sie die Katze aus dem Sack –?«

»Ha! Oder jedenfalls soweit Sie Bescheid wissen!« Audley drehte sich herum, damit er ihn direkt anschauen konnte. »Sie waren letzte Nacht verschwunden ... Sie wußten, verdammt noch mal, nicht, was vor sich ging, Tom – *ich* kenne die Anzeichen ... denn *ich* war vorher schon da – im Niemandsland, mit einer Hand auf den Rücken gebunden, den Fuß in einem Eimer und irgendeinem Idioten, auf den ich aufzupassen hatte ... *Ich war da und kenne die Symptome* ... also behandeln Sie mich nicht wie einen Idioten, hä?«

Das war peinlich, dachte Tom: Er hatte Audley einmal mehr unterschätzt, und er brauchte mehr Zeit, um hinter das *Wie* und *Warum* zu kommen. »Was –?«

»Ich sagte –« Audley hielt plötzlich inne, als sich die Straße verengte und zwischen hohen Böschungen steil abfiel. »Vorsicht, Mann, passen Sie doch auf, wie schnell Sie fahren!«

Genau das tat Tom bereits, und schlagartig klang ihm die Warnung des Werkstattbesitzers bezüglich der Bremsen in den Ohren. Auf ebener Strecke konnte der alte Wagen seinesgleichen sicherlich die Rücklichter zeigen, das hatte Tom bewiesen. Doch er mußte sich jetzt keine Sorgen machen, ob der Wagen gut lief, sondern ob er gut bremste. Und so verkrampft, wie Audley auf dem Beifahrersitz saß, teilte er diese Sorgen. Langsam, unter beständigem Pumpen der Fußbremse, verringerte der Wagen seine Geschwindigkeit, bis Tom einen anderen Gang zur Unterstützung einlegen konnte. »Tut mir leid, David. Ich habe an etwas anderes gedacht.«

»Ich auch.« Audley schniefte und hielt sich umklammert. »Dieses verdammte *bocage* – schon beim Gedanken daran bekomme ich immer eine Gänsehaut.«

»Bocage?« Dann erinnerte sich Tom an die alte Geschichte über den halbwüchsigen Garde-Panzerkommandanten Audley anno '44 und griff das Thema dankbar auf. »Sie meinen, das ist hier wie in der Normandie, oder?«

Audley antwortete nicht, sondern saß zusammengekauert und schweigend da, bis sich Tom unterbewußt an die langen Reihen Gräber auf dem polnischen Soldatenfriedhof an der Straße von Caen nach Falaise erinnerte, viele davon die letzte Ruhestätte der Panzerbesatzungen, die einen halben Kontinent von ihrer Heimat entfernt vergebens für die Freiheit ihres Landes gestorben waren.

»Ja –« Audley richtete sich schlagartig auf. »– ja und nein. Es ist so, und auch wieder nicht.« Schniefen. »Komische Sache, die Erinnerung: Sie verschwindet für Jahre, und dann ist sie plötzlich wieder da.«

Er schniefte wieder und wandte sich Tom zu. »Nun, Thomas Arkenshaw, mein junger Freund ... *im anderen Falle*, sagten Sie. *Im anderen Falle* brauchte uns gestern gar niemand zu folgen, denn er wußte bereits, wo wir hinfahren, hä?«

Tom nickte. Über den nächsten Hügelkamm, und dann müßte irgendwo links unten Mountsorell liegen. »Das ist denkbar.«

»Ja«, stimmte Audley barsch zu. »Unsere Seite wußte es. Und Nikolaij Andrejewitschs Seite wußte es auch. Doch zunächst mal sollte man keiner Seite trauen. Heute morgen beschäftigt Sie aber noch mehr als diese bedauerliche Wahrheit, die Sie natürlich nicht erheitern wird –«

»David!« Die Gedanken an brennende Panzer – häufiger englische und polnische als deutsche – in diesem *verdammten* Gehölz hatten Tom Zeit gegeben, und diese Zeit riet ihm, die Katze aus dem Sack zu lassen. Jedenfalls soweit, wie er Bescheid wußte. »Lassen Sie mich –«

»Nein!« schnitt ihm Audley das Wort ab. »Versuchen Sie nicht, es zu leugnen – oder zu erklären ... wenigstens nicht, bis ich aufgehört habe, laut zu denken.« Schniefen. »Gestern waren Sie unglücklich ... und ein bißchen unvorsichtig, wie Sie zugegeben haben. Heute sind Sie glücklich, aber vorsichtig ... Und Sie wollten nicht über Geschäftliches sprechen, bevor wir vom *Green Man* weg und in einem sicheren – *relativ* sicheren – Wagen auf freier Strecke waren. Richtig?«

Tom wollte gerade den Mund öffnen, doch Audley kam ihm zuvor. »Und ich glaube nicht – ich glaube *wirklich* nicht, daß Ihr Glück auf Ihre Jugend und einen guten Schlaf zurückzuführen ist.« Ein Taschentuch tauchte aus dem Nichts auf, und der alte Mann schneuzte sich. »Wohingegen ich eine schreckliche Nacht mit furchtbaren Alpträumen hatte ... Aber das liegt daran, daß ich zu oft die Mitternachtsglocken hörte, und ich hätte jetzt gern meine Frau neben und meine Matratze unter mir ... Doch jetzt habe ich durch die frische Luft einen klaren Kopf, und ich kann wieder klar sehen.« Der alte Mann knüllte das feuchte Taschentuch zusammen, stopfte es in die Tasche seines hellen, teuren Regenmantels und zauberte ein frisches aus einer anderen Tasche. »Also – ich sage Ihnen das nur um Ihrer geschätzten Mutter willen – wenn Sie dabei sind, mich zu hintergehen, dann rate ich Ihnen, es gut zu machen. Denn um ihrer willen habe ich mir heute morgen vorgenommen, Ihnen so lange zu trauen, bis ich merke, daß Sie ein falsches Spiel mit mir treiben. Dann allerdings werde ich sie, *ebenfalls* um Ihrer Mutter willen, zu diesem füllerschwingenden Bürohengst Frobisher zurückschicken, und dann können Sie zusehen, wie

Sie mit ihm Frieden schließen.« Audley wischte sich mit dem frischen Taschentuch übers Gesicht. »Ist Ihnen das jetzt glasklar?«

Sie fuhren einen weiteren Hügel hinauf, und Tom erhaschte einen Blick von mit dunklem Heidekraut bewachsenem Moorland zu seiner Linken, mit einem scharfen, baumlosen Horizont unter dunklen Regenwolken. Aber er wußte, daß er trotz Jaggards Überlegungen und Audleys Eingeständnissen nicht tief genug in den alten Mann hineinblicken konnte – nicht einmal angesichts dieser besonderen Es-war-einmal-Beziehung mit Mamusia. Denn jetzt hatte Audley seine eigene Frau, und außerdem konnte man ihm nicht trauen.

»Glasklar, David.« Und doch fühlte er sich trotz dieses Mißtrauens (und vielleicht wegen Mamusia, oder möglicherweise eher, weil er beim Service noch nie jemandem wie diesem merkwürdigen, wortreichen, gefährlichen alten Mann begegnet war) zu ihm hin- und in das Spiel hineingezogen. »Wenn ich mit Ihnen ein falsches Spiel treibe, werden Sie mich verpfeifen. Stimmt's?«

»Hmm . . .« Audley nahm zum ersten Mal Notiz von seiner Umgebung. »Sagen Sie mir nur eines, Tom –«

»Nur eines?« Sie fuhren wieder bergab. Doch diesmal hatte er schon vorher den richtigen Gang eingelegt; denn obwohl er nichts als die zu beiden Seiten aufragenden Böschungen des Devon-*bocage* sehen konnte, wußte er, daß Mountsorrel irgendwo da unten, einfach geradeaus und dann nach links, auf einer Landzunge oberhalb der alten Furt liegen mußte.

»Ja.« Audley klang beiläufig, doch nervös preßte er die großen Hände im Schoß zusammen, als wären durch die Böschungen auch seine Erinnerungen an jenes *bocage* wiedergekehrt, wo gutpostierte deutsche 8,8-Flak und Infanterie mit lauernden Panzerfäusten in Stellung gegangen war. »Jedenfalls erst mal eine simple Frage. Nun, da wir sozusagen wissen, wo wir stehen.«

Eine Kurve kam, und dann verlief die Straße wieder gerade, so daß Tom von oben aus deutlich die Brüstung einer kleinen Steinbrücke zu Füßen des Hügels sehen konnte. Also mußte es links irgendwo eine Lücke geben. »Nur zu, David?«

»Ja.« Seine Hände preßten weiter. »Wo zum Teufel fahren wir bloß hin?«

»Ah!« Vor ihnen, in der hohen Böschung zu ihrer Linken, klaffte die Lücke; und obwohl sie viel zu klein schien . . . und nicht ausgeschildert war (andererseits war Mountsorrel natürlich kein Nationaldenkmal) . . . war sie doch die einzige Lücke, die er auf den letzten hundert Metern vor der Brücke ausmachen konnte. *»Ah!«* Wütend latschte er auf das Bremspedal, während er mit sich haderte, ob er nicht lieber vorbeirasen und dann wieder den Berg hochfahren, als sie auf Anhieb zu nehmen versuchen sollte. »*Hier*, wenn es denn so sein soll, fahren wir hin ... glaube ich –« *Hol's der Teufel!* dachte er, während er am Lenkrad kurbelte.

Das alte Auto krachte in allen metallenen Nähten und Fugen und neigte sich gefährlich zur Seite, als es im Zeitlupentempo in eine scharfe Linkskurve schlitterte und er einen Moment lang fürchtete, es könne quer in die Böschung krachen, die sich unterhalb der Lücke wieder erhob. Doch, Gott sei Dank, reagierte der Wagen auf den Richtungswechsel, und der Motor starb schließlich in einem letzten Protest ab.

»Wirklich?« Audley war in der Kurve gegen ihn gefallen und fluchte vor sich hin. Doch jetzt klang seine Stimme nur leicht skeptisch. »Und *wo*, bitteschön, ist *hier*, Tom?«

Der stellt vielleicht Fragen, dachte Tom und musterte den nicht sehr verheißungsvollen, zerfurchten und schlammigen Weg, der mitten durch üppige Brennesselfelder führte.

»Ich meine –«, ergänzte Audley plötzlich. »– weiß denn Panin, wie man zu Bodger's Farm kommt?«

»Bodger's Farm?« Toms Blick folgte Audleys ausgestrecktem Finger. Auf der Beifahrerseite hing an einem verfallenen Tor, das an zwei Ölfässern lehnte, ein ungelenk bemaltes Schild mit dieser Aufschrift.

»Wollten Sie hierher fahren?« erkundigte sich Audley höflich. »Und wenn ja, wird er herfinden?«

Toms Überzeugung schwand. Doch die lange Erfahrung, die er mit ähnlichen Orten hatte, belebte sie wieder. »Er hat meine Generalkarte, in die der Treffpunkt eingezeichnet ist. Ich habe sie seiner Begleitung heute vor dem Frühstück gegeben.«

»Seiner Begleitung? Seinem *Aufpasser*, meinen Sie?« Audley grinste ihn wölfisch an. »Und wie war er?«

Tom drehte den Zündschlüssel herum, und gleich beim ersten Kontakt begann der Motor friedlich zu schnurren. »Nicht sonderlich überzeugend.« Er grinste zurück. »Eigentlich schien er ein recht harmloser kleiner Kerl zu sein.« Er legte behutsam den ersten Gang ein. »Er war sehr höflich, David, und sein Englisch ist gerade ausreichend.«

»Tatsächlich?« Audley schaute sich neugierig um. »Nun, ich bin mir sicher, der Schein trügt ... Wir fahren doch weiter, oder?«

Die Räder drehten sich glucksend im Morast und fanden schließlich wieder festen Boden. »Noch ein kleines Stück. Dann werden wir über die Felder laufen müssen, nehme ich an.«

»Nehen Sie an. Sind Sie denn noch nie hier gewesen?«

»Nein.« Tom erhaschte durch die wuchernde Hecke zu seiner Rechten einen Blick auf ein graues Dach.

»Panin selbst haben Sie nicht getroffen?«

»Nein.« Weitere Dächer und eine Andeutung von gelblichgrauem Stein. Und rechts im Vordergrund neben dem Weg ein uralter Traktor, der halb im Gras neben dem Weg versunken war und von den abgestorbenen Brennesseln des Vorjahrs umrankt wurde.

»Ich verstehe –« Audley hielt plötzlich inne, als sich ihnen schließlich Bodger's Farm in ihrer ganzen ländlichen Verkommenheit präsentierte.

Tom entschloß sich, nicht auf den morastigen Hof zu fahren, obwohl ihn das näher an ein Gebäude herangebracht hätte, das vermutlich das eigentliche Farmhaus war. Denn jedes Fahrzeug mit weniger als Vierradantrieb, das sich in diesen Hof wagte, könnte sich dort als Dauerbewohner wiederfinden – wie der verlassene Rover, der alt, aber noch kein Oldtimer war, ohne Räder auf der Seite lag und nunmehr (nach seiner gegenwärtigen Besatzung zu urteilen) als Hühnerstall diente.

»Sie haben doch nicht gesagt . . .« Audleys Stimme klang sanft und hoffnungsvoll, als suche er eher eine Bestätigung denn eine Information. ». . . daß wir uns tatsächlich . . . *hier* . . . teffen, oder?«

»Ja – nein –« Tom sah, daß sich im einzigen Fenster der schmucklosen Hausfassade kurz der Vorhang bewegte. »– ich gehe nur mal rüber und frage nach dem Weg, David, okay?« Er öffnete die Wagentür, und sein Blick fiel auf etwas, das der Müllhaufen des Farmers zu sein schien; da lagen zwischen bereits gut durchweichtem und verrottetem Material auch biologisch nicht abbaubare Spülmittelbehälter. »Wenn Sie schon da hinaufgehen möchten, Richtung Feld – zu dem Tor?«

Entschlossen trat er hinaus in den Matsch, was immer noch besser war als der Kompost, der den Geruch von Fischköpfen und Kohlblättern verströmte, und dachte sich dabei, daß ein trockener, heißer Sommer auf Bodger's Farm alles andere als erstrebenswert wäre, denn dann mußte der Hof ein Paradies für Fliegen, Schmeißfliegen und alle möglichen Arten geflügelter Insekten sein. Doch nun, da er schon ausgestiegen war, mußte er weitergehen, bevor Audley protestieren konnte.

Ein großer, weithin sichtbarer junger Hahn mit hellrotem, aufrechtstehendem Kamm und herrlich geschwungenen Schwanzfedern beäugte ihn mit munterer, fast reptilienhafter Sicherheit von seinem Hochsitz auf dem Dach des alten Rover und schien lediglich zu bedauern, daß Tom zu groß zum Fressen war; dann wandte er sich ab und entleerte nervös den Darm auf das verschmutzte und zerfressene Metall, das einmal der ganze Stolz und die Freude seines Besitzers gewesen war.

Tom suchte nach etwas, das zumindest besser war als Schmutz, worauf er seine schönen, sauberen Schuhe setzen konnte, und fragte sich, was Audley trug (und, um Gottes willen, welches Schuhwerk der Genosse Professor und sein Aufpasser am Morgen in aller Unschuld geschnürt hatten!). Doch lange bevor er die Steinplatten im hochgewachsenen Gras vor der Haustür erreichte, gab er den Versuch auf und lief achtlos durch den Morast.

(Das Schlimme war, dachte er, daß sich die Farm auf einer Art Plateau auf halber Höhe an den Hügel schmiegte und sich das Regenwasser von oben seinen Weg quer über den Hof suchen konnte, ohne von so etwas unerhört Römischem oder Modernem wie einem Drainagesystem reguliert zu werden, so schien es jedenfalls.)

An der Tür, die zu König Georges VI. (oder vielleicht seines Vaters) Regierungszeit das letzte Mal gestrichen worden sein mußte, befand sich weder Glocke noch Klingelknopf. Daher klopfte er einfach.

Keine Antwort – kein Geräusch von drinnen. Aber er hatte die Bewegung in dem niedrigen Fenster mit einem halb aufgezogenen, verblichenen Vorhang zu seiner Linken gesehen. Also klopfte er noch einmal – lauter als zuvor.

(Die widersinnige Atmosphäre dieses verwahrlosten Orts, überlegte er, kam von den leuchtenden Farben: Gegen das althergebrachte Grün, Rotbraun und Grau von Gras, Morast, Dach und Mauerwerk stand das schreiende Gelb der vor der Scheune aufgereihten Kunststoffässer und das intensive Orange der Plastikfässer, die er in dem Schober sehen konnte; und das helle Rot des nagelneuen Traktors, der neben den Säcken stand – wahrscheinlich alles von der EG finanziert, doch ebenso deplaziert und unnatürlich wie die leeren Fairy-Spritzflaschen und Palmolive-Pumpbehälter auf dem Kohlstrunk-und-Fischkopf-Müllhaufen, durch den er soeben gelaufen war.)

Im gleichen Moment, da sein Blick Audley erfaßte *(der achtlos durch den Morast stapfte!),* schnappte hinter ihm das Türschloß und ließ ihn aufschrecken. Doch die Tür öffnete sich nicht, als er sich ihr wieder zuwandte, zitterte sie nur. Doch schließlich krachten innen die

Riegel, der Schlüssel klickte, und die auf dem Boden schleifende Tür begann sich zu öffnen.

Noch bevor er jemanden in der Öffnung sehen konnte, verzog Tom das Gesicht zu einer Maske, die unterwürfiges Ersuchen verhieß.

»Guten Morgen –« (War der Farmer Mr. Bodger? War überhaupt *jemand* Mr. Bodger?) »Sir . . . tut mir leid, daß ich Sie stören muß –« (oder war es doch *Bodger*? dachte er) »– daß ich Sie so früh am Morgen belästige, Sir.«

Keine Antwort, nicht einmal ein Brummen. Nur eine schattenhafte Erscheinung, die größer war als die Decke hoch und deshalb gebaugt stand, und eine Geruchsschwade, zusammengesetzt aus unzähligen Bestandteilen unter der Vorherrschaft von feuchten Wänden, mit der Beimischung von Paraffin und schmutziger Wäsche sowie anderen Düften, deren Herkunft er nicht zu erraten wünschte.

Tom versuchte weiterzusprechen, ohne dabei zuviel einzuatmen. »Macht es Ihnen etwas aus . . .« Die Widersinnigkeit seines Ersuchens hüllte ihn ebenso ein wie der Geruch. ». . . wenn ich Ihre Burg besichtige, Sir?« Und diese Widersinnigkeit überstieg sein Vorstellungsvermögen, als er an Gilbert de Merville dachte, der auf seinem eisenbeschlagenen Streitroß vor achthundert – *achthundertfünfzig* – Jahren im gleichen Morast, wenn nicht in der gleichen Welt auf diesem Weg nach Mountsorrel geritten war.

Die Erscheinung schüttelte sich. »Über die Felder. Geh'n Se dem Weg nach. Ungefähr 'ne halbe Meile. Se könn's nich' verfehl'n – auf der andern Seite is' die Kirche gegenüber.«

Von Dankbarkeit und Erleichterung überwältigt, griff Tom bereitwillig in die Tasche. »Es kostet doch sicher was?«

»Kostet nix.« Auch die Erscheinung schien erleichtert, als habe sie in direkter Nachfolge Joscelins Schlimmeres erwartet, jemanden, der eher Geld forderte, als welches anzubieten. »Seh'n Se bloß zu, daß Se die Tore wieder zumachen . . . ich hab Viecher da oben, desweg'n.«

»Natürlich.« Tom erinnerte sich an Panin und bot trotzdem an, was er in der Hand hatte. »Da sind zwei Freunde – zwei Gentlemen aus dem Ausland –, die auch bald kommen werden . . . Wenn Sie so freundlich wären, ihnen den Weg zu zeigen . . . Das ist für Ihre Mühe, Sir –«

Die Tür schloß sich wieder, und die Banknote wurde ignoriert. »Keine Mühe. Nur daß Se die Tore wieder zumachen, das is' alles.« Die Worte schlüpften gerade noch durch die Tür, bevor sie zuschnappte, und während Tom sich umdrehte, hörte er das Klicken des Schlüssels im Schloß und das Rasseln des oberen und unteren Riegels.

Er lief quer über den Hof durch eine Mischung, die aussah, als bestünde sie aus einem Teil Exmoorschlamm und zwei Teilen Kuhmist, bis er zu der Stelle kam, an der Audley unbeteiligt neben einem weiteren uralten Tor, gesichert mit einer orangen Plastikschnur, in einem Büschel abgestorbener Brennesseln stand.

Der alte Mann musterte ihn seltsam. »Nun, ist das der richtige Ort?«

»Ja.« Als er das Tor öffnete, sah er, daß auch Audleys Schuhe mit Schlamm und Mist überzogen waren. Aber es waren feste, schwere Wanderschuhe, und Audley schien es jedenfalls nichts auszumachen. Er klang höflicher und freundlicher als zuvor, da er noch relativen Komfort genossen hatte. Vielleicht erinnerten ihn die Abfallberge an seine geliebten Komposthaufen. »Da lang – ungefähr eine halbe Meile.«

»Tatsächlich?« Audley wartete, während er das Tor schloß. »Nun, Tom, sagen Sie mal . . . wie sind Sie gerade auf diesen speziellen Treffpunkt gekommen? Warum nicht woanders?«

Tom zuckte zusammen. Nachdem er am Abend zuvor Panins Notiz gelesen hatte, schien es sowohl in Gedanken wie auch auf der Karte eine harmlose und interessante Idee zu sein. »Eigentlich hatte ich gehofft, daß Sie das nicht fragen würden.« Widerwillig musterte er den tiefgefurchten Weg. »Ich glaube, wir sollten im Gras laufen.«

»Ja. Das wäre sehr vernünftig«, sagte Audley. »Ich meine, dem würde ich eher zustimmen.«

»Zustimmen –?« Tom schaffte es nicht, einem großen, frischen Kuhfladen auszuweichen, und er drohte zunächst darin auszurutschen, bevor er das Gleichgewicht wiederfand.

»Jj-aa. Im Freien und schön abgeschieden, genau wie er es will. Aber den Schweinehund etwas für die Abgeschiedenheit leiden lassen. Ja . . . ich mag es, Tom.« Audley strahlte ihn an. »Und jetzt erzählen Sie mir, warum Sie so glücklich sind – oder warum Sie anfänglich so glücklich *waren*, wenn Sie's jetzt nicht mehr sind . . . Okay?«

Sie hatten bereits eine kleinere Bodenwelle am Rande des Tals erklommen, so daß jetzt seitlich unter ihnen ein Einschnitt lag, doch auf dem Hang vor ihnen waren noch keine Zeichen von Mountsorrel zu erkennen. »Ich hatte letzte Nacht einen Besucher, David.«

»Einen Besucher?« Audleys heller Regenmantel flatterte, und er schritt mit seinen langen Beinen aus, als wüßte er, wo er hinging. Oder als sei er zuversichtlich, dorthin zu kommen, obwohl er es nicht wußte, wohin.

Die Erinnerung an Willy hob Toms Stimmung, und augenblicklich stellte sich sein Glücksgefühl wieder ein. »Ein Mädchen, das ich kenne. Ein sehr hübsches Mädchen.«

»Schön, schön!« Audley eilte mit sicherem Schritt voraus. »Nun, *das* ist sehr klug, so was höre ich gern. Oder jedenfalls gut arrangiert . . . Oder ganz außergewöhnliches Glück – wie man auch sagen könnte.« Er schniefte und lachte kehlig. »Gebt mir einen Aufpasser, der glücklich ist – dann bin ich wirklich sicher, Donnerwetter!« Er grinste Tom über die Schulter an. »Vielleicht hat der Kerl gestern wirklich auf mich gezielt. Aber mit Ihnen an meiner Seite hatte er eigentlich keine echte Chance, hä?«

Der alte Mann war trotz seiner Erkältung in guter Verfassung, dachte Tom, während er weiter ausschritt. Und offensichtlich jetzt auch guten Mutes. Oder war er nur ein altes, eisenbeschlagenes Streitroß, das im Hinblick auf das, wofür es abgerichtet worden war, schnaubte?

»Keins davon, befürchte ich –« Der Boden an der tiefsten Stelle des Einschnitts war sumpfig, und die Grashügel standen im Wasser, aber gemessen an der Beachtung, die der alte Mann dem beimaß, hätte es auch der Trafalgar Square sein können: Er platschte achtlos hindurch. »– sie arbeitet für die CIA, David.«

»Ah!« Als Audley nach der sumpfigen Stelle wieder festen Boden erreichte, verlangsamte er seinen Schritt und wandte sich um. »Nun, das wird dieser neue Kerl sein, Sheldon – Mosby-Irgendwas-Sheldon? *Major der USAF*, als ich ihn das erste Mal traf, aber für seine Freunde immer noch ›Doc‹. Und für das Mädchen, das er das letzte Mal im Schlepptau hatte, als ich ihn traf, ›Mose-Honey‹ . . . Und auch *sie* war ein sehr hübsches Mädchen – und sie arbeitete ebenfalls für die CIA, wie ich mich aus gutem Grund erinnere.« Er grinste wieder, aber diesmal nicht aufrichtig. »Er ist eigentlich ein recht patenter Kerl, unser Major. Von gesunder, konföderierter Abstammung, aus Virginia.«

»Er ist jetzt Colonel.«

»Wirklich? Nun, sie mußten ihn ja befördern.« Audley wandte sich wieder dem ansteigenden Hügel zu. »Von Beruf ist er Zahnarzt – oder er war mal Zahnarzt. Aber das beweist auf jeden Fall seinen Patriotismus. Wenn er seinen ›eigenen Laden‹, oder wie immer das heißt, aufgemacht und den Leuten teuren Zahnersatz eingesetzt hätte, hätte er viel mehr Geld verdienen können als im Dienst der Flagge oder als Absender hübscher Mädchen, die Sie nachts besuchen kommen.« Er warf Tom einen Seitenblick zu. »Also, was hatte sie Ihnen zu erzählen?

Und was wollte sie als Gegenleistung?« Schniefen. »Und was – w-was haben Sie ihr gegeben –?« Das Schniefen ging in ein gewaltiges Niesen über, was die verzweifelte Suche nach einem Reservetaschentusch auslöste. »Oder sollte ich das nicht fragen?« Der alte Mann schneuzte sich. »Verdammte, verfluchte Erkältung.«

Tom pries die Erkältung, die ihm Zeit gab, seine Gedanken zu ordnen und eine ernste Miene aufzusetzen. »Sie sagt, Sie sind in Schwierigkeiten.«

»Ha!« Audley warf den Kopf zurück und holte tief Luft. »Das ist nichts Neues. Was habe ich dieses Mal angestellt?«

»Ach ... *das*?« Audley zuckte mit den Achseln. »Das war nichts Persönliches. Er muß nur die Sicherheitsmaßnahmen in seinem Ministerium verschärfen, das ist alles. Geschieht dem Kerl recht!« Er sah Tom wieder von der Seite an, doch diesmal zwinkerte er dazu. »Ich habe eine ganze Menge Feinde in hohen Positionen, mein Junge. Aber ich habe auch ein oder zwei Freunde – die sind vielleicht in höheren Positionen. Ergo brauche ich mir *darum* keine Sorgen zu machen.« Sein Blick wurde eiskalt. »Was noch?«

»Sie hat gesagt, daß auch Panin in Schwierigkeiten ist.« Es hatte keinen Sinn, den Rat, sie sollten »abhauen«, weiterzugeben. Darüber würde Audley nur lachen. »Die Amerikaner sind ziemlich erstaunt, daß man ihn herausgelassen hat, um mit Ihnen zu reden.«

»Ah ...« Audley stapfte einen Moment lang schweigend den Hügel hinauf. »... nun. *Das* ist interessant. Auch wenn es kaum überraschend ist.« Er schnitt dem Gras unter seinen Füßen eine Grimasse. »Obwohl das wiederum eine Sache ist, die Basil Cole hätte erklären können, bis ins einzelne ausgearbeitet, mit genauen Details ... ja-a ... Aber das kann er jetzt nicht mehr, oder?« Er blieb plötzlich stehen und drehte sich mit versteinertem Gesicht um, das zu dem kalten Blick paßte. »Also werden wir vorläufig von meinem Fett zehren müssen, bis wir von anderer Stelle weitere Speisung erhalten.« Der Blick ging durch Tom hindurch und dann an ihm vorbei, war aber eigentlich auf nichts gerichtet. »Wenn *er* in Schwierigkeiten ist, wie Sie sagen ...«

Obwohl er schon fast auf dem Hügelkamm war, mußte Tom sich unwillkürlich umdrehen. Doch hinter ihnen war nichts zu sehen: Audley schaute auf Dinge, die in seinem Kopf vorgingen und die von der Vergangenheit auf die Gegenwart wiesen. »Sie hat das gesagt, David.«

»*Sie* sagte es – ja ...« Audleys Blick setzte sich fort. »... und ich sagte, ›Freunde‹ – das habe *ich* gesagt«, fuhr ihn der alte Mann blinzelnd an. »Vielleicht mache ich mir selbst etwas vor, wenn ich sage, ich habe *Freunde*... Also sind wir vielleicht beide in Schwierigkeiten – wie *sie* sagt.« Er zuckte mit dem Mundwinkel. »Aber wir müssen uns vor Augen halten, daß Panin in einer anderen Welt lebt, in der ›Schwierigkeit‹ eine andere Bedeutung hat.«

Das war eine Darstellung, keine Frage. Doch sie schien trotzdem eine Antwort zu verlangen. »Sie meinen, seine Schwierigkeiten könnten verhängnisvoll sein?«

Noch ein Zucken. »Das ist im Moment schwer zu sagen. Basil Cole hätte uns das sagen können.« Trotzdem deutete das Zucken an, daß es die richtige Antwort war. »Aber *er* hat keine Freunde – nicht einmal mit einem ›Vielleicht‹. Für ihn gibt es nur Erfolg oder Mißerfolg – und dann einen neuen Pachtvertrag oder Bankrott, je nachdem.« Er nickte plötzlich. »Aber Sie haben ganz recht, Tom: Er hat uns gegenüber einen Vorteil, denn wir spielen nur ein Spiel, aber er spielt möglicherweise auf Leben und Tod. Daher hat er immer das härtere Spiel.«

Tom dachte an Basil Cole. »Und er bringt vielleicht Leute um?«

»Ohne mit der Wimper zu zucken –« Audley wandte sich wieder dem Hügel zu. »– jedenfalls ohne recherchierende Journalisten oder hinterfragende Beamte oder unangenehme Anfragen im Parlament... *wenn es ihm gelingt, mein Junge – wenn es ihm gelingt!*« Er schritt wieder aus und ließ Tom hinter sich.

Tom öffnete den Mund; er wollte den großen Mann davon abhalten, den Hügelkamm vor ihm zu erreichen, denn von dort oben mußte Mountsorrel zu sehen sein, und davon wollte er sich als erster überzeugen. Aber Audleys Beine waren zu lang, er hatte zuviel Schwung, und die ersten Worte, die Tom in den Sinn kamen, waren ohnehin nicht zu gebrauchen. Falls Panin bereits »in Schwierigkeiten« war, das wußten sie beide, dann taugte die unversöhnliche Haltung des KGB gegenüber gescheiterten Auslandsoperationen kaum dazu, einen verblassenden Ruf wieder aufzupolieren.

»David!« Doch als ihm die richtigen Worte einfielen, die Audley aufhalten könnten, sah er, daß es bereits zu spät war. Audley war von sich aus auf dem Hügelkamm stehengeblieben. »Sie hat mir noch etwas anderes mitgeteilt –«

»Nun!« Audley starrte geradeaus und stützte die Hände in die Hüften. »Ich hätte es wissen sollen!« Er straffte die Schultern und schüttelte den Kopf. Dann wandte er sich unvermittelt wieder an Tom. »Was hat sie Ihnen noch mitgeteilt, Sheldons Frau?«

Willy als »Sheldons Frau« zu bezeichnen saß tief, und die Genauigkeit der Beschreibung streute zudem Salz in die Wunde. Aber zumindest mußte jetzt endlich Mountsorrel zu sehen sein, und das ließ ihn auf der Stelle stehenbleiben. »Was hätten Sie wissen sollen, David?« fragte er arglos.

Audley warf den Kopf zurück. »Was hat sie Ihnen noch mitgeteilt?«

Die ganze Freude an Mountsorrel war dahin, bevor er es überhaupt zu Gesicht bekommen hatte. »Sie hat mir drei Namen gegeben, David.« Er hielt bewußt inne. »Hören Sie beim Namen Zarubin etwas läuten?«

»Zarubin?« Vor den grauen Regenwolken sah Audley riesig aus. »Ja – ich höre etwas läuten . . . wenn auch nur Mißtönendes, Tom.« Er gestand Tom eine ebensolange Pause zu. »Er ist 24-karätige KGB-*Scheiße*, dieser Oberst Gennadij Zarubin . . . Wenn das sein richtiger Name ist. Was sicherlich nicht zutrifft, denn nur Gott und das KGB-Zentralregister wissen das.« Schniefen. »Aber ja, da höre ich ganz bestimmt etwas läuten – und zwar ein ganzes Glockenspiel mit zigtausend verschiedenen Tönen: KGB-Oberaustricks-Major, das könnte zu ihm passen . . . Und mir fallen möglicherweise noch ein paar Leute ein, die ihn gern hängen sehen würden – oder sollte man in diesem Zusammenhang besser sagen, die ihn ›an den Galgen bringen‹ wollen? – aber . . . auf jeden Fall *aufknüpfen.* Und es gäbe bestimmt einiges Gedränge in der Schlange derer, die an seinem Strick ziehen wollen, bei Gott!« Er nickte. Gennadij *Iwanowitsch Zarubin* –« Er hielt plötzlich inne und musterte Tom nachdenklich, als erinnere er sich an etwas.

»Ja, David?«

»Mmmm . . .« Allerlei Abwägungen schärften seinen nachdenklichen Blick. »Aber Sie sagten doch *Namen,* Tom, oder nicht? Also lassen Sie es noch mal läuten – hä?«

Das war nicht gut – er war zu langsam gewesen. »Martschuk. Leonid Martschuk.«

Keine Überraschung. Eher . . . Befriedigung? »Ja.« Nicken. »Das ist ein guter Name.«

»Gut?« Der alte Schweinehund *hatte* sich an etwas erinnert.

»Ja.« Audley ließ die elfenbeingelben Zähne blitzen, verdammt gute Imitationen, falls es nicht seine echten waren. »›Gut‹ im Sinne von General Phil Sheridan, wonach nur ein toter Indianer ein guter Indianer ist.« Er hielt wieder inne, doch diesmal hob er eine Augenbraue. »Aber das wissen Sie –?«

»Er ist tot, ja?« Tom entspannte sich leicht. Denn wenn *Audley* es wußte ... dann war das per Saldo ziemlich beruhigend. »Martschuk ist tot?«

Die Augenbraue hob sich wieder, doch diesmal zweifelnd. »Das war doch auf der Straße von Tschenstochau nach Kattowitz, oder?« Audley verunstaltete die polnsichen Ortsnamen wie jeder gute Engländer. »Ein weiterer tragischer Unfall – wie bei Basil Cole? Nur daß der arme alte Basil von seinem Baum gefallen ist, der arme Leonid hingegen die Herrschaft über die KGB-Version eines Mercedes' verloren hat –? All diese tragischen Unfälle! *›Inmitten des Lebens sind wir des Todes ...‹* Es läßt mich ganz dankbar werden, daß ich meinen Wagen heute morgen nicht herausgeholt habe – oder auf einen der Bäume in meinem Garten geklettert bin ... Es stößt einem so leicht etwas zu, oder?«

Auf der Straße nach Tschenstochau? Dieses Detail hatte Willy nicht gewußt, folglich wußte Audley mehr über Martschuks Tod als die CIA. »Vielleicht hatte er keinen Aufpasser, David. Oder vielleicht tat er nicht das, was sein Aufpasser sagte?«

Audley quittierte den Kommentar mit einer angedeuteten Verbeugung. »Vielleicht.« Dann ließ er die gleichgültige Maske fallen. »Drei Namen. Also nennen Sie mir Ihren ›Dritten Mann‹ und hören Sie auf, mit mir herumzublödeln, Tom – okay?« Er drehte sich um, um noch einen Blick auf das zu werfen, was unter ihnen lag, und wandte sich dann wieder an Tom. »Okay?«

Nicht okay. Denn (wie immer) je mehr er sich einschüchtern ließ, desto mehr würde er eingeschüchtert werden: Aber König Stephens Regel lautete, daß es sicherer sei, sich einschüchtern zu lassen, wenn man in der schwächeren Position war, als jemanden zu bekämpfen, der nicht einmal ein Feind war. »Sagen Sie's mir, David.« Sein Instinkt verlieh ihm Kraft. »Sagen Sie mir, wer der ›Dritte Mann‹ ist – nach Zarubin und Martschuk –« Der Instinkt trieb ihn noch weiter. »– nach den beiden, aber noch vor Panin, David? *Sagen Sie's mir – okay?*«

Audley lächelte, und Tom verabscheute den Gedanken, er könnte sich an *Danny Dzieliwski* erinnern, während er den Kopf zurückwarf. »Na gut!« Schulterzucken. »Wir haben ohnehin nicht viel Zeit.« Noch ein Schulterzucken. »Also lassen Sie uns doch sagen ... *Pietrowski*, Tom?«

Falsch – aber durchaus knapp! »Oder *Pietruszka*–«

Audley winkte ab. »Das ist dasselbe. Spielt das eine Rolle?«

»Für mich schon.« Wut ballte sich in Tom zusammen. Doch dann warnte ihn die vorherrschende und einer langen Reihe kaltblütiger Engländer entsammende Arkenshaw-Hälfte, daß die eigentümlich lange Dauer dieses Gefühls unzuverlässig polnisch sein könnte. »Wie dasselbe, David?«

Der alte Mann sah ihn nachdenklich an. »Sie sitzen doch beide in irgendeinem polnischen Gefängnis, oder? Und ... jeder für fünfundzwanzig Jahre, oder nicht?« Schniefen. »Gibt es darüber nicht diesen typischen Polenwitz – Piotrowski und Pietruszka bekommen fünfundzwanzig Jahre für den Mord an Pater Jerzy Popieluszko? Ein Jahr für den Mord – und vierundzwanzig Jahre dafür, daß sie sich haben erwischen lassen?«

Obwohl es ein typischer Polenwitz war, zog sich der Wutknoten in Tom wieder fester. »Ich wußte nicht, daß Sie Experte für polnische Angelegenheiten sind, David.«

»Das bin ich nicht. Obwohl ich tatsächlich eine Menge polnischer Geschichte gelernt habe, als ich vor langer Zeit Ihrer verehrten Mutter nachstellte und den idiotischen Gedanken hegte, der Weg zu ihrem Herzen könnte über ein profundes Wissen um die Jagiello-Dynastie, Sobieskis Ritt zur Entsetzung Wiens und Pilsudskis Taktieren gegen Trotzki führen.« Audley lächelte einen kurzen Augenblick entwaffnend. Dann wurde sein Gesicht wieder ausdruckslos. »Aber der Mord an Pater Popieluszko hat mich tatsächlich interessiert, aus geschichtlichen wie aus beruflichen Gründen, verstehen Sie, Tom. Mich interessieren geschichtliche Analogien immer, besonders weil sie Einfluß auf den Konflikt zwischen den Theorien von ›Unfall‹ und ›Verschwörung‹ haben.«

Toms einundfünfzig Prozent Arkenshaw geboten seinen neunundvierzig Prozent Dzieliwski Einhalt. »Was für geschichtliche Analogien?«

»Mein lieber Junge!« Audley schien tatsächlich überrascht. »*Sie* mit Ihrem speziellen Hobby sollten das nicht fragen! Erinnern Sie sich nicht, daß Henry Plantagenet ›Wer befreit mich von diesem aufrührerischen Priester‹ oder irgendwas in diesem Sinn gerufen hat? Also haben Fitz-Urse und die anderen drei Ritter umgehend die nächste Kanalfähre bestiegen und Thomas Becket in seiner eigenen Kathedrale ebenso scheußlich und inkompetent umgebracht wie die Polen und das KGB Ihren Pater Jerzy. Und Henry hat erschrocken die Hände über dem Kopf zusammengeschlagen und wollte nichts damit zu tun haben?« Audley schürzte zynisch die Lippen. »Und er hat dafür gebüßt. Und sein Thomas – vielleicht Ihr Schutzpatron, Tom? – *er* hat seinen Heiligenschein bekommen ... Aber Henry Plantagenet von England brauchte sich dafür keine Sorgen mehr um seinen aufrührerischen Priester zu machen, oder? Und *Ihr* General Jaruzelski –«

»Das ist nicht *mein* General Jaruzelski, verdammt noch mal!« fuhr ihn Tom an.

»Ich bitte Sie aufrichtig um Verzeihung, Tom!« Der alte Mann hob entschuldigend die Hand. »Ich meine natürlich *ihr* General Jaruzelski – Agent der Herren Genossen Breschnew, Andropow, Tschernenko, Gorbatschow und Co. KG, eingetragen in Moskau und Warschau und in vielen anderen Orten, die zu zahlreich sind, um erwähnt zu werden – *ihr* guter General ... *er* muß sich ebenfalls keine Sorgen mehr um *seinen* aufrührerischen Priester machen. Und sie auch nicht, hä?«

»Da haben Sie unrecht.« Tom konnte das trotz seiner Arkenshaw-Hälfte so nicht stehenlassen. »Die Leute kommen aus ganz Polen, um an seinem Grab zu beten, David. Und es liegt immer ein Berg Blumen auf der Grabstätte. Und Männer seiner Warschauer Stahlhütte stehen dort Tag und Nacht Wache.«

»Ach ja!« fiel ihm Audley ins Wort. »Und nach Gottes zeitlicher Fügung, so wie sie der Vatikan interpretiert, wird er zu St. Georg Popieluszko werden, genau wie unser St. Thomas Becket – darauf können Sie wetten! Und sie werden weiter hinpilgern nach – wie heißt das, Tom –?«

»St. Stanislaw Kostka, in Zoliborz.« Die Worte klangen verbissen.

»St. Stanislaw Kostka, in Zoliborz.« Audley brachte es fertig, die Worte wie in Papagei nachzuplappern. »Genau wie der Thomas-Becket-Schrein in Canterbury, nur nicht mit soviel Gold und Edelsteinen –

Dann geht das Volk auf Pilgerreise –

– Geoffrey Chaucer, so wie wir ihn alle für das Examen lernen mußten –

Aus ganz England sie gezogen kamen
Nach Canterbury zu des Märtyrers Grab,
Um zu preisen des Heil'gen Thomas' Namen,
Dessen Tod ihnen Trost im Leide gab.«

»Erinnern Sie sich?« Wieder schürzte er verächtlich die Lippen. »Ich war immer der Meinung, daß Marx hier einen großen Fehler machte – weil er das ›Opium für das Volk‹ nicht auf irgendeine Art in seine Lehren integriert hat ... Oder Lenin hätte wenigstens eine interpretierende Fußnote zustande bringen müssen, um die Kleinbauern ruhigzuhalten, so wie es Kirche und Feudalstaat mit dem Versprechen vom ›Reichtum im Himmel‹ taten ... Jedenfalls für eine gewisse Zeit, denn statt der erhofften Verbesserungen bekamen die Bauern offensichtlich nur die rauhe Seite der Revolution zu spüren.«

Das reichte. Es war genaugenommen zuviel – mit Panin hinter ihnen (der sich vielleicht in diesem Moment auf Mr. Bodgers Hof die Schuhe dreckig machte) –, auch wenn man die Schmähungen außer acht ließ.

»Wie passen Zarubin und Pater Popieluszkos Mörder in ein Bild, David?«

»Ganz einfach. Können Sie sich das wirklich nicht ausmalen – wenn Sie es schon nicht wissen?« lockte ihn Audley.

Obwohl er an Panin dachte, der ihm auf den Fersen war, spürte Tom, wie ihn der weiche Boden unter ihm zurückhielt. »Der Mord war eine Operation des KGB?«

Audley wirkte abermals erstaunt. »Sie wissen es wirklich nicht?« Das Erstaunen war von Zweifeln durchsetzt. »Natürlich ... Sie sind ja nur ... Verdammt! Das klingt sehr herablassend, obwohl ich es gar nicht so meine –«

»Nur ein Aufpasser?« Falls Audley jetzt ehrlich war, war er gut. Aber andererseits – er war gut. »Ein erstklassiger Aufpasser?«

Das Gesicht des alten Mannes ließ ahnen, daß er an einer Stelle angelangt war, an der er gar nicht sein wollte. »Ich meine ... wenn ich gesagt habe, daß ich diese Aufgabe nicht mag, weil ich glaube, daß ich sie nicht erfüllen kann –?« Audley schüttelte den Kopf. »Aber zum Teufel damit! Denn ... in Wirklichkeit weiß ich gar nicht, ob es ein Schlag des KGB, oder ob sie ihn lediglich geduldet haben.« Er holte tief Luft. »Vielleicht hätte uns Basil Cole mehr sagen können – nicht einmal das weiß ich – ob Jaruzelski davon wußte oder nicht ... Oder ob er nur Befehle ausführte, wenn er davon Kenntnis hatte – *Ich weiß es, verdammt noch mal, nicht, und das ist die Wahrheit!*« Er schaute über die Schulter und deutete mit dem Kopf in Richtung Mountsorrel. »Deshalb befürchte ich, daß wir jetzt halb blind in die Sache hineinlaufen, Tom.«

Toms Füße rutschten ständig aus. »Aber das KGB war doch in die Sache verwickelt?«

Als Tom weiterging, wandte sich Audley halb um. »Natürlich waren sie in die Sache verwickelt, verdammt noch mal! Zarubin und Martschuk waren die Kontaktleute zu Piotrowski und Pietruszka. Und obwohl ich den alten Basil nie nach Martschuks Autounfall gefragt habe – ob es ein echter *Unfall* auf die alte Art oder eine echte *Verschwörung* auf alte polnische Art war –« Als Tom den Hügelkamm erreichte, hörte Audley auf zu sprechen.

Mountsorrel, Tom sah und dachte das gleiche, während er gleichzeitig Audley zuzuhören versuchte.

»Demnach können wir jetzt nur vermuten«, sagte Audley.

Wenigstens mußte keiner von ihnen Vermutungen über Mountsorrel anstellen, dachte Tom, während er die Szenerie förmlich mit Blikken umfing: Es war eine perfekte *Turmhügel- und Zwingerburg* für seine Sammlung – sie zeugte von dem typischen, offensiv-defensiven Scharfblick der Normannen, die sie auf einer Landzunge oberhalb einer Furt errichtet hatten. Später, entweder nachdem König Stephen in Exeter Baldwin de Redvers beseitigt oder nachdem Henry Plantagenet II. ein paar Jahre danach das Reich fest in den Griff bekommen hatte, war sie wieder verlassen worden – eine verdammt perfekte Anlage mit hölzernen Palisaden, die bereits vor achthundert Jahren verfallen und weggefault und jetzt nur noch durch den Stechginster markiert waren, der auf den Erdwällen wuchs, die sich noch immer aus den grünen Frühlingsweiden erhoben.

Gott! Wenn er nur seine Meßausrüstung dabei hätte, wie gestern, und Willy das andere Ende des Bandmaßes halten und in die Ginsterbüsche krabbeln könnte!

»Also können wir jetzt nur vermuten –?« Obwohl Audley, verglichen mit Willy Groot, ein schlechter Witz war ... Und obwohl er mit seiner verlorenen Willy nie mehr hierherkommen würde, *via* diesen morastigen Hof ... *Er würde* auf alle Fälle *wiederkommen, um Mountsorrel zu vermessen!* Deswegen hatte er Audley die Frage mit einem Lächeln gestellt.

»Aber das ist der Grund, warum Sie glücklich sind, oder?« Audley sah ihn merkwürdig an. »Ist das jetzt nicht eine Möglichkeit ... da Sie ja nun eine vage Ahnung haben, warum Panin hier ist ... Ihre polnische Rechnung zu begleichen, während ich mit ihm abrechne? So ist es doch, oder?« Audley hob wissend eine Augenbraue. »Haben wir jetzt nicht beide eine Rechnung zu begleichen? Oder ... was hatte Ihre Sheldon-Frau sonst noch zu berichten –?«

Der alte Mann angelte nach den großen Brocken, und Tom sah nun keinen Grund mehr, den Rest von Willys Bettgeflüster, mit dem er so sparsam umgegangen war, zurückzuhalten. »Zarubin wurde im Januar nach Moskau zurückberufen, David.« Während er sprach, hatte sich Audley wieder Mountsorrel zugewandt; und Tom dachte, *vielleicht hat der alte Mann letztlich doch recht: Wenn er das nächste Mal Mamusia küßt, wäre es angenehm zu wissen, daß er etwas zur Begleichung dieser Rechnung beigetragen hatte, obwohl er ihr das nie sagen könnte, denn sie hatte um Pater Jerzy geweint und Schwarz für ihn getragen.* »Haben Sie das gewußt?«

»Nein. Zarubin geht mich nichts an.« Audley musterte weiter Mountsorrel. »Doch ... es wäre vernünftig, ihn herauszuholen, wenn Martschuks Unfall kein Zufall war. Was wir, wie ich glaube, jetzt annehmen können ... Also –?«

»Man sagt, er sei jetzt ›Diplomat‹.« Auch er wollte sich Mountsorrel genauer ansehen. Doch dafür war später noch Zeit. »Zur Zeit des Mordes war er offiziell Kulturattaché in Warschau. Obwohl er eigentlich in der Hauptsache mit der Abteilung für Kirchenangelegenheiten im Innenministerium zu tun hatte – Pietruszkas Abteilung.«

»Ah-ha?« Audley nickte in Richtung Mountsorrel. »Wenn ich das richtig sehe, dann ist das eine Ihrer *Turmhügel- und Zwingerburgen*, Tom? Eine ›illegale‹ vielleicht?«

»Höchstwahrscheinlich.« Tom kam zu dem Schluß, Pietruszka fallenzulassen und das Spiel mitzuspielen. Denn wenn sich Audley keine Sorgen um Panin machte, warum sollte er es dann? »Professor Fraser glaubt, daß es sich um Gilbert de Mervilles Burg ›Mountsorrel‹ handelt, die sich 1136, nach Stephens Übernahme der Stadt Exeter von Baldwin de Redvers, ergeben hatte. Gilbert war auf jeden Fall keiner von Baldwins Leuten, und er besaß Land in dieser Gegend.«

»Mmm ...« Audley nickte wieder. »Und Gilbert war ein übler Schweinehund, oder? War er nicht der, der seine Geiseln hängen ließ – einschließlich der Kinder? Was der gute alte Stephen nie übers Herz gebracht hätte?« Noch ein Nicken. »Und was macht Zarubin jetzt?«

Es war richtig, das Spiel mitzuspielen. »Man sagt, daß er vielleicht sehr bald nach England kommt. Das kann jeden Tag sein. Oder vielleicht ist er sogar schon hier.«

»Ach ja?« Audley änderte die Blickrichtung leicht, um eingehend ihren Anmarschweg auf Mountsorrel zu studieren, der den Weg mit den tiefen Traktorspuren entlangführte. »Wissen Sie, Tom, ich glaube vielmehr, daß dies hier der ursprüngliche Weg zu Ihrer Burg gewesen sein muß –« Er zeigte geradeaus. »– sehen Sie den tiefen Einschnitt in dem Hügelkamm dort? Den hat nicht irgendein alter Farmer aus Devon mit dem Spaten gegraben. Das waren Kleinbauern, die da geschuftet haben, ja, oder ich fress' einen Besen!« Zufriedenes Nicken. »Also, warum kommt er hierher? Weil es zwischen London und Exmoor sicherer ist als zwischen Tschenstochau und Warschau ... jedenfalls für ihn, wenn nicht sogar für mich? Oder hat er hier etwas zu erledigen?«

Tom dachte an Willys Flüstern, strich aber die zärtlichen Worte und die Wärme und Weichheit, die er in seiner Armbeuge gespürt hatte. »Sheldon glaubt, daß alles davon abhängt, wie die Gespräche gedeihen, die Reagan und Gorbatschow im Herbst führen sollen.«

»Ah!« Audley musterte wieder den Weg. »Wenn es auf der anderen Seite des Hügels keinen Weg gibt, dort, wo die Burg ist ... dann *muß* es einfach der sein ... wenn das da der Hauptzugang ist –« Er zeigte mit dem Finger. »– in dieser Lücke, dort, wo der Stechginster wächst, stimmt's?« Er ließ den Arm sinken. »Wenn das Treffen nicht zustande kommt, ist er bestimmt nicht in der Lage, unsere verehrte ›eiserne Lady‹ von ihrem Lieblingsschauspieler zu trennen, nicht einmal nach ihrer glücklichen Begegnung mit Zar Michail ... Nicht bei unserem Engagement bei den *Tridents* und den Mittelstreckenraketen –« Der Arm hob sich wieder. »– sehen Sie die Lücke? Ist das der Hauptzugang zum *Zwinger*, Tom?«

Der höhere *Turmhügel* lag diagonal gegenüber auf der entgegengesetzten Seite. Es wäre interessant zu wissen, wie tief der Graben dort war und ob er in den gewachsenen Fels einschnitt, der dort begann, dachte Tom. »Ich glaube, er könnte es sein, David.« Das würde auch die Lage des *Turmhügels* bestimmen, und zwar genau da, wo er es erwartet hatte. Denn den Normannen mit ihrem Blick fürs Gelände unterlief niemals ein Fehler.

»Ja. Ich denke, Sie haben recht.« Audley zollte ihm unverdientes Lob für seinen Scharfblick. »Also behalten Sie das einfach im Auge – stimmt's?« Pause. »Seine Anweisung könnte also lauten ... falls das Treffen zwischen Mr. President und dem Zaren nicht zustande kommt ... der guten alten ›Kampagne für atomare Abrüstung‹ Hilfe und Trost zuteil werden zu lassen und heimlich einen großzügigen Beitrag zur Kollekte zu leisten, genau wie meine liebe Frau es macht.« Schniefen. »Ich würde es jedenfalls so machen, wenn ich das Sagen hätte.« Er deutete nach vorne. »Sollen wir also dorthin gehen – wo uns der Ruhm erwartet, Tom?«

Irgend etwas hielt Tom auf dem Hügelkamm neben Audley zurück. Während er auf die Lücke in dem Ring aus Stechginster starrte, der sowohl den *Schutzwall* als auch den *Turmhügel* selbst umgab und überwucherte, wurde seine Gewißheit plötzlich von Zweifeln bedrängt. Denn mit einem Mal gab es zu viele Unwägbarkeiten – zu viele gegensätzliche, einander übelwollende Interessen, die wie Klammern und Symbole einer mathematischen Gleichung waren, zu deren Lösung ihm sowohl Geschick als auch Intelligenz fehlten: Jaggard spielte gegen Audley und auch gegen Panin sein eigenes Spiel; und auch Audley und Panin spielten ihr eigenes Spiel, gegeneinander vermutlich ebenso wie gegen jemand anderen. Und er befand sich mittendrin. Und er war nicht nur durch die rachsüchtigen Gedanken an Pater Jerzys Mörder lahmgelegt, sondern auch durch die Erinnerungen an die letzte Nacht mit Willy, als er sämtliche Regeln mißachtet hatte. Denn überall auf der Welt waren sexuelle Begegnungen der unmittelbarsten Art noch vor Geld und Ideologie der häufigste Grund für Verrat.

Aber Audley streckte plötzlich mitfühlend die Hand aus und packte ihn oberhalb des Ellenbogens.

»*Dort*, Tom –« Der Griff wurde schmerzhafter. *»–sehen Sie – ?«*

Wo er hinzuschauen hatte, war ihm bereits gesagt worden: in jene Lücke im Wall, aus der Gilbert de Merville 1136 zum letzten Mal geritten war, als er Mountsorrel an König Stephens Getreuen übergeben hatte, der, um sicherzugehen, daß auch Baldwin de Redvers Kastellan kapitulierte, durchaus an Bodger's Farm vorbeigeritten sein könnte.

Da war jemand in der Lücke –

Audleys Finger drückten seinen Oberarm. »Ich habe es Ihnen ja gesagt – ich hätte es wissen müssen!« Dann ließ Audley seinen Arm los. »Um vor Nikolaij Andrejewitsch dazusein, muß man früh aufstehen – ich hätte es eigentlich wissen müssen!«

Und jetzt war noch eine Gestalt neben der ersten. »Das ist Panin, oder?«

»Hah!« brummte Audley. »Bei meinen Augen könnte das auf die Entfernung auch Jack Butler sein ... oder Henry Jaggard ... oder der Erzdekan von Truro, wenn Sie mich fragen, Tom. Aber ich wette zehn zu eins – oder hundert zu eins, wenn Sie soviel auf den Tisch legen wollen –, daß *das* Nikolaij Andrejewitsch ist ... und daß *dieser* Kleine da – der rumzappelt, als hätte er Ameisen in der Hose ... Daß *das* sein Aufpasser ist ... sein persönlicher Thomas *Arkenshaw*, der direkt vom Dserschinskiplatz hierhergekommen ist?«

Dserschinskiplatz traf Tom tief wie immer: Die historische Tatsache, daß Dserschinski ein polnischer Adliger war, der Lenins Geheimdienst gegründet und zugleich seinen Stand und sein Land verraten hatte, war eine Wunde, die niemals heilen würde – die auch jetzt, im Anblick von Gilbert de Merbilles *Turmhügel*, nicht heilte!

Audley wartete wieder voller Mitgefühl. »Okay, Tom?« Die mitfühlende Pause zog sich hin. »Also gehen wir und machen den Schweinehund fertig, hä? *Gehen wir und bringen's hinter uns – hä?*«

8

Audley hatte, was Professor Andrejewitsch Panin anging, recht gehabt, furchtbar recht: Mit seiner wunderlich verbogenen Nase und dem zu kleinen Unterkiefer am Ende seines langen Gesichts erinnerte er in erster Linie an ein altes Schaf; jedenfalls sah er derart wenig nach dem aus, was er war, daß Tom Audley ansehen und sein »Ich hab's Ihnen ja gesagt« akzeptieren müssen.

Doch Audley war da kein Trost, denn zu allem Überdruß wurde auch er dem Aussehen nach seiner Rolle nicht gerecht; und dann, als er Audley eben noch einmal rollenspezifisch einzuordnen versuchte, tauchte der kleine russische Aufpasser, den er kurz vor dem Frühstück getroffen hatte, wieder hinter den Büschen auf, den offenbar üblichen Ausdruck einer gewissen Verwirrung auf dem Gesicht, während er gleichzeitig und ohne jede Scheu den altmodisch geknöpften Schlitz seiner Hose schloß.

Da haben wir sie also! dachte Tom: *Das »alte Schaf«, das schon Hekatomben menschlicher Schafe hat zur Schlachtbank gehen sehen, so daß ihm jetzt kein Blut mehr etwas ausmacht, ob unschuldig oder nicht; und den einstigen englischen Jahrmarktsboxer, der aussah, als habe er sich vom hoffnungsvollen Kämpfernachwuchs ins Gesicht schlagen lassen, während er mörderische Körpertreffer austeilte (und der durch die Aussicht, es jetzt mit einem alten Freund auszufechten, vor Glück strahlte); und dieser kleine KGB-Komiker, der wie Stan Laurel in hundert Dick-und-Doof-Filmen aussah, von der fehlenden Melone einmal abgesehen; und, nicht weniger widersinnig, Sir Thomas Arkenshaw, des Grafen Waldemar Osinski, des Bruders von Mamusias Mutter, genaues Ebenbild, welcher seinerzeit wider jede militärische Vernunft und jeglichen gesunden Menschenverstand seine Ulanen zum Sieg über Trotzkis Maschinengewehre geführt hatte: alles in allem ein höchst merkwürdiges Quartett, das da an der Pforte zu Gilbert de Mervilles längst vergessener Burg zusammentraf!*

»Da, sehen Sie –?« Der Boxer faßte ihn am Ellbogen. »Die sieht man heutzutage nicht mehr oft, Tom.«

»Was?« Dies war der Haupteingang zum Zwinger von Mountsorrel – jetzt konnte er das auf den ersten Blick sehen. »Was?«

»Hosenschlitze zum Knöpfen. Sie müssen gerade knapp an Reißverschlüssen gewesen sein, als dieser Anzug in der guten alten UdSSR über den Ladentisch ging, lieber Tom –« Audley zischelte seinen Kommentar aus dem Mundwinkel. »– Professor Panin – Nikolaij! Es ist lange her . . . im Grunde genommen länger, als ich mich gern erinnere, hä?« Doch mit dem Selbstvertrauen von König Stephens Lieblingsbaron, der Anno Domini 1136 die Kapitulation von Gilbert de Mervilles Kastellan entgegengenommen hatte, rückte er durch die Lücke in dem Schutzwall vor. »Aber . . . jedenfalls schön, Sie zu sehen, Nikolaij.«

»Dr. Audley – *David*!« Der Akzent des »Schafs« war klassen- und staatenlos und ob seiner nicht feststellbaren Herkunft um so merkwürdiger. »Eine lange Zeit, das stimmt.« Das »Schaf« verharrte auf der Stelle, nahm Audleys Hand und schüttelte sie förmlich. Erst dann sah er offiziell Tom an, obwohl sich Tom der langen, vorausgegangenen Musterung bewußt geworden war, während sie sich dem Zugang zu Mountsorrel genähert hatten.

»Darf ich Ihnen Sir Thomas Arkenshaw vorstellen, vormals beim Foreign und Commonwealth Office. Er ist hier, um darauf zu achten, daß ich mich nicht vollkommen zum Narren mache?« Audley genoß die Situation. »Jedenfalls soweit ich überhaupt zur Vollkommenheit fähig bin.«

Die Hand des »Schafs« war klein und trocken und glatt und warm, nicht aber weich: Es war, als schüttele man einen hautengen Handschuh. Aber auch das »Schaf« nahm seine ungünstige Lage zur Kenntnis; Tom spürte das und wußte es von Begegnungen mit anderen, die sein Alter und das polnische Gesicht nicht mit dem englischen Titel in Verbindung hatten bringen können. »Sir . . . Thomas.«

»Ein Baronet, Nikolaij.« Audley klang, als amüsiere er sich bestens. »Tom selbst hat unserer Monarchin keinen außergewöhnlichen Dienst erwiesen. Jedenfalls noch nicht. Will sagen, noch keinen so außergewöhnlichen, daß er mit dem Schwert auf die Schulter geschlagen und gebeten wurde: ›Erheben Sie sich, Sir Thomas!‹ Er ist nicht ›Sir Thomas, der *Ritter*‹ – er trägt den ererbten Titel ›Sir Thomas, *Baronet*‹ ohne irgendwelche damit verbundenen Verdienste, verstehen Sie?«

»Ah!« Das »Schaf« gab den Versuch auf, Tom aus seinen Einzelteilen zusammensetzen zu wollen. »Ein *Lord – «*

»Nein.« Tom war es leid, daß man sich so früh schon, noch bevor die Pubs öffneten, über ihn lustig machte. »Aber einer meiner Ahnen hat zuviel Geld verdient, Professor. Es war nur eine Möglichkeit, zusätzliche Steuern von ihm zu kassieren, das ist alles.«

»Ist dem so, Sir Thomas?« Nur zu leicht wahrte das tiefgefurchte und pockennarbige Schafsgesicht seine Fassung. »Und das ist sicher lange her?«

»Ja.« Das »Schaf« spielte das Spiel des Boxers, stellte Tom fest. Daher sollte lieber auch er mitspielen. »Etwa zwischen Iwan dem Schrecklichen und Zar Peter dem Großen, um genau zu sein.«

»Das hieße wiederum, rund dreihundertfünfzig Jahre vor Zar Michail Gorbatschow, Nikolaij«, sagte Audley freundlich. »Und der ist doch im Augenblick Ihr Problem, nehme ich an?«

»Mein Problem?« Panin sah Audley kaum an. »Sir Thomas – darf ich Ihnen Major Kazimierz Sadowski vorstellen?« Er streckte seine Hand in Richtung Stan Laurel aus. »Dr. Audley – Major Sadowski – Major, Sie haben gehört, wie ich von dem einzigartigen Dr. Audley gesprochen habe? Nun, das ist er, wie er leibt und lebt.« Die Züge des zerfurchten Gesichts lockerten sich, und das Zerrbild eines Lächelns entstand. »Der Major war früher einmal Panzeroffizier, David. Ich habe ihm erzählt, daß Sie im Großen Vaterländischen Krieg das gleiche waren. Und jetzt denkt er wahrscheinlich über einen britischen Panzer nach, der damals groß genug für sie war – war es vielleicht ein *Churchill*?«

»Nein.« Audley bot dem Major nicht die Hand – nur tiefstes Mißtrauen.

Wofür Tom aufrichtig dankbar war, da dies, zumindest teilweise, seine eigene Überraschung verbarg. »Genaugenommen war es ein *Cromwell*. Der wahrscheinlich weitaus bequemer war als ein T-34. Aber verdammt viel unsicherer.« Während er sprach, furchte er die Stirn in Richtung des Majors, der seinerseits jeden Versuch unterlassen hatte, die Hand zu ergreifen, die ihm nicht angeboten worden war. »Das ist aber kein guter KGB-Name, *Kazimierz Wie-war-das-noch* –? Das klingt fraglos ... polnisch, oder?« Er starrte den Major einen Augenblick lang finster an, doch als ihm klarwurde, daß ihm weder eine Antwort noch die Hand gegeben werden würde, wandte er sich wieder an Panin. »Polnisch, Nikolaij?«

Panin gelang es, mit den Schultern zu zucken, ohne sich dabei zu bewegen. »Sie haben einst zu mir gesagt: ›In meines Vaters Haus sind viele Zimmer‹ –?«

»›Wohnungen‹ – nicht ›Zimmer‹, Nikolaij.« Audley musterte Panin eingehend. »Aus dem Evangelium des Johannes, Kapitel vierzehn. Und Johannes sagte auch: *›Ich habe auch noch andere Schafe, die sind nicht aus diesem Stalle‹*, da stimme ich Ihnen zu! Und er sagte auch noch einige andere Dinge, die an diesem Morgen noch angemessener sein könnten – etwa: *›Du bist von deinem Vater, dem Teufel‹*, zum Beispiel, Nikolaij!«

Panin wandte sich an Tom. »Ich habe einen Fehler gemacht, Sir Thomas, ich habe aus seinem ›Buch‹ zitiert!«

»Genau das haben Sie.« Audleys Stimme wurde plötzlich kalt und hart. *»›Es wäre hilfreich für uns, daß ein Mensch stürbe für das Volk!‹.«* Dann wandte er sich an Tom, wie zuvor der Russe. »Verzeihen Sie mir die Blasphemie, Tom. Aber dieser Schweinehund schuldet uns ein Leben, und ich will verdammt sein, wenn ich so täte, als wüßte ich nicht, daß er es weiß.« Er heftete seinen Blick eine halbe Sekunde lang auf Tom, ehe er sich wieder an Panin wandte. »Erzählen Sie mir von Basil Cole, Nikolaij. Denn wenn wir überhaupt ein Geschäft machen sollten, dann ist das etwas, worüber ich zuerst Bescheid wissen muß.«

Panin starrte Audley an. »Basil Cole.« Dann runzelte er die Stirn. »Basil Cole?«

»Erzählen Sie mir nicht, Sie hätten noch nie von ihm gehört.« Schniefen. »Würde mich nicht wundern, wenn er sich an Ihnen die Zähne ausgebissen hat – der verstorbene Basil Cole, Professor.«

Panin gab Audley drei Sekunden, dann ließ er seinen Blick über Gilbert de Mervilles Gräben streifen. »Ich mag diesen Ort nicht. War das Ihre Idee – eine Ihrer historischen Ideen, David?«

»Es war *Ihre* Idee, Professor – draußen, im Freien?« Audley nickte Tom zu, ohne ihn anzusehen. »Ihre Idee im allgemeinen. Und Toms Idee im besonderen.« Der alte Mann schaute auf Panins Füße. »Zu schmutzig für Sie, oder?«

Panin starrte Tom fragend an.

»Ich glaube, daß es ein guter Ort ist.« Audley fuhr fort, bevor einer von ihnen etwas sagen konnte. »Auf jeden Fall ein passender Ort.«

Das holte Panin wieder zurück. »Passend?«

»Ja.« Nun ließ Audley seinen Blick über Gilbert de Mervilles längst vergessenes Werk streifen. »Die Mitte des zwölften Jahrhunderts in England ist zufällig Sir Thomas' Steckenpferd, und das war die Zeit, als man diesen Dreckhaufen aufgeworfen hat. Aber ich nehme an, daß Sie nichts über die Mitte des zwölften Jahrhunderts in England wissen, Professor?« Audley lächelte den Russen an. »Ich denke, das waren die großen Tage von Kiew – als Moskau noch eine schlammige Grenzsiedlung war?« Sein Lächeln wurde breiter. »Aber natürlich wissen Sie über Epochen Bescheid, die lange davor lagen! Die Archäologie der alten Skythen – wie ich mich noch von früher erinnern kann . . .« Er zuckte entschuldigend mit den Achseln. »Ich befürchte, es ist Ihrem Verständnis nach nicht archäologisch genug, alter Freund. Aber nicht ungeeignet, nein.«

»Nein?« Panin musterte einen Augenblick lang die Umgebung, bevor er weiterredete; und er brauchte (wie Tom fand) auch kein Genie zu sein, um die Absicht zu erkennen oder wenigstens zu erahnen, daß ihm Audley irgendwie in der Geschichte auflauern wollte. »Aber das wäre doch auch Ihre Epoche, mein lieber David – oder? Ihre Aufsätze, die ich vor unserem letzten Zusammentreffen so aufmerksam gelesen habe, hatten doch die gleiche Zeit zum Thema – das Kreuzfahrerkönigreich Jerusalem . . . Das war doch zwölftes Jahrhundert, oder?« Nachdem er mit dem *Zwinger*wall fertig war, musterte er den *Turmhügel.* »Gänzlich *un*gelehrt waren sie nicht . . . wenn ich das so, ohne beleidigen zu wollen, sagen darf.« Jetzt brachte er die Lage des *Turmhügels* mit dem *Zwinger* in Verbindung. »In der Tat, wenn diese Kreuzfahrer nicht jede Grenze von Ägypten bis zur Türkei hin nach Belieben mit Burgen versehen hätten, hätte ich beinahe angenommen, Sie wären in Lawrences Fußstapfen getreten, statt Ihre Gelehrtheit im Dienste Ihres Landes zu mißbrauchen.« Als er seinen Rundblick beendet hatte, sah er nicht Audley an, sondern Major Stan Laurel Sadowski. »Major . . . wie ich bereits gesagt habe, mag ich diese Hügel hier nicht. Aber wenn wir nur ein paar Schritte gehen, bietet uns der Erdwall Deckung. Ich möchte also, daß Sie da oben Posten beziehen, während wir unser Geschäft abwickeln, ja?« Er deutete auf den Hügelkamm.

Major Sadowski gab zu erkennen, daß er der englischen Sprache soweit mächtig war – allerdings nicht durch ein Nicken, geschweige denn durch ein Wort oder irgendeine Veränderung seines permanent ans Weinerliche grenzenden, erstaunten Gesichtsausdrucks, sondern durch die widerspruchslose und unverzügliche Ausführung von Panins Wunsch.

Panin sah ihm nach, wie er sich durch den Zugang von Gilbert de Mervilles *Zwinger* davonmachte. »Wenn man einen Polen einsetzt, hat das den Vorteil, daß er tut, was man ihm aufträgt«, sagte Panin hinter dem Rücken des Majors. Dann wandte er sich wieder an Audley. »Und natürlich, mein lieber David, war der arme Kerl durch Ihre Gegenwart tief beeindruckt. Und durch unsere mittelalterlichen Kreuzfahrer des zwölften Jahrhunderts. Und ich bin mir sicher, daß er Ihren T. E. Lawrence nicht von D. H. Lawrence unterscheiden kann – glauben Sie, daß *Lady Chatterley's Lover* je ins Polnische übersetzt worden ist? Ich denke eher nicht, hä?« Er starrte weiterhin auf Audley, allerdings so konzentriert, daß Tom spürte, daß Panin ihn bewußt *nicht* ansah, da der Russe vermutlich wollte, daß er ebenfalls weggeschickt wurde.

»Ach . . . glauben Sie wirklich?« Audley legte den Kopf zur Seite und runzelte die Stirn, als sei die Frage wichtig. »*Lady Chatterley* muß übersetzt worden sein . . . Mitte der zwanziger Jahre? Außerdem muß es eines von Lawrences letzten Büchern gewesen sein, denn er starb 1930. Als Polen noch ein freies Land war.« Dann nickte er immer noch stirnrunzelnd. »Aber es wäre ja möglich, daß es die Katholiken auf den Index gesetzt haben.« Er atmete plötzlich tief ein, nieste verhement und begann nach einem Taschentuch zu suchen. »Da könnten Sie also doch recht haben.« Er begrub das Gesicht im Taschentuch. »Bitte entschuldigen Sie, Nikolaij.«

»Sind Sie erkältet?« erkundigte sich Panin freundlich.

»Ich bin erkältet«, Audley nickte. »Und Sir Thomas bleibt, Nikolaij.«

Jetzt warf Panin Tom einen raschen Blick zu, wandte sich aber gleich wieder an Audley. »Sie trauen Ihnen nicht mal jetzt, David? Sie trauen Ihnen noch weniger als mir?«

Schniefen. »Niemand traut mir.« Der Gedanke schien Audley aufzuheitern. »Nicht einmal meine liebe Frau.«

Beide alte Männer betrachteten einander schweigend, und Tom fand, es sei an der Zeit, wieder die eigene Stimme zu hören. »Ich glaube, Dr. Audley meint, daß ich nicht so gut darin bin, das zu tun, was man mir aufträgt – im Gegensatz zu Major Sadowski –« Er merkte zu spät, daß er den Fehler gemacht hatte, den Namen richtig auszusprechen. »– obwohl ich natürlich gleichermaßen von der Begegnung mit dem berühmten Professor Panin beeindruckt bin.«

»Ha! Und das sollten Sie auch sein, Tom«, sagte Audley. »Man hat nicht jeden Tag Gelegenheit, einen alten Zentralkomitee-Mann zu treffen, der schon als Baby von Wladimir Iljitsch Lenin auf den Knien geschaukelt wurde und den revolutionären Segen erhalten hat! Oder ist das nur eine Geschichte, Nikolaij?«

»Es ist nur eine Geschichte.« Panin widmete Tom jetzt seine ganze abwägende Aufmerksamkeit. »Wladimir Iljitsch hat keine Babys auf den Knien geschaukelt.«

»Nein – natürlich nicht!« Audley nickte zustimmend. »Nur arme Teufel, die die Stimmen des Proletariats gewinnen müssen, müssen Babys schaukeln – natürlich! Und Ihr alter Herr hat auf jeden Fall bei der Weißen Armee gekämpft, oder? In der Semenowski-Garde, oder nicht?«

Panin starrte weiterhin auf Tom. »Und ich bin nicht mehr im Zentralkomitee.« Er ignorierte Audleys Schnoddrigkeit. »Dieser Ort hier war eine Festung, Sir Thomas. Stimmt's?«

Tom hatte gerade die *Semenoski-Garde* zur Kenntnis genommen: Sie war eines der kaiserlichen Garderegimenter des Zaren gewesen. Also spielte Audley, wie üblich, ein schmutziges Spiel. »Ja, Professor.« Er war geneigt, es dabei zu belassen, fand aber, daß er es nicht fertigbrachte. »Wahrscheinlich wurde es Mitte der dreißiger Jahre des elften Jahrhunderts von einem Mann namens Gilbert de Merville errichtet, dem Gefolgsmann eines großen Barons namens Baldwin de Redvers. Und wenn dem so ist, dann ist dies die Burg Mountsorrel.«

Panin wandte sich für einen Moment der Linie des ginster- und farnbewachsenen *Zwinger*walls mit dem Graben zu und blickte dann über die schmale, mit Hufspuren und Kuhfladen übersäte Weidefläche, die das *Zwinger*tor vom grabengesäumten Inneren der Anlage trennte, hinüber zum *Turmhügel*, der sich über der Furt erhob. Doch als er sich wieder Tom zuwandte, lag etwas in seinem Gesicht – oder hinter seinen Augen –, was diesem verriet, daß er eine Vorstellung von dem hatte, was es einst gewesen war, bevor es von Kühen und achteinhalb Jahrhunderten niedergetrampelt und entmilitarisiert wurde.

»In welcher Weise ist denn Mountsorrel passend für uns, Sir Thomas?«

»Ah!« Audley brach in die Unterhaltung ein wie ein *Cromwell*, der endlich seine Schneise im *bocage* fand. »Nun ... nun. Nikolaij, was ich meinte ... hängt weniger mit dem *Ort* zusammen, verstehen Sie ... Obwohl insbesondere dieser Ort nicht *un*passend ist –« Er bedachte Tom mit einem raschen Seitenblick. »– es ist nämlich ein illegitimes Bauwerk, oder – Tom?«

Tom wurde von der Frage überrumpelt. »Ich bin mir nicht sicher, David –«

»›Illegitim‹?« Auch Panin wurde von dem Wort überrumpelt – eigentlich begreiflich, fand Tom.

»›Illegal‹, Nikolaij.« Audley wollte nicht unterbrochen werden. »Zu Zeiten unserer starken Könige konnte man nicht einfach eine Burg errichten, wenn man Lust hatte – wenn man eine Burg bauen und sie mit Zinnen versehen wollte, brauchte man eine Einwilligung ... Obwohl das mit den Zinnen, glaube ich, erst etwas später kam ... als man schon Schießscharten baute – es glich eher einer festen Palisade – wie bei den alten Forts der US-Kavallerie ... um unsere einheimischen englischen Indianer abzuhalten, hä?« Da er nicht unterbrochen werden wollte, wartete er auch nicht darauf, daß er verstanden wurde. »Was ich meinte, war weniger der *Ort* als vielmehr der *Zeitpunkt* ... verstehen Sie?«

Tom verstand es nicht. Aber er war dennoch loyal und sah den Russen an, als verstünde er es.

»Der Zeitpunkt?« Mit vereint starrendem Blick hatten beide Panin praktisch zu der Frage gezwungen, obwohl er hätte wissen müssen, daß er in einen vorbereiteten Hinterhalt geraten würde. Doch schließlich deutete er in Richtung *Turmhügel.* »Wollen wir nicht ein kleines Stückchen gehen? Ich fühle mich hier ... irgendwie beobachtet, ganz ehrlich gesagt –«

Ganz plötzlich wurde Tom an Audleys Terrasse erinnert, und ein kalter Schauder kroch ihm über den Rücken, so daß sich seine Füße in Bewegung setzten, noch bevor das Gehirn den Marschbefehl erlassen hatte, und ihn in den Schutz von Gilberts Erdwall trugen.

Panin folgte ihm. Und Tom spürte einen Windhauch auf den Wangen, der die Spitzen von Ginster, Farn und Brombeergesträuch auf der Wallkrone vor ihm bog – ganz entschieden ein Vorbote des kommenden Regens, der vom fernen Atlantik zwischen der Insel Lundy und der Halbinsel Gower den Bristol-Kanal herauffegte.

»Der Zeitpunkt –?« Als sich Panin relativ sicher fühlte, drehte er sich um und sah, daß Audley immer noch wie angewurzelt am Walleingang stand und sich wieder in sein Taschentuch schneuzte. »David –?«

»Ich komme ...« Audley ließ sich Zeit, und sein Blick schweifte noch einmal über den nahen Hügelkamm, auf dem vermutlich Major Sadowski unsichtbar die Wacht hielt. »Ich komme ...«

Willy! dachte Tom und starrte auf die Verbindung zwischen *Zwinger-* und *Turmhügel*graben. Hier mußte der Mutterboden am Glacis von Mountsorrel dünn gewesen sein, doch Gilberts Zwangsarbeiter hatten weitergraben müssen: Die äußere Begrenzung wurde noch immer von einer senkrechten, zweieinhalb Meter hohen Felswand gebildet, über deren Rand dichte Brombeerranken herabhingen, *und er hätte Willy gern gezeigt, auf welch unbarmherzige Weise sich die Normannen derart lebenswichtiger Aufgaben zu entledigen verstanden hatten.*

»Entschuldigung!« Audley kam mit langen, entschlossenen Schritten anmarschiert. »Ich mußte mir schon wieder die Nase putzen. Und außerdem habe ich nachgedacht.« Er blickte sich um, sah zum Wall hinauf und dann noch einal zum Hügel des Majors und wandte sich schließlich wieder an Panin. »Ist Ihnen das jetzt sicher genug?«

Panin seufzte, aber er schien zu akzeptieren, daß Audley wieder die Führung übernommen hatte. »Worüber haben Sie nachgedacht?«

»Genaugenommen über meine liebe Frau.« Audley musterte eingehend den in den Fels gehauenen Graben. »Das hier ist eine verdammt gute Arbeit, Tom – sehen Sie –?«

»Ja.« Tom war leicht verärgert, daß das Ei klüger als die Henne sein wollte. Doch andererseits bewunderte er auch die Beobachtungsgabe des alten Mannes und dessen Entschlossenheit, wenigstens so zu tun, als ängstige ihn das gemeinsame Erlebnis auf der Terrasse nicht.

»Ja.« Panin beobachtete, wie sich Audley Gilberts gute Arbeit besah. »Ich hoffe, Mrs. Audley geht es gut?«

»Hmm. Es geht ihr sehr gut . . . Sind Sie sicher, daß sie ›illegitim‹ ist, Tom? Es muß verteufelt viel Zeit gekostet haben, diesen Graben auszuheben.« Plötzlich wandte er sich wieder an Panin. »Es geht ihr gut. Aber sie ist nicht glücklich, Nikolaij. Und ich auch nicht.«

»Ja.« Panin nickte. »Das kann ich verstehen.«

»Tatsächlich?« Audley wartete auf mehr.

Noch ein Nicken. »Ich bin auch nicht glücklich, David.«

Diesmal nickte Audley. »Ja. Das kann *ich* wiederum verstehen.«

Die Gesichtszüge des Russen glichen ausgetrockneten *Wadis* in einer Steinwüste auf einem vergrößerten Satellitenfoto. »Man hat mir mitgeteilt, daß gestern jemand versucht hat, einen Anschlag auf Sie zu verüben.«

»Man hat es Ihnen mitgeteilt?« wiederholte Audley freundlich. »Dann waren es also nicht Sie?« Er hob schnell die Hand. »Nein – ich habe es natürlich nicht so gemeint, alter Genosse – Ich habe nicht einen Augenblick lang gedacht, daß Sie es gewesen sein könnten. Und Tom wird das bestätigen – hä, Tom?«

»Ich bin erleichtert, das zu hören, David.« Der Russe ließ Tom keine Zeit, Zeugnis abzulegen. »Aber –«

»Denn wenn Sie es gewesen wären –« Audley schnitt ihm das Wort ab. »– dann wäre ich jetzt nicht hier, oder?« Er setzte für Panin sein schönstes bestialisches Lächeln auf. »Und Sie, alter Genosse ... Sie müßten sich irgendwo östlich von Nischnij Nowgorod nach einem sehr tiefen Loch umsehen. Obwohl Sie eigentlich wissen müßten, daß Jack Butler ein hartnäckiger Verfechter guter Umgangsformen ist – und außerdem der Sohn eines guten Gewerkschafters, der sein ›Regelbuch‹ in- und auswendig kann und darüber hinaus auch ›Brauch und Praxis‹ beherrscht, wozu eigentlich all das gehört, was nicht niedergelegt worden ist ... und womöglich auch nicht niedergelegt werden *kann* –« Er warf Tom einen Blick zu, der nichts Gutes verhieß. »– der Papa des alten Jack war nämlich Drucker und hat seinen Sprößling nach den ›alten Verhaltensregeln‹ erzogen –« wandte er sich spöttisch wieder an Panin. »– also *müßten* Sie wissen, Nikolaij, daß es nirgends, nicht einmal im ›Heiligen Mütterchen Rußland‹ – auch nicht in den winzigen Mönchszellen im Kloster von Sagorsk –, ein Loch gibt, wo Jack Butler sie nicht finden würde, wenn er der Ansicht wäre, daß Sie den Finger am Abzug gehabt haben, hä?« Das bestialische Lächeln wurde fast liebevoll. »Stimmt's?«

Panins Ungerührtheit imponierte Tom. »Was Colonel Butler betrifft ... beuge ich mich Ihrem besseren Wissen, David.« Dann verzogen sich die trockenen *Wadis.* »Aber was mich angeht, haben Sie natürlich auch nicht ganz unrecht: Wenn ich es für besser hielte, daß Sie tot wären, dann wären Sie tot. Aber der Rest ist irrelevant, denn wir wissen doch beide, daß wir um das Wohlergehen unseres jeweiligen Vaterlandes besorgt sind. Und ich glaube, daß wir im Augenblick beide von ›geliehener Zeit‹ leben.«

»Zum Himmel noch mal!« warf Audley ungehalten und blasphemisch ein. »Versuchen Sie mir angst zu machen?«

»Ich stelle nur die Wahrheit fest, David –«, sagte Panin einschränkend. Doch dann neigte er den Kopf etwas ungelenk und uncharakteristisch zur Seite. »Es ist jetzt vierzig Jahre her – für Sie einundvierzig ... für mich mehr als vierzig, seitdem wir beide gesehen haben, wie bei einer gemeinsamen Sache zu viele gute Leute zu Tode kamen – tot, verrottet und vergessen ... Aber wir beide sind noch hier: Das ist alles, was ich sagen wollte.«

»Schon gut!« Audley hob wieder die Hand. »Gut, gut, *gut*!« Die Hand senkte sich. »*Sie* waren es also nicht, Nikolaij! Aber irgend jemand *war* es –« Längst war die letzte Spur bestialischen Lächelns verflogen. »– und bei Basil Cole gestern war es auch *irgend jemand.* Also lassen Sie uns damit beginnen. Oder überhaupt nicht.«

»Wie Sie wünschen.« Panin prüfte wieder Major Sadowskis Anhöhe. »Was Ihre Erlebnisse ... von gestern betrifft, David ... bin ich natürlich informiert worden.«

»Das will ich auch hoffen!« Audley folgte dem Blick des Russen. »Und deswegen muß der redselige Major Wache schieben, oder? Oder wollten Sie nur sein kleines Taschentonbandgerät außer Hörweite haben?«

»Was Basil Cole angeht, weiß ich *nichts.*« Panin wandte sich wieder den beiden zu. »Ich kann nur sagen ... daß ich *von* ihm weiß. Aber das war früher. Und soweit ich informiert bin, hat er zuvor nie für sie – das heißt, für Colonel Butler oder Sir Frederick gearbeitet.« Das leidende Schafsgesicht verriet nichts. Nur die hellbraunen Augen deuteten auf Leben hinter der Maske hin. »Außerdem ist er pensioniert. Oder wäre ›entlassen‹ der bessere Ausdruck?«

»Nein. ›Ermordet‹ ist der richtige Ausdruck.« Audleys kalter, sachlicher Ton verstärkte eher den Zorn, der sich hinter dieser Verbesserung verbarg.

»Davon weiß ich nichts, mein Freund.«

Audley verstand dies eindeutig als weitere falsche Formulierung und zuckte unverkennbar zusammen – so unverkennbar, daß selbst Panin die Reaktion nicht übersehen konnte.

»Sie glauben mir nicht?« Der Russe begegnete dem angestauten Zorn mit asbestbeschichteter Neugier.

Audley schniefte. »Ich will Ihnen mal was erzählen, alter Genosse –« Wieder schniefte er und begann nach seinem Taschentuch zu suchen. »– alter *Genosse* –« Er fand es, winkte jedoch erst kurz in Richtung von Gilbert de Mervilles überwachsener Festung, bevor er es zur Nase führte. »– ich sagte, dies sei der passende Ort ... erinnern Sie sich?« Dann begrub er das Gesicht im Taschentuch.

Panin besah sich einen Augenblick lang den *Turmhügel* und wartete dann, bis Audley sein lautstarkes Erkältungsritual beendet hatte. »Ja. Und ähnlich geheimnisvoll sagten Sie auch, ›der Zeitpunkt‹ – ja, ich erinnere mich, David.«

»Prima!« Audley deutete mit besitzergreifender Geste auf den *Zwinger.* »*Ort:* Gilbert de Mervilles anheimelndes Versteck, Mountsorrel. Und ich denke, man könnte sagen, daß Gilbert den Instinkt eines libanesischen Kriegsherrn und das militärische Können eines israelischen Panzerkommandanten hatte ... *Zeitpunkt:* Mitte des zwölften Jahrhunderts in England, plus minus ein paar Jahre. König Stephen spielte 20, gewann 5, verlor 5 und zog 10; Kaiserin Matilda spielte 20, gewann 5, verlor 5 und zog 10.« Er schüttelte den Kopf. »Es ist nicht so einfach, Gilberts Zähler festzustellen, weil er vermutlich ein halbes dutzendmal die Seiten gewechselt hat. Die einzige Seite, auf der er war, war die von Gilbert de Merville –«

»David –«

»Hmm! Ich bin noch nicht fertig.« Audley drohte mit dem Finger. »Sie mögen diplomatische Privilegien haben, alter Genosse. Aber jetzt befinden Sie sich auf meinem Terrain, also führe ich das Wort, wenn es mir paßt – okay?«

Panin machte den Mund zu und die Luken dicht, indem er seine Augen reptilienhaft zu Schlitzen verengte. Oder ... wenn nicht *reptilienhaft*, dann *katzenhaft*, berichtigte Tom sein Bild und erinnerte sich an den Blick von Mamusias scheußlichem alten kastrierten Kater *(»Mein anderer Liebling Tom!«)*, der ihn immer mit hintertriebener Feindseligkeit anstarrte und damit andeutete, daß zwischen ihnen ein ganz anderes Verhältnis herrschen würde, wenn der eine so groß wie der andere wäre. Doch dann bemerkte er, daß die Augen sein Starren erwiderten und der hungrige Schimmer dahinter erloschen war. Schließlich nickte der schreckliche alte Mann Audley langsam und beinahe würdevoll zu.

»Okay!« Falls Audley das gleiche erschreckende Signal empfangen hatte, so ließ er es sich nicht anmerken: Er schien sich wieder zu amüsieren. »Sehr interessantes Jahrhundert, das zwölfte, Nikolaij. Die gotischen Kathedralen standen in ihren Raketenabschußrampen – Chartres und St. Denis und Sens, quer durch Europa, bis in den Nahen Osten – die Ideen und der Stil und die Geometrie ... Nun, jedenfalls bis Polen, wenn nicht sogar Rußland ... Und keine davon hat gen Himmel abgehoben, bevor Ihr und die Amerikaner damals in den Fünfzigern abgehoben seid, wenn auch weit übelgelaunter.« Schniefen. »Mehr Technik, aber weniger Geist –?«

Panin blieb mühelos ruhig, obwohl Audley ganz offensichtlich innehielt, als wolle er ihm im Wissen, daß er davon keinen Gebrauch machen würde, das »Recht auf Erwiderung« einräumen. Eine Mischung aus Faszination, Angst und Neugier ließ Toms Gefühlsbarometer ansteigen, obwohl sich der Zeiger schon weit im roten Warnbereich des Wissens darum befand, daß diese beiden Veteranen eines noch immer andauernden Krieges, der lange vor seiner Geburt begonnen hatte, trotz ihrer ausgesuchten Höflichkeitbezeigungen von einem gegenseitigen Haß verzehrt wurden, wie ihn nur alte Männer aufbringen konnten.

»Erstaunlich gute Sachen.« Audley erklärte sich mit Panins Schweigen einverstanden. »Und auch erstaunlich *schlechte.* Und Gilbert de Merville war mit an Sicherheit grenzender Wahrscheinlichkeit einer von jenen . . . die, wie dieser Mönch aus Petersburg, der die *Angelsächsische Chronik* jener Zeit auf den neuesten Stand brachte, die Chronik, die ich als junger Bursche in Cambridge auswendig gelernt habe, nachdem ich gerade aus der verwüsteten Normandie gekommen war und die Deutschen den Laufpaß bekommen hatten und man sich für ein paar Päckchen Lucky Strike die *Fräuleins* kaufen konnte: *›Jeder starke Mann baute seine Burgen . . . Und als die Burgen gebaut waren, füllten sie sie mit Teufeln und schlechten Menschen . . . Und sie ergriffen die, von denen sie dachten, sie hätten Reichtümer –‹* – und gerade Ihnen brauche ich nicht zu sagen, hinter welchen Reichtümern wir 1945 her waren, denn Sie waren hinter den gleichen verdammten Sachen her – *›– und sie setzten sie unsäglicher Folter aus, so daß ich weder von allen Schrecken und allen Qualen, die sie den unglückseligen Männern dieses Landes antaten, berichten darf noch berichten mag, doch sagte man, ‚der Herr und seine Engel schliefen'.«* Audley schenkte dem Russen sein reinstes und schönstes bestialisches Lächeln. »Vielleicht mögen Sie sich nicht an den Mönch von Petersburg und die ›Anarchie‹ von Stephen und Matilda erinnern, aber Sie waren in Khalturins Garde-Division, so daß Sie sich sicher erinnern können, was Sie in Deutschland gemacht haben. Und danach, hä?«

»Ja.« Einer derart direkten Herausforderung konnte Panin nicht ausweichen. »Und ich erinnere mich auch an die Ukraine, bevor ich endlich an die Front nach Berlin versetzt wurde –«

»Und Polen?« Audley sah Tom nicht an. »Erinnern Sie sich an den Warschauer Aufstand? Haben Sie das Donnern unserer Flugzeuge gehört, die Nachschub abzuwerfen versuchten, als Sie auf der anderen Seite des Flusses standen –? Als ihr Schweinehunde uns die Landerechte verweigert habt und wir gezwungen waren, einen Rundflug zu machen – erinnern Sie sich auch an dieses Geräusch?«

Jeder Pole kannte diese Geschichte, dachte Tom. Und nicht wenige Polen erinnerten sich noch immer an die Namen jener polnischen Lancaster-Besatzungen, die bei jenen erfolglosen Hilfsflügen ums Leben kamen und die Hälfte ihrer Fracht den Deutschen in die Hände fallen ließen. Aber selbst wenn das als Gefallen für ihn gedacht war, war es doch eine krude und unnötige Erinnerung an offene Rechnung, an die er nicht erinnert zu werden brauchte . . . Andererseits *war* Audley hin und wieder krude –

»Was sagen Sie, David?« Audleys plötzliche Besessenheit mit polnischer Geschichte schien den Russen zu verwirren. »Ich war Stabsoffizier bei der Garde –«

»Ha!« Audley warf den Kopf zurück wie ein Zweijähriger.

»Ein *Stabs*offizier –« Unglaublich, aber die Betonung deutete an, daß Audley Panin an einem wunden Punkt getroffen hatte. »Und ich dachte, wir wären im zwölften Jahrhundert –? Oder . . . in der *Mitte* des zwölften Jahrhunderts?«

»Das waren wir auch!« Offenbar wollte Audley nicht mehr, als den verräterischen Fleck durch den alten Verband sickern sehen. »Und . . . was ich meine, ist, daß sie ihre erstaunlichen Kathedralen errichtet haben, die sie dem Himmel näher brachten, als ihm seither jemals einer gekommen ist . . . aber andererseits, waren die Normannen auch *Bestien* – genau wie das kleine Mädchen, das eine Locke mitten auf der Stirn hatte:

Wenn sie lieb war,
war sie sehr, sehr lieb,
doch wenn sie bös war,
war sie scheußlich –

Und wenn Sie tatsächlich ein gutes Beispiel wollen, wer käme da eher in Frage als König Henry Plantagenet II., der nach Stephen und Matilda kam, hä?« Traurig schüttelte Audley den Kopf. »Ein großer König, dieser Henry – kannte sein Latein und sein Gesetz. Hat halb Westeuropa regiert. Hat kurzen Prozeß gemacht mit Schweinehunden wie Gilbert de Merville und seinesgleichen . . . Liebte die Schöne Rosamund – heiratete die blonde Eleanor und das ganze . . .« Er schüttelte wieder den Kopf und verstummte mit einem Seufzer.

Panin wartete, nicht geduldig, war aber jetzt trotzdem wieder gefaßt und ließ sich nicht aus der Reserve locken. Und in diesem Augenblick des Schweigens wußte Tom genau, was Audley wollte und was nun kam.

»Da war er also und feierte in seinen persönlichen beiden Dritteln von Frankreich Weihnachten wie jeder gute Christ –« Audley warf Tom einen flüchtigen Blick zu. »– in Chinon war das doch, Tom – im Jahre 1170 –? Jedenfalls irgendwo dort –« Er wandte seinen Blick wieder Panin zu. »– als er aus England Kunde von diesem verdammt unbequemen Priester erhielt, der wieder den Mund zu weit aufriß, weil er die Kirche höher als den Staat einschätzte. Was Henry natürlich auf die Palme brachte. Also schrie er – angeblich zu niemandem speziell, aber zu jedem im allgemeinen – ›Ist unter euch Stinktieren hier nicht einer, der mir alles verdankt – eure Pferde, eure Ländereien und eure Burgen und eure *droits de seigneur* –‹ – oder, wie es vielleicht in Ihrem heutigen Verein heißt, Nikolaij, ›eure Mercedes und Datschas und Ferien am Schwarzen Meer, und eure hübschen Ballettänzerinnen, und eure Einkaufsprivilegien‹ – *›Ist denn niemand hier, der mir diesen Priester vom Halse schafft, ohne Fragen zu stellen?‹*« Mit einem kurzen Schniefen atmete er schnell ein. »Also sprangen Fitz-Urse und ein paar von den Burschen in ihre Mercedes – auf ihre Pferde –, bestiegen die nächste Kanalfähre und zerhackten den Priester direkt an seinem Altar.« Diesmal schnitt er Panin eine schnelle Grimasse. »Richtiggehend stümperhafte Arbeit war das – sie haben sich nicht einmal die Mühe gemacht, die Zeugen zum Schweigen zu bringen. Also mußte Henry sie offiziell den Wölfen vorwerfen, die Mörder –« Er sah Tom stirnrunzelnd von der Seite an. »– aber was ist mit Fitz-Urse und den anderen drei geschehen, Tom? Ich sollte es wirklich wissen, aber ich kann mich um alles in der Welt im Augenblick nicht daran erinnern –?«

»Ich weiß es nicht.« Um seiner Welt willen konnte Tom den Russen in diesem Augenblick nicht anschauen. »Ich nehme an, sie wurden exkommuniziert und verbannt.«

»Ah . . . ja, sicher war es so!« Audley stimmte bereitwillig zu. »Aber, klar, Sie kennen die Geschichte vermutlich, Nikolaij, alter Genosse – das Martyrium des Erzbischofs Thomas Becket in Canterbury? Steht alles in Churchills *Geschichte der englischsprachigen Völker*, die Sie ja gelesen haben – es ist die Art einer guten Geschichte, an der er sein Vergnügen hatte.« Er grinste. »Doch obwohl er rechten Lärm darum gemacht hat, wie König Henry am Ende seine gerechte Strafe bekam, als seine entsetzlichen Söhne Krieg gegen ihn führten – *›Das ist der bittere Geschmack weltlicher Macht. Das sind die Korrektive des Ruhms‹* –, dachte ich eigentlich immer, er habe eine heimliche Sympathie für Henry gehegt. Ich habe das jedenfalls – Ich meine, Thomas Becket war im Unrecht und hat bekommen, worum er gebeten hatte . . . Und natürlich kannte nach der Wahl 1945, die den Ruhm des alten Winston zurechtgerückt hat, niemand den bitteren Geschmack der weltlichen Macht besser als er.« Noch ein Grinsen. »Und ich war auch einer, der ’45 gegen ihn stimmte – ich habe Clement Attlee und Labour gewählt. Obwohl Attlee in Oxford studiert hat.«

Obwohl es noch immer um seiner Welt Heil ging, mußte Tom mittlerweile Nikolaij Andrejewitsch Panin anschauen, um festzustellen, wie er mit Erzbischof Thomas Becket und Henry Plantagenet II. und Winston S. Churchill zurechtkam, ganz zu schweigen von Pater Jerzy Popieluszko.

»In Oxford studiert?« Panin kam sehr gut mit ihnen zurecht. »Und Sie haben natürlich in Cambridge studiert?« Das Schafsgesicht war wie eine Maske: außen durch die Zeit abgenutzt und zerfurcht, verriet sie dennoch nichts über den Mann dahinter. »Ein Cambridge-Mann, der seine Zitate gut gelernt hat!«

Audley zuckte bescheiden mit den Schultern. »Ach . . . das ist nur das, was mir mein alter Lateinlehrer eingebleut hat, damit ich meine Prüfungen bestehe. Prüfer lieben Zitate. Der Trick dabei sei, die lateinischen Zitate in die Geschichtsantworten einzustreuen und die historischen in die englischen Antworten, und die englischen in die verdammten lateinischen, sagte er immer. Denn auf diese Art dächten alle, Sie wüßten mehr, als Sie erzählten. Oder . . . selbst wenn sie nicht so dumm wären, wüßten sie auf jeden Fall, daß Sie gut unterrichtet würden.«

Panin nickte. »Ich verstehe.« Das Schafsgesicht unterbrach sein Nicken und hielt den Kopf schräg. »Also wurden Sie gut unterrichtet. Doch Sie wissen weniger, als Sie jetzt erzählen . . . oder mehr?«

»Hmmm . . .« Audley dachte über den Satz nach, jedenfalls tat er so. »Tja, nun . . . sei es, wie es mag . . . und Sie wissen es nicht, und ich werde es Ihnen nicht erzählen . . . es gibt *zwei* Dinge, die Sie wissen – und noch eines, das ich Ihnen erzählen will. Das heißt, wenn Sie bis hierher aufmerksam zugehört haben.«

»Zwei Dinge?« Panin akzeptierte den Test. »Auf Sie ist geschossen worden –«

»Und man hat mich verfehlt. Also entscheide ich bei dieser Sache aus Gründen der ›Gegenseitig zugesicherten Zerstörung‹ im Zweifelsfall zu Ihren Gunsten.« Audley akzeptierte Panins erste Antwort. »Außerdem bin ich auf einen meiner Freunde gestoßen, den man wie einen lästigen Köder beseitigt hat . . . auch in diesem Fall will ich im Zweifelsfalle *vorläufig* zu Ihren Gunsten entscheiden.«

»›Vorläufig‹, einverstanden.« Panin nickte. »Ich gebe zu, daß ich unter den gegebenen Umständen nicht mehr verlangen kann. Aber . . . diese dritte Sache, die ich nicht mitbekommen habe –«

Audley hob das Kinn und visierte Panins gebrochene Nase an. »Das ist mein Terrain, Nikolaij. Um es gelinde auszudrücken: Es ist kein Kricketspiel, wenn man auf meinem Grund und Boden auf mich schießt. Aber Basil Cole . . .« Nase, Kinn und Gesicht wurden »vollkommen bestialisch«. »– Ich werde dafür bezahlt sicherzustellen, daß so etwas hier nicht passiert. Sie können in Ihrem eigenen Hinterhof verdammt noch mal tun, was Ihnen Spaß macht – Sie können wichtige Leute umlegen oder ins Exil und in psychiatrische Kliniken schicken, wenn Sie Spaß daran haben . . . Und Sie können unwichtige verschwinden lassen und ihnen die Gewehrmündung ins Genick halten, und Amnesty International wird nicht einmal ihre Namen kennen. Denn das ist Ihre ›Anarchie‹, und in Ihrem rückständigen sozialistischen Himmel sind der Herr und seine Engel nicht eingeschlafen – weil sie dort nämlich noch nicht einmal aufgewacht sind, bei Gott! Aber das ist *Ihr* Terrain, und da kann ich nichts machen – nicht einmal wenn es mein Job wäre. Was es nicht ist.« Schniefen. »Aber das hier ist *mein* Terrain. Wenn Sie also Ihre ›Anarchie‹ bis hierher ausdehnen wollen, dann geht das nur über meine Leiche –« Der alte Mann deutete auf Gilbert de Mervilles gute Arbeit – »Habe ich mich verständlich ausgedrückt?«

Panin hatte hinter seiner Maske aufmerksam zugehört. Doch jetzt sah er Tom direkt an. Und Tom war zutiefst erschüttert, daß Panin offenbar alles, was Audley gesagt hatte, ohne Kränkung akzeptiert hatte – jedes Körnchen kapitalistischer Beleidigung, Verachtung und Geringschätzung.

Audley musterte Panin. »Sie machen sich Sorgen um ihn, oder?« Panin erwiderte Audleys direkten Blick. »Können Sie ihm trauen?« Schniefen. »Kann *ich* ihm trauen?« Noch ein Schniefen und dann ein gräßliches Schlucken. »Beim Familiensilber kann ich es. Und auch bei meiner Frau . . . denn ihr sagen junge Männer nicht zu.« Noch ein Schlucken. »Und im Augenblick, nehme ich an, auch bei meiner Tochter.« Audley schloß sich den prüfenden Blicken des Russen an. »Und bei meinem Ochsen und meinem Esel und meinem Leben und ähnlichen unbedeutenden Dingen . . . doch, zweifellos, da kann ich ihm trauen.« Er nickte und verwandelte das Nicken in ein halb belustigtes Kopfschütteln. »Schauen Sie nicht so beleidigt, Tom – der ›Genosse Professor‹ ist doch nicht so alt geworden, weil er seinen eigenen Leuten traut, geschweige denn uns! Und hinter ihm steckt kein Jack Butler – nein, oder früher ein Fred Clinton –, der alles ausbadet, wenn es einmal nicht nach Plan läuft.« Immer noch kopfschüttelnd wandte er sich an Panin. »Und auf der anderen Seite ist im Moment alles gar nicht so einfach, oder, alter Genosse – unter dem ›neuen Management‹? Es wird eine Menge Entlassungen und Pensionierungen geben, nicht wahr?« Er hielt einen Augenblick inne. »Vielleicht hätte mir Basil Cole genau das erzählt. Abgesehen von einigen anderen Dingen.«

Diesmal war Panin fast geneigt, etwas zu sagen, doch bekam er sich hinter dem abwehrenden Schweigen wieder unter Kontrolle, als warte er, daß sich Audleys gepanzerter Kavallerieinstinkt zugunsten einer sondierenden Taktik erschöpfen möge.

»Nun, jedenfalls –« Audley machte eine wegwerfende Bewegung in Richtung Tom. »– ist Sir Thomas Arkenshaw zufällig der Sohn meiner ältesten Freundin. Genaugenommen der *zweit*ältesten; das andere Mädchen ist tot und in einem anderen Land ... Meine *zweit*älteste Freundin: einst ein großartiges Mädchen und jetzt eine großartige Frau.« Das brutale Gesicht hob sich, und Audley bediente sich seiner ganzen Größe, um auf seinen »alten Genossen« hinabzusehen. »Das könnte man in der Tat sagen, aber aus einer bestimmten jugendlichen Fehlkalkulation meinerseits, möglicherweise durch einen unglücklichen Zufall auf dem Rugbyfeld eingeleitet, hätte dieser Thomas Arkenshaw *junior* auch David Audley *junior* sein können – genügt Ihnen das?«

Als wolle er dem herablassenden Blick ausweichen, hatte sich Panin zwischen den Hufspuren auf dem morastigen Grund von Gilbert de Mervilles Graben etwas gesucht, in das er sich versenken konnte. Doch jetzt tauchte er wieder aus der Versenkung auf. »Für Sie stehen die Dinge auch nicht so gut.«

»Was?« Diese Behauptung verblüffte Audley.

»Sie stehen in keinem guten Duft – nein, ich denke es muß ›Geruch‹ heißen ... in keinem guten *Geruch* –?« Panin hielt inne, aber nur eine halbe Sekunde lang, denn nun hatte er endlich seinen Graben verlassen. »Ich glaube, Sie sind zu vielen Ihrer Politiker zu nahegetreten – mit Ihren Spielchen –, und jetzt war es einer zuviel. So daß Sie nicht einmal mehr Ihr guter Colonel Butler schützen kann. Denn es gibt Momente, in denen sich sogar Ihr so guter und großmütiger Colonel selbst schützen muß – oder?«

»Ist dem so?« Audley runzelte die Stirn. »Nein! Dummes Zeug!«

»Nein – *kein* dummes Zeug.« Panin schüttelte bedächtig den Kopf. »Sie haben recht, wenn Sie sagen, daß unsere Verhältnisse unterschiedlich sind. Aber bitte unterbrechen Sie mich diesmal nicht!« Doch zu Toms Überraschung redete der Russe nicht sofort weiter, sondern wartete, daß Audley anbiß.

Aber Audley biß nicht an.

»Sehr gut!« Panin genoß Audleys Schweigen und beschnupperte es beifällig. »Als ich Ihnen zum ersten Mal begegnete, dachte ich, daß Sie viel mehr wären . . . viel höher im Rang, als Sie in Wirklichkeit waren – ein Colonel vielleicht, oder gar ein General. Das habe ich nicht verstanden. Und es hat mich verwirrt.«

»Ist das eine Tatsache?« Audleys Miene hellte sich auf. »Tja, genaugenommen hatten Sie mich auch etwas verwirrt. Das war also, als wir beide anfingen, unsere Hausaufgaben zu machen, hä?«

Panin ignorierte Audleys sichtliches Vergnügen. »Sie sind klug, David. Aber Sie sind ein Amateur.«

»Nein.« Audley hatte die noch immer in der Stille zwischen ihnen nachhallende Bitte »nicht zu unterbrechen« vergessen. »Verdammt noch mal, Sie verstehen es noch immer nicht Nikolaij – *Gentleman* ist der passende Ausdruck und nicht *Amateur*! Und was Sie meinen, ist . . . daß es mich einen *Dreck* schert, wenn ich etwas vermassele – aber *Sie*, armer, alter Genosse . . . Sie sind in den vergangenen fünfunddreißig Jahren immer halb verrückt vor Angst geworden, wenn Sie ohne Erlaubnis gefurzt haben, ohne schriftliche Ermächtigung . . . Es sei denn natürlich, Sie waren zu hundert Prozent auf der Gewinnerseite – wie damals, als Mironow diesen unglücklichen Unfall in Jugoslawien hatte, nachdem Chruschtschow zu Fall gekommen war –? Und Sie waren tief in einem Graben im Altaigebirge –?« Er drehte sich um, als suche er bei Tom Unterstützung. »Ich muß gleich hinzufügen, daß es ein *archäologischer* Graben war! Denn im Zweifelsfall verkriecht sich der Genosse Professor immer in alten skythischen Bauten und niemals am Dserschinskiplatz. Es ist für ihn eine Art Rückkehr in den Mutterleib. Würde mich nicht wundern, wenn selbst der jüngste Vorwand, den er hat – die skythische Ausstellung im Britischen Museum nächstes Jahr . . . nicht ein unterbewußter Verkriechinstinkt wäre –«

»Aber wir sprechen nicht über mich, David.« Panin war im Augenblick nicht an Tom interessiert: Er hatte Sir Thomas Arkenshaw offensichtlich als hypothetischen Abkömmling Audleys akzeptiert, und das reichte. »In den letzten fünfundzwanzig Jahren sind Sie zu weit gegangen – nicht ständig, aber zu häufig . . . Wie oft in den vergangenen fünfzehn Jahren? Wie oft?«

Audley zuckte mit den Achseln. »Ich bin immer noch hier. Das macht nach meiner Rechnung keinmal.«

»Aber Colonel Butler hat nicht den Einfluß, den Sir Frederick Clinton hatte.«

»Das vielleicht nicht. Aber Jack ist bei höchsten Stellen ein sehr geachteter Mann, Nikolaij. Auch wenn ein Regierungswechsel stattfände, Mitte-Rechts oder Mitte-Links, was äußerst unwahrscheinlich ist, bekäme Jack die Mehrheit der Stimmen.« Audley klang selbstgefällig. »Und wenn Sie etwas anderes glauben, dann setzen Sie auf einen Verlierer.«

»Tatsächlich?« Die Augenschlitze öffneten sich wieder einen Spalt; Tom kam zu dem Schluß, daß dies vermutlich das einzige Anzeichen von Überraschung war, das sich Panin zugestand. »Ein Mann für alle Parteien? Sie machen ihn wirklich zu einer bemerkenswerten Person.«

»Er *ist* bemerkenswert.« Audley freundete sich mit dem Thema an. »Es gibt niemanden, der so ist wie unser Jack – jedenfalls nicht in diesen düsteren Zeiten.« Er blickte einen Augenblick lang nachdenklich auf Gilbert de Mervilles Erdwall. »Sie können ihm kein Härchen krümmen.«

»Ich bin beeindruckt.« Die Augen verengten sich wieder. »Vielleicht hätte ich ihn aufmerksamer studieren sollen, und nicht Sie.«

»Das wäre Ihnen bestimmt nicht bekommen. Sie würden ihn nie verstehen.« Audley schüttelte den Kopf. »Er wäre *Ihnen* immer eine Nasenlänge voraus. Sie werden ihn nie ergründen können.«

»Glauben Sie nicht?« Selbst Panin konnte dieser Herausforderung nicht widerstehen.

»Keine Chance. Ich habe das seit Jahren versucht.« Diesmal war das Schniefen, entgegen allen Vorgängern, vergnügt. »Ich habe nichts erreicht – wie der Raj, der Ghandi zu ergründen versuchte ... Abgesehen davon, daß Jack nicht das ist, was Sie gewaltlos nennen.« Achselzucken – vergnügtes Achselzucken, genau wie das Schniefen. »Das ist das Problem bei Leuten, die instinktiv und logisch *gut* sind: Der Rest, so wie wir, der gewöhnlich und instinktiv ist, aber logisch *schlecht* – und in Ihrem Fall, alter Genosse, sogar *schlechter* –, kann niemals in ihre Gedanken vordringen. Wenigstens nicht so, wie wir es manchmal untereinander können – verstehen Sie? Wie jetzt zum Beispiel, hä?«

Panin dachte ohne ein Zeichen von Kränkung über Audleys Beleidigungen nach. »Sie überraschen mich immer mehr, David –«

»Nicht halb so sehr, wie Jack Sie überraschen würde, wenn Sie ihn statt meiner eingeladen hätten.« Audley runzelte plötzlich die Stirn. »Und, wenn ich so darüber nachdenke ... warum, zum Henker, *haben* Sie mich hierher eingeladen –?« Irgendwie lenkte er mitten in der Frage Toms Aufmerksamkeit auf sich. »Wobei ich nicht *hier* meine, sosehr ich die seltsame Wahl von Sir Thomas auch gutheiße – ich meine hier *unten* – hier oben, hier draußen? Im West Country, Nikolaij?« Er schüttelte den Kopf. »Nicht Ihr Land, Nikolaij. Ganz eindeutig nicht Ihr Land.«

»Nein, nicht mein Land.« Die letzte Beleidigung teilte das Schicksal ihrer Vorgängerinnen. »Dann gibt es also etwas, was Sie nicht wissen?«

»Ah!« Audley ließ sich nicht verspotten. »Sie haben die Thomas-Becket-Analogie begriffen! Ich fürchtete schon, alles sei umsonst gewesen. Prima!« Er nickte Tom ein »Na, bitte!« zu. »Aber ... *ja,* um auf Ihre Frage zu antworten. Ich lerne nämlich schnell, und ich kann es kaum erwarten, unterrichtet zu werden.« Schniefen. »Unterrichten Sie mich, Nikolaij, unterrichten Sie mich.«

Toms Aufmerksamkeit wurde plötzlich wieder auf Audley gelenkt, als mit einem Mal jegliche Neckerei und Witz aus dem Tonfall des alten Mannes verschwanden. Und er sah, daß das Gesicht zur Stimme paßte. Da war kein Zeichen seiner bestialischen Gutmütigkeit mehr zu sehen, und dies waren das eigentliche Gesicht und die eigentliche Stimme des Mannes, der sie beide mit dem zwölften Jahrhundert geblendet und getäuscht hatte, nur um im zwanzigsten Jahrhundert dorthin zu gelangen, wo er hin wollte.

»Gennadij Zarubin«, sagte Panin, wobei er den Namen mit einem Anflug offener audleyscher Härte aussprach.

»Generalmajor Gennadij Zarubin.« Das Ausbleiben jeglicher Überraschung verdankte Audley Tom, der dies wiederum Willy und Colonel Sheldon zu verdanken hatte. Und Audley kam erstaunlich gut damit zurecht, wenn man bedachte, daß der Name *Gennadij Zarubin* dem Gemisch erst vor kurzer Zeit beigefügt worden war. »Natürlich, er mußte es ja sein.«

»Natürlich«, stimmte Panin ziemlich schnell zu, doch dann bedachte er Audley mit einem Seitenblick. »Natürlich?«

»Simple Mathematik.« Audley zuckte mit den Schultern. »Der verdammte Priester – dessen Andenken ich nicht beleidigen will, indem ich versuche, seinen Namen auszusprechen –, *er* ist sicher im Himmel. Und Martschuk verbüßt eine lange Strafe in der Hölle. Und Ihre vier gehorsamen Polen ... die ungefähr so unfähig waren wie Henry Plantagenets vier gehorsame Ritter ... *die* sitzen ihre Zeit in irgendeinem Ferienlager ab, nehme ich an. Obwohl es mich nicht wundern würde, wenn auch sie, so Gott will, in die Hölle kämen.«

»Ach?« Der Seitenblick war merkwürdig unterkühlt. »Ich wußte nicht, daß Sie religiös sind, David.«

»Bin ich auch nicht. Ich bin nur ein altmodischer Feiertags- und Ferienanglikaner, denn heutzutage ist es nicht schicklich, Mithras anzubeten.« Audley setzte ein Lächeln auf. »Aber Ihre Polen sind wahrscheinlich als gute Katholiken erzogen worden, also wird es zu gegebener Zeit für sie die Hölle werden –« Das Lächeln gerann plötzlich, als hätte der alte Mann mehr als nur das Leichenhaus gerochen. »Oder sind sie bereits dort? Nur um auf der sicheren Seite zu sein, hä?«

Der Seitenblick wurde zur Vorderansicht. »Was?«

»Ach – kommen Sie schon!« Audley vollführte andeutungsweise eine beleidigende Handbewegung. »Wenn es irgend etwas gibt, worin Ihr Haufen gut ist, dann ist es das Umbringen von lästigen Polen. Wie in Katyn, erinnern Sie sich –?« Die Hand bewegte sich weiter. »Oder darin, daß Sie sogar die Nazis die Dreckarbeit für sich erledigen ließen . . . wie in Warschau 1944?«

Panin verkrampfte sich, so schien es Tom. »Das ist eine Lüge –«

»Das ist es, verdammt noch mal, nicht!« Audleys Hand ballte sich. »Ich hatte einige gute Kameraden in der ›1. Polnischen Gepanzerten‹, 1944 bis 1945. Und sie hatten Väter und Onkel, die 1940 in Katyn und sonstwo waren. Und – *und, mein Gott! Sie hatten jüngere Brüder und Söhne, von denen einige 1944 in Warschau waren, wo Sie sie sterben ließen!«*

»Das ist gelogen!« Während er redete, pflanzte sich Panin vor Audley auf, und der alte Mann tat es ihm am äußersten Rand des von Gilbert de Merville in den Fels geschnittenen Grabens nach. Tom konnte zwei alternde Fäuste sehen – lächerlich alte Fäuste, die sich jetzt zusammenballten und wieder lösten, als ob sie sich, ungeachtet ihres Alters und des diplomatischen Protokolls, auf eine Schlägerei unter Rentnern vorbereiteten.

»Es ist die Wahrheit – und Sie wissen es!« feixte Audley und suchte in dem schlammigen Gras festen Halt für seine großen Füße.

»*David!* Um Himmels willen!« rief Tom, gleichzeitig erschrocken und sich bewußt, daß Audley nicht nur der Aggressor war, sondern bei seiner Größe und seinem Gewicht mit Sicherheit auch der Sieger sein würde, wenn die beiden alten Männer hier aufeinander losgingen.

Audley schnitt ihm eine Grimasse, ohne den Blick von dem Russen zu nehmen, aber er entspannte sich leicht. »Vielleicht nicht Katyn. Aber er weiß verdammt gut, was 1944 an der Front in Warschau geschehen ist, als sie der RAF die Landerechte verweigerten, um Versorgungsmaterial für die Polen abzuladen – sie haben den armen Schweinen nicht mal selbst geholfen, die Hunde. Denn *er* war dabei, bei Gott! Hat auf der anderen Seite des Flusses auf seinem Arsch gesessen!«

Panin stotterte leicht. »Sie beleidigen mich –!«

»Wenn ich das könnte – würde ich es tun!« Audleys Hand kam nach oben. Aber jetzt war es wenigstens der Finger und nicht die Faust. »Sie-waren-da –« Er fiel ohne Vorwarnung über Tom her. »– und *Sie* sollten am besten wissen, was dort geschehen ist. Tom!« Panin schaute Tom an, und Tom war erstaunt über Audleys Taktlosigkeit – so erstaunt, daß er einen Moment lang nur an die Formulierung *»Amateur«* denken konnte, die der Russe für Audley benutzt hatte. »Ich dachte, wir reden über Gennadij Zarubin –? Jedenfalls nicht ... nicht über osteuropäische Militärgeschichte –« Er schaute von einem zum anderen.

Der Russe beruhigte sich zuerst, obwohl dies, so dachte Tom, eine Beruhigung war, die auf dem plötzlich wiedererwachten Interesse an Sir Thomas Arkenshaw faßte, der nicht nur die schwierigen polnischen Namen richtig aussprechen konnte, sondern, wie es schien, auch ein Experte für den Warschauer Aufstand von 1944 war. »Das stimmt.« Momentan hatte sich die Ausstrahlung des Mannes verändert, so daß der Beobachter den reißenden Wolf im Pelz des ältlichen Schafes erkennen konnte. Doch inzwischen war diese Veränderung schon wieder so vollständig getilgt, daß Tom im nachhinein glaubte, einem Trugschluß aufgesessen zu sein. »Sie müssen mir verzeihen, Sir Thomas. Aber ich hatte 1944 auch gute Kameraden. Und davor und danach. Und auch Brüder. Und ich erinnere mich auch an sie.« Er atmete langsam ein. »Doch ich sollte es lassen. Und Sie haben recht, wenn Sie uns auf dringlichere Probleme hinweisen.« Er betrachtete Tom fünf langsame Sekunden lang, bevor er sich wieder Audley zuwandte. »Ich danke Ihnen, Sir Thomas.«

Audley zuckte nicht mehr gehässig mit den Schultern, sondern ziemlich unverfroren. »Ich habe nur meine Rechnung aufgestellt. Zwei tot, vier im Knast, ist gleich sechs. Sechs minus sieben ist gleich einer. Und einer ist gleich Zarubin. Das ist alles.« Nun war es Audley, der die Luken dichtmachte. »Aber Sie waren gerade dabei, den Rest der Summe für mich zu ermitteln.«

Diesmal bekam Audley die fünf Sekunden. »Wieviel wissen Sie, David?«

»A-ah.« Audley schüttelte den Kopf. »Gennadij Zarubin sagten Sie –?«

»Natürlich wissen Sie, daß er hier ist.« Panin wartete vergeblich auf Audleys Antwort. »Natürlich wissen Sie es!«

Audley schaute in den Graben. »Der Fels ist hier eigentlich nicht sehr hart, oder, Tom?« Er sah zu Tom auf. »Nicht wie der Felsgraben am römischen Wall zwischen Carrawburgh und Chesters, wo sie Löcher bohren mußten, damit sie das Zeug mit kochendem Wasser auseinandersprengen konnten, oder war's Essig? Außerdem haben sie die Arbeiten daran nie beendet ... Jack Butler hat es mir vor langer Zeit einmal gezeigt – ach, das muß gute dreizehn Jahre her sein.« Er nickte. »Ja, genau, ich glaube, Faith war damals schwanger ... Der Fels hier sieht nicht annähernd so hart aus.«

Schweigend verdrehte Tom die Augen in Richtung Panin, der ebenfalls schwieg.

»Trotzdem eine gute Arbeit für die Eile, in der sie waren.« Audley beugte sich, die Hände auf die Knie gestützt, über den Grabenrand. »Aber keine *großartige* Arbeit, wie ich meine – nicht bei diesem brüchigen roten Sandstein ... Ist das welcher? Oder ist es – was zum Teufel ist das eigentlich?« Er versuchte mit der Hand unter den Grabenrand zu fassen, ließ aber gleich wieder davon ab.

»Sie werden ihn töten.« Endlich fand Panin wieder Worte. »Zarubin, David.«

Audley entdeckte einen geeigneten Grasbüschel, auf den er sich knien konnte. »Ah-ha? Wer sind ›sie‹?« Er langte wieder hinunter. »In Zarubins Fall muß es für diese Ehre eine ziemlich lange Warteliste geben –« Er ruckelte an etwas, das Tom nicht sehen konnte. »– doch das werden wahrscheinlich Polen sein, natürlich, hä?« Er gab dem unsichtbaren Stück Fels einen weiteren Ruck.

»Terroristen«, sagte Panin.

»Terroristen – natürlich ...« Noch ein Ruck. »... Freiheitskämpfer, Partisanen, Guerillas ... *franc-tiereurs*, Robin Hoods ›Lustige Gesellen‹, UNITA, IRA, ENOSIS, Weathermen, ETA – tretet alle dem verdammten Verein bei:

›Er quält so vortrefflich und richtet hin,
Und füllt alte Damen mit Kerosin;
Und die Zeitungen geben derweilen bekannt,
‚Der Patriot kämpft für sein Vaterland!'‹

– ist alles ein alter Hut, Nikolaij. Wir haben uns daran gewöhnt, lange vor unserer jüngsten Empire-Vergangenheit, lange vor diesen unruhigen Tagen. Und eigentlich waren auch eure zaristischen Vorgänger daran gewöhnt –« Er wandte sich plötzlich an Tom. »– dieser Fels ist härter, als ich dachte – ich nehme an, daß er *Polen* meint.«

»Ja, Polen.« Panin kapitulierte. »Sie nennen sich ›Die Söhne des Adlers‹.«

»Tun sie das jetzt!« Audley ließ von seinen Bemühungen ab, richtete sich auf und wischte sich, obwohl er noch kniete, den Schmutz von den Händen. »Boh Da Thone in den Achtzigern – 1880 – in Burma, *er* tötete unter dem Pfauenbanner. Wenigstens laut Kipling. Aber bei den Polen muß der Vogel natürlich der gute alte Adler sein.« Er stand auf und verlegte seine Aufmerksamkeit von den schmutzigen Händen auf die beiden feuchten Flecke an seinen Knien. »›Söhne des Adlers‹? Trotzdem kann ich nicht behaupten, je von ihnen gehört zu haben, Sie etwa, Tom?«

»Nein.« Tom kam der Gedanke, daß Audley gar nicht indiskret gewesen war. Er hatte quasi als Teil seines Frontalangriffs auf Panin, Tom mit Bedacht als seinen Polenexperten ausgegeben. Und Panin nahm zweifellos an, daß Tom ein Experte *war*, genau wie es Jaggard wahrscheinlich angenommen hatte. Doch daran ließ sich jetzt nichts ändern. »Nein, habe ich nicht.« Er schaute Panin fragend an.

»Sie sind das gewalttätige Element unter den Resten der Solidarität, Sir Thomas.« Die Stimme des Russen klang entschieden und sachlich. »Sie sind Terroristen.«

Tom spürte, daß Audley ihn ansah. »Die Solidarität hat keinen gewalttätigen Flügel. Und sie hatte auch nie einen. Weder Walesa noch die Kirche würden das dulden, David.« Er schüttelte den Kopf. »Unmöglich.«

»Ich verstehe.« Audley spitzte die Lippen. »Dann war das mit Martschuk also ein Unfall?«

»Das habe ich nicht gesagt.« Tom wünschte sich, er besäße mehr Selbstvertrauen. »Ich sagte nur, daß die Solidarität gewaltlos ist, das ist alles.«

Audley rieb sich nachdenklich das Kinn, wobei er einen Dreckschmierer an seinem Unterkiefer hinterließ. »Natürlich. Aber das ist wirklich alles rein hypothetisch –«

»Hypothtetisch?« Tom mußte seine polnische Hälfte im Zaum halten. »Wie meinen Sie das?«

»Nun, wo die staatliche Gewalt institutionalisiert ist, kann es bei Aktivitäten gegen den Staat keinen Unterschied zwischen Gewalt und Gewaltfreiheit geben: Man ist entweder ein Verräter oder ein krimineller Wahnsinniger – man kriegt entweder die Kugel oder regelmäßig Spritzen in der Klapsmühle.« Audley wandte sich wieder an Panin. »Aber das ist natürlich *Ihr* Hinterhof, Nikolaij. Also . . . *rein hypothetisch*, wie gesagt. Wohingegen Ihr gegenwärtiges Problem *hier* ist – und das ist augenscheinlich und eindeutig *nicht* hypothetisch.«

Diesmal verriet Panin mit keinem Deut, daß Audleys jüngste Beleidigung den Wolf im Schafspelz getroffen hatte. Wenn er überhaupt etwas zu sein schien, dann entspannt. »Das ist auch Ihr Problem, David.«

»Mein Problem?« Audley tat, als sei er überrascht. »Mein lieber Freund, nachdem Sie mir jetzt äußerst sparsam erklärt haben, was passieren wird, kann ich kein allzu großes Problem entdecken. Ihre Chefs haben in ihrer Weisheit den unsäglichen Zarubin hierher versetzt – wahrscheinlich weil sie London als relativ sicheres Quartier ansehen. Oder vielleicht ist es eine echte Beförderung –? Als Belohnung für die Aufsicht bei der Liquidierung dieses armen unaussprechlichen Priesters – soll ich ihn ›Pater Georg‹ nennen? Obwohl das, wenn ich es mir genau überlege, nicht sein kann, denn die Arbeit war *nicht* gut ausgeführt –« Er zeigte mit schmutzigem Finger auf den Graben. »– nicht wie das – *das* ist eine verdammt gute Arbeit!«

»Nein –«

»*Nein* – ich stimme Ihnen zu! Aber trotzdem werden wir jetzt, da Sie uns gewarnt haben, unsere ganze Kraft aufbieten, um Zarubins unwürdigen Unterschlupf abzusichern. Und, was mich betrifft, ob der gestrigen Traumas nur um so mehr – oder heißt es ›Traumae‹ –« Audley wandte sich ohne Vorwarnung an Tom und erwischte ihn mitten in einem weiteren Anfall von Unglauben.

»›Traumata‹«, erwiderte er automatisch. Diese spöttische Respektlosigkeit erinnerte ihn daran, daß Audley Basil Cole nicht vergessen hatte, auch wenn es einen Augenblick lang so ausgesehen hatte. Doch der alte Mann war natürlich immer noch darauf aus, Panin anzuspitzen. »›Traumata‹, David.«

»Ah! Aus dem Griechischen natürlich!« Froh fing Audley das zugeworfene Wort auf. »Zu meiner Schande muß ich gestehen, daß ich nur Latein hatte, ergo bin ich eigentlich nur halbgebildet. Das heißt, im großen und ganzen *un*gebildet, wie mein alter Latein- und Griechischlehrer immer zu sagen pflegte.« Er wandte sich wieder an Panin: »Aber ja . . . wir werden selbstverständlich unser Bestes geben. Wenn also Ihre ›Söhne des Adlers‹ Zarubin liquidieren, werden wir sie einfangen und ihr Leben lang einsperren.« Er zuckte mit den Schultern.

»Natürlich werden sie während des Prozesses eine verdammt schlechte Presse bekommen, wenn all die schmutzige Wäsche im Falle Pater Georg gewaschen wird . . . Das ist natürlich ein gefundenes Fressen für die Presse, die sich scheinheilig über die Schlechtigkeit auslassen wird, die Schlechtigkeit zeugt. Doch das wird nur eine kurzlebige Sensation und schnell wieder vergessen sein.« Er warf Panin einen hintertriebenen Blick zu. »Und einen verrückten Hund wie Zarubin schläfert man wahrscheinlich am besten ein – wären Ihre Herren insgeheim nicht ziemlich erleichtert, wenn sie ihn los wären? Würde das letztlich nicht einiges in Polen erleichtern –« Audley verzog den Mund, um den Blick zu bekräftigen. »Nicht Ihr Bier, Nikolaij? Ist der Heldentod in einem fremden Land mit einer zweispaltigen Lügengeschichte in der *Prawda* erstrebenswerter?«

Panins Gesicht war wie eine leere Leinwand. »Ich bin hier, um das zu verhindern, David.«

»Richtig.« Audleys Hand hob sich. »Also werden wir beide unser Bestes tun. Und sie können es mir hinterher immer in die Schuhe schieben. Doch damit kann ich leben.«

»Nein.« Tief unter Panins leerer Leinwand kam ein Bild zum Vorschein, doch Tom konnte es nicht deuten. »Das allein genügt mir nicht – ich kann es mir nicht leisten. Und ich glaube, Sie auch nicht, David.« Der Russe schüttelte langsam den Kopf. »Denn ich lebe bereits auf ›geliehener Zeit‹ wie Sie es nennen, David, das weiß ich .« Er hörte auf, mit dem Kopf zu schütteln. »Und . . . mit allem gebotenen Respekt . . . ich glaube, daß Sie in der gleichen Lage sind. Deswegen wollte ich mit Ihnen in Kontakt treten, David.« Diesmal hob sich die Hand des Russen, und Tom bemerkte zum ersten Mal, daß er einen schweren Goldring trug. »Nein, unterbrechen Sie mich nicht –«

»Das hatte ich nicht vor –« Auch Audley trug einen Ring.

»General Zarubin ist nicht aus Gründen seiner eigenen Sicherheit hier. Er ist hier, weil er einen wichtigen Besuch arrangieren soll, David. Denn wenn die Genfer Gespräche scheitern, werden wir uns direkt an Europa wenden, David.« Panin ließ die Hand sinken. »Und genau das, glaube ich, hätte Ihnen Basil Cole erzählt. Folglich mußte er vielleicht deswegen sterben, David.« Eine weitere kurze Handbewegung. »Nicht nur, um mich in Verruf zu bringen.«

Das ließ Audley wieder aufhorchen, stellte Tom fest. Oder es ließ ihn wenigstens ausnahmsweise einmal den Mund halten.

»Wir müssen die Sache aufhalten. Es wäre für beide Seiten nicht gut – nicht *sicher* genug, im nachhinein die Mörder zu fangen. Denn wenn etwas passiert und deswegen kein Treffen stattfindet ... dann wird mein Kopf rollen. Und Ihrer auch ... und womöglich sogar der von Colonel Butler, David. Obwohl mich Ihre Köpfe nichts angehen – *das* gebe ich zu.« Irgend etwas schien sich im Gesicht des Russen zu verändern. »Vielleicht hätte ich sogar meine Freude an dem Gedanken ... wenn wir nicht in der gleichen Klemme stecken würden – Klemme?« Irgend etwas hatte sich *tatsächlich* verändert: Die tiefen Falten neben dem Mund vertieften sich allmählich. »Oder sollte ich vom gleichen ›Henkerskarren‹ sprechen, da wir schon von rollenden Köpfen reden?«

Tom mußte jetzt auf Audleys Reaktion achten. Und – aberwitzig genug – dabei kam ihm wieder in den Sinn, daß alles, was Audley bisher gesagt hatte – all die Beleidigungen und auch die Vorgabe, mehr zu wissen, als er tatsächlich in der Hand hatte –, nicht nur darauf ausgerichtet war, Basil Cole zu rächen, sondern auch darauf, einen Gewinn aus der Sache zu ziehen (genaugenommen hatte er ja mit seinen Worten darauf hingewiesen: *›Geschäfte machen‹*). Doch jetzt hatte der Russe das Blatt gewendet, indem er ihr beiderseitiges Überleben von einer Zusammenarbeit abhängig machte – ja, er hatte den Spieß sogar umgedreht, da er auch Colonel Butler mit ins Spiel – oder die Klemme – brachte.

Und er konnte mit einem Blick sehen, daß Audley nicht mochte, was ihm widerfuhr. Denn das häßliche Gesicht des großen alten Mannes war nicht so unergründlich wie das des Schafs: Es mochte bestialisch sein, doch es war selten ausdruckslos, und im Moment zeigte es eine ganze Palette von Gefühlsregungen.

»Sie sind ein richtiges Stück *Scheiße*, Nikolaij!« Audley schniefte und wischte sich mit dem schmutzigen Handrücken über die Nase. »Sie hatten nie vor, ein Geschäft mit mir zu machen, oder?«

»Nicht mit Ihnen, David – nein.« Panin nickte. »Wir haben diesmal zufällig die gleiche Karte aus dem Päckchen gezogen.« Seine Falten wurden noch tiefer. »Nicht wie beim letzten Mal.«

»Ah-ha?« Audley stellte sich bereits auf eine Niederlage ein, die er als Erfahrung abbuchen wollte. »Sie haben ein langes Gedächtnis.«

»Das haben wir beide, glaube ich.« Panin schüttelte die Vergangenheit ab und stellte sich auf einen Sieg ein. »Aber das Wichtige ist, daß ich diesmal ein Geschäft für den Feind auf Lager habe, David. Doch dazu brauche ich Sie. Und deswegen bin ich hier.«

Hier, ging es Tom plötzlich auf. Denn alle hatten sie das Wort benutzt und im weitesten Sinne akzeptiert, doch es hatte stets eine andere, eine genauere und geographische Bedeutung gehabt – eine präzise Frage nach dem *hier* hatten sie sogar stehen lassen, so geheimnisvoll und unbeantwortet sie auch war. *»Hier unten, hier oben, hier draußen – im West Country, Nikolaij«* –

»Hier?« Auch bei Audley hatte das Wort etwas bewirkt.

»Ja.« Panin schaute von einem zum anderen. »Sie sagten, ›Das ist nicht Ihr Land‹?« Audley machte die Luke schneller dicht als damals in seinem normannischen *bocage.* »Und Sie stimmten doch zu –?«

Der Russe suchte Gilbert de Mervilles Festung nach einer Antwort ab – zunächst den offenen Raum des *Zwingers* und dann den Erdwall des *Turmhügels*, an dessen Grabenrand sie standen, ehe er sich wieder an Audley wandte. »Wie weit sind wir hier vom Meer entfernt?«

»Nicht sehr weit.« Vorsichtig gab Audley die Tatsache zu. »In Exmoor ist kein Ort weit vom Meer entfernt. In Devon ist kein Ort weit . . .« Nicht einmal das war vorsichtig genug, denn die Geographie war gegen ihn. ». . . vom Meer entfernt. Na und?« Hochmütig warf er den Kopf zurück. »Doch das werden Sie natürlich nicht begreifen, oder! Alles, was Sie haben, sind Meere aus Gras und Schnee und gefrorenem Packeis, hä?« Jetzt erst schien er zu verstehen, daß er ihm keine Antwort mehr würde entlocken können, und es auch nicht brauchte. »Er kommt hierher, Zarubin, oder? Zarubin – General *Zarubin*?«

»Ja, er kommt hierher.« Nicken.

»Weshalb?«

»Weil es *sein* Land ist, David. Sein Vater war ein ›AB‹ – ist das richtig? Ein ›Able Seaman‹, ein Vollmatrose?«

»Ein *was*?« Audleys Kinnlade fiel herunter.

»Ja, bei der ›Dunsterforce‹, David. Bevor wir beide auf der Welt waren, aber ich denke, Sie werden sich trotzdem an *Dunsterforce* erinnern?« Panin nickte. »Er ist ›abgehauen‹ – oder ist ›übergelaufen‹ der richtige Ausdruck? Oder abtrünnig geworden, auf jeden Fall ist er zu uns . . . abgehauen oder übergelaufen. Folglich ist das hier das Land seines Sohnes, und der möchte es vor seinem Tode noch einmal sehen.«

Audley hatte den Mund wieder geschlossen, doch erneut fiel ihm die Kinnlade herunter. »›Dunsterforce‹ –? Sie machen Witze!«

»Vor seinem Tode.« Panin nickte. »Aber unsere Aufgabe ist es, dafür zu sorgen, daß er nicht zu Tode kommt, David.«

9

Während sie den Weg zurückstapften, den sie gekommen waren, sagte Audley kein Wort. Erst als sie den Kamm der abfallenden Geländefalte erreicht hatten, von der aus sie das russisch besetzte Mountsorrel zum ersten Mal gesehen hatten, wandte er sich um und winkte Panin zu, der sich bereits auf halber Höhe des Hauptkammes befand, während er dumpf vor sich hinmurmelte.

Tom sah, daß der Russe das Winken erwiderte. »Was sagten Sie, David?«

Audley ließ den Arm sinken. »Ich sagte, ›Du durchtriebener Hundesohn‹.« Er wandte sich ab und marschierte wortlos weiter.

Hinter ihm legte auch Tom einen Schritt zu. »Kann denn das stimmen?« rief er in den Rücken des alten Mannes.

»Kann was stimmen?« Audley gab die Frage über die Schulter zurück, während er weiter bergab eilte.

»Das mit Zarubin –« Tom verfiel in Trab. »– Zarubins Vater –?«

»O doch ... *ha*!« Audley war bereits am Rand des morastigen Grundes angelangt, und er war ebenso achtlos wie schon zuvor. »Bei diesem Schwein Zarubin kann *alles mögliches* stimmen. Er ist ein Ex-Mann der Spezialabteilung, Zweites Direktorat, und früher –« Er nieste plötzlich, tappte aber weiterhin durch den Matsch. »– *und früher* –« Noch ein Niesen. »– war er Experte für COMECON und Warschauer Pakt ... *Ich* habe das erste Mal von ihm Wind bekommen, als er 1968 in der Tschechoslowakei war, aber seine Anfänge reichen bis 1956 zurück, als er als junger Hauptmann in Budapest einen Greif- und Vernichtungstrupp kommandierte ... Er muß also ein Mann sein, der seine Arbeit liebt ... Ich denke, er könnte so zwischen fünfundvierzig und fünfundfünfzig sein ... Auf jeden Fall aber genau der richtige Typ für diese Art schmutziger Arbeit. Was dort, bei Gott, keine Überraschung ist!«

Tom stand das Wasser in den Schuhen, und während er versuchte, Audley auf der anderen Seite des morastigen Geländestücks einzuholen, spürte er, wie es zwischen seinen Zehen hindurchgluckste. »Aber, David –«

»Aber hier bei uns schon überraschend – wenigstens für mich.« Audley blieb ohne Vorwarnung stehen, und Tom schoß an ihm vorbei, so daß er sich zu ihm umdrehen mußte. »Was ist mit diesen sogenannten ›Söhnen des Adlers‹? Wer zum Teufel sind sie, Tom?«

»Ich weiß es nicht.« Es hatte keinen Sinn, ihm etwas vorzumachen.

»Ich habe noch nie von ihnen gehört.« Audley runzelte die Stirn. »Aber Sie sind doch der verdammte Experte –« Audleys Stirnfalten wurden tiefer. »– oder nicht?«

»Ich bin kein Experte für polnische Angelegenheiten, David.«

Audley starrte ihn einen Augenblick lang fassungslos an. »Warum zum Teufel hat man sie mir dann zugeteilt?«

Es bot sich nur die nächstliegende Antwort. »Um Ihnen den Rükken freizuhalten.«

»Das lasse ich nicht gelten. Das könnte jeder Schläger.«

Audley schüttelte den Kopf. »Sie sind mir noch ein zu großer Zufall, Tom!«

Die ebenso offensichtliche wie offizielle Antwort lag zwischen ihnen wie in toter Fisch an Land, der eben seinen letzten Schnapper getan hatte. »Dann weiß ich es, ehrlich gesagt, nicht, David, ob Sie's mir glauben oder nicht –« Ihm fiel eine andere Antwort ein. »– falls Sie gedacht haben, ich wäre ... nur wegen meiner Mutter ... ein Experte ... dann liegen Sie falsch. Folglich könnte noch jemand von dieser falschen Annahme ausgegangen –?«

»Hmm ...« Audleys Mund zuckte. »Das hätte zumindest jene gewisse Aura von Inkompetenz! Aber andererseits hieße es auch, daß man auf unserer Seite im Begriffe ist, totalen Unsinn zu verzapfen –« Noch ein Zucken. »– was einem doch ein Licht aufgehen läßt, hä?«

Selbst als er ein neutrales Gesicht zeigte und das Lügen seinem Mund überließ, spürte Tom seine Gedanken rasen. »Auch davon weiß ich nichts, David. Aber es ist mein Job, so gut es geht auf sie aufzupassen.« Das Ärgerliche dabei war jedoch, daß sich ein Teil von ihm – während sich der andere erinnerte, was Jaggard gesagt hatte – wieder und noch nachdrücklicher die Frage stellte: *Auf wessen Seite sind Sie, Tom Arkenshaw?*

Audley brachte irgendwie ein Grinsen zustande. »Nun, wenn das so ist, dann kann ich mich wohl nicht beschweren. Und wenn Panin die Wahrheit sagt, gibt es nicht viel, worüber Sie sich Sorgen machen müssen.«

Doch das erinnerte Tom nur an seine noch unbeantwortete Frage. »Ich meine, sagt er die Wahrheit – über Zarubins Vater, David?«

»Ha!« Audley wischte sich die Nase mit dem Handrücken. »Nun, immerhin *könnte* es wahr sein – doch!« Audley wandte sich wieder von ihm ab. »Gehen wir! Sonst ist er noch vor uns beim nächsten Rendezvous, verdammt! Wie weit ist es zu seinem Ort da – wo die Adler gelandet sind –?«

»Ich weiß es nicht –« Audley war bereits an ihm vorbei. »– bevor ich nicht auf die Karte gesehen habe, die im Wagen liegt . . . Aber, David – *Dunsterforce* – was war das?«

»Ha! Sie haben allen Grund zu fragen, mein Junge!« warf ihm Audley halb kichernd, halb brummend über die Schulter zu. »Das war eine schöne Sache – Fakten, die die Fiktion übertreffen und obendrein noch mit Ironie würzen: Der einzige Grund, warum sich heute keiner mehr an *Dunsterforce* erinnert, besteht darin, daß niemand die versammelten Talente von Kipling, Buchan und Le Carré miteinander verbindet . . . Himmel! Aber da wäre ich gern dabeigewesen!« Schniefen. »Oder vielleicht lieber doch nicht, wenn man bedenkt, wie das Kabinett gekniffen hat – nachdem Wilson gekniffen hatte, obwohl Cabot Lodge zugegebenermaßen sein Bestes gegeben hatte . . .«

»Wilson?« Tom war wieder fast außer Atem. »Harold Wilson –?«

»Himmel, nein!« Audleys Schritte wurden länger. »Ich spreche von *Präsident* Wilson – es muß 1919 oder 1920 gewesen sein. Es ging darum, die Amerikaner nach der russischen Revolution ins Schwarze Meer zu bringen, wie wir sie nach dem Zweiten Weltkrieg auch nach Griechenland brachten . . . Bryce – Lord Bryce – hatte es Cabot Lodge gesteckt, und Cabot Lodge hatte den Senat herumgekriegt. Aber Wilson wollte nicht mitspielen. Folglich stand der arme General Dunsterville mit runtergelassenen Hosen am Arsch der Welt, am Kaspischen Meer. Worauf er natürlich immer nur gewartet hatte – ein großartiger Mann, dieser Lionel Dunsterville! Hat noch mehr Sprachen gesprochen als Sie, Tom . . . Aber ich nehme an, ich kann kaum erwarten, daß Sie etwas von diesem romantischen kleinen Fiasko wissen – wohl kaum, weil gleichzeitig Ihre polnischen Vorfahren Trotzki vor Warschau fürchterlich verdroschen haben.«

Toms Verwirrung wuchs. Panins Erwähnung von »Dunsterforce« hatte sein Begriffsvermögen überstiegen, und mit Audleys »Dunsterville« war es nicht anders.

Und er fiel wieder zurück –

»David –«

»Dennoch ist alles wahr – ›Dunsterforce‹ –« Es war, als hätte der alte Mann Siebenmeilenstiefel. »– wie unwahrscheinlich auch alles klingen mag. Genaugenommen kommt da mit an Sicherheit grenzender Wahrscheinlichkeit die alte Navy-Geschichte mit dem Fischgelee her, die zwar sehr zweifelhaft klingt, aber vermutlich wahr ist . . . Das war lange vor meiner oder Ihrer Zeit . . . Lange vor der Zeit meines Vaters – eher zu meines Großvaters Zeiten!«

Tom hatte gerade zu Audley aufgeschlossen, doch Atemlosigkeit und Fischgelee verschlugen ihm die Sprache.

»Das Problem ist . . . ja, das *einzige* Problem ist –« Audleys Stimme bekam einen grollenden Unterton. »– daß dieser Schweinehundesohn da hinten, verdammt noch mal, viel zu gut weiß, daß wahrscheinlich gerade ich jede Dunsterforce-Geschichte schlucke – mit Fischgelee und allem Drum und Dran –« Er deutete nach vorne. »Wie dem auch sei, da ist der Wagen.« Wieder blieb er ohne Vorwarnung stehen und musterte Tom. »Und was tun wir jetzt? Keine Zeit für Ihre geliebte Rückendeckung, nicht einmal wenn ich damit einverstanden wäre.« Er grinste nicht sehr hilfreich.

Tom mußte wieder an Willys goldenes Haar neben ihm auf dem Kopfkissen denken, was auch nicht hilfreicher war. Willy hatte, wie sie gesagt hatte, vergangene Nacht »Unterstützung gehabt«, um in sein Zimmer zu gelangen. Und die »Firma« hätte sie so weit von zu Hause entfernt niemals alleine losgeschickt. Das war nicht ihre Art – wenigstens waren sie in dieser Beziehung vorsichtig. Also waren Willy und ihre »Unterstützung« in diesem Augenblick vielleicht zehn Meilen weg und etwa eineinhalb Stunden von Bodger's Farm entfernt; das war die nächste Rückendeckung, die es gab. Aber weder Audley noch Jaggard würden es ihm danken, wenn er die 7. Kavallerie nach Exmoor riefe.

»Panin hat uns viel Zeit gelassen, David. Ich weiß nicht, ob mir das gefällt.«

»Hmm . . . Aber andererseits möchte er Zurückhaltung und keinerlei Gewalt . . .« Audley vollführte eine merkwürdige Kreisbewegung mit dem Kopf, es war weder ein Schütteln noch ein Nicken. »Was bei seiner beruflichen Lage eine gewisse Logik in sich birgt. Denn er kann sich ebensowenig einen Skandal leisten wie ich . . . um es nicht allzu gewählt auszudrücken.« Audley putzte sich nachdenklich die Nase.

»Ja.« Tom tat so, als nehme er widerwillig die Logik des alten Mannes hin, während er in Wirklichkeit feststellte, daß Audley zum ersten Mal die Wahrheit anerkannte, die alle anderen geäußert hatten: daß er nicht länger unverwundbar war. Doch andererseits erkannte er auch den Fehler in dieser Logik. »Aber der gestrige Tag war nicht ohne Gewalt, oder?« Und . . . lieber auf brutale Art offen. »Ihre Kugel und Basil Cole, das war nicht zurückhaltend, David.«

»Hmmm . . . Meine Kugel mit Sicherheit nicht.« Audley schniefte. »Und ich wünschte bei Gott, daß ich den alten King Cole jetzt am anderen Ende des Telefons hätte – dann wüßten wir jetzt, worum es geht – Sie haben verdammt recht, Tom! Basil eins über den Schädel zu hauen, das war, verdammt noch mal, zu offensichtlich ... das *riecht* nach Panin, egal wie oft er auch das Gegenteil beschwört.« Nicken. Dann eine Reihe kleinerer Nickbewegungen. »Ja ... er war möglicherweise im Großen Vaterländischen Krieg ein NKWD-Ganove, aber er war auch ein kämpfender Stabsoffizier. Also wird er wissen, wie blind man an der Front ist, wenn man keine nachrichtendienstlichen Informationen über die Lage vor einem und an den Flanken bekommen kann ... Also wette ich mit Ihnen, daß er, trotz des ganzen Mists, den ich ihm gesteckt habe, genau weiß, daß ich im Moment im dunkeln tappe und es mit der Angst zu tun bekomme. Ha! Aber wir gehen trotzdem weiter, hä?«

Ungeachtet des ganzen Mists, den er sich hatte anhören müssen, war ihm Mamusias alte »Bestie« sofort wieder sympathisch. Denn trotz seines Stolzes, seiner Niedertracht und schlichten Unbeholfenheit hatte die alte »Bestie« Angst, und dazu hatte sie auch das Recht. Dennoch hatte die alte »Bestie« die Absicht weiterzumachen – das war eindeutig. Und darin enttäuschte ihn die alte »Bestie« nicht; er konnte durchaus verstehen, daß Colonel Butler versucht sein könnte, das ihm an diesem Tag entgegengebrachte Vertrauen und die Loyalität im Austausch gegen solch ritterlichen Mut zu erwidern – auch wenn es Audleys persönliche und recht eigenartige Variante von Vertrauen und Loyalität war.

»Ha!« Der alte Mann hatte seine Logik-wider-mangelhafte-Logik-Masche zu Ende gebracht. »Tom, mein Junge, wir haben in der Angelegenheit keine Wahl: Ein Risiko gibt es immer, aber es ist unsere Aufgabe, Risiken zu tragen. Sind Sie dazu bereit, mein Junge?«

Mit »Junge« angeredet zu werden gefiel Tom ebensowenig wie »mein kleiner Junge«. Doch seine eine Hälfte (vielleicht Mamusias Hälfte) überging diese Verniedlichung. »Ja.« Nur da war auch noch die andere Hälfte (Vaters vorsichtige englische Hälfte, an der aber auch Jaggard maßgeblichen Anteil hatte). »Aber zuerst möchte ich telefonieren, David.«

»Telefonieren?« Audley schaute ihn nachdenklich an und sah dann zum Wagen, bevor er wieder auf ihn zurückkam. »Mit wem?«

»Ich will wissen, was sie über die Kugel von gestern herausgefunden haben.« Das war vernünftig, doch es konnte nicht schaden, es noch vernünftiger wirken zu lassen; also grinste er Audley an und stellte zu seiner Schande fest, daß es ein jungenhaftes Grinsen war. »Außerdem ... wird mein Anruf erwartet. Aber machen Sie sich keine

Sorgen: Ich werde ihnen nicht sagen, daß wir drauf und dran waren, uns töricht zu verhalten – ich stimme zu, daß wir keine Wahl haben.« Instinkt und Zuneigung verbanden sich plötzlich. »Sie hätten gut in das Regiment meines Großvaters gepaßt, David – in das Ulanenregiment ... des Vaters meiner Mutter: Wenn es hart auf hart ging, konnten die keiner Attacke auf Maschinengewehre widerstehen.«

»Ha!« Audley war schlichtweg entzückt von der Beleidigung. »Und Sie hätten gut zu den alten Wesdragons gepaßt, Tom: den West Sussex Dragoons ... Denn auch die waren strohdumm!« Nicken. »Mein alter Kommandeur ... ›Kit‹ Sykes – oder *Bill Sykes* für seine Freunde, zu denen ich nie gehörte – *er* sagte immer ... beinahe wie Marshal Foch, von dem er sicher nie was gehört hatte, denn er brüstete sich immer damit, nie im Leben ein Buch gelesen zu haben, und er hatte einen prinzipiellen Haß auf alle Franzosen ... *er* sagte immer:

›Machen Sie sich keine Gedanken um die Flanken – wo die sind, weiß eh nur der Himmel, und außerdem geht Sie das sowieso nichts an. Und sorgen Sie sich nicht um die Nachhut, weil ich Ihnen von hinten in Ihren ungewaschenen Hals atmen werde, und hinter uns ist außer Köchen und Laufburschen sowieso nichts. Gehen Sie einfach weiter und schauen Sie nach, ob irgendwas zwischen uns und der Cocktailbar im Berliner Adlon-Hotel liegt, seien Sie ein braver Junge! Und wenn da nichts ist, dann bestellen Sie sechs Flaschen vom besten Champagner auf meine Rechnung – verstanden?‹« Das Vergnügen des alten Mannes an seinen Kriegserinnerungen war wie eine Wärmflasche in einem kalten Bett mitten im Winter. »Verstanden, Tom?«

»Verstanden, David.« Er brauchte seinen Spekulantenprofit nur noch auf einen lohnenden Markt zu tragen. »Aber ich muß trotzdem telefonieren, David – ich möchte wissen, was die Köche und Laufburschen getan haben – okay?«

Audley zuckte mit den Schultern und setzte sich wieder in Bewegung. »Ich denke, das kann nichts schaden ... solange Sie ihnen nicht alles erzählen. Es hat keinen Sinn, sie zu beunruhigen – besonders nicht den alten Jack. Er macht sich nämlich viel Sorgen um mich, wenn ich außerhalb seiner Reichweite bin, wissen Sie –« Der Rest ging bei zunehmendem Abstand im Gemurmel unter, während Tom in einem jähen Sympathieausbruch für Colonel Butler sekundenlang wie angewurzelt stehenblieb, denn Butler mußte mit Sicherheit ebenso geduldig sein, wie er in anderer Hinsicht bemerkenswert war.

Dann erinnerte er sich an *Dunsterforce*, was er Jaggard sehr bald würde erklären müssen. Das Problem war ... er konnte angesichts der im Augenblick sprunghaften Laune des alten Mannes auf die Schnelle keine vernünftige Antwort von ihm erhalten. Und ein Vortrag über die anglo-amerikanische Politik auf dem Balkan und im Nahen Osten nach dem Ersten Weltkrieg war das letzte, was er wollte – er hatte von den Folgen dieses alten unmöglichen Durcheinanders im Jahre 1985 genug, verdammt noch mal!

Und außerdem –

»Warten Sie auf mich, David!« Aber Audley nahm keinen Funken Notiz von ihm.

Und außerdem, was *sollte* er Jaggard erzählen? (Audley befand sich bereits auf halbem Wege zum Wagen, und sein Regenmantel flatterte wie in Paar bleicher Flügel; und das erinnerte ihn sowohl an seine ursprüngliche Aufgabe wie auch daran, daß er unvorsichtig zu werden begann: Weil sich der fast weiße Regenmantel sich viel zu deutlich von der blaßgrünen Landschaft abhob, um sicher zu sein; und weil ihm Jaggard nicht alles erzählt hatte – denn Henry Jaggard hatte etwas vor, und Henry Jaggard konnte man nicht trauen!)

Er hatte keine Zeit gehabt, Jaggard von Willy zu erzählen. Und er konnte Jaggard nicht sagen, was Audley machte, solange Audley selbst noch nicht genau wußte, was Panin vorhatte.

Scheiß Dunsterforce! Die wichtigsten Dinge zuerst. (Audley, groß und weiß, hatte den Wagen erreicht – und je eher er sicher im Auto saß, desto besser. Das hätte eigentlich zuerst kommen müssen. Das war noch leichtsinniger!)

Er begann zu rennen, wobei er einen Augenblick lang alles vergaß –

Audley gab den Versuch auf, die Wagentür aufzureißen; er stand wartend da und erschien immer größer und weißer.

Endlich erreichte Tom atemlos und unvorsichtig den Wagen. »Tut mir leid, David. Ich hatte abgeschlossen.« Der Revolver unter seiner Achsel fühlte sich riesig an.

»Ich weiß, daß Sie abgeschlossen haben. Glauben Sie im Ernst, daß irgend jemand so einen Blechhaufen stehlen würde – von einem matschigen Farmhof?« Der alte Mann musterte ihn mitleidig.

»Nur Gewohnheit.« *Beiruter Gewohnheit,* dachte Tom, und das war ein beunruhigender Gedanke. Aber es war ein Gedanke, den er bis zu diesem Zeitpunkt zu leichtfertig aus seinem Kopf verbannt hatte. »Gehen Sie dort hinüber, und stellen Sie sich ans Ende der Scheune.«

»Schließen Sie doch die Tür auf, seien Sie ein guter Junge.«

Tom seufzte. »Gehen Sie rüber und stellen Sie sich an die Scheune – einfach hinter die Ecke.«

»Was zum Teufel –?« Der alte Mann ließ plötzlich die Schultern sinken. »Um Himmels willen ... Sie glauben doch nicht ...?« Dann richtete er sich wieder auf. »Oder versuchen Sie mir angst zu machen? Weil Sie wissen, daß Sie so Ihr Ziel erreichen.«

»Gut.« Tom zeigte auf die Scheune. »Machen Sie es mir doch nicht so schwer, David. Es dauert ja nicht lange.«

»Das will ich auch hoffen! Ich habe nasse Füße und eine Erkältung. Und die Blüte meiner Jahre ist vorbei.« Audley hielt die Hand hoch und begann rückwärts zu gehen. »Okay, okay – tun Sie sich nur nicht weh. Ihre verehrte Mutter würde mir das nie verzeihen ...«

Tom wartete, bis der alte Mann verschwunden war. »Es wird nicht so schwierig sein – können Sie mich hören?«

»Ja –« Niesen. »– nein?«

»Wir haben so schön im Matsch geparkt ... nur Hufspuren und unsere Fußabdrücke – und zudem noch schön ausgeprägte Spuren!«

»Natürlich«, pflichtete Audley bei. »Wie Shakespeare gesagt hat.«

Tom öffnete vorsichtig die Beifahrertür. Dann beugte er sich hinüber zur Fahrertür. »Was meinen Sie – Shakespeare?« Er entriegelte die Motorhaube. »Shakespeare?«

»Heinrich V., mein lieber Junge. Die Nacht vor Agincourt.«

Da war nichts. Ein Blick in den Kofferraum. Ein Blick unter die Sitze. »Die Nacht –« Nichts: blinder Alarm? »– vor Agincourt?«

»Hmm. Als der junge Harry gesagt hat: *›Jedes Untertanen Pflicht ist die des Königs; doch jedes Untertanen Seele ist die seine.‹*« Niesen. »Ein Scherz, Tom: Sohle, nicht Seele ... Nicht sehr gut, aber das beste, was ich unter diesen Umständen zustande bringe: Sie sagten ›Fußspuren‹, und ich sagte ›Sohle‹ – okay?«

»Sehr gut.« Alles noch einmal kontrollieren, lautete die Regel.

»Eigentlich nicht. Nicht unter diesen Umständen; genaugenommen ein *schlechter* Scherz, das fällt mir erst jetzt auf. Na, ist eine Bombe in unserem Wagen?«

»Sie können jetzt herkommen.« Tom atmete tief durch. »Blinder Alarm, David.«

Audley platschte über den Hof. »Aber die Absicht war gut.«

»Ja.« Tom wußte, daß er wie ein Idiot lächelte. »Es war ein guter Scherz.«

Audley schüttelte den Kopf und lächelte nicht. »Nicht wenn man an die Passage denkt, die vorher kommt, wo der Soldat sagt, daß der König Rechenschaft abzulegen habe, *›wenn all die Beine, Köpfe und Arme, abgeschlagen in der Schlacht, sich dereinst vereinen am Jüngsten Tag und rufen: ‚An einem solchen Ort sind wir gestorben'.‹*« Er schüttelte wieder den Kopf. »Schlechter Scherz. Verzeihen Sie, Tom. Ich entschuldige mich.«

»Das ist nicht nötig.« Er hatte den alten Mann noch nie so ernst gesehen, nicht einmal nach Basil Coles Tod. »Ich bin leichtsinnig geworden.«

»Und ich war mehr als leichtsinnig: Vielleicht habe ich meine kleinen Spielchen in letzter Zeit etwas zu gedankenlos betrieben – Panin hat recht. Und das verschafft ihm jetzt einen Vorteil gegenüber mir.« Er schaute Tom betrübt an. »Es ist so, wie meine Frau gelegentlich sagt: ›Wie kann ein so schlauer Mann wie du so oft überschlau werden?‹« Schniefen. »Mein Problem ist . . . wenn man älter wird, gibt es Dinge, die man nicht mehr machen kann, Tom. Also wird es mir mitunter etwas langweilig. Und dann verschaffe ich mir selbst etwas Aufregung. Also . . . bin ich jetzt vielleicht gerecht bedient. Aber Sie nicht.«

Armer Kerl! Älter zu werden war etwas, worüber Tom gelegentlich nachgedacht hatte. Aber nicht darüber, älter zu *sein.* Doch er wußte nicht, wie er reagieren sollte. »Ist schon okay, David.« Er tätschelte den *Cortina.* »In Beirut habe ich das sehr oft gemacht, jedesmal. Es ist okay.«

»Es ist nicht okay. Überschlau zu sein ist schlimm genug. Aber noch schlimmer ist es, nicht schlau genug zu sein. Menschen werden getötet, wenn ich nicht schlau genug bin. Und ich glaube, daß ich das im Moment nicht bin.«

Das konnte eigentlich nur eines bedeuten. »Glauben Sie, daß Panin etwas vorhat – außer Zarubin zu schützen?«

»Hmm . . . ich werde Ihnen etwas über den Genossen Panin erzählen, Tom – etwas, das wir über ihn *wissen.* Er war der Schüler eines Mannes namens Berzin, der früher in der KGB-Zentrale am Dserschinskiplatz Professor für Psychologie gewesen war. Wir haben ein ganzes Buch mit seinen Vorlesungen im Archiv, vermacht von einem aufmerksamen Menschen. Er hatte viele Theorien, der alte Berzin – einige einfach und alte Hüte, andere wiederum verschlagen wie der Teufel. ›Bring deinen Feind dazu, daß er die Arbeit für dich macht‹, war eine davon . . . eine, die auch Panin mag. Doch da war noch eine andere, an die ich mich erinnere, weil sie mich im Moment plagt. Berzin nannte sie seine ›Vorteilsmaximierungstheorie‹ oder so ähnlich – er liebte Fachausdrücke. Er meinte damit, man sollte, wenn man bei einer Operation ein Hauptziel hat, nie die Nebenziele ausschließen. Genaugenommen führt er es sogar auf die ›Irrlehre vom Einzelziel‹ zurück: *›Der erfolgreiche Agent muß Vorsicht und Kalkulation mit großer Risikobereitschaft und der Gier nach unverhofften Glücksfällen in scheinbar nicht verbundenen Bereichen der Aktivität ins Gleichgewicht bringen . . .‹* Oder so ähnlich – bei der Übersetzung ›unverhoffte Zufälle‹ bin ich mir nicht so sicher, aber ›Gier‹ ist das genaue Wort, vermutlich direkt aus der russischen Bibel.« Audley nickte. »Und unser Nikolaij ist nichts weiter als gierig. Und ganz nebenbei . . . wenn, wie er sagt und ich vermute, seine gegenwärtige Lage so unsicher ist wie meine . . . dann muß er mit einer ganzen Reihe abgeschlagener Köpfe am Sattelknauf nach Hause reiten.«

Das war eine kühle Metapher, so kühl wie das Metall unter seiner Hand, dachte Tom. »Und Sie glauben, daß einer davon möglicherweise der Ihre sein könnte?«

Der brutale Mund zuckte nach oben. »Nun, abgesehen von Zarubin bin ich das einzige Ziel hier in der Gegend.« Noch ein Zucken. »Aber jetzt fällt mir ein . . . daß *ihm* niemand die Schuld geben könnte, wenn mir die ›Söhne des Adlers‹ zufällig eine Kugel in den Leib jagen, oder? Das hätte die Tugend der schlichten Eleganz.« Das Zucken ging in das altbekannte bestialische Grinsen über. »Das ist mir einfach aus heiterem Himmel in den Sinn gekommen. Und vermutlich ist es sehr phantasievoll.«

Das Metall war fast brennend kalt. »Wir müssen sein nächstes Rendezvous nicht einhalten, David. Wir könnten ihn alleine gehen lassen –«

»Kneifen? Wegen *ihm*?« Diesmal war das Schniefen der Nase würdig. »Nie und nimmer, Tom! Wenn ich das für Panin mache . . . dann muß er sich nie mehr um mich Sorgen machen. Und das tut er im Moment noch, das sage ich Ihnen.«

Es hatte keinen Sinn, mit ihm zu streiten, denn sein Stolz war sicherlich ebenso groß wie Panins Gier.

»Und außerdem . . . würde ich dann nie wissen, was er vorhatte, oder?« Das bestialische Grinsen wurde weicher. »Und damit könnte ich mich nicht abfinden – es würde mich dazu bringen, meine Frau zu schikanieren und meine Tochter zu schlagen.« Audley schüttelte fast fröhlich den Kopf. »Und das könnten wir nicht dulden, oder? Dann lassen Sie uns also dorthin gehen – wo uns der Ruhm erwartet.«

Vielleicht springt der Wagen nicht an, hoffte Tom. Aber er hatte gerade einen Blick auf den Motor unter der Haube geworfen, und der sah genauso aus, wie ihn der Werkstattbesitzer beschrieben hatte – beinahe so gut wie der klapprige Chevy, den er in Beirut gefahren hatte.

»Worauf warten Sie?« Audley hielt beim Einsteigen inne. »Was wollten Sie jetzt? Telefonieren, oder –?«

»Erst einmal würde ich es vorziehen, wenn Sie den Regenmantel nicht tragen.« Lieber Ärger als Verzweiflung.

Audley erhob sich, riesig und gebrochen weiß. »Warum zum Teufel nicht?«

»Er fällt auf wie ein – wie ein verdammter Kuhfladen auf der Autobahn, David.«

»Was?« Der alte Audley sprühte wieder Funken. »Sie wollen also, daß ich an einer Lungenentzündung sterbe?«

»Lungenentzündung würde mir gut zusagen.« Er zog den alten Audley eigentlich vor. »Dafür wird mir keiner die Schuld in die Schuhe schieben. Jedenfalls ist das heutzutage normalerweise nicht unheilbar. Aber . . . machen Sie, was Sie wollen.« Er hätte wissen müssen, daß der direkte Weg bei dem alten Mann nie verfing.

Doch Audley fügte sich und zog den Mantel aus. »Ich werde ihn wieder anziehen, wenn es regnet.« Er knüllte ihn zusammen und warf ihn hinten in den Wagen. Dann musterte er Tom angriffslustig. »Und im Augenblick sieht es so aus, als täte es das jeden Moment. Ist das alles?«

Tom stieg in den Wagen, und natürlich sprang er wie erwartet beim ersten Umdrehen des Zündschlüssels an. Doch was er brauchte – zwar nicht so dringend wie die Verstärkung, die er immer gewollt hatte – war die verdammte *Dunsterforce*, und das noch vor irgendeinem verdammten Telefon.

Einen Moment lang spielte er mit dem Gedanken, den Wagen in drei Zügen im Hof zu wenden und im Schlamm festzufahren. Aber der Gedanke war unter seiner Würde – und daß der *Cortina* steckenbleiben würde, war ohnehin nicht zu erwarten. Denn wenn sich leblose Dinge gegen einen verschworen hatten, hatte es keinen Sinn, dagegen anzukämpfen.

»Ja.« Er fuhr wie wild rückwärts, den Feldweg in Richtung Straße hinunter, und wußte, daß er vorsichtig an der Einmündung anhalten würde, obwohl dort nichts wäre, was ihn aufhalten würde: Wenn es Gottes Wille war, daß David Audley seinen alten Genossen wiedertraf, dann würde er auch die Straße freihalten. »Erzählen Sie mir von Ihrem Fischgelee, David.«

»Ah ...« Audley veranstaltete beim Angurten wie immer ein heilloses Durcheinander. »Ah! Nun, was Sie wirklich wissen müssen, mein junger Freund, ist die Geschichte von Generalmajor Lionel Dunsterville, der indirekt – wenn nicht *letzten Endes* – für das Auftragen des Fischgelees verantwortlich war ... Das selbstverständlich bester Beluga-Kaviar war, wie der Genosse Professor sehr wohl weiß – wie er auch sehr wohl weiß, daß ich es weiß. Und genau da liegt das Problem.«

Der Wagen hüpfte und schlingerte durch die Schlaglöcher. Aber es wäre auch eine unruhige Fahrt geworden, wenn er das nicht getan hätte, denn der alte Schweinehund spielte trotz allem schon wieder seine Spielchen.

Doch es war in gewisser Weise keine unruhige Fahrt. Nicht einmal dann, als sie zu einer schäbigen, altmodischen (aber nicht mutwillig zerstörten) Telefonzelle kamen, die an einer äußerst unübersichtlichen Kurve in einem Dorf ganz oben am Hügel stand, nur fünf oder zehn Minuten von Bodger's Farm entfernt und deshalb durchaus innerhalb des Gebiets von Gilbert de Mervilles Zwangsarbeitern, als er einst Mountsorrel hatte errichten lassen.

Und es war sogar Audley, der sich beim Versuch, den Faden seiner unzusammenhängenden Erzählung zu kappen, zuerst von Fischgelee (das die Seeleute gehaßt hatten) abwandte, und auch von der längst vergessenen und lange zurückliegenden Vergangenheit, von Devon bis zu den hohen Pässen der Nord-West-Grenze und wieder zurück nach Devon, und dann zum weit entfernten Kaspischen Meer, von Enzeli in Persien, von Baku in Transkaukasien und Astrachan im Mündungsgebiet der Wolga.

»Sollten Sie nicht telefonieren?« Nur mit Schwierigkeiten fand der alte Mann seine Armbanduhr an der Innenseite des Handgelenks. »Mittlerweise werden sie fast da sein –«

Mit noch immer entflammter Phantasie mußte er die Nummer suchen und ein R-Gespräch anmelden.

Und er mußte das Nötige tun: »Das ist eine freie Leitung –« Am anderen Ende hatte es wie der schreckliche Harvey geklungen, der mühsam seinen Samstag als Jaggards Handlanger absaß. »– die Nummer ist –«

Aber schließlich war ein gereizter Jaggard selbst am Apparat: »Arkenshaw! Wo zum Teufel sind Sie gewesen?«

Jaggard durfte man nicht trauen, dachte er. Aber andererseits – *kann man mir jetzt auch nicht trauen*! »Ich bin im Exmoor in Devon. Ich bin –« Er schielte noch einmal auf den Ortsnamen und die Nummer am Telefon.

»Ich weiß, verdammt noch mal, wo Sie sind! Was zum Teufel geht da vor?«

Also war die Nachricht von Audleys Kugel und von Basil Cole seit gestern voll in das System eingedrungen. »Ich glaube, wir sollten die Operation abbrechen, Sir.«

Pause.

»Erzählen Sie mir nur, was vor sich geht, Tom.« Jaggard hatte seine Beherrschung wiedergefunden.

»Wissen Sie, wer die ›Söhne des Adlers‹ sind, Sir?«

Noch eine Pause. Er konnte sich vorstellen, was Jaggard außer seiner Hörweite tat, und was Harvey tun würde. »Nein.«

Gut – wollen wir mal sehen, wie gut Harvey ist! »Sie sind eine Gruppe polnischer Dissidenten. Panin sagt, sie sind Terroristen, der Solidarität untergeordnet.«

»Sie haben mit Panin gesprochen?«

Bleib bei der Wahrheit, wenn du kannst. »Audley hat mit ihm gesprochen. Ich habe nur zugehört. Panin ist mit einem polnischen Aufpasser namens Sadowski hier unten. Major Kazimierz Sadowski. *Warte, bis er es auch Harvey erzählt hat.*

»Ja?« Die Pause war gerade lang genug, um Toms Vermutung zu bestätigen, daß Harvey nicht auf einem Nebenapparat mithörte; es war Jaggards persönlicher Anschluß mit Bandaufnahme. Und natürlich wußte er von Sadowski.

»Panin sagte, er sei hier, um die ›Söhne des Adlers‹ davon abzuhalten, General Zarubin umzubringen.« Tom gestand ihm nur eine halbe Sekunde zu. »Sie wissen von Zarubin?«

»Erzählen Sie weiter.«

Das brauchte Jaggard also ebenfalls nicht weiterzuleiten. »Zarubin steckt hinter dem Mord an Pater Popieluszko.« Tom legte alles fast bis zur Unverständlichkeit in die Modulierung des Namens des toten Priesters. Und dann wartete er.

»Weiter. Weiter.«

»Wissen Sie, wo Zarubin im Augenblick ist?«

Kurze Pause. »Stellen Sie mir nicht andauernd Fragen. Erzählen Sie mir nur, was vor sich geht.«

»Zarubin ist auf dem Weg hierher. In diesem Moment.« Tom erschauderte hilflos ob der Bedeutung seiner eigenen Worte. »Er wird in ein oder zwei Stunden hier sein. Hier in Exmoor, Sir. Und die ›Söhne des Adlers‹ werden auf ihn warten.«

Diesmal war es eher ein Schweigen denn eine Pause, während Jaggard diese beunruhigende Information verdaute. »Hat Panin Ihnen das erzählt?«

Audley beobachtete ihn vom Wagen aus. »Ja, Sir.«

»Woher weiß er das?«

Eine berechtigte Frage. »Das hat er nicht gesagt. Wahrscheinlich haben sie jemanden bei den ›Söhnen des Adlers‹.«

»Und woher wissen sie – die Polen – von Zarubin?«

Noch eine berechtigte Frage. »Das wollte er auch nicht sagen. Er hat es lediglich als Tatsache bestätigt und ist dabei geblieben. Aber ...« –

»Aber was?«

Tom nickte Audley dankbar zu. »Dr. Audley glaubt, wenn Panin jemanden in der Sache drin hat, hat er womöglich alles selbst arrangiert.«

»Was?« Jaggard klang verwirrt. »Zarubin als Ziel aufstellen? Warum, zum Henker, sollte er das tun?«

»Zarubin ist bereits ein Ziel. Die Polen haben schon seinen Stellvertreter umgelegt – einen Mann namens Martschuk. Leonid Martschuk –«

»Buchstabieren Sie.« Toms Aussprache verschlug echten Engländern immer die Sprache.

»M-A-R-T-S-C-H-U-K, L-E-«

»Okay, das habe ich. Weiter.«

»Es war in Polen.« Der Computer würde für die Bestätigung nicht lange brauchen. »Danach wurde Zarubin zurück nach Moskau versetzt. Aber jetzt ist er hier in England, und Panin rechnet wahrscheinlich damit, daß er hier nicht ausreichend geschützt werden kann. Folglich hat er selbst die Initiative übernommen.«

»Die Initiative –« Das überraschte Jaggard ein bißchen. »Welche Initiative?«

»Er sagt, daß er keinen Ärger haben will – besonders nicht mit dem, was Zarubin gerade hier macht. Er sagte, das wäre schlecht für beide Seiten.«

»Sagt er das? Nun, er kümmert sich aber auf eine verdammt komische Art darum! Welche Maßnahmen, schlägt er, zum Teufel noch mal, vor?«

»Er möchte ein Geschäft machen.«

»Ein Geschäft –?« Jaggard hielt plötzlich inne. »Bleiben Sie am Apparat.«

Tom wartete und musterte wieder Audley. Er durfte nicht vergessen, nach Audleys Kugel und nach Basil Coles Tod zu fragen, um eine Art Vorwand für dieses Gespräch zu haben.

»Arkenshaw?« Jaggard war wieder in der Leitung. »Ich habe die Bestätigung über Martschuk. Ein verdächtiger Autounfall ... Kein netter Mensch, dieser Martschuk. Aber nach allem, was man hört, ist Zarubin das auch nicht. Aber wir haben, verdammt noch mal, überhaupt nichts über Ihre ›Söhne des Adlers‹.« Pause. »Aber Sie haben von ihnen gewußt, oder? Aber ... schon gut. Welche Art von Geschäft? Mit uns?«

»Nein, Sir. Mit den ›Söhnen des Adlers‹.« *Ob dir das paßt oder nicht!* Doch er konnte sich noch steigern. »Mit einem Mann namens Szymiac.«

»Mit –? Schimschi ... ack?«

»Genau. S-Z-Y-M-I-A-C – einer ihrer Spitzenleute. Szymiac. Panin weiß genau, wo er zu finden ist. Er hat in East Lyn, gleich außerhalb von Lynmouth ein Haus gemietet. Um Zarubins Empfang in Exmoor vorzubereiten.« Tom war neugierig, was der Computer darüber herausfand. Doch wenn er schon bei den »Söhnen des Adlers« passen mußte, war es unwahrscheinlich, daß er Szymiac aus seinem elektronischen Gedächtnis auswerfen würde.

Jaggard brummte etwas Unverständliches. »Welche Art von Geschäft könnte Panin bloß mit Ssschim-schack machen wollen? Meinen Sie – *er* meint es ernst?«

»Ein recht eindeutiges Geschäft.« Tom hörte für einen Moment den Wind um seine behagliche Telefonzelle pfeifen ... Es war ein kalter Ostwind, der in der letzten Stunde aufgefrischt hatte und möglicherweise bis vom Ural her über sein darniederliegendes Mutterland hinweg nach Exmoor wehte.

»Für mich ist es nicht eindeutig«, sagte Jaggard barsch. »Sind Sie noch dran?«

»Ja.« Tom sah, daß Audley den Arm hochhielt und bedeutungsvoll auf seine Uhr tippte. »Jaruzelski hält eine ganze Reihe von Aktivisten der Solidarität hinter Schloß und Riegel. Eigentlich braucht er nur den Schlüssel wegzuwerfen – oder noch etwas Schlimmeres zu tun. Und das bietet Panin eine verdammt gute Geschäftsbasis.«

Pause. Dann verwandelte sich die Pause in Schweigen. Und jetzt zuckte Audley mit den Schultern. »Meine Zeit wird knapp, Sir.« Wenn Jaggard die Realitäten von Exmoor vergessen hatte, war es an der Zeit, ihn daran zu erinnern. »Dr. Audley wartet auf mich. Ich muß also auch wissen, was Sie über die Ereignisse von gestern wissen . . . *Sir.*«

»Ja.« War das ein Atemholen? »Was sagt Audley zu der ganzen Geschichte? Akzeptiert er sie?« Nur eine halbe Sekunde. »Aber Sie wollen alles abbrechen –?«

»Das stimmt.« Das war genau der Punkt, an dem die Wahrheit kompliziert wurde. »Aber er nicht.«

»Warum nicht?« Jaggard ignorierte seinen Wunsch zum zweiten Mal.

»Er will herausfinden, was Panin wirklich vorhat.« Tom wußte, daß er den kürzeren zog; denn dieser Herausforderung konnte Jaggard ebensowenig widerstehen wie Audley; auch weil Jaggard in bequemer und sicherer Position saß, während sie sich am gefährlichen Ende befanden.

»Hat Panin noch etwas anderes vor?« Jaggards Frage war äußerst vorsichtig formuliert.

»Ja, Sir. Ich denke schon.«

»Zum Teufel mit Ihren Gedanken. Was sagt Audley dazu?«

Darauf hätte er gefaßt sein sollen. »Es hängt mit dem Grund für Zarubins Herkommen zusammen, Sir.« Er hatte diese unglaubliche Geschichte genießen wollen, doch Jaggard hatte ihm die Freude verdorben.

»Ah . . . ja . . .« Jaggard versuchte Zeit zu gewinnen, als würde er zum falschen Moment auf eine weitere noch ausstehende Frage gebracht, die ihm zwar bereits in den Sinn gekommen war, die er aber in seiner Liste dringlicher Fragen als relativ unwichtig eingestuft hatte. »Was, zum Henker, macht er da unten, wo Sie sind? Abgesehen davon, daß er seinen Hals riskiert?«

Es wäre besser gewesen, wenn er früher zu diesem Punkt gekommen wäre, als Audley ihm aus dem Wagen noch keine Gesichter schnitt. »Was sagt unser Archiv über ihn – über Zarubin?«

»Über Zarubin?« Jaggard hatte eine Antwort erwartet, keine Frage – besonders nicht nach seiner anderslautenden Anordnung. Einen Moment lang war er sogar nahe daran zu antworten.

»Was zum Teufel soll denn das, Arkenshaw?«

»Das soll gar nichts. Was haben wir also über Zarubin?«

»Was – ? Mann, wir haben das, was Sie erwarten: Er ist offiziell ein ranghoher Offizier der Roten Armee, war früher im Hauptquartier des Warschauer Pakts und ist mit Wirkung vom Januar 1985 zum Außenministerium abkommandiert. Mit einer ganzen Reihe entsprechender Auszeichnungen.« Jaggard wankte, geriet aber nicht aus der Fassung. »KGB-Laufbahn, Zweites Direktorat, seit 1984 im Rang eines Generals.«

»Haben wir denn nicht einmal den Namen seines Vaters?«

Pause. »Nein, wir haben den Namen seines Vaters nicht. Auch nicht den seiner Frau. Oder des Vaters seiner Frau. Oder des Cousins vom Onkel seiner Frau. Oder von der Tante seiner Mutter –« Plötzlich Vorsicht. »– was hat denn sein Vater damit zu tun, daß er nach Exmoor kommt?«

Das war ein unerwartetes Geschenk. »Laut Panin so ungefähr alles. Denn Zarubins Vater ist in einer Fischerhütte in Brentiscombe Head geboren. Genau an dem Tag, an dem Mafeking befreit wurde. Am Mafeking-Day – 17. Mai 1900.« Tom widerstand der Versuchung zu erzählen, daß Audley persönlich das Datum geliefert hatte, nachdem Panin das Ereignis genannt hatte. »Brentiscombe Head liegt an der Küste oberhalb von Lynmouth, Richtung Ilfracombe. Der Name von Zarubins Vater war *Roberts* ... Oder vielleicht war sein Vorname *Robert* – Panin war sich nicht ganz sicher ... jedenfalls nicht so sicher wie bei der Fischerhütte in Brentiscombe Head. Denn Zarubin hat den Namen seines Großvaters angenommen –« Diese Genugtuung konnte er sich immerhin erlauben. »– oder vielmehr den Namen der Mutter seines Vaters ... Verstehen Sie?«

Über die Leitung kam keinerlei Anzeichen des Verstehens; was sehr erfreulich gewesen wäre, wenn Audley nicht das Fenster heruntergekurbelt hätte, um Toms Aufmerksamkeit auf den geflügelten Wagen der Zeit zu lenken. Also nickte er Audley zu und widmete sich dann wieder dem Telefon. »Er sagt, daß Zarubins Vater ein Engländer war – der 1914, gleich nach der Schulzeit, in die Royal Navy eingetreten war. Er hat 1915 auf der HMS *Goliath* in den Dardanellen gedient. Und 1920 ist er schließlich im Kaspischen Meer von Bord der HMS *President Kruger* gefallen –«

»Wo –?« Jaggard kam gar nicht bis zur HMS *President Kruger*, weil es ihm beim Kaspischen Meer bereits die Kehle zuschnürte; auch Audley hatte es zuerst nicht glauben können, dachte Tom: Ein 1964 geborenes Kind hätte 1982 im Südatlantik von Argentinien versenkt werden können, doch um ihn im Jahr danach, in egal welchem Krieg,

von der HMS *Adolf Hitler* und noch dazu ins landumschlossene Kaspische Meer fallen zu lassen, wo die Royal Navy keine eindeutigen Aufgaben hatte, dazu mußte man schon sehr viel Phantasie aufbringen.

»Ja, Sir. Im Kaspischen Meer ... wo er beim Kaspischen Geschwader der Royal Navy diente, das Dunsterforce unterstützt hat.« Er konnte dem nicht widerstehen, so gut wie möglich mit *Dunsterforce* zu spielen. »Wir hatten eine Operation mit mehreren Truppengattungen im Iran – in *Persien* – nach dem Ersten Weltkrieg, die zunächst die Türken ... und später die Bolschewiken ... von Indien fernhalten sollten, Sir. Und diese Operation wurde von einem Mann namens Dunsterville geleitet – Generalmajor Lionel Dunsterville. Doch dann ist so ziemlich alles an mangelnder Unterstützung gescheitert. Vermutlich ein typischer Patzer des Foreign Office.«

In der Leitung war ein undefinierbares Geräusch zu hören. »Wovon zum Teufel reden Sie eigentlich, Arkenshaw?«

Sie haben allen Grund zu fragen, Sir! »Zarubins Vater wurde ... 1920 von den Bolschewiken gefangengenommen ... irgendwo bei Astrachan an der Wolgamündung, nachdem er über Bord gefallen war. Oder vielleicht ist er desertiert, meint Audley ... da es zu dieser Zeit in der Navy einige Meutereien gegeben hatte. Das würde jedenfalls erklären, warum ihn die Bolschewiken nicht erschossen haben. Oder vielleicht konnte er einfach nur schnell reden.« Er konnte Audleys Theorie nicht wiederholen, daß der *Able Seaman Roberts* eine *upper-class*-Vorliebe für Kaviar entwickelt hatte, die nur durch eine Mitgliedschaft in der Kommunistischen Partei hatte befriedigt werden können.

Ein weiteres würgendes Murmeln erreichte ihn. »Das klingt wie Audley. Ist das seine Meinung dazu?«

»Nein, Sir.« Die Lüge kam schnell, weil er halb darauf vorbereitet war. Aber sie enthielt auch etwas Wahres. »Er steht der ganzen Geschichte äußerst argwöhnisch gegenüber: Er sagt, es könnte alles wahr sein, aber es behagt ihm nicht. Nur das habe ich Ihnen zu erzählen versucht, Sir.«

»Warum behagt es ihm nicht?« Jaggard konnte die naheliegende Frage nicht umgehen.

»Er sagt, daß das ungefähr die verdammte Lügengeschichte sein könnte, die sich Panin für ihn ausdenken würde.«

»Ist es denn alles nur Geschwätz?«

»Einiges davon ist offensichtlich wahr – jedenfalls das über ›Dunsterforce‹ und die HMS *President Kruger.*« Er durfte jetzt nicht mehr zu Audley hinüberschauen. »Aber er sagt, Panin würde annehmen, daß er davon wüßte. Denn jeder weiß, wie verrückt er nach Rudyard Kipling ist – auch Panin.«

»Rudyard Kipling?« Das plötzliche Brummen in Jaggards Stimme, das sich über seine Ungläubigkeit legte, deutete an, daß »jeder« auch ihn einschloß. »Was zum Teufel hat er mit Zarubin zu tun – oder seinem Vater?«

»So ziemlich alles, Sir. ›Dunsterforce‹ wurde von Lionel Dunsterville befehligt. Und Dunsterville war am United Services College in Westward Ho Kiplings bester Freund! – das College ist hier unten an der Küste, außerhalb von Bideford – Dunsterville war Kiplings eigentliche Vorlage für seinen Stalky in *Stalky & Co.* –«

(»›Dein Onkel Stalky ist ein großartiger Mann‹.« Er hörte Audleys Stimme in seinem Kopf. *»Und das war natürlich Dunsterville: acht Sprachen, einschließlich Chinesisch und Deutsch und Persisch, ganz zu schweigen von den ganzen indischen Dialekten. Vom United Services College – schrecklicher Ort – in die indische Armee gesteckt . . . Und zwar von Cormell Price, der ein großartiger Direktor war. Und kein Imperialist, obwohl das USC nur existierte, um das Empire mit einsatzfreudigen Staatsdienern zu versorgen – er war ›Prooshian Bates, der gerissene Vogel‹ in ›Stalky‹, dieser Cormell Price . . . Freund von Swimburn und William Morris und Dante Gabriel Rosetti und Burne James . . . Kipling hätte niemals in dieser Schule sein dürfen – denn er ging nicht zur Armee. Aber trotzdem war Cormell Price der ideale Direkter für ihn . . . Aber zum Teufel damit, Tom! Sehen Sie, wie dieser Hurensohn mich wieder aus dem Hinterhalt angegriffen hat! Ich wette, er weiß, verdammt noch mal, ganz gut, daß ich meine Zeit verschwende, wenn ich Ihnen von Cormell Price erzähle!«)*

»Okay, okay! Ich verstehe die Bedeutung, Mann. Panin behauptet, daß Zarubin ein halber Engländer ist, wenigstens seiner Abstammung nach. Und Audley weiß, daß es wahr sein könnte – und wir haben nichts, was das Gegenteil beweist . . .« Jaggards Stimme verlor sich einen Augenblick lang. »Aber Panin kann sich nicht sicher sein, daß wir nichts über Zarubin wissen, oder daß wir etwas wissen. Also *ist* es vielleicht wahr, verdammt noch mal! Und was sagt uns das?«

»Deswegen kommt Zarubin her.« Tom befreite sich von Kipling

und Cormell Price. »Er wollte immer den Geburtsort seines Vaters sehen. Daraus hat er angeblich nie ein Geheimnis gemacht. Und das ist das erste Mal, da er Gelegenheit dazu hat.«

»Hmm . . .« Das Schweigen am anderen Ende deutete darauf hin, daß Jaggard noch einmal Zarubins *curriculum vitae* durchging. »In seiner Akte steht nichts, was auf kindliche Ergebenheit schließen ließe. Oder auf irgendeine andere Art von Ergebenheit – er ist ein blutdürstiger Absolvent des Ausbildungszentrums am Dserschinskiplatz, der eine Menge Skalps vor seinem Zelt hängen hat. Einschließlich dem Ihres Pater Jerzy, Arkenshaw, der zwischen all den anderen hängt. Genaugenommen gehört er zu der Gruppe, die Gorbatschow nicht befördern sollte . . . und das ist ziemlich überraschend. Abgesehen davon, daß er das richtige Alter hat.« Pause. »Was sagt Audley dazu?«

»Vielleicht ist es einfach Neugier – von Zarubins Seite.«

»Nun, das ist eine verdammt gefährliche Neugier, wenn da unten eine Killerbande auf ihn wartet«, brummte Jaggard. »Das ist alles sehr wackelig. Es stinkt, Arkenshaw, es stinkt.«

»Ja, Sir – der Meinung bin ich auch. Und deswegen denke ich, wir sollten abbrechen.« Toms Herz wurde leichter. »Wenn Sie Zarubin abfangen können . . . dann kann ich Audley davon abhalten. Immerhin spielt Zarubin Spielchen auf unserem Territorium.«

Noch ein Brummen. »Ach ja? Und dann jagt jemand eines Abends vor dem Dorchester Zarubin eine Kugel in den Leib? Und das ist es dann?«

»Wir können Zarubin nach Hause schicken. Und Panin dazu. Sollen sie doch ihre selbstgemachten Terroristenprobleme zu Hause lösen und uns in Ruhe lassen.« Doch in dem Moment, in dem er es vorbrachte, spürte Tom, wie sein Argument schwächer wurde: Es wäre ein unfreundlicher Akt, Zarubin nach Hause zu schicken, ganz abgesehen davon, daß sie dann zugeben müßten, daß das Vereinigte Königreich auf eigenem Territorium nicht in der Lage war, einem Diplomaten Schutz zu gewähren, obwohl das traurigerweise zutraf.

Und wieder zog sich das Schweigen in die Länge, während Jaggard die gleichen Schlüsse zog. »Was sagt Audley dazu? Ist es das, was er will?«

Der Hurensohn hat uns aus dem Hinterhalt angegriffen, dachte Tom bitter, wobei er sowohl wußte, was er sagen mußte, wie auch, was Jaggard antworten würde. »Er sagt, daß entweder Panin etwas Fieses vorhat oder Zarubin. Aber er möchte herausfinden, was es ist.« Er schaute zum Wagen, doch der alte Mann sah aus, als habe er aufgegeben und sei eingeschlafen. Folglich träumte er wahrscheinlich von Kipling und Dunsterville, die sich mit Cormell Price an den stürmischen Stränden von Westward Ho über die Präraffaeliten stritten! In den achtziger Jahren des letzten Jahrhunderts, bevor sie der Ruhm, das Empire und das Kaspische Meer einholten. »Aber was ist mit dem Schuß, den jemand gestern auf Audley abgegeben hat? Und was ist mit Basil Cole?« Während er redete, beschloß er diesmal vor Verzweiflung, trotz Jaggards hoher Position grantig zu werden. »Irgend jemand muß doch etwas herausgefunden haben, verdammt noch mal! Oder bin ich hier unten ganz auf mich alleine gestellt, und niemand schert sich einen Dreck darum, was ich hier mache –?«

Keine Antwort. Und der alte Mann draußen im *Cortina* machte es sich noch bequemer und sorgte sich nicht mehr um die Zeit oder um Panin – oder darum, daß er an einer unübersichtlichen Kurve abgestellt war; was zunächst nur dazu beitrug, Toms Gefühl von Verzweiflung und Isolation zu verstärken, während er dachte: *Entweder ist er dumm, oder er vertraut mir; aber er ist nicht dumm, also vertraut er mir; aber wenn er mir vertraut, dann ist er dumm –*

»Außerdem wartet Dr. Audley auf mich«, fügte er barsch hinzu. »Und er glaubt, daß ich etwas darüber in Erfahrung bringe. Also brauche ich etwas, was ich ihm erzählen kann . . . *Sir.*«

»Ja.« Nach *keiner Antwort* kam die Antwort jetzt ganz sanft. »Machen Sie sich keine Sorgen um die Sache in Audleys Haus. Wir haben das im Griff, und es hat nichts mit der Sache zu tun, mit der Sie beschäftigt sind, Tom.«

Also war er jetzt wieder *Tom.* »Wie meinen Sie das –?« Ein schrecklicher Gedanke, direkt von hinten, traf ihn wie ein Blattschuß und ließ ihn mitten in seiner Beschwerde innehalten. »Ich meine . . . was ist dann mit Basil Cole? Ich muß ihm doch *irgendwas* erzählen, verdammt noch mal!«

»Das ist nicht so einfach. Auf den ersten Blick . . . scheint der Unfall durchaus glaubwürdig. Denn bei dem ganzen Rumgetrampel dort ist natürlich nicht viel Beweismaterial übrig. Aber es scheint, daß er zur entsprechenden Zeit nicht sehr betrunken war. Jedenfalls hatte er, seinem Mageninhalt nach zu urteilen, keinen Morgensuff.« Pause. »Wir nehmen also an, daß es nicht wie Mord aussieht.« Pause. »Aber wir wissen noch nicht, ob es Ihre ›Söhne des Adlers‹ waren oder die ›andere Seite‹.« Pause. »Erzählen Sie ihm das, und schmücken Sie es ein bißchen aus . . . Coles Frau hilft in einem Krankenhaus aus und macht Botengänge zu Verwandten, wenn es um die Sterbesakramente für deren Angehörige geht. Und sie wurde von jemandem zu einem dringenden Fall gerufen – zu einer falschen Adresse, von jemandem, den man noch nicht ausfindig machen konnte. Das ist das ganze Ergebnis, und wir arbeiten noch daran. Doch ... im übrigen –« Jaggard ließ den einschmeichelnden Ton aus seiner Stimme fallen wie den Abwurftank eines altmodischen Kampfflugzeugs, das in die Luftschlacht eintaucht. »– wenn Audley das wirklich will, dann ist er selbst verantwortlich, Arkenshaw. Und Ihre Aufgabe ist es lediglich, ihn in einem Stück wieder abzuliefern. Wie oft muß ich Ihnen das noch vorbeten?«

In der Tat, wie oft! Immerhin, selbst über die wiederkehrende Erinnerung an sein Versprechen hinaus, das er Audleys Frau und Tochter gegeben hatte, ließ Jaggards plumpe Metapher das Bild eines Audley erstehen, wie er vor nicht einmal einer halben Stunde durch den Hof von Farmer Bodger gestapft war – Audley von seiner Verantwortung für Tom Arkenshaw ernüchtert, als er an die abgeschlagenen Beine, Arme und Köpfe dachte, die sich *vereinen* – »Sie werden es mir jedesmal vorbeten müssen, wenn Sie mit mir sprechen. Denn ich mochte die Sache gestern nicht, und heute mag ich sie noch weniger. Ich glaube, daß wir in Schwierigkeiten geraten werden, bevor wir hier unten fertig sind. Und ich möchte, daß Sie das ins Protokoll aufnehmen.«

Schweigen.

Tom atmete tief ein. »Gestern hat jemand versucht, Audley umzubringen. Vielleicht versuchen sie es wieder.«

»Oh ...« Es klang nicht aufgebracht, sondern eher verzweifelt. »... oh, okay, Tom – dann machen Sie es, wie Sie wollen! Lassen Sie mich überlegen ...«

Tom hatte diese Reihenfolge nicht verlangt; er war nicht nur von Jaggards Rücksicht überrascht, sondern auch davon, daß der brennende Verdacht in ihm fast bestätigt worden war.

»Also gut –« Jetzt war Jaggard wieder ganz der alte. »– ich werde nicht die Anti-Terror-Einheit oder die Spezialabteilung losschicken, um an jeder Hecke Spalier zu stehen. Dazu ist wahrscheinlich keine Zeit, und wir haben Panins Leuten versprochen, uns in sein Geschäft mit Audley nicht einzumischen ... Außerdem könnten wir dadurch seine ›Söhne des Adlers‹ verschrecken, was die Sache zweifellos verschlimmern würde.«

Das klang verdächtig nach »jeglicher Beistand, aber keine eigentliche Hilfe«. Genaugenommen klang es eher, als wolle Jaggard seine Flanken gegen unbequeme Fragen in einer zukünftigen Untersuchung absichern. Aber was konnte er sonst noch erwarten? »Ja, Sir?«

»Aber ich werde für Sie tun, was ich kann – ich werde alles, was ich zusammenkratzen kann, auf die Straße schicken. Sie werden in rund zwei Stunden bei Ihnen sein. Und Sie haben ja die Nummer für unvorhergesehene Ereignisse.«

»Ja.« *Das war nicht gut genug.* »Ja.« Tom kam zu einer Entscheidung. »Sobald wir etwas haben, werde ich Sie anrufen.« Er hatte die Nummer. Und er hatte auch noch eine andere Nummer. »Auf Wiederhören.«

Als er die andere Nummer wählte, war Audley gottlob noch in Träume oder Tagträume eingehüllt.

»Hotel Green Man – kann ich Ihnen helfen?«

Das hoffe ich! »Zimmer 12, bitte.«

Toms Gewissen plagte ihn, aber nur ein bißchen.

»Ja, hallo?«

Das Stechen seines Gewissens wurde schmerzhafter, und er merkte plötzlich, daß die Hand, die den Hörer hielt, schwitzte.

»Hör zu, Willy –«

Audley gähnte und räkelte sich in seinem Sicherheitsgurt. »Sie haben unglaublich lange gebraucht, mein lieber Junge. Was haben Sie denn getan?«

»Tut mir leid, David.« Natürlich sprang der Wagen einmal mehr mit hämischem Gehorsam auf Anhieb an. »Jedermann ist damit beschäftigt, die Welt zu retten.«

»Ach ja?« Nur ein schwacher Unterton verriet, daß der durch die Episode im Hof des Farmers Bodger vorübergehend gedämpfte Argwohn des alten Mannes durch die unmäßige Wartezeit wieder wachgerüttelt worden waren. »Da wir das Wochenende für uns haben, bin ich überrascht, daß Sie überhaupt jemanden erreicht haben.«

Lieber einen Gegenangriff starten und so tun, als habe man ein reines Gewissen. »Ich dachte, Sie würden sich keine Sorgen machen.« Er gab Vollgas, als die Straße vor ihm breiter wurde. »Ich sah Sie schnarchen.«

»Ich habe nicht geschlafen!« Audley schniefte und wischte sich wie ein alternder Schuljunge mit dem Rücken seiner großen, schmutzigen Pranke die Nase. »Genaugenommen habe ich an Kipling und Dunsterville gedacht . . . und an Fakten, die der Fiktion nacheifern. Denn der *Puck vom Buchsberg* muß er mindestens . . . äh, dreißig Jahre bevor Dunsterville am Kaspischen Meer in Kalamitäten geriet, geschrieben haben – genau wie Parnesius bei der Verteidigung des Römerwalls in Kalamitäten geraten war, oder de Aquila in Pevensey – einer unserer guten Normannen, Tom, der England für üble Normannen gegen noch üblere verteidigt hat!« Er musterte Tom eine ganze Weile. »Sie sind nicht verheiratet –? Nein, das kann man sehen! Aber wenn Sie mal verheiratet sind, und Ihr Bund ist mit einem Sohn oder einer Tochter gesegnet . . . und möglichst mit einer Tochter wie meiner Cathy . . . dann werde ich Ihrem Sprößling meine Erstausgabe des *Puck* zum Geschenk machen, selbstverständlich mit entsprechender persönlicher Widmung . . . In der vagen Hoffnung, daß sie – oder auch *er* – zufällig *Ritter Richards Lied* darin finden wird, und dann eine leise Ahnung davon bekommt, worum es dabei geht –

›Den Kameraden in Lager und Feld,
Die zornig die Lippe nagen,
Sag: ihre Welt ist nicht meine Welt,
Mich hat England in Bande geschlagen!‹

Aber *nein* – als Antwort auf Ihre ziemlich beleidigende Feststellung: Ich habe nicht geschlafen. Und wenn es so ausgesehen hat, als schnarche ich, dann nur, weil ich nicht mehr durch die Nase atmen kann.«

Tom fühlte sich beschämt. Doch er fragte sich auch, ob der alte Knabe nicht vielleicht auch einen medizinischen Flachmann in der Tasche hatte, abgesehen davon, daß er nichts riechen konnte, was darauf hindeutete. »Sie haben also nicht über Panin nachgedacht? Oder Zarubin?« Ein weiterer Wegweiser, der aus einer hohen normannischen *bocage*-Böschung sproßte, zeigte an, daß sie *Lynmouth* und *Lynton* schrecklich nahe waren – und Willy war noch immer weit hinter ihnen. »Rangieren sie denn im Augenblick nicht vor Kipling?«

»Oh, aber natürlich – das tun sie!« Auch Audley hatte den Wegweiser gesehen, aber es schien ihn nicht zu beunruhigen. »An die habe ich zunächst gedacht, als ich Ihnen diese albernen Zeichen gab, Tom – wofür ich mich entschuldigen möchte, denn Sie waren ja auch beschäftigt. Aber genau da kam ich durch unser vorheriges Gespräch wieder auf Kipling. Und ich muß zugeben, daß es viel interessanter ist, über ihn nachzudenken. Und auch viel zweckdienlicher, bei Gott!«

»Zweckdienlicher?«

»Genau. Denn er hat bereits alles gesagt. Wie es ist, wie es immer war. Und wie es immer sein wird, Tom –«

Vor ihnen tauchten hie und da vereinzelte Häuser auf, teilweise an einem steilen bewaldeten Abhang versteckt.

»– was Sie natürlich nur zu gut wissen, wie Sie auf der Farm bewiesen haben. Was ich mir aber, der ich – geschützt durch Alter und Dienstjahre – in meiner bequemen *Forschungsabteilung* sitze, immer wieder ins Gedächtnis rufen muß:

›Kein Lehrsatz des Euklid
hält die Kugel von dir ab.
Keine Formel und kein Lied
Schützt dich vor des Schwertes Schlag.‹«

Vor ihnen tauchte ein Schild auf: *East Lyn ½ Meile*.

Audley grinste ihn vergnügt an. »Ich finde Kipling immer sehr erholsam. Es ist wirklich schade, daß man Kinder heutzutage keine Gedichte mehr auswendig lernen läßt. Uns hat man Unmengen davon eingehämmert. Und zum Schluß ... ist es gar nicht mehr so leicht – obwohl Kipling und all die anderen schönen alten Reime leicht *sind* ... aber eben nicht so leicht, daß sie zur Gewohnheit ... Und meine Füße sind auch schon fast trocken. Das muß wohl die Heizung sein, hä?«

Tom folgte dem Wegweiser bergauf. Der alte Mann redete *wirklich* Unsinn. Aber andererseits hatte der alte Mann Angst, und dies war lediglich ein Anzeichen davon. Und außerdem hatte der arme alte Kerl unter diesen Umständen das Recht, Angst zu haben, mit Panin und den »Söhnen des Adlers« vor sich und dem trickreichen und verräterischen Thomas Arkenshaw an seiner Seite. Überdies: Je älter man nämlich wurde, desto mehr mußte man in solchen Situationen seine noch verbliebenen Reserven an Mut angreifen. Und daß sie nicht unsterblich waren, mußten alte Männer besser wissen als junge, folglich mußte ihnen ihre »geborgte Zeit« um so wertvoller erscheinen.

»Tja, dort ist der alte Nikolaij und wartet ergeben auf uns.« Audley deutete plötzlich mit dem Finger. »Aber ich sehe den geschwätzigen Major nicht. Und ihren Wagen kann ich auch nicht erkennen. Den müssen sie wohl irgendwo um die Ecke versteckt haben, nehme ich an ... Trotzdem, sehr nervös scheint der Genosse Professor nicht zu sein. Und das ist beruhigend.«

Zweifellos – Panin schien nicht besorgt: Er beobachtete eine freche Schar kleiner Vögel, die sich mitten auf der Straße um irgend etwas Eßbares balgten. Doch im übrigen quatschte Audley noch immer über das Offensichtliche.

Als Tom die Vögel aufscheuchte, schaute der Russe auf und erkannte sie, doch ließ er in keiner Weise erkennen, daß er sie gesehen hatte. In diesem kurzen Augenblick entschied sich Tom, auf welcher Seite er stand.

Er fuhr fünfzig Meter weiter, ehe er anhielt, und beobachtete dann, wie Audley den Sicherheitsgurt löste.

»Hören Sie, David –« Als er die Hand auf den Arm des alten Mannes legte, fiel ihm auf, daß er ihn zum ersten Mal berührte. Am Vortag auf der Terrasse hatten sie sich nicht die Hand gegeben, weil Audleys Hände vom Gartenfeuer schmutzig gewesen waren – ungefähr so schmutzig wie jetzt. »Hören Sie, David . . .«

Audley schaute ihn fragend an; sein zerdelltes Gesicht war plötzlich bar aller anderen Emotionen. »Fahren Sie denn nicht zurück?«

Tom sah im Rückspiegel, daß Panin immer noch dastand und die Vögel wieder auf der Straße waren. »Der kann warten. Wissen Sie, für wen ich arbeite?«

Audley verzog keine Miene. »Das habe ich mich auch schon gefragt. Ab und zu.«

»Für Henry Jaggard, David. Ich muß ihm alles berichten, was Sie tun.«

Noch immer keine Veränderung, aber ein ganz leichtes Nicken. »Ah . . . gut, das ist auch beruhigend. Ist ein gerissener Bursche, dieser Jaggard – sehr clever. Aber er ist wenigstens auf unserer Seite.« Dann ein leichtes Stirnrunzeln. »Wenn ich es recht verstehe, weiß Jack Butler davon nichts?«

»Nein. Nicht daß ich wüßte.«

»Nein.« Das Stirnrunzeln verschwand. »Das ist auch beruhigend. Man mag es nicht, wenn seine Idole auch ihre Schwächen haben. Aber . . . Sie wissen nicht zufällig, was Henry Jaggard im Sinn hat? Außer die Verteidigung des Reichs zu sichern und seine eigene Karriere zu fördern, oder –?«

Tom warf wieder einen kurzen Blick in den Spiegel. Panin wartete immer noch geduldig, und es gab noch immer kein Zeichen von Major Sadowski. »Nein.« Er schüttelte den Kopf. »Meine Aufgabe ist es, Sie zu schützen. Und ihren Anordnungen zu folgen, David.«

Audleys Augenbrauen hoben sich etwas. »Das erscheint mir nicht allzu verwerflich. Aber da ich, zum Teufel noch mal, nicht weiß, was ich tue, muß er ganz schön frustriert sein.« Ein Anflug des alten, bestialischen Grinsens. »Wo liegt also Ihr Problem?«

»Wenn es nach mir ginge, wären wir nicht hier. Oder . . . wir hätten jetzt schon viel mehr Unterstützung. Aber die hat er nicht.«

Nicken. »Er hat ganz recht. Eine Truppe schwerbewaffneter Special-Branch-Leute in sauberen schwarzen Rovers würde nur die Eingeborenen verschrecken. Und außerdem würden sie keine Kugel von mir abhalten – nicht wenn sie mir bestimmt ist, Tom. Oder um es anders zu sagen – es wäre so, wie mein Freund und Kollege Paul Mitchell sagt, der sich gut mit Gedichten über 14/18 auskennt ... wie übrigens zu einem bemerkenswerten Grad auch Jack Butler.

›Kein Stahl, kein Blei soll ihn erreichen,
Wenn's nicht bestimmter Wille sei.‹

Das ist nicht Kipling. Hätte es aber sein können. Also machen Sie sich keine Sorgen.« Er langte nach dem Türgriff. »Wir müssen nur unser Pulver trockenhalten, das ist alles.«

»Nein –« Wieder berührte er Audleys Arm. »– darum geht es ja, David ... Diese Kugel gestern ...«

»Ja?« Audley nickte. »Darüber habe ich mir tatsächlich auch Gedanken gemacht.« Wieder hob sich eine Augenbraue. »Henry Jaggard auch –? Um mich umgehend zu Aktivitäten zu veranlassen?«

»Er macht sich weniger Gedanken darüber, als er sollte.«

»Nein, tut er das nicht?« Audley wandte sich um, damit er aus dem Rückfenster sehen konnte. »Nun, ich nehme an, das könnte eine Art stilles Vertrauen in ihn selbst sein ... und in Sie ... wie unangebracht das auch immer sein mag.« Der Tonfall des alten Mannes verschärfte sich mit jedem Wort. »Oder ... es könnte, wie Sie zu verstehen geben, Henry Jaggard oder einer seiner Günstlinge sein, die nichts dem Zufall überlassen ... Doch wie dem auch sei, da ist ja unser ›galoppierender Major‹. Dann wollen wir mal los und uns der Vogelbeobachtungsgesellschaft anschließen, hä?« Audley drehte sich wieder um und öffnete die Tür.

Mit einem Mal befiel Tom ein lächerliches Gefühl der Leere. Er hatte alle Brücken abgebrochen – vielleicht hatte er sie unterbewußt auch um Mamusias willen abgebrochen. Audley war vor ihm schon soweit gewesen, oder jedenfalls fast, folglich hatte sich vielleicht auch er Möglichkeiten offengehalten.

Eine vom feinen, spinnwebartigen Regen feuchte Windbö blies ihm direkt ins Gesicht, als er nachdenklich über das Wagendach zu Audley schaute.

Der alte Mann schenkte ihm ein Lächeln – es war nicht sein bestialisches Grinsen, sondern das fast zögernde Schmunzeln einer alten

Jungfer, was ihn ob seines schmutzigen Gesichts einen albern-bestialischen Ausdruck verlieh. »Mein lieber Junge, jetzt brauche ich meinen Regenmantel aber wirklich. Doch da Sie sagten, ich sollte ihn nicht tragen, werde ich eben eine Lungenentzündung riskieren. Weil ich Ihnen jetzt sehr verpflichtet und auch an Sie gebunden bin.« Das Lächeln zuckte. »Und auch weil ich im Kleingedruckten auf der Rückseite des Vertrags zwischen Treuebruch und Worthalten unterscheiden kann, verstehen Sie mich? Denn soweit war ich auch schon ... Also, dann lassen Sie uns gehen und es noch einmal tun.«

Tom sah, wie er losging und sofort in seinen typischen langen Schritt verfiel. Dann beugte er sich in den Wagen und griff nach dem Regenmantel, den Audley auf den Rücksitz geworfen hatte; die dazu nötigen Verrenkungen machte er auch, um seinen Smith & Wesson aus dem Halfter zu nehmen und in der Hand unter dem Regenmantel zu halten; dann richtete er sich wieder auf.

Audley hatte Panin und Sadowski bereits erreicht und nickte dem Russen zu. Tom ließ den Wagenschlüssel in seine Tasche fallen *(wer würde einen Blechhaufen wie diesen stehlen?)* und legte den Mantel etwas unordentlich über die rechte Hand. Gott sei Dank war es ein riesiges Kleidungsstück; aber schließlich mußte ein Regenmantel, der Audley einhüllen sollte, auch die Größe einer Zeltbahn haben.

»Tom –« rief Audley über die schwindende Distanz, während Tom sich näherte. »– Tom –« Audley warf einen kurzen Blick auf den Regenmantel, und ein Schrecken durchzuckte Tom, aber dann ignorierte der alte Mann den Mantel. »– natürlich haben sie uns hintergangen, genau wie Sie erwartet hatten!«

»Hintergangen?« Tom nutzte die Empörung über das Wort, um die Unordentlichkeit des Mantels noch weiter zu kaschieren. »Wie?« Er musterte Panin vorwurfsvoll. »Was?«

»Nicht wirklich ... *hintergangen*, Sir Thomas.« Der Russe hob rasch die Hand. »Wir hatten als Vorsichtsmaßnahme Leute hier, die diesen Ort beobachtet haben, damit wir wissen, wer ein – und ausgegangen ist, das verstehen Sie doch?« Er winkte abwehrend. »Wenn General Zarubin in der Nähe ist, gibt es keinen Spielraum für Fehler, Sir Thomas. Wir können es uns nicht leisten, unvorsichtig zu sein.«

»Was übersetzt heißen soll, sie haben sämtliche Polen unberücksichtigt gelassen, und dann haben sie sie alle mit eingerechnet«, schnauzte Audley. »Und es sind lediglich zwei.«

»Das ist korrekt.« Panin nahm ein zustimmendes Nicken von Sadowski hin, bevor er selbst nickte. »Einer davon ist Szymiak, den anderen kennen wir nicht. Wir wissen aber, daß sie in Zweiergruppen operieren. Und Szymiak wird das Gelände sondieren lassen, und er wird den Wagen fahren. Denn er ist der Kopf und kein Attentäter – es ist der andere Mann, der den Schuß abgeben wird.« Er fixierte Tom durch seine Augenschlitze. »Kleine Einheiten, die nach ausreichender Erkundung ohne Rücksicht auf Verluste agieren, die schnell zuschlagen und schnell verschwinden: Ich nehme an, das haben sie von uns gelernt.«

So war es aber bei Pater Jerzy nicht gewesen, dachte Tom. Aber da hatte man ja auch polnischen Abschaum für den Job benutzt, denn nur solche Leute würden für sie arbeiten, und Abschaum war dumm, darauf konnte man sich verlassen. Doch diese Männer waren Patrioten, welchen Illusionen sie sich auch immer hingaben. Oder . . . vielleicht waren es gar keine so großen Illusionen?

Aber er durfte jetzt nicht polnisch denken: *Denn England hatte ihn in Bande geschlagen, und ihre Welt war jetzt nicht seine Welt, punktum!*

»Also sind sie beide drin.« Er schaute zu den Häusern hinauf: eine schön angeordnete Reihe typisch englischer Häuser, ziemlich kitschig, aus den dreißiger Jahren alle frei am Ende ihrer Gärten stehend, die sich von der Straße aus hügelan erstreckten. »Wo?«

»Dort.« Er deutete von ihrem Standplatz aus auf das Nachbargrundstück. »Und wir müssen jetzt agieren, so schnell wie möglich, denn unsere Zeit wird knapp . . . Szymiak hat bereits den Wagen aus der Garage geholt . . . Dr. Audley?«

»Das paßt mir.« Audley zuckte mit den Schultern. »Bringen wir's hinter uns, Tom –?«

Knappe Zeit war nicht nach Toms Geschmack. Aber andererseits hatte ihm seit Ranulf von Caens Graben gestern nichts mehr geschmeckt. Und der gemeine kleine Major – *noch mehr polnischer Abschaum!* – nahm bereits wie ein gehorsames kleines Schwein (das *er* ja war) seine Befehle entgegen.

Sie gingen ein paar Meter auf dem Gehsteig und bogen dann in die Einfahrt, die zum Haus führte. Sie durchquerten einen Steingarten, der einst gut gepflegt gewesen war, als das Haus von seinen Besitzern noch bewohnt und nicht vermietet wurde, den man jetzt aber gerade noch als ansehnlich bezeichnen konnte.

Panin und seine Beobachter hatten recht gehabt: Der Wagen stand schon vor der verwitterten, cremefarben und braun gestrichenen Haustür bereit. Und aufgrund erfolgreicher Massenproduktion war es zufällig ebenfalls ein Ford *Cortina* – einer, der fast genau zur Haustür paßte in gewöhnlichem Schokoladebraun mit einem hellbeigen Dach, genau wie Millionen anderer Autos und Türen.

»Und was machen wir nun?« erkundigte sich Audley höflich. »Einfach an die Tür klopfen und nach Mr . . . Shim-schi-ack fragen?«

Panin wandte sich halb zu ihm um. »Genau das werden wir tun, Dr. Audley. Wir kommen in friedlicher Absicht, um den Frieden zu erhalten.« Er nickte dem Polen zu. »Major Sadowski, wenn Sie bitte –?«

Der Pole schlüpfte an ihm vorbei und preßte sich links neben der Tür flach an die Hauswand, wobei er einen Revolver mit kurzem Lauf aus der Jacke zog und ihn flach gegen die Brust drückte.

»Friedliche Absicht!« murmelte Audley.

»Eine Vorsichtsmaßnahme, nichts weiter.« Panin wandte sich zur Tür. »Haben Sie Vertrauen, Dr. Audley – David.« Er griff nach dem schweren Türklopfer.

Audley nieste explosionsartig, als der Klopfer gegen die Tür schlug, während Tom hilflos auf die Waffe in der Hand des Polen starrte, die der sehr ähnlich war, die er selbst hielt. Außer sich in Erinnerung zu rufen, daß normalerweise alle friedenssichernden Kräfte auf der Welt vorsichtig und bis an die Zähne bewaffnet waren, konnte er nichts tun. Also hoffte er, daß der Pole sein Geschäft verstand.

Die Echos von Panins Klopfen verhallten in der Stille. Doch dann drangen unbestimmte Geräusche aus dem Inneren des Hauses, teils kratzend, teils schleifend, gefolgt von Schritten.

»Doch erst mal ein bißchen schauspielern.« Panin nickte Sadowski wieder zu, der sich mit todernstem Gesicht noch flacher an die Wand zu pressen schien.

Die Tür öffnete sich langsam, erst nur einen Spalt, dann ein bißchen mehr.

»Guten Morgen, Sir –« Die sonst hängenden Schultern des Russen waren nach oben gezogen, und seine Stimme, die fester und tiefer geworden war, klang sehr gekünstelt. »– Ich möchte Mr. Sieziemieack sprechen. Mein Name ist *Smith* – Chief Detective Inspector, CID, Exmoor Division, Polizeibehörde von Westengland – und ich muß Sie davon in *Kenntnis setzen*, Sir, daß ich einen Hausdurchsuchungsbefehl habe und das Haus von Beamten umstellt ist, die meinen Anweisungen gehorchen.« Während er redete, hob Panin den Fuß und stellte ihn entschlossen in den Türspalt.

Audley nieste weiter, während sich in Toms Kopf ein Kaleidoskop leuchtender, irrealer Gedanken und Bilder entfaltete: *Professor Niko-*

laij Andrejewitsch Panins Fuß in der Tür (wie bei einem Lexika-Vertreter, der nicht die Absicht hatte, ein Nein als Antwort zu akzeptieren) war ebenso dick mit rotem Devon-Lehm verkrustet wie seine eigenen Schuhe; und die Bühnenpolizistenstimme des Russen war so unecht wie eine Zwei-Pfund-Note oder ein Drei-Mark-Schein; und womöglich war Audleys Niesen nicht die Fortsetzung seiner gewöhnlichen und von Selbstmitleid begleiteten Erkältung, sondern der Beginn einer gemeinsamen Hysterie –

Doch dann preßte Panin die flache Hand gegen die Tür, um dem Fuß im Türspalt zur Hilfe zu kommen, und seine polnische Abschaum-Flunder schob sich, die Schulter an der Wand, näher zu der Tür. Die Waffe in seiner Hand brannte darauf, benutzt zu werden, jedoch weniger um den Frieden zu erhalten, als vielmehr um Streitfragen zu schlichten, falls sich die Tür schließen sollte. Und dann war es plötzlich kein Kaleidoskop mehr, und der Smith & Wesson unter Audleys Regenmantel war riesig und schwer, und es war kein Scherz –

»Wir wollen doch jetzt keinen Ärger machen, oder?« Mit einem Mal, während er den Atem anhielt, war Panins Stimme nicht mehr lustig: Vielleicht war sie eine Karikatur der gespielt-freundlichen, trügerisch-nüchternen Polizistenstimme in Zwangslage, wenn der unbewaffnete Repräsentant »des Gesetzes« sich in seiner ganzen Erhabenheit auf einen verrückten Schweinehund einstellen mußte, der längst von Vernunft und Gesetz abgewichen war. Doch dann drehte sich Panin etwas herum und deutete mit der Hand plötzlich auf Audley, während er den Fuß in der Tür ließ. »Und das sind ...« Die Hand wanderte weiter. »... Sir Thomas Arkenshaw vom Innenministerium –« Die Hand kam zurück zu Audley. »– und Dr. David Audley ... der mit Mr. Sieziemieack sprechen möchte ... Wenn Sie also bitte so freundlich wären, ihm unsere Ankunft zu melden ... denn das wäre zu unser beiderseitigem Nutzen, *Sir* –«

Tom kämpfte wieder gegen das Gewicht des Smith & Wesson wie auch gegen das Gefühl der Irrealität, und er wußte, daß er Jaggard, oder sonst jemanden, nie wieder mit der gleichen altmodischen Ehrerbietung würde ansprechen können. Nach Panin und diesem armen, verdammten, anonymen, mörderischen Idioten konnte in seinen Augen nie wieder jemand ein *Sir* sein!

Aber ... es *funktionierte, es funktionierte*: Die Tür öffnete sich, und Panin ging hinein – und ... und sogar Sadowski ließ die Waffe wieder in das Halfter unter seiner Jacke gleiten –

»Entschuldigen Sie, David –« Er schob sich an Audley vorbei und folgte Panin – noch vor dem wieder entspannten Major. »– der ›Aufpasser‹ kommt zuerst – sorry!«

Als er die Halle betrat, blies ihm ein letzter Hauch regenfeuchten Winds ins Gesicht: *Geradeaus war zwischen Panin und seinem Opfer eine Tür zu sehen, die teilweise den Blick auf ein Klosettbecken freigab; links und rechts auf jeder Seite geschlossene Türen, mit einem kleinen Tisch links und einer altmodischen Garderobe rechts, an der Mäntel hingen; Mäntel, unter denen zwei alte abgenutzte Koffer und etwas, das aussah wie eine Golftasche, unzureichend verborgen waren – sie waren der Ursprung des kratzenden und schleifenden Geräuschs gewesen, das er gehört hatte, bevor die Tür geöffnet wurde – als sie noch reisefertig in der Mitte der Diele standen; er konnte sogar noch die Schleifspuren sehen, die sie auf dem schmutzigen Linoleum hinterlassen hatten –*

Doch Szymiaks Komplize bewegte sich wieder – er steuerte jetzt krabbenartig und zögernd auf eine der Türen zur Linken zu, vor der er ursprünglich, bevor ihn der falsche Chief Detective Inspector Smith der vermutlich nicht existenten Exmoor Division weiterdrängte, gezögert hatte. Und das glatte, kränkliche Gesicht des Mannes hatte einen ebenso unterwürfig-verblüfften Ausdruck wie das von Major Sadowski – vielleicht war das in ihrem Heimatland ein gemeinsames Ausdrucksmittel zum Überleben auf beiden Seiten des Gesetzes.

»*Nein!* Sie bleiben, wo Sie sind!« Aber jetzt, da sie im Hause waren, ließ Panins Gewalt über Chief Inspector Smiths Stimme schon wieder nach: Wo ein Bellen angebracht gewesen wäre, kam nur ein bissiges Kläffen heraus. »Sss –« Doch es gelang ihm gerade noch, Sadowskis Namen zurückzuhalten, bevor er gänzlich die Kontrolle verlor. »– Major!«

Sadowski streifte Toms Schulter, wie er zuvor schon Audleys Schulter gestreift haben mußte, um in Ausübung seines Rechts als Aufpasser vor dem alten Mann und hinter Tom zu kommen.

»Bewachen Sie diesen Mann.« Panin ließ den Adler-Sohn nicht aus den Augen. »Er ist hier drin, ja? Mr. Sieziemieack?«

Irgendwie gewahrte Tom aus dem Augenwinkel heraus Major Sadowski, der sich in der Garderobe und dem Gepäck verheddert hatte, aber noch immer nicht willens war, den »Adler-Sohn« aus den Augen zu lassen, der jedoch seinerseits ebenso stumm, gehorsam und zustimmend nickte wie Sadowski.

»Gut!« Nun schaute Panin zu Tom und nickte – fast so, als wisse er, was sich unter Audleys herunterhängendem Regenmantel befand –, während er die Hand hob und heftig an die Tür klopfte.

Tom war im ersten Bruchteil einer Sekunde über die Bewegung und das Geräusch erstaunt und im nächsten Augenblick über Panins Hand, die den Türknauf umfaßte – und dann im gleichen Moment über den ihm widerstrebenden Gedanken, daß Panin ebenso tapfer war wie Audley, wenn es darum ging, in vorderster Front den Hals zu riskieren –

»Mr. Sieziemieack –?« Panin drehte den Türknauf herum. »Ich bin Chief Detective Inspector Smith – und ich komme jetzt herein – hören Sie mich?«

Der Gedanke korrigierte sich teilweise von selbst, als Panin die Tür aufdrückte: Klopfen und Anrufen beinhalteten das kalkulierte Risiko, daß sich die Polen nicht mit der britischen Polizei anlegen würden, was immer sie auch mit General Gennadij Zarubin vorhaben mochten, wobei man vielleicht noch die Zuversicht des Russen erwähnen sollte, daß Szymiac der Kopf und nicht der Arm der Operation war – der Arm, der immer noch von den hellen Augen des Major Sadowski hinter ihnen bewacht wurde. Doch als Panin über die Schwelle in das Zimmer trat, setzte die Erinnerung an das letzte Nicken des Russen, mit dem dieser sich bewußt an ihn gewandt hatte, seine eigenen Reflexe in Gang.

»Mr. Sieziemieack?« Panin bekräftigte seinen Argwohn, indem er nach dem ersten Schritt nach vorne einen zweiten zur Seite tat, um ihm quasi freies Schußfeld zu verschaffen.

In diesem Bruchteil einer Sekunde hatte Tom wieder das Gefühl, als fotografiere er alles.

Es war verrückt, selbst als er den Mann sah, wie sich das Zimmer für ihn zu einem Bild fügte? Es wirkte, als wäre es auf diese Welt gefallen, genau wie der Mann auf diese Welt gefallen sein mußte. Wie sonst hätte er hier in diesem Raum sein können, weit weg von zu Hause, in einem fremden Land, um eine schmutzige patriotische Aufgabe zu erledigen –

»Szymiac!« Panin bellte den Namen in reinstem Polnisch heraus.

(In besseren Tagen hatte das Zimmer Bilder an den Wänden gehabt und Möbel, die helle Stellen an der Tapete hinterlassen hatten, während der Mann selbst wie ein Schatten wirkte, genau wie die Männer draußen – Sadowski und sein Schützling –, aber unwirklich, wenn man es mit der Bedrohung verglich, die von Panin und Audley ausging.)

»Sie wissen, warum ich hier bin, oder?« schnauzte ihn Panin, jetzt ganz er selbst, in akzentfreiem Englisch an. »Ich komme im Auftrag –«

Die ohrenbetäubende Detonation außerhalb des Zimmers, die ihm das Wort abschnitt, schien im ersten Augenblick mehr zu sein als der Revolverschuß, der sie war. Tom war so bestürzt und überrascht, daß er beinahe eine körperliche Erschütterung verspürte, die ihn, selbst als der zweite Schuß fast unmittelbar darauf fiel, innerlich aus dem Gleichgewicht brachte.

Und später sah er bis in alle Ewigkeit die folgenden Sekunden in Zeitlupe ablaufen, Bild für Bild: *Szymiac starrt Panin mit offenem Mund an; der Mund formt ein Wort, doch das widerhallende Echo aus der Diele und das aus Splittern, Krachen und Plumpsen zusammengesetzte Geräusch übertönen das Wort; Panin selbst wirft sich mit der Schulter gegen Audley, weg von der Tür am äußersten Rand seines Gesichtsfelds; auch Szymiac bewegt sich selbst in Zeitlupe noch so schnell, daß alles verschwommen ist, und greift noch in der Bewegung in seine zugeknöpfte Jacke; und das Geräusch und der Rückschlag seines eigenen Smith & Wesson werden von einer noch lauteren Detonation in der Eingangstür hinter ihm übertroffen; und schließlich – auf immer merkwürdig im Ablauf der Zeitlupe – hält Szymiac in seiner Seitwärtsbewegung inne, wird zurückgeworfen und knallt, von seiner und Sadowskis Kugeln getroffen, gegen die Wand.*

Doch die Zeitlupe stoppte, als er blitzschnell in Richtung Eingangstür herumwirbelte und Audleys Regenmantel beiseite schleuderte, um Sadowski gegenüberzustehen und dann zu erstarren, während der Major seinen beidhändig gehaltenen Revolver langsam sinken ließ, bis er mit der Mündung auf den Boden zeigte – genaugenommen auf einen einzelnen Jackenknopf mit einem langen Faden daran, der genau zwischen ihnen auf dem abgewetzten Teppich lag.

Tom schnupperte und roch verbrannten Stoff, was ihn nur einen Moment lang verwirrte, bis sein Blick auf das zusammengeknüllte Überbleibsel von Audleys Mantel fiel, durch den er gefeuert hatte. Dann dachte er mit einem Anflug von Hysterie: *Das wird Mrs. Audley aber gar nicht gefallen – der arme, alte David wird diese Brandlöcher nicht mit einem achtlos weggeworfenen Zigarrenstummel erklären können, weil keiner von uns raucht – das beste wäre, wenn er sagt, daß er den ganzen Mantel irgendwo verloren hat –*

»Sie . . . verdammter . . . *Schweinehund*«, schnaufte Audley. »Sie . . . *Schweinehund*!«

Panin schaute zu der Stelle, wo Szymiac in einer unmenschlich verdrehten Position und ziemlich würdelos an der Wand zusammengesunken lag, was Tom an Bilder aus Beirut erinnerte, die er immer zu vergessen versucht hatte. Dann schaute Panin zu Sadowski, der den Blick ohne das leiseste Anzeichen einer Gefühlsregung, geschweige denn einer Entschuldigung erwiderte, ehe er sich wieder in Richtung Diele umwandte.

»Sie Schweinehund.« Nach der dritten Wiederholung klang Audleys Stimme schon fast nach Unterhaltungston. »Sie hatten niemals die Absicht, mit ihnen zu sprechen – oder?«

Panin schaute ihn wieder an. »Ein höchst unglücklicher Unfall, Dr. Audley. Offenbar war Major Sadowski gezwungen, sich zu verteidigen. Und –« Er warf einen kurzen Blick auf Tom. »– und Sir Thomas hat natürlich auf die gleiche Weise reagiert. Zudem mit höchst anerkennenswerter Schnelligkeit, wenn ich das sagen darf.« Keine Spur von Ironie: Der Tonfall des Russen war ebenso schmeichelnd, wie sein Gesicht ausdruckslos war. »Aber das war natürlich nur die unvermeidliche Folge des Vorausgegangenen.«

»Ja – natürlich.« Audley schneuzte sich in sein durchnäßtes Taschentuch. »Stecken Sie doch das verdammte Ding weg, Tom.«

Tom ließ die Smith & Wesson wieder ins Halfter gleiten.

Audley schneuzte sich wieder. »Oder, wenn nicht die Folge eines höchst unglücklichen Unfalls, dann der zweite Teil eines höchst gelungenen und vorsätzlichen Doppelmords?«

Panin brachte tatsächlich ein Stirnrunzeln zustande. »Ein ... Doppelmord, Dr. Audley?«

»Das ist richtig: Ein Doppelmord, dessen Zeuge ich – wie Sie schon immer beabsichtigt hatten – soeben wurde. Oder praktisch ein Komplize ... obwohl selbst Sie im voraus nicht mit so viel Glück haben rechnen können. Also nur ein Zeuge.« Audley warf noch einen Blick auf Szymiacs Körper und stellte sich dann so hin, daß er in eine andere Richtung blickte. »Aber jetzt wird mir vermutlich ungefragt die Rolle des Bestatters zuteil? Und vielleicht auch noch die des ›ersten Totengräbers‹? Mit Sir Thomas als Assistent? Ist das meine nächste Rolle? Lassen Sie mich das doch wissen, Professor.«

Panin begann mit den Schultern zu zucken, hielt dann aber inne. »Ihren alternativen Vorschlag kann ich nicht akzeptieren, Dr. Audley. Aber ... im Hinblick auf das, was Sie jetzt tun sollten, würde ich mir nicht herausnehmen, Ihnen in Ihrem Land einen Ratschlag zu erteilen.«

»Ah . . . mein Land!« Audley akzeptierte den Punkt, ohne den Anstand eines guten Verlierers zu zeigen. »Sie geben es mir jetzt zurück, ja?«

»Sie mißverstehen mich –«

»Nein, das tue ich, verdammt noch mal, nicht! Aber reden Sie doch weiter –?«

Panin hustete. »Ich wollte sagen . . . meine Regierung würde in dieser unglücklichen Angelegenheit sicherlich keine Publicity mögen –«

»Das kann ich mir lebhaft vorstellen!« Bei Audley galt eine Aufforderung zum »Weiterreden« offenbar nur für fünf Sekunden. »Und Sie würden auch keinen Gefallen daran finden? Oder war dieses Massaker von vornherein beabsichtigt?« In die Stimme des alten Mannes mischte sich ein Hauch von Bitterkeit. »Ohne Basil Cole fällt es mir ein bißchen schwer, zwei und zwei zusammenzuzählen – was Sie sicherlich vorhergesehen haben . . . Doch ich werde schon alle Teile zusammenfügen, keine Angst!« Er grinste hinterhältig. »Was bieten Sie denn im Austausch für Amnestie und Vergessen an?«

Panin schnief verblüfft. »Was ich anbiete? Mein lieber David, wenn *ich möglicherweise* in leichten Schwierigkeiten bin . . . dann sind *Sie unzweifelhaft* in beträchtlich größeren Schwierigkeiten, hätte ich gedacht!« Er hob leicht herausfordernd den Kopf. »Ein gemeinsames Geheimnis –«

»– kommt nicht in Frage!« Audley schüttelte rasch den Kopf. »Sie mißverstehen wieder die Eigenarten unserer Positionen: Vielleicht sind *meine* Schwierigkeiten beträchtlich größer als Ihre – vielleicht auch nicht. Nur schere ich mich einen Dreck darum, denn bevor man mich rauswirft, kündige ich und wärme mir meine Füße an meinem Anlagekapital, und alle anderen kann der Teufel holen! Aber *Ihre* Schwierigkeiten . . . was läßt Sie eigentlich glauben, daß ich das unter den Teppich kehren werde? Denken Sie denn, daß Sie einfach so davonkommen?«

Im Gegensatz zu Audley hatte Tom dem Etwas nicht völlig den Rücken zugekehrt, das vor wenigen Minuten noch ein überraschtes menschliches Wesen war, aber eben seine letzte Körperwärme abgab. Und bei diesem Gedanken lief es ihm eiskalt über den Rücken, während er die beiden in Gegenwart des armen, verdammten Etwas feilschen hörte . . . Nicht daß das arme, verdammte Etwas Einspruch erhoben hätte.

Noch einmal schien Panin so bestürzt, daß er beinahe die Stirn runzelte. »Sie drohen mir doch wohl nicht, oder?«

»Ihnen drohen?« Audley zahlte es dem Russen mit gleicher Münze heim. »Würde ich so etwas tun –?« Doch während er sich selbst das Wort abschnitt, sah er Toms angewidertes Gesicht. »Was ist los, Tom?«

Es gab keine Möglichkeit, seine wahren Gefühle auszudrücken. Also mußte er lügen. »Ich habe überlegt, ob ich ein Telefongespräch führen sollte.« Er mußte noch mehr bringen. »Für den Fall, daß jemand die Schüsse gehört hat.«

Audley gab ein höhnisches Geräusch von sich. »Heutzutage hört niemand etwas. Und wenn doch, dann wird der Fernseher lauter gedreht, so daß man nichts mehr hört –« Dann sah er Tom genau an. »Aber wenn Sie telefonieren möchten –«

Tom erinnerte sich plötzlich an seine Pflicht. »Nein.« Er musterte den Russen. »Ich könnte es nicht ertragen, Sie zu verlassen, wenn Sie Professor Panin am Hosenboden haben, David. Bitte hängen Sie sich doch dran – und nehmen Sie nicht die geringste Notiz von mir. Ich bin nur eine Fliege an der Wand.« Er lächelte den Russen so freundlich an, wie es sein wieder pflichtbewußtes Gesicht erlaubte.

Panin schaute ihn neugierig an. »Er hat mich . . . am Hosenboden, Sir Thomas.«

Die Pflicht rief. »O ja – es scheint so, Professor. Ganz ohne Zweifel.«

»Aber . . . wie?« Wenn die Neugier nicht echt war, war sie gut gespielt.

»Das hier ist England, Sir.« *Sag es überzeugend und eines »Sir Thomas Arkenshaw« würdig.* »Oder . . . ist es die Exmoor Division der Polizeibehörde von Westengland?« Er legte mehr Schärfe in seine Stimme. »Wir entledigen uns unbequemer Personen nicht einfach auf Befehl, Professor Panin. Wir müssen für so etwas gute und überzeugende Gründe haben.«

»Ich verstehe.« Aber Panin hatte Zeit gehabt, sich wieder zu sammeln. »Und General Zarubin ist kein guter und überzeugender Grund?«

»General Zarubin?« Audley warf das Wort so schnell zurück, daß Tom gar nicht darauf reagieren konnte. Doch dann hielt er inne und starrte an beiden vorbei.

Tom drehte sich um und sah Major Sadowski wieder im Eingang – und wieder bewaffnet. Doch diesmal war es eine ganz andere Waffe.

»Ah!« Panin warf einen kurzen Blick auf das Gewehr, bevor er Audley zunickte. »Vielleicht werden Sie mir jetzt glauben – hä?«

Audley streckte den Arm aus und ergriff das Gewehr, doch der Pole wollte es zunächst nicht loslassen, und es schien einen Augenblick lang, als würden sie ein unwürdiges Tauziehen veranstalten. Schließlich ließ Sadowski los, was entweder auf die Kraft des Größeren oder auf einen winzigen Wink seines russischen Herrn zurückzuführen war.

»Sehen Sie sich das an, Tom!« Audley warf ihm die Waffe zur näheren Untersuchung zu. Doch so etwas hatte er noch nie zuvor gesehen, obwohl er es nur allzugut kannte: Der lange, schlanke Lauf und der klobige, rechteckige Kolben (mit einer elliptischen Aussparung für einen Pistolengriff hinter dem Abzug) – und vor allem das aufgesetzte Zielfernrohr – ließen keine Zweifel an seinem Verwendungszweck aufkommen.

»Man hat mir erzählt, man nennt es die ›grüne Maschine‹.« Audley wog die Waffe in seinen großen Händen, als wolle er ihr Gewicht abschätzen. »Das wird die neue Scharfschützenausführung der Armee, kommt ab 1987 zum Einsatz. Sie haben seit Ewigkeiten nichts Neues mehr gehabt – nicht mal so gutes Material wie die Argentinier. Ich glaube sogar, das, was sie bisher hatten, basierte auf der Lee-Enfield von 1914. Aber das hier wird seinen Zweck weitaus besser erfüllen –« Er kippte die Waffe. »– Visier von Schmidt & Bender, mit Seitenwindkorrektur für große Entfernungen.«

Tom verschlug es fast den Atem, weniger jedoch wegen der Waffe, als vielmehr wegen Audleys unglaublicher Fachkenntnis.

»Ich weiß es nur zufällig – ich verabscheue Feuerwaffen.« Audley reagierte auf seine Verwunderung. »Aber letztes Jahr, während der Testphase, gab es einen kleinen Skandal: Sie hatten einen Einbruch, und dabei sind zwei dieser hübschen kleinen Dinger verschwunden ... Selbstverständlich ohne die Zielfernrohre. Aber es würde mich nicht wundern, wenn Schmidt & Bender ein paar von diesen Visieren noch woanders verkauft hätte. Einige haben jedenfalls angenommen, daß es die IRA war. Und andere dachten, wir könnten uns eingedenk alter Zeiten darum kümmern. Doch Jack Butler war klug genug zu sagen, wir seien viel zu sehr mit anderen Dingen beschäftigt –« Audley warf Panin einen Seitenblick und gleichzeitig Sadowski das Gewehr zu, der es zwar ungeschickt, aber gerade noch auffing und den alten Mann dafür mit einem kurzen, haßerfüllten Blick bedachte, ehe seine Augen wieder stumpf wurden. »– ich hingegen habe immer geglaubt, daß es die GRU war ... man hat mir erzählt, daß sie verrückt auf neue Waffen sind – stimmt das?« Er tat so, als entspanne er sich. »Aber andererseits haben Sie ja die GRU nie gemocht, Nikolaij, oder? Die sind im Grunde nur brutale und zügellose Soldaten, oder? Kanonenfutter für *Spetsnaz*?«

Panin bedeutete dem Polen mit einem kurzen Nicken, daß er gehen sollte. »Sehen Sie, was Sie noch finden können –«

»Nein!« Audley sammelte sich wieder. »Überlassen Sie das hier lieber Sir Thomas, *wenn es Ihnen recht ist*!« Er streckte wieder den Arm aus, und das Tauziehen begann von neuem.

Panin nickte dem Polen erneut zu. »Beweismaterial, David? Nun gut!«

Audley nahm die Waffe wieder an sich. »Gestohlenes Eigentum.« Er überreichte es Tom. »Dann habe ich wenigstens etwas, das ich Jack Butler geben kann.«

Tom spürte das Gewicht in seinen Händen. Aber mehr noch spürte er die schreckliche Macht über Leben und Tod: auf fünfhundert, ja selbst auf tausend Meter, wenn der Wind es erlaubte – wenn Audley – und die beiläufig dahergesagten Kipling-Zeilen deuteten darauf hin – seit gestern an nichts anderes gedacht hatte, war es kein Wunder, daß er Angst gehabt hatte.

»Sie können ihm noch viel mehr geben als das, David.« Panin würdigte Sadowski keines Blickes, während er ihn wieder entließ. »General Zarubin wird Ihnen mehr liefern.«

Audley wartete, bis Sadowski verschwunden war. »Ich wünschte, verdammt noch mal, daß er etwas sagen würde – nur ein einziges Mal . . . selbst wenn es nur auf Wiedersehen wäre.« Er blinzelte dem Russen zu. »Er ist nicht zufällig taubstumm und liest nur von den Lippen ab, oder?« Dann wandte er sich, ohne auf eine Antwort zu warten, an Tom. »Sehen Sie nach, was der arme Teufel in seinen Taschen hat, ja?«

Tom sah Audley fragend an. »Was?«

»Mein lieber Junge – wir werden gehängt, gestreckt und gevierteilt, wenn er nur nach seiner Brieftasche gegriffen hat. Aber wenn er eine Waffe in seiner . . . Jacke gehabt *hat*, wird man uns vielleicht nur hängen. Außerdem dachte ich, daß es Sie vielleicht ein bißchen beruhigen könnte?« Audley blinzelte wieder, dann schniefte er und wischte sich mit dem Handrücken über die Nase. »Okay?« Danach wandte er sich wieder dem Russen zu. »Was sagten Sie, Nikolaij –?«

Szymiaks Jackett war jetzt offen, und Tom konnte die zerfetzten Fäden und die Stelle sehen, wo der Jackenknopf, der auf dem Fußboden lag, abgerissen worden war. Und das Hemd des Mannes hatte zwei rote Flecken, über dem Herzen und weiter unten, in der Nähe des Hosenbodens. Die sich ausbreitenden Flecke waren bereits zusammengelaufen, doch die Wunden waren noch immer deutlich zu erkennen. Welche Smith-&-Wesson-Kugel zu welcher paßte, konnte er sich sowohl aufgrund Sadowskis offenkundiger Professionalität als auch eingedenk seiner ungünstigen Schußposition zusammenreimen, die einen pathetischen Moment lang die vage Hoffnung hatte aufkeimen lassen, er könnte völlig danebengeschossen haben.

Sofort sah er das Schulterhalfter in der linken Achselhöhle, sobald er den Körper berührte, der daraufhin wie ein lebloser Sack zurückglitt und nach unten sank, wobei der Kopf schwer nach vorne fiel und den Blick auf eine kahle Stelle freigab, die wie eine Tonsur wirkte. *Nun, eine echte Tonsur wäre nicht unpassend*, dachte er, doch dann verwarf er den Gedanken und konzentrierte sich darauf, die Pistole vorsichtig aus dem Versteck zu locken. Sie war klein, leicht und hatte einen kurzen Lauf, einer Makarow nicht unähnlich, jedoch mit einem eindeutig anderen Griff, der ihn an eine Walther erinnerte.

Dann merkte er, daß die beiden schrecklichen alten Männer ihm schweigend zusahen, und hielt die Pistole prüfend hoch.

»Nun, das ist etwas«, murmelte Audley. »Nicht viel, doch immerhin besser als nichts, denke ich.« Er trat einen Schritt auf Tom zu und griff nach der Waffe. »Beweismaterial, Tom.«

Er zeigte sie kurz Panin und ließ sie dann in seine Jackentasche fallen.

»P-64.« Der Russe nickte. »Polnische Armeeausführung.«

»Ist das jetzt ein Fakt?« Audley schien nur geringes Interesse zu haben. »Nun, wahrscheinlich schon, oder? Aber . . . Sie haben gesagt –? General Zarubin will mir etwas geben – das ich Jack Butler geben kann, oder nicht? Oder was –?«

Tom ließ das Jackett wieder auf das blutbefleckte Hemd fallen und sah aufmerksam zu, wie sich beide anstarrten – *zwei schreckliche alte Männer, bei Gott*!

»Sie sagten?« Audley eröffnete die Versteigerung formell.

»Er wird dankbar sein.«

»Ah-ha?« Audley nickte, schaute dann auf das Gewehr, das Tom an einen Stuhl gelehnt hatte, und wandte sich schließlich wieder an Panin. »Das kann ich mir gut vorstellen. Aber da wir seine – *Ihre* – Drecksarbeit bereits erledigt haben, scheint mir diese Währung im Augenblick etwas an Wert verloren zu haben. Rechnungen konnte ich nie voller Dankbarkeit begleichen, denn das nächste Wort nach dem ›Danke‹ ist für gewöhnlich ›Ade‹.«

»Aber er hat trotzdem noch Geschäfte hier abzuwickeln. Was natürlich sein Hauptgeschäft ist, verstehen Sie?«

Noch ein Nicken. »Ja – natürlich.« Audley zeigte auf das Gewehr und klopfte dann an seine Jackentasche. »Das ist *Ihr* Geschäft. Wofür Sie auch dankbar sind – natürlich. Aber wenn Sie nicht dankbar genug sind und ich Wellen schlage . . . dann stört das *sein* Geschäft – ich entschuldige mich wirklich, daß ich so schwer von Begriff bin, Nikolaij! Sie meinen . . . daß General Zarubins Dankbarkeit erst jetzt beginnt, hä?« Begriffsstutzigkeit paßte nicht gut zu dem Gesicht des alten Mannes; sie ließ seine Miene noch brutaler erscheinen. »Ich kann Sie eigentlich nur noch zum nächsten Flugzeug begleiten, das Sie als *persona non grata* nach Hause bringt. Und dann müssen Sie es darauf ankommen lassen. Doch auch General Zarubin will nicht nach Hause – auch er hat eine Menge zu verlieren, nicht wahr?«

Der Mund des Russen verkniff sich. »Sie haben auch viel zu verlieren –«

»Das zieht nicht.« Audley schnitt ihm das Wort ab. »Da waren wir schon.«

»Und Colonel Butler?«

»Jack wird es darauf ankommen lassen, genau wie Sie.« Noch ein Kopfschütteln.

»Und Ihr Land?«

Audley schniefte, aber es war nicht seine Kopfgrippe, es war Hohn. »Machen Sie mir einfach ein Angebot, und hören Sie auf herumzuspielen.« Er schnitt Panin eine abscheuliche Grimasse. »Sie wußten immer, daß es soweit kommen würde – zumindest, wenn Ihr Taubstummer seine Arbeit anständig machen würde.«

Panin starrte ihn lange an. »Ich kann ihnen kein Angebot machen, David. Dazu bin ich nicht ermächtigt. Aber General Zarubin wird Ihnen einen Namen geben, unter vier Augen. Und das wird Sie . . . wird Sie hierbei vielleicht entlasten –« Er zeigte an Audley vorbei auf Szymiak. »– bei Ihren Vorgesetzten.«

»Tom!« Audley wandte den Blick von Panin ab und machte keine Anstalten, dem ausgestreckten Finger zu folgen. »Sie sollten jetzt lieber Ihren Anruf tätigen, damit jemand hinter uns aufräumen kann.« Er starrte Tom ungerührt an. »Und wir werden mal sehen, was Henry Plantagenet im Austausch dafür anzubieten hat, daß er für Thomas Becket keine Buße tun muß. Okay?«

10

Abgesehen von einer jungen Frau, die, ungeachtet des Wetters, ihre Kinder und Hunde spazierenführte, war die Straße draußen beruhigend leer, stellte Tom fest. Doch plötzlich war sie, wie Tom feststellte, überhaupt nicht mehr beruhigend leer.

Es waren vor allem die Kinder und die Hunde, die Wilhelmina Groot anfänglich tarnten; denn Kinder gehörten nicht zu den menschlichen Wesen, die sie am liebsten hatte, und Hunde waren jene Tiere, die sie am wenigsten mochte. Aber sie tarnte sich überdies mit herkömmlicher Kleidung, die nach Toms Wissen bislang nicht zu ihrer Garderobe gehört hatte. Die Willy, die er kannte und, wie er jetzt wußte, liebte, war bislang ein schickes Mädchen aus der Stadt gewesen, eingekleidet von Bruce Oldfield und Yves St. Laurent, oder ein *Turmhügel-und-Zwingerburg*-Mädchen, das Jeans und hin und wieder, mangels Besserem, auch seine abgelegte Freizeitkleidung trug, nie aber eine Jungbäuerin/Jungkonservative/Großstadt-Yuppiebraut fern der Heimat mit Barbourjacke, grünen Gummistiefeln und blondem Haar unter einer Jägermütze aus Tweed.

Tom fluchte leise und erinnerte sich seiner genauen telefonischen Anweisungen, die der letzte Bestandteil der Verkleidung waren. Aber es war ihr Helfer gewesen, um den er gebeten hatte – als Verbündeter im Notfall –, und nicht um diese Einmischung durch Willy persönlich. Doch es war unbestritten Willy persönlich, mit der sich jetzt einer von zwei überschwenglichen, nassen Dalmatinern anfreundete, die von zwei nassen Kindern ungenügend beaufsichtigt wurden.

Die Szene hatte dennoch ihr Gutes wie ihr Schlechtes, redete er sich verzweifelt ein: Wenn er sie nicht sofort erkannt hatte, dann hatten es vor ihm womöglich auch Panin und Sadowski nicht – vor ihm, um angeblich das Zarubin-Rendezvous zu überwachen, doch wahrscheinlicher war, daß sie so schnell wie möglich von ihren Opfern wegkommen wollten, worin Audley nur allzugern eingewilligt hatte – ein beunruhigend in Gedanken vertiefter Audley (und das war er wirklich!), aber ein Audley, der auch jetzt, auf dem Weg zum geparkten Wagen, vier Schritte vor ihm war. Und von Panins Beobachtungsleuten war zumindest im Augenblick nichts zu sehen.

Doch jetzt war er nahe bei ihr, und obwohl sie, während Audley an ihr vorübergegangen war, so getan hatte, als genieße sie die Zuneigung des Dalmatiners, blickte sie Tom jetzt mit einer Verzweiflung an, die weitaus größer als seine eigene war.

»Ja, so isser brav!« Sie sah den kurzen Blick, den die jugendliche Besitzerin des Dalmatiners Tom zuwarf, und schlug dem Hund mit der Faust hart auf die Schnauze. »Hi, Tom!«

Der Hund jaulte erschrocken und vor Schmerz auf und wälzte sich seitwärts in den Rinnstein, als er (wie Tom schon zuvor) feststellen mußte, daß Willy trotz ihrer kleinen Statur über einen ganz beachtlichen Schlag verfügte.

Die Hundebesitzerin wurde durch das Jaulen weiter abgelenkt, doch dann fiel ihr pickelgesichtiger Bruder beim Versuch, auf dem anderen Tier zu reiten, von dessen Rücken und trug durch sein Geschrei zur allgemeinen Verwirrung bei, während die beiden Dalmatiner in verschiedenen Richtungen davonstoben.

»Sie sind gerade weg –« Willy sprang zur Seite, um dem einen Hund auszuweichen, der das Mädchen von ihnen wegziehen wollte. »– deine Freunde sind weg, Tom . . . Sie sind gerade mit einem Affenzahn davongebraust . . . in einem grauen Austin Montego mit verschmutzten Nummernschildern – in diese Richtung.« Sie deutete an Tom vorbei. »Ich bin gerade erst eingetroffen. Tut mir leid.«

»Haben sie dich erkannt –« Tom hielt inne, als er ihr Gesicht sah.

»Mich erkannt?« Sie kochte. »Zum Teufel noch mal, Honey! Du hast um Hilfe gerufen, und du hast uns nicht viel Zeit gelassen – ich habe dir gestern nacht gesagt, daß das nicht *meine* Liga ist! Also woher zum Teufel soll ich das wissen? Ich habe sie gestern abend nicht gesehen – wenn sie eine Botschaftssekretärin erkennen können, die von einem gottverdammten Kleindarsteller aus einem Walt-Disney-Film vergewaltigt wurde – vor dem Mittagessen, im Regen und am Arsch der Welt –?« Aber dann hielt sie ihrerseits inne. »Was ist los, Tom?«

»Nichts ist los.« Unter den gegebenen Umständen war das noch weniger als die Wahrheit. Doch sie hatte wenigstens recht: Wenn er selbst sie unter ihrer Tarnung aus Kleidung, Kindern und Hunden gerade noch erkannt hatte, sollte sie von den anderen eigentlich nicht erkannt worden sein. »Ich habe deinen Helfer erwartet . . . erhofft . . . Willy, das ist alles. In vorderster Linie, hätte ich gedacht –«

»›Hätte ich gedacht‹?« ahmte sie ihn nach. »Mein höchst wirkungsvoller ›Helfer‹ behält uns schon im Auge, mach dir da mal keine Sorgen. Colonel Sheldon möchte nicht, daß mir irgendwas zustößt – darauf würde Dad nicht sehr freundlich reagieren.« Doch schließlich schaute sie ihn, trotz des typischen Willy-Geplänkels, stirnrunzelnd mit dem für sie typischen, tief aus ihrem Inneren kommenden Blick an, und ihre Aufregung war fast erloschen. »Nur daß du das nicht gemeint hast, oder? Denn ich kenne dich, Tom Arkenshaw. Das ist wie letzte Nacht, als ich diese Namen fallenließ, und das war zu dem Zeitpunkt verkehrt. Doch jetzt ist alles noch verkehrter – oder? Oder?«

Tom sah sich rasch um. Er konnte keine typisch amerikanischen Marines sehen, aber wenigstens sah er auch niemanden von Panins Verstärkung. Doch Audley hatte den Wagen schon erreicht, und obwohl er gerade damit beschäftigt war, einem der Dalmatiner einen Fußtritt zu versetzen, konnte es ihm kaum entgehen, daß Sir Thomas Arkenshaw auf irgendeine komische junge Frau einredete, wo sie doch beide längst nach Brentiscombe Point unterwegs sein sollten.

»Ich hab dir gesagt – mach dir mal keine Sorgen! Mein ›Helfer‹ ist das, was du einen Profi nennen würdest, Tom, Honey.« Als er sich ihr wieder zuwandte, grinste sie längst – boshaft und beruhigend zugleich. »›Große Panik‹ – oder ›Beschissen, aber nicht hoffnungslos‹, wie mein Boss zu sagen pflegt . . . nur daß ich nicht wissen soll, wofür das ›beschissen‹ steht, weil er meinen Onkel und meinen Dad kennt – meinst du vielleicht das, Tom?« Fast wollte sie ihn berühren, hielt sich aber dann zurück. »Also, was machen wir jetzt?«

Sie war großartig. Aber ihr Helfer war alles, was er an Unterstützung hatte, und er schuldete beiden ein echtes Zeichen; er durfte nicht nur so tun als ob. Und zum Teufel mit Audley, der jetzt zu ihm herüberschaute. »Okay, Willy Darling . . . Vielleicht große Panik, oder vielleicht ist das Schlimmste schon vorbei – ich weiß es nicht.« Dann fiel ihm ein, wie Audley »das Beweismaterial« in die Tasche gesteckt hatte, und er wußte, daß sich der große Mann nur so gut wie möglich hatte bewaffnen wollen, daran bestand kein Zweifel. »Aber ich schätze, daß da noch mehr kommt – obwohl ich nicht weiß, wie.«

Sie kämpfte nur eine Sekunde damit. »Das Schlimmste ist vorbei –?«

Auch sie war schnell. »Wir müssen so schnell wie möglich von hier weg, und außerdem müssen wir hinter Panin her. Denn in dem Haus da hinten liegen zwei Tote. Und selbst wenn die Nachbarn die Schüsse nicht gehört haben, wird schon bald einer unserer Möbelwagen da sein, und das wäre vermutlich nicht allzu gesund. Aber Panin müssen wir auf jeden Fall folgen. Denn er wird uns zu Zarubin führen, Willy.«

»Zzz – Zarubin –?«

»Frag mich nicht, wie oder warum. Wir haben keine Zeit – und selbst wenn wir Zeit hätten, würdest du es ohnehin nicht glauben. Aber er hat uns ein Angebot gemacht, das wir anscheinend nicht ausschlagen können.« Die Zeit war wieder einmal knapp geworden; er brauchte nicht einmal zu Audley zu sehen, um das zu wissen. »Hast du eine Karte in deinem Wagen?«

Sie hatte immer noch das *Zzz* von *Zarubin* auf den Lippen, und sie mußte es jetzt umformen, um es wieder loszuwerden. »Ja, wir haben einen ganzen Stapel Karten – eure großen Karten, auf denen jedes verdammte Ding drauf ist . . . zum Beispiel jede *Turmhügel- und Zwingerburg.*

Selbstverständlich hatte die CIA immer einen unerschöpflichen Vorrat an hervorragenden Generalstabskarten mit großem Maßstab – bei ihren Mitteln und ihrer weisen Voraussicht. »Brentiscombe Point liegt von hier aus oben an der Küste in Richtung Ilfracombe. Dort mündet ein kleiner Fluß ins Meer, und es gibt ein paar kleine Häuser. Und der Devon-Küstenweg führt von dort aus nach Osten – dort ist landeinwärts ein kleines ›römisches Fort‹ eingezeichnet.« Plötzlich klang ihm Audleys Stimme wieder im Ohr. »Es war kein richtiges Fort, es war eine Signalstation. Weiter östlich sind noch zwei andere eingezeichnet – es ist das letzte davon. Auf dem Weg unterhalb des Forts werden wir ihn treffen.« Er sah sie konzentriert an. »Sag deinem Mann, daß ich dort Unterstützung brauche.« Und jetzt zur Wahrheit. »Und du bleibst diesmal schön weg, Willy. Denn wenn du da bist, mache ich mir nur Sorgen.« Es war die Wahrheit, und er konnte sie nicht verschleiern. »Du wärst nur im Weg. Verstehst du mich?« Unverschleiert war sie auf jeden Fall am besten. »Habe ich mich klar ausgedrückt?«

»Aber sicher! Du hast dich sehr klar ausgedrückt. Viel zu klar!« Fast wäre sie wieder in die Luft gegangen, aber sie bemühte sich ausdrücklich, ihr Temperament im Zaum zu halten. »Okay, Tom: Botschaft erhalten.« Er konnte sehen, daß sie über die Schulter zu Audley schauen wollte. Doch sie widerstand sich auch diesem Drang und nickte lediglich. »Probleme, die du dir selbst gemacht hast, aber ich werde versuchen, nicht noch ein weiteres zu sein. Du willst jetzt also meinen Leibwächter und nicht meinen Leib. Nachricht angekommen. Also dann, fort mit dir.«

Sie stand so nahe bei ihm, daß er die winzigen Tröpfchen des feuchten Windes an den feinen, goldenen Härchen auf ihrer Haut sehen konnte. Und dann wußte er, daß von ihr »fortzugehen« das letzte und schlimmste von allem war, was er auf der Welt tun wollte.

»Willy –«

»Nein, Tom!« Sie hob die Hand fast so, als wolle sie ihn wieder berühren. Doch dann zog sie sie wieder zurück, als würden ihre Pole einander abstoßen. »›Mach keine großen Umständ' ob der Order – geh auf der Stell'!‹ – das habe ich auf dem College gelernt, als wir *Macbeth* gespielt haben.« Sie lächelt zu ihm auf.

Tom glotzte sie verwundert an. »Du hast Lady Macbeth gespielt –?«

»Zum Teufel, *nein*! Es war ein *Mädchen*-College – folglich habe ich Macbeth gespielt ... *Geh jetzt, Tom,* um Gottes willen!« Sie drängte ihn mit einem Winken zur Eile. »Aber ... du bist mir ganz vorsichtig da draußen, wie Sergeant Esterhase sagt – okay?«

Es war schon beinahe peinlich, daß Audley nicht ungehalten ob der Verzögerung war; er war onkelhaft wie ein Bischof beim Fünf-Uhr-Tee im Pfarrhaus.

»Tut mir leid, David!« Noch immer kein Zeichen von Panins Mann – und von Willys ebensowenig: Die Straße war so leer, daß er es wagen konnte, in drei Zügen zu wenden.

»Lassen Sie nur.« Das schamlose Interesse des alten Mannes war noch schlimmer als seine Gelassenheit. Tom schaute in alle Richtungen, während er sein Wendemanöver beendete, und er sah, wie Willy nun vor ihm die Straße überquerte und somit zur näheren Betrachtung auf Audleys Seite kam. »Jetzt eilt es nicht mehr, da wir ja wissen, wo wir hinfahren –!« Als Tom Vollgas gab, warf die rasante Beschleunigung des Wagens Audley in den Sitz zurück. »– also immer mit der Ruhe! Denn Generalmajor Zarubin wird auf uns warten, Tom.« Als sie sie erreichten, hob Audley die Hand und parodierte das so bekannte Winken von Königin Elizabeth, und das Schlimmste war, daß Wilhelmina Groot zurückwinkte. »*Ja* ... Generalmajor Gennadij Zarubin wird unser Kommen ganz ohne Zweifel geduldig erwarten, Tom.« Audley lehnte sich bequem zurück und verschränkte die Arme, um seinem Gleichmut Nachdruck zu verleihen. »Er will uns einen Namen geben. Also braucht er uns.«

Tom merkte, daß er das Gaspedal voll durchtrat und daß es unnötig war, denn der Schaden war bereits entstanden, und es war gefährlich, weil sie schon wieder viel zu schnell auf die nächste Kurve zufuhren. »Was für einen Namen, David?«

»Was für einen Namen?« Audley schnellte ruckartig nach vorne, als die Bremsen anfingen, ihr Bestes zu geben. »Nun ... war das vielleicht ganz zufällig die junge Frau von Mosby Sheldon, Tom?«

Tom beruhigte sich, und die Erleichterung, daß er mit allen vier Rädern auf der Straße um die Kurve kam, half ihm dabei. »Und wenn sie es war?«

»Dann ist er immer noch gut in Form, denn als ich ihn das letzte Mal traf, hatte er ebenfalls eine sehr hübsche Frau im Schlepptau. Und *sie* sah auch nicht gerade schlecht aus, wenn ich richtig gesehen habe.« Audley setzte sich anders hin, um ihn besser im Auge behalten zu können. »Aber ... eins haben Sie versäumt, mein junger Freund, Sie haben mir nicht erzählt, daß Sie sie bereits recht gut kennen. Oder ist es vielleicht noch mehr?«

Tom zwang sich dazu, auf den Tacho zu schauen. »Was?«

»Na, kommen Sie schon!« Audley neckte ihn. »Man kann mich vielleicht als zu alt bezeichnen, aber ich bin noch im Vollbesitz meines Augenlichts und Gedächtnisses. Und abgesehen davon, würde ich Ihren Geschmack auch nicht einen Augenblick lang in Frage stellen. Denn sie scheint eine ebenso temperamentvolle wie elegante junge Frau zu sein – habe ich recht?«

Das war diese verdammte Gegenwelle, dachte Tom. Aber andererseits war es Willy, wie sie leibte und lebte. »Und wenn Sie recht haben?«

»Mein lieber Tom! Fahren Sie mich bitte nicht so an – *ich* habe nie gegen derart phantasievolle Erweiterungen des ›besonderen Verhältnisses‹ Einspruch erhoben – ganz im Gegenteil!«

»Ich habe Sie nicht angefahren.« Als Tom ihn unterbrach, merkte er, daß er sich zum Narren machte. »Ich habe sie nur nicht erwartet – nicht hier. Das ist alles.«

»Natürlich!« Audley tat so, als wolle er mit ihm übereinstimmen. »Aber ... was ich in meiner plumpen Art sagen wollte ... war, daß wir bei Forschung und Entwicklung etwas altmodischere Ansichten von freundschaftlichen Kontakten mit befreundeten Mächten haben. Vermutlich andere als Ihr Boss Henry Jaggard, um ein Beispiel zu nennen. Was nicht heißen soll, daß er falsch liegt, wenn er *seine* Aktivitäten etwas enger sieht ... Aber wir betreiben das Geschäft mit Kontakten und fairem Handel ohne zuviel bürokratische Pedanterie, verstehen Sie ... Einige meiner besten Freunde – *wirkliche* Freunde –, bei denen ich mich darauf verlassen kann, daß sie ehrlich zu mir sind, sind Amerikaner ... oder Deutsche, obwohl uns allen bewußt ist, daß wir jeden Sonnenauf- und -untergang eine andere Flagge grüßen.« Der alte Mann schniefte. »Wenigstens solange wir uns gegenseitig von Nutzen sind. Und das macht das Leben interessanter. Und mitunter sogar sicherer.«

Tom hatte das Gefühl, er habe den Werbefunk eingeschaltet. Aber da Colonel Sheldon gestern Willy und ihren Helfer zum *Green Man* in

Marsch gesetzt hatte, war es ein Werbespot mit einer offensichtlichen Verkaufsabsicht: die CIA sorgte sich sichtlich um Audleys Haut. Sie sorgte sich genaugenommen mehr darum, als es Henry Jaggard zu tun schien.

»Hah-hmm . . .« Audley räusperte sich. »Und was hatte Ihnen Ihre junge Dame zu erzählen, Tom?«

Das also war das Ziel der Werbespots, dachte Tom mit düsterer Stimmung: Der alte Mann versuchte wieder seine Angst wegzureden und wollte wahrscheinlich, daß seine Stimme sein Herzklopfen übertönte. Aber er wollte auch mehr Informationen, da er sich mehr als bewußt war, daß er in fast völliger Dunkelheit viel zu nah an einer Felsenküste segelte, wo ihm schon das Donnern der sich brechenden Wellen in den Ohren klang.

»Weiter nichts, fürchte ich, David.« Vor ihnen stand ein Wegweiser nach *Brentiscombe* an der verlassenen, von Regen und Wind gepeitschten Straße, und neben dem permanenten Brummen des Motors hörte Tom das gleiche Geräusch in seinem Kopf – das Geräusch jener fürchterlichen Brecher, die keinen Navigationsfehler verzeihen würden. »Außer daß sie fast soviel Angst haben wie ich, denke ich.« Er nahm die Abzweigung, die auf eine schmalere Straße führte und dann auf eine noch schmalere, die sich wiederum in *Brentiscombe* und *Hunter's Inn* aufteilte, was ihn dazu zwang, sich auf das Fahren zu konzentrieren.

»Nun –« Audley hielt inne, als Tom durch eine unübersichtliche Kurve zwischen hohen Böschungen fuhr. »– nun, damit hätten wir dann alle eine Scheißangst – Panin eingeschlossen.«

»Panin eingeschlossen?« Bäume wölbten sich über die Straße, einige ganz kahl, andere weigerten sich entschieden, ihre längst toten Blätter fallenzulassen. »Panin auch?«

»Jawohl. Und das macht mir am meisten angst, Tom.« Seiner alten *bocage*-Erinnerungen ledig, entspannte sich Audley wieder. »Dieser Schweinehund Zarubin muß etwas ganz Außergewöhnliches sein, wenn er den alten Nikolaij dort hinten so zucken ließ, als er zu mir sagte: ›Folgen Sie mir‹.« Er schüttelte den Kopf. »Das ist noch einer dieser Momente, wo ich mir wünschte, der alte King Cole würde mir alkoholgeschwängerte Beleidigungen ins Ohr flüstern. Denn . . . denn Ihre verdammten Computerauszüge sind vielleicht okay und ganz gut, wenn man Zeit hat, sie zu lesen. Aber sie zählen immer nur zwei und zwei zusammen, zwei und zwei, *ad infinitum* . . . Aber Sie sagen Ihnen, verdammt noch mal, nie, wenn zwei und zwei *fünf* ergibt – oder fünfundfünfzig, oder *minus* fünf ... *Denn sie können den Unterschied zwischen toten Menschen und toten Mauleseln nicht riechen, Tom – für sie ist alles Aas ... Und wenn man je den Unterschied gerochen hat – Himmel!«*

Sie waren bergauf und bergab gefahren, und nun fuhren sie wieder hinauf und dann schräg und hinunter, und obwohl Tom das Meer nicht riechen konnte, spürte er seine Gegenwart. »Tote Menschen sind schlimmer, oder?« Die Straße war jetzt eher lachhaft als schmal, mit einem steinigen Bach auf der einen, Bäumen auf der anderen Seite und mit Schlaglöchern übersät.

»Gott – nein!« Der alte Mann wurde gegen ihn geworfen. »Bei Menschen ist es einfach unsäglich. Aber die ... muß man begraben, denke ich ... ich weiß es nicht. Aber Pferde sind schlimmer, und man muß viel tiefer graben. So ist es eigentlich auch bei Kühen ... Aber *Maultiere* ... Fragen Sie Jack Butler nach Maultieren – er ist da Experte, und er sagt Ihnen, daß Maultiere viel schlimmer sind. Denn ich habe im Krieg nie ein Maultier begraben müssen, nachdem ihm die Gedärme geplatzt waren.«

Sie fuhren um eine scharfe Kurve, und plötzlich sah Tom in einem tiefen Einschnitt zwischen steilen bewaldeten Hügeln das Meer unter hellgrauen Schichten aus Regenwolken in dunklerem Schlachtschiffgrau vor ihnen liegen. »Sie sagten, Panin hat einen Namen für uns, David.«

»Ich habe das nicht gesagt. *Er* hat das gesagt, Tom, erinnern Sie sich?« Audley entzog sich seiner vergleichenden Studie über den Geruch toten und verfaulenden Fleisches. »Er sagte, Zarubin habe einen Namen.«

Das Verkehrsschild warnte etwas verspätet vor einem gefährlichen Gefälle. »Aber was für einen Namen?«

»Zum Himmel noch mal – ich weiß es nicht!« Audley hatte sein Taschentuch wiedergefunden. »Aber ich weiß, daß wir jemanden in ihrer Londoner Operation haben.« Schniefen. »Ich sollte es zwar nicht wissen, aber ich weiß es. Und ich glaube ... wenn *ich* es weiß, dann sind sie vielleicht an ihm dran.« Er schneutzte sich und steckte den Fetzen wieder in seine Tasche. »Wenn er den Namen eingekauft hat – und die Tatsache, daß sie ihn kannten – und uns den Mann persönlich überläßt, weil er ihnen jetzt nichts nützt, dann ist der Umstand, daß *sie* wissen, daß er uns jetzt warnt, das einzige, was etwas wert ist – *ich weiß es nicht, verdammt noch mal!«* Er schüttelte den Kopf. »Das wäre auf jeden Fall gut genug für einen Handel, was immer er will.« Plötzlich sah er Tom an. »Und denken Sie nicht in die falsche Richtung, mein Junge. Denn dieser Name wird mit Sicherheit nicht ›Panin‹ lauten … Denn Nikolaij Andrejewitsch Panin wird nicht überlaufen – nicht in dieser stürmischen Zeit … Nikolaij Andrejewitsch wäre der letzte. Da brauche ich keinen Basil Cole, der mir das erzählt – *das* weiß ich auch so, und wenn ich sonst, verdammt noch mal, nichts weiß!« Er schaute Tom noch immer an und schüttelte wieder den Kopf. »Wenn Nikolaij Andrejewitsch Angst hat, dann fällt mir dazu nur ein möglicher Grund ein: daß es Generalmajor Gennadij Zarubin selbst ist, der den großen Sprung von der Dunkelheit ans Licht machen will, mein Junge.«

Da war ein Bach, dessen weißschäumendes Wasser senkrecht übereine moosbedeckte Klippe herunterfiel und den Weg mit Geröll, Zweigen und abgestorbenen Blättern bedeckte. Aber da mußte er durch, denn auf der anderen Seite, eine Handbreit neben den Rädern auf der Fahrerseite, war ein steiniger Wasserfall – und in seinen Gedanken herrschte völlige Verwirrung.

»Aber –« Knirschend überwand der *Cortina* das Hindernis, und ein dicker Zweig, der gegen das Bodenblech schlug, wurde nach hinten weggeschleudert, nachdem er ein Stück mitgeschleift worden war. »– aber … *Zarubin* –?«

»Hat er Ihren polnischen Thomas Becket zum Schweigen gebracht?« Audley vermied es tunlichst, den Namen von Pater Popieluszko auszusprechen. »Mein Gott! Das ist vielleicht nur ein Teil von allem! Was, wenn er auch der Mann war, der hinter diesem verrückten Türken steckte, der dem Papst eine Kugel reingejagt hat – was wäre, wenn es darauf hinausläuft, hä?«

Das letzte steile Gefälle brachte sie zur Sohle des engen Tals hinab, dort wo es sich, mit einem steilen, bewaldeten Hügel auf der geschützten Südseite, einem noch steileren, farnbewachsenen Geröllhang auf der anderen und, heimlich und unverhofft, einer üppigen Sumpfaue dazwischen, bis ans Meer erstreckte.

Tom öffnete den Mund, doch er schloß ihn wieder, als er sich darauf konzentrierte, den Wagen durch die letzte Engstelle des Weges zu lenken – eine kleine Brücke, so schmal und durch frühere Begegnungen mit Fahrzeugen schon so ramponiert, daß er um die rostigen Kotflügel des *Cortina* fürchtete –, so daß ihm der Gedanke an Zarubin in seinem erweiterten Aufgabenbereich als Religionsexperte des KGB für einen Moment entglitt.

»Puh! Was für ein Ort!« sagte Audley eigenartig gestelzt. »Nichts weniger als die ›Heiteren Inseln von Aves‹!«

»Was?« Hinter der Brücke begann wieder eine breitere Straße, deren alter Schotterbelag vor lauter Schlaglöchern kaum noch zu sehen war. Sie führte zu einigen dicht nebeneinanderstehenden kleinen Häusern am entgegengesetzten Ende der Aue, wo ein paar vereinzelte Fahrzeuge geparkt standen.

»Kipling, mein lieber Junge.« Audley reckte seinen Hals, um alles sehen zu können. »Das ist nicht Stalkys Land – *Dunstervilles* Land, würde ich sagen ... Aber gut genug versteckt, um sich als tauglich zu erweisen, hä?« Er schaute nach vorn, um ihren Anfahrtsweg zu begutachten. »Keine Busse und herzlich wenig Touristen ... Aber wenn uns der alte Nikolaij keine Märchen erzählt hat, dann ist hier der Ort, da sich Generalmajor Zarubins Vorväter einst in einem gefährlichen und unsicheren Leben mit dem Fang launenhafter Heringsschwärme durchs Leben schlugen.« Er schaute wieder zu Tom. »Es war doch Hering, oder? Hat man hier vor Lynmouth nicht Hering gefangen, bevor man auf Touristen umgestiegen ist?«

»Ja? Ich weiß nicht?« Tom achtete auf die Fahrzeuge (ein älterer Landrover, der von der Brücke zerschrammt war, ein klappriger alter Austin 1100, der auf gebrochenen Federn ruhte, ein uralter VW-Käfer, der darauf wartete, daß ihn ein Sammler entdeckte, und derselbe nagelneue *Montego*, den er gestern vor dem *Green Man* gesehen hatte und in dem Professor Panin und sein Killer ihr letztes Rendezvous hatten), während er zugleich Zarubins Rolle erweiterte: weniger als Experte, vielmehr als *Müllmann* – der aufrührerische und unliebsame Priester von der Bildfläche der KGB-Aktionen wegschaffte?

»Natürlich war es Hering!« Audley schniefte – aber vor Hohn und nicht wegen seiner Erkältung. »Hering war früher *der* Fisch; er speiste die Armen und stärkte die Royal Navy – sie haben ihn sogar untergepflügt ... Aber ich nehme nicht an, daß Sie jemals einen Hering gegessen haben, hä? Nicht mal ›Hering in Tomatensauce‹! Eher schon Fischstäbchen – hä?« Doch nun hatte auch er die Autos gesehen und befreite sich von seinem Sicherheitsgurt, während Tom den Wagen neben dem *Montego* abstellte. »Aber wir sind wenigstens am richtigen Ort.«

Tom löste seinen Sicherheitsgurt. »Aber wo ist Zarubin?«

»Ha! Er wird den alten Weg seines Vaters entlanggehen, an den Klippen – genau wie der alte Nikolaij sagte.« Er warf Tom einen mißbilligenden Blick zu und schüttelte zustimmend mit dem Kopf. »Ich weiß, ich weiß! Der Gedanke, daß Generalmajor Zarubin für irgendwas ... von seiner vorväterlichen Vergangenheit gar nicht zu reden ...

eine sentimentale Marotte pflegt ... ist nicht sehr *wahrscheinlich*, da stimmte ich Ihnen zu, Tom. Aber andererseits, die meisten Dinge, die Leute tun, wenn sie sich den Luxus leisten können, diese Dinge zu ihrer eigenen Befriedigung zu tun ...« Er schüttelte wieder den Kopf. »... Tatsache ist, daß uns Panin fest in der Hand hat, und das weiß er. Denn er zaubert sogar Zarubin hervor, damit wir ihn besichtigen können – und auch das noch persönlich, einfach so, von Angesicht zu Angesicht, ohne den normalen Botschaftsweg zu gehen ... So eine Gelegenheit könnte ich nie auslassen, denn sie könnte uns vielleicht einen Profit bringen.« Er öffnete die Tür und schwang ein Bein hinaus. »Aber uns einen *Namen* als Geschäft anzubieten – sagen Sie, Tom: Was würden Sie tun?« Er musterte Tom entschlossen. »Nach allem, was bereits geschehen ist – dort hinten, in seinem verdammten Schlachthaus?«

Tom hatte den grundlegenden Interessenkonflikt zwischen ihm und Audley klar vor Augen – den Konflikt zwischen dem Aufpasser und dem Schützling, deren Interessen fatalerweise nur allzuoft grundverschieden waren, wenn es darum ging, sich auf Risiken einzulassen. »Wenn ich Sie wäre, David – das heißt, wenn ich so starrköpfig wie Sie, aber vielleicht etwas vernünftiger wäre ... wenn ich Sie wäre, würde ich jemand anderen schicken, statt selbst zu gehen –« Er hob schnell die Hand. »– denn das könnte für alle Beteiligten sicherer sein: keine Feigheit, sondern gesunder Menschenverstand.« Er schüttelte den Kopf. »Ich bin keine Zielscheibe. Jedenfalls nicht alleine. Aber wenn Sie das sind ... dann sind wir beide in Gefahr. Folglich lassen Sie mich statt dessen gehen.«

»Mmm ...« Audley schaute den Taleinschnitt entlang in Richtung der U-förmigen Öffnung zum Meer. Dann lächelte er Tom über die Motorhaube des Wagens an. »Ich muß gestehen, daß es noch gar nicht so lange her ist, wo ich mit dem Gedanken an diesen bequemen Ausweg gespielt habe. Und ... weniger weil ich wirklich an seine Logik glaube, sondern weil ich vielmehr ein absurdes Verlangen danach habe, eines Tages meine Enkelkinder zu sehen.« Erst jetzt schüttelte er wieder den Kopf. »Doch ich fürchte, das reicht nicht ... und ich fürchte, daß ›fürchte‹ richtig ist. Aber aus zwei Gründen, *fürchte* ich.« Er hielt abrupt inne und zeigte wieder auf den Taleinschnitt. »Sehen Sie, wo der Weg den Hügel hinaufgeht, zwischen den Häusern – dort rechts? Ich würde mich nicht wundern, wenn das der Pfad wäre, der in der Karte als ›Küstenweg von Somerset und North-Devon‹ eingezeichnet ist – hä?«

Tom hatte bereits auf die Karte gesehen und verfolgte die Zickzacklinie. »Welche zwei Gründe?« Es war sinnlos, darüber zu diskutieren, doch er mußte es verstehen.

»Das Dumme ist, er wird nicht mit Ihnen sprechen – Zarubin nicht.« Audley zwängte sich in seinen Regenmantel. »Ich habe doch einen Schirm mitgebracht, oder? Ich habe ihn doch irgendwo hinten reingelegt –?«

»Dann kann er ja ein andermal mit Ihnen sprechen. Zu unseren Bedingungen.« Da war dieser große, häßliche braune Brandfleck am Ärmel des alten Mannes – genaugenommen zu beiden Seiten des Ärmels – mit einem Loch genau in der Mitte –, und solche Flecke mußten sich auch noch an anderen Stellen des Mantels befinden. »Zu Ihren Bedingungen, wenn Sie alles vorbereitet haben, David.«

Audley tauchte triumphierend wieder aus dem Wagen auf und schwang seinen Regenschirm. »Ich wußte, daß er da war . . . Ich bin bereit, mein lieber Junge. Und ich war noch niemals bereiter.« Er entfernte sich vom Wagen. »Na, kommen Sie schon.«

Tom verzweifelte, als er sah, wie Audley in den Wind schnupperte. »Das ist nur ein Grund.«

»Nein, so ist es nicht.« Da es nicht wirklich regnete, war der alte Mann damit beschäftigt, seinen Schirm sauber zusammenzurollen, als wolle er damit Whitehall entlangbummeln. »Das ist genau der andere Grund: Wenn ich jetzt zulasse, daß die Schweinehunde mir angst machen, werde ich nie mehr frei herumlaufen, verstehen Sie das nicht?« Entschieden stieß er den Schirm neben den Füßen in den Boden und schaute Tom mit einem ziemlich untypischen, flehenden Gesichtsausdruck an. »Verstehen Sie das nicht?«

Tom verstand – und er verstand es plötzlich bis ins kleinste Detail, so klar hatte er es vorher nie gesehen. Aber ihm fiel nichts ein, das er sagen konnte.

»Wenn sie mich tot wollen, dann bin ich tot«, sagte Audley entwaffnend. »Aber wenn sie das nicht wollen . . . und ich *nicht* hingehe und herausfinde, *was* sie jetzt wollen . . . dann werde ich umziehen und alle möglichen demoralisierenden Vorsichtsmaßnahmen treffen müssen – jedenfalls so lange, bis ihnen Jack Butler ordentlich die Leviten lesen kann . . . Und ich soll verdammt sein, wenn ich Jack in derartige Schwierigkeiten bringen sollte.« Noch ein Grinsen. »Und ich soll auch verflucht sein, wenn ich es zulasse, daß sie aus mir einen Feigling machen, der tausend Tode stirbt! Ich soll in der Tat *verflucht* sein, wenn ich es zulasse, daß mir Panin das antut.« Das Grinsen verschwand endgültig. »Dann lassen Sie uns gehen und herausfinden, was der alte Teufel wirklich im Schilde führt, Tom – okay?«

Also gingen sie.

Ihr Spaziergang war unwirklich, doch auf einer Erfahrungsebene war die Unwirklichkeit keine neue Erfahrung für Tom: Die routinemäßigen Vorsichtsmaßnahmen, die er selbst in angeblich friedlichen Teilen des Nahen Ostens geleitet hatte, waren immer ähnlich spannungsgeladen gewesen. Und im Libanon, wo nicht nur jeder gegen jeden war, sondern auch noch gegeneinander, die Mitte und sämtlichen spiegelverkehrten Richtungen, war die Unwirklichkeit innerhalb der Todeszone die einzige Wirklichkeit von Bestand.

Doch anders – und noch entmutigender – war hier die weit größere Unwirklichkeit der Landschaft, in der nur die Natur und die Elemente gewalttätig waren und wo es keine fensterlosen Ruinen und verbogenen Wracks gab, sondern nur eine von Winterstürmen gepeitschte Küste und das Meer – und den gleichen Weg, den Generalmajor Gennadij Zarubins Vater vor langer Zeit von Brentiscombe Point nach Lynmouth gegangen sein mochte, bevor er den weiten Weg vom Kaspischen Meer bis nach Moskau zu Fuß zurücklegte – *vor langer, langer, langer Zeit!*

»Es ist erstaunlich, wie einen der Wind hier trifft und dann doch verfehlt, nicht wahr!« Audley keuchte etwas von dem steilen Pfad, als sie die erste Serpentine hügelan überwunden hatten. »Ich frage mich, ob er es wirklich getan hat.«

»Wer –« Keuchen oder nicht, es war immer schwer, mit dem alten Mann Schritt zu halten. »– wer tat etwas? Und was?«

»Aber er hat meine Erkältung ziemlich weggeblasen.« Audley blieb einen Augenblick stehen und atmete tief die salzige Meeresluft ein.

»Der Wind?« Und wie immer war es auch schwer, bei Audley auf anderer Ebene mitzuhalten. »Wer tat was?«

»Zarubin *père.*« Audley nickte in Richtung des gekräuselten, mit weißen Wellenkämmen überzogenen Wassers, das jetzt weit unter ihnen lag. »Gott steh den Seeleuten an so einem Tag bei! Ob es nun ein einfacher Seemann war, von großen Ereignissen eingeholt – von einem großen Krieg und einer großen Revolution, um nur zwei zu nennen – und in einem fremden Land an den Strand geworfen wurde ... Und viel weiter und entlegener als ans Kaspische Meer, an die Wolgamündung, kann man ja nicht kommen.« Er sah Tom schräg an. »Was für eine Geschichte – wenn sie wahr ist!«

»Ja.« Diesmal schaffte er es, neben dem alten Mann zu laufen, und er versuchte seine Schritte anzugleichen. »Genau das dachte ich auch. Wenn es wahr ist.«

»Ah-ha. Irgendwie wäre es schön zu glauben, daß es so war.« Audley nickte, während er weiterging. »Schade, daß wir es nun nie erfahren werden.«

»Wir werden es nie erfahren?« Tom blickte zum Horizont über ihnen. Der steile Hügel trug eine Tarnjacke aus braunen und grünen Farbtönen, das Rostbraun des Farns vom letzten Jahr vermischte sich mit dem vom Winter ausgelaugten dunklen Ginster und dem helleren Gras, das immer wieder von zutage tretenden Felsen durchbrochen wurde. »Nein?«

»Panin ist ein vorsichtiger Mann. Wenn es nicht stimmte, wird er es auf jeden Fall um unsretwegen so darstellen. Er ist ein Mann, der Gewißheit gern mit Risiko vermischt, denke ich – oder umgekehrt.«

»Aber warum?« Weit unten, auf dem grünen Grund des Taleinschnitts, konnte er zwei winzige Gestalten in roten Anoraks erkennen – Kinder auf diese Entfernung, aber es hätten genausogut Erwachsene sein können –, die auf der Weide um zwei schwarzweiße Spielzeugkühe herumgingen, während der ganze Horizont und die Landschaft über ihm menschenleer waren. Aber er wußte lediglich, daß in diesem gutgetarnten Landstrich das *Risiko* die einzige Gewißheit war. »Warum, David?«

Audley schwieg eine ganze Weile, während sie weiter dem Pfad quer zum Hang folgten, über einen Steindurchlaß, durch den geräuschvoll, aber unter dem Farn nicht sichtbar, ein Bach plätscherte. »Wer weiß? Wenn das hier wirklich Zarubins Land ist, dann muß Panin seinem Glücksstern gedankt haben, denn er wußte, daß ich so einer Geschichte, geschweige denn so einem Köder, nicht würde widerstehen können. Und wenn dem nicht so ist . . . nun, dann ist es ungefähr das gleiche, egal wie herum man das Spiel spielt. Ich habe ihm früher einmal übel mitgespielt, ergo ist alles nur eine Wiederholung der Geschichte, mit einigen kosmetischen Änderungen. *Er* weiß das – und er weiß auch, daß *ich* es weiß. Und so weiter *ad infinitum* – es hat keinen Sinn, sich einen Reim darauf zu machen. Es ist nicht anders, als schäle man eine große spanische Zwiebel, die einen zwar zum Weinen bringt, ohne einen jemals traurig zu machen.« Er wandte sich im Gehen an Tom und pochte sich geistesabwesend an die Brust. »Wir können nur zusehen, daß unser Pulver trocken bleibt, wie Jack Butler immer sagt . . . und das Beste hoffen, hä?«

Tom fielen zwei beunruhigende Dinge zugleich ein, an die er durch weitere, jetzt an Audleys wehendem Mantel sichtbare Brandstellen noch stärker erinnert wurde: Die kleine Waffe des toten Polen, die Audley als »Beweismaterial« eingesteckt hatte, wäre unter diesen Bedingungen so hilfreich wie eine Erbsenpistole (selbst wenn man voraussetzte, daß sie der alte Mann noch in die erforderliche Richtung halten konnte, ohne sich selbst in den Fuß zu schießen); und sein Smith & Wesson mit den verbliebenen fünf Schuß bot unter den gleichen Bedingungen nur unwesentlich besseren Schutz, wenn überhaupt.

»Ja.« Dämlich grinste er Audley an. Es hatte keinen Sinn, jetzt seine professionellen Zweifel vorzubringen. So hoffte er nur auf Audleys ganzes Können, derweil das Stück Weg vor ihnen noch immer leer war. (Nur verrückte Hunde und Engländer und zu Besuch weilende KGB-Generale gingen bei solchem Wind und Regen außer Haus.) Und über ihnen war der ginsterbewachsene Horizont ebenso menschenleer. »Sie haben recht, David.«

Trotzdem nahm er ihre Umgebung noch sorgfältiger unter die Lupe – nur um festzustellen, daß, wie harmlos auch immer, das letzte Stück der Serpentine hinter ihnen nun nicht mehr leer war: Da war eine Frau mit einem Kopftuch, die einen Kinderwagen mit geschlossenem Verdeck schob und von einem Jugendlichen in einem grünen Anorak begleitet wurde, der einen riesigen gelbroten Drachen trug, den er mit augenscheinlicher Vorsicht und offensichtlichen Schwierigkeiten umklammert hielt, weil der Drachen schon auf dem weniger windigen Wegstück unter ihnen nach Kräften versuchte, ihn in die Lüfte zu entführen.

»Was ist los, Tom?« erkundigte sich Audley.

»Nichts.« Wenn das verdammte Kind von seinem verdammten Drachen in die Stratosphäre geschleift wurde, so mußte dies das Problem seiner idiotischen Mutter bleiben. Sir Thomas Arkenshaw und Dr. David Audley brauchten nichts weiter zu tun, als um die letzte Wegbiegung zu gehen, wenn sie nicht Zeugen der Tragödie werden wollten, und um die jammervollen Schreie der Mutter würde sich schon der Wind kümmern.

»Was?« Audley war blind für Frauen und Kinder und Drachen.

»Nichts.« Auch Tom löschte sie aus seinem Gedächtnis. »Ich wollte sagen . . . Sie glauben doch nicht etwa, daß Panin noch mehr Gewalt plant?«

»Ha!« Audley atmete dankbar ein. »Nein, das glaube ich nicht, Tom.« Audley – jetzt bar jeder Erkältung – bekräftigte seine Äußerung durch ein erneutes tiefes Einatmen des schneidenden Windes. »Mein Instinkt sagt nein. Sonst wäre ich, ehrlich gesagt, nicht hier.« Noch ein tiefer Atemzug. »Denn das Alter hat einen Feigling aus mir gemacht.«

»Was?« Durch den Wind konnte er den alten Mann nur teilweise verstehen. Aber Tom konnte es sich seinerseits nicht verkneifen, noch einen Blick auf die verrückte Engländerin und ihren Anhang zu werfen. (Sie versuchte gerade die Schutzhülle des Kinderwagens zuzuknöpfen, während das schreckliche Kind mit seinem Drachen kämpfte.)

»Ich bin darauf angewiesen –« Audley schrie die Worte fast. »– daß Panin weiß, daß Jack Butler *ihn* zur Verantwortung ziehen wird, wenn mir etwas Schlimmes zustößt, egal wie es aussieht. Genau wie –« Der Wind pfiff so stark, daß er die übrigen Worte davontrug.

Und wenn uns etwas Schlimmes zustößt? fragte sich Tom für einen Moment, obwohl er die Antwort bezüglich seines eigenen Schicksals bereits wußte: Das Los des Leibwächters war zu allen Zeiten, lange bevor König Harolds Treueste der Getreuen ihren Herrn bis zum Tod mit ihren Leibern umringt hatten, Teil des Dienstvertrages. Selbst wenn Willy Groot eine Träne für ihn vergösse, sie wäre dennoch der Meinung, daß er nur das bekommen hätte, was er seiner Arbeitsauffassung nach verdiente.

Irgendwie war Audley wieder vor ihn geraten. »Was –?«

Der alte Mann blieb stehen, schaute einen Augenblick lang herum und wandte sich dann wieder um. »Ich sagte: ›Genau wie Jack Butler *mich* für das verantwortlich machen wird, was immer sonst passiert‹, Tom.« Er warf Tom einen kalten Blick zu. »Und Henry Jaggard wird *Sie* ebenfalls verantwortlich machen, hä?«

Der Wind hörte plötzlich und unberechenbar auf, so daß Audleys letzter Schrei unnatürlich laut klang, als wolle er dem Nachdruck verleihen, was Tom durch den Kopf schwebte, seit er seine Entscheidung getroffen hatte. An der letzten Biegung, wo der Weg schließlich die Küste erreichte, setzte der Wind noch plötzlicher und gewaltiger wieder ein, so daß Tom fast stehenblieb.

»Ja –« Es war weniger der Wind, der ihm den Atem nahm, als vielmehr das wundervolle Panorama der Küste von North Devon, wo Landzunge für Landzunge steil zum Meer abfiel, so daß man tief darunter das Wasser erahnen konnte – eine unbeugsame Küste, gegen die Wind und Wellen endlos, aber vergeblich ankämpften.

Audley starrte ihn immer noch an, während er ihm teils den Blick auf den Pfad verstellte, der die Küste entlanglief, ihm zum anderen aber auch dabei half, einen Gedanken zu fassen. »Ich werde natürlich den Dienst quittieren«, sagte er.

»Ja?« Er war enttäuscht, daß der alte Mann diese erschütternde Enthüllung nur mit geringem Interesse zur Kenntnis nahm. »Warum?«

Die Wahrheit lag Tom auf der Zunge: Er hatte genug von dem ständig wachsenden Risiko, ein zufälliges oder nebensächliches Ziel zu sein und zugleich erfolglos zu versuchen, störrischen alten Kerlen wie Audley die grundlegenden Vorsichtsmaßnahmen beizubringen. Doch dann sah er ein, daß es nicht die volle Wahrheit war.

»Ich kann nicht für einen Mann arbeiten, den ich verraten habe.« Die Härte in seiner Stimme gefiel ihm. »Ich hätte mich bereits vor einer Stunde zurückziehen und Sie mit Ihrem verdammten ›Nikolaij‹ allein lassen sollen. Aber in einem schwachen Moment habe ich Ihrer Tochter versprochen, ich würde auf Sie achtgeben, David.« Audleys Gesicht glich jetzt der Schmalseite einer aufgestellten Münze, die auf einer Seite das Bild des Hasses und auf der anderen das der Liebe trug – man konnte keine von beiden Seiten erkennen. »Und ich werde jetzt mein Wort halten – wider besseres Wissen.«

»Ah!« Noch immer geringes Interesse. »Die alte undankbare Aufgabe! Glauben Sie mir, Junge – *ich* verstehe das. Denn ich habe das auch erlebt.« Das alte bestialische Lächeln kehrte zurück, angefeuchtet jetzt durch den feinen Sprühregen, der, vom scharfen Wind gepeitscht, auf Toms Wangen brannte. »Beantworten Sie mir nur eine Frage: *Wen würden Sie verraten – Ihr Land oder Ihren Freund?*«

Tom spürte sowohl den kalten Regen, der ihm in die ungeschützten Augen wehte, als auch die an Wut grenzende Verwirrung. »Die Frage ist lächerlich, David. Es ist schlimm genug, daß ich meinen Hals für Sie riskieren muß. Aber ich muß mich doch nicht auch noch mit dummem Zeug abfinden.«

»Nein.« Das Lächeln ließ nach. »Aber nur dieses eine Mal – dieses eine *letzte* Mal . . . können Sie denn einem alten Freund Ihrer lieben Mutter nicht seinen Willen lassen?« Das Lächeln verschwand. »Und dann keine Fragen mehr.«

Daß Mamusias alte Flamme seine Tricks immer bis zur letzten Frage ausspielte, war absurd, doch irgendwie beruhigend; es machte das Ergebnis jenes längst entschiedenen Wettbewerbs zwischen Audley und Vater, bei dem Vater immer einen harten Ball gespielt haben mochte (genau wie William Marshall in den Tagen Ranulfs von Chester), recht bemerkenswert. Doch zugleich bestätigte es auch alles Liebe, das er je für Vater empfunden hatte.

»Okay.« Er wünschte, daß Audley aus dem Weg ginge, damit er den Pfad vor ihnen sehen könnte, doch auch die Antwort mußte dieses Hindernis erst überwinden. »Da dies mein Land ist, erübrigt sich die Frage. Aber wenn es Polen wäre ... dann wäre es vielleicht schwieriger. Doch wenn in *diesem* Land ... mein sogenannter ›Freund‹ Brite wäre, dann hätte er mich und all meine anderen Freunde längst verraten, also wäre er ein Verräter, und ›Verrat‹ kann man meine *Reaktion* darauf nicht nennen, wenn ich ihn verpfeife. Oder wenn er ein Fremder ist ... dann ist er ein falscher Freund und ein Feind – vielleicht respektiere ich ihn dann noch, aber trotzdem trifft ›Verrat‹ noch immer nicht zu, wenn ich ihn zu Gesicht bekomme –« Trotz des Windes (oder vielleicht deswegen) ließ ihn ein plötzliches Kitzeln in der Nase niesen. »Wollten Sie das hören? ›Mein Land‹ – *richtig* ... vor meinem ›Freund‹ – falsch?«

Audley schüttelte den Kopf. »Es war lediglich eine Frage.« Er trat zur Seite und lehnte sich in den Wind – der seinen durchschossenen Mantel an den Knien flattern ließ –, um den Blick auf den Weg und die Einschußlöcher freizugeben. »Ich hatte bereits mein Geld auf die Antwort gesetzt. Und wenn Sie möchten, so ist für Sie ein Platz bei F & E frei, das ist meine Antwort darauf, Tom.«

Der jetzt frei einsehbare Weg hatte einen Vorder-, einen Mittel- und einen Hintergrund, ehe er sich um die nächste Landzunge verlor. Aber es gab eigentlich nur einen Mittelgrund. Denn dort, wo sich der Weg durch ein Gewirr aus abgestorbenem Farn und Heidekraut und Ginster zog, das sich vom Horizont über ihnen bis weit hinunter zum momentan nicht zu sehenden Meer erstreckte, standen drei Männer und warteten auf sie.

Drei –?

Sofort verschaffte er sich Klarheit über sie: Er sah *Nikolaij Andrejewitsch Panin* – er zählte ihn nicht –, der noch immer seinen dunklen Mantel trug, mit dem er sich vor dem Wind schützte; er sah den kleinen Major – über den er hinwegging –, der mit seiner kurzen, wasserdichten Jacke (wie die Barbourjacke, die Willy getragen hatte, wo immer Willy jetzt auch sein mochte, aber gottlob irgendwo in Sicherheit) schon besser geschützt war; und er sah – und nur die sah er wirklich – eine dritte und letzte und vor allem erste Gestalt, die wie Audley einen Regenmantel trug.

»Geben Sie auf Sadowski acht, Tom«, rief Audley flüsternd aus nächster Nähe. »Ich traue Panin nicht . . . Doch Sadowski ist ein verdammter Killer! Verstehen Sie?« Er nahm Tom beim Arm und schob ihn vorwärts. »Denken Sie dran!«

»Ja.« Tom ließ sich in den Vordergrund des Weges schieben, wo ein kleines Rinnsal den Hang hinablief und den Pfad in einen Morast verwandelt hatte, aufgewühlt von Fuß- und Hufspuren; doch eigentlich konnte er sich nur auf die erste Gestalt konzentrieren, während er vorwärtspatschte.

Der Morast gab nach und glitt tückisch unter seinen Füßen weg, doch er sah weiterhin nur Generalmajor Gennadij Zarubin, der wie angewurzelt auf dem Weg stand – dort, wo vielleicht einmal das Land seines Vaters und seines Großvaters gewesen war, bevor zwei Weltkriege seine Ahnenreihe degradiert und befördert hatten: noch eine große Gestalt im Regenmantel, die fast so breitschultrig wie Audley war und jetzt darauf wartete, ihnen ein Angebot zu machen, dem Audley nicht würde widerstehen können. Und hinter der Gestalt verschwammen die Landzungen bereits in dem Regensturm, der jetzt aus dem unendlichen Grau von Meer und Himmel, aus dem ihre derzeitige Welt größtenteils zu bestehen schien, zu ihnen herein- und über sie hinwegfegte.

Er hob die Hand, um den peitschenden Regen von Wange und Ohr fernzuhalten und Audley hören zu können, falls er etwas sagte, während sich der Abstand zwischen ihnen mit jedem Schritt verringerte. Gleichzeitig langte er über seine Brust und spürte das Gewicht und die Form des Smith & Wesson, und schließlich blickte er nach oben, um den ginsterbewachsenen Horizont über ihm abzusuchen.

Es war merkwürdig, daß an diesem vom Seewind gepeitschten Ginster immer noch vereinzelte gelbe Blüten waren, während sich an dem Ginster in Mountsorrel keine einzige gezeigt hatte; und einige der Blüten waren im Winter an den Rändern braun geworden (er sah jede einzelne Blüte mit einer fotografischen Klarheit, die ihn überraschte); *andere dagegen blühten, Wind und Wetter zum Trotz, frisch auf, während all die Blüten des niedrigeren Heidekrauts längst tot und farblos waren –*

»Das ist ja ein Riesenkerl!« Audleys Worte, die ihn erreichten, waren vollkommen absurd. »Dem möchte ich auch nicht in einer dunklen Gasse in Berlin begegnen – auf keiner Seite der Mauer!«

Beinahe so groß wie du – vielleicht sogar größer! Der Gedanke wand sich durch Toms Kopf und nötigte ihn zu der Frage, wie Audley wohl in seinen eigenen dunklen Gassen gewesen war, vor vielen Jahren, in einer dunklen Zeit.

»Und er sieht nicht mal aus wie ein Russe.« Audley zischte Tom seine letzte nutzlose Äußerung in dem Augenblick ins Ohr, in dem seine Schritte über die letzten Meter hin zu dem Mann schneller und länger wurden. Dann streckte er ihm mit einer klassischen Geste falscher Freundschaft die Hand entgegen. *»General Zarubin! Ich wünsche Ihnen einen guten Morgen!«*

Als die beiden großen Männer aufeinander zugingen und Zarubin seinerseits Audley die Hand entgegenstreckte, beschien sie ein Lichtstrahl – kein wirkliches Sonnenlicht, aber es war mehr als die Düsternis, die sie bisher eingehüllt hatte; es war ein seltsam unnatürliches Licht, wie das Licht der Vorhölle zwischen Paradies und Fegefeuer –

»Dr. Audley –«

Tom wurde schneller und wieder langsamer zugleich, auf *jetzt* und *für immer danach* festgenagelt, als die beiden tellergroßen Hände nacheinander griffen, nur noch einen knappen Meter voneinander entfernt, der niemals überbrückt werden sollte, da sich der Generalmajor wie von selbst nach vorne, auf Hände und Knie, zu werfen schien, um voller Erstaunen durch Audley hindurchzustarren, während sich im gleichen Augenblick, *jetzt und nie*, das helle Rot auf seinem Hemd zu beiden Seiten der karierten Krawatte ausbreitete und das Blut wie Erbrochenes aus seinem Mund schoß –

Noch bevor General Zarubins toter Körper endgültig in den Morast sank, versetzte Tom Audley einen Stoß mit der Schulter, wodurch er den alten Mann mit jedem Gramm seines Körpergewichts gegen den Überhang auf der Bergseite des Weges schleuderte.

»Uuuff!« Das Geräusch von Audleys Atem vermischte sich mit seinem, als sie beide fielen wie ein von Efeu umklammerter Eichenstamm und im Fallen um sich droschen, als gäbe es nichts anderes auf der Welt. Doch dann wurde aus Toms Training (vorher nie so geübt) und Audleys Mangel an Training (noch immer der gleiche wie bei der Kugel am Vortag) ein Gewirr aus zappelnden Armen und Beinen, die sämtlich ihre Unabhängigkeit wiederherzustellen suchten.

»Zum Teufel noch mal –!« Audley maulte die Worte in sein Ohr.

»Halten Sie den Mund!« Als er sich aufsetzen wollte, stieß ihn Tom nach unten und drückte sein Gesicht gegen den steinigen Abhang unterhalb des blühenden Ginsters. »Gott –!«

Das *Gott* war keine flehentliche Bitte: Es galt Nikolaij Panin, der weiterhin deckungslos neben dem noch zuckenden Körper des Generalmajors Gennadij Zarubin stand, als hätte er noch Minuten zu verlieren und keine Sekunden. »Hinlegen, Mann! Um Himmels willen –!«

Panin verschenkte noch eine weitere kostbare Sekunde, indem er seinen überraschten Blick zu Tom hinwandte. Dann kauerte er sich grotesk zusammen, als wolle er ein kleineres Ziel abgeben, und sank neben Zarubin auf die Knie.

Zur Hölle mit ihm! dachte Tom, als Audley sich unter ihm aufbäumte. *Er könnte seine verdammte Chance nutzen!*

»Verdammt noch mal, Tom! Lassen Sie mich hoch, verdammt!« fluchte Audley.

»Sie bleiben, wo Sie sind.« Während er sah, wie Panin den Körper seines Genossen leicht anhob, stemmte er den Ellenbogen in Audleys Nacken und versuchte sich zugleich an den Moment zu erinnern, in dem die Kugel eingeschlagen hatte. Denn auf Zarubins breitem Rükken befand sich gleich oberhalb des Schulterblatts eine dunkle Stelle; demnach war das Hochgeschwindigkeitsgeschoß steil von oben gekommen und hatte Fleisch und Knochen zerfetzt, um dort, wo das Hemd gerötet war, diese große Austrittswunde entstehen zu lassen – die Kugel war also aus nicht allzugroßer Entfernung von *oben* gekommen und nicht von *vorne* seitlich und aus größerer Distanz –

Er konnte den großen Mann nicht länger unten halten –

Das war richtig! Denn als er sie zum ersten Mal sah, hatten die drei Männer im Schutz des Überhangs gestanden, wo der Wind nicht so stark war. Also hatte der Killer vorher nicht zugeschlagen, weil er erst freie Schußbahn hatte, als Zarubin herausgetreten war, um Audley zu begrüßen –

Himmel! Gerade als er den Smith & Wesson aus dem Halfter holte, rollte sich Audley von ihm weg. »Unten bleiben, David!«

»Was, zum Teufel –« Doch im gleichen Augenblick, da Audley wieder freikam, nahm er auch das Paniksignal wahr und drängte sich fügsam an den Überhang.

»Wo ist Sadowski?« fauchte Tom Panin an.

»Sadowski?« Der Russe ließ Zarubins Schulter los, und der Körper fiel zurück in den Morast, als wirke die Erdanziehung im Tod letztlich stärker als im Leben. »Major Sadowski tut seine Pflicht, Sir Thomas.« Er schaute mit augenscheinlichem Ekel auf das Blut an seiner Hand. Doch schließlich wischte er sie gelassen am Regenmantel des Toten ab, bevor er wieder zu Tom hochsah. »Genau wie Sie im Moment.«

Der launische Wind heulte plötzlich um sie herum, die harten Regentropfen wirbelten aus einer neuen Richtung in Toms Gesicht und nahmen ihm fast die Sicht.

»Tom –« Audleys Stimme kam von hinten und von unterhalb *»– los!«*

»Nein!« Panin richtete sich auf, aber er war noch immer auf den Knien und fummelte in seinem Mantel herum. »Es ist Ihre Pflicht, *uns* zu schützen, Sir Thomas. Lassen Sie Sadowski –«

»Halten Sie den Mund!« Audleys Stimme war jetzt auf gleicher Höhe mit Tom und eiskalt vor Haß. »Und ich schwöre Ihnen bei Gott, daß ich Ihnen die Eingeweide rausschießen werde, wenn Sie das finden, was Sie da drin haben – so wahr Gott mein Zeuge ist!« Der alte Mann modulierte seine Stimme, als sei er von seiner eigenen Leidenschaft überrascht. »Ich werde Ihnen in den Bauch schießen, Nikolaij ... denn nach so langer Zeit kann ich mich nur noch daran erinnern, daß man *tief* schießt – also werde ich Ihnen vielleicht sogar die Eier abschießen – *gehen Sie, Tom*!«

Panin erstarrte. Dann schwenkte er, als ihn ein weiterer Windstoß schüttelte, doch er schwankte unbeweglich wie eine gefrorene Puppe, unbeweglich, obwohl er sich bewegte.

»So ist's recht.« Dicker Baumwollsamt bedeckte plötzlich den Stahl. »Und jetzt die Hand heraus – *langsam* ... ganz langsam ... *so ist es gut!«* Audley atmete tief durch. »Mein Gott! Das war verdammt knapp für Sie, das kann ich Ihnen sagen! Denn es ist vierzig Jahre her ... gut, oder vielleicht dreißig ... Aber mit kleinen Waffen war ich nie sehr gut. Okay, mit 75 Millimetern, ja, aber nicht mit 9 Millimetern ... *Gehen Sie, Tom, verdammt noch mal, während dieser Teufel und ich uns gleichermaßen Angst einjagen – gehen Sie, Tom! Na los!*«

Der Gedanke, auch nur für einen Moment aufstehen zu müssen, jagte auch Tom Angst ein. Doch die wiederkehrende Logik befähigte ihn schließlich, einen vollen Blick auf den Horizont über ihm zu riskieren, während der Verlust an wertvoller Zeit zugleich seine Überlegungen beflügelte: *Sadowski war irgendwo direkt hinter ihnen in die Ginsterbüsche gegangen – aber warum?*

»Gehen Sie schon, Tom – finden Sie heraus, was er vorhat, seien Sie ein guter Junge.« Audleys Stimme klang schon fast wieder beiläufig. Doch irgendwie wirkte sie lauter als ein Schrei, während Tom sich gehorsam in Bewegung setzte.

Der Überhang, wo der Pfad aus dem massiven Fels gehauen worden war, lief bald aus. Aber noch immer war das Ginstergebüsch alt und undurchdringlich, als er dem Pfad um die Landzunge herum folgte, um nach einer Lücke zu suchen, – und die scharfen Stacheln und die braungeränderten gelben Blüten schienen ihn zu verhöhnen –

Im Augenblick beschützte er seinen Mann ebensowenig wie Sadowski den seinen, also was zum Teufel tat er eigentlich?

Endlich, da war eine Lücke direkt vor ihm –

Irgend etwas stimmte hier überhaupt nicht: Er hatte Henry Jaggard stillschweigend und Cathy Audley ausdrücklich versprochen, das nicht zu tun, was er jetzt tat; und er riskierte sein eigenes Leben dadurch, daß er diese Versprechen nicht hielt. Aber mitten in dem, was jetzt eine große Katastrophe war, hatte Audley einen Befehl gegeben, weil sein Instinkt darauf angelegt war, Katastrophen zu bekämpfen, bis zum letzten Atemzug und bis zur letzten Kugel – und – und bei Jesus Christus! – dies war jetzt sein eigener polnischer Instinkt!

Da war die Lücke im Ginstergebüsch – hier hatte man vor langer Zeit das Gebüsch niedergebrannt, damit Heidekraut und Farn einen festeren Halt bekamen, bis es später wieder nachwachsen konnte – folglich war das der Weg, den er gehen würde –

Das abgestorbene Gebüsch und das Heidekraut und der Farn machten plötzlich einer zerfallenden Steinmauer Platz, die mit einem Drahtzaun für Schafe verstärkt war.

Jenseits der Mauer und Zaun erstreckte sich jetzt weiches Hügelgras – reichlich mit Schafsdung und dem kleineren Karnickelkot übersät –, oberhalb von ihm befand sich die Wölbung der Landzunge, und von hinten traf ihn die ganze Wucht des Windes und trieb ihn den Hügel hinauf. Zu seiner Linken sah er richtige Schafe, die sich an der Landseite der Mauer zusammendrängten, und das warnblinkende weiße Hinterteil eines Kaninchens, das in einen viereckigen Wall aus windgepeitschtem Ginster hineinhoppelte –

Doch ansonsten waren weder vor noch rechts oder links von ihm weitere Lebewesen zu erkennen, als er auf den höchsten Punkt des Walls zukam; und hinter ihm zeigte sich die ganze Küstenlinie, die sich in der Ferne in dunstigen Regenschleiern verlor; *dort, wo die ein-*

gedellte Grabenlinie das Ginsterviereck begrenzte, mußte fast auf den Meter genau der Ort gewesen sein, an dem die alten Römer ihre Signalstation errichtet hatten, mit einem hervorragenden Blick auf jedweden irischen Angreifer, der den Bristol Channel heraufgesegelt kam – obwohl das in diesem schneidenden Wind schon eher eine Strafversetzung gewesen sein mußte und nicht nur reiner Wachdienst –

Noch zehn Meter, und er wäre auf dem höchsten Punkt des Grabens, dort wo die Palisadenbefestigung und irgendwo ein hoher Wachturm gewesen sein mußten – allesamt aus Holz erbaut, das mit großen Anstrengungen und viel Organisationstalent aus den fernen bewaldeten Tälern im Landesinneren herbeigeschafft worden war; eine Großtat, die bei weitem das überstieg, was Ranulf von Caen und Gilbert von Mountsorrel über tausend Jahre später – in einem nicht so leistungsstarken Zeitalter – hatten vollbringen können –

Und dann sah er sie. Er sah sie beide an der Ecke einer weiteren Einfriedung aus Mauer und Draht, jenseits der römischen Signalstation, doch dies war nicht die Zeit der Römer und Normannen, die lange tot waren – es war seine Zeit, in der jetzt sein Tod rief –

Welche Richtung?

Und sie sahen ihn fast im selben Augenblick, möglicherweise aus Zufall, vielleicht weil sie auf der Hut waren; es spielte keine Rolle, denn wenn er jetzt – in seiner Zeit – dieser verdammten *grünen Maschine* ein freies Schußfeld gab, dann wäre er tot – er versuchte eine Entscheidung zu treffen, doch die Angst und seine schlechten Chancen hingen ihm wie ein Klotz am Bein –

Welche Richtung? Wenn er den Weg zurücknahm, den er gekommen war, böte die Wölbung des Hügels freies Schußfeld, bis er die Mauer erreicht hätte, die auf dieser Seite höher war, so daß er hinaufklettern müßte –

Der Gedanke wurde zum Entschluß: Zwischen dem Ginstergestrüpp der ehemaligen Signalstation und dem steil abfallenden, mit Farn und Heidekraut überwachsenen Gelände unter ihm war ein schmaler Grasstreifen, und seine Beine nahmen die Anweisungen des Gehirns bereits vorweg: Sie trugen ihn in die Richtung, in die er laufen mußte, und schlugen die gleichen Haken wie das verängstigte Kaninchen, daß ihm gezeigt hatte, wie man im Gestrüpp Schutz suchte.

Doch er rannte nicht ins Gestrüpp wie das Kaninchen: Der Ginster zu beiden Seiten war alt und dicht, und selbst wenn er ihn durchbrechen könnte (was er ohnehin nicht glaubte), würde das sein Tempo zu sehr verringern – oder ihn vielleicht völlig zum Stehen bringen. Und das war genau das, was der Mann mit dem Gewehr brauchte –

(Klar, die »grüne Maschine« hatte es Audley genannt: »Sie hatten einen Einbruch, und zwei von den Dingern sind verschwunden –«; und eins davon hatten sie jetzt im Wagen – doch das andere war irgendwo da oben an seiner Flanke! Verdammt, verdammt, verdammt!)

Er mußte in Bewegung bleiben, solange er seitwärts weglief, hatte er eine Chance. Nicht einmal der beste Scharfschütze schoß gern mit Seitenvorhalt; Scharfschützen bevorzugten ruhende Ziele –

Doch das verdammte Gestrüpp zu beiden Seiten war immer noch zu hoch, und mit jedem neuen Kaninchenhaken stellte er fest, wie das Gelände unter seinen Füßen immer steiler abfiel. Also rannte er jetzt den Weg zurück, den er gekommen war, parallel zu dem Pfad unter ihm, der im Moment außer Sicht war, und zum großen, grauen Meer. Doch auf dieser Route würde er in eine Falle laufen, genau auf den äußersten Punkt zu, auf jenes letzte gerade Stück, das nach den Serpentinen kam, die sie von Brentiscombe heraufgeführt hatten. Also . . . *mußte er sich rechts halten – mußte er das Risiko eingehen, daß sie über ihm bereits eine Abkürzung nahmen; wenn er erst einmal im Farn- und Heidekraut zwischen den Felsen dort unten war, dann hätte er eine Chance, wenn sie über ihm am Horizont auftauchten, denn er hatte ja noch seinen Revolver –*

Selbst als er die Richtung änderte, schien der Hang unter ihm abzusacken, und plötzlich öffnete sich der Blick auf das ganze Tal darunter, auf die winzigen Häuschen, die sich unter den kleinen Bäumen zusammendrängten, und die Reihe von Spielzeugautos, die dahinter geparkt waren. Aber genau in dem Moment, da er das Tal erblickte, krachte ein tückischer Schuß – es krachte und krachte noch einmal –, das Krachen war über ihm, doch zugleich auch irgendwie hinter und vor ihm, bevor es der heulende Wind forttrug.

Als Tom sich nach vorne warf, wußte er bereits, daß er sich an so einem Abhang nicht lange auf den Beinen würde halten können, doch ihm gelang eine fast unmögliche Kombination von Kaninchensprüngen, und er rannte auf den nächsten Felsen zu, bis er auf dem regennassen Farn wegrutschte. Doch – wie durch ein akrobatisches Wunder – gelang es ihm, die Rutschpartie – zuerst auf dem Hintern und dann auf dem Rücken – noch gut zwanzig Mmeter unter Kontrolle zu halten, ehe sich sein Fuß plötzlich im tiefwurzelnden Heidekraut verfing, was Tom mit einem jähen Schmerz zur Seite drehte. Und dann wirbelten Himmel und Erde durcheinander, und er suchte hilflos und taumelnd nach Halt – *Halt* –

O Gott! Er hatte die Waffe verloren!

Heide- und Farnkraut rissen ihm die Hände auf, als er seinen Sturz zu bremsen versuchte. Aber er hatte keine Hoffnung mehr, seine Waffe wiederzufinden, und öffnete schließlich die Hände – obwohl er dabei das Gefühl hatte, als ließe er das Leben selbst fahren –, während er weiterschlitterte und über eine Miniaturklippe auf den darunterliegenden Weg fiel.

Der Sturz war so hart, daß er einen Moment lang Sternchen vor den Augen hatte – rote und gelbe Punkte, er konnte sie durch Regen und Schweiß erkennen. Doch es waren überhaupt keine Sternchen: Es war der große, rotgelbe Drachen, der ein paar Meter von ihm entfernt seinem Besitzer entfliehen wollte.

»Weg da! Weg da!« schrie Tom den Jungen an, während er sich aufzurappeln versuchte. »Geh weg da!«

Drachen und Junge lösten sich voneinander: Der Drachen schwebte nach oben, und der Junge schien nach unten über die Wegkante hinweg zu verschwinden. Und Tom schrie vor Schmerz auf, als sein Fußgelenk knirschte und unter ihm nachgab.

Er fiel auf die Seite, und für einen kurzen Moment wollte er sich nur noch als Ball zusammenrollen und verschwinden. Doch schließlich befahl ihm sein Gehirn: *Hände und Knie – Hände und Knie, Tom, wenn's auf den Füßen nicht geht!*

Als er sich aufrichtete, hörte er sich erneut vor Schmerz aufschreien, und die gebrochenen Knochen an seinem Fußgelenk knackten. Und dann war es zu spät.

Es schien äußerst ungerecht, daß der Major den gleichen Abstieg irgendwie unbeschadet überstanden hatte – der Major hätte auch fallen und seine Waffe verlieren und sich noch seinen verdammten Hals brechen sollen, dachte Tom in seiner Wut. Aber genau das war Sadowski nicht passiert. Und auch dem Mann in der Kampfjacke nicht, der verschwommen in seinem Blickfeld auftauchte – zunächst verschwommen und dann scharf –, mit weißen Augen, die aus einem geschwärzten Gesicht blickten und mit dem Gewehr in Händen. Und auch das war ungerecht.

Genaugenommen war alles ungerecht – auch auf Händen und Knien auf einem morastigen Weg getötet zu werden war ungerecht. Und daß sein Fußgelenk höllisch weh tat ebenfalls –

Er wischte sich mit der Hand den Schweiß aus dem Gesicht, während er wie hypnotisiert auf Sadowskis Revolvermündung blickte. Doch dann zeigte die Mündung plötzlich – und unerklärlicherweise – nicht mehr auf ihn, als der Mann in der Kampfjacke etwas sagte – oder etwas zu sagen begann – und Panin ihn aus nächster Nähe regelrecht vom Weg schoß.

Tom starrte Sadowski verständnislos an und sah, wie er seinen Revolver wieder ins Halfter steckte. Sadowski trat drei Schritte nach vorn und bückte sich, um das Gewehr, das sein toter Genosse so unvermittelt hatte fallenlassen, aufzuheben.

»Liegenlassen!« rief eine schrille Stimme hinter Tom.

Der Major erstarrte für einen Moment in seiner Bewegung. Dann wandte er seinen Blick von Tom ab und starrte den Weg entlang an ihm vorbei in Richtung Meer.

Der Drang, Sadowskis Blick in die Richtung zu folgen, aus der die seltsam ferne, gebieterische Stimme gekommen war, und zugleich den Major im Auge zu behalten, war einfach unerträglich; der Wunsch, beides zugleich zu tun, stellte Toms Entscheidungskraft auf eine harte Probe, doch als er sein gebrochenes Gelenk wieder belastete, gelang ihm weder das eine noch das andere, und er starrte statt dessen nur sinnlos auf den Zickzackpfad, der auf der anderen Seite des Tales den Hügel hinaufführte, während ihm ein stechender Schmerz und das explosionsartige Geknatter einer Maschinenpistole die Sinne verwirrten.

Der gegenüberliegende Hügel verschwamm, und der heimtückische Wind nahm das Geräusch auf und trug es in die Unendlichkeit davon, so daß das Echo lediglich in seinem Kopf entstand, statt im ganzen Taleinschnitt und über die weite, hohe Steilküste von Devon widerzuhallen. Aber dennoch erstarrte er genau wie bei dieser schrillen Stimme, die Major Sadowski für einen Moment hatte innehalten lassen, bevor das geschah, wovon Tom – ohne es verstehen zu müssen – wußte, daß es eine letzte und unumstößliche Entscheidung war. Dennoch das war immer das Spiel des Majors gewesen –

Töten oder getötet werden!

Der gegenüberliegende Hügel zeigte sich plötzlich kristallklar, und

Tom konnte sehen, daß es dort steiler war und Geröllawinen und weniger Vegetation als auf seiner Seite gab. *Wenn*, so dachte er (leicht benommen), *Generalmajor Gennadij Zarubin* (der tot war) *dort hinaufgeklettert wäre, dann wäre Major Sadowski* (und der Mann in der Kampfbluse mit dem schwarzen Gesicht und den weißen Augen) *möglicherweise nicht tot; doch so war es nicht gewesen, und sie waren tot – er war es, und sie waren es auch . . . Also Tom Arkenshaw – also Tom Arkenshaw, trotz der großen Übermacht –*

Er hob sein verletztes Fußgelenk wieder an. Obwohl er noch immer große Schmerzen hatte, war er beinahe dankbar für diese erneute Versicherung, daß er sich noch in seiner Welt befand – der Welt der Lebenden –, und schließlich gelang es ihm, über die Schulter zu sehen –

Als erstes sah er den Kinderwagen an der Wegbiegung, dort, wo der Pfad zehn Meter von ihm entfernt die Küstenlinie entlangführte; es war fast die gleiche Stelle – hundertfünfzig Meter über der großen, grauen und zornigen See –, wo er zu Audley noch vor so kurzem gesagt hatte: »Ich werde den Dienst quittieren« – noch vor so kurzem, und doch schon so lange her für Zarubin und Sadowski und den Mann in der Tarnjacke . . . für sie war es, genaugenommen, der Rest ihres Lebens gewesen –

Die Mutter mit dem Kopftuch löste sich jetzt aus dem Schutz des Überhangs; sie hielt immer noch die Maschinenpistole starr im Anschlag und nahm weder von ihm, noch von ihrem Kinderwagen Notiz, als sie vorsichtig, Schritt für Schritt, über den Weg schlich – in der alten, professionellen Gangart, auf alles gefaßt; das kannte er schon: der geschmeidige Körper, die starrgerichtete Waffe und die wachsamen Augen! Aber das war nie so recht sein Ressort gewesen, wo Schutz nicht aus einer Reihe von Vorsichtsmaßnahmen bestand, sondern aus einem gewalttätigen Präventivschlag gegen Terroristen –

Sie erreichte den Rand des Wegs und warf einen kurzen Seitenblick nach rechts und links – nur um sich dessen zu vergewissern, was sie bereits wußte –, ohne ihre Augen wirklich von dem Pfad oberhalb von Tom zu nehmen, nur für alle Fälle (und *nur für alle Fälle* war ein weiteres Erkennungszeichen des Profis) –

Doch jetzt sah sie ihn endlich an und ging auf ihn zu. Und als ihm gerade der Gedanke in den Kopf kam, daß sie möglicherweise überhaupt keine Frau war, lächelte sie, und er wußte: Sie war eine; es war nicht nur die Stimme, an die er sich jetzt erinnerte, und bestimmt nicht das Lächeln, es war alles an ihr, was sie zu einer Frau machte.

»Hi, Sir Thomas.« Aus der Nähe sah sie wie Ende Dreißig aus, doch von großer Härte war ihr nichts anzumerken. »Ich bin Shirley.«

Tom fühlte sich benachteiligt. »Hallo . . . Shirley.« Einerseits, weil er ein Gefühl großer Dankbarkeit empfand und sich deswegen albern vorkam, da sie ja nur ihre Arbeit getan hatte, andererseits durch die Tatsache, daß er nicht aufstehen konnte. Während sie vorsichtig an ihm vorbeiging und er sie im Auge zu behalten versuchte, erinnerten ihn seine gebrochenen Knochen schmerzvoll an seinen Sturz. »Ich fürchte, ich habe mir das Fußgelenk gebrochen.«

»Ist das eine Tatsache?« Bis auf das Gewehr, nach dem Sadowski vergeblich gegriffen hatte, war der Weg leer. Doch daran war sie nicht interessiert. »Ist noch jemand da oben, Sir Thomas?« Sie beobachtete den Hang, während sie sprach.

»Nein.« Der Schmerz ließ ihn den Atem anhalten. »Es waren nur zwei.«

»Zwei?« Sie widmete ihre Aufmerksamkeit dem Gelände über dem äußeren Rand des Wegs. »Hmm . . . doch, das kann man mit Fug und Recht behaupten.« Sie betrachtete einen Augenblick lang das, was er nicht sehen konnte, dann schaute sie noch weiter zurück. »Du kannst raufkommen, Wilhelmina.«

Toms Gefühl geriet zur Verlegenheit. Klar, das hätte er wissen müssen – Kinder, Hunde oder Drachen, das war nicht ihr Metier. Aber sturer Ungehorsam, der fiel ihr leicht.

»Wilhelmina!« Diesmal schrie Shirley. »Komm rauf!«

»Ich komme – ich komme ja schon!« Willy klang aus der Entfernung eher ungehalten als verängstigt. »Ich bin, verdammt noch mal, den halben Hügel runtergefallen, Shirl!«

Tom hatte Schwierigkeiten beim Aufsetzen und hielt vergeblich sein verletztes Bein mit beiden Händen. Aber mit den blutenden Fingerknöcheln, die er sich beim Sturz im Ginster aufgeschürft hatte, und dem Gesicht, das sich so anfühlte, als sähe es nicht besser aus, konnte er nicht gerade viel von seiner Würde wiedergewinnen.

»Hmm . . .« Shirley sah zu ihm hinab. Er war überrascht, daß er keinerlei Hochmut in ihrem Gesicht feststellen konnte. »Sie haben den anderen erwischt, hä?«

Tom verbarg seine Überraschung unter dem Schmerz. Doch dann kam ihm der Gedanke, daß sie hinter der Wegbiegung gewesen sein mußte, als Sadowski seinen Genossen getötet hatte. Sie mußte Audley gedeckt haben, als der starke Wind den Knall von Sadowskis Schuß – oder von einem der Schüsse – davongetragen hatte. Und Willy war hinter ihr gewesen und somit näher an dieser Stelle, folglich war Willy zuerst hier angekommen – war es so?

Bewußt ließ er die Knochen seines Fußgelenks erneut aneinanderreiben und schrie vor Schmerzen auf.

»Tom, Honey! Um Himmels willen –!« Willys ängstlicher Aufschrei kam auch zu seiner Rettung.

»Er ist in Ordnung«, sagte Shirley ganz nüchtern. »Er hat sich nur am Fußgelenk weh getan – das ist alles.«

»Tom Honey!« Ohne die Kapuze und mit offenem Haar war sie wieder Willy. »Ich dachte, du wärst angeschossen!«

»Ich bin okay.« Sie war gerade dabei, ihn zu bemuttern, und er ließ es sich gefallen, weil es ihm Zeit zum Nachdenken gab. »Ehrlich, Willy.«

»Oh, Tom – du siehst schlimm aus!« Ihr Blick war voller Anteilnahme. »Dich darf man einfach nicht allein hinauslassen – so sieht es nämlich aus!«

Das erste, was Tom dachte, als er sich die Haare vor seinen Augen zur Seite wischte, war – *ich bin der einzige, der in aller verwirrenden Vollständigkeit weiß, was wirklich geschehen ist* –

Und dann ließ ihn der Gedanke im Stich: *Auf den zweiten Blick war es jetzt nicht mehr ganz so verwirrend* –

Aber er schaute Shirley mit einem unverhofft wissenden Blick an, der mehr Kraft als Schmerz verriet. »Ist Audley okay?«

»Als ich ihn das letzte Mal gesehen habe, ging es ihm ganz gut.« Sie belohnte ihn mit einem Blick von unverdienter professioneller Anerkennung. »Ich denke, er hat sich vielleicht ganz gut amüsiert.«

Trotz Willys Parfüm und ihrer eifrig bemühten Berührungen versuchte er, sich auf Shirley zu konzentrieren. »Er hat sich amüsiert?«

»Ja.« Shirley teilte das Geheimnis eines fähigen Aufpassers mit einem weniger fähigen. »Dr. Audley mag es, wenn er gewinnt, Sir Thomas.«

»Gew – – –« Tom erwischte das Wort noch, bevor es ihn verraten konnte, und verwandelte es in ein ganz anderes. »*Willy* . . . ich liebe dich, Willy.« Doch diese Verwandlung ließ es zu einer vollkommenen und grundlegenden Wahrheit werden. »Liebst du mich auch, Willy?«

Wilhelmina Groot musterte kritisch das Wrack von Sir Thomas Arkenshaw. »Von *Liebe* weiß ich nichts, Tom Honey. Aber irgend jemand muß sich um dich kümmern – *das* weiß ich!«

Und das spielte nach Wissen und Macht die wichtigste Rolle. Und überdies wüßte Willy Groot, wie man Mamusia in die Schranken wies.

»Möchtes du die soundsovielte Lady Arkenshaw in Debretts und Burkes Adelskalender werden, Willy?«

Wind und Regen wirbelten um sie herum, und Tom spürte, wie die Nässe der Pfütze, in der er saß, ihm einen kalten Hintern verschaffte. Aber das war ein vergleichsweise kleineres Unbehagen, wenn er die Wichtigkeit von Willy Groots Entscheidung in Betracht zog, die über Tom Arkenshaws Schicksal befinden würde – und möglicherweise auch über Dr. David Audleys Schicksal und die Zukunft von Forschung und Entwicklung mit Colonel Jack Butler als *preux chevalier*... und vielleicht auch mit Henry Jaggar... *doch zum Teufel mit ihnen allen*! Zuerst Tom Arkenshaw – *zuerst und zuletzt*!

»Tom, Liebling! Ich dachte, du würdest nie fragen –«

»Herrgott Sachsen!« Shirley explodierte. »Wir haben zwei Tote in Spuckweite – und einen Russen mit Diplomatenstatus um die Ecke –«

»Halt den Mund, Shirley«, sagte Willy. »*Ja*, Tom.« Schließlich wandte sie sich an Shirley. »Mit Tom verheiratet zu sein wird nie langweilig werden: Das ist eine Ganztagsbeschäftigung. Er ist halb Pole, verstehst du – und halb guter Angelsachse und Anglo-Normanne. Das ist eine großartige Mischung – die eine Hälfte von ihm ist nüchtern und kalkuliert jegliches Risiko – und die andere Hälfte attackiert hoch zu Roß Maschinengewehre. Das stimmt doch so, Tom Honey?«

Tom dachte an Sadowski, der sein letztes Maschinengewehr vergebens attackiert hatte. Doch dann dachte er an David Audley, der letztlich alles genau berechnet hatte – einschließlich Tom Arkenshaw.

»Mehr oder weniger, Willy – ja.« Aber was er eigentlich dachte, war... *mit Willy Groot verheiratet zu sein würde auch nie langweilig werden, wenn auch vielleicht manchmal unbequem; aber andererseits mit David Audley verheiratet – beruflich verheiratet – zu sein, das wäre so ungefähr dasselbe; aber jetzt hatten sie beide um seine Hand angehalten, und beide brauchten ihn, wenn auch aus verschiedenen Gründen: Zu wem sollte er also gegen die Stimmen der Mehrheit gehen?*

Er lächelte Shirley an. »Ich gebe Ihnen eine Telefonnummer, die Sie anrufen können, damit der Saustall hier aufgeräumt wird. Und ich brauche auch eine Trage, glaube ich, die mich zurück in die Zivilisation bringt.«

Oder jedenfalls zu dem, was in einem so dunklen Zeitalter wie dem von König Stephen und der Kaiserin Matilda als Zivilisation galt. Und in einem so dunklen Zeitalter mußte der kluge Mann in seinem eigenen Interesse mit größter Umsicht vorbauen.

»Und ich möchte auch mit David Audley sprechen«, fügte er hinzu. »Es gibt etwas, das er wissen muß.«

TEIL DREI

Gewinner und Verlierer und Gewinner

Letzten Endes war es Garrod Harvey, der mit der Untersuchung des »Massakers von Exmoor« begann, und nicht Henry Jaggard selbst.

Dem war indessen nicht so (wie Jaggard sehr schnell zu erklären bemüht war), weil die ganze Geschichte von Anfang an seine (Garrod Harveys) Idee gewesen war. Vielmehr war es so, daß seine (Henry Jaggards) Ansichten über Forschung und Entwicklung hinlänglich bekannt waren und es, wenn Sorge dafür getragen würde, der Angelegenheit Gerechtigkeit widerfahren zu lassen, weit einsichtiger wirken würde, wenn es aufgrund einer Empfehlung von unten erfolgte, und nicht durch einen simplen Akt wohlmeinenden Gehorsams gegenüber seinem (Henry Jaggards) Anteil an einem Ultimatum durch Ministerium und FCO.

Was bis zu einem gewissen Punkt der Wahrheit entsprach.

Inzwischen waren die sterblichen Überreste von Generalmajor Gennadij Zarubin – dem Opfer eines tragischen Herzanfalls *en route* auf einer Tour zu den Hubschrauberwerken von Westland in Yeovil – in Begleitung des trauernden Genossen Professor Nikolaij Andrejewitsch Panin, selbst *en route* nach Moskau. Und die Gorbatschow-Besänftiger im FCO, die genau wußten, was dem Herzen des Generals zugestoßen war, hatten auf den freundlichen Wunsch der sowjetischen Botschaft hin, die die ganze Affäre nicht aufbauschen wollte, ihr »Ich-hab's-ja-gewußt«-Entzücken ausgedrückt, da die russische Seite nur die Bestrafung dessen wünschte, der für die laxe Sicherheit auf britischer Seite verantworlich gewesen war – was eigentlich darauf hindeutete, daß Audleys Kopf angemessen mit einem Salatblatt, zwei Radieschen und *Julienne*-Karotten garniert in Nouvelle-cuisine-Manier auf einem Teller präsentiert werden sollte.

Folglich war das Ergebnis der Untersuchung planmäßig, und jeder Gesichtspunkt war nach außen hin zufriedenstellend. Doch rückblikkend lief es Henry Jaggard noch immer eiskalt über den Rücken, wenn er an die Risiken dachte, die er auf sich genommen hatte, indem er mit Gerrod Harveys unorthodoxer Denkweise einverstanden gewesen war, da er von Natur aus ein sicherheitsbedürftiger Mann war. Und außerdem hatte er von gewissen Gerüchten Wind bekommen, die insgeheim die Runde machten; Gerüchte, die in höchst beunruhigender

Weise schändlich ungenaue Elemente mit bedrohlich genauen in Verbindung brachten, so daß er ob dieser Gerüchte das Gesprächsthema wechselte, als Garrod Harvey von seinem Sondierungsgespräch mit Colonel Jack Butler zurückkam, dem der abschließende Bericht von Sir Thomas Arkenshaw vorausgegangen war . . .

»Ja.« Harvey schob den Stuhl über den Teppich in Richtung Schreibtisch und setzte sich ganz vorsichtig hinein, als habe er Schmerzen. »Nun, grundlegend gibt es zwei, mit Variationen, man könnte sagen einen ›Irenwitz‹ und einen ›Polenwitz‹.« Er spannte vorsichtig seine Schulter an. »Der Irenwitz scheint irgendwo von Special Branch zu stammen und ist einfach und weitschweifig und recht amüsant.« Er hielt einen Augenblick inne, um sich auf seine rechte Schulter zu konzentrieren. »Wohingegen der polnische wesentlich genialer, aber nicht annähernd so lustig ist, denn er entspricht weitgehend der Wahrheit, möchte ich fast sagen.«

Es war beruhigend, daß Garrod Harvey wie üblich seine Hausaufgaben anständig gemacht hatte, dachte Jaggard. »Und ich nehme an, das ist der, den David Audley selbst in Umlauf gebracht hat?«

»Nun . . . eigentlich . . . *nein.* Ich würde eher sagen, das war der irische.« Harvey hörte auf, seine Schulter anzuspannen. »Er hat bei Branch eine ganze Menge Freunde. Genaugenommen, obwohl er auch viele Feinde hat, scheint er auch eine überraschend große Zahl an Freunden zu haben, Henry. Besonders am Grosvenor Square.«

»Wirklich? Nun, die werden nicht in der Lage sein, ihm jetzt zu helfen.« Freunde bei Special Branch oder amerikanische Freunde – er mußte erwarten, daß Audley Abwehrmaßnahmen ergriff. »Aber Sie haben doch die Wahrheit von Arkenshaw, Garry?«

»Ich . . . habe einen zweifellos wahrheitsgemäßen Bericht über das, was geschehen ist.« Harveys Antwort ergänzte die Frage vorsichtig. »Und ich hatte einen kleinen Plausch mit Colonel Butler. Er war wirklich extrem freundlich –«

»Freundlich?« Freundlichkeit war in der Vergangenheit nie einer von Jack Butlers Fehlern gewesen.

»Dann eben hilfreich.« Harvey streckte sich wieder. »Entschuldigen Sie, Henry. Ich habe gestern abend mit einem Lieferanten des polnischen *Nicht*-Witzes Squash gespielt, und der hat mich fürchterlich gescheucht – und seitdem habe ich immerzu Schmerzen . . . Nein, was ich meine, ist, daß Butler recht offen zugibt, daß es nicht Audleys beste Stunde war. Und das tut Audley selbst offenbar auch.«

»Tatsächlich, tut er das?« Jetzt war Jaggards Mißtrauen in voller Wehr angetreten, und er war entschlossener denn je, zuerst seine Zweifel auszuräumen. »Erzählen Sie mir den Iren-Witz, Garry.«

»Den Iren-Witz? Na gut: Es ist offensichtlich die Version eines Soldaten der Connaught-Rangers, den man beschuldigt hatte, seinen Corporal ermordet zu haben – damals, zu Zeiten des Herzogs von Wellington, während des Spanienfeldzugs. Er sagte, er habe den Corporal nicht wirklich ermordet, weil er auf seinen Sergeant gezielt habe, aber seine Muskete habe die Kugel um einen Meter danebengeschleudert.« Garrod Harvey schaute etwas enttäuscht drein. »Das ist ein Witz, Henry.«

»Danke fürs Erzählen. Ich lache innerlich.«

Garrod Harvey zuckte mit den Schultern, doch seine Sportverletzung machte sich wieder bemerkbar. »Man sagt, daß die Iren – die INLA – Audley schon seit Jahren auf ihrer Liste hatte, seit damals, irgendwo oben im Norden, dieser O'Leary erschossen wurde. Und da war noch ein alter IRA-Mann namens Kelly, der vor nicht allzu langer Zeit irgendwo unten, in Dorset, umgelegt worden ist –«

»Audley hatte nichts mit seinem Tod zu tun. Und wir auch nicht.«

»Das besagt das *Gerücht*, Henry. Das heißt, daß sich Audley an die Spitze ihrer Hit-Parade vorgearbeitet hat. Folglich haben sie auf ihn gewartet, als er sich mit Zarubin in Exmoor traf.«

»Ah!« Jaggard hatte gehört, daß man den Iren die Schuld an dem ›Massaker von Exmoor‹ gab, aber er hatte die genauen Einzelheiten nicht mitbekommen. »Ein Fall von mangelnder Schießkunst, meinen Sie?«

Diesmal waren Garrod Harveys Schmerzen nicht körperlicher Natur. »Genaugenommen von Personenverwechslung. Denn es scheint, daß Audley und Zarubin ungefähr die gleiche Statur hatten. Und beide trugen Burberry-Regenmäntel. Folglich erschoß dieser Connaught-Ranger statt des Sergeanten den Corporal, Henry. Und dann ist Zarubins Eskorte hinter ihm her und ebenfalls erschossen worden. Aber die Amerikaner hatten zwei ihrer Leute – genauer gesagt, zwei Frauen – zur Stelle, heißt es . . . Und eine von ihnen hat den Iren erschossen, bevor er seinen Fehler korrigieren konnte. Ende des Iren-Witzes.«

Es klang wie eine Insider-Geschichte – doch nicht ganz. »Nichts über diese zwei ›Iren‹ in dem Haus in East Lyn, die wir begraben mußten? Oder über ihre polnischen Pässe und all die Literatur von ›Söhnen des Adlers‹, die man dort fand? Oder gehört das zu dem Polen-Witz –?«

Garrod Harvey bewegte seine schmerzenden Schultern nicht. »Nichts über sie. Oder über den armen alten Basil Cole – nein! Aber es gibt dennoch ein interessantes, erhärtendes Detail von Special Branch, Henry. Und das ist eigentlich nicht so lustig.«

Eigentlich . . . war das mit *Basil Cole* nicht so lustig, dachte Jaggard. »Was für ein Detail!«

»Es scheint . . . *es scheint* . . . daß die INLA am Tag zuvor unten in Sussex auf Audley geschossen hat. Und vorbeischoß, wie das Gerücht besagt.« Einen Augenblick lang schaute Garrod Harvey über Henry Jaggards Kopf in den Raum. »Es ist sicher eine weitbekannte Tatsache, daß an diesem Tag in halb Sussex Straßensperren waren und die Polizei und Special Branch herumschwärmten wie Bienen im Juni . . . oder wann immer Bienen schwärmen.« Er sah Jaggard ausdruckslos an.

Das war gemein. »Ich dachte das war nur eine Anti-Terror-Übung, Garry?«

»Ja.« Der Blick war noch immer ausdruckslos. »Aber eine, bei der David Audley letztlich bestimmt Vermutungen gehabt hat.«

Das war genug.

»Erzählen Sie mir den Polen-Witz. Oder *Nicht*-Witz –?«

»*Nicht*-Witz. Und Audley kommt gar nicht richtig drin vor – Professor Nikolaij Panin spielt die tragende Rolle. Und Viking eine fast ebenso wichtige.«

Das war noch gemeiner. »Ich kann verstehen, daß es kein Witz ist. Erzählen Sie weiter.«

Garrod Harvey starrte ihn an wie jemand, der sich an einen Witz zu erinnern versucht, aber Angst hat, die Pointe nicht mehr richtig zusammenzubekommen. »Es fängt damit an, daß General Zarubin seit diesem schlecht ausgeführten Mord an dem polnischen Priester beim KGB überflüssig geworden war . . . oder jedenfalls für die angeblichen Bedürfnisse Gorbatschows –« Er musterte Jaggard. »Das ist noch immer das *Gerücht*, Henry. Das ist nicht das, was *ich* sage, verstehen Sie mich –?«

»Natürlich.« Aber auch Glaubwürdigkeit hatte Grenzen. »Aber ich verstehe nicht, warum das ein Problem des KGB war – wenn Sie das meinen –?«

Garrod Harvey starrte ihn weiter an, aber sein Blick war jetzt nicht mehr ausdruckslos. »Zarubin war Panins Problem. Aber er hatte auch noch ein anderes. Henry – wie Sie eigentlich auch.« Er neigte den Kopf leicht zur Seite. »Irgendwie ist es fast eine spiegelbildliche Situation – fast genau.«

»Eine spiegelbildliche Situation?« Jetzt, da er an eines seiner Probleme dachte, konnte er die Macht der Analogie erkennen. »Wie das?«

»Nun ... es scheint, daß sie wußten, daß sie in der Londoner Botschaft ein Problem hatten – genau wie Sie vermutet haben.« Garrod Harvey übernahm Jaggards Stirnrunzeln. »Sie wußten, daß irgendwo eine undichte Stelle war. Also entschied sich Panin, Zarubin als entbehrlichen Köder in die Falle zu legen. Er ließ auf bestimmten Ebenen bestimmte Informationen fallen und wartete, wie sich alles entwickeln würde.« Er nickte. »Und Viking hat das alles aufgenommen und an uns weitergegeben.«

Auch Jaggard verspürte ein Zucken. Doch er zuckte vor Aufregung, nicht vor Schmerz. »Aber wir haben daraufhin nichts unternommen, Garry.«

»Das haben wir nicht – das heißt, Sie hatten absolut recht –« Harvey stotterte schon fast vor Zustimmung. »– recht, Ihnen Audley statt Viking zu geben.«

So wollte sich Jaggard eigentlich nicht an seine Entscheidung erinnern. »Ganz so haben wir es aber nicht gemacht.« Es lag ihm auf der Zunge, Harvey daran zu erinnern, daß er Audley gegen Panin unterstützt hatte. »Aber reden Sie doch weiter, Garry –?«

Harvey nickte begeistert. »Also haben *wir* ihm keinen Wink gegeben. *Aber die Amerikaner – stimmt's?*« Noch ein Nicken. »*Deren* Mann in der Botschaft hat *ihnen* einen Wink gegeben ... Also haben sie ihre 7. Kavallerie – oder die Töchter der 7. Kavallerie – hinuntergeschickt, um auf ihn aufzupassen. Und haben auf diese Weise ihren Mann auffliegen lassen – verstehen Sie, Henry?«

Henry Jaggard verstand. Und in seiner Version sah er durch den Irrtum der CIA auch viele wunderschöne Vorteile wie eine Blume in Zeitlupe aufblühen, weil Viking dadurch ein längeres Leben beschert worden war. Aber gleichzeitig sah ein weniger optimistisches Selbst unzählige räuberische Wesen und Parasiten, die seine Blume angriffen. »Ach ja? Und wo – wo *genau* – kommen die ›Söhne des Adlers‹ ins Spiel? Ich garantiere Ihnen, daß das keine Iren waren, Garry. Aber wer immer sie waren, sie sind jetzt äußerst *tot.* Also, wer waren sie?«

Garrod Harvey nickte. »Ah! Das ist das wirklich clevere Stückchen – die reine Niedertracht von Panin! Denn die ›Söhne des Adlers‹ waren das Geschäft, das Panin mit General Jaruzelskis Fünftem Büro gemacht hat, das ihn mit Killern und seinem Kanonenfutter und der ganzen Schaufensterdekoration – wie Pässen und gefälschten Solidaritäts-Literatur – versorgt hat. Denn das Fünfte Büro hat ihn mit dem größten Vergnügen für ihn umgebracht – der General wußte zuviel über ihre Beteiligung an dem Priestermord, und sie konnten diese Akte schließen, wenn sie *seine* Akte schlossen ... Und sie haben sich die ›Söhne des Adlers‹ als Bonus und zur Tarnung ausgedacht, so daß sie bei der Sache der Solidarität den Vorwurf des Terrorismus anhängen konnten.«

»Und um ihre Leute niedermetzeln zu lassen?«

»Oh ... die waren bei *dem* Teil des Geschäftes nicht dabei, Henry. Der sogenannte ›Major Sadowski‹ war kein Mann des Fünften Büros – er war ein reinrassiger KGB-Typ mit polnischem Aktzent ... ein Bär in Adlerfedern. Er hat nur Polen umgelegt, was für die Russen ein Ganzjahressport ist. Und Panin wollte nur sichergehen, daß keine unbequemen Zeugen da waren, für den Fall, daß wir den ganzen Ort doch abgesteckt hätten –« Einmal mehr gelang es Harvey gerade noch, nicht mit den Schultern zu zucken. »– ich meine, er hat sein Versprechen nicht gehalten ... warum sollte er also von uns erwarten, daß wir unseres halten?«

»Hmm ...« Jaggard war immer noch vom Viking-Bonus bezaubert. Bis zu diesem Augenblick hatte er dem Mann nicht mehr als einen weiteren Monat gegeben, bevor man sich von ihm trennen mußte. Aber wenn man ihn jetzt vorsichtig führte ... oder ihn sogar für einige Monate brachliegen ließ ... könnte sein Arbeitsleben vielleicht weiter ausgedehnt werden, möglicherweise sogar bis nach Moskau. »Dann haben die Amerikaner also ihren Mann verloren? Wie schade ...«

»Oh, sie haben ihn rechtzeitig rausgeholt. Ich denke vielmehr, sie haben geahnt, daß er dort schon von geborgter Zeit lebte. Aber effektiv gesehen haben sie ihn verloren – ja.«

Jaggard kam sich edelmütig vor. »Nun, das war zwar nicht ihr Bier. Aber trotzdem schulden wir ihnen jetzt einen.« Dann fiel ihm etwas ein. »Die waren nicht zufällig die Urheber des Polen-Witzes, oder?«

Garrod Harvey schüttelte den Kopf und zuckte. »Ich glaube eigentlich nicht.«

»Nein?« Jaggard sah, daß Harveys »Nicht-Glauben« nur das braune Einwickelpapier war, das ein bestimmtes Wissen verbarg. Aber andererseits sah er auch, daß dieser geniale und durch die Umstände bedingte Vorteil des »Massakers von Exmoor« weder das Werk Audleys, noch das der CIA waren ... dann war vielleicht Viking, insgesamt gesehen, doch nicht so sicher, verdammt noch mal!

»Ich hoffe, Sie wollen damit nicht sagen, dies sei alles Desinformation des KGB, Garry?« Er hörte, wie seine Enttäuschung der Frage etwas Grobes verlieh. »Und doch im wesentlichen wahr?«

Garrod Harvey hielt seinen Kopf ruhig. »Es sieht so aus, fürchte ich.«

»Warum –« Jaggard hielt seine Stimme im Zaum. »– warum sollten sie uns soviel geben wollen?«

»Das ist eine sehr gute Frage – das gebe ich zu.« Garrod Harvey war jetzt wirklich unsicher. »Aber ich *glaube* . . . daß nicht alles nach ihrem Plan gelaufen ist, verstehen Sie . . .« Seine Stimme verlor sich.

Aber Henry Jaggard verstand einmal mehr, und das nur allzu gut. Denn kein Plan, so gut er auch sein mochte, konnte den Sprung ins kalte Wasser der Wirklichkeit warm und trocken überstehen.

Harvey erwiderte Jaggards prüfenden Blick. »Es ist möglich, daß sie der Schuß, den wir auf Audley abgegeben haben, aus der Fassung gebracht hat –« Er hielt die Hand hoch. »– es mußte sein, Henry. Wir mußten seine Gedanken . . . auf *unsere* Bedürfnisse lenken. Aber davon haben sie nichts gewußt – so wie wir nichts von Basil Cole wußten. Und als die Amerikaner auftauchten, muß sie das noch mehr aus der Fassung gebracht haben.«

Jaggard wartete.

»Aber das richtige Durcheinander ging erst los, als Audley Tom Arkenshaw befahl, Sadowski zu verfolgen – und Tom den Befehl befolgte. Panin wollte das offenbar verhindern. Audley aber drohte, ihn auf der Stelle zu erschießen.« Harvey atmete tief durch. »Folglich sah Tom, wie Sadowski den Scharfschützen freundlich begrüßte, obwohl sie die Sache doch eigentlich mit blauen Bohnen hätten austragen müssen.« Harvey lächelte fast. »Der Witz bei der ganzen Sache ist, daß Sadowski wahrscheinlich nur versucht hatte, nahe genug heranzukommen, um sicherzugehen, daß seine Kugel auch das richtige Ziel fand. Wohingegen der Scharfschütze mit seinem Gewehr das nicht brauchte – also wußte Tom sofort, wie der Hase lief: daß sie zusammenarbeiteten. Und schließlich – als Tom ihnen auf Gedeih und Verderb ausgeliefert war, und um die Sache endgültig zu entscheiden – erschoß Sadowski zuvorkommend erst seinen Schützenbruder.«

»Warum tat er das?«

»Ah . . . nun, Sadowski war ein echter Profi, was oder wer er auch sonst war. Er sprach in Toms Beisein kaum ein Wort, es ist also durchaus möglich, daß er ihn von irgendwoher kannte und deswegen sein Polnisch mit dem russischen Akzent nicht sprechen wollte. Aber Tom ist der Meinung, daß Sadowski zwar ein langsamer Redner war, aber ein schneller Denker. Folglich wollte er wohl für die Autopsie die Kugel des Scharfschützen in Tom und seine in dem Scharfschützen haben.«

»Er hätte doch sicher dem Scharfschützen Anweisung geben können, Tom zu töten.«

Diesmal vergaß Garrod Harvey nicht, mit den Schultern zu zucken, und er zahlte den Preis dafür. »Wenn man etwas ordentlich machen will . . . Und auch Tom glaubt, daß der Major seine Arbeit gern gemacht hat. Und es würde mich nicht wundern, wenn er in seiner eigenen Laufbahn ein oder zwei solche Typen getroffen hat.«

Jaggard erinnerte sich verspätet an seine Pflicht. »Es geht ihm doch gut, oder – Tom?«

»Gut?« Ein Schatten legte sich über Garrod Harveys Gesicht. »Sir Thomas Arkenshaw hat einen komplizierten Bruch am Fußgelenk und eine schwere Erkältung – und beides ist mehr oder weniger Audleys Schuld. Aber nichtsdestoweniger hält er große Stücke auf Audley.«

»Ja?« Das war immer die Gefahr auf der Sollseite dieser besonderen Verbindung gewesen, die Arkenshaw zu Audley unterhielt, und die ihn zum Mann für den Job gemacht hatte. »Aber haben Sie denn keinerlei Zweifel an seinem Bericht, Garry?«

»O nein.« Harvey gelang ein wohlkontrolliertes Nicken. »Er ist so vollständig und aufrichtig, wie man es sich nur wünschen kann, Henry – bis hin zu Audleys fortgesetztem Beharren, immer dann allein gehen zu wollen, wenn Tom ihm etwas anderes riet.« Noch ein kontrolliertes Nicken. »Genaugenommen hat sich Audley *exakt* so verhalten, wie ich es voraussagte.«

»Nun, dann ist doch alles in Ordnung –« Doch Jaggard sah, daß dem nicht so war. »– oder?«

»Er hat Audley auch alles erzählt, was bei der Verfolgung von Sadowski passierte.« Garrod Harvey preßte die Lippen zusammen. »Und er gibt auch zu, daß er Audley sagte, daß er Ihnen zwischendurch Bericht erstattete, Henry.«

»Er –?« In diesem Augenblick rückte Tom Arkenshaws Name auf dem Notizblock in Henry Jaggards Kopf mit dem Vermerk *Keine weitere Beförderung* von der schwarzen auf die rote Seite. Doch andererseits wußte er, daß er mehr über das folgenschwere Eingeständnis wissen wollte. »Wie kommt er dazu, das zuzugeben? Haben Sie ihn unter Druck gesetzt –?«

»Er hat es mir freiwillig und aus eigenem Antrieb erzählt.« In Garrod Harveys Stimme schwang etwas mit, das fast wie eine Billigung klang. »Sir Thomas Arkenshaw ist Mediävist, genau wie David Audley. Und vielleicht habe ich unrecht, aber ... es war fast wie ein Akt des Widerstands – oder was immer die Arkenshaws damals im Mittelalter taten, als sie ihre Untertanenpflicht aufkündigten und von der einen Seite zur anderen wechselten.« Garrod Harvey zuckte nicht mit den Schultern, aber er wand sich einen Moment lang unbehaglich. »Und Sie müssen auch bedenken, daß er halber Pole ist, Henry. Und die sind nach meiner Erfahrung unberechenbar.« Er hob die Augenbrauen. »Hä?«

Es war verwerflich, aber irgend etwas stimmte an diesem Nachmittag nicht mit Garrod Harvey. Und das war wesentlich beunruhigender als Sir Thomas Arkenshaws mittelalterliche Spielereien, da Jaggard Harvey mehr traute als irgendeinem anderen Menschen. »Was versuchen Sie mir zu erzählen, Garry?«

Die Braue senkte sich. »Tom Arkenshaw ist nicht gerade erfreut über uns und über das, was wir ihm angetan haben. Und er ist durch die Ereignisse auch tief gedemütigt – beruflich gedemütigt ... *›Ich bin gerannt wie ein Kaninchen‹*, so hat er es hingestellt.« Noch ein kontrolliertes Nicken. »Und vielleicht hat er schon zu lange versucht, Leute wie Audley – und Zarubin – vor Leuten wie Panin und Sadowski zu schützen.« Noch ein Nicken. »Wir machen uns über all die Killer Gedanken, die in dieser Welt los sind und sich in aller Ruhe ihre Tatorte aussuchen können. Aber wir verschwenden kaum einen Gedanken an die armen Schweine, von denen wir erwarten, daß sie schneller als die Killer schalten – oder sich in den Schuß werfen, wenn es ihnen nicht gelingt.«

Das vereinfachte die Botschaft. »Man nennt es ›Kriegsneurose‹, Garry.« Jaggard nicht weise, ohne Schmerzen. »Wir müssen ihm einfach nur Erholung gönnen, das ist alles.«

»Dazu ist es zu spät.«

»Warum ist es zu spät? Hat er seinen Abschied eingereicht?« Das würde dieses Problem zumindest vereinfachen. Obwohl Garrod Harvey in seiner grundlegenden These natürlich recht hatte. Und das würde in Zukunft weitere Untersuchungen nach sich ziehen. »Er hat seinen Abschied eingereicht –?«

Der gleiche Schatten, der schon einmal über Garrod Harveys Gesicht gezogen war, kehrte jetzt zurück. »Er hat um eine Versetzung zu Forschung und Entwicklung gebeten, Henry.«

»Er hat *was* –?«

Ein weiteres kontrolliertes Nicken. »Colonel Butler weiß davon. Und er sagt, daß er bereit ist, Sir Thomas Arkenshaw eine Chance zu geben. Denn er ist seit letztem Jahr einen Mann unter Sollstärke.« Dann hielt Garrod Harvey den Kopf sehr ruhig. »Er hat bereits den nötigen Vermerk seines Auswahl- und Rekrutierungsberaters. Und ich brauche Ihnen wohl nicht zu erzählen, *wer* das ist.«

Henry Jaggard spürte, wie er sich auf widernatürliche Art mit Audley anzufreunden begann, und das nicht zum ersten Mal: Es wäre enttäuschend gewesen, wenn der Mann sich zu leicht und ohne unerwartete Tricks in der Hinterhand geschlagen gegeben hätte. Doch er war auch froh, denn diese Tricks machten alles, was getan werden mußte, so viel leichter – denn vorher hatte er immer einen Anflug von Bedauern darüber verspürt, wenn er jemanden hatte zerschmettern müssen, der nützlich und loyal war, weil ihn die grausamen Notwendigkeiten überrascht hatten. Doch nun hatte ihn Audley durch seine Aktionen nicht nur jeglicher echten Sicherheit bezüglich Viking beraubt, sondern auch noch Sir Thomas Arkenshaw ruiniert, der für eine Beförderung vorgesehen gewesen war. »Gut, wenn Audley glaubt, daß ihn das retten wird, dann muß er eben das Gegenteil lernen, Garry!«

Garrod Harveys Gesicht sprach plötzlich Bände. »Henry –«

»Nein!« Er hatte jetzt alles, was er brauchte. »Da sind fünf Tote – *fünf* Tote, die wir irgendwie erklären müssen. Und das unter allen Gesichtspunkten ein verdammtes Massaker. Oder *sechs* ... wenn man Cole mitzählt –«

Harvey schüttelte den Kopf und vergaß seinen Rücken. »Basil Cole können Sie nicht mitrechnen, Henry. Das war Panin, der sichergehen wollte, daß Cole Audley den Rat nicht geben konnte, den er ihm möglicherweise geben wollte –« Sein Mund verzog sich. »– oder vielleicht wollte Panin nur sichergehen, daß Audley nicht loslassen würde – ich weiß es nicht ... Aber Panin wußte auf jeden Fall, daß Audley zuerst zu Cole gehen würde. Und –«

»Es spielt, verdammt noch mal, keine Rolle, was er dachte!« Es stand für Henry Jaggard nicht zur Debatte, den Sturz mit Untergebenen auszudiskutieren. »Ich will Audley draußen haben, Garry. Und ich weiß, daß Jack Butler für ihn kämpfen wird – das brauchen Sie mir nicht zu sagen.« Er setzte sich brutal über Garrod Harvey hinweg. »Wenn er das tut, um so besser, das brauchen wir. Denn Audleys Rauswurf wird F & E wirklich zur Räson bringen – Audley ist das eigentliche Herz von F & E, nicht Butler. Wenn wir Audley kriegen können, dann haben wir sie alle – Glamis, Cawdor und das ganze Königreich –«

»Henry –«

»Und ich weiß, daß ihn jeder bewundert. *Sie* bewundern ihn – und Tom Arkenshaw tut es ... Und, verdammt noch mal, *ich* tue es auch, Garry – *ich weiß*!« Trotz alledem wußte er, daß er Audleys Weggang aufrichtig bedauern würde, denn Audley hat über viele Jahre hinweg vermutlich mehr Gutes für den Staat getan, als er und Garrod Harvey zusammen je tun würden. »Aber er muß gehen. Und das nicht nur, weil ich es will: Es ist das, was der Minister will, und es ist das, was das FCO will. Und mit dem, was Sie haben, wird es diesmal das sein, was Downing Street zu wollen hat. *Verstehen Sie mich, Garry?*«

»Ja.« Garrod Harvey starrte ihn an. »*Nein*, Henry.«

»Nein –« Harveys uncharakteristische Sturheit überraschte Jaggard. »Was meinen Sie mit *nein*?«

»Ich verstehe es.« Der Blick war unverrückbar fixiert. »Aber das läuft nicht, Henry. Wir können es nicht machen.«

Jaggard öffnete den Mund, um zu fluchen, doch dann änderte er sein Vorhaben. »Was meinen Sie –?«

»Ich habe mit den Amerikanern gesprochen – mit Colonel Sheldon, am Grosvenor Square.« Garrod Harvey leckte sich die Lippen. »Er hat um meinen Besuch gebeten. Aber ich mußte ihn auf jeden Fall warnen – daß sein Mann in der sowjetischen Botschaft in Gefahr war. Und ich wollte auch wissen, warum er ihn in Gefahr brachte, indem er die beiden Frauen hinunterschickte, um Audley zu warnen, Henry.«

»Ja?« Jaggard sah, wie Garrod Harvey den Handrücken an die Lippen legte, als habe er Angst, und bekam es mit einem Mal selbst mit der Angst zu tun.

»Mose – Colonel Sheldon ... ist niemandes Narr. Und er kennt David Audley – sie haben vor zehn Jahren zusammengearbeitet, Henry.«

Jaggard verdrängte seine Angst. »Das weiß ich. Und Sheldon mag ihn –«

»Es geht hier nicht um mögen. Mosby Sheldon hat seinen Mann fallenlassen und Audley gerettet, weil die CIA Audleys Arbeit – und die Arbeit von F&E – als äußerst wichtig erachtet.« Nicken. »Die Arbeit, die sie für die Gorbatschow-›Schlachtordnung‹ leisten, wird für den gesamten Abrüstungsdialog im Nuklearbereich als lebenswichtig angesehen. Die Informationen, die sie an den Präsidenten weiterleiten, sind das Ergebnis gemeinsamer anglo-amerikanischer nachrichtendienstlicher Tätigkeit. Und laut Sheldon ist F&E der wichtigste Teil davon. Denn er ist einer von Admiral Stanfield Turners

Blitzkarrieristen. Demnach schätzt er die analytische nachrichtendienstliche Tätigkeit als die wichtigste *menschliche* Funktion ein, da heute Satelliten alle herkömmlichen Spionageaufgaben erledigen können.« Nicken. »Es ist wichtig, wer die neuen Leute sind und wie sie denken – nicht wo die Raketen stehen und was sie sind . . . Es geht hier einfach nicht um ›mögen‹, *Henry.*«

Henry Jaggard begann sich alt zu fühlen. Bis zu diesem Moment dachte er immer, Audley wäre *alt.* Doch jetzt bezog er sich in dieselbe Untauglichkeitserklärung ein.

Garrod Harvey schien seinen Rücken ebenfalls vergessen zu haben. »Sheldon wußte genau, was kam – er wußte alles; Zarubin und die Polen – und der arme polnische Priester – das ist für ihn alles Schnee von gestern . . . ob in London oder Warschau oder Moskau – alles nur Schnee von gestern.« Nicken. »Und er hörte auch alle Gerüchte – den Iren-Witz und den Polen-Witz . . . Und er hat nicht gelacht, Henry.« Nicken. »Er sagte mir, daß die Amerikaner nicht untätig zusähen, wenn Audley abgesägt werden sollte – Audley und Forschung und Entwicklung. Sie wollen es nicht – und sie werden es nicht zulassen.«

Jaggard wartete einen Moment, bis er sicher war, daß Garrod Harvey sich alle schlechten Nachrichten von der Seele geredet hatte, was für ihn wesentlich unangenehmer gewesen sein mußte, als die ganze Zeit mit seiner Sportverletzung herumzulaufen. Aber er nützte den Moment auch, um sich zu beruhigen, als er merkte, daß die rote Warnlampe seiner Wut noch heller strahlte als das blinkende Gelblicht seiner Angst. »*Sie* werden es nicht zulassen, Garry? *Sie* werden es nicht zulassen?«

Garrod Harvey schluckte. »Sheldon ist ein guter Freund von uns, Henry.«

»Ich weiß, was er ist. Und wer er ist. Aber ich glaube nicht, daß er wichtiger ist als ich – ganz zu schweigen vom FCO . . . und dem Minister – jedenfalls nicht in dieser Sache.« Er beobachtete Garrod Harvey einen weiteren Augenblick lang. »Also –?«

Garrody Harvey griff sich wieder an den Mund. »Er wird über Sie hinweggehen, Henry. Oder . . . der Botschafter wird es tun. Nach ganz oben, Henry.«

Da mußte mehr sein. »Zum Premierminister?« Da mußte noch viel mehr sein. »Um dem Premier zu erzählen, daß die Londoner CIA-Filiale es nicht dulden wird, daß ein unfähiger britischer Beamter gemaßregelt wird?« Viel, viel mehr. »Der zugelassen hat, daß uns das KGB in unserem eigenen Hinterhof reingelegt hat – zu unserem eigenen und nicht unbeträchtlichen diplomatischen Schaden?« Hier mußte er den Kopf schütteln. »Nur weil ein älterer – älterer *und* unfähiger – Beamter an guten Tagen noch nützliche Arbeit leistet?«

Garrod Harveys Kinn ging nach oben und erinnete Henry Jaggard in untragbarer Weise an seinen Vater, der in bedrängten Situationen auch immer so draufgängerisch gewesen war. »Nein, Henry – Sie verstehen nicht. Was ich meine –«

»Ich weiß genau, was Sie meinen.« Jaggards Lebensgeister erwachten wieder. Viking könnte vielleicht sogar gerettet werden, auch wenn es nur für ein paar Monate wäre. Fast noch besser gefiel ihm aber, wie sich Garrod Harvey zum Schluß jeglicher Einschüchterung widersetzte. »Die Amerikaner schätzen also F & E. Nun, ich auch – und ich schlage nicht vor, F & E abzutakeln, nur um sie gefügig zu machen.«

»Aber Audley –«

»Ich schätze Audley ebenfalls, Garry. Also werde ich ihn nicht in Ungnade fallen lassen. Ich werde es anständig machen, verdammt noch mal, ich werde sogar vorschlagen, ihn zu adeln, wenn das seine Freunde zufriedenstellt. Dann kann er sich ›Sir David Audley‹ nennen. Und ich werde ihn als Berater zum Geschäft hinzuziehen – sagen Sie das Sheldon, Garry.« Aber selbst als er sprach, konnte er sehen, daß Garrod Harveys Bajonette noch immer stur aufgepflanzt waren und auf ihn wiesen. »Was zum Teufel wollen die?«

»Sie wollen keine Veränderung, Henry.«

Genug war genug. »Nun, das wird es so, verdammt noch mal, nicht geben. Und damit basta. Audley geht. Mit oder ohne Ritterschlag.«

Garrod Harvey neigte den Kopf leicht zur Seite. »Dem Minister zuliebe? Und dem FCO?«

»Und mir zuliebe.« Garrod Harveys veränderte Taktik veränderte jetzt indessen nicht Henry Jaggards Einstellung: Das war eine Gelegenheit, da er die Amerikaner bekämpfen mußte.

»Ja.« Die leichte Kopfbewegung schien Harvey wieder an seine Schulter zu erinnern. »Und es wird auch dem KGB gefallen – Sie auf seiner Seite zu wissen, Henry.«

Jaggard schaute ihn erstaunt an.

»Und dem Minister. Und dem FCO.« Garrod Harvey blinzelte. »Eine recht eindrucksvolle anglo-sowjetische Allianz, die Professor Panin da zustande gebracht hat; so etwas gab es seit 1941 nicht mehr, Henry.«

Jaggard starrte ihn an.

»Warum hat Panin gerade nach David Audley verlangt?« Garrod

Harvey wartete nicht auf eine Antwort. »Er hatte einen perfekten Plan – den Polen-Witz: Zarubin loswerden und einen Verräter ermutigen, alles in einem Abwasch? Er hätte im Außenministerium um einen Büroreiniger bitten können, der ihn nach Exmoor bringt. Aber das hat er nicht. Er bat um eine unberechenbare Ladung Dynamit in Person von David Audley – und dann machte er Audley scharf, indem er einen alten Freund von ihm ermordete?« Er schüttelte langsam den Kopf. »Das war ein verdammt großes Risiko, denn Audley mag zwar alt sein, aber er ist nicht dumm. Folglich . . . ergibt es keinen Sinn, warum gerade Audley, Henry. Zumindest nicht, wenn der Polen-Witz das einzige war, das er beabsichtigte.« Das langsame Schütteln hörte auf. »Aber mal angenommen, es gab auch einen *Russen*-Witz – einen Witz, den er uns nicht erzählen wollte?«

»Einen Russen-Witz?« Jaggard lachte jetzt weder innerlich noch äußerlich.

Harvey nickte wieder. »Panin mußte um seiner selbst willen etwas Schwieriges zustande bringen. Zarubin war kein großes Problem – und wenn sie wußten, daß ein Verräter in der Londoner Botschaft war . . . dann bedurfte das nicht eines Audley als Katalysator – *viel* zu gefährlich, dieser Audley.« Das Nicken ging in ein Kopfschütteln über. »Audley ist kein Stückchen Käse. Er ist auch keine Maus – er ist ein verdammter Tiger, Henry, und er verlangt nach einer großen Tigerfalle.« Garrod Harvey beobachtete, wie Henry Jaggard seine finalen Verbindungen knüpfte. »Und was passiert, wenn Sie – und der Minister und das FCO – bekommen, was Sie wollen? Audley wird rausgeschmissen . . . und das wird, egal was Sie sagen, F & E für mindestens sechs Monate, wenn nicht länger, erschüttern. Vielleicht sogar für immer? Und *das* wäre dann wirklich ein Riesenerfolg für Panin.« Das langsame, irritierende Kopfschütteln begann von neuem. »Henry, *wir* haben versucht, David Audley zu *schibbuwitschen*, und F & E dazu. Aber nehmen Sie doch mal an, das KGB hat das gleiche versucht?«

Jetzt konnte Jaggard nur mehr starren.

»Wenn also der amerikanische Botschafter den Premier fragt: *›Auf welcher Seite ist Ihre Seite, um Himmels willen?‹*, was zum Teufel wollen wir dann antworten?«

In diesem Augenblick fühlte Henry Jaggard den alten sauren Geschmack auf seiner Zunge, was um so schlimmer war, da er wußte, daß er selbst in der Niederlage noch recht hatte. »Und das glauben Sie?«

Kein Nicken, kein Kopfschütteln. »Es spielt keine Rolle, was ich glaube. Es zählt nur, daß es besser paßt als alles andere. Plus die Tatsache, daß Panin David Audley immer erwischen wollte.« Garrod Harvey lächelte beinahe. »Tom Arkenshaw sagt, daß sie beide meist unerträglich höflich zueinander waren – sogar noch bis zum Schluß, als Audley eine Pistole zog und sagte, er werde ihm zuerst die Eier abschießen. Und Tom sagt, Panin wußte, daß es bitterer Ernst war: Er sagt, es war wie bei Mogli und Shirkhan bei Kipling – und auch Tom kennt seinen Kipling. Und deswegen denke ich wirklich, daß es vielleicht so sein könnte, Henry. Tut mir leid, aber –«

»Halten Sie den Mund!« Henry Jaggard wußte, daß er die Niederlage nur überstehen konnte, wenn er sich ihr rasch stellte. Und mit dem, was Garrod Harvey zweifellos berichten würde, war die Niederlage nun besiegelt, denn Garrod Harvey würde nicht zulassen, daß sein Kopf mit Henry Jaggards Kopf rollte, was er bei diesem Premierminister mit Sicherheit würde.

»Henry –«

»Nein!« Mehr brauchte Jaggard nicht zu hören, er brauchte nur etwas Zeit zum Nachdenken.

»Aber Henry –« Diesmal war es Jaggards Gesichtsausdruck, der Garrod Harvey das Wort abschnitt.

Natürlich, Audley stand hinter der amerikanischen Aktion. Man würde es zwar wie immer nicht beweisen können, aber es stand nichtsdestoweniger fest. Doch es hatte keinen Sinn, deswegen mit den Zähnen zu knirschen. Sie – und die Russen – hatten sich vorgenommen, den Mann zu *schibbuwitschen*, und hatten sich dabei nur selbst *geschibbuwitscht*. Und das war es dann. Jetzt war nur noch das Überleben wichtig.

»Ist okay, Garry.« Er lächelte Garrod Harvey mit all den notwendigen innerlichen Veränderungen an, die sich ohne Vorbedacht ergeben hatten. »Ich werde mit dem Minister und dem Rest verhandeln. Glücklicherweise sind die Dinge noch nicht zu weit gediehen. Folglich werde ich in der Lage sein, einen inoffiziellen Protest bei der sowjetischen Botschaft vorzuschlagen. Und Sie können Mosby Sheldon versichern, daß ich völlig mit ihm übereinstimme.«

Garrod Harvey blinzelte. »Das werde ich tun. Aber ich wollte Ihnen ... von Colonel Butler erzählen, Henry.«

»Ah, ja ...« Jack Butler mußte natürlich auch beschwichtigt werden. »Ich werde auch mit Jack Butler sprechen.« Wenigstens verstand er jetzt, warum Jack Butler so außergewöhnlich freundlich gewesen war. Nachdem der Premierminister erfahren hatte, daß F & E ein spezifisches Ziel des KGB gewesen war (und daß das nach oben durchdrang, darauf konnte man sich bei Audley mit Sicherheit verlassen), würde Butlers Truppe in der Downing Street sogar noch mehr gelten.

»Das ist es nicht, Henry.« Da war ein merkwürdiger Ausdruck in Garrod Harveys Gesicht; es war keine Verlegenheit, obwohl er verlegen war.

»Ja, Garry?« Jaggard merkte, daß er jetzt auf jeden Schock gefaßt war. »Sie wollen doch nicht um eine Versetzung zu F&E bitten, oder?«

Der Ausdruck verschwand. »Guter Gott, nein!«

»Na, dann ist es ja gut.« Jaggard verbarg seine große Erleichterung. »Machen Sie sich keine Sorgen, mein lieber Freund. Audley hat gewonnen, und wir haben verloren. Aber das war mein Fehler, nicht Ihrer. Es *war* eine gute Idee . . . und wir haben nicht für alle Zeiten verloren.«

Garrod Harvey atmete durch. »Genau das ist es, Henry. Wir haben überhaupt nicht verloren – *wir haben gewonnen, Henry.*«

»Wir haben –?« Henry Jaggard war so verblüfft, daß er das letzte Wort nicht herausbrachte.

»Wir haben gewonnen.« Garrod Harvey nickte. »Ich sagte, daß Colonel Butler hilfreich war.« Er nickte wieder.

»›Freundlich‹ –« Jaggard verfluchte sich selbst ob der Unterbrechung. »Erzählen Sie weiter, Garry – weiter!«

»Ja . . . gut, er sagte, er habe gespürt, daß F&E sich zu sehr isolierte – dieses Geschäft in Exmoor sei ein gutes Beispiel dafür, wie gefährlich eine derartige Isolation sein könnte, wenn sein wertvollster Mann blind in eine Sache hineinrenne und seinen Kopf im Schützengraben riskiere wie ein Untergebener. Er will jetzt seine Arbeit viel mehr in das einbeziehen, was Sie in Zukunft brauchen.«

Henry Jaggard öffnete den Mund. »Na, das gibt's doch nicht!«

»Doch.« Das nächste Nicken war so heftig, daß es schmerzte. »Regelmäßige Treffen – gegenseitige Information über Taktiken und so weiter.«

»Gott der Allmächtige!«

Garrod Harvey schluckte. »Dennoch hat das seinen Preis.«

Henry Jaggard kam wieder auf die Erde zurück. »Einen Preis?«

»Er findet, wir sollten wesentlich mehr zur Rechenschaft verpflichtet sein. Wenn er also in die Gemeinde kommt, wird er die Stansfield-Turner-Empfehlungen der CIA mitbringen. Er sagt, wenn wir dem Parlament nicht auf halbem Wege entgegenkommen, dann wird das Parlament kommen und uns holen.«

So lief also der Hase, dachte Jaggard. »Ich verstehe!«

Und dann verstand er. Das heißt, er begann sich wenigstens zu fragen, ob nicht doch David Audley auch hinter diesem letzten Witz steckte: An die noch unversehrten Mauern des britischen Geheimdienstes wurde ein riesiges trojanisches Pferd herangerollt, in dem Audley selbst saß. Das Problem war nur, daß er sich nicht entscheiden konnte, ob es ein Angriff oder die letzte und beste Verteidigung von Forschung und Entwicklung war.

»Ich verstehe.« Was er brauchte, war Zeit. »Gut, ich werde mit Colonel Butler sprechen. Wir werden irgendeine Lösung finden.«

Er kam zu dem Schluß, daß F&E vorläufig sich selbst überlassen bleiben sollte.

Auf die Bücher Anthony Prices angesprochen, sagte H. R. F. Keating einmal, daß dessen »Geschichten eine Art Führer zum Denken und Empfinden des britischen Establishments darstellen«. Stimmt man dieser Auffassung zu, dann ist nicht zu übersehen, daß sich im Bewußtsein der englischen Gesellschaft, was die Ausbildung von Eliten angeht, in den vergangenen Jahrzehnten ein gewisses Unbehagen breitgemacht hat. Anthony Price selbst ist Teil dieses Establishments, hat die »richtigen« Schulen besucht und eine »entsprechende« Universität – Oxford – absolviert. Als langjähriger Herausgeber der angesehenen Wochenzeitung *The Oxford Times* hat er einen gewissen Einfluß auf die öffentliche Meinung nehmen können. Konservativ im besten Sinne des Wortes, hält er jedoch nicht um jeden Preis am Althergebrachten fest. Das verhindert schon sein Intellekt.

»Hinsichtlich der Frage, ob eine elitäre Ausbildung richtig oder falsch ist, habe ich mir noch keine abschließende Meinung gebildet. Im Augenblick vertrete ich die Ansicht, daß es kein Fehler ist, eine Elite heranzubilden, sondern der Fehler allenfalls darin bestehen könnte, diese Elite falsch einzusetzen. In einem solchen Fall ergibt sich das Problem, von wem die entsprechenden Entscheidungen getroffen werden . . .« Anthony Price äußerte 1986 diesen Gedanken, bezugnehmend auf seinen Roman *Im Namen der Nation*, den er im Laufe desselben Jahres abschloß. In der Zwischenzeit hat sich diese Auffassung auch im Bewußtsein der Öffentlichkeit verankert. Gegenwärtig sucht man in Großbritannien nach einer Möglichkeit, das Schul- und Ausbildungssystem so umzustellen, daß breitere Schichten von Auszubildenden in den Genuß einer besser verwertbaren Bildung kommen. Diskutiert wird beispielsweise die Einführung eines dualen Systems, wie wir es in der Bundesrepublik her kennen.

Anthony Price formuliert also nur das Unbehagen über einen Zustand, von dem er meint, daß er das England des ausgehenden zwanzigsten Jahrhunderts gegenüber den übrigen Industrienationen mehr und mehr ins Hintertreffen geraten läßt. Gleichzeitig weiß er aber auch, daß sich verkrustetes Denken nicht von heute auf morgen aufbrechen läßt. Sein geistiges Kind, die *Abteilung für Forschung und Entwicklung*, ist eine Eliteabteilung bester britischer Tradition. Und das hat, wie Anthony Price formuliert, »durchaus auch seine Vorteile. Die Zusammenfassung herausragender Intelligenz hat sich zumindest innerhalb der Verwaltung häufig bewährt. Problematisch ist lediglich der Herrschaftsanspruch, der sich aus einem Wissensvorsprung zwangsläufig ergibt.« Die Gefahr, daß eine Elite sich abkapselt und – bei anerkannter Leistung – einen Staat im Staate bildet, muß jeder Konkurrenzabteilung ein Dorn im Auge sein. Aus dieser Sicht ist der Wunsch Sir Henry Jaggards, des Chefs des britischen Geheimdienstes, nur allzu verständlich, wenn er »F & E« an die Kette gelegt sehen will; nicht vernichtet, sondern nur wieder in die Gemeinde der Geheimdienste integriert.

»Schaut man sich die Befehlsstruktur der Geheimdienste an«, erklärt Anthony Price, »dann läßt sich unschwer erkennen, daß sich divergierende Abteilungen, die an einer Operation beteiligt sind, notgedrungen ins Gehege kommen müssen. Wenn jedoch eine Elite, wie *Forschung und Entwicklung* einmal geschaffen wurde, muß auf die Experten dieser Abteilung besondere Rücksicht genommen werden – das fordern schon die Erfolge der Vergangenheit. Andererseits ist es durchaus verständlich, wenn sich andere, weit größere Organisationen, wie hier »British Intelligence«, diesem, aus ihrer Sicht ungerechtfertigten, Einfluß entziehen wollen.«

Wie also diskreditiert man die Leistung einer Eliteeinheit? Für Anthony Price, den Militärhistoriker, ist diese Frage durch seine Erfahrung leicht zu beantworten. »Man gibt ihr eine Aufgabe, bei der sie sich die Zähne ausbeißen muß, bei der sie bei aller Brillanz keinen Erfolg haben kann. Dann setzt sich sowohl in der Umgebung als auch in der Öffentlichkeit die Auffassung fest, daß es so weit mit der Leistung der Experten nicht her ist. *Forschung und Entwicklung* wurde in den Jahren 1955/56 ins Leben gerufen – im Anschluß an die Philby-Affäre und das Debakel am Suez-Kanal. Den Zweck, nämlich als kleine, hochspezialisierte Abteilung das Fähnchen des britischen Nachrichtendienstes hochzuhalten, bis der Stall endlich ausgemistet war, hat F & E schon seit langem erfüllt. Eigentlich gibt es für die Existenz der Abteilung gar keinen Grund mehr. Doch wer will sie wieder auflösen?

Das ist ein weiteres Problem, wenn man sich eine Elite herangezogen hat. Sie fängt an, ein Eigenleben zu führen. Die Skandale, die von David Audley und Colonel Butler in der Vergangenheit aufgedeckt und unter den Teppich gekehrt wurden, schützen gleichzeitig vor der »Wegrationalisierung«. Die Elite wäre also in der Lage zurückzuschlagen. Genug Pulver, der Regierung Schwierigkeiten zu machen, findet sich für diese Leute jederzeit. Der Minister, dem Sir Henry Jaggard zu berichten hat, weiß das nur allzu genau.

Aus der Sicht der Premierministerin stellt sich die Situation in einem völlig anderen Licht da. Führende Politiker lieben eine Denkfabrik, die ihnen einen Teil der Sorge um die Zukunftsperspektiven abnimmt – und wenn, sozusagen als »Abfallprodukt«, noch eine enge Beziehung zu den Nachrichtendiensten der Amerikaner abfällt, dann ist auch das nur von Vorteil: Das Zurverfügungstellen von Aufklärungsmaterial der US-Satelliten durch die CIA im Falkland-Krieg hat das zur Genüge bewiesen.

Das Ergebnis dieser Geschichte ist bei Anthony Prices Sinn für Harmonie nicht überraschend. Dank der Brillanz Audleys und der Mannschaft von *Forschung und Entwicklung* gelingt es den Briten, die so geschickt eingefädelten Intrigen von Audleys altem Widersacher General Panin zu vereiteln. Die Russen erreichen ihr Ziel diesmal nicht ganz. »British Intelligence« kann den Maulwurf in der Londoner Sowjet-Botschaft weiterwursteln lassen – und die Amerikaner sind dankbar.

Anthony Price allerdings will es dabei nicht belassen. Zwar hatte er sich 1986 noch kein endgültiges Urteil über Eliten und ihren Wert für die Gesellschaft gebildet, doch dieser Bewußtseinsprozeß ist beileibe noch nicht abgeschlossen. Seiner Meinung nach »läßt die Verelendung weiter Landstriche Englands bei gleichzeitiger Konzentration von Intelligenz und hochtechnisierter Industrien um London und im Süden der Insel gar keinen anderen Weg zu, als das Schul- und Ausbildungssystem im Ganzen zu verbessern.« Führt der Weg also fort von Eliteschulen wie Eton, Harrow, Winchester und den Talentschmieden Oxford und Cambridge? In den nächsten Jahren wohl kaum – jedenfalls nicht, wie Anthony Price anmerkt, »solange in der *Times* immer noch die Listen der besten Absolventen der Eliteuniversitäten veröffentlicht werden und die Ausbildungsergebnisse der Mehrheit stillschweigend unter den Tisch fallen.«

Frieder Middelhauve